Nigel Davies

Opfertod und Menschenopfer

NIGEL DAVIES

OPFERTOD UND MENSCHENOPFER

Glaube, Liebe und Verzweiflung in der Geschichte der Menschheit

Econ Verlag
Düsseldorf · Wien

Titel der amerikanischen Originalausgabe:
HUMAN SACRIFICE
Original-Verlag: Macmillan Publishing Co., Inc.
Übersetzt von Stasi Kull

1. Auflage 1981

Gesetzt aus der Times der Fa. Hell
Satz: Bauer & Bökeler Filmsatz GmbH, Denkendorf
Papier: Papierfabrik Schleipen GmbH, Bad Dürkheim
Druck und Bindearbeiten: Ebner Ulm
Printed in Germany
ISBN 3 430 12006 3

INHALT

EINFÜHRUNG

Im wesentlichen war das Menschenopfer eine religiöse Handlung. Sowohl der Opferer wie das Opfer wußten, daß die Tat erforderlich war, um die Menschen vor Unheil und das Weltall vor dem Zusammenbruch zu bewahren. Ihre Absicht war daher, das Leben zu bewahren, nicht es zu zerstören. Dieser Widersinn bildet die Wurzel des Verhängnisses von Menschen, die andere Menschen töten, um ihre Götter am Leben zu erhalten.

Ein Autor, der über das Menschenopfer schreibt, steht ohne Zweifel sofort vor der Aufgabe, den Begriff zu erklären und zu sagen, auf welche Art von Tötung er anwendbar ist und auf welche nicht. Jeden Bericht über ein entführtes Kind seit dem Lindberg-Baby und jedes Massaker in der Geschichte von der Bartholomäusnacht bis zu Jonestown einzubeziehen, wäre für unser Vorhaben sinnlos. Vielleicht können wir mit der Überlegung beginnen, welchem Zweck das Menschenopfer dienen sollte und welche allgemeinen Grundsätze man in allen Teilen der Welt auf Opferhandlungen, sei es an Menschen oder Tieren, anwenden kann.

In den ersten Jahrzehnten dieses Jahrhunderts, als das Thema ernsthafter erforscht wurde, erschienen viele führende Werke darüber. Inzwischen hat das Gebiet weniger Gelehrte angesprochen. Der Sozialanthropologe von heute erwirbt sich bei der Elite der Dritten Welt keine Lorbeeren, wenn er unbedingt wissen will, wie der Urgroßvater aus seinen Jagdtrophäen, den Menschenschädeln, Schrumpfköpfe herstellte, oder welche Holzqualität er benötigte, um die Urgroßmutter bei lebendigem Leib zu verbrennen. Hinsichtlich der tatsächlichen Ausübung, nicht der Theorie, sind die besten Berichte über Menschenopfer meist vor hundert Jahren geschrieben und oft in unbekannten Zeitschriften veröffentlicht worden, deren rückliegende Nummern noch in einigen wenigen Bibliotheken zu finden sind. Vieles kann man zum Beispiel aus Berichten in Indien stationierter britischer Offiziere erfahren, oder von Reisenden, die in Afrika waren wie Sir Richard Burton. Seine großartige Beschreibung des Königreiches Dahome ist bewundernswert, nicht nur für den Reichtum persönlich gesammelter Kenntnisse, sondern auch weil sich dieser erfahrene Beobachter bemühte, die damals umlaufenden unsinnigen Geschichten zurechtzurücken wie etwa das verbreitete Märchen über »Städte aus Blut«, wo Kanus buchstäblich durch Bäche und Seen menschlichen Blutes paddelten. Während sich Gelehrte verschiedener Nationalitäten theoretisch mit dem Thema des Menschenopfers befaßten, haben wir Augenzeugenberichte von Engländern. Und das einfach deshalb, weil sie in so vielen Ländern, wo dieser Brauch herrschte, regierten und zu manch einer grausamen Zeremonie eingeladen wurden. Die spanischen Chronisten in Mittelamerika schrieben auch auf, was ihnen von Augenzeugen über diese Riten erzählt wurde, sie selbst aber waren niemals zugegen – mit Ausnahme einiger Fälle, wo sie selbst das Opfer waren. Was in der Welt des Mittelmeeres vor sich ging, da sind wir auf ziemlich rätselhafte Texte angewiesen. Dagegen sind chinesische Schriften aufschlußreicher.

In der Gegenwart wurden verschiedene Bücher über Kannibalismus geschrieben. Sie bringen jedoch über das zentrale Thema der Opferung wenig neue Erkenntnisse, da der Kannibalismus mehr durch seine Wirkung hervortritt und weniger durch das, was ihn veranlaßt. Das Opfer aufzuessen, ist eine bequeme Art, es loszuwerden, eine brauchbare Alternative zum Verbrennen oder Begraben des Opfers bei lebendigem Leib. Bücher über dieses Thema sehen die Angelegenheit aus einem ganz besonderen Blickwinkel, da sie sich auf die primitiveren Völker konzentrierten, die einander noch bis vor kurzem aufgefressen haben. Oft entarten sie zu Berichten über die Zubereitung von Menschenfleisch, ob frisch geschlachtet oder völlig in Fäulnis übergegangen, wie es einige Gourmets unter den Kannibalen bevorzugten.

Solche Bücher über den Kannibalismus mißachten das Wesentliche. Sie behandeln nur eine Seite der schwierigen Problematik des Menschenopfers, denn es muß in einem größeren Zusammenhang gesehen werden.

Das betrifft insbesondere neuere Bücher über einen bestimmten Aspekt des Gebietes, die heftige Diskussionen hervorgerufen haben. Die Anthropologen Michael Harner und Marvin Harris mißachten in ihren Schriften Rezepte und Rituale und behaupten, den Beweis erbracht zu haben, daß die Azteken mit dem Menschenopfer nicht nur ihre Götter zufriedenstellen, sondern auch einem chronischen Mangel an tierischem Eiweiß abhelfen wollten. Die Behauptungen der beiden Autoren werden im Kapitel VIII besprochen, das sich mit aztekischen Bräuchen befaßt. Zwar wird nicht bestritten, daß die Azteken manchmal Teile des menschlichen Körpers aßen, aber es werden zwingende Gründe gegeben, daß ihre Motive nicht auf Eiweißmangel beruhten.

Als ich kürzlich mit Michael Harner sprach – der Standpunkt wurde gut vertreten –, verwies ich auf die offensichtliche Tatsache, daß die Azteken ein Einzelfall unter vielen waren und daß die Theorie des Proteinmangels nicht aufrechterhalten werden kann. Es sei denn, man kann nachweisen, daß dies auch auf andere Teile der Welt zutrifft, wo Menschenfleisch gegessen wurde. Aber im Verlauf dieses Buches wird es völlig klar werden, daß dem nicht so ist und daß das Auftreten des Kannibalismus, etwa in Afrika oder Ozeanien ganz uneinheitlich ist. Das Vorhandensein bei einem Stamm und das Fehlen bei dessen Nachbarn kann nicht mit Eiweiß und Kalorien erklärt werden. Außerdem war in Indien, wie wir sehen werden, wo es Protein niemals im Überfluß gab, das Menschenopfer weit verbreitet, aber es gab keinen Kannibalismus.

Und während Harner und Harris sich auf die kostenberechnende Seite des Kannibalismus konzentrieren, hat sich William Arens auf das genaue Gegenteil verlegt und bestreitet das Vorhandensein des Kannibalismus überhaupt. Nach diesem Autor gab es niemals Menschenfresserei und alle Berichte sind auf bloßes Hörensagen zurückzuführen. Mit Arens' Theorie werden wir uns im Zusammenhang mit Opferhandlungen in Afrika befassen. Während ich immer darauf bestehen werde, daß Berichte von Missionaren und anderen sorgfältig überprüft werden müssen, haben sich zu viele Augenzeugenberichte über Kannibalismus erhalten, um Arens' Meinung ernst nehmen zu können.

Viele Formen des Opfers haben nichts mit Kannibalismus zu tun. Diese haben in jüngerer Zeit, trotz einer gewissen Beachtung dieser Frage, weniger Aufmerksamkeit auf sich gezogen – eine Beachtung, die vielleicht durch die täglichen Gewalttaten in ihrer jüngsten Maske, dem Terrorismus, bewirkt wurde. Einige Menschen mögen das als nichts anderes als eine neue Form des Menschenopfers betrachten. Und in der Tat, das Schicksal eines Gesandten, der entführt und als Sündenbock für die vermeintlichen Untaten anderer sogar ermordet wurde, mag zunächst als rituelles Opfer angesehen werden, ausgewählt, um für einen uralten Grundsatz zu sterben. Bei der Untersuchung einiger neuerer Fälle von Menschenopfer waren weder die Methoden noch die Motive der Terroristen in diese Kategorie einzuordnen.

Alte Götter hätten ein Lösegeld verächtlich zurückgewiesen. Sie forderten Fleisch und Blut, das sie mit einem Ritual bekamen. Ohne dieses Ritual hatte die Opfergabe weder Bedeutung noch Wert. Ritual und Religion sind vom Menschenopfer nicht zu trennen. In der Tat könnte man den Begriff als Tötung mit einem geistigen oder religiösen Motiv erklären, das gewöhnlich, aber nicht ausschließlich von einem Ritual begleitet ist. Im allgemeinen wurde die Opferung an einem geheiligten Ort vorgenommen, oder an einem, der für die Gelegenheit geheiligt wurde. Wo es keinen Tempel gab, oder unter primitiven Bedingungen, genügte auch ein magischer Ring auf dem Boden.

Im Sinne dieser Erklärung war Stalins Mord an Millionen in seinen Gulags, in denen sie noch heute einfach an Kälte sterben, kein wirkliches Opfer. Ihr Ende, obwohl erbärmlich, war nicht rituell oder religiös veranlaßt, auch wenn sie Opfer einer Ideologie waren, deren Mißachtung menschlichen Lebens die der alten Götter übertrifft. Aus dem gleichen Grund waren öffentliche Hinrichtungen durch den Strang in Tyburn oder später vor dem Newgate-Gefängnis in London, die bis Mitte des 19. Jahrhunderts weitergingen, keine Opferhandlung, trotz eines bestimmten Rituals und ungeachtet der Anwesenheit einer riesigen, turbulenten Menge, die sich den Spaß nicht entgehen lassen wollte. Die Missetäter wurden wegen Vergehens an einem weltlichen Staat gehängt, ihr Tod liegt außerhalb unserer Definition. Die Entscheidung, ob die Hinrichtung Krimineller in älteren Gesellschaften ein Opfer war, ist bei weitem schwerer, da in vielen dieser Gesellschaften, einschließlich der römischen, es keinen Verstoß gegen den Staat gab, der nicht gleichzeitig ein Verbrechen gegen die Götter war. Deren Zorn konnte nur durch die Tötung des Übeltäters beschwichtigt werden. Bei bestimmten afrikanischen Kannibalen wurden Mörder und Diebe zuerst im Gefängnis gemästet und dann bei einem rituellen Festessen verspeist.

Menschliches Opfer kann in der Tat seinen höchsten Ausdruck in einer freiwilligen Tat erreichen, wenn sie ein Mensch ausführt, der sein Leben als Unterpfand für das Gemeinwohl hingibt. Allerdings kann man den Ausdruck nicht nur für jene gebrauchen, die aus freiem Willen sterben. Wenn außerdem die edlere Art einer Opferhandlung auf einzelne zutraf – der eine, der für viele starb –, so waren doch auch die weniger würdevollen Riten, die Scharen von Opfern verlangten, wahre Opfer. Derartige Massenschlachtungen, ob im aztekischen Mexiko oder im afrikanischen Dahome, waren Teil eines ausgeklügelten Rituals und hatten einen rein religiösen Sinn. Der Grundsatz blieb der gleiche wie beim Tod eines einzelnen Menschen, er wurde lediglich durch die Masse entwertet. Wo ein Opfer die Freigebigkeit des Gottes auslösen konnte, waren es nun Hunderte.

Das Menschenopfer war, ungeachtet der davon betroffenen Anzahl, mit dem festen Glauben an ein Dasein nach dem Tod verbunden, dieses war mehr oder weniger ein Abbild des Lebens auf diesem Planeten. Menschen mit diesen Vorstellungen wären bei dem Gedanken, ihr im Leben so glorreicher König sollte im Tod verlassen sein, entsetzt gewesen. Er, der in dieser Welt ihre Lebenskraft war, sollte sich in der nächsten allein durchschlagen müssen. Jene, die solches zuließen, würden von den Göttern verflucht. Seit der Mensch gelernt hatte, den Boden zu bearbeiten, kam die Angst dazu, der Erntekreislauf könnte enden, es sei denn, die Götter werden milde gestimmt durch das höchste Geschenk, das der Mensch geben konnte, dem Leben eines Mitmenschen und als letzter Ausweg, dem des Königs. Wurden die Götter nicht zufriedengestellt, dann könnte die Sonne einfach in die Unterwelt gehen und dort bleiben. Den Wechsel der Jahreszeiten und das Reifen der Ernten hielt man für Gaben der Götter, von denen die Herrscher auf Erden abstammten. Um sicher zu sein, daß dieser lebenswichtige Vorgang nicht zum Stillstand komme, gewann das Menschenopfer neuen Schwung.

In den frühesten Zivilisationen des Nahen und Fernen Ostens gibt es die Hauptformen der Opferungen: das Begraben von Kindern zur Weihe und zum Schutz von Gebäuden, das Opfern der Kriegsgefangenen, das Ertränken unberührter Bräute zu Ehren der Flußgötter. Aber zwei Themen sind beherrschend: Massenbereitstellung von Dienern für die Toten und jährliche Opfer für die Götter, von deren Wohlwollen reichliche Ernten abhingen. Diese Opferhandlungen wurden viel sorgfältiger ausgeführt, als das bloße Eingraben menschlicher Fleischstücke und Köpfe auf den Feldern. Diese beiden Aufgaben dienten einem allgemeinen Zweck: in den alten Königreichen war der König in Wirklichkeit das Reich, und das Schicksal seiner Untertanen hing von seinem Wohlbefinden ab. Sie konnten keinen Erfolg haben, wenn für ihn nicht in dieser wie der nächsten Welt richtig gesorgt wurde. Opfer des einen für die vielen, um die Saat zum Wachsen zu bringen – und der vielen für den einen, um dem toten König zu dienen –, waren deshalb zwei Wege zu einem einzigen Ziel: das Wohl der Gemeinschaft, wenn nicht ihr eigentliches Bestehen. Somit war das Opfer eine Notwendigkeit, das höchste Geschenk, ohne das die Menschheit aussterben würde.

Ob das Opfer freiwillig starb oder nicht, es war wichtig, daß es zumindest Bereitwilligkeit zeigte, um der feierlichen Zeremonie ein gutes Gelingen zu gewährleisten. Die Götter wären gröblich beleidigt, wenn der zu ihrem Dienst ausgewählte Mensch schiebend und schreiend auf die Pyramide hinaufgezerrt oder auf dem Weg zum Altar jeder Zentimeter erkämpft werden mußte. (Eine Ausnahme machen die Kinder, die dem mexikanischen Regengott geopfert wurden, man ermutigte sie, zu schreien, da ihre Tränen Regen versprachen.) Ein Grad von Willfährigkeit war sicher, sobald das Opfer von dem Wissen erfüllt war, daß es infolge seiner Handlung wieder leben würde. In Ur erwarb sich der Diener des Königs neues Leben, wenn er seinem Herrn ins Grab folgte. Die Kriegsgefangenen in Mexiko, genannt die Kinder der Sonne, wußten, daß sie den Vorzug hatten, der Sonne auf ihrem täglichen Lauf zu folgen, wenn sie auf der Spitze der Pyramide würdevoll ihrem Tod entgegentraten.

Fehlgeleitete Theorien machen Menschenopfer noch schwerer verständlich. Die Ansicht, die zwar von führenden Gelehrten bestritten wurde, daß zum Beispiel edle Wilde Handlungen solcher

Art nicht vollbrachten, oder sich höchstens auf Tiere beschränkten, ist schwer aus der Welt zu schaffen. Gemäß dieser Aussage war der frühe Mensch ohne Schuld. Erst in einer späteren Entwicklungsstufe nahm der Stadtbewohner, inzwischen verdorben, die schlechte Angewohnheit an, seine eigene Art den Göttern zu widmen, ein Brauch, der dem König den zusätzlichen Vorteil verschaffte, seinen Untertanen Unterwürfigkeit und Gehorsam beizubringen und die Zahl der Mäuler zu verringern, die er zu füttern hatte. Wenn ich auch die radikalere Ansicht vom Menschen als einem von Beginn seiner Laufbahn an eingefleischten Mörder nicht teile, so werden doch genügend Beispiele erwähnt, die es unmißverständlich dartun, daß ein ritueller Kult mit dem Schädel, zusammen mit dem Begriff der Opferung, Zehn-, wenn nicht Hunderttausende von Jahren zurückverfolgt werden kann.

Ein zweiter Trugschluß entstand aus dem ersten: wenn der edle Wilde, einst frei von Schuld, mit dem Fortschreiten der Zivilisation barbarische Sitten annahm und dazu überging, seine Mitmenschen auf den Altären zu töten, dann war dies – so lautet die Theorie – eine vorübergehende Phase. Nach solch einem beklagenswerten Fehltritt auf dem Weg zum Heil folgt immer eine Gegenwirkung, und der Mensch machte sich moralische Lebensansichten zu eigen und gab diese blutigen Rituale auf. Dann ersetzte er als unveränderliche Regel Opfer von Menschen durch solche von Tieren und Gegenständen und später durch Geldbeträge. Oder nach dem Grundsatz, daß die Götter gut waren und auf diese Weise nicht bestochen werden konnten, mit gar nichts.

Eine derart vereinfachende Sicht war auf einer allzu wortgetreuen Deutung eines einzelnen Falles im Alten Testament gegründet. Allerdings legt die gegenwärtige Wissenschaft die Folge der Ereignisse anders aus. Die Geschichte von Abraham, dem befohlen war, seinen Sohn Isaak zu opfern, den Gott dann durch einen im Dickicht gefangenen Widder ersetzte, läßt auf den ersten Blick vermuten, daß die Israeliten – vielleicht in Ägypten vom rechten Weg abgekommen – ursprünglich Menschenopfer brachten. Beim eigentlichen Anbruch ihrer Geschichte sahen sie dann den Irrtum ihrer Handlungsweise und wurden von ihrem Gott veranlaßt, Tiere anstelle von Menschen zu töten. Aber wie man später im einzelnen sehen wird, war der Verlauf der Ereignisse das Gegenteil davon. Wahrscheinlich opferten die frühen Hebräer menschliche Wesen in beschränkter Zahl, als sie aus Ägypten zurückkamen und das Gelobte Land betraten. Aber als sie sich dort niedergelassen hatten, erreichten rituelle Tötungen, weit davon entfernt auszusterben, neue Höhepunkte, da die Israeliten nur allzu bereitwillig die Verbrennungen von Kindern ihrer kanaanitischen Nachbarn übernahmen – ein Greuel, gegen den zu wettern die großen Propheten niemals aufhörten.

Andererseits sind tatsächlich Hunderte von Fällen bekannt, in denen Tiere oder sogar Gegenstände als Opfer die Menschen ersetzten. Auch wenn einer Zivilisation genügend Zeit zur Entfaltung und »Aufklärung« gegeben war, wurden jene Fälle, wo Tiere anstelle von Menschen geopfert wurden, nicht zur festen Regel. In China beklagte Konfuzius, daß Menschen anstelle von Holzpuppen geopfert wurden. Auch in Rom waren Menschenopfer fast ganz aufgegeben, vermehrten sich aber dann wieder im Kielwasser orientalischer Kulthandlungen, die sich im Kaiserreich großer Beliebtheit erfreuten. In Afrika wurden neue Formen von Opfern ersonnen, die, als die ersten Europäer diesen Kontinent erreichten, noch gar nicht ausgeübt wurden. In anderen Fällen blieb der Stand der Tötungen für lange Zeit ziemlich unverändert und stieg dann dramatisch an. Die Azteken sind ein einschlägiger Fall. Zeugnisse, die ans Licht kamen, besagen, daß die Azteken das Menschenopfer nicht erfunden haben, es war schon vor ihnen unter den ersten Kulturen Mexikos vorhanden. Die Azteken erhöhten lediglich das Tempo der Opferungen, bis sie zur Zeit der spanischen Eroberung ein Krescendo erreichten. Auf Geheiß der Eroberer von jenseits des Meeres, der Christen oder in einigen wenigen Fällen der Moslems, kam in vielen Ländern die ersatzweise Verwendung von Tieren für Menschen auf. Dann blieb der Bevölkerung keine Wahl. In Mexiko beugte sie sich dem Gott der Eroberer, in Indien und Afrika hingegen wurde ihr gesagt, Ziegen anstelle von Menschen zu töten.

Nun erhebt sich eine andere wichtige Frage. Wenn wir annehmen, daß in den meisten Orten Tiere oder Gegenstände an die Stelle von Menschen traten, blieb dann das Prinzip das gleiche, ob eine Kuh, oder etwa eine Gurke dem Zweck diente, wo zuvor ein Mensch geopfert wurde, oder änderte sich die gesamte Auffassung vom Opfer bis zur Unkenntlichkeit?

Abgesehen von jenen erhabenen Naturen, die starben, um ihre

Stadt zu retten, oder um die Menschheit zu erlösen, scheint die Unterscheidung mehr der Art als dem Wesen zu unterliegen. Evans Pritchard machte mit seiner Studie über die Nuer-Religion einen anerkannten Beitrag zur Frage des Menschenopfers. Er erklärt, daß bei den Nuer, einem Hirtenvolk im südlichen Sudan, die Herden so klein waren, daß ein Tier einfach nicht bei jeder Gelegenheit und für jede Form von Opfer zu haben war. Kühe wurden nur bei wichtigen Feierlichkeiten wie dem Begräbnis eines Reichen geopfert. Für einen armen Mann diente ein kastrierter Ziegenbock demselben Zweck. Für die Riten der Nuer mußte ein männliches Opfer erst kastriert werden. Wurde von den Göttern eine geringere Gunst erwartet, oder wenn einfach kein Tier zu haben war, dann wurde eine kleine wildwachsende Gurke von geringem Wert verwendet. Bei kleineren Notlagen wie schlechten Träumen oder einem unbedeutenden Inzest hielt man diese Gurke für ausreichend. Damit nun kein Gefühl einer Entwertung des Opfers aufkäme, bezog man sich nicht nur bei dem kastrierten Bock in jedem Zusammenhang mit dem Opfer als »Yang«, dem Wort für Kuh, sondern auch bei der Gurke. (1) Diese wurde auf jeden Fall wie ein Tier behandelt und sogar mit einem Speer durchbohrt. Was auch immer der Rang des Opfers war, die Nuer verwendeten große Sorgfalt auf die Erhaltung des Grundsatzes, nicht einmal der Name durfte geändert werden. Aus dem gleichen Grund, behauptet Evans Pritchard, bemühte sich die Bevölkerung, die Menschen opferte und aus irgendeinem Grund statt dessen eine Kuh verwenden mußte, den Unterschied geringfügig darzustellen, um ihren Gott glücklich zu erhalten.

Diese Ansicht findet Bestätigung unter den früheren Gelehrten wie dem großen Bibelforscher W. Robertson Smith. Er meint sogar, daß es für die ältesten Zeiten (er schreibt über die Hirtenstämme in Israel und an anderen Orten) keinen Grund zu der Annahme gäbe, daß in der Vermittlerrolle um die Gunst des Gottes das Leben eines Menschen höher geschätzt wurde als das eines Schafes oder Kamels. Es wurden im Gegenteil, bedenkt man die grundsätzlichen Vorstellungen, die den Wurzeln semitischer Opferhandlungen zugrunde liegen, wahrscheinlich Tiere für reiner und vollkommener gehalten. (2) Wenn wir uns Autoren jüngerer Zeit zuwenden, die das Problem angehen, so lehnt es auch George Gusdorf ab, einen deutlichen Unterschied zwischen einem Tier-

und einem Menschenopfer zu machen. (3) Tiere und Menschen wurden zusammen auf dem gleichen Altar dem gleichen Gott geopfert, um die gleichen Vorzüge zu erhalten. Römer, Griechen, Wikinger und Druiden, um nur einige zu nennen, hatten Riten, in denen Mensch und Tier ein und dieselbe Zeremonie teilten.

Es gab keine Frage, daß die Kuh bei weitem wertvoller war als die kleine Wildgurke. Aber in einigen Fällen mag auch die Kuh von größerem Wert als der Mensch gewesen sein. Letzterer konnte oft auf dem gleichen Markt als Sklave gekauft werden, er verzehrte weniger und war kaum ertragreicher. In jedem Verfahren, den Wert eines Opfers zu mindern, war die Stufe vom Sohn eines Adligen zu einem menschlichen Sklaven eine drastischere Form der Entwertung eines Opfers als die Verwendung eines Tieres anstelle eines Sklaven. Denn es ist eine moderne Ansicht, das Leben jeden menschlichen Wesens als geheiligt anzusehen, was von den Engländern des 18. Jahrhunderts zum Beispiel kaum geteilt wurde, die einen Mann aufknüpften, der ein Schaf gestohlen hatte, wie auch für hundert andere geringfügige Vergehen. In anderen Teilen der Welt wurde das menschliche Leben für noch weit wohlfeiler gehalten. Das wurde von einem unerschütterlichen Glauben an die Segnungen, die den Menschen im Jenseits erwarteten, getragen. Ein Mann konnte mit derselben Miene der Gleichgültigkeit zum Opferaltar geführt werden, als wäre er eine Ziege. Europäer, die in anderen Regionen sahen wie Menschen geopfert wurden, waren immer verblüfft über die gedankenverlorene Ruhe, mit der das auserwählte Opfer seinem grausamen Schicksal begegnete. Eine Unterscheidung zwischen Menschen- und Tieropfer ist die, daß man einen Menschen zur Vorbereitung auf den Tod oft mit Absicht leiden ließ. Niemand aber dachte daran, einen Widder zu skalpieren, obwohl Tiere in Afrika auch bisweilen schlecht behandelt wurden. Bei bestimmten Riten wurden dem noch lebenden Tier die Gliedmaßen einzeln ausgerissen und dann roh gegessen.

Aber ohne Rücksicht darauf zu nehmen, ob Menschen, Tiere oder Gegenstände verwendet wurden, welchem Hauptzweck sollte das Opfer dienen? Der deutsche Gelehrte Eduard Westermarck verzeichnet in seiner umfangreichen Studie »Ursprung und Entwicklung der Moralbegriffe« die Objekte der Opferhandlungen mit konkreten Beispielen, um jede Gattung zu illustrieren.

Ein Ehrenplatz muß zweifellos dem allgemeinen und alten Brauch gegeben werden, die Lebenden mit den Toten zu begraben. Die Opfer waren gewöhnlich zahlreich, da ein großer Mann schwerlich auf seine Reise ins Jenseits geschickt werden konnte und nur von einem einzigen Faktotum begleitet sein. Das Ansehen des Toten war oft von der Anzahl der mit ihm ins Grab Gelegten abhängig. Das Verbrennen oder Begraben von Witwen, um ihre Ehemänner ins Jenseits zu begleiten, gehört zur gleichen Gruppe, obwohl die Tat, soweit sie freiwillig war, soviel wie Selbstmord bedeutete. Auch damit war oft das Ansehen verknüpft. Ein indischer Radscha konnte mit einer ganzen Schar von Frauen und Konkubinen verbrannt werden.

Oft wurden kriegerische Erfolge durch Opfer erbeten. Die Phönizier und ihre karthagischen Vettern waren auf diese Form des Opfers spezialisiert. Als Karthago in seinem Kampf gegen Rom in einer verzweifelten Lage war, opferten Adelsfamilien zweihundert ihrer Söhne an Baal. Epidemien abzuwehren war oft eine dringende Notwendigkeit, denn der Mensch war hilflos gegen Krankheit, die gewöhnlich für eine Strafe der Götter gehalten wurde. Bevor die Skandinavier Christen wurden, pflegten sie, um eine Seuche abzuwehren, ihre Kinder lebendig zu begraben. Solche Opfer dienten dem Schutz einzelner Personen wie ganzen Gemeinwesen. Bei den Inka wurden Kinder getötet, um den Inkafürsten bei guter Gesundheit zu erhalten, oder ihn im Falle einer Krankheit zu heilen; Einzelpersonen, die geopfert wurden, um Krankheiten aufzuhalten, waren oft als Boten zu den Göttern gedacht. Als der oberste Medizinmann in Benin, Westafrika, Gebete murmelnd den Gott Ogiwo bat, eine Seuche abzuwehren, sagte er zu den Sklaven, die gerade erschlagen und an den Opferbau gebunden werden sollten: »So, Ihr werdet es Ogiwo sagen. Grüßt ihn wie es sich gehört.« (4) Das Herstellen von Medizin aus den Körpern von Männern oder Kindern, die für diesen Zweck getötet wurden, war eine andere Art von Opfer. Derartige Fälle ereigneten sich noch im Jahr 1949 in Basutoland (jetzt Lesotho) und führten zu öffentlichen Gerichtsverhandlungen.

Fast so verbreitet wie das Begraben der Lebenden mit den Toten war das Ritual, Erwachsene oder Kinder in die Fundamente neuer Gebäude einzugraben, oder auch unter den Stadttoren und Brücken. Grundsteinopferung entspringt einer primitiven Angst vor dem Neuen, oder vor etwas, was man zum ersten Mal tut. Ein neues Gebäude ist auch eine Form von Eindringen in den Bereich des örtlichen Geistes, dessen Ärger erregt werden könnte und der beschwichtigt werden muß. So begrabene Personen sind nicht nur ein Friedensangebot an den Ortsgeist, sondern die Seele des Begrabenen wird auch zum Schutzdämon für das Gebäude. Als die Stadt Tavoy im äußersten Süden Burmas gebaut wurde, gelang es einem Augenzeugen zu berichten, daß in jede Aushebung eines Pfostens ein Krimineller gelegt wurde, um auf diese Weise ein Wärtergeist zu werden. (5) Grundsteinopferung war in Europa wie in Asien weit verbreitet. Als in Bremen ein Brückentor abgerissen wurde, so berichtet Westermarck (der Anfang dieses Jahrhunderts schrieb), fand man eingeschlossen in der Grundmauer das Skelett eines Kindes. Auch bei den Druiden gab es diese Riten. Bei der Gründung von Dinas Emris in Wales wurde in einer Nacht das gesamte Baumaterial für die Festung weggeschafft, dreimal wurde es zurückgeholt und dreimal wieder entfernt. Schließlich wollte der Anführer Gortigan vom Druidenpriester wissen: »Weshalb dieses Übel?« Man sagte ihm, er müsse ein Kind finden, dessen Vater unbekannt ist, es töten und mit seinem Blut den Grund benetzen, auf dem die Zitadelle gebaut werden soll. (6)

Nicht vergessen sollte man die Opfer, die auf die eine oder andere Weise mit der Fruchtbarkeit in Zusammenhang stehen. Das oberste Erfordernis des Menschen der Zivilisation war eine gute Ernte, oder anders ausgedrückt, Hungersnot abzuwenden. Fruchtbarkeitsriten erforderten in ihren ursprünglichen Formen das Verspritzen menschlichen Blutes oder das Eingraben von Stücken menschlichen Fleisches in den Feldern vor der Aussaat. Der Brauch hielt sich unter bestimmten Stämmen Indiens bis in das 19. Jahrhundert. Die Stämme zogen vorgesehene Opfer auf und mästeten sie speziell für diesen Zweck. Zur selben Gruppe gehören die Opfer für die Flußgötter, da das Wasser, das sie brachten, für das Wachsen der Pflanzen vonnöten war. Diese Klasse von Opferhandlungen umfaßt Riten, die sowohl Pflanzen wie Frauen fruchtbar machen sollten. Menschen wurden nicht nur geopfert, um bestehendes Leben zu bewahren, sondern auch, um neuen Geschöpfen auf die Welt zu verhelfen. Unfruchtbarkeit wurde oft für ein Werk Gottes gehalten, der mit voller Absicht

Kinder verhinderte, die sonst zur Welt gekommen wären. Die beste Abhilfe war es, ihm andere Kinder für jene zu geben, die er zurückbehalten hatte, im allgemeinen waren es Kinder von Sklaven, die diesem Zweck dienen mußten. In einigen Gegenden, zum Beispiel in Indien, wurde dieser Brauch so weit getrieben, daß der erstgeborene Sohn einer Frau, die auf weitere Kinder hoffte, erschlagen wurde, dann würden die Götter für eine ganze Reihe anderer Kinder sorgen. Unter bestimmten Stämmen der australischen Ureinwohner tötete und aß die Mutter ihr erstes Kind. Dies war das Mittel, auf weitere Kinder hoffen zu können. Der Brauch, das Erstgeborene jeder Art zu opfern, bei Tieren wie bei Menschen, war nicht ungewöhnlich und wird sogar im Alten Testament erwähnt.

Es könnte den Anschein haben, daß mit einer Begriffsbestimmung des Opfers und den typischen Zwecken, denen es dienen soll, genug gesagt wurde, um eine allgemeine Grundlage zum Studium der einzelnen Riten der verschiedenen Völker zu bilden. Aber solche Erklärungen lassen den Ablauf der Vorgänge unberührt. Es reicht nicht zur Deutung, wie und warum ein bestimmter Ritus ein erwartetes Ergebnis herbeiführen soll. Im Verlauf vieler Jahrtausende wurden Legionen von Menschen den Göttern geopfert, wie auch Herden von Tieren, Berge von Früchten und Gemüse, Ströme von Wein und Milch und dazu unzählige Gegenstände von kostbaren Juwelen bis zu billigen Figurinen. Dafür erwartete man von den Göttern die Abwehr von Hungersnöten und Seuchen, den Schutz der Bauten, die Sorge für die Verstorbenen, ertragreiche Ernten und erfolgreiche Kämpfe. Das waren die Gunstbezeugungen, die der Mensch von seinen Göttern benötigte, die auch im allgemeinen darauf eingingen. Es war lediglich eine Frage geduldigen Wartens oder, wenn nötig, der Vergrößerung des Angebotes. Zur gegebenen Zeit kam der Regen wieder, die Überschwemmungen gingen zurück oder die Seuche nahm ihren Verlauf. Vielleicht am unzuverlässigsten war die Bitte um Erfolg im Krieg – unerreichbar für beide Seiten in ein und demselben Kampf.

Während diese äußeren Ziele einfach waren, muß man fragen, ob das Opfer, Mensch oder Tier, mehr ist als lediglich ein einfaches Geschäft, bei dem göttliche Gunst zu einem festgesetzten Preis erkauft wird. Diese Schenkungstheorie, als dem einzigen

Zweck des Opfers, herrschte in der späteren Phase des 19. Jahrhunderts vor – wenn auch Schenkung keine sehr genaue Bezeichnung für ein Angebot ist, das mehr auf einen Kauf hinausläuft. Andere Vorstellungen wurden geltend gemacht, die dazu beitrugen, das Geheimnis etwas zu erhellen. Unter den früheren Theoretikern war es W. Robertson Smith, der in seiner klassischen Arbeit »The Religion of the Semites« aus dem Jahr 1894 die Sache einen Schritt weiterbrachte. Nach seiner Anschauung ging das Opfer auf die Zeit zurück, in der die Menschen ein Totem anbeteten, im besonderen Tiere oder Pflanzen, mit denen sich die Stämme identifizierten. Opfern mit dem Ziel, die Bande zwischen Mensch und Gott zu festigen, indem man das Totemtier opfert, das sowohl Gott als auch Stammesangehöriger war. Der Totemismus neigte später dazu, auszusterben, überlebte jedoch am längsten unter den australischen Ureinwohnern. Erst als der Mensch Gott nicht als Tier, sondern in ihm sein eigenes Abbild sah, begann er seine eigene Art als das Ebenbild seiner Gottheit zu töten. Deshalb kam nach Robertson Smith das Tieropfer vor dem Menschenopfer.

Sir James Frazers zentraler Gedanke über den getöteten Gott, dessen Tod den Kreislauf der Ernte kennzeichnet, verdankt vieles den Lehren Robertson Smiths. Das Prinzip ist das gleiche: es ist der Gott selbst, der stirbt. Für Frazer ist der Gott nicht länger das Tiersymbol seines Stammes, sondern besitzt menschliche Form. Nicht das Tier, sondern der König als Vertreter seines Volkes wird zum Tabu und muß rituell getötet werden. Frazer legt sehr viel Gewicht auf diese Theorie, die viele Anthropologen für übertrieben halten. Allerdings findet er unter dem Leserpublikum mehr Wohlwollen, das von seiner klaren Prosa und seiner bildlichen Ausdrucksweise gebannt ist.

1909 veröffentlichten zwei französische Gelehrte, H. Hubert und M. Mauss, das Werk »Mélanges d'Histoire des Religions«, das die Auffassung ziemlich veränderte. Für Hubert und Mauss war das Opfer schwer auf einen einzigen Grundsatz oder Zweck zurückzuführen. Für sie war es nicht eine Gabe, sondern ein Akt der Gemeinschaft, in welchem das Opfer vermittelnd zwischen Mensch und Gott wirksam wird. Besondere Beachtung widmeten sie dem Mechanismus des Opfers und der beherrschenden Rolle, die das tatsächliche Ritual spielt. Der Opfernde und sein Opfer waren nicht selbst geweiht, ihr Status wurde durch den Ritus verwandelt, da der Gott in das Opfer einging. Darum die Bedeutung des Priesters, der allein wußte wie das zu regeln war, die priesterlichen Handlungen wie das Handauflegen. Dadurch wird das Opfer Teil des göttlichen Wesens und der Opfernde selbst wird in den Zustand der Vereinigung mit seinem Gott versetzt.

Eduard Westermarck, dessen Spezialgebiet das Menschenopfer ist, lieferte einen wertvollen Beitrag zum Thema. Obwohl er einräumt, daß das Menschenopfer ein Geschenk war, um Böses abzuwenden, will er nicht gelten lassen, gleich Hubert und Mauss, daß das Opfer in seiner höheren Form auf bloße himmlische Bestechung hinausläuft. Der Ritus, in dem der eine für die vielen stirbt, ist mehr eine Sühnetat, in welcher ein einzelnes Opfer dem Zweck diente, den allgemeinen Zorn Gottes gegen den Menschen abzuwenden, als einfach nur die Gemeinschaft vor einem einzelnen Unheil zu schützen oder sich einer einzelnen Gnade zu versichern. Frazers Behauptung, daß es das zentrale Thema des Opfers ist, die Götter zu erhalten, damit sie wiederum gute Ernten bringen, beschreibt Westermarck als unhaltbar. Zur Rechtfertigung seiner Behauptung führt der deutsche Gelehrte viele Beispiele von Völkern an, von Peru bis Westafrika, die Menschen töteten, nicht um die Götter mit Nahrung zu versorgen, sondern mit Bedienten, oder sie opferten einfach jene, die die Gottheit auf irgendeine Weise verärgert hatten. Er betont das Fehlen jeder grausamen Absicht in solchen Riten:

> Ich meine, es gibt genügend Unterlagen, um zu beweisen, daß die Menschen, wenn sie das Leben ihrer Mitmenschen ihren Göttern opfern, es in der Regel mit der Hoffnung geschieht, auf diese Weise ihr eigenes zu bewahren. Das Menschenopfer ist im wesentlichen eine Art Lebensversicherung – absurd, ohne Zweifel nach unseren Vorstellungen, aber nicht eine Tat mutwilliger Grausamkeit. Wenn es zum Wohl der Gemeinschaft ausgeübt wird, oder in einem Fall nationaler Notlage, dann ist es schwerlich grausamer, als eine Verhängung der Todesstrafe mit der Begründung sozialer Zweckmäßigkeit zu befürworten, oder Tausende von Männern zu zwingen, im Namen ihres Landes den Tod auf dem Schlachtfeld zu erleiden. Der Brauch des Menschenopfers gibt zu, daß das Leben eines einzelnen genommen wird, um das Leben vieler zu retten, oder daß ein un-

tergeordnetes Einzelwesen getötet wird, um den Tod von jemand zu verhindern, der ein höheres Recht zu leben hat. Manchmal wird in Zeiten der Not oder Pestilenz der König oder Häuptling geopfert, dann aber wird er wahrscheinlich persönlich für das Unglück verantwortlich gehalten. Sehr häufig sind Opfer Kriegsgefangene oder Fremde oder Sklaven oder Verbrecher, das heißt, Personen, deren Leben wenig geachtet ist. Und in vielen Fällen sind das die einzigen Opfer, die von der Sitte erlaubt sind. (7)

Für Westermarck ist das Opfer in jeder Hinsicht durch die Furcht vor geheimen Mächten hervorgerufen, deren Wirken der Mensch nicht verstehen kann, obschon er ihnen ausgeliefert ist und sie ihn mit äußerster Gleichgültigkeit mit Unglück oder Wohltaten überhäufen. Um diese Mächte in Grenzen zu halten und ihre Gunst zu gewinnen, ist eine Art von Anzahlung nötig oder, wie er es treffend ausdrückt, eine Lebensversicherung. Darin enthalten sind sowohl der Schutz gegen unmittelbares, durch den Zorn Gottes hervorgerufenes Unheil etwa in Form von Mißernten wie auch Klauseln, die Vorteile von längerer Dauer versichern wie den Schutz eines Gebäudes auf Lebenszeit. Aber das Opfer hat auch allgemeinere Ziele. Wenn die Menschen regelmäßig bestimmte Rituale ausführen, werden sie einen Zustand engerer Verbindung mit ihrem Gott erlangen, um dessen Schutz sie flehen.

Autoren der Neuzeit haben im großen und ganzen solche Voraussetzungen anerkannt, jedoch mit unterschiedlichem Gewicht. Viele neuere Beiträge stammen von französischen Anthropologen. Der größte unter ihnen, Claude Lévi-Strauss, schreibt wenig, aber zutreffend über Menschenopfer. Rundweg lehnt er die Ansicht ab, daß sich Opferhandlungen bei primitiven Stämmen auf ihr Totemtier konzentrieren. Er betont, daß die Wahl des Opfers weitgehend verschieden ist und sich danach richtet, was zu gegebener Zeit zu haben ist – und das bei weitem nicht nur von einer einzigen Art. (8)

Gusdorf gibt in einer Arbeit aus dem Jahr 1948 den Gedanken nicht auf, daß das Opfer eine Art von Besoldung für die Götter ist, hebt aber hervor, daß dies nicht alles ist. (9) Außerdem stimmt er mit der Ansicht von Hubert und Mauss überein, daß das Opfer ein Akt der Vereinigung zwischen Mensch und Gott ist und bezeichnet das Opfer als religiöse Handlung, die ein verlorengegangenes Bündnis zwischen dem Göttlichen und dem Weltlichen wiederherzustellen versucht. Alle Opfer bilden daher ein Bindeglied zwischen diesen beiden Ordnungen, die gewöhnlich getrennt sind. Opfern ist Geheiligtes zurückgeben. Gusdorf vermeidet auch jede klare Unterscheidung zwischen Tier- und Menschenopfer und erläutert, daß der Mensch lediglich die größte Gabe ist, die der Mensch zu bieten hat. Das Opfern von Tieren oder Gegenständen ermäßigt einfach den zu zahlenden Preis. Aber Gusdorf fügt eine neue Perspektive hinzu, indem er die Wirkung des Rituals auf den Ausführenden wie auf das Opfer unterstreicht. Er betont die moralische Wirkung auf jene, für die die Teilnahme eine Art »Befreiung« ist, die das Individuum oder die Gemeinschaft in einen Zustand des Ausgleichs versetzt. Er erinnert an das Beispiel König Davids, der, indem er seinen Sohn als Buße für seine eigenen Sünden opfert, seine moralische Integrität wiedererlangt. So wird das Opfer eher ein Akt der Hoffnung als der Furcht: Opfer und Opfernder versuchen zusammen eine bessere Welt zu gewinnen.

Die anregendste zeitgenössische Arbeit stammt von dem französischen Gelehrten René Girard. Im Jahr 1972 veröffentlichte er »La Violence et le Sacré«, mit welcher er ältere Vorstellungen in Frage stellt. Wie auch Gusdorf behauptet er, das Opfer als bloße Gabe oder sogar als einen Akt der Vereinigung zu erklären, heißt, das Wesentliche nicht verstanden zu haben. Er konzentriert sich auf das, was er die »Opferkrise« nennt, die in einer Gesellschaft zum Gären kommt und nur durch Vergießen menschlichen Blutes bereinigt werden kann. Er zitiert das chinesische »Buch der Riten«, in dem beteuert wird, daß das Opfer zusammen mit Musik, Strafe und Gesetz den Hauptzweck hat, die soziale Einheit zurückzubringen und die kosmische Ordnung wiederherzustellen. (11) Girard behauptet, daß primitive Gemeinschaften beim Fehlen einer wirklichen Rechtsordnung in Fällen von Mord ständig einer Eskalation der Gewalt ausgesetzt sind, und das auf dem Prinzip Auge um Auge und Zahn um Zahn. Das einzige Ziel der Gewalt ist mehr Gewalt. Das gesellschaftliche Gefüge solcher Völker ist bestenfalls zerbrechlich, es zu stärken ist eine dringende Aufgabe. Ohne eine zweckmäßige Zivilgesetzgebung sind Gewalt und Gegengewalt Teil der göttlichen Ordnung.

Für Girard wiederholt sich diese Lage immer wieder. Die Spannung steigt bis zum Siedepunkt der »Krise«, die ihr Opfer verlangt. Als Beispiel führt er das von König Ödipus regierte Theben an. Die Pest droht und alles fällt auseinander. Ein Opfer, ein Sündenbock muß gefunden werden. In diesem Fall ist es der König, der ins Exil getrieben wird, was in einer griechischen Stadt fast einem Todesurteil gleichkam. Die Krise wird überwunden und die Spannung geht zurück. Girard führt diesen sich immer wiederholenden Ablauf von Krise und Lösung auf eine Mythe zurück, die allen Menschen gemeinsam ist und auf einer ursprünglichen Gewalttat beruht. Diese Tat muß wieder und wieder ausgeführt werden. Gleich Freud schaut er nach einem ursprünglichen Verbrechen, das durch wiederholtes Ritual gesühnt wird. Allerdings lehnt er Freuds These ab, daß das Verbrechen – wie in Theben – immer Vater- oder Muttermord und Blutschande ist.

Zeitgenössisches Denken weist nicht kurzerhand den Gedanken zurück, das Opfer als Austausch von Geschenken mit den Göttern zu betrachten, sucht aber nach einer tieferen Bedeutung des Widersinnes, eines Menschen Leben zu enden, als dem einzigen Mittel, um das anderer zu retten. Die beiden zum Vorschlag gebrachten Ziele des Opfers, den Appetit der Götter zu befriedigen, die Spannungen in der Gesellschaft zu lösen, sind keine völligen Gegensätze. Mircea Eliade hilft die Lücke zwischen beiden zu überbrücken. Wie Girard meint er, daß unter den Primitiven die Blutopfer auf einen Ursprungsakt zurückzuführen sind, in welchem ein Ungeheuer erschlagen und zerstückelt wurde, um den Kosmos zu erschaffen. In den Mythen vieler Völker ist der Mensch, was er heute ist, sterblich, triebhaft sinnlich und gezwungen, sich zu plagen und zu essen, verursacht durch eine uranfängliche Sünde, die einen Mord einschließt, in welchem ein göttliches Wesen, ein Mann, eine Jungfrau oder manchmal ein Kind die Qualen des Todes erlitten haben. Da der Mensch essen muß, wurde der Körper dieses göttlichen Wesens in Nahrung verwandelt. Seine Seele ging ein ins Reich der Toten, um jedes Jahr neugeboren wieder in Erscheinung zu treten. (12)

So wird durch den Akt des Opfers das allgemeine Gleichgewicht der Gesellschaft wiederhergestellt. Die ursprüngliche Gewalttat wiederholt sich und befriedigt zu gleicher Zeit die besonderen Bedürfnisse, die durch diese Tat entstanden sind, insbesondere die Gewähr guter Ernten durch die Götter. Sowohl Mißernten als auch sozialer Zusammenbruch sind unheilvolle Bedrohungen der kosmischen Ordnung. Diese aufrechtzuerhalten ist die Bestimmung des Menschenopfers, sei es durch eine einzelne Handlung der Hingabe oder durch randvoll mit pochenden Herzen gefüllte Steingefäße. In allen Fällen ist das Ritual selbst als Mittel zu diesen Zwecken lebenswichtig. Als Preis für die dringendsten Bedürfnisse des Menschen forderten die Götter weiterhin die höchste Gabe, das Leben eines Mitmenschen. Die Götter waren nur gezwungen, sich mit weniger zufriedenzugeben, als menschliche Wesen – in einigen wenigen Gesellschaften – nicht mehr als bloße Gaben oder als Tauschmittel betrachtet wurden.

KAPITEL I

DIE FARBENFROH GEKLEIDETE MENGE

Im 19. Jahrhundert wurden in Mesopotamien umfangreiche Tontafel-Bibliotheken mit Keilschrifttexten ausgegraben. Viele konnten durch Gelehrte entschlüsselt werden. Sie gaben einen umfassenden Einblick in die Kulturen der Sumerer und deren Nachfolger. Im Jahr 1927 aber begann Sir Leonard Woolley in der Königsnekropole von Ur zu graben. Die fremdartigen und kostbaren Begräbnissitten, die dabei ans Licht kamen und über die sich nichts in sumerischen Texten findet, erregten allgemein großes Aufsehen.

In seinem Buch »Ur in Chaldäa« (Excavations at Ur) macht Woolley das Erstaunliche und Grausame des Schauplatzes wieder lebendig, die eindrucksvolle Trauerprozession der Musiker mit ihren Harfen, die bewaffneten Krieger, die prächtig gekleideten Hofdamen wie sie ihrem königlichen Herrn in die furchterregende Gruft folgten und den Todestrank zu sich nahmen, bevor die Erde sie zudeckte. »Es muß eine bunt gekleidete Schar gewesen sein, die sich in dem offenen mit Matten ausgeschlagenen Schacht zum königlichen Leichenbegängnis versammelte, ein Farbenglanz von roten Röcken, Silber und Gold. Bei diesen Menschen handelte es sich offensichtlich nicht um unglückliche Sklaven, die wie Schlachtvieh getötet wurden, sondern um in Ehren gehaltene Menschen, die ihre Staatsgewänder trugen und, wie wir hoffen möchten, gern zu einer Zeremonie kamen, die nach ihrem Glauben nur den Übergang von einer Welt zu einer anderen bedeutete, vom Dienst bei einem Gott auf Erden zum Dienst bei dem gleichen Gott in einer anderen Sphäre.« (1)

Aus Ur stammt demgemäß Zeugnis von den ersten großen Königen, die auf Erden regierten und deren Diener und vielleicht auch Frauen als Teil des prächtigen Rituals die heilige Pflicht hatten, ihnen in die nächste Welt zu folgen. Die sechzehn Königsgräber, die auf dem Friedhof gefunden wurden, stammen aus der Zeit um 2800 v. Chr. Die Anzahl der Opfer reichen etwa von einem halben Dutzend bis zu siebzig oder achtzig. Obwohl die Beerdigungen niemals genau gleich waren, wurde doch in keinem Fall einfach die Erde über einen Berg von Leichen geworfen. Eine sich lang hinziehende Feierlichkeit hatte als Teil eines sorgfältig ausgeführten und reichhaltigen Zeremoniells stattgefunden.

Besonders aufschlußreich unter den Gräbern waren das des Königs Abargi und der Königin Schubad. Woolleys Gruppe stieß erst auf fünf nebeneinander liegende Leichen in einem schräg abfallenden Graben. Dann entdeckten sie eine weitere Gruppe von zehn Leichen, es waren zehn Frauen, die sorgfältig in zwei Reihen angeordnet waren. Diese waren ohne persönliche Grabbeigaben, denn sie selbst waren Teil der Grabausstattung ihres Königs. Genauso wurden in späterer Zeit ägyptische und mesopotamische Herrscher mit vielen symbolischen Gefolgsleuten in Form von Statuetten beigesetzt, oder mit Gestalten, die im Flachrelief an die Wände ihrer Gräber gemalt waren. Am Ende lagen die Reste einer wunderschönen Harfe, das Holz zerfallen, aber die Verzierungen unversehrt. (Dieses Instrument wie auch die anderen Schätze der Königsnekropole können nun, sorgfältig wieder instand gesetzt, im Britischen Museum besichtigt werden.)

Etwas weiter an der Innenseite des Schachteinganges fand sich ein hölzernes Schlittengefährt. An den Kanten des Rahmenwerkes war es mit rot-weiß-blauem Mosaik geschmückt und an den Seitenfüllungen mit goldenen Löwenköpfen mit Mähnen aus Lapislazuli. Vor dem Gefährt lagen die zerdrückten Skelette zweier Esel, mit den Leichen der Stallknechte zu ihren Häupten. Bei der weiteren Grabung erschien zusammen mit noch mehr Leichen ein verworrenes Durcheinander von goldenen Meißeln und Sägen, von Trinkbechern und anderen Gefäßen aus Silber, Kupfer und Stein.

Die königliche Begräbnisstätte lag ungefähr sechs Fuß tiefer in einer anderen Grube. An der hinabführenden Rampe lagen in zwei Reihen sechs Wachsoldaten mit Kupferspeeren und eingedrückten Kupferhelmen auf ihren zerbrochenen Köpfen. An der

Hinterwand des Königsgrabes lagen die Überreste von weiteren neun »Hofdamen« mit festlichem Kopfputz aus Lapislazuliperlen. In der Königskammer, die völlig ausgeraubt war, fanden sich neben dem König Abargi verschiedene weitere Skelette. Eine zweite Steinkammer enthielt die Leiche der Königin. Der Oberkörper war ganz verdeckt unter einer Menge Perlen aus kostbaren Steinen. Neben ihrer Bahre lagen zusammengekauert zwei Dienerinnen, die erschlagen oder vergiftet worden sein mußten, bevor die Kammer zugemauert wurde. Obwohl Woolley nichts davon sagt, halte ich es für wahrscheinlich, daß die Königin selbst, gemeinsam mit dem übrigen Gefolge, ein Opfer war und vom Trank aus dem Goldbecher, der neben ihrer Hand gefunden wurde, gestorben war. Die Sitte, daß die Ehefrauen ihre Männer in die nächste Welt begleiten, ist uralt und fast überall üblich.

Die Bestattung des Königs wurde in zwei Abschnitten durchgeführt. Nachdem seine ihm nahestehenden Diener mit ihrem Herren beigesetzt waren, wurde der Eingang des Grabes mit Steinen zugemauert, und damit war der erste Teil der Zeremonie beendet. Der zweite verlief dramatischer:

»In den offenen leeren Schacht mit seinem mattenbelegten Boden und den mit Matten verkleideten Wänden ziehen Menschen in einer Prozession hinab. Es sind die Mitglieder des Hofstaates des toten Herrschers, Soldaten, Diener und Frauen. Die Frauen gehen in prächtigen, leuchtend bunten Gewändern und dem Kopfputz aus Karneol und Lapislazuli, Silber und Gold; die Offiziere folgen mit ihren Rangabzeichen, dann die Musikanten mit Harfen oder Leiern. Dann folgen die Wagen, die von Ochsen oder Eseln gezogen und vorwärts oder rückwärts den Gang hinuntergefahren werden. Auf den Wagen sitzen die Kutscher, die Stallknechte halten die Köpfe der Zugtiere. Alle nehmen nun die ihnen bestimmten Plätze auf dem Schachtboden ein und zuletzt stellen sich die Wachen am Eingang auf. Jeder Mann und jede Frau hat einen kleinen Becher aus Ton, Stein oder Metall bei sich. Das war die einzige Ausrüstung für die Zeremonie, die nun folgen sollte. Anscheinend fand unten eine Art Feierlichkeit statt. Sicher ist wenigstens, daß die Musikanten bis zuletzt spielten. Dann tranken alle aus ihren Bechern. Es war ein Getränk, das sie mitgebracht hatten – in einem Fall entdeckten wir in der Mitte des Schachtes einen großen Kupferkessel, aus dem sie geschöpft haben könnten – dann legten sie sich nieder und erwarteten den Tod.« (2)

Nachdem die menschlichen Opfer durch einen Opium- oder Haschischschluck bewußtlos oder tot waren, kam jemand in die Grube, tötete die Tiere und legte den Frauen die Leiern auf die Körper. Danach wurde die Erde hinabgeworfen und der Schacht aufgefüllt.

Bemerkenswerte Einzelheiten kamen in einer großen Bestattungsgrube ans Licht, die einen Teil eines anderen Königsgrabes bildete. Hier fand man Skelette von vierundsechzig Hofdamen, achtundzwanzig von ihnen trugen goldene, der Rest silberne Haarbänder. Von diesen war wenig übriggeblieben, da Silber eine geringe Säurebeständigkeit hat. In einem Fall jedoch wurde ein fest aufgerolltes Haarband gefunden und ist so als massives Stück Metall gut erhalten geblieben. Woolley vermutet, daß die Besitzerin sich verspätet hatte und dann war keine Zeit, sich für die Zeremonie zu schmücken. So gab sie der Nachwelt das einzige Beispiel dieser Art von silbernem Haarband.

Da sich in sumerischen Texten kein Hinweis auf diese Riten findet, konnten einige Gelehrte nicht glauben, daß dies Begräbnisse echter Könige waren und beteuerten beharrlich, diese seien für Stellvertreter der Könige oder »Festkönige« auf Zeit veranstaltet worden. In der Mythologie vieler Länder bilden diese Riten die Grundlagen des Fruchtbarkeitskultes, der mit der Sage von dem Gott verbunden ist, der im Winter stirbt und im Frühjahr wiedergeboren wird. Aber die Entdeckung weiterer Gräber der Dritten Dynastie von Ur (um 2100 bis 2000 v. Chr.), in denen auch viele Leichen von Dienern zusammen mit ihren Herren gefunden wurden, haben bestätigt, daß dies Gräber wirklicher Herrscher waren. Wie im Fall des Königs Abargi bewahren die sumerischen Texte tiefes Schweigen.

Mit dem Anbruch der Zivilisation wurden derartige Riten wesentlich kunstvoller und vielfältiger, es waren auch viel mehr Menschen daran beteiligt. Es wäre jedoch ein Fehler, diese Riten für rein schmückendes Zubehör einer höheren Kultur zu halten. Im Gegenteil, um die Ursprünge der Menschenopfer in der einen oder anderen Form zu erforschen, müssen wir tatsächlich sehr weit zurückgehen. Die würdigen Zeremonien mit der Tötung der königlichen Gefolgschaft wie sie in Ur stattfanden, sind nur eine

Art von Menschenopfer, aber das ist bei weitem nicht der Beginn der Geschichte. Lange bevor der Mensch Städte baute oder von Königen regiert wurde, gab es bereits grundlegende Formen.

Die Überreste des Pekingmenschen wurden erstmals vor einem halben Jahrhundert in der Nähe Pekings in den Drachenknochen-Höhlen von Tschou-kou-tien entdeckt. Das Alter der Knochen wurde ursprünglich auf 500 000 Jahre geschätzt, jetzt aber hält man sie für fast eine Million Jahre alt. In Tschou-kou-tien war eine Anzahl der Körper enthauptet und bis zu ihrem Verfall begraben worden. Die Schädel hingegen wurden sorgfältig präpariert, nachdem sie geöffnet worden waren, um das Gehirn zu extrahieren, was anscheinend einige Zeit nach dem Tod geschah. Die größeren menschlichen Knochen waren meistens genau wie die Tierknochen des Fundortes gespalten, um das Mark leichter herausnehmen zu können. Die Öffnung an der Schädelbasis beruht auf der gleichen Technik wie sie bis vor kurzem bei den melanesischen Inselbewohnern üblich war. Für sie war das menschliche Gehirn eine Delikatesse. Mit den gespaltenen Knochen war man gar nicht feierlich umgegangen, so daß man fast annehmen kann, daß die Pekingmenschen ihre eigene Art mit ebensowenig Reue verzehrten wie sie sich von jeder anderen Wildsorte ernährten. Diese Zeugnisse müssen jedoch mit Vorsicht behandelt werden, da sie sehr unvollständig sind. Der menschliche Kopf war für Pekingmenschen fraglos ein ehrwürdiger Gegenstand. Die Schädel des Javamenschen, ungefähr aus der gleichen Zeit, scheinen in gleicher Weise behandelt worden zu sein. Sie waren dann als Trinkgefäße in Gebrauch. Ebenso trinken primitive Menschen der Jetztzeit noch heute aus dem Schädel eines Kriegers, um damit etwas von seiner Stärke aufzunehmen.

Weitere Anzeichen vom Kult um den menschlichen Schädel und dem Verzehr des Gehirns stammen vom Neandertalmenschen, der etwa zwischen 200 000 und 70 000 v. Chr. lebte. 1939 wurde auf dem Monte Circeo an der italienischen Küste südlich von Rom in einer kleinen Kammer ein Neandertalschädel gefunden. Er lag inmitten eines Steinkreises auf dem Schenkelknochen eines Ochsen und eines Hirschen. Wieder war das Hinterhauptloch, durch das das Rückenmark mit dem Gehirn in Verbindung ist, nach dem Tod aufgebrochen worden und das Hirn aus dem Schädel herausgenommen und vermutlich wegen der lebenspendenden Eigenschaften verzehrt worden. In Krapina in Jugoslawien erinnerten die Reste von dreizehn Erwachsenen und sieben Kindern der Neandertaler an den Pekingmenschen. Die Knochen von Menschen wurden auf dieselbe Weise wie die Tierknochen behandelt, sie wurden gespalten, um das Mark herausnehmen zu können. In Usbekistan wurde ein kultisch bestattetes Neandertalkind gefunden. Der Schädel war umgeben von sechs Paar Geweihen der sibirischen Gebirgsziege. Dieser Fund bezeugt somit eine Art religiösen Menschenopfers unter den Neandertalern und nicht nur reinen Kannibalismus. Es ist sehr unwahrscheinlich, daß diese sehr kleinen Jägergruppen ihre Zeit damit verbrachten, ihre eigene Art zu jagen, um sich davon zu ernähren. An jagdbaren Wildtieren war kein Mangel. Hätte der frühe Mensch dauernd seine eigene Art gejagt, wäre er sehr bald ausgestorben.

Etwa um 20000 v. Chr. hat dieser Kult eine neue verfeinerte Entwicklung genommen. In einer Höhle bei Charente in Frankreich wurden Trinkschalen gefunden, die aus der oberen Wölbung des menschlichen Schädels gemacht waren. In der Ofnet-Höhle im bayerischen Jura fand man zwei Nester mit dreiunddreißig Menschenschädeln, davon zwanzig von Kindern, die nach dem Tod vom Rumpf getrennt und als Relikte aufbewahrt wurden, mit Muscheln und Halsketten geschmückt und in rotem Ocker gebettet, mit der Gesichtsseite nach Westen gewandt. Es ist sehr unwahrscheinlich, daß sie alle eines natürlichen Todes gestorben sind.

Zu dieser Zeit erscheinen Anzeichen jenes allgemein verbreiteten Brauches der Menschenopfer, der Bestattung der Großen mit ihrem Gefolge, sei es mit der Familie oder den Dienern. Im Charente-Gebiet fand man ein Dreier-Begräbnis in Ocker gebettet. Ein großer Mann lag auf dem Rücken, zu seinen Seiten, ihm zugewandt, eine Frau und ein Knabe, die Arme erhoben und die Hände gefaltet. Sowohl der Mann wie die Frau hatten ein Flintmesser in der linken Hand, ein weiteres Messer lag neben des Knaben Kopf.

Im Neolithikum, etwa ab 10000 v. Chr., wurde der Schädelkult verfeinert. In Jericho stieß man auf etwa 8000 Jahre alte Schädel, die Gesichtspartien mit einer Art von Gips nachgebildet, in die Augenhöhlen Muscheln eingesetzt mit Schlitzen, um die Pupillen anzudeuten. Sie scheinen zu religiösen Zwecken porträtähnliche Züge der toten Mitglieder der Familie zu tragen. Die Köpfe waren mit Erde oder Ton aufgefüllt, was erst nach dem Zerfall der Weichteile geschehen konnte. Der menschliche Kopf war zu dieser Zeit der Mittelpunkt eines ziemlich komplizierten Kultes geworden, der sich auf eine einfache Form von Ahnenverehrung gründete und dem Wohl zukünftiger Generationen dienen sollte. (3) Um 3500 v. Chr. wurden die Schädelriten in Jericho fremdartiger. Verschiedentlich waren die Skelette, nachdem sich das Fleisch zersetzt hatte, wieder ausgegraben worden. Diese Knochen wurden zeremoniell auf einem Scheiterhaufen verbrannt, während des Rituals wurden die Schädel rund herum ausgelegt. Diese legte man in Gefäße, die dann in ihren endgültigen Gräbern beigesetzt wurden. Auch in Süddeutschland fand man aus dieser Zeit verschiedene Bestattungen, wo ein Mann und eine Frau zusammen begraben lagen, manchmal so, daß der Kopf des einen neben den Füßen des anderen lag. Hier war eindeutig die Frau ihrem Mann ins Grab gefolgt.

Die alten Ägypter werden oft als die Urheber der Zivilisation angesehen, jedoch hat es jetzt den Anschein, daß die Menschen in Mesopotamien diesen großen Schritt etwas vor ihnen getan haben. Sicherlich haben weder die Ägypter noch die Mesopotamier das Menschenopfer erfunden. Es wurde bereits lange vor der Entfaltung ihrer großen Dynastien im Nahen Osten ausgeübt. Sie könnten aber neue Formen entwickelt haben. In Ägypten bieten schriftliche Aufzeichnungen Beweise für Opfer mancherlei Art, einschließlich der Folter, was sich in der Folge weit verbreitete.

Im Niltal erreichte der Totenkult mit der Konservierung des ganzen Körpers erstaunliche Ausmaße. Dieser Brauch wurde unter den frühen Pharaonen, etwa von 3000 v. Chr. an, eingeführt. Vor dieser Zeit aber wurde ein Schädelkult von bescheidenerer Art ausgeübt, der an Funde in Jericho und an anderen Orten erinnert. In Nagada, einem frühen Fundort, war genau wie am Monte Circeo in fünf verschiedenen Fällen der Kopf abgetrennt und gesondert auf einem Steinhaufen gefunden worden, dagegen fanden sich an diesem Ort Gräber mit Skeletten ohne Schädel. Die frühesten Texte bestätigen die Ausübung solcher Riten. In einem Totenbuch liest man: »Ich, der Sohn eines Prinzen, bin ein Prinz . . . dessen Kopf wird ihm wiedergegeben, nachdem er abgeschlagen wurde.« (4) Bei der Einbalsamierung wird das Gehirn durch die Nase herausgezogen. Vor diesem Verfahren aber wurde der Kopf einfach abgetrennt und nach dem Herausnehmen des Gehirns zum Konservieren mit Gewürzen und Salben gefüllt. Um sicherzugehen, daß jedes Skelett wieder seinen dazugehörenden Schädel bekam, wurde mit äußerster Sorgfalt vorgegangen, da man glaubte, der Kopf enthielte die Seelensubstanz des Menschen. Einem Körper nicht den richtigen Kopf zurückzugeben, hätte schreckliche Folgen gehabt. In der ägyptischen prädynastischen Zeit wurde der Kopf wie in Jericho mit Gips überzogen und das Gesicht sorgfältig modelliert. Diese Praxis wurde erst aufgegeben, als die Mumifizierung beliebt wurde. Selbst dann wurden oft Nachbildungen von den Köpfen der Toten aus Gips oder Harz gefertigt und in die Gräber neben die Mumie gelegt. Diese Nachbildungen bereiteten den Weg für die lebensgroßen Porträtstatuen, die später in Gebrauch kamen. Bei bestimmten frühen Bestattungen entfernte man das Fleisch von den Knochen, die manchmal Spuren von Zähnen aufwiesen, was an die Form eines kannibalischen Rituals denken läßt.

Mit Beginn des dritten Jahrtausends erfolgte unter den ersten Dynastien des geeinten Ägypten ein grundlegender Wechsel, als der Schädelkult durch die Mumifizierung ersetzt wurde. Den Pharao betrachtete man nun als den Nachkommen des Gottes Osiris, der selbst immer als Mumie dargestellt wurde. Seine Geschichte ist unmißverständlich die eines Menschenopfers, verkörpert aber auch einen Widerspruch gegen derartige Bräuche. Nach der Legende war Osiris, Sohn des Erdgottes Geb, ein mildtätiger König. Er gab den Ägyptern als erster Gesetze, lehrte sie die Götter zu ehren und vom Kannibalismus abzulassen. Seth, sein böser Bruder, verführte ihn dazu, sich in einen prächtig verzierten Sarg zu legen, diesen ließ er zunageln und im Nil aussetzen. Der Sarg wurde auf das Meer hinausgetragen und driftete bis Byblos, also bis zur Küste des heutigen Libanon. Isis, die Schwester und Gemahlin des Osiris, fand den Sarg und brachte ihn nach Ägypten zurück. Doch Seth bemächtigte sich erneut des Osiris und zerstükkelte seinen Körper in vierzehn Teile, die er weit und breit über das Land verstreute. Doch Isis suchte nach den Teilen des göttlichen Leibes und begrub sie da, wo sie sie aufgefunden hatte, ausgenommen der Geschlechtsteile, die inzwischen von den Fischen aufgefressen worden waren. Derart war die Verehrung des Osiris, daß im Lauf der Zeit seine göttlichen Glieder, auf wunderbare Weise vervielfältigt, zahllose Grabstätten hatten, die alle heiliggehalten wurden. Schließlich fügte Isis mit Hilfe ihres Sohnes Horus die Teile des Gottes wieder zusammen und umwickelte sie mit Binden wie eine Mumie. Osiris erwachte wieder zum Leben und regierte von da an in der Unterwelt als König der Toten, wo er über die Seelen der Abgeschiedenen richtete. Die Auferstehung des Osiris versprach jedem Menschen ein ewiges Leben, wenn nur seine Nachkommen für seinen Leib sorgten, wie Isis und die anderen Götter es für Osiris getan hatten. In der Folge wurden die Begräbnisriten für die Verstorbenen genauso gestaltet wie für den legendären Gottkönig, dem Vorfahren aller Pharaonen.

Mit dem Osiriskult trat ein Wendepunkt im religiösen Ritual ein. In erster Linie wirkte der Wert, den man der Konservierung des unversehrten Körpers beimaß, dem primitiven Verfahren von zwei Bestattungen entgegen. Denn mit der Zerstückelung des Osiris war Seth nur der Sitte der Zeit gefolgt. Gesondert beigesetzte Schädel fand man in den Gräbern des frühen Ägypten. Jeglicher Hang zum Kannibalismus wurde unterdrückt, obwohl die Neigung dazu noch lebendig war. Im Grab des Unas zu Sakkara, einem Herrscher des Alten Reiches, ist vom König zu lesen, daß er sich von seinem Vater und seiner Mutter ernähren läßt, er jagt sogar die Götter auf den Himmelswiesen, schneidet sie auf und verzehrt ihre Herzen und Eingeweide. Das alte Ritual einer als Strafe ausgeführten Zerstückelung überlebte in symbolischer Form Seth, den Mörder des Osiris. Er wurde zum Gott des Bösen und zum Erzfeind des Sonnengottes Re. Einer der Hauptteufel im Dienst des Seth war das Ungeheuer Apophis, das manchmal als Schlange und manchmal als Krokodil dargestellt wurde. Das »Buch von der Unterwerfung des Apophis« empfiehlt die Herstellung einer Wachsplastik des Krokodils. Der Priester zertrat dann das Abbild mit seinem linken Fuß bis es eine formlose Masse war. Währenddessen murmelte er die Worte: »Zurück, in Stükke gehackt . . . ich schneide das Fleisch von seinen Knochen. Ich feßle seine Füße. Ich schneide seine Hände und Arme ab. Ich veröde seine Augen. Ich reiße sein Herz heraus.« (5)

Aber nicht alle älteren Formen des Menschenopfers wurden in reine Symbolik verwandelt. Der bedeutende englische Ägyptologe Sir Wallis Budge zitiert verschiedene Texte, die von Menschenopfern berichten, die Osiris selbst dargebracht wurden. Dies geschah unter Aufsicht des Henkers Schesmu. Der Papyrus des Schreibers Ani zeigt das Bild von Schesmu bei einer Art Steinguillotine. Der Kopf des Opfers wurde zwischen zwei in einem massiven Sockel senkrecht stehende Pflöcke gelegt und dann, wahrscheinlich mit einem Feuersteinmesser, abgeschlagen. Andere Texte berichten von Folterungen, die den »Feinden des Osiris« auferlegt wurden. Die dafür verwendeten Werkzeuge werden in allen Einzelheiten beschrieben. (6) Im Buch der Tore werden die »Feinde des Osiris« gezeigt, die verbrannt werden sollen. Ihre Arme waren quer über dem Körper und auf dem Rücken auf eine Art und Weise festgebunden, die starke Schmerzen verursachte. Bevor sie verbrannt und in Stücke zerhackt wurden, speit ihnen die Schlange Khati Feuer ins Gesicht. Andere Illustrationen zeigen Osiris im vollen Ornat, wie er den Priesterhenker im Tierkopfschmuck beim Köpfen von drei knienden Feinden beobachtet. Im tropischen Afrika fanden viele ägyptische Riten dauernden Einfluß. Mitte des 18. Jahrhunderts wurden Opfern in Dahome eine fast übereinstimmende Behandlung zuteil. (7)

Weitere Zeugnisse bringen Beweise von rituellen Tötungen gefangener Feinde. Eine in Abydos aufgefundene Elfenbeintafel zeigt Semti, einen König der Ersten Dynastie während der Opferung eines besiegten Feindes. Eine Gestalt des Gottes Anubis, die hinter dem Gefangenen steht, weist darauf hin, daß dies ein vom König zu Ehren des Gottes dargebrachtes Opfer ist. Das Opfern von Kriegsgefangenen war mit den frühen Königen noch nicht zu Ende. In der Achtzehnten Dynastie (1574–1320 v. Chr.), als die ägyptische Kultur auf ihrem Höhepunkt stand, berichtet eine Eintragung des Königs Amenophis II., daß er sieben Häuptlinge mit seiner eigenen Keule erschlug und ihre Leichen kopfüber am Bug seines Schiffes befestigte. Bei der Rückkehr in seine Hauptstadt Theben weihte man sie dem Tempel des Gottes Amun.

Wenn Gefangene oder andere Fremde als Opfer nicht verfügbar waren, griffen die Ägypter auf ihre eigenen Leute zurück. Auf dem Grab des Osiris opferten sie rothaarige Menschen (rot war die Farbe, die mit Seth, dem Feind des Gottes, in Verbindung stand). Für dieses Ritual war Busiris im nördlichen Ägypten ein bevorzugtes Zentrum, hier lag angeblich das Haupt des Osiris begraben. Jedes Opfer an diesem Ort wurde als erneuter Versuch, den Tod des Osiris zu rächen, begrüßt. Ein anderer Text berichtet, daß an einigen Orten rothaarige Männer – offensichtlich eine Seltenheit in Ägypten – lebendig verbrannt wurden. Das fand im Sommer während der Hundstage statt. Es galt als Vorkehrung gegen Wassermangel oder Seuchen. Die Asche der Opfer wurde in den Wind gestreut. Als wiedererstandene Lebenskraft verkörperte Osiris auch den Nil, dessen jährlich steigende Flut Fruchtbarkeit auf die Felder brachte. Der Osiriskult stand daher in enger Verbindung mit dem Vegetationskreislauf, und das jahreszeitlich bedingte Opfer rothaariger Männer war Teil des Kultes. Sir James Frazer behauptete sogar in seinem Buch »Der goldene Zweig«, daß die Haarfarbe der Opfer das rötliche Korn verkörpert.

Die Ägypter beschränkten sich nicht darauf, die Feinde des Osiris zu töten. Wie in Mesopotamien war der Brauch, die Gefolgsleute im Grab ihres Herrn beizusetzen, nicht unbekannt. Hinweise, daß Menschen manchmal beim Begräbnis von Anhängern des Osiris niedergeschlagen wurden, finden sich im Ägyptischen Totenbuch. Hier macht der Gott die Feststellung: »Mögen diese mir übergeben werden als Opfer meines Vaters und meiner Mutter und als Wächter an meiner Türe.« Beginnend etwa mit dem Jahr 2300 v. Chr. wurden in den folgenden 2000 Jahren winzige Figürchen mit den Toten begraben. Sie sind bekannt als Uschebtis. Manchmal lagen bis zu zweihundert dieser Figürchen in einem Grab. Der französische Ägyptologe Georges Maspéro war überzeugt, daß diese Sitte nur bedeuten konnte, daß die Uschebtis ein Ersatz für die Sklaven waren, die früher, tot oder lebendig, mit ihren Herren begraben wurden. Sie sollten ihnen in der nächsten Welt dienen, wie sie es in dieser getan hatten. Trotz der Verwendung dieser Symbole starb die Beisetzung menschlicher Opfer nicht ganz aus. So wurde der Körper einer erdrosselten Frau im Grab einer Prinzessin aus der Elften Dynastie gefunden. Zwei weibliche Wesen auf dem Boden der Grabkammer von Amenophis II. aus der Achtzehnten Dynastie waren auch erdrosselt worden oder hatten Selbstmord begangen. (8)

Außerdem gibt es Beweise vom Weiterleben noch einer weiteren klassischen Form von Menschenopfer: Das Eingraben von Kindern oder Erwachsenen unter neuen Gebäuden. Man fand Kinderkörper in Fundamenten aus der Zweiundzwanzigsten Dynastie (950–720 v. Chr.).

Obwohl das Ausmaß menschlicher Opfer sich ohne Zweifel verringerte, entspricht die Vorstellung von Ägypten als einem Land, in dem das Leiden und der Tod des Gottes Osiris an die Stelle aller grausamen Sitten der Vergangenheit getreten seien, nicht der Wirklichkeit. Während kein sumerischer Text in dieser Hinsicht eine Aussage macht, bieten die schriftlichen Zeugnisse Ägyptens zumindest eine Andeutung der Wahrheit, was durch die Funde der Archäologen bestätigt wird. Gleichzeitig war das Martyrium des Osiris ein Opfer mit einer allgemein gültigen Botschaft. Als einer, der starb, um die vielen zu erlösen und als einer, der von den Toten auferstand, war er der erste einer langen Reihe, die des Menschen Ansicht von dieser und der nächsten Welt tief beeinflußt hat.

Menschenopfer findet man in der einen oder anderen Form überall im Nahen Osten der Alten Zeit. Aber auch in China, jener anderen Wiege alter Kulturen der Welt, war die Praxis des Menschenopfers weit verbreitet. Sie weist das gleiche Muster auf und folgt ihm bis zu einem ungeheuren Ausmaß. Die Ursprünge der Menschenopfer in China liegen im Dunkel. Wir wissen wenig von den Ereignissen zwischen den fernen Zeiten des Pekingmenschen und der Geburt der Zivilisation. Das eindrucksvollste Zeugnis eines frühen Menschenopfers stammt aus Gräbern, die in den Jahren nach 1950 freigelegt wurden und aus der Schang-Dynastie (1523–1028 v. Chr.) stammen. In der Provinz Honan fand man acht große Königsgräber. Das bemerkenswerteste von allen jedoch liegt in Wukuang, etwa dreihundert Kilometer südlich von Peking. Wie in der Königsnekropole in Ur wurde der König auf einer tieferen Ebene gefunden als sein Gefolge. Dies lag in Kammern, die um das Hauptgrab gruppiert waren. Die Bedienten waren in voller Rüstung. Weitere Ähnlichkeiten mit Ur waren überraschend. In den Gräbern waren nicht nur kostbare Reichtümer aufgehäuft, dazu schöne frühe Bronzekessel mit Malachit-, Jade- und Türkisornamenten. In einem Grab fand man einen Streitwagen mit dem Wagenlenker und den Pferden. Weitere Pferde, Männer und Hunde lagen aufgereiht wie Wächter auf der Rampe, die zur Königskammer führte. Ein besonderes Kennzeichen in China war eine kleine Grube auf der untersten Ebene, die für die Lieblingskatze oder den Schoßhund des toten Mannes reserviert war. Gelegentlich nahm ein Günstling den Platz des Lieblingstiers des Königs ein. In den chinesischen Gräbern waren im Gegensatz zu Ur bestimmte Gefolgsleute geköpft worden und die Schädel gesondert beigesetzt. Dies waren die Totengräber, die getötet werden mußten, sie hätten sonst den Grabräubern den Weg in die Kammern zeigen können. In einem Fall zeigten vierunddreißig menschliche Schädel, sorgfältig in Reihen geordnet, daß der frühere Schädelkult noch nicht ausgestorben war.

Im Alten China wurde auch jene andere klassische Form des Menschenopfers gefunden, das Eingraben von Menschen unter den Fundamenten neuer Bauten. Skelette, meist von Kindern, wurden ausgegraben und zeugen für diesen Brauch zur Zeit der Dschou-Dynastie (1028–256 v. Chr.). Das hatte bereits unter der vorhergehenden Schang-Dynastie begonnen. Als deren Hauptstadt freigelegt wurde, stellte sich heraus, daß Hunderte von Menschen getötet und am Eingang zum Königspalast begraben lagen. Als einige hundert Jahre später während der Han-Dynastie bestimmte Gräber der Prinzen des Wei-Staates (334–286 v. Chr.) geöffnet wurden, fand man in einem Fall hundert Leichen, wovon neunundneunzig weiblich waren. (10)

Vielfach werden die chinesischen Funde durch schriftliche Aufzeichnungen belegt und zeigen, daß diese Sitten lange Zeit überdauerten. Der große Historiker Ssuma Tschien berichtet, daß sechsundsechzig Menschen beim Tod des Kaisers Wu (vom Staat Ts'in), der 677 v. Chr. starb, mit ihm ins Jenseits gingen. Dieser Landesherr sollte noch übertroffen werden von seinem Neffen Mu, einem sehr erfolgreichen Herrscher. Er starb 619 v. Chr. und wurde in Yung beerdigt. Ihm folgten ins Jenseits einhundertundsiebenundsiebzig an der Zahl. Unter ihnen waren drei ausgezeichnete Minister von Ts'in. (11) Der Bericht stellt eindeutig fest, daß der Tod der drei Minister der Akt einer freiwilligen Selbstopferung war.

Der holländische Gelehrte J. J. M. de Groot verzeichnet in seiner bedeutenden Studie »The Religious Systems of Ancient China« zahllose Ereignisse, die besagen, daß Lebende mit Toten begraben wurden, was er aus seiner reichen Kenntnis chinesischer Literatur zusammengetragen hatte. Ein Feudalfürst in Tschu warf sich im Jahr 506 v. Chr. in einem Anfall von Wut auf ein Ruhebett. Aber irgendwie fiel er auf einen Rost mit Holzkohle und kam in den Flammen um. »Bevor er ins Grab gelegt wurde, begrub man fünf Wagen und fünf Menschen bei lebendigem Leib.« (12) Nach einem anderen Text aus dieser Zeit begrub ein vornehmer Edelmann, als Zeichen der Dankbarkeit, zwei seiner eigenen Töchter mit seinem Fürsten. Der Fürst hatte sich einmal seinem Vater gegenüber gnädig erwiesen. Als Madame Fu, die Konkubine von Mu-Yung-Hi, dem Herrscher des Staates Yen, starb, verfiel er in lautes Wehklagen, schlug sich auf die Brust, stampfte mit den Füßen und versuchte sogar, sie im Sarg zu lieben. Als Trost für seine Geliebte im Jenseits suchte er seine eigene Schwägerin aus, eine Frau mit schönem Antlitz und großer Würde. Sie wurde mit Madame Fu beigesetzt, denn er hatte ihr befohlen, sich selbst zu töten. (13)

Unter der Han-Dynastie wurde China ein geeintes und starkes Reich (206 v. Chr. bis 220 n. Chr.). In den Dokumenten dieser Dynastie sowie in jenen der folgenden Kaiserreiche werden Begräbnisse von Lebenden mit den Toten nicht erwähnt. Auch de Groot fand keinen Fall von Menschenopfern in den Darstellungen dieser Zeit oder in Biographien von Kaisern und Kaiserinnen. Die Archäologie hingegen erzählt eine andere Geschichte. Viele Gräber wurden jetzt geöffnet und lassen erkennen, daß noch in der Sung-Dynastie (960–1261 n. Chr.) Bediente mit ihren Herren beigesetzt wurden. Es kamen sogar Beweise zutage, daß der Brauch, Gefolgsleute mit beizusetzen, bis in die Zeit der ersten Ming-Herrscher im 14. Jahrhundert überdauerte.

Die Einwände jedoch, die bestimmte weise Männer in China erhoben, zeigen, daß den Menschen allmählich Zweifel kamen über Recht und Unrecht der Menschenopfer als Mittel, das Wohlwollen der Götter zu gewinnen. Der Philosoph Micius, der im 4. Jahrhundert v. Chr. lebte, tadelte die Verschwendung bei königlichen Begräbnissen. Andere frühe Einsprüche sind überliefert: Tschen Khien-Sih, ein Grande des Königreiches Tsi, hatte für sich einen Sarg bestellt, der groß genug war, um auch noch zwei Sklavenmädchen zu fassen, eine auf jeder Seite. Sein Sohn aber meinte, es sei nicht gut, die Lebenden mit den Toten zu begraben, geschweige denn im gleichen Sarg. Er verhinderte den Lieblingsplan seines Vaters. Als drei Minister genötigt wurden, sich dem Herrscher Muh zu opfern, beklagten die Leute von Ts'in deren Schicksal und verfaßten das Lied von den Gelben Vögeln, das ihrem Mißfallen Ausdruck gab.

Möglicherweise wurde als Auswirkung dieser Einwände die Vergeudung menschlichen Lebens eingeschränkt, wenn auch nicht beendet. Anstatt Menschen zu opfern, wurden dafür Nachbildungen von Männern und Frauen verwendet. Sogar in der Schang-Zeit dienten Modelle von Menschen in Form von Strohbündeln symbolisch als königliche Gefolgschaft für die andere Welt. Später unter der Tschu-Dynastie wurden anstelle dieser Bündel oft Abbilder aus Holz in die Gräber gelegt. Sie hatten Sprungfedern eingebaut und regten sich, und das sah aus wie die Bewegungen wirklicher Menschen. In viel späterer Zeit wurden diese Ebenbilder verfeinert. Sie waren aus einem Bambusgestell gemacht, mit farbigem Papier überzogen, wie Menschen geformt und entsprechend dem Rang des Dargestellten bekleidet. Solche Ebenbilder wurden noch beim Begräbnis der letzten Kaiserin Dowager im Jahr 1908 verwendet. In der Prozession wurde eine große Anzahl dieser Modelle mitgetragen und dann verbrannt.

Der Vorgang jedoch, menschliche Wesen durch Symbole zu ersetzen, verkehrte sich manchmal ins Gegenteil und eine früher harmlose Zeremonie wurde zur Grundlage wirklicher Morde. Konfuzius (551–478 v. Chr.) vermutete sogar, daß der Brauch, Lebende mit den Toten zu begraben von der Verwendung dieser gefederten Ebenbilder aus Holz herrührte. Er mag darin im Unrecht sein, aber in einem bestimmten Fall weiß man von einem Mann, der gezwungen wurde, den Platz eines Tieres einzunehmen. Im Jahr 639 v. Chr. wurde Vicomte Tsang von den Menschen von Tschu anstelle des ausgewählten Tieres für die Zeremonie geopfert, um sich der Hilfe der Götter in einer Krisenzeit zu versichern.

Wir haben erfahren, daß Ägypten, Sumer und China, diese Wegbereiter menschlichen Fortschrittes vom Bauerndorf zum Stadtstaat, alle das Menschenopfer ausübten. In Ägypten und China scheint es mit dem Schädelkult begonnen zu haben, was an den Neandertalmenschen vor hunderttausend Jahren erinnert. Formen dieses Kultes hielten sich unter primitiven Menschen Afrikas und Ozeaniens bis in die Neuzeit. So können wir mit Überzeugung sagen, daß das Menschenopfer keine Nebenerscheinung des Fortschrittes war, wie die Menschen wahrscheinlich annehmen möchten. Beerdigungen riesiger Gefolgschaften königlicher Diener bei Anbruch der Zivilisation beweisen das Gegenteil. Denn solche Bräuche entstehen nicht über Nacht. Die grundlegenden Formen des Opfers waren ein durch Hunderte von Generationen überliefertes Vermächtnis. Zwar wurde das Menschenopfer nicht in den Städten Ägyptens, Sumers und Chinas erfunden, auf jeden Fall aber waren die Riten dort hundertfach verschwenderischer und die Opfer zahlreicher. Diese Zeremonien waren Teil der pompösen Feierlichkeiten jener mächtigen Fürsten, die den Göttern oder Halbgöttern gleichgestellt waren und von denen alles Leben ausging.

Diese Riten verwirren die jetzige Ansicht, die den Glauben an ein Leben nach dem Tod als Abbild des gegenwärtigen in Frage stellt. Jedoch in dem ganzen Heer von Gefolgsleuten, die den Herrschern von Sumer in die Gräber folgten, bezweifelte sicher keiner auch nur für einen Augenblick, daß sie weiterleben würden, um ihrem Herrn in seinem neuen Dasein zu dienen. Nicht ein einziges Mitglied von Woolleys »farbenfroh gekleideter Menge« hätte die Notwendigkeit dieser Riten bezweifelt oder den ganzen Vorgang als eine Art Hokuspokus betrachtet.

KAPITEL II

VON ODIN UND ÖDIPUS

AUFGEHÄNGT AM BAUM IM WIND

Gleich den Ägyptern der Frühzeit, stehen die ersten Schotten im Verdacht, Kannibalen gewesen zu sein. (1) Keine geringere Autorität als Edward Gibbon zitiert den heiligen Hieronymus, der Gallien als junger Mann besuchte und Menschen der Attacoti oder Schotten traf, »eine britische Nation, die sich von menschlichem Fleisch ernährt«. Von Schäfern und Schäferinnen, die sie in den Wäldern fanden, schnitten sie sich die fleischigeren Teile heraus und hielten sie für recht wohlschmeckend. Gibbon hat keinen Anlaß, die Wahrheit dieser Darstellung aus dem 5. Jahrhundert n. Chr. in Frage zu stellen. Um gerecht zu sein, sei erwähnt, daß der römische Historiker Tacitus, der ziemlich ausführlich über Britannien schrieb, von solchen Bräuchen nichts erwähnt. Strabo hingegen, der in den ersten Jahrzehnten unseres Zeitalters schrieb, sagt, daß die Iren ihre toten Eltern in aller Ehrfurcht aufaßen. Angeblich hat sich sogar unter den Menschen keltischer Abstammung die Kopfjagd in den schottischen Sümpfen bis ins Mittelalter gehalten. (2)

Opferriten in verschiedenen Teilen des heidnischen Europa folgten dem Einheitsmuster, wie es überall üblich war. Vielleicht waren sie weniger grausig und fremdartig als jene, sagen wir, in Indien oder Mexiko. Da so viele von uns von den Germanen, Sachsen, Kelten oder Galliern abstammen, finden deren Menschenopfer eine ganz besondere Anteilnahme und sollen erwähnt werden. Danach wollen wir die Lage in Griechenland und Rom untersuchen, den Ursprungsländern der westlichen Kultur.

Bevor sie zum Christentum bekehrt wurden, übten die germanischen Völker alle gebräuchlichen Formen des Opfers aus: Fruchtbarkeitsriten, Opfern von Gefangenen an den Kriegsgott, Eingraben Lebender unter Gebäuden. Unter diesen verschiedenen Riten war das höchste Opfer der Tod des Gottes oder Königs in Person. Der oberste nordische Gott war der skandinavische Odin, bzw. der germanische Wotan. Odin erkannte das Geheimnis der Runenweisheit, indem er sich an die Weltesche hing. In der Folge wurden jene gehängt, die man Odin opferte. Er war sogar unter dem Namen Hangatyr (Gott der Gehängten) bekannt.

Der Odinkult brachte seine eigene Literatur hervor wie zum Beispiel jene Zeilen aus der Edda:

»Ich weiß, daß ich hing
Am Baum im Wind
Schwingend alle diese Nächte
Verwundet mit einem Speer
Blutend für Odin« (3)

Eine Legende erzählt, daß König Aunn von Uppsala in Schweden, als er alt wurde, Odin neun seiner Söhne opferte, um sein eigenes Leben zu verlängern. Nachdem Aunn seinen siebten Sohn geopfert hatte, lebte er auch weiterhin, wurde aber senil. Nach dem Tod seines achten Nachkömmlings verbrachte er weitere neun Jahre im Bett, er überlebte nach dem Opfer seines neunten Sohnes weitere neun Jahre, mußte aber aus einem Horn trinken wie ein entwöhntes Kind. Er wollte dann sein einziges noch verbliebenes Kind töten lassen, aber die Schweden ließen es nicht zu und schließlich starb er.

Neun war die heilige Zahl des Gottes und nach jeweils neun Jahren wurde zu Ehren der Göttin Freya in Uppsala ein Frühlingsfest abgehalten. Neun Menschen, neun Pferde und neun Hunde wurden gehängt. Bei einer anderen Zeremonie dieser Art, die im Winter in Dänemark stattfand, opferte man neun Menschen, eine gleiche Zahl von Pferden, Hunden und Hähnen.

Odin war nicht das einzige göttliche Wesen, das starb. Die Edda erzählt auch die Legende des rituellen Todes von Odins Sohn Baldur, der als blutender Gott bekannt ist. Anders als sein Vater war er milde und von allen geliebt. Einmal hatte Baldur einen Traum, der seinen Tod voraussagte. Um die Bedrohung abzuwenden, machte die Göttin Freya ihn unverwundbar gegen alle Arten von Waffen und Wurfgeschossen. Diese Art von Immunität veranlaßte die anderen Götter zu sportlicher Betätigung, sie setzten Baldur in ihre Mitte und benutzten ihn als eine Art Zielscheibe. Ein Hagel von Pfeilen und Steinen prasselte auf ihn nieder, sie hieben mit ihren Schwertern auf ihn ein, alles zwecklos. Der böse Gott Loki aber fand Baldurs einzige schwache Stelle, er war verwundbar durch die Mistel. Loki schnitt einen Zweig ab und gab ihn dem blinden Gott Hotherus, der Baldur damit durchbohrte bis er tot zu Boden fiel. Für eine Weile standen die anderen Götter sprachlos herum und dann weinten sie alle bitterlich. Baldurs Körper wurde auf seinem Schiff auf einem Scheiterhaufen verbrannt, mit ihm sein Weib, die aus Kummer gestorben war. Die Legende und die Geschichte seines Wiedererwachens und seiner Rückkehr zur Erde erinnert an jene anderer verstorbener Götter wie an den syrischen Tammuz, der rituell jedes Jahr starb und bei Aufgehen der jungen Saat wiedergeboren wurde.

Die Ausübung des Menschenopfers ging bei den Normannen unvermindert weiter, bis sie im 10. Jahrhundert zum Christentum bekehrt wurden. Wie der Gott ursprünglich gestorben war, so wurde manchmal an seiner Stelle der König selbst getötet. Die Schweden opferten den König Domaldi, um eine Hungersnot zu verhindern, nachdem ein Opfer gewöhnlicher Menschen und Tiere ohne Wirkung geblieben war. Wenn Könige auch nicht mehr getötet wurden, für Mißernten wurden sie nach wie vor verantwortlich gemacht und vom Thron gestoßen.

Wie Osiris wurde Odin nicht nur geopfert, sondern wiedererweckt und zum Gott der Toten gemacht. In dieser Rolle verlangte er einen ständigen Zugang neuer Untertanen in Gestalt von gefallenen Kriegern. Er wählte seine Opfer selbst aus und sandte seine Schlachtenlenkerinnen, die Walküren, aus, um die Krieger zu töten und zu ihm zu bringen. Odin nahm selbst am Krieg teil und war in der großen Schlacht von Bravalla anwesend, in der er König Harald persönlich niederstreckte.

Vor einer Seefahrt übten die Normannen besondere Opferformen aus, die sie vor den vom Seedämon verursachten Stürmen schützen sollten. Bevor sie zu einer ihrer Wikingerraubzüge aufbrachen, wurden immer Menschen an den Meeresgott geopfert. Wenn schlechtes Wetter die Abreise verzögerte, brachten sie weitere Opfergaben. Wenn keine anderen zur Verfügung waren, wurde das Opfer durch das Los unter den Seefahrern selbst gewählt. Die Wikinger banden ihre Opfer wie die Polynesier auf die Rollen, über die ein neues Schiff in das Meer gleitet. So wurde der Kiel mit Menschenblut gerötet. Diese Seeräuber erfreuten sich an Folterungen. Sie schnitten in den Rücken eines lebenden christlichen Gefangenen einen »blutigen Adler« und durch diesen Einschnitt zogen sie die lebenswichtigen Teile heraus. Der ganze Akt bedeutete eine Verbindung von Opfer und Rache. (4)

Regelmäßig opferten sowohl die Normannen wie auch die Germanen ihre Kriegsgefangenen den Göttern. Nach einer großen Schlacht gegen die Germanen im Jahr 105 v. Chr. wurden die römischen Gefangenen an Bäumen aufgehängt. Der Grund solcher Riten war es mehr, Stärke zu zeigen, als Rache auszuüben. Viele Jahrhunderte später wird im Nibelungenlied, dem mittelhochdeutschen Heldengedicht, berichtet, daß die Burgunder nach ihrem Sieg über die Hunnen das Blut ihrer gefallenen Widersacher getrunken haben, um sich deren Heldenmut zu eigen zu machen.

Die Germanen befolgten auch den weitverbreiteten Brauch des Grundsteinopfers und mauerten eine lebende Person ins Fundament eines neuen Gebäudes ein. Kinder wurden in die Dämme an der Meeresküste eingegraben, um die Bebauungen damit vor den Wellen zu schützen. Einem vielleicht übertriebenen Bericht aus Oldenburg kann man entnehmen, daß noch im 17. Jahrhundert zum Schutz der Dämme Kinder getötet wurden.

Kenntnis über die Riten der alten Gallier, den Ahnen der Franzosen, erhalten wir hauptsächlich durch Julius Caesar. Er berichtet, daß Menschen, die von einer schweren Krankheit beunruhigt waren, den Göttern einen Menschen opferten. Wie die alten Römer selbst, bedienten sie sich dabei oft der Verbrecher. Caesar sagt: »Die Gallier meinen, daß den unsterblichen Göttern jene, die bei Diebstahl, Raub, oder einem anderen Verbrechen gefaßt wurden, als Opfergabe willkommener sind. Wenn jedoch eine Bereitstellung dieser Art nicht möglich ist, greifen sie sogar auf die Unschuldigen zurück.« Die Gallier in Caesars Zeit opferten auch Sklaven. Trotz römischer Mißbilligung starben diese Riten in Gallien nur langsam aus. Der Historiker Plinius vermerkt, daß der Kaiser Tiberius in der Provinz Gallien das Menschenopfer verboten hat, was aber nur zum Teil befolgt wurde. Der Brauch, Teile aus den Körpern jener herauszuhacken, die zum Tod verurteilt waren, blieb weiter bestehen. Cicero beschreibt das Menschenopfer als scheußliche Gewohnheit, die noch in seinen Tagen in der Provinz Gallien ausgeübt wurde.

Die Römer berichten auch von Einzelheiten der Bräuche der Kelten und der Druiden Britanniens. Kriegsgefangene und Verbrecher waren als Opfer bevorzugt. Diese verbrannte man zusammen mit Tieren in riesigen aus Weiden geflochtenen Abbildern von Göttern. Die brutaleren Bräuche der Druiden hat Kaiser Claudius später verboten. Der Historiker Tacitus schrieb in besonderer Form darüber: »Sie hielten es tatsächlich für ihre Pflicht, die Altäre mit dem Blut der Gefangenen zu überschütten und die Götter mit Hilfe menschlicher Eingeweide um Rat zu fragen.« (6) Diese Gewohnheiten bringen Romantiker immer noch in Verlegenheit, wenn sie versuchen, die Kulte der Druiden wiederzubeleben und deshalb in ihrer Wahl recht vorsichtig sein müssen.

In dieser Hinsicht ist über die irischen Kelten weniger bekannt. Eine Quelle aus dem 12. Jahrhundert berichtet jedoch, daß die alten Iren die erstgeborenen Kinder ihrem großen Steinidol Mag Slocht zu opfern pflegten. Nach dem keltischen Mythos war Irland zuerst von den Formorianern bevölkert, einer Gruppe habgieriger Götter, die von ihren Anhängern zwei Drittel der in jedem Jahr geborenen Kinder verlangte, wie auch zwei Drittel von jeglichem Vorrat an Milch und Getreide. Vom hl. Patrick wird gesagt, er habe auf dem Jahrmarkt von Taillte gegen das Verbrennen der erstgeborenen Kinder gepredigt. (7)

Selbst ein irischer Heiliger wurde als Grundsteinopfer lebendig eingemauert. Die Legende bildet einen Teil der Gründungsgeschichte des Klosters Iona. Der heilige Columban sagte zu den Mönchen: »Es ist gut für uns, daß unsere Wurzeln hier unter die Erde gehen werden, es ist erlaubt, daß einer von Euch unter die Erde dieser Insel geht, um sie zu weihen.« Der heilige Oran meldete sich freiwillig und die Kirche wurde über ihm errichtet, dafür ging er direkt in den Himmel ein. (8) In einer anderen Fassung der Geschichte war es Oran irgendwie gelungen, die andere Welt zu besuchen und zurückzukehren. Er wurde lebendig begraben, da er die orthodoxen Vorstellungen über die Geschehnisse im Himmel leugnete.

Abgesehen von Gibbons Geschichte über den Kannibalismus ist über die schottischen Kelten noch weniger bekannt als über die irischen. Jedoch lassen merkwürdige Riten, die sich bis in jüngste Zeit erhalten haben, unmißverständlich frühere Bräuche von Menschenopfern erkennen. Das Entzünden der Beltane-Feuer, das sich bis weit ins 18. Jahrhundert hinein gehalten hat, wird von Frazer lebendig geschildert. Nach dem Entfachen eines großen Freudenfeuers bereitete das Volk eine Mahlzeit und tanzte um die Flammen. Gegen Ende des Festes holte der Zeremonienmeister einen großen Kuchen hervor, Beltane-Kuchen genannt. Dieser wurde in viele Stücke geschnitten und verteilt. Ein bestimmtes Stück enthielt einen Fluch und wer es auch immer bekam, wurde Beltane Carline genannt. Es wurde als Zeichen großer Schuld angesehen, dieses Stück zu bekommen. Sobald die Wahl bekannt war, wurde der Carline von einigen Teilnehmern ergriffen und zum Schein ins Feuer geworfen. In einigen Orten legten sie ihn flach auf den Boden und taten als würden sie ihn vierteilen. Er wurde dann mit Eierschalen beworfen und behielt den verhaßten Titel für den Rest des Jahres. Dieser Ritus ist offensichtlich ein Überbleibsel der jährlichen Opferung eines durch das Los ermittelten Sündenbockes und wahrscheinlich Teil eines Fruchtbarkeits- oder Erntefestes.

So ist überall im vorchristlichen Europa jede denkbare Form des Menschenopfers zu finden: Kinderopfer, Fruchtbarkeitsriten, Opferung von Kriegsgefangenen, das Einmauern Lebendiger in Bauten, Opferung anstelle des Gottes oder des Herrschers. Das Erscheinen des Christentums machte den Grausamkeiten in Europa kein Ende. Aber christliche Opferungen waren anders, sie wurden beschränkt auf Ketzer, Ungläubige und Hexen, die in der Auffassung der Kirche die Feinde Christi waren.

VER SACRUM

Die Römer kritisierten ganz offen die keltischen Sitten und äußerten sich weniger über das, was in ihrer Nähe vorging. In der Tat übten die Römer viele Opferformen aus, einschließlich des rituellen Selbstmordes, was sie von den Griechen und anderen übernommen hatten. Versuche, diese abzuschaffen waren oft halbherzig und in den unruhigen Zeiten, bevor das Christentum zur offiziellen Religion wurde, vermehrten sich die Opferungen sogar. Selbst in der römischen Rechtsprechung gab es ein Opfer-Element.

Schon die Gesetze, die die Römer gegen bestimmte Formen des Menschenopfers erließen, waren der sicherste Beweis für ihr Bestehen. Durch den Historiker Plinius erfahren wir, daß der römische Senat bereits 97 v. Chr. eine Verfügung gegen das Töten von Menschen zu Ehren der Götter erlassen hat. Kaiser Hadrian hielt es später für richtig, dieses Verbot zu erneuern. Hadrians Gesetz wurde durch den Historiker Porphyrios aufgezeichnet, er schrieb im 3. Jahrhundert n. Chr.: »Wer weiß nicht, daß bis zum heutigen Tag in der großen Stadt Rom zum Fest des Jupiter Latiaris einem Mann die Kehle durchschnitten wird?« (9)

Andere Fälle von Menschenopfern in Rom sollen erwähnt werden, von denen verschiedene Historiker berichten. Livius erwähnt, daß sich während einer Hungersnot viele Menschen, den Kopf verhüllt, in den Tiber geworfen hätten. Im Jahr 216 v. Chr. führten die Römer bei einer unheilvollen Wende im Krieg gegen Karthago den alten Brauch wieder ein, einen Mann und eine Frau der feindlichen Nation lebendig zu begraben. Sueton berichtet, Nero habe, beim Anblick eines Kometen zu Tode erschrocken, eine Anzahl römischer Edelleute geopfert, um die mittelbar damit verbundene Lebensgefahr für ihn abzuwenden. Von Oktavian (dem späteren Kaiser Augustus) wird gesagt, er habe dreihundert Menschen auf dem Altar des als Gott verehrten Julius Caesar geopfert.

Solche Handlungen könnte man lediglich als vereinzeltes Wiederaufleben alter und primitiver Gebräuche ansehen. Es sind jedoch greifbare Beispiele ihrer Fortführung recht häufig und die Berichte könnten sogar einen Fall bewußt abgeschwächt haben, den sie für widerlich hielten. Überdies waren die Gladiatorenkämpfe, die im Verlauf der Geschichte zahllose Opfer forderten, ursprünglich Opferhandlungen. Die erste beurkundete Veranstaltung im Jahr 264 v. Chr. war Teil eines Begräbnisrituals für Marcus Brutus; dessen Söhne inszenierten einen Kampf, bei dem drei Paare »zu Ehren seiner Asche« kämpften. Bis zur Gründung des Kaiserreiches durch Julius Caesar hielt sich die Vorstellung, daß die Gladiatoren zu Ehren der toten Seelen kämpften. Im Jahr 45 v. Chr. veranstaltete Julius Caesar den ersten Kampf zu Ehren einer Frau, seiner verstorbenen Tochter Julia. Im Kaiserreich wurden die Gladiatoren eingesetzt, um einen Sieg zu feiern. Kämpfe mit Hunderten von Paaren waren üblich. Schüler für die Gladiatorenschule wurden größtenteils aus den Kreisen der Kriegsgefangenen, Verbrecher und Sklaven eingezogen.

Selbst die alte Sitte, den König oder seinen Stellvertreter zu töten, hielt sich in Rom bis in die Kaiserzeit. Ein Sinnbild dieser Sitte ist der König des Waldes in Nemi, berühmt geworden durch Frazer, der den gewaltigen Text seines Werkes »Der goldene Zweig« mit diesem seltsamen Ritus beginnt. Die Geschichte ist am schönsten in seiner eigenen unnachahmlichen Sprache: »An der nördlichen Küste des Sees, direkt unter den steilabfallenden Felsen, auf denen die jetzige Stadt Nemi kauert, stand der geweihte Hain und das Heiligtum der Diana Nemorensis, oder der Diana des Waldes. See und Hain waren auch bekannt unter dem Namen Aricia (das jetzige La Riccia). Diese Stadt aber lag in einer Entfernung von etwa fünf Kilometer am Fuße der Albaner Berge, durch einen steilen Abfall vom See getrennt, der in einer kleinen kraterförmigen Vertiefung am Bergabhang liegt. In diesem heiligen Hain wuchs ein bestimmter Baum, um den man zu jeder Zeit des Tages und wahrscheinlich weit hinein in die Nacht einen abstoßenden Kerl herumschleichen sah. In seiner Hand hielt er ein gezogenes Schwert und blickte ständig mißtrauisch umher, als ob er jeden Augenblick erwartete, von einem Feind überfallen zu werden. Er war ein Priester und ein Mörder. Der Mann, nach dem er Ausschau hielt, sollte ihn früher oder später ermorden und an seiner Stelle das Priesteramt bekleiden. Solcherart war die Regel des Heiligtums. Ein Anwärter auf die Priesterwürde konnte sie nur erhalten, wenn er den amtierenden Priester erschlug. Dieses getan, blieb er im Amt, bis er selbst von einem Stärkeren oder Schlaueren getötet wurde.«

»Das Amt, das er durch diesen unsicheren Besitz innehatte, brachte den Titel König mit sich, aber sicher lag niemals ein gekröntes Haupt unruhiger, oder wurde von mehr bösen Träumen heimgesucht, als seines. Denn jahrein, jahraus, im Sommer und im Winter, bei schönem Wetter und bei schlechtem, mußte er seine einsame Wacht halten und wann immer er einen unruhigen Schlaf ergatterte, geschah es unter Lebensgefahr. Das geringste Nachlassen seiner Wachsamkeit, das kleinste Abnehmen seiner

Stärke in den Gliedmaßen oder in der Geschicklichkeit seiner Fechtkunst setzte ihn in Gefahr. Graue Haare könnten sein Todesurteil besiegeln. Für freundliche und gottesfürchtige Pilger am Schrein könnte sein Anblick wohl die liebliche Landschaft verdüstern, wie eine Wolke plötzlich an einem strahlenden Tag die Sonne verhüllt. Das verträumte Blau des italienischen Himmels, der gesprenkelte Schatten des sommerlichen Waldes und das Funkeln der Wellen in der Sonne stimmen nur schlecht mit dieser finsteren und unheimlichen Gestalt überein.«

Der Hain war der Jagdgöttin Diana geweiht. Die Riten, weit davon entfernt auszusterben, hielten sich durch viele Jahrhunderte. Der launenhafte Kaiser Caligula (37–41 n. Chr.) hatte plötzlich das Gefühl, der herrschende König oder Priester von Nemi habe lange genug regiert, und verpflichtete einen Raufbold, ihn zu töten. Und selbst noch im 2. Jahrhundert n. Chr. blieb das Nemi-Priesteramt der Siegespreis in einem Zweikampf.

Für Frazer ist die Geschichte des Königs von Nemi der Grundstein für sein Zentralthema, das Töten von Priesterkönigen auf der ganzen Welt, ob in Asien, Afrika oder Amerika. Es ist des Menschen allgemeingültiges Erbe, geboten durch die Notwendigkeit, die Ernte zu sichern. Viel später jedoch hielten Wissenschaftler Frazer für besessen von Ernteriten und Getreidekönigen. Er hat aber vermutlich recht, den König von Nemi als einen Teil des Begriffes vom ermordeten Gott-König zu behandeln, der auf Osiris in Ägypten zurückgeht und auf Dumuzi in Sumer. Diana war Göttin der Fruchtbarkeit, der Geburt und auch der Jagd. Der erste König von Nemi ist der mythische Vorläufer einer langen Reihe von Priestern, die Diana unter dem Titel König des Waldes dienten und die ein gewaltsames Ende fanden.

In Rom begann die Entwicklung, Menschen durch Tiere oder Gegenstände zu ersetzen, ziemlich früh, obwohl der Ursprung, Menschen und nicht Tiere zu töten, häufig unübersehbar ist. Ein Beispiel für diesen Wechsel ist die Zeremonie, die während der Iden des März stattfand, als die Vestalinnen dreißig menschliche Abbilder aus Binsen in den Tiber warfen. Nach einer Legende war es Herkules, der als erster Ebenbilder aus Stroh anstelle von Menschen an die Flußgötter opferte.

Ein anderer Ersatz für Menschenopfer war der Weihefrühling (Ver sacrum). Als die Römer mit Hannibal aus Karthago im Krieg lagen, suchten sie außer den bereits erwähnten Menschenopfern einen Ausweg aus ihren Schwierigkeiten und versprachen, alle in einem Frühjahr geborenen Haustiere zu opfern. Sie wurden getötet und das Gelöbnis damit eingelöst. Ursprünglich verlangte der Weihefrühling in Italien auch Kinder, die ein seltsames Schicksal hinnehmen mußten. Man ließ sie zunächst aufwachsen und trieb sie dann außer Landes. Die Sitte, grausam und sonderbar wie sie gewesen sein mag, war eine Alternative zu dem noch älteren Brauch, Erwachsene zu töten. Später wurden anstelle der Jugendlichen Tiere aus dem Land getrieben. Ausweisung war in der Tat eine Form von Opfer. In einigen Ländern wie Uganda war es bloß eine Art ritueller Hinrichtung. Der Gott forderte einen menschlichen Sündenbock. Dieser wurde zusammen mit einer Anzahl von Tieren weggeschickt. Sie wurden an einen Platz außerhalb des Königreiches gebracht, ihre Gliedmaßen gebrochen und dann überließ man sie einem langsamen Tod.

Am 15. Oktober fand eine merkwürdige Zeremonie statt, die auch ein Tieropfer mit einschloß, jedoch an frühere Riten verschiedener Art erinnert. Auf dem Marsfeld wurde ein Wagenrennen abgehalten. Das rechtsgängige Pferd der siegreichen Gruppe wurde mit einer Lanze durchbohrt dem Mars geweiht. Ein Scheingefecht wurde abgehalten, um zu entscheiden, wer den Kopf davontragen sollte. Dieser Kopf wurde dann mit einer Kette von Brotlaiben geschmückt, was eigentlich eher an einen Fruchtbarkeitsritus erinnert.

In Rom liefen die Räder rückwärts und das Menschenopfer erlebte zum Teil eine Wiederkehr, und zwar durch fremde Kulte, die in Rom unter dem Kaiserreich volkstümlich wurden.

Unter diesen neuen Riten war eine seltsame Selbstopferung, bekannt als Devotio. Das wurde im 1. Jahrhundert n. Chr. aus Spanien eingeführt. In Rom wurde die Devotio zu einer Art Kaiserverehrung, mit der hochgestellte Persönlichkeiten gelobten, im Namen des Kaisers zu sterben. Ähnlich wie noch im 20. Jahrhundert führende Bürger in Japan Harakiri begingen, um die Ehre des Mikado zu wahren. Als früher Fall von Devotio opferte sich der römische Adlige S. Pacuvius für den Kaiser Augustus. Gelübde dieser Art gab es in späterer Zeit häufiger. Als der Kaiser Caligula krank wurde, verpflichteten sich zwei vornehme Römer zu sterben, damit er gesund werde. Caligula nahm sie beim Wort und bevor sie Zeit hatten, ihre Meinung zu ändern, ließ er sie töten. Obgleich die Devotio im Grunde aus dem Ausland stammte, ähnelte sie bestimmten örtlichen Traditionen. Im Jahr 362 v. Chr. hatte sich im Forum Romanum ein großer Spalt aufgetan. Das Gerücht verbreitete sich, er würde sich erst schließen, wenn er den kostbarsten Besitz, den Rom zu bieten hatte, ein Menschenleben erhielte. Daraufhin erschien Marcus Curtius im vollen Waffenschmuck, betete zu den Göttern und stürzte sich hoch zu Roß in die Tiefe.

Abgesehen von dieser ungewöhnlichen Art eines Harakiri, verbreiteten sich orientalische Kulte in Rom, die Menschenopfer verlangten. Der Kaiser Commodus (180–192 n. Chr.) zum Beispiel tötete Menschen in Riten, die einen Teil des Mithraskultes bildeten. Dieser war in Rom, bevor das Christentum zur offiziellen Religion wurde, sehr populär geworden. Diese Zeit war von diesen mystischen Religionen sehr beeinflußt. Ziemlich häufig wurden Menschen geopfert, entweder weil Teile des Körpers als stark wirkende Zaubermittel betrachtet wurden, oder weil die Geister der Unterwelt ihre Hilfe versagten, es sei denn, sie erhielten als Entgelt den höchsten aller Preise, das Leben eines Menschen. Verschiedene Berichte haben sich erhalten, aus denen hervorgeht, daß Kinder getötet wurden, um aus ihren Eingeweiden die Zukunft herauszulesen. (10)

Genau wie die Kinder Israel die blutrünstigen Riten der Kanaaniter kopierten, so übernahmen die Römer gelegentlich jene ihrer karthagischen Feinde. Das ging so weit, daß der karthagische Baal, oder Moloch, dem römischen Saturn gleichgestellt wurde. Kinderopfer war eine Eigenart der Karthaginienser, ein Erbe ihrer phönizischen und kanaanitischen Vorfahren. Zu Ehren Baals, der Sonnen- und auch Feuergott war, wurden die Kinder in eine brennende Grube hinuntergerollt, die die Form eines Abbildes des Gottes hatte, das Bild als solches wurde Moloch genannt. An einem Fundort in der jetzigen Stadt Tunis fand man 6000 Urnen mit den verkohlten Resten von Kindern. Nach einer Schlacht wurden auch Kriegsgefangene geopfert. Jeder Gefangene aus einem vorangegangenen Scharmützel wurde als Bitte um Sieg dem Gott Baal als Opfer dargebracht. Anath, Baals Frau, war mit abgetrennten Köpfen geschmückt, an ihrem Gürtel hingen Menschenhände, wie sie auch die Muttergöttinnen Mexikos und Indiens trugen.

Obwohl Rom im Jahr 146 v. Chr. Karthago zerstörte, wurde es später wiederaufgebaut. In diesem römischen Karthago führte die Königin Dido im 4. Jahrhundert n. Chr. den Selbstmord wieder ein. Auf einem riesigen Scheiterhaufen, der dann entzündet wurde, erstach sie sich im Beisein ihres Volkes, um den Geist ihres Gemahls zu ehren. In römischer Zeit wurde das karthagische Kinderopfer in verringertem Ausmaß weiter ausgeübt, obwohl der Kaiser Tiberius versuchte, die Menschenopfer in Afrika zu verbieten. Sie galten Saturn, der dem Gott Baal entsprach. In früherer Zeit hatte Baal die Söhne des Adels gefordert, die späteren Karthager jedoch kauften insgeheim arme Kinder und zogen sie für diesen Zweck auf.

In Rom war die Rechtsprechung mit einem Ritual verbunden, bei dem ein Verbrecher als Opfer für die Götter hingerichtet wurde. Wie auch an anderen Orten gab es zwischen rituellen Opfern und bloßen Rechtsbrechern keine eindeutige Trennung. Zur Strafe für Meuterei ließ Julius Caesar 46. v. Chr. auf dem Marsfeld zwei Soldaten opfern. Man könnte das als gesetzliche Strafe betrachten, die verborgene Absicht aber war es, den Zorn des Kriegsgottes zu beschwichtigen. Das Beispiel einer Sühne für ein Verschulden, das sowohl dem Gesetz als auch dem Ritual entsprach, ist aus der alten Verfügung ersichtlich, wonach eine Vestalin, die den Keuschheitseid gebrochen hatte, lebendig begraben werden mußte. Der Hohepriester selbst begleitete sie bis zum Grab und sprach während des Begräbnisses die für diesen Anlaß vorgesehenen Gebete. In Rom wurden die Missetäter jenem Gott geopfert, gegen den sie gesündigt hatten. Man hielt sie für dessen Eigentum. Ein Getreidedieb, soweit er erwachsen war, wurde zum Beispiel aufgehängt – als Opfer für Ceres, der römischen Fruchtbarkeitsgöttin. (11)

Man unterschied sehr genau zwischen Opfern, die dem Gesetz und jenen, die dem Gott dargebracht wurden. Edward Westermarck behandelt in seinem umfänglichen Kommentar über das Thema das Menschenopfer als die Form, die selbst an Orten, wo kein Tieropfer mehr üblich war, am längsten überlebte. In fortgeschrittenen Gemeinschaften werden den Göttern immer noch Gefühle des Zorns und der Rache zugeschrieben, und das lange nachdem sie schon keine physischen Forderungen mehr an ihre Anhänger gestellt hatten. Sie müssen deshalb durch den Tod ihrer

Feinde besänftigt werden. Dieser Punkt ist wichtig, denn er erklärt die grausame Verfolgung der Ketzer und Ungläubigen durch die christliche Kirche. Bei den Hebräern war eine Hinrichtung auch ein religiöser Akt. Der Verbrecher wurde von der gesamten Gemeinschaft rituell gesteinigt.

Rituelle Opferung in China ging sogar noch einen Schritt weiter. Hew King, der berühmte Rebell, der die Tang-Dynastie an den Rand des Ruins brachte, wurde für das Böse, das er getan hatte, vom Pöbel aufgegessen: »Nachdem er im Jahr 552 n. Chr. besiegt war und zum Tode veurteilt, schnitt Wang Seng-pien Hew Kings Hände ab und sandte sie Wen Suen, dem Kaiser des Hauses Ts'i, den Kopf erhielt Kiang-ling, der Körper wurde mit fünf Viertelscheffel Salz gefüllt und nach Kien-khang (Nanking) geschickt. Dort setzte man ihn am Markt aus. Das Volk balgte sich, um Stücke aus dem Körper herauszuschneiden, die sie kochten und bis zum letzten Gramm aufaßen. Dann verbrannten sie das Gerippe und streuten die Asche in den Wind. Jene, die von den ihnen angetanen Übeltaten zu leiden hatten, vermischten etwas von der Asche mit Alkohol und tranken es. Beim Eintreffen des Kopfes in Kiang-ling ordnete der Kaiser Yuen an, ihn drei Tage lang öffentlich auf dem Marktplatz auszustellen. Anschließend ließ er ihn sauber abkochen und lackieren und übergab ihn dem militärischen Arsenal.« (12) Das Ganze war wohl eher eine Gemeinschaftsrache als eine Opferhandlung. Eine Unterscheidung zwischen beiden war immer schwer, und bestimmte Einzelheiten von Hew Kings Schicksal machen daraus mehr eine rituelle Handlung als eine bloße öffentliche Hinrichtung.

Der eigentliche Begriff einer Hinrichtung zum Unterschied zu einer Opferhandlung stammt aus neuerer Zeit. Denn sehr oft war der Herrscher, wenn nicht selbst göttlich, zumindest der von Gott Erwählte, und ein Verbrechen gegen das Reich des Königs war auch ein Verbrechen gegen seinen Gott. Sicher war es so im westlichen Afrika, wo Verbrecher und andere Opfer oft gleich behandelt wurden. Der amerikanische Anthropologe Herskowitz berichtet zum Beispiel, wie im 19. Jahrhundert in Dahome zwölf Männer zusammen mit einem Alligator und einer Katze vom König als Geschenk an den Gott geopfert wurden. Aber obwohl es das einzige Verbrechen der Männer war, Angehörige eines anderen Stammes zu sein, waren sie nicht wie typische Opfer gekleidet, sondern wie politische Verbrecher. Sie trugen eine Art abgewandelte europäische Gefängniskleidung. Sie bestand aus einer langen weißen Nachtmütze, spiralförmig mit blauen Bändern benäht, dazu Baumwollshorts von europäisch geartetem Schnitt. Meist waren in der ganzen Geschichte der Menschheit Opfer, Vergeltung und Strafrecht keine getrennten Begriffe, sondern unterschiedliche Seiten desselben Vorganges. Diese wurden im gleichen Maß benötigt, um den Staat vor dem Zorn der Götter zu bewahren.

HABGIERIGE GÖTTER

Die römische Kultur hat ihren Ursprung in Griechenland, was auch die Einflüsse anderer eroberter Völker auf die römische Religion gewesen sein mögen. Wenn es galt, Menschen zu töten, um die Götter zufriedenzustellen, war die Einstellung der Griechen und Römer nicht unterschiedlich. Auch in Griechenland wurden Menschenopfer von liberalen Schriftstellern scharf kritisiert, aber ihre Angriffe trafen auf taube Ohren. Ihre Einsprüche waren lediglich ein Beweis, daß Menschen tatsächlich zu Ehren der Götter getötet wurden. Ganz sicher ließen die Götter und die Helden niemals davon ab, sich gegenseitig zu töten und zu verschlingen. Viele der bekanntesten Gestalten der griechischen Legende waren an irgendeiner Gewalttat beteiligt. Zeus, der oberste der Götter, und sein Vater Chronos führen eine lange Liste an mit Artemis, Dionysos, Thetis, Apollo, Achilles, Agamemnon, Herkules, Peleus, Medea, Demeter, Adonis, Iphigenie, Theseus und Pelops. Griechische Ambivalenz dem Menschenopfer gegenüber wird von Westermarck zusammenfassend so beschrieben: Das Verfahren wurde von den »klugen Köpfen« mit Abscheu betrachtet, auch wenn es bei bestimmten Gelegenheiten für »notwendig« gehalten wurde. Die genaue Zahl dieser »notwendigen« Akte ist schwer zu schätzen. Griechische Autoren sind darin zurückhaltend und berichten eher über solche Riten bei anderen Völkern, mit denen die Griechen Verbindungen hatten, als über Vorkommnisse dieser Art in ihrer eigenen Stadt. Herodot beschreibt zum Beispiel das Begräbnis eines Skythenkönigs, das an den Schauplatz der Königsnekropole in Ur erinnert. Köche, Pferdeknechte, Diener nebst allen anderen Mitgliedern des königlichen Haushaltes wurden erdrosselt und im Grab ihres Herrn beigesetzt.

Die Götter wurden eindeutig an die Seite jener eingereiht, die ein gelegentliches Opfer für »notwendig« hielten. Die ersten Mitglieder des griechischen Pantheons behandelten einander mit einer Brutalität, die die mexikanischen Götter vergleichsweise weichherzig erscheinen lassen. Wie der mexikanische Regengott Tlaloc und der biblische Baal bevorzugten sie kleine Kinder als Opfer.

Die griechische Religion stammt von einem urzeitlichen Paar: Himmel (Uranos) und Erde (Gäa). Ihre Kinder waren als Titanen bekannt. Thetis heiratete Peleus, der sterblich war und der Bestimmung entsprechend keinen unsterblichen Sohn zeugen konnte. Thetis war entschlossen, ein unsterbliches Kind zu haben. Sie gebar sieben Kinder, und eins nach dem anderen warf sie ins Feuer oder in einen Kessel mit kochendem Wasser. Schließlich wurde Peleus energisch und das Kind Achilles wurde vor diesem Geschick bewahrt.

Die Geschichte der Kinderopfer geht weiter mit Chronos, dem mächtigsten der schrecklichen Rasse der Titanen. Seine Eltern Uranos und Gäa prophezeiten ihm, daß er von seinen eigenen Kindern vernichtet würde. Deshalb verschlang er sie so schnell, wie sie geboren wurden. Als aber das jüngste, Zeus, auf die Welt kam, verbarg ihn Rhea, die Frau des Chronos, und gab seinem Vater an seiner Stelle einen in Windeln gewickelten Stein. Zeus wuchs auf und führte Krieg gegen seinen Vater und dessen Titanengefährten. Zehn Jahre lang wütete der Krieg, aber schließlich trugen die Blitze des Zeus den Sieg davon. Mit Ausnahme von Atlas, dessen gewaltige Kraft für ewig dazu diente, den Himmel zu halten, wurden alle Titanen im Tartarus gefangengehalten.

Nun herrscht Zeus unumschränkt in einem Pantheon, der aus Streit und Kampf entstanden war und durch Opfer, meist von Kindern, am Leben erhalten wurde. Der oberste der Götter selbst war dem Kindermord nicht abgeneigt. König Lykaon von Arkadien opferte Zeus seinen eigenen Sohn, er und der Gott schmausten zusammen vom Fleisch des Knaben. Für die Griechen war, urteilt man nach der Legende, das Töten von Kindern, von denen viele verzehrt wurden, fast eine Passion. Atreus, König von Mykenä und Abkömmling des fluchbeladenen Hauses Atreus, verführte die Frau seines Bruders Thyestes, den er aus seinem Königreich verbannte. Später gab er sich versöhnlich und holte Thyestes zurück. Kaum hatte er seinen Bruder in seiner Gewalt, setzte er ihm eine Mahlzeit aus dem Fleisch seiner eigenen Kinder vor und zwang ihn, davon zu essen.

Ein weiterer Kindermörder war Herkules (der griechische Herakles). Nach seiner Heimkehr und erfrischt von seinen berühmten zwölf Taten, überkam ihn der wahnsinnige Gedanke, seine Frau und seine Kinder seien seine Feinde, und er opferte sie alle. Das Ende ereilte Herkules dann auf dem Scheiterhaufen, wo er lebendig verbrannt wurde. Seine eifersüchtige Geliebte Deïaneira hatte ihm ein vergiftetes Gewand gegeben. Herkules erlitt große Qualen und ließ sich auf den Gipfel eines hohen Berges tragen, wo er lebendig auf einem großen Holzstoß verbrannt wurde.

Kleidungsstücke, mit einem brennenden Gift eingestrichen, waren eine bevorzugte Hinterlist griechischer Götter und Helden, ganz eindeutig ein Symbol für ein altes Opferritual oder ein Selbstopfer durch Feuer. Medea war die Frau des Jason, der die Argonauten auf der Suche nach dem Goldenen Vlies anführte. Nach erfolgreicher Beendigung seiner Aufgabe verstieß er Medea und heiratete Glauke. Medea sandte der Braut ein mit einer giftigen Droge getränktes Gewand, das Glauke und ihren Vater verbrannte. Medea tötete sodann ihre eigenen Kinder und floh vom Schauplatz in einem geflügelten Streitwagen. Für den Tod ihrer Kinder traf sie Vorkehrungen, wie sie ein Priester für ein sorgfältig ausgeführtes Opferritual vorgenommen hätte.

Im Vergleich dazu erfahren wir aus Homers Ilias wenig über Menschenopfer. Eine vereinzelte Ausnahme ist die Grablegung des Patroklos. Erst opferte Achilles vier Pferde und zwei Hunde auf dem Scheiterhaufen seines geliebten Freundes, dann folgten zwölf trojanische Gefangene, um Patroklos im nächsten Leben zu dienen. In einer anderen Episode aus dem Trojanischen Krieg wird Polyxene, Tochter des Königs Priamos von Troja, auf dem Grab des Achilles geopfert, wie sein Geist es gefordert hatte. Durch diese beschwichtigende Handlung erhoffte man sich günstige Winde für die Heimfahrt der Griechen.

Gleich den sumerischen Texten berichtet auch Homer nicht die ganze Geschichte. Die Archäologie vermittelt uns mehr Beweise von Menschenopfern bei jenen mykenischen Griechen, die gegen Troja kämpften. Eine Tafel in der Linear B-Schrift (eine alte Form der griechischen Sprache) wurde in Pylos gefunden, die etwa aus dem Jahr 1400 v. Chr. stammt. Der Text, etwas eilig gekritzelt, wendet sich an nicht weniger als dreizehn Götter und Göttinnen, einschließlich führender Gottheiten wie Zeus, Hera, Hermes und Poseidon. Den himmlischen Gastgebern werden dreizehn goldene Gefäße versprochen und zusätzlich jedem der beiden führenden Götter ein Mann und für die acht Hauptgöttinnen je eine Frau.

Die griechischen Götter gaben ihren Anhängern ein schlechtes Beispiel. Einige ihrer Handlungen haben ganz sicher einen Zusammenhang mit Opferungen – vor allem das Verbrennen oder Verzehren von Kindern, das sich vor langer Zeit ereignete. Aber andere Formen ritueller Tötung hielten sich bis in die historische Zeit. Der athenische Staatsmann Themistokles war durch den Druck der öffentlichen Meinung gezwungen, drei persische Gefangene zu Ehren des Gottes Dionysos töten zu lassen. Jährlich wurde in Rhodos ein verurteilter Schwerverbrecher, den man für diesen Zweck am Leben erhalten hatte, außerhalb der Stadt beim Chronosfest getötet. Auf Leukas diente ein Verbrecher als eine Art Sündenbock für das Gemeinwesen. Jedes Jahr mußte einer dieser Missetäter über die Klippen ins Meer geworfen werden. Man befestigte, einem ungewöhnlichen Brauch folgend, lebende Vögel oder auch Federn an seinem Körper, was den Fall abschwächte und diesen Übeltätern auch manchmal das Leben rettete. Noch im 2. Jahrhundert n. Chr. wurde einmal im Jahr in Arkadien ein Opfer getötet.

Die Griechen ersannen die Demokratie, was sie aber nicht hinderte, das Menschenopfer beizubehalten. Das zeigt sich an einem Brauch, der im klassischen Griechenland nicht so ungewöhnlich war, wie man denken möchte. Man hielt in Athen und in anderen Städten auf Kosten der Öffentlichkeit die Pharmakoi, die zur Klasse der Ausgestoßenen gehörten, für den Fall, daß Seuchen, Hungersnöte oder andere Katastrophen drohten. So wurden Opfer in ständiger Bereitschaft gehalten, um sie in einer unvorhergesehenen Notlage für eine Opferhandlung gebrauchen zu können. Die Pharmakoi waren auch sehr gelegen für die Jahresopfer, zum Beispiel für die Thargelien, die in Athen inmitten des Sommers gefeiert wurden. Bei dieser Gelegenheit steinigte man zwei Männer für die Missetaten anderer zu Tode. Sollte einer dieser Pharmakoi getötet werden, dann wurde er erst durch die ganze Stadt geführt, wobei er die Untaten der Bevölkerung auf sich nahm. Dann wurde er unter Anteilnahme der gesamten Einwohner zeremoniell getötet.

Die Griechen waren jedoch gleich den Römern über diese Tötungen geteilter Meinung. Ein Wechsel vom Menschen- zum Tieropfer ist sinnbildlich bei Homer dargestellt in seiner Geschichte von Iphigenie, der Tochter des Agamemnon. Dieser hatte Artemis, die Göttin der Jagd, beleidigt, weil er mit seiner Geschicklichkeit bei der Jagd groß getan hatte. Als sich dann die griechische Flotte bei Aulis sammelte, um gegen Troja zu segeln, verursachte Artemis eine Windstille, und die Flotte konnte nicht auslaufen. Ein Wahrsager erklärte, die Göttin könne nur durch die Opferung von Agamemnons Tochter beschwichtigt werden. Iphigenie wurde herbeigeholt; gerade als sie getötet werden sollte, überkam Artemis das Mitleid, sie ergriff das Mädchen und ersetzte es durch eine Hirschkuh. Das erinnert an die Geschichte Abrahams, der anstelle seines Sohnes einen Bock opferte. Iphigenies Rettung konnte sie nicht der Gewalt der Götter entreißen. Sie entkam der Rolle des Opfers nur, um sie mit derjenigen der Opfernden zu vertauschen. Artemis brachte sie auf die Krim, damals bekannt als das Land Tauris, wo sie Priesterin der Göttin wurde. Ihr huldigte man mit einem grausamen Ritual. Sie forderte das Leben aller Fremden, die an diesen Küsten landeten. Von dieser unheilvollen Aufgabe wurde Iphigenie durch ihren Bruder Orestes gerettet (der seine eigene Mutter getötet hatte). Er kam in das Land Tauris, wurde gefangengenommen und mit seinem Freund Pylades Iphigenie zur Opferung übergeben. Auf wunderbare Weise erkannte sie ihren Bruder, und alle drei konnten entfliehen und nach Griechenland zurückkehren.

In früher Zeit forderte Artemis viele Opfer. Die Geißelung spartanischer Knaben am Altar der Göttin war von König Lykurges anstelle eines älteren Brauches eingeführt worden, wobei ein durch das Los bestimmter Mensch getötet wurde. Eine andere Geschichte berichtet vom Wechsel des Menschen- zum Tieropfer. Der Feldherr Pelopidas wurde vor der Schlacht von Leuktra im Jahr 371 v. Chr. in einer Vision aufgefordert, ein blondes Mädchen zu opfern, wenn er den Sieg erringen wollte. Jedoch ein schlauer Wahrsager fing ein kastanienbraunes Füllen, das in die

Reihen der Armee eingedrungen war, und rief, dies sei das Opfer, das die Göttin haben wollte.

In der griechischen Legende ist die Häufigkeit derartiger Geschichten von einer Begnadigung in letzter Minute bedeutsam. Die berühmteste vielleicht von allen betrifft Theseus und den Minotaurus. Theseus war bereits der Held vieler Abenteuer wie auch der Tötung des Prokrustes, eines anderen Menschenschlächters. Dieser Gigant legte alle Fremden mit grausigem Humor auf eine Folterbank, stutzte sie, wenn sie zu lang waren, oder zog sie in die Länge, wenn sie zu kurz waren. Aber eine andere Tat des Theseus war noch eindrucksvoller. Athen entrichtete einen jährlichen Tribut von sieben Knaben und sieben Mädchen an Minos, den König von Kreta. Dieser setzte sie in einem Labyrinth gefangen, wo sie entweder verhungerten, oder vom Minotaurus, halb Mensch, halb Stier, aufgefressen wurden. Theseus fand den Weg durch das Labyrinth, rettete die letzten Opfer und segelte mit Ariadne, der Tochter des Minos, davon. Aus irgendeinem Grund, möglicherweise im Zusammenhang mit einem Verstoß gegen ein Tabu, nahm er sie nicht mit nach Athen, sondern ließ sie auf einem einsamen Felsen zurück. In diesem Fall findet der Mythos eine Bestätigung durch die Archäologie. Sir Arthur Evans fand bei Ausgrabungen in Knossos Fresken, die eindeutig auf eine Art Stierkult mit Opferung hinweisen.

Die griechische Mythologie scheint nachdrücklich einen Leitgedanken herausstellen zu wollen. Wie bestialisch das Benehmen der frühesten Götter in Griechenland auch gewesen sein mag, zumindest später wurden Tiere anstelle von Menschen geopfert, die oft gerade noch zur rechten Zeit von einem Gott oder Helden gerettet wurden.

Tieropfer gab es in großem Umfang. In Athen opferte man dem Poseidon Pferde, dem Apollo Esel, und Hunde verschiedenen anderen Göttern. Schweine warf man in einen Abgrund, was an frühe Massenopfer von Menschen erinnert. Eine sonderbare Art von Tieropfer ist eine groteske Vorstellung von Wiedergeburt. Bei einem jährlichen Ritual in Athen brachte man einen Ochsen dazu, sich den Göttern zu opfern, indem er Korn auf dem Altar fressen mußte. Der Priester erschlug das Tier, floh dann freiwillig in die Verbannung, während die zum Opfer benützte Axt ins Meer geworfen wurde. Das Fleisch des Ochsen wurde gegessen. Dann fand eine Pseudoauferstehung des Tieres statt, man nähte die Tierhaut zusammen, füllte sie mit Heu und spannte sie vor einen Pflug.

Die Griechen hatten ihre eigene Auffassung von dem Gott, der jedes Jahr starb und wiedergeboren wurde, wenn die Sonne die Natur wiedererweckte. Der Adoniskult war bereits im 5. Jahrhundert in Griechenland sehr verbreitet. Lange schon war er von seinem wesentlichen Inhalt, dem Menschenopfer, gereinigt worden. Der anmutige junge Adonis wurde sowohl von Aphrodite, der Göttin der Liebe, vergöttert, als auch von Persephone, der Göttin der Unterwelt. Schließlich regelte Zeus die Angelegenheit und verfügte, daß Adonis ein halbes Jahr in der Oberwelt mit Aphrodite und die andere Hälfte mit der Dame der Unterwelt verbringen sollte. Deshalb mußte Adonis jedes Jahr sterben, getötet durch einen Eber. Vom roten Buschwindröschen sagt man, es sei seinem Blut entsprungen. Jedes Jahr wurde er wieder zum Leben erweckt und an Aphrodite übergeben. In Athen wurde der Tod des Adonis im Hochsommer gefeiert. Die Straßen waren gesäumt mit Särgen und leichenähnlichen Abbildern, die Luft war erfüllt von den Schreien der Frauen, die um den toten Gott jammerten. Der Name Adonis ist vom semitischen Adon, »Herr«, abgeleitet. Er ist der Zwillingsbruder von Tammuz, dem jungen Gemahl oder Liebhaber der großen Muttergöttin von Syrien und Babylon. Er wurde jedes Jahr von seiner göttlichen Herrin aus dem Land der Toten zurückgeholt.

Fast gleichbedeutend mit Adonis ist Attis, der auch von einem Eber getötet wurde. Aus seinem Blut sind angeblich die Veilchen entstanden. Die Riten für ihn, die mehr in Rom als in Griechenland durchgeführt wurden, begannen am 22. März. Der dritte Tag, das heißt also der 24. März, war als Tag des Blutes bekannt und durch ein grausames Tun von rasenden Männern geprägt, die sich selbst verstümmelten und kastrierten. Am Ende des dritten Tages wurde das Grab des Attis geöffnet und leer vorgefunden, denn der Gott war von den Toten auferstanden. So wurde unter seinen Anhängern die Hoffnung geweckt, daß auch sie den Tod überwinden würden.

Da Adonis jung, schön und unschuldig war, war er auch im Grunde wohlwollend und gütig. Ganz anders war Dionysos, auch ein griechischer Gott, der das Leben als Menschenopfer begonnen hatte und dessen Mythos stark an Opferung gemahnt. Ursprünglich hieß er Zagreus. Die abscheulichen Titanen verschlangen ihn, und als Dionysos wurde er wiedergeboren. Einerseits war Dionysos gut, denn er stand in Verbindung mit der Erde und der Fruchtbarkeit und er war der Gott des Weines. Die dunklere Seite seines Wesens aber kommt in einer Episode ans Licht: Pentheus, König von Theben, hatte Dionysos schlecht behandelt, denn er hatte erklärt, der Gott sei ein Schwindler. Zu dieser Zeit waren seine Anhänger gerade außer Rand und Band. Pentheus, der sie, auf einem Baum sitzend, beobachtete, wurde heruntergeholt und in Stücke zerrissen, wobei sich seine eigene Mutter beteiligte. Erst als sich die dionysische Raserei gelegt hatte, merkte sie, was sie getan hatte.

Die Geschichte, wie sie Euripides in seinem Drama Bacchantinnen erzählt, läuft auf eine grausame Form der Opferung hinaus. Erst berührt Dionysos Pentheus rituell an Kopf, Schultern und Füßen. Die Art seines Todes wurde ein reguläres dionysisches Ritual. Ein Tier ersetzte Pentheus. In den jährlichen Riten der Bacchanalien wurde eine lebende Ziege in Stücke zerrissen und roh gegessen.

Die griechischen Städte waren nicht ohne symbolische Retter, die die Rolle der Sündenbüßer spielten. Sie sind nur zum Teil wohlwollend, und ihre guten und schlechten Eigenschaften kommen abwechselnd zur Geltung. Kennzeichnend für eine derart gespaltene Persönlichkeit ist Ödipus, der in Sophokles' Drama »König Ödipus« der Schuldige ist, während in der Fortsetzung zum ersten Drama »Ödipus auf Kolonos« mehr gegen ihn gesündigt wird.

DER VERBRECHER ALS RETTER

Ödipus tritt zuerst nach einer jüngeren Lesart der Legende als der Retter Thebens in Erscheinung. Dann wird er von einem Ungeheuer, dem Sphinx, gepeinigt, der allen zusammen ein Rätsel aufgibt und jene erschlägt, die keine Antwort wissen. Ödipus löst das Rätsel, woraufhin der Sphinx tief verärgert sich selbst tötet. Dann heiratet Ödipus Jokaste, die verwitwete Königin von Theben. Zuvor war er außerhalb der Stadt auf König Laios gestoßen und hat ihn in einem Streit getötet. Damit erfüllte er unwissentlich die Prophezeiung des Delphischen Orakels, das sagt, er würde seinen Vater töten und seine Mutter heiraten.

Nach vielen Jahren wurde Theben von einer Seuche heimgesucht. In Sophokles' »Ödipus« erleben wir ihn zuerst als König von Theben, vom Unheil verfolgt. Das Volk fleht Ödipus an, sie vor der Pest zu schützen. Apollo aber sagt ihnen, sie könne erst abgewehrt werden, wenn der Mörder von König Laios vertrieben wird. Auf der Suche nach dem Mörder entdeckt Ödipus die grausige Wahrheit. Laios war sein Vater und Jokaste ist seine Mutter. Voller Verzweiflung sticht er sich beide Augen aus. Um die Stadt zu retten, wird er verbannt und geht nach Kolonos in Attika.

Im »König Ödipus« sehen wir die Entwicklung der Opferkrise wie René Girard es beschreibt. Kreon, der neue König, ruft nach Blutvergießen, um Blutvergießen zu vergelten. Nach einer langen Aussprache, bei der jeder jeden verdächtigt, wird die ganze Schuld auf ein Haupt geladen, und Ödipus wird zum Sündenbüßer für alle. Wie für den Sündenbock im Alten Testament ist das Urteil nun Verbannung, nicht Tod. Das Übel ist ausgetrieben und die Ruhe wiederhergestellt. Der Opferungsmechanismus hat seine Aufgabe erfüllt.

Ödipus, der Übeltäter und der Retter, zeigt den feinen Unterschied zwischen diesen beiden Rollen. Erst erscheint Ödipus wohlwollend, er nennt sein Volk »meine bedauernswerten Kinder« und fragt »welches Ritual kann uns reinwaschen?« Kreon antwortet fast reflexartig »durch Verbannung eines Menschen oder durch Blutvergießen«. Aber im »König Ödipus« als Vater seines Volkes und dessen Retter wird er zum Universalsünder und geht in die Verbannung.

Am Anfang von »Ödipus auf Kolonos«, wo er bereits ein Verbannter ist, erscheint er immer noch in einem schlechten Licht. Später aber übernimmt er wieder die Rolle des Retters, wenn er für seine Sünden bezahlt hat, und sein Grab wird zum heiligen Ort. Er macht geltend, daß er unwissentlich gehandelt hat, während seine Feinde willentlich seine Vernichtung anstreben. Zu diesem Zeitpunkt möchte Kreon den Verbannten begnadigen und bittet ihn zurückzukehren. Ödipus ist niemals völlig entlastet, denn er war niemals im jetzigen Sinn des Wortes verdammt. Er selbst bittet, aus dem Land verwiesen zu werden, wenn er sagt »Gewährt mir eine Wohltat . . . laßt mich untergehen« und vergleicht Verbannung mit dem Tod. Vom Unterdrücker in »König Ödipus« wird er zum Unterdrückten in »Ödipus auf Kolonos«. In unserer Welt hat er keinen bestimmten Platz, in der die Kräfte des Guten und des Bösen gesondert behandelt werden. Shakespeare jedoch schildert König Richard II. als eine Art Ödipus, ein fragwürdiger Sündenbock, ungerecht und doch benachteiligt. Richard vergleicht seine Feinde mit Judas und Pontius Pilatus und bekennt aber doch, daß er sich nicht mit Jesus vergleichen kann, denn es fehlt ihm alle Unschuld:

»Nein, wenn ich mich selbst betrachte
Halte ich mich für einen Verräter wie die übrigen.«

In der heutigen Zeit kann niemand über Ödipus schreiben, ohne Sigmund Freud zu berücksichtigen. Das Thema vom Vatermord des Ödipus und der Blutschande mit seiner Mutter und der allgemeine Begriff vom feindlich gesinnten Vater, der dem Knaben den Zugang zu seiner Mutter unterbindet, sind Grundbegriffe der Psychoanalyse.

Freud verwies Ödipus zuerst an das kollektive Unterbewußtsein. Dann gab er in »Totem und Tabu« eine Erklärung des Menschenopfers, die gründlich von den Theorien seiner Zeit abwich. Er schrieb vom Vater der primitiven Horde, der ermordet worden war. Dies war die früheste Handlung, die der Mensch später im rituellen Töten für immer wiederholte. Freud zeigte eine bestimmte Intuition, wenn er diesen ersten Mord als den Ursprung aller Opferungen betrachtete. Seine Ansicht von diesem ersten Verbrechen und dessen Erklärung wurde von gegenwärtigen Gelehrten aufgenommen, auch wenn sie sich Freuds Gedanken, Verbrechen müsse immer mit Vatermord und Blutschande verknüpft sein, widersetzten. Für Freud war der Zweck des Opfers unausweichlich die Vaterfigur. Er sah sogar Jesus von Gefühlen gegen seinen eigenen Vater motiviert, wenn er danach verlangt, an seiner Rechten zu sitzen oder, einfacher ausgedrückt, seinen Platz einzunehmen.

In einer Studie über rituelles Töten, das so viel Gemetzel auf der ganzen Welt mit sich brachte, mag es unangebracht erscheinen, dem Einzelfall des Ödipus, der mit Verbannung und nicht mit dem Tod bestraft wurde, so viel Aufmerksamkeit zuzuwenden. Sein Fall jedoch ist sehr lehrreich, da er als Sündenbock für die Allgemeinheit aufgerufen ist, die Schuldenlast zu vermindern und die Spannungen der Gemeinschaft zu lösen und damit die »Opferkrise« für eine Zeitlang zu beenden. Teilweise Missetäter, aber auch Opfer, verkörpert er das Band, das die beiden verbindet.

DIE GRIECHISCHE ETHIK

Im alten Griechenland fehlt es nicht an Rettern und Erlösern derselben Art, sei es in der Gestalt des Ödipus, des Vatermörders, der verbannt wurde, um die Stadt zu schützen, Dionysos, der Schrekken und Raserei säte, bevor er die Harmonie wiederherstellte, oder Adonis, der sterbende und wiederauferstehende Gott. Der Begriff des einen – oder der wenigen – als Opfer für die vielen wurzelt tief in der griechischen Mythologie. Sei es in der Geschichte der Iphigenie oder der sieben Athener, die dem Minotaurus als Fressen dienten.

Ungeachtet der Verwendung von Tieren als Ersatz in jüngerer Zeit sind Griechische Tragödie, Heldengedichte und selbst die Geschichte reich an Erzählungen von Menschenopfern. Das Ausmaß verminderte sich später, obgleich wahrscheinlich sowohl in Griechenland als auch in Rom mehr Opferhandlungen stattfanden, als ihre Historiker zugeben.

Wenn auch in Griechenland rituelles Töten tatsächlich abnahm, so finden seine sterbenden Götter Adonis und Attis und ihre zwiespältigen Stadterretter wie Ödipus, wenig Anerkennung. Die Einschränkung der Opferhandlungen ist mehr der Entstehung einer humanitären Ethik einer Art zu verdanken, die in den alten Reichen des Nahen Ostens oder den neuen Königreichen Afrikas oder Asiens unbekannt ist.

In Griechenland entstand Seite an Seite mit dem alten Pantheon spielerischer aber mitleidloser Götter eine grundlegend neue Einstellung zum Übernatürlichen durch Sokrates, dem Begründer der griechischen Ethik. Denn Sokrates, der höchste Geist oder Gott, der Ursprung der Weisheit und Tat, war überaus gut. Dieser Weltgeist hat mit Dionysos wenig gemein, nicht mit seinem wahnsinnigen Toben, auch nicht mit Artemis und ihrem hartnäkkigen Verlangen nach menschlichen Opfern. Sokrates forderte Martyrium heraus, da er sich weigerte, eine ihm auferlegte Geldstrafe zu bezahlen, da er die Jugend verdorben und den alten Göttern keine Achtung erwiesen habe. Sein Tod hatte eine ungeheure moralische Wirkung. Hatte er auch keine neuen Götter vorgestellt, so hatte er tatsächlich eine neue Ethik begründet, die das Töten von Menschen, um die Götter bei Laune zu halten, auch nicht bei Aufbietung aller Phantasie billigen konnte.

So waren in Griechenland zwei verschiedene Kräfte am Werk. Die Philosophen und ihre Nachfolger machten aus dem Guten einen Kult und verabscheuten das Opfer, während die Anhänger der alten Götter diesen Brauch immer noch von Zeit zu Zeit für »notwendig« erachteten.

Die griechischen Götter, gleich den meisten ihrer afrikanischen und asiatischen Kollegen, waren ebenso eifrig bestrebt zu zerstören wie zu erschaffen, und ihre Anbetung verlangte gelegentlich nach Menschenopfern. Als aber die Menschen einmal zu glauben begannen, daß die Welt durch Kräfte regiert werde, die im wesentlichen gut waren – sei es in Griechenland, Israel oder selbst in China –, so wurde dadurch das Bild verwandelt, und für diese Menschen hatte das Opfer keinen Sinn. Seine Fortdauer im bescheidenen Maß in Griechenland war damit eine Art Kompromiß zwischen zwei geistigen Richtungen.

KAPITEL III

GRÖSSERE LIEBE ERFÄHRT KEIN MENSCH

JEPHTHAS TOCHTER

Viele Sitten im Nahen Osten der Alten Welt, darunter das Menschenopfer, gab es auch bei den Hebräern. In Israel wie in Griechenland und Rom kam dieses Opfer nur allmählich außer Gebrauch und vorübergehend nahm es sogar zu.

Als die Kinder von Ammon einen Streit begannen mit Israel, gingen die Ältesten zu Jephtha und baten ihn, ihr Hauptmann zu sein. Das Buch der Richter beschreibt ihn als einen streitbaren Helden, der von seinen Brüdern aus seinem Vaterhaus vertrieben wurde, da er der Sohn einer Hure war.

Bevor er in den Kampf mit den Amoritern ging, gelobte Jephtha, wenn er den Frieden errungen habe, würde er dem Herrn ein Brandopfer darbringen mit dem ersten lebenden Wesen, das ihm zur Begrüßung aus seiner Haustüre entgegengehe. Die Amoriter wurden geschlagen, und der Krieger kehrte nach Haus zurück, wo er von seiner Tochter mit Tamburin und Reigen begrüßt wurde. Sie war sein einziges Kind. Jephtha zerriß seine Kleider, doch trotz all seiner Wehklagen konnte er sein Gelübde nicht rückgängig machen. Seine Tochter (die Bibel nennt keinen Namen) äußerte eine seltsame Bitte, sie bat um einen zweimonatigen Aufschub des Urteils. Diese Zeit verbrachte sie mit ihren Gefährtinnen »und beweinte ihre Jungfrauschaft auf den Bergen«. Nach zwei Monaten kehrte sie zu ihrem Vater zurück, und er tat, wie er gelobt hatte. Von da an betrauerten die Töchter Israels jährlich vier Tage Jephthas Tochter.

Das Buch der Könige berichtet vom Gottesurteil Meschas, des

Königs von Moab. Als seine Armee von den Israeliten geschlagen wurde, war er so bestürzt, daß er seinen ältesten Sohn und Erben nahm und mit ihm ein Brandopfer vornahm. Die Geschichte unterscheidet sich von der Jephthas nur insofern, als Mescha ein Feind Israels war und seine Opferhandlung durch eine Niederlage verursacht wurde und nicht durch einen Sieg. Aber die Botschaft ist wieder offenkundig. Der Schutzgott fordert ein menschliches Opfer, entweder als Entgelt für den Sieg oder um die Qualen der Niederlage zu verringern. Das war nicht das Ende von Meschas Geschichte. Durch die Opferung seines Sohnes erzielte er sogar einen Gewinn. Kemos, der Gott von Moab, war zornig auf sein Volk, und das veranlaßte ihn, das Volk mit einer Niederlage zu bestrafen. Aber nach dem Brandopfer von Meschas Sohn entlud sich der Zorn Kemos' auf die Häupter der Israeliten, die sich in Eile vom Schauplatz ihres jüngsten Triumphes zurückzogen. Die sachliche Art und Weise, mit der der hebräische Erzähler die Geschichte bringt, zeigt, daß er sie nicht für ungewöhnlich hielt. Das Menschenopfer war ihm bekannt, und es hätte sich auch genau umgekehrt mit einem Opfer an den Gott Israels ereignet haben können. (1)

Um den Zorn des Gottes zu mildern und ihn zu bewegen, eine Niederlage in einen Sieg zu verwandeln, wurde oft ein Opfer gefordert, manchmal das Kind des Anführers, manchmal ein Missetäter. Als Josua von den Männern von Ai besiegt wurde, befahl der Herr ihm, einen Übeltäter für ein Brandopfer zu suchen. Die Wahl fiel auf Achan, der gestanden hatte, reichlich Kriegsbeute gestohlen zu haben, darunter einen kostbaren babylonischen Mantel, zweihundert Silberlinge und eine Stange Gold von fünfzig Lot Gewicht. Achan wurde nicht verbrannt, sondern zu Tode gesteinigt und mit seiner gesamten Familie begraben. Auf diese Weise übernahm er die Rolle des Sündenbockes. Öffentlich beschuldigt für ein ruchloses Vergehen, starb er für die Gemeinschaft, um die Bindungen mit dem Gott wiederherzustellen. Achans Geschichte veranschaulicht die schmale Grenze zwischen Strafgesetzgebung und Menschenopfer. In der Folge gelang es Josua, den König von Ai zu besiegen, er opferte ihn, indem er ihn bis zum Abend an einem Baum aufhing. Die Leiche wurde unter das Tor der Stadt gelegt und zum Andenken an die Tat ein großer Steinhaufen darüber errichtet.

Das Buch Josua zeigt uns die brutalere Seite der Heiligen Schrift. Deshalb müssen Episoden für christliche Kinder mit Sorgfalt ausgewählt werden. Nach der berühmten Heldentat des Josua vor den Mauern von Jericho tötete er nicht nur alle Männer, Frauen und Kinder dieser Stadt, sondern schlachtete auch alle Ochsen, Schafe und Esel – eine Handlungsweise, die an eines jener Rituale erinnert, in welchem Tiere und Menschen zusammen geopfert werden. Frauen und Kinder zu töten mag ein bloßer Racheakt gewesen sein, aber das Schlachten von Tieren war vermutlich ein religiöses Ritual. (Alles, was Josua von Jericho aufbewahrte, waren die Goldgefäße.)

Im Alten Testament kann man genügend Beispiele finden, die zeigen, daß – ungeachtet des vergeblichen Leugnens der Apologeten – in der gesamten Geschichte des jüdischen Staates Menschenopfer nicht unüblich waren. Samuel (der vermutlich im 11. Jahrhundert v. Chr. lebte) nahm seinen Gefangenen Agag und hackte ihn vor dem Herrn in Stücke. Viel später, nach der Teilung des Königreiches, opferte Ahas (740–724 v. Chr.), der den Teil genannt Juda regierte, Kinder im Feuer und verbrannte sogar seinen eigenen Sohn. Sein Nachfolger, König Manasse, tat desgleichen. Im nördlichen Königreich, Israel genannt, errichtete der erste König, Jerobeam, den Schauplatz für Menschenopfer und baute einen Altar für Baal, ein Gott, der immer gierig auf menschliche Opfer war. Grundsteinopfer, einschließlich der eigenen Kinder des Erbauers, waren nicht unbekannt. Das Buch der Könige berichtet von Hiel, daß er beim Wiederaufbau Jerichos den Grundstein über dem Körper seines eigenen Sohnes legte, während sein jüngster unter dem Tor begraben wurde. Josua prophezeite, daß sich das ereignen würde, als er die Stadt zerstörte: »Verflucht sei der Mann vor dem Herrn, der sich aufmacht und diese Stadt Jericho wieder baut. Wenn er ihren Grund legt, das koste ihn seinen ersten Sohn, und wenn er ihre Tore setzt, das koste ihn seinen jüngsten Sohn.«

Die Archäologie bestätigt den Bericht der Bibel über diese Grundsteinopfer. In Geser fand man zwei Brandopfer von Kindern von sechs Jahren im Allerheiligsten und die Schädel von zwei Erwachsenen, die in je zwei Teile zersägt waren. In Megiddo war ein Mädchen von fünfzehn getötet worden und in den Grundmauern eines großen Gebäudes begraben. Ausgrabungen lassen erkennen, daß das Verfahren, Kinder und Erwachsene unter neuen Gebäuden einzugraben, weit verbreitet war. Einige dieser Menschen wurden offensichtlich lebendig beerdigt.

DAS KIND UND DER WIDDER

Wahrscheinlich als die Juden zum ersten Mal das Verheißene Land erreichten, übten sie im bescheidenen Rahmen Opferhandlungen aus und brachten einzelne Opfer dar, um, wie in den Fällen von Josua und Jephtha, einen Sieg zu sichern oder eine Niederlage abzuwenden. Erst später, als der Hebräer Jahwe mit dem Kanaaniter Baal verwechselt wurde, verbrannten sie Kinder in der Feuergrube.

Wie bei vielen Völkern scheinen Tier- und Menschenopfer nebeneinander bestanden zu haben. Das Alte Testament ist voll von Hinweisen auf jede Art von Tieropfer. Die Auswahl eines Tieres als Sündenbock für die Missetaten des ganzen Stammes gehört zu den ältesten dieser Riten und geht zurück auf die Zeit von Moses und Aaron. Lange bevor die Phase der Baal-Verehrung in Palästina menschliche Opfer verlangte. Aaron wählte der Sitte entsprechend zwei Ziegen. Eine wurde als Opfer für den Herrn getötet. Auf den Kopf der anderen, dem wahren Sündenbock, legte Aaron beide Hände und beichtete alle Sünden Israels. Sodann wurde das Tier weggeführt, »um alle ihre Schandtaten in ein unbewohntes Land mit sich zu tragen«. So finden wir unter den Hebräern wie bei den Griechen und Römern das ungewohnte Ritual der Verbannung des Opfers und nicht die Tötung.

Ob nun der Sündenbock in früher Zeit tatsächlich ein menschliches Wesen war oder nicht, die Sitte der Kinderopfer jedenfalls ist bei den Hebräern tief verwurzelt. Der Anspruch ihres Gottes Jehova oder Jahwe auf den Erstgeborenen wird ganz deutlich im Buch Numeri »denn alle Erstgeborenen in Israel sind mein, sowohl Mensch als auch Tier.« Das Buch Exodus sagt: »Den ersten Deiner Söhne sollst Du mir geben.«

Aber unbeeindruckt vom Anspruch Jahwes bemüht sich die Genesis, ungeachtet der tatsächlich stattfindenden Menschenopfer festzustellen, daß die Gründerväter des Staates dem Brauch abgeschworen haben und mit Jahwes Segen die Menschen durch Tiere ersetzt wurden.

Dieser Anspruch ist in der berühmten Geschichte von Abraham und Isaak zu erkennen. Der Erzähler beschreibt das Ereignis mehr als eine »Versuchung« und weniger als einen bloßen Akt der Hingabe von seiten Abrahams, dem der Herr gesagt hatte, er solle seinen Sohn als Opfer darbringen. Jedoch weder Vater noch Sohn scheinen den Befehl des Gottes im mindesten für ungewöhnlich gehalten zu haben. Abraham wußte genau, wie er seine Aufgabe in Angriff nehmen mußte und brachte Isaak ordnungsgemäß auf den angegebenen Berg (Kinder, die Tlaloc, dem mexikanischen Regengott, geopfert werden sollten, wurden auch auf einen Berggipfel geführt). Abraham baute seinen Altar in der vorgeschriebenen Art auf, band Isaak und legte ihn auf das mitgebrachte Holz, damit folgte er eindeutig einem bekannten Ritual. Isaak sollte getötet werden, bevor er verbrannt wurde, eine Vergünstigung, die in späterer Zeit Opfern des Baal und Moloch nicht zuteil wurde.

Nach E. O. James, einer bekannten Autorität über den Nahen Osten, ist die in der Genesis erzählte Geschichte höchstwahrscheinlich eine erbauliche Erklärung aus dem 8. Jahrhundert und entsprechend bearbeitet, um zu zeigen, daß Menschenopfer, die in diesem Jahrhundert allgemein ausgeübt wurden, eine von außen übernommene Neuerung war, die der wahren Tradition der Juden lange Zeit unbekannt gewesen sei. (2) Der Widder, der im Dickicht gefangen wurde und so bequem darauf gewartet hatte, Isaaks Platz einzunehmen, ist die lebendige Illustration dieser Lehre. Diese Geschichte sagt, daß die Israeliten alle Menschenopfer, lange bevor sie das Verheißene Land sahen, aufgegeben hatten. Wenn sie in ihrer gegenwärtigen Form von den erklärten Feinden der Opferung stammt, kann man sie nicht für bare Münze nehmen. Jedenfalls war Abraham hundert Jahre alt, als er Isaak zeugte und über hundertundzehn Jahre, als er sich auf den Berg hinaufmühte, um Isaak zu opfern. Er lebte im ganzen hundertundachtzig Jahre. Die Geschichte klingt glaubwürdiger, wenn man sie als Bericht über einen früheren Anführer Israels betrachtet, der seinen erstgeborenen Sohn opfert, um die Forderungen Jahwes zu befolgen, wie es im Buch Numeri steht. Keineswegs wurde das menschliche Opfer durch einen Widder ersetzt (in jenen Tagen für diese Nomadenhirten ein besonders wertvoller Besitz). Es war wohl nicht Isaak selbst, der geopfert wurde, da er, wie gesagt, ein hohes Alter erreicht hat. Sicher war zu der Zeit, als die Geschichte Abrahams geschrieben oder umgeschrieben wurde, der Gedanke, den Sohn des Anführers zu töten, nicht unbekannt. Auch die Phönizier, leibliche Vettern der Kanaaniter, übten das Menschenopfer aus. König Kronos (auf phönizisch Ep) hatte einen einzigen Sohn von einer Nymphe, Anobret genannt, diesen opferte er auf dem Altar, als eine große Kriegsgefahr drohte.

Der Vorgang scheint überdies mit der eigenartigen, in anderen Teilen der Welt allgemein bekannten Vorstellung übereinzustimmen, daß, wenn ein Sohn – oder ein anderes Kind als Ersatz – geopfert wird, die Götter für viele weitere Nachkommen sorgen. Nach der Zeremonie auf dem Berg sagte der Herr zu Abraham: »Ich werde Deinen Samen segnen und mehren wie die Sterne am Himmel und wie den Sand am Ufer des Meeres.« Das eigentliche Opfer war ganz gewiß Abraham selbst, der Vater, unentrinnbar an den alten Brauch gebunden, sein eigenes Kind zu töten.

Die Genesis berichtet, daß Abraham kurz vor dem Ereignis mit Isaak in ein weniger bekanntes Geschehen verwickelt war, das nach Kinderopfer von überaus herzloser Art aussieht. Sara, die Mutter Isaaks, bat Abraham, die ägyptische Sklavin Hagar, die ihm auch einen Sohn geboren hatte, zu vertreiben, damit dieses Kind nicht zu einem Rivalen für Isaak heranwachse. Der Herr sagte dann Abraham zu tun, was Sara ihn gebeten hatte. So fuhr Abraham Hagar mit ihrem Kind hinaus, versehen mit etwas Brot und einer einzigen Flasche Wasser für den erbarmungslos harten Weg durch die Wüste. Hagar wanderte in der Wildnis von Beerscheba, und als sie kein Wasser mehr hatte, warf sie ihr Kind voller Verzweiflung ins Gestrüpp. Wieder gab es eine Rettung in letzter Minute, denn der Herr erschien ihr und verriet Hagar eine Wasserquelle.

TOFET

Lange nach der Zeit Abrahams wurden diese Opferungen unter kanaanitischem Einfluß zahlreicher. Denn als die Israeliten sich in Palästina niederließen, gerieten sie in einem ihnen bisher unbekannten Ausmaß in das Netz ritueller Tötungen ihrer Nachbarn, die hauptsächlich mit Kindern verknüpft waren. Im Alten Testament wurde der Ort, wo solche Opferungen stattfanden, Tofet genannt – da gewöhnlich so viel Lärm mit Trommeln (Tofini) gemacht wurde, damit der Vater die Schreie seines brennenden Kindes nicht hören sollte. Nach dem Buch Jesaja: »Denn die Grube ist von gestern her zugerichtet; ja sie ist auch dem König bereitet, tief und weit genug; der Scheiterhaufen darin hat Feuer und Holz die Menge. Der Odem des Herrn wird ihn anzünden wie Schwefelstrom.« Genaue Einzelheiten der Zeremonie haben wir nicht. Eine Vorstellung von dem was vorging, konnten wir den Methoden der Karthager entnehmen, die auch Baalanhänger waren und diesem Kinder in großem Maßstab opferten. Als sie in Syrakus 310 v. Chr. eine Niederlage befürchten mußten, wurden von einem Gerüst, das wie das Abbild des Gottes gebaut war, die Söhne von fünfhundert Adligen in eine Feuergrube – oder Tofet – geworfen. In Karthago wurde das örtliche Tofet von Archäologen gefunden. Es erstreckte sich einige hundert Meter in einem schmalen Streifen entlang des Hafens und stammt aus der Gründungszeit der Stadt. Die beiden frühesten Inschriften im Tofet von Karthago verzeichnen Opfer für Baal, die jenen der Kanaaniter gleichen. Es scheint, daß in Karthago, wie in Kanaan, Brandopfer von Kindern außerhalb der Stadt vollzogen wurden, während die ursprünglichen hebräischen Opferhandlungen auf den Altären der Tempel vor sich gingen. (3)

Man findet im Alten Testament keinen Hinweis auf Massenopferungen. Die Berichte des 8. und 7. Jahrhunderts jedoch lassen ohne Zweifel erkennen, daß die Israeliten dieser Zeit Brandopfer mit ihren Söhnen in den Tofet-Feuern machten, die im Tal Hinnon außerhalb Jerusalems entzündet wurden. Zu Ehren von Moloch (Moloch oder Melech heißt König und ist nur ein anderer Name für Baal) wurden die Kinder »über das Feuer« oder »durch das Feuer« geführt. Diese Riten waren nicht neu. Wie die Texte erkennen lassen, bestanden sie seit vielen Jahrhunderten. Die Bibeltexte mißbilligen das Kinderopfer ausnahmslos. Aber derartige kritische Bemerkungen sind der sicherste Beweis, daß es diese Opfer gab. Der Prophet Jeremias erzählt vom Volk, »daß sie ihre Söhne als Brandopfer für Baal ins Feuer warfen«. Der Prophet Hesekiel beklagt sich kurz vor der Babylonischen Gefangenschaft im Jahr 597 v. Chr., daß die Kinder Israels ihre Nachkommen zu Ehren von Götzen töteten. Dieses Verhalten wird im Buch

Leviticus mißbilligt: »Du sollst nicht irgendeinen Deines Samens für Moloch durch das Feuer gehen lassen.« Der Text sagt weiter aus, daß jeder, der dagegen sündigt, zum Tod verurteilt werden soll. Das Buch Micha beklagt sich auch über das Töten der Erstgeborenen: »Soll ich meinen ersten Sohn für meine Übertretung geben, meines Leibes Frucht für die Sünde meiner Seele.« So scheint schon im 8. Jahrhundert, nach der Teilung des Königreiches, als das Opfern von Kindern auf seinem Höhepunkt war, dieses bereits eine Streitfrage geworden zu sein.

Es ist nicht wahrscheinlich, daß der König und Herr, Moloch oder Baal, der diese grausigen Opfer erhielt, als verschieden von Jahwe selbst gedacht war. Jeremias' schwere Drohung bestätigt das: »und bauen die Altäre des Tofet im Tal von Hinnon, daß sie ihre Söhne und Töchter verbrennen, was Ich (Jahwe) nie geboten, noch in den Sinn genommen habe.« Natürlich wurden tatsächlich Jahwe diese Opfer gebracht, nachdem Jeremias überhaupt keinen Grund hatte zu betonen, daß Jahwe keine Opfer für *andere* Götter befohlen hatte. Das wäre zu offensichtlich gewesen. Da aber die Israeliten alles taten, um ihren Gott mit Brandopfern ihrer eigenen Kinder versöhnlich zu stimmen, war des Propheten Behauptung, daß solche Handlungen den wahren Wünschen des Gottes zuwiderliefen, mehr als zutreffend. (4)

Jahwe, der wohl im Alten Testament als einziger Gott Israels auftrat, wurde bisweilen mit Baal, dem Sonnengott der eingeborenen Kanaaniter, verwechselt. Er war bekannt unter einer Anzahl von Namen. Der Kult dieser fremden Gottheiten war einst unter den Israeliten so weit verbreitet, daß selbst Salomo (965–926 v. Chr.) nachgab. Seine hundert Frauen »lenkten sein Herz auf andere Götter«. Er errichtete in Sichtweite von Jerusalem ein Höhenheiligtum für Kemos, die moabitische Form für Baal, zu dessen Ehren Mescha seinen Sohn und Erben verbrannt hatte. Salomo errichtete auch einen Tempel für Moloch bzw. Baal.

In den Darstellungen des Alten Testaments über die Zeit der Könige, angefangen bei Salomo, wird fortwährend zwischen »guten« Herrschern, die Jahwe gehorchten, und vielen anderen, darunter auch Salomo, unterschieden, diese waren auf Abwege geraten und beteten Baal an. In Wirklichkeit aber war zu dieser Zeit der Gegensatz zwischen beiden nicht ganz so eindeutig. Sehr wenige Herrscher konnten den immer mehr zunehmenden Kinderopfern in den Jahrhunderten vor dem Exil Widerstand leisten. Danach verminderten sie sich allerdings rasch.

Die Propheten, die gegen das in ihren Tagen weit verbreitete Verbrennen von Kindern wetterten, hatten die alte Geschichte von Abraham und Isaak wiederbelebt, womit sie zu beweisen versuchten, daß Jahwe das Opfern von Kindern seit unvordenklicher Zeit mißfiel. Aber mit ihren Bestrebungen wollten sie nicht nur die Menschenopfer bekämpfen, sondern selbst den Gedanken daran, lebende Wesen zu töten, um auf angemessene Weise Gott zu beschwichtigen. Diese Lehrer scheinen selbst für die gänzliche Abschaffung des Rituals gewesen zu sein, da es für sie der einzige Weg zur Befreiung des neuen ethischen Gottes Israels von vergangenen Bindungen mit primitiven Sonnengöttern und Korngottheiten war.

Der Prophet Amos läßt Jahwe sagen, daß er Festtage hasse und verachte und daß er Fleischopfer nicht hinnehmen wolle. Diese religiösen Führer beschworen die Menschen unablässig, auf die Wege des Herrn zu achten. Befolgten sie das nicht, so wäre auch kein Opfer von irgendeinem Nutzen. Nach der Rückkehr aus der Babylonischen Gefangenschaft gab es weiterhin Tieropfer, und von diesen war das Ritual des Osterlammes typisch. Am Versöhnungstag, einem nachexilischen Brauch, wurde eine Garbe der ersten reifen Gerste auf dem Altar dargebracht, sieben Wochen später gefolgt von zwei Broten aus dem jungen Getreide. Nach der Zerstörung des Tempels von Jerusalem durch die Römer im Jahr 70 n. Chr. hörten Opferungen gänzlich auf. Jahwes Anspruch im Buch Exodus auf die Erstgeburt von menschlichen wie tierischen Lebewesen war inzwischen in eine reine Bezahlung von fünf Schekel umgewandelt worden.

Unterdessen hatte sich der ursprüngliche Zweck der Opferungen verloren, da die Lehren des Propheten eine umwälzende Wirkung hatten. So war in einigen wenigen Jahrhunderten die jüdische Ansicht von ihrem Gott nicht wiederzuerkennen. Kinderopfer gehörten der Vergangenheit an, und jetzt war sogar die Vorstellung unhaltbar geworden, daß der gerechte Jahwe, Richter der Welt, mit dem Blut von Stieren oder Ziegen, ganz zu schweigen von Menschen, wiederbelebt oder verjüngt werden müßte. Das feurige Tofet hatte einen raschen Umschwung hervorgebracht, und die Propheten der vorexilischen Zeit begannen bereits von

Gott als einem sittlichen Wesen zu sprechen, dessen Forderungen ethischer und nicht materieller Natur waren. Diesen Gott noch länger mit den grausigen Riten der Kanaaniter in Verbindung zu bringen war für diese großen Lehrer nichts weniger als Gotteslästerung. Folglich unterlagen die Riten einem fundamentalen Wechsel. Die Auffassung von lebenspendend wandelte sich in selbstgebend und verlangte »das Opfer der Lippen anstelle das der Kälber«.

Dementsprechend wurden Opferhandlungen in Israel nicht nur vermindert wie in Griechenland und Rom, sondern hörten ganz auf. Alte und barbarische Riten wurden durch eine neue Ethik ersetzt, wobei die Menschen Gott nicht mehr länger als unbarmherzigen Herrscher sahen, dessen Wohlwollen mit dem Blut der Unschuldigen erkauft werden mußte, sondern sie sahen in ihm einen guten und gerechten Gott.

Diese Entwicklung ist fast ohne Beispiel in der Geschichte. Während Opferungen von Menschen wie Tieren in riesigen Regionen Afrikas, Asiens und Amerikas unvermindert weitergingen, wurden sie im kleinen Israel tatsächlich abgeschafft, nicht auf Geheiß eines sterbenden Erlösers, sondern als Antwort auf die Predigten erleuchteter Priester, die aus dem jüdischen Glauben ebenso eine Ethik wie eine Religion schufen.

DER MENSCHENSOHN

Zur Zeit Jesu war das feurige Tofet für die Juden eine Erinnerung, die so weit zurücklag, wie es eine mittelalterliche Hexenjagd für die heutige Zeit sein dürfte. Unter den Theologen gab es lange Zeit Erörterungen, wieweit sich Jesu selbst für ein Opfer hielt. Nach fast zweitausend Jahren sind sie immer noch nicht zu einer Übereinstimmung gekommen. Nichtsdestoweniger zeigt seine Geschichte, wie sie das Evangelium erzählt, daß sein Tod in den Augen anderer ein Opfer war. Kaiphas, der jüdische Hohepriester, äußerte sich zu dieser Kernfrage ganz deutlich – eindeutiger als es Jesu selbst tat –, wenn er erklärte, es sei angemessen für die Menschen zu sterben, um das Volk insgesamt zu retten. Das ist ohne Zweifel die vornehmste Art des Opfers. Die Ereignisse im Neuen Testament bilden somit den Kern für jedes Studium menschlichen Opfers, von dessen Sinn am Beispiel des einen, der starb, um das Volk zu retten, mehr zu erfahren ist als von Massenvernichtungen am anderen Ende der Opferskala.

Was auch immer die ursprüngliche Absicht unseres Herrn gewesen sein mag, die Rolle seines Todes und seiner Auferstehung in der Weltgeschichte des Opfers ist in einem ganz anderen Sinn unbestreitbar. Denn rituelles Töten blühte – wie wir sehen werden – in tausend Formen auf weit entfernten Kontinenten, bis es von Menschen ausgerottet wurde, die Christen waren und die einen christlichen Abscheu davor hatten, Menschen zu Ehren von Göttern zu töten. Sie mögen vielerlei Beweggründe gehabt haben und auf viele von ihnen, ob Soldaten oder Händler, könnte man die Worte Jesu anwenden: »Diese Menschen bringen Finsternis über mich mit ihrem Mund und geben mir Ehre mit ihren Lippen, aber ihr Herz ist weit von mir.« Und doch wurden diese Europäer, die der einheimischen Bevölkerung Amerikas schwere Verluste beibrachten und den Dschungel Afrikas auf der Suche nach menschlichem Vieh entvölkerten, in der christlichen Tradition erzogen. Welche anderen Formen der Grausamkeit sie sich auch immer ausdachten, sie machten halt vor dem Durchschneiden der Kehle eines Menschen wie der eines Schweines oder einer Wachtel auf dem Altar Gottes, um die Fruchtbarkeit eines Ackers oder die einer Frau zu mehren. Diese Bräuche hörten auf, wo Nachfolger Jesu, wie unberechenbar auch immer, ihren Willen der Menschheit aufzwangen.

Jesus sprach von sich gewöhnlich als von »Der Menschen Sohn«. Diese Benennung, dem Buch Daniel entnommen, bevorzugte er vor dem Namen Messias, sie klang allumfassender, und das Unerklärliche sagte ihm mehr zu. Doch der Menschensohn, wie er im Buch Daniel beschrieben wird, war ein Eroberer, dem Gewalt und Ehre gegeben war und der die Alten Reiche eroberte, die vom Propheten mit wilden Tieren verglichen wurden. In einem bestimmten Sinn sah sich Jesus als der Messias der Heiligen Schrift, benutzte diesen Namen aber wenig und warnte seine Jünger davor, ihn solchermaßen anzureden. Denn der jüdische Messias war ein kriegerischer Anführer, dazu bestimmt, ein Reich, größer als das Davids, zu gründen. Einmal sprach Jesus von sich als Christus, aber dieser Name wurde auch für einen gesalbten König aus Davids Geschlecht gebraucht. Ein anderes Mal wird er auch angesprochen »Du Sohn Davids«. So haben die verschiedenen Benennungen Jesu, sei es Menschensohn, Sohn Davids, Messias oder Christus, alle einen kriegerischen Klang und treffen allein auf die jüdische Nation zu.

Wenn es viele Zweifel gibt, wie Jesus sich selbst sah, so können ganze Bibliotheken mit Erörterungen angelegt werden, wie andere ihn sahen und wieweit sein Tod und die Auferstehung, wie sie im Evangelium erzählt werden, ein Ergebnis der jüdischen oder der griechisch-römischen Überlieferung ist. Letztere beeinflußte sicher den heiligen Paulus, ein römischer Bürger aus Tarsus, der die Botschaft Jesu über die Grenzen Israels hinaus verbreitete. Und doch sah Paulus beide Seiten und nannte die römische Religion einen Sündenpfuhl. Ein Lehrer, der Jesus als Lamm Gottes sah, geboren, um die Seele der Menschen aus den Fesseln des Götzendienstes zu befreien, kann nicht nur als geschickter Vermittler angesehen werden, der die Lehren Christi überarbeitete, um sie für Nichtjuden annehmbar zu machen.

Tatsächlich wurden viele Beweise erbracht, daß Jesus die Lehren und Prophezeiungen des Alten Testamentes erfüllte. Das Segnen des Weines betrachtet man als Folge der frühen Vegetationsriten. Vor allem wurde der Tod auf dem Kalvarienberg mit der jüdischen Entsühnung für sündhafte Vergehen verglichen. Jesus war der Sündenbock, auf dessen Kopf der Priester – in der Überlieferung Aarons – beide Hände legte, bevor das Tier in die Wildnis hinausgeführt wurde. So nahm Jesus die Sünden aller Menschen auf sich, getreu der alten hebräischen Auffassung, nach der man sie physisch auf ein Tier oder ein anderes Medium übertrug. Im Evangelium des heiligen Johannes sagt Johannes der Täufer zu Jesu: »Siehe, das ist Gottes Lamm, welches der Welt Sünde trägt.« Und in der Tat erscheint es glaubhaft, daß er an dem Tag stirbt, an dem das Osterlamm geopfert wurde, und auch das Abendmahl an dem Tag begangen wurde, an dem das Passahmahl eingenommen wurde. Selbst für Auferstehung und Himmelfahrt kann man ein Beispiel aus dem Alten Testament finden. Elias fuhr in einem feurigen Wagen mit feurigen Rossen gen Himmel und man erwartete seine Rückkehr, um die Stämme Jakobs wieder einzusetzen.

Dennoch gibt es nur wenig und nur vereinzelt Texte im Alten Testament, die auf einen Messias hinweisen, der entfernt an Jesus erinnert. Stellen im Buch des Propheten Jesaja verweisen auf

Messias, »dem der Arm des Herrn offenbart wird« und der »verachtet und zurückgestoßen von den Menschen ist«. Sie scheinen sich mehr auf einen unbeachteten Propheten im allgemeinen zu beziehen als auf einen einzelnen Erlöser. Sterbende Erlösergötter gibt es in den heidnischen Religionen im Überfluß, und der heilige Paulus bezog sich bewußt oder unbewußt auf diese, wenn er der Passion Christi und seiner Auferstehung eine neue Bedeutung gab. Um Jesus als Erlöser der Menschheit darzustellen, bediente er sich Auffassungen, die dem jüdischen Denken fremd waren.

Die Vorstellungen der ersten Jünger Jesu scheinen ganz anders gewesen zu sein, denn sie suchten Trost vor diesen Prophezeiungen des Alten Testamentes, die möglicherweise auf Jesu Art und Weise von Leben und Tod zutreffen könnten. Sie waren zweifellos über seine Hinrichtung gleich einem gemeinen Verbrecher bestürzt, alle ihre Hoffnungen schienen vergeblich und bedeuteten den Zusammenbruch ihres Anliegens. Bestenfalls sahen sie sein Ende als Martyrium um Israels willen und fanden Trost in den Worten des Propheten Jesaja über den verachteten Knecht, »der um unserer Missetat willen verwundet wurde«. Im allgemeinen aber hatte Jesu Tod für sie keine zentrale Bedeutung. Ihre Hoffnungen gründeten sich, getreu den orthodoxen messianischen Überlieferungen, auf seine baldige Wiederkehr in Macht und Herrlichkeit, um das Königreich Israel wiederzuerrichten. In diesem Licht gesehen, war das Kreuz ein Hindernis für den Glauben und der gekreuzigte Messias eine Sinnlosigkeit, die schwerlich überzeugen konnte. Wenn der wahre Messias gleich General Scharon käme, würde er Israel zum Sieg führen. (7)

Wenn auch Paulus im Herzen antiheidnisch war, so zeigte er doch eine geniale Begabung, seinen Gegenspielern die Kleider zu stehlen, während sie badeten. Als Weltbürger glich er mehr den heutigen Juden, die Israel nicht für den Mittelpunkt der Welt halten. Ganz gewiß war es nicht sein Bestreben, das Christentum als Glaube einer Kirchengemeinde zu überlassen, begrenzt auf eine kleine, wenn auch unruhige römische Kolonie. Wenn Jesu eigene Worte an Israel gerichtet schienen, machte Paulus dessen Lehren zu einer Weltreligion und gab seinem Leiden eine universale Bedeutung.

Paulus machte viel Gebrauch von dem Namen Christus als eine Art Beiname zu Jesus, der selbst diesen Namen sehr sparsam verwendete. Christus jedoch bedeutet »Herrscher« oder »Kaiser«, nicht Prophet. Von da war es nur noch ein Schritt für Jesus, Pantokrator, der Allherrscher, zu werden und für die Jungfrau Maria, Kaiserin genannt zu werden. Paulus spricht auch von Jesu als Herr (griechisch kyrios), eine Form der Anrede, die sich auch in den Evangelien findet. Aber auch das ist ein fürstlicher Titel, der von Kaiser Augustus und sogar von Nero benützt wurde. Diese Namen für Jesus liegen Seite an Seite mit dem Kult der römischen Kaiser.

Ungeachtet Jesu eigener Ansicht über seine Mission, oder die seiner unmittelbaren Nachfolger, war es Paulus' wohlüberlegtes Ziel, ihn in Begriffen wie göttlicher Herrscher oder auch als Erlöser vorzustellen, die nicht nur in Israel, sondern überall im Kaiserreich verstanden wurden. Ein paar führende christliche Theologen von heute bezweifeln, daß Jesus göttlich war, ihre Ansichten haben einen erbitterten Meinungsstreit ausgelöst. Paulus aber hatte in dieser Beziehung keine Zweifel: »Ist aber Christus nicht auferstanden, so ist unsere Predigt vergeblich, so ist auch Euer Glaube vergeblich . . . ist aber Christus nicht auferstanden, so ist Euer Glaube eitel.«

Christi Geschichte konnte sich nicht in einem luftleeren Raum entwickeln. Nicht nur das allgemeine Thema vom sterbenden Erlöser, sondern selbst solch unbedeutende Einzelheiten wie das Lösegeld von dreißig Silberlingen oder der Beiname Zimmermann und Hirte haben ihren Ursprung in Mesopotamien.

Mit den vielen Kulten des sterbenden Erretters im Alten Vorderasien und der Verzweiflung der großen Muttergöttin, die um ihren verlorenen Liebhaber trauert, wird das jahreszeitliche Sterben der Natur und das Sprießen der neuen Saat gekennzeichnet. Bezeichnend dafür ist Tammuz, der in Babylon seinen Ursprung hatte. Jedes Jahr starb er und ging in die Unterwelt ein, und jedes Jahr wanderte seine göttliche Herrin Ischtar, die große Mutter, um ihn zu suchen und in das Land der Lebenden zurückzubringen. Diese Vorstellung lebte im Adonismythos weiter, der jedes Jahr von einem Eber getötet wird, in Dionysos, der in Stücke zerrissen wurde und wiederauferstanden ist, und in Attis, der am 22. März betrauert wird und drei Tage danach wieder zum Leben erwachte. Adonis verkörpert die wildwachsende Pflanzenwelt, von der die Nomaden abhängig sind.

Diese kultischen Verehrungen gehören zu ein und derselben Tradition und haben eine lange Geschichte. Isis, Mutter des ägyptischen Osiris, wurde auch im gesamten römischen Bereich verehrt. Von Isis wird gesagt, sie habe die verstreuten Teile des Osiris gesammelt und auf ein Kornsieb gelegt. Dies wurde in einer der Isis gewidmeten Prozession durch Rom getragen. Doch auch der kindliche Dionysos wurde in einem Kornsieb auf dem Parnaß wiedererweckt. Während der römischen Zeit waren die Riten des Osiris in Byblos jenen des Adonis so ähnlich, daß beide oft miteinander verwechselt wurden. Nicht nur Adonis und Attis waren von Ebern getötet worden, auch die Feinde des Osiris und Tammuz hatten die Gestalt eines Ebers angenommen. (8)

DIES IST MEIN BLUT, WELCHES VERGOSSEN WIRD FÜR VIELE

Nicht nur ist die Passion Christi mit diesen Überlieferungen verknüpft, auch das heilige Abendmahl selbst hat zwei Auslegungsmöglichkeiten. Ein feierliches Mahl am Abend war ein jüdisches Ritual. In den ersten Tagen war die Wiederholung des Abendmahles unter den Christen wahrscheinlich mehr ein verwandtschaftliches Fest als eine heilige Handlung. Aber weitere Gesichtspunkte der Eucharistie entwickelten sich unmittelbar aus dem Heidentum. Dieser Höhepunkt des Gottesdienstes hat das Gepräge eines Opfers, das die immerwährende Wiederkehr des göttlichen Wesens kennzeichnet, das am Anfang der Zeit geopfert und vor seiner Wiederkehr aus der Unterwelt in Brot verwandelt wurde. Das gebrochene Brot erinnert an das in Stücke gehackte Opfer, sei es Osiris in Ägypten oder der Stier, der in den ekstatischen Dionys-Riten zerteilt und roh gegessen wurde.

Nicht nur der übel zugerichtete Körper, sondern auch das Blut Christi ist der Mittelpunkt der christlichen Lehre, denn für Paulus ist das Blut – die Seele, Wesen vieler Religionen – das Element, das uns von der Sünde reinigt. Das Alte Testament aber hatte über diesen Begriff ganz andere Ansichten und berichtet in den Worten des Fünften Buches Mose, die das jüdische Gesetz niederlegten: »Nur das Blut sollst Du nicht essen, denn das Blut ist die Seele, darum sollst Du die Seele nicht mit dem Fleisch essen.« Dieses Verbot wird im Buch Leviticus wiederholt. Das Blut Jesu, gleich dem des Adonis, wird verehrt, wogegen es im Alten Testament tabu ist.

Jesus ist gewissermaßen sowohl Opferlamm wie auch Erlösersohn der Muttergöttin, sei es Osiris, Tammuz oder Attis, denn gelegentlich zeigen die beiden Strömungen eine Neigung, sich zu vereinigen. Die Israeliten nahmen nicht nur kanaanitische Gebräuche an, der Prophet Hesekiel sah sogar die Frauen von Jerusalem am Nordtor des Tempels für Tammuz weinen. Und doch enthält die christliche Geschichte alles in allem mehr von dem, was im Nahen Osten allgemein üblich war wie im besonderen bei den Juden in Palästina, was auch immer an einheimischen Elementen vorhanden sein mag, die sich auf Jesu eigenen jüdischen Hintergrund und seine Erziehung gründen. Der leidende Erlöser hat nichts gemein mit dem militanten Messias, dessen Bestimmung nicht Tod am Kreuz, sondern Sieg auf dem Schlachtfeld war. A. D. Nock, führender Kenner der Religionen der griechisch-römischen Welt, äußert ziemlich der Wahrheit entsprechend, daß die christliche Hoffnung in Palästina wurzelt, aber jene der christlichen Theologen in Alexandria. (9)

UND SIE KLEIDETEN IHN IN PURPUR

Außer den älteren Kulten der Muttergöttin und des leidenden Sohnes, gründeten sich andere, die in Rom volkstümlich wurden, auch auf die Sehnsucht nach einem neuen Leben. In den griechischen Eleusinischen Mysterien wurde nach dem »Tag des Blutes« der Neubekehrte wiedergeboren und wie ein kleines Kind mit Milch ernährt. Die Riten umfaßten eine Art Kommunion, in welcher der Eingeweihte durch Tod und Wiedergeburt Erlösung erlangte. Die Auferstehung folgt auch dem mystischen Tod im Mythraskult, der einen starken Einfluß in Rom gewann, bevor dort das Christentum zur offiziellen Religion wurde.

Und wenn die Botschaft Jesu im Wettstreit mit diesen mystischen Religionen allgemeine Anerkennung gewinnen wollte, mußte sie zwangsläufig auch die Hoffnung auf Wiedergeburt bieten. Paulus sagt: »Wir sterben mit Christus, wenn wir getauft sind und werden in ihm wiedergeboren und wandeln aufs neue im Leben.« Von da zur Vorstellung, als kleines Kind wiedergeboren zu werden, war für einen neuen Bekehrten ein leichter Schritt, und wenn er die griechischen Mysterien kannte, gab es für ihn zwischen den beiden Auffassungen wenig Unterschied. (10)

Der rituelle Anschein des Todes gefolgt von der Wiedergeburt ist mehr als ein örtlicher, auf den Nahen Osten begrenzter Kult. Er ist unter primitiven Stämmen weit verbreitet und ist Teil ihrer Pubertäts- oder Einweihungsriten. Manchmal muß das Opfer zerstückelt werden. Die Yuin- und Murring-Stämme in Australien verehrten ein höheres Wesen, Darumulu genannt, dessen Name Frauen und Kindern unbekannt war. Während der Einweihungszeremonie »tötet« Darumulu die Knaben, zerstückelt und begräbt sie und ruft sie wieder ins Leben zurück.

Denselben scheinbaren Tod und die Wiederauferstehung findet man in vielen Einweihungsriten unter den nordamerikanischen Indianerstämmen. In den komplizierten Ritualen der Pawnee-Indianer ist die Überwachung der Ernte und das Züchten der Büffel von derartigen Frühjahrs- oder Herbstzeremonien abhängig. Dazu gehört nach feierlicher Waschung oder Taufe die Wiedergeburt eines Kindes.

Außerdem ist noch in vielen Ländern eine weitere Seite der Passion Jesu grundlegend für primitive wie auch fortschrittliche Religionen der Menschen. Alle Evangelien betonen, daß Jesus vor seiner Kreuzigung gegeißelt, angespuckt und verspottet wurde. Die Vorstellung jedoch ist überall zu finden, daß Wiedergeburt nur durch Geißelung des Opfers oder eine andere Form von Mißhandlung gewonnen werden kann und nicht allein durch den Tod. In Teilen Südostafrikas werden Novizen bei den Einweihungsriten unbarmherzig geschlagen, ihre Schmerzen vor der Wiedergeburt sind wesentlich für ihren rituellen Tod.

Man findet dasselbe auch unter fortschrittlicheren Völkern. Die früheste Fassung des Tammuzmythus aus der Zeit vor etwa viertausend Jahren in Mesopotamien wurde langsam von Gelehrten aus einer Anzahl von Tontafeln zusammengefügt. In dieser Fassung ist Innana die Muttergöttin und Dummuzi (wovon Tammuz abgeleitet wurde) ihr geliebter Gemahl. Innana findet in ihrer eigenen geheiligten Stadt Erech ihren vertrauten Dummuzi »in feine Gewänder gekleidet und auf einem hohen Thron sitzend«. Aber Innana wird von den Galla verfolgt, den erbarmungslosen Wächtern der Unterwelt, und wird gezwungen, Dummuzi diesen scheußlichen Kreaturen auszuliefern. Zur Vorbereitung für sein

Hinüberwechseln in das Land der Toten binden, schlagen und quälen sie ihn unbarmherzig. Er entflieht, doch sie fangen ihn wieder, foltern ihn ein zweites und drittes Mal, bis er endlich hinabsteigt, um im Frühjahr zu Innana zurückzukehren. (12)

ER, DER OHNE SÜNDE WAR

Eine Art Strafe ist mit der seltsamen Vorstellung verknüpft, daß das Opfer gesündigt haben muß. Auf viele Art und Weise sind Verbrecher und Opfer untrennbar verbunden. Ödipus ist nicht der einzige Mensch, der die Rolle des Sünders und des Erretters in sich vereinigt. In der gesamten Menschheit findet sich die vielschichtige Vorstellung, daß das Opfer nur dann die Sünden anderer tilgen kann, wenn es sie auf sich nimmt, wobei es selbst zeitweilig zum Sünder wird. Dies ist auch in der christlichen Lehre gegenwärtig. Nicht wenigen Christen haben die Worte Paulus' in seinem Zweiten Brief an die Korinther Kopfzerbrechen verursacht: »Denn er hat den, der von keiner Sünde wußte, für uns zur Sünde gemacht, auf daß wir würden in ihm die Gerechtigkeit, die vor Gott gilt« und mit dem Satz in seinem Brief an die Galater: »Christus aber hat uns erlöst von dem Fluch des Gesetzes, da er ward ein Fluch für uns.«

Selbst in der frühchristlichen Zeit war die Vorstellung gegenwärtig, daß Christus sündig gemacht wurde, als er zur Zeit seiner Kreuzigung zwischen zwei Übeltätern starb. In der frühchristlichen Zeit war Golgatha für den Teufel ein Lösegeld für unsere Sünden. Aber 1500 Jahre später bestätigten protestantische Theologen diesen Zeitpunkt, an dem Jesus die »Schuld« auf sich nahm und damit unsere Sünden – in der Art und Weise eines alttestamentarischen Sündenbockes. Calvin, dessen Gott zornig wie auch liebend war, betonte nachdrücklich, daß Jesus mit seinem Tod vor allem Gottes Zorn zu beschwichtigen suchte. In diesem Licht gesehen, bekam die Leidensgeschichte einen juristischen Gesichtspunkt: Christus wurde »bestraft«, und die Strafe, die durch das Gesetz Gottes über andere Sterbliche kommen mußte, wurde ihm dafür auferlegt. (13) Für Luther und andere protestantische Geistliche ist Jesus der »Sünder«, schuldig in unserem Namen und verurteilt, für uns zu sterben. Gott erläßt uns unsere Bestrafung und belastet dafür Christus, seinen einzigen Sohn.

Nach damaligen Begriffen hat Jesus tatsächlich in einem gewissen Sinn gesündigt. Hätte Pilatus von vornherein mehr gewußt, dann hätte er nach römischen Begriffen Jesus nicht so bereitwillig für einen unschuldigen Mann erklärt. Er wußte ganz eindeutig nichts von der Aussage Jesu (im Evangelium des Matthäus), daß er nicht gekommen sei, Frieden zu bringen, sondern das Schwert. Und vom jüdischen Standpunkt war er ein Lehrer, der geachtete Sitten und Tabus mißachtete. Er riß Getreide aus und heilte am Sabbat. Von ihm war die ketzerische Lehre, daß der Sabbat »für den Menschen gemacht« sei. Er speiste mit Menschen, die unrein waren, und begrüßte sie unter seinen Anhängern. Die Pharisäer beschwerten sich, daß seine Jünger das Ritual, die Hände zu waschen, bevor sie Brot aßen, mißachteten. Jesus war ein Rebell gegen orthodoxes Denken, Rebell einer Art, die von den spanischen Inquisitoren mißbilligt worden wäre – oder von den calvinistischen Theologen Genfs – genau wie von den Pharisäern Judas.

Aber der Gedanke, daß die Hauptgestalt eines Kults anerkannte Bräuche mißachten muß und Tabus zurückweisen, ist nicht auf Israel oder Europa beschränkt. In Afrika mußten die geistigen Anführer zuerst rituelle Sünden begehen, bevor sie die Macht gewannen, sie anderen auszutreiben. In einem riesigen Bereich dieses Kontinents, der sich von Oberägypten südwärts bis Swasiland erstreckt, wurden die Völker von geheiligten Königen regiert, die bei Anlässen wie ihren Krönungs- oder Verjüngungsriten »starben« und »wiedergeboren« wurden. Während dieses Vorganges waren sie gezwungen, Blutschande mit ihren Müttern, Schwestern oder anderen Frauen zu begehen, was für ihre Untertanen nach strengen Stammesgesetzen ein Tabu war. Für den Tag der Zeremonie wird der König zum Sünder, der keine Regeln beachtet und keine Scham kennt. Bei den Buschongo zum Beispiel, die Ratten für abstoßend halten, wird dem König bei seiner Krönung eine Platte mit diesen Nagetieren angeboten. In Ruanda hatte sich ein Herrscher mehrere Male während seiner Regierungszeit einer Scheingeißelung als Strafe für Inzest zu unterziehen. Er trat mit seiner Mutter in einer öffentlichen Opferungszeremonie auf, beide gefesselt wie Verbrecher. Als Stellvertreter für ihren »Inzest« wurden ein Stier und eine Kuh geschlagen, mißhandelt und getötet. König und Königinmutter wurden mit deren Blut bespritzt.

Diese afrikanischen Könige mußten sündhafte Taten begehen

oder sie vortäuschen und wurden so zu Sündern. In Swasiland zog sich der König in einen geheiligten, umzäunten Bereich zurück, nahm verbotene Drogen und beging Inzest mit einer adoptierten Schwester. Währenddessen sang das Volk eine Art Haßhymne gegen ihren Herrscher und drohte, ihn vom Thron zu stoßen. Danach begann ein Kampf zwischen seiner Familie und seinen Untertanen. Schließlich wurde anstelle des Königs von den Kriegern des Stammes eine Kuh geschlagen, bis sie tot war. (14)

Ungeachtet der geistigen Kluft, die diese Stammesherrscher und Sündenböcke vom Jesus der Evangelien trennt, scheint im Neuen Testament ein Parallelfall aufzutreten. Jesus bricht gleich den afrikanischen Königen die örtlichen Tabus und wird dadurch »sündig«, bevor er die Sünden anderer wiedergutmachen konnte. Gleich Dummuzi wird er gegeißelt und verspottet. Er wird sogar königlich ausstaffiert und mußte Purpur tragen und eine Dornenkrone aufsetzen.

WENN DER GOLDENE ZWEIG BRICHT

Selbst eine derart kurze Deutung des Opfers aus dem Neuen Testament mag auf den ersten Blick als reine Abschweifung erscheinen, die eine einzelne Tat übermäßig betont gegenüber Massen von Sündenböcken, die seit ältester Zeit ihr Blut für die Götter vergossen haben. Und wenn sich in der Tat das Christentum nicht über sein Ursprungsland hinaus verbreitet hätte, könnten weniger Lehren aus seiner Geschichte gezogen werden. Doch gerade sein Erfolg macht das Studium des Menschenopfers so entscheidend. Nicht nur sollten die Christen eines Tages das rituelle Töten in vielen Ländern beenden, die Ausbreitung ihres Glaubens entlarvt auch die Stärken und Schwächen aller Erlöserreligionen, die sich auf den sterbenden und wiederauferstehenden Gott gründen.

Christus ist der Erlöser, der die Sünden der Menschheit auf sich nimmt. Er ist das Lamm Gottes, das leidet und Gottes Rache von der menschlichen Rasse ablenkt. Osiris stieg nicht in den Himmel auf, sondern wurde König der Unterwelt. Er war jedoch aufgerufen, die Toten zu richten.

Jesus verbannte in seiner Lehre weiteres Blutvergießen unter seinen Nachfolgern. Durch sein Geheiß, auch die andere Wange darzubieten, untersagte er es sogar. Er ist das eine und einzige Opfer, das nicht jährlich, sondern täglich in der Messe zelebriert wird. Jedoch genau wie in Ägypten sollte dieser Akt der Selbstverleugnung Nebenwirkungen einer unheilvollen Art haben. Wenn Christus völlig gut war, dann gab es auf Erden keinen Raum für seine Feinde. Sie mußten ohne Gnade verfolgt werden, oder der Segen der christlichen Erlösung würde zu einem Fluch. Nicht nur Christen, auch Moslems, getreu dem Wort eines einzigen Propheten, enthaupteten Ungläubige. Nicht nur diese mußten sterben, sondern christliche Andersdenkende gleich den Feinden des Osiris mußten gefoltert und rituell getötet werden. Die christliche Fassung der Erlöserlehre war in den Worten Arnold Toynbees der Anlaß für die Sündhaftigkeit und das Tödliche der katholisch-protestantischen Religionskriege im 17. Jahrhundert. Wie der große Historiker betont, ahmten die Christen die jüdischen Pharisäer nach, und das Pharisäertum wurde zum Gewohnheitslaster aller Religionen der jüdischen Sippe, einschließlich des Christentums und Islams: »Die Frucht des Pharisäertums ist Unduldsamkeit, die Frucht der Unduldsamkeit ist Gewalt und der Lohn der Sünde ist der Tod.« Aus dieser Unduldsamkeit entsprang die Heilige Inquisition, von der noch zu sprechen sein wird.

James Frazer, einer der ersten, der betonte, daß das Christentum tiefe Wurzeln im urzeitlichen Heidentum hat, nützte diese Entwicklung als Mittel, den christlichen Glauben zu demaskieren. Wenn die Lehre Jesu den heidnischen Religionen so ähnlich ist, dann kann sie nach Frazer nicht viel Wahrheit enthalten. Der Autor des Goldenen Zweiges zog seine eigene Lehre aus dem Neuen Testament: Die griechische und römische Gesellschaft war auf dem Begriff der Unterordnung des einzelnen, des Bürgers unter dem Staat, aufgebaut. Sie stellte die Sicherheit des Gemeinwesens als höchstes Ziel der Verwaltung über die Sicherheit des einzelnen. Die »orientalischen Religionen« (in diesem Zusammenhang das Christentum) »mit ihren selbstsüchtigen und unmoralischen Lehren« hielten persönliches Heil für das einzige erstrebenswerte Ziel. Der Gläubige wurde mehr und mehr dem öffentlichen Dienst entzogen und eine allgemeine Auflösung der Alten Welt setzte ein.

Aber Peter Munz betont in seinem Buch »When the Golden Bow breaks«, daß Frazers Behauptung auf den Kopf gestellt werden kann. Wenn die Lehren Jesu in der Tat so umfassend sind und anderen Glaubensrichtungen so nahe verwandt, dann müßten sie notwendigerweise eine tiefe Wahrheit zum Inhalt haben. Wenn sein Kult nicht nur bei Osiris, Tammuz und Ödipus zu erkennen ist, sondern sogar im afrikanischen Gott-König, der bestraft wurde, weil er Stammestabus verletzt hatte, der gestorben ist und wiedergeboren wurde, dann muß der christliche Anspruch auf eine weltumfassende Wahrheit in jedem Fall berechtigt sein. Mit der zusätzlichen Botschaft der Liebe im Evangelium wird das Geschehen auf Golgatha zu dem Höhepunkt in der Saga des Opfers: In den Worten des Evangeliums des heiligen Johannes: »Niemand hat größere Liebe denn die, daß er sein Leben läßt für seine Freunde.«

In einem entscheidenden Zusammenhang ist die Geschichte Jesu ausschlaggebend für jene des Opfers. Die Kreuzigung als Großaufnahme des Todeskampfes eines Opfers ist ohnegleichen. Seine Worte im Angesicht des Todes könnten auch über die Lippen anderer Opfer gekommen sein, wie sehr sie auch vorbereitet – oder betäubt – gewesen sein mögen, um ihrem Geschick ruhig zu begegnen. Bei jenen, die als Einzelopfer ausgewählt waren, um Gottes Zorn von der Welt abzulenken, war die psychologische Wirkung nicht unnatürlich. Erst der feste Glaube, daß ihre Tat richtig und notwendig sei, gefolgt von Zweifeln in letzter Minute und dem dringenden Verlangen, sich zurückzuziehen. In Jesu Worten vor dem Verrat des Judas: »Mein Vater, ist's möglich, so gehe dieser Kelch von mir.« Dann als die Würfel gefallen waren, beginnt die Entsagung in der neunten Stunde mit dem letzten Satz (nach Lukas): »Vater, ich befehle meinen Geist in Deine Hände«, nach Markus aber: »Mein Gott, mein Gott, warum hast Du mich verlassen?«

Düstere Berichte aus weit entfernten Landen erzählen, was mit dem Opfer geschah. Dessen Worte aber, so es welche gab, wurden nicht überliefert, und seine unbeteiligte Umwelt gab europäischen Augenzeugen über die Gefühle des Opfers wenig Anhaltspunkte. Opferung jedoch ist mehr als ein prunkvolles Ritual, um die Hinschlachtung teilnahmsloser und gleichmütiger Sklaven zu ergänzen. Selten ist die Entsagung vollständig, und jede Zeremonie ist ein einsames Drama voller unergründlicher Angst. Im Gegensatz zur Kuh und der Gurke wußte jeder Mensch von seinem Geschick, und er konnte auch nicht durch Betäubung von den üblichen Überlegungen eines sterbenden Menschen befreit werden: Zuerst der Wunsch, jemand anderer möge den Kelch des Leidens bis auf die Neige leeren, und zuletzt ein Gefühl der Erlösung – in der Fassung des Markus – nicht ohne eine Spur der Verzweiflung.

KAPITEL IV

AUCH EIN GEBRAUCH DER STATISTIK

DER HEILIGE ALS »DER NÄCHSTE«

Die Auswirkungen der Lehren Mahatma Ghandis machten das Indien der Neuzeit zur Heimat der Gewaltlosigkeit. Aber oft hat die Natur des Menschen zwei Seiten. Im gleichen Indien, das in diesem Jahrhundert Ghandi hervorbrachte und vor 2400 Jahren Gautama Buddha, ist die Geschichte der Menschenopfer inhaltsschwer und ereignisreich. Die Inder zeigten einen in anderen Ländern seltenen Einfallsreichtum, wenn sie sich extravagante Mittel und Wege ausdachten, um ihren Göttern Menschenopfer darzubringen.

Wenn wir uns nun Indien zuwenden, finden wir hinsichtlich des Menschenopfers in der Tat neue Ausmaße vor. Bis jetzt haben wir die Völker des alten Vorderasiens mit ihren Nachkommen, den Juden, Griechen und Römern studiert. Diese jedoch mäßigten das Blutvergießen, auch da, wo es nicht endete. Aber in den meisten anderen Teilen der Welt, für die griechische und christliche Tradition fremd war, geschah nichts dergleichen. Ob es in Indien, Südostasien, Ozeanien, Afrika oder im präkolumbischen Amerika war, das Opfern von Menschen, um die Götter versöhnlich zu stimmen, ging unvermindert weiter – bis zur Ankunft der Europäer. Deren Grausamkeiten jedoch waren anderer Natur. In vielen Ländern wie in Westafrika oder im Mexiko der Azteken vermehrten sich die Opferhandlungen von Menschen und steigerten sich zu einem Krescendo, das die ersten weißen Invasoren erschreckte.

Dieselben Kräfte scheinen in Indien am Werk gewesen zu sein, wo die Zahl der Opfer in der buddhistischen Zeit vor etwa zweitausend Jahren niedrig war, aber zur Zeit der Ankunft der Briten Rekordhöhe erreicht hatten. Die Arten der Opfer waren so zahlreich, daß ich die meisten nur kurz erwähnen kann und meine Aufmerksamkeit auf einige der ungewohnteren Riten richten möchte wie auf jene der Khond im Norden oder der Thug in Bengalen. Sati, der freiwillige Feuertod der Witwen, wird im folgenden Kapitel beschrieben.

Die indische Mischung von Gewalttätigkeit und Sanftmut hat die Europäer verblüfft, demzufolge pendelte ihre Einstellung dem Land gegenüber von einem Extrem ins andere. Die indische Religion wurde im allgemeinen von jenen Engländern anerkannt, die im 18. Jahrhundert Teile des Subkontinents in Besitz nahmen und den Weg für die britische Herrschaft vorbereiteten. Als diese im 19. Jahrhundert auf ihrem Höhepunkt war, machten die Gefühle der Achtung Platz für eine »Heiliger-als-du-Haltung« allen indischen Gebräuchen und im besonderen gegenüber der Hindureligion. Bedingt durch das spanische Beispiel meideten die Briten in ihrem eigenen Indien eine erzwungene Taufe, der Drang zur Bekehrung jedoch verursachte bei vielen britischen Verwaltungsbeamten einen ziemlichen Gewissenszwang. Ihre Briefe nach Haus sind voller frommer Hoffnungen, daß die Inder eines Tages zur »Erkenntnis« kämen und auf ihre heidnischen Idole und grausamen Gewohnheiten verzichteten. Wenn sie nur Christen würden, könnten sie sogar an die protestantische Arbeitsethik glauben und durch ihren fehlenden Sinn für den moralisierenden Materialismus aufhören, an ihren Herren zu verzweifeln.

Größere Beachtung wurde weder den Auswirkungen einer Weltanschauung geschenkt, die bestenfalls ein »heiliges« Leben anregen konnte, noch einer Philosophie mit ihrer allumfassenden Botschaft. Die Briten, als Christen, urteilten lediglich nach den sichtbaren Mißbräuchen: Menschen, die Frauen lebenslang wie Hennen in dunklen Wohnungen zusammengepfercht hielten, Menschen, die es für ein schlimmeres Vergehen hielten, eine Kuh zu töten, als einen Menschen, die junge Frauen lebendig begruben, die kleine Mädchen an alte Männer verheirateten und dann deren Nachkommen den Krokodilen in der Mündung des Ganges vorwarfen.

Erst nachdem solche Maßlosigkeiten beendet waren, wurde die

geistige, ja sogar die passive indische Lebenseinstellung für die Europäer zu einer Sache der Anerkennung und des Neides, und sie begannen Zweifel zu hegen an den Segnungen ihrer eigenen materiellen Erfolge. Zu Hunderten strömten enttäuschte Christen ostwärts, bereit zu Füßen eines Guru zu sitzen, lechzten sie nach dem Nektar der Lebensentsagung. Der Hinduismus, der nicht mehr verächtlich als Götzendienst zurückgewiesen wurde, war nun der mystische Schlüssel, der die Tore zur Glückseligkeit öffnen würde und den Weg zur Befreiung von der Hetzjagd des 20. Jahrhunderts. Die den Haien vorgeworfenen Kinder, die auf den Scheiterhaufen verbrannten Witwen, die zu Tausenden getöteten Meriahs wurden in der Euphorie über einen Glauben, dessen dunkle Seiten nun unbeachtet blieben, beglückt vergessen.

Da das Menschenopfer noch unter britischer Herrschaft so lange ausgeübt wurde, sind viele Einzelheiten, darunter auch die Anzahl der Opfer, genau festgehalten worden. Ein seltener Fall, die amtliche Statistik zum Zählen menschlicher Opfer zu gebrauchen. Die Vielfalt der Riten und die Fülle der Daten machen Indien zu einem die Aufmerksamkeit erregenden Studienfall.

Außer der britischen Statistik haben wir indische religiöse Texte aus frühester Zeit, die von Menschenopfern in ausführlichen Einzelheiten berichten. Die Weden wurden etwa 1400 v. Chr. geschrieben. Eine von ihnen, die weiße Iadschurweda, beginnt mit den passenden Opfersprüchen. Verschiedene Götter werden mit den ihnen gebührenden Opfern genannt wie einem Priester für Brahma, einem Musiker für den Gott der Musik, einem Fischer für den Flußgott. Andere Teile des Textes enthalten viele weitere Einzelheiten. Eine frühe Form des Opfers, das einem Mann den Gewinn der Herrschaft über alle erschaffenen Wesen brachte, erforderte die Opferung von elf Menschen und elf unfruchtbaren Kühen. Das Pferdeopfer, das Reichtum bringen sollte, verlangte auch den Tod eines Menschen. Die Annahme jedoch, daß die den Göttern dargebrachten Menschenopfer unter den Ländern Asiens ein indisches Monopol ist, wäre ganz verfehlt. Ritueller Selbstmord florierte in Indien, aber wir werden sehen, daß Sati, wie die Europäer den Feuertod einer Witwe bezeichneten, sowohl eine chinesische wie auch eine indische Sitte war. In Südostasien nahm das rituelle Töten vielerlei Gestalt an. Bis vor kurzem ließen birmanische Könige Opfer lebendig unter den Toren ihrer Hauptstadt begraben »damit ihr Geist über die Stadt wache«. (1) Wenn in Thailand eine neue Stadt angelegt wurde, lagen königliche Offiziere im Hinterhalt und ergriffen die ersten vier oder acht Vorübergehenden, um sie unter den Torpfosten zu begraben, wo sie als Wächterengel dienten. Der Iran brachte die Assassinen hervor, die so blutdürstig waren wie die Thugs in Indien.

Wenn die Inder auch jede Art von Opferung ausübten, so aßen sie zumindest ihre Opfer nicht auf. Davon sind nur Andeutungen aus einer fernen Vergangenheit verblieben. Bei dem abgelegenen Ooryah-Stamm sagt der Priester beim Opfern eines Menschen für den Kriegsgott: »Das Opfer, das wir nun bringen, mußt Du essen«. (2) Ein vereinzelter Fall von Kannibalismus in einer abgeschwächten Form fand sich in Teilen des nordöstlichen Indien. Im frühen 19. Jahrhundert wurde der Muttergöttin Kali, der Gemahlin des Hindugottes Schiwa, jährlich ein Opfer dargebracht, da man annahm, daß sie von rohem Menschenfleisch lebte. Das freiwillige Opfer saß in neuen Kleidern erhöht und mit Girlanden geschmückt vor dem Ebenbild der Göttin und sprach Gebete. Wenn das Opfer ein Zeichen gab, schlug der Henker ihm den Kopf ab, den man auf goldener Platte vor die Göttin legte. Nur die Lungen wurden gekocht und von den anwesenden Jogis gegessen. Die örtliche königliche Familie aß etwas Reis, der im Blut des Opfers gekocht wurde. Aus Mangel an Freiwilligen für dieses Ritual fing sich 1832 ein Radscha Leute aus einem benachbarten Staat. Daraufhin annektierten die Briten sein Reich. (3)

Manchmal nahmen die Riten zu Ehren der Muttergöttin die Ausmaße von Massenopferungen an. In Assam im nordöstlichen Indien feierte Radscha Nara Narayana im Jahr 1565 n. Chr. den Wiederaufbau seines Tempels mit der Opferung von hundertvierzig Menschen. Aus Mangel an Gold widmete er der Göttin die hundertvierzig Köpfe auf Kupferplatten. Die Auswahl Freiwilliger und Verpflichteter, um Köpfe für Kali zu beschaffen, war ziemlich zufällig. Die Freiwilligen waren als Boghis bekannt, sie wurden mit Begünstigungen überhäuft und bis zum Jahresfest der Göttin, das die Tage der Boghis beendete, stand jede Frau zu deren Verfügung. Wenn es aber an bereitwilligen Opfern fehlte, konnte jeder an Körper und Geist gesunde Mann, der nach Mitternacht jenseits der Grenzen gefaßt wurde, für den Zweck entführt werden.

Es gab in Indien fast alle Grundformen der Menschenopfer, aber oft wurden sie mit besonderer Raffinesse ausgeführt. Die meisten waren ein unerläßlicher Bestandteil der Riten und keineswegs etwa Randerscheinungen des Hinduismus. Im großen Schiwatempel von Tandschur zum Beispiel wurde jeden Freitag abend ein Knabe geopfert, bis es die Briten Mitte des 19. Jahrhunderts verboten haben. Noch im Jahr 1861, als in der Stadt Dschaipur ein Radscha nach dem Tod seines Vaters gekrönt wurde, tötete man ein junges Mädchen zu Ehren der Göttin Durga, auch eine Gemahlin des Schiwa.

Das überall verbreitete Verlangen, Menschen unter neuen Gebäuden einzugraben, hielt sich bis in das gegenwärtige Jahrhundert. In vielen Teilen Indiens war das Volk immer noch überzeugt, daß Menschen für diesen Zweck nötig waren. Aus Angst, als Opfer ergriffen zu werden, vermieden es die Leute sorgfältig, nachts herumzugehen, solange neue Häuser im Bau waren. Bis vor kurzem war diese Angst tief verwurzelt, wenn auch unbegründet. Als Sir George Grierson vor achtzig Jahren ein Buch mit dem Titel »Bihar Peasant Life« herausbrachte und die Photographie eines Bihar-Bauernhauses machen wollte, erlaubte es die Großmutter der Familie unter keinen Umständen, daß irgendeines der Kinder mit abgebildet werde. Sie erklärte es damit, daß die Regierung eine neue Brücke über den Gandakfluß baue und Kinder brauche, um sie in den Fundamenten einzugraben.

Opfer, den Wasser- und Flußgeistern dargebracht, waren häufig, da die Flußdämonen außerordentlich zu fürchten waren. Bis 1828 opferte der Rana von Mewar in Südindien jedesmal, bevor er den Mahifluß überquerte, einen Menschen und ließ ihn in den Fluß werfen. (4)

Um die Reihen freiwilliger Kandidaten für verschiedene Opferarten zu verlängern, wurde das Netz weit ausgeworfen. Kriegsgefangene, Sklaven und Verbrecher waren naheliegende Möglichkeiten. So auch reisende Kaufleute. Das Risiko, zu diesem Zweck verschleppt zu werden, erhöhte die Gefahren ihres Gewerbes. Sogar die Höchsten im Lande wurden nicht ausgenommen. Die Tippera-Chroniken berichten von einem König, der im 16. Jahrhundert den »Vierzehn Göttern« einige Sklaven opferte. Diese Geste wurde aber schlecht aufgenommen und der Hohepriester erklärte, Schiwa verlange das Blut der führenden Offiziere der königlichen Armee. Der Herrscher opferte sodann acht seiner besten Hauptleute. Der Nachfolger dieses Herrschers opferte jedoch den Vierzehn Göttern nur Gefangene.

Aussätzige bildeten eine Sondergruppe und waren auch als Opfer bevorzugt. Im Jahr 1812 wurde in Katwa bei Kalkutta ein Leprakranker von seiner Mutter und seiner Schwester lebendig verbrannt. Allerdings geschah das vorwiegend, um sicher zu sein, daß der Aussätzige selbst mit seinem Körper wiedergeboren würde.

DIE UNSCHULDIGEN

In Indien gab es viele Arten von Kinderopferungen. Eine makabre Sitte war das Töten von Kindern in ärmlichen Verhältnissen, damit die Frau eines Mannes in gehobener Stellung empfangen konnte. Noch merkwürdiger war, daß sogar manchmal Königskinder als Einzelopfer dargebracht wurden, das sollte eine große Zahl weiterer Nachkommen sichern. Vom König Somaka in Nordindien wird erzählt, er habe eine lange Zeit nicht einen einzigen Sohn aus seiner Schar von hundert Frauen bekommen. Endlich wurde ein Knabe geboren, aber er wollte nicht nur einen, sondern hundert Söhne. Der Hauspriester machte einen Vorschlag: »Laßt mich eine Opferung vorbereiten und Ihr müßt Euren Sohn Jantu opfern, dann werden Euch zu gegebener Zeit hundert hübsche Söhne geboren werden. Wenn Jantus Fleisch als Brandopfer für die Göttin gegeben wird, werden die Mütter den Geruch des Rauches aufnehmen und eine Zahl von Söhnen hervorbringen, tapfer und kräftig. Und auch Jantu wird von derselben Mutter wiedergeboren werden. Und auf seinem Rücken wird ein Zeichen aus Gold erscheinen.« Der Sohn wurde geopfert, die Frauen nahmen den Geruch des Brandopfers auf und alle wurden schwanger. Und nach angemessener Zeit waren Somaka hundert Söhne geboren worden. Unter ihnen war Jantu der Älteste und von seiner früheren Mutter auf die Welt gebracht worden. Der Hauspriester aber schied aus diesem Leben und wurde als Strafe, für das was er getan hatte, für eine gewisse Zeit in einer schrecklichen Hölle geröstet. (5) Diese Geschichte mag nicht viel mehr als eine Legende sein, es gibt jedoch genügend Beweise ähnlicher Riten aus viel späterer Zeit.

In den Jahren nach 1860 wurden in Bengalen, wenn es galt, eine Hungersnot abzuwenden, dem Schiwa immer noch Kinder geopfert. Auch der sonderbare Brauch, ein Kind zu töten, um mehr zu bekommen, hörte nicht auf. William Sleeman, berühmt für seinen Kampf gegen die Thug, schreibt von unfruchtbaren Frauen, die ihren erstgeborenen Sohn Mahadeo, dem Gott der Zerstörung, versprachen, in der Hoffnung, daß ihnen andere dafür geboren werden. Die Mutter zog den Sohn auf und sobald er die Pubertät erreicht hatte, erzählte sie ihm von seinem Schicksal. Von da an war er dem Gott versprochen und an seinem Jahrestag warf sich das Kind von einem hohen Felsen herab.

Kinder als Opfer für die Wassergöttin den Haien an der Gangesmündung vorzuwerfen, war ein besonders grausamer Brauch. Dieser Ritus war einer der ersten, der die Aufmerksamkeit der Briten erregte, und 1802 erließen sie ein Gesetz gegen dieses Verfahren.

Eine weitere Gewohnheit, die bald das britische Gewissen belasten sollte, war die systematische Tötung unerwünschter junger Mädchen. Wenn dieser Kindermord im strengen Sinn des Begriffes kein Opfer war, da es kein Ritual gab, so stand er im unmittelbaren Zusammenhang mit dem Hinduismus und seiner starren und unbeweglichen Kastenordnung. Die Heirat eines Mädchens außerhalb seiner eigenen Kaste war ein Ding der Unmöglichkeit, andererseits war es eine Schande, ledig zu bleiben und wurde als unzüchtig betrachtet. Mit den immer sorgfältiger ausgearbeiteten Heiratsregeln wurde eine Wahl immer begrenzter. Am schlimmsten war es im frühen 19. Jahrhundert im Pandschab, als das Angebot an heiratsfähigen jungen Männern aus der richtigen Kaste weit unter dem Bedarf lag. Die Söhne wurden den Meistbietenden gegeben und die Mitgift für eine einzige Tochter konnte sich für die Eltern zu einem vollständigen Ruin auswirken.

Die Geburt eines Mädchens unter den Armen der angesehenen Kaste der Radschputen war damals nichts weniger als ein Unglück. Da war es die einfachste Lösung, das Kind zu töten, entweder durch Druck auf das Genick, durch Unterernährung, oder durch solche Mittel wie das Einreiben der Brustwarzen der Mutter mit Opium.

Sir John Shore, Generalgouverneur von Indien, lenkte 1794 die Aufmerksamkeit der Asiatischen Gesellschaft von Bengalen auf diese Angelegenheit. Da die Frauen ganz abgeschlossen lebten, war es sehr schwierig, die Zahl der weiblichen Geburten ausfindig zu machen. Es war am einfachsten, die Überlebenden zu zählen und das Verhältnis von Mädchen zu Knaben zu beobachten. Zu jener Zeit gab es auch systematische Statistiken über Witwenverbrennungen mit Tabellen über Alter, Kastenzugehörigkeit sowie Einkommensrubriken. In einigen Dörfern fand man überhaupt keine kleinen Mädchen. In insgesamt 30 anderen Dörfern gab es unter 343 Kindern 54 Mädchen. Der Fortschritt kam nur langsam voran. 1834 betrug die Zahl der lebenden Mädchen 603 und 1841 bereits 1370. Das Übel war jedoch nicht vor den siebziger Jahren des vergangenen Jahrhunderts ausgerottet, erst dann waren die Zahlen ungefähr ausgeglichen.

MERIAHS UND KHOND

Die ungewöhnlichsten aller Menschenopfer, die sich bis ins 19. Jahrhundert hielten, waren die der Khond von Orissa. Dies ist ein alter Stamm der drawidischen Rasse, der im nördlichen Indien lebte, bevor er von den Ariern um 1500 v. Chr. nach Süden abgedrängt wurde. Frazer hat ihr Ritual verewigt, dessen lebendige Darstellung den von britischen Offizieren ausführlich zusammengestellten Berichten entnommen wurde. (7) Diese Riten standen eindeutig mit Ernte und Fruchtbarkeit im Zusammenhang und dienten Frazers eigener Theorie als ideales Beispiel.

Die Khond opferten der Erdgöttin Tari Pennu. Die Menschenopfer wurden besonders zur Erzielung guter Ernten von Kurkuma für wichtig gehalten. Der Farbstoff, den man aus der Pflanze gewann, würde seine tiefe rote Farbe verlieren, verteilte man nicht auf den Feldern Menschenblut und Menschenfleisch. Die für diesen Zweck ausgesuchten Opfer waren unter dem Namen Meriah bekannt. Die Göttin verlangte, daß diese entweder in früher Kindheit für den Zweck gekauft wurden, oder als Söhne von Meriahs von Geburt an für dieses Schicksal bestimmt waren. Kinder, die nicht als Meriahs auf die Welt kamen, wurden gewöhnlich von den Panuas, einem Weberstamm, gekauft, die wiederum Kinder aus den Ebenen für diesen Zweck verschleppten. Vor der Opferung der Meriahs hielt man sie viele Jahre und verwöhnte sie mit großer Liebe. Einem Meriahjüngling wurde gewöhnlich eine

Frau gegeben, die auch eine Meriah sein mußte, man gab ihnen Land und Vieh. Auch ihre Nachkommen waren Meriahs, das heißt Opfer.

Zehn oder zwölf Tage vor dem jährlichen Zeremoniell wurde dem zum Opfer bestimmten das Haar geschoren. Es folgten mehrere Nächte wilder Ausgelassenheit und grober Ausschweifungen. Am Tag vor dem großen Ereignis kleidete man das Opfer in neue Gewänder und dann wurde es in großer Prozession mit Musik und Tanz in den Meriahhain außerhalb des Dorfes hinausgeleitet. Dieser Hain bestand aus einer Gruppe hoher von der Axt unberührter Waldbäume. Eine große Menge versammelte sich, um dem Opfer beizuwohnen. Wie im Alten Mexiko blieb keiner zu Hause, jedermann, Frauen und Kinder und Männer, mußte dabei sein. Im Hain band man den Meriah an einen Pfahl, man salbte ihn mit Öl und Kurkuma, er wurde mit Blumen geschmückt und den ganzen Tag wie ein Gott verehrt. Die Menge tanzte um den Pfahl und sprach zur Erde: »O Gott, wir bringen Dir dies Opfer, gib uns gute Ernten, Jahreszeiten und Gesundheit.«

Während dieser Zeit gab es einen großen Wettstreit um die kleinste Reliquie von der Person des Meriah und sei es nur einen Tropfen seines Speichels. In einigen Dörfern wurde er auf dem Weg zum Hain von Tür zu Tür gebracht und die Leute zupften einzelne Haare aus seinem Körper.

Die Todesart der Meriahs war von Dorf zu Dorf verschieden, wenn auch das Prinzip überall das gleiche war: der Tod mußte langsam und qualvoll vor sich gehen. Oft wurde das Opfer mit einer starken Droge betäubt, da es nicht wie in Mexiko Widerstand zeigen sollte. Der Schlußakt des Dramas wird von Frazer beschrieben:

»Die Art, wie man das Opfer umbrachte, war an den verschiedenen Orten verschieden. Eine der gebräuchlichsten Methoden scheint Erdrosselung oder Zutodequetschen gewesen zu sein. Der Zweig eines grünen Baumes wurde etwa einen Meter oder etwas mehr in der Mitte gespalten. Der Hals des Opfers, an anderen Orten seine Brust, wurde in den Spalt geklemmt, den der Priester mit Hilfe seiner Assistenten mit aller Kraft zu schließen sich bemühte. Hierauf verwundete er das Opfer leicht mit der Axt, worauf die Menge auf den Elenden zustürzte und ihm das Fleisch von den Knochen hieb. Kopf und Gedärme blieben unberührt. Manchmal wurde das Opfer bei lebendigem Leib zerschnitten. In Chinna Kimedy wurde es über die Felder geschleift, umgeben von einer Menge, die ihm das Fleisch mit Messern vom Körper abhackte, bis es starb, Kopf und Eingeweide aber mied. Eine andere sehr bekannte Art der Opferung in demselben Bezirk war die, das Opfer am Rüssel eines hölzernen Elefanten zu befestigen, der sich auf einem dicken Pfosten drehte. Während er herumgewirbelt wurde, schnitt sich die Menge, solange Leben vorhanden war, das Fleisch vom Opfer ab. In einigen Dörfern fand Major Campbell sogar vierzehn dieser Elefanten, die bei Opfern benutzt worden waren. In einem Bezirk wurde das Opfer langsam durch Feuer getötet. Eine niedrige Bühne wurde gebaut, die an jeder Seite wie ein Dach schräg abfiel. Hierauf wurde das Opfer gelegt, während man ihm die Glieder mit Stricken umwand, damit es sich nicht rührte. Dann wurden Feuer angezündet und heiße Brände angewandt, damit es so lange wie möglich die schiefen Ebenen der Bühne auf und ab rollte. Je mehr Tränen das Opfer vergoß, desto reichlicher würde der Regen fließen. Am nächsten Tag wurde der Körper in Stücke zerhackt.« (8)

Sofort nach dem Tod des Meriah wurden die Fleischstücke mit Stafetten in alle Khonddörfer befördert und nach Ankunft vom Priester verteilt. Ein Stück opferte er der Erdgöttin und verbrannte es in einem Loch in der Erde. Das andere Stück zerlegte er in ebensoviel Teile wie es Familienoberhäupter gab. Jeder rollte es in Blätter und vergrub es auf seinem Lieblingsfeld. Dabei mußte er es hinter seinem Rücken in die Erde legen, ohne sich umzudrehen.

Die Schilderungen der Meriahriten wurden Berichten von Major (später Generalmajor) John Campbell entnommen. Er war einer der Offiziere, die man ausgewählt hatte, diese Praktiken zu bekämpfen. Einzelheiten entstammen den offiziellen Berichten der indischen Regierung und jenen der Provinzen Madras und Bengalen, die 1854 als Teil eines Gesamtberichtes über die Bekämpfung dieses Brauches erschienen sind. Konfrontiert von Meriahbräuchen, Witwenverbrennungen, Halsabschneiderei und anderen Opferarten befanden sich die Briten in so etwas wie einer Zwangslage.

Als sie im frühen 19. Jahrhundert gewahr wurden, was vor sich ging, und das nicht nur in vereinzelten Fällen, sondern überall im Land, war es ihnen nicht ganz klar, was zu tun sei. Wie Philip

Woodruff in seinem Buch »The Men who ruled India« betonte, wurde übereinstimmend von jedermann erklärt, die Engländer sollten davon absehen, sich mit ihren Machtbefugnissen in die Religion des Volkes einzumischen. Zu jener Zeit war der britische Grundsatz eine Art stillschweigende Zustimmung. Ein Stück Land mag einem Hindu-Eigentümer mit Gewalt enteignet worden sein, aber binnen einiger Monate konnte sich der englische Beamte, der den Platz des Radscha eingenommen hatte, überall im Bezirk allein unter einer Million seiner Untertanen bewegen. Sie leisteten ihm keinen Widerstand, vorausgesetzt, sie waren der Meinung, er sei die bessere von zwei Möglichkeiten. Dieser Vorzug jedoch hätte sich genau zu der Zeit über Nacht verflüchtigen können, wenn die Briten begonnen hätten, sich in die Religionsangelegenheiten des Volkes zu mischen.

Für einen Mann wie James Thomason von den Nord-Süd-Provinzen war eine solche Zurückhaltung qualvoll. Thomason war ein frommer Christ, Sohn eines Missionars und Mündel eines evangelischen Predigers. Sein Gewissen ließ ihm keine Ruhe, wenn er daran dachte, daß er unter Heiden lebte, ohne den Versuch machen zu können, sie zu bekehren. Als Beamter mußte er sich zurückhalten und als Privatmann konnte er den Missionaren nur mit Gebeten helfen. Er und seine Kameraden, sogar die weniger frommen, trösteten sich bei dem Gedanken, da die britische Herrschaft dem Volk eine gewisse Gedankenfreiheit erlaubte, daß eines Tages das Licht die Finsternis besiegen würde. Der Versuch, diesen Tag durch schnelle Verfahren herbeizuzwingen, würde nur sein Kommen verzögern.

Dies war die allgemeine britische Einstellung der indischen Religion gegenüber. Gleichwohl hatte die Taktik, die Augen zuzumachen, ihre Grenzen. Was ist zu sagen über eine Handlungsweise im Namen der Götter, die für einen Christen nichts weniger ist als bestialischer Mord? Nur ein Beispiel davon waren die Meriah, von den Dorfbewohnern sorgfältig aufgezogen und verpflegt wie andere Menschen Schweine halten und mästen. Allerdings mit dem Unterschied, daß das Schwein nichts von seinem bösen Geschick weiß, das auf es wartet. Von diesem Brauch wußten die Briten nichts bis 1830. George Russell von der Madras-Zivilverwaltung jedoch sandte 1836 seinen ersten Bericht. Er schrieb geschickt und ausführlich, zählte Tatsachen auf, empfahl aber überstürztes Handeln zu vermeiden. Die Regierung von Madras studierte Russells Bericht eingehend und mit quälender Sorge. Man sandte Major Campbell, um weiteres herauszufinden. Die Behörde gab klare Anweisung, daß die Begleitmannschaft nur zu seinem eigenen Schutz und nicht zur Rettung eines Meriah zu verwenden sei.

Campbell aber war ein Mann, der auch bereit war, ein Risiko einzugehen. Er ließ die Khondhäuptlinge zusammenrufen, sie kannten den Major bereits, denn er hatte die Truppen im Kampf gegen den verstorbenen Radscha befehligt. Er sprach mit ihnen über das ungeheure Entsetzen, mit dem die »Hohe Regierung« alle Arten menschlicher Opfer betrachtete. Er fügte hinzu, daß es die Gewohnheit der Hohen Regierung sei, ein Leben für ein Leben zu fordern und daß sie genau das tun würde, sollten die Khond auf dieser bösen Lebensweise beharren. Campbell brachte noch einen anderen praktischen Grund zur Sprache: Hatten sie etwa bessere Ernten, als Menschen, die keine Opfer brachten?

Die Häuptlinge zogen sich zurück, um die Angelegenheit zu besprechen. Campbell erinnerte sich später, mit welcher Unruhe er auf ihre Antwort wartete. Ein Kompromißangebot von einer ganzen Gruppe von Dörfern jährlich nur ein Opfer darzubringen, hatte er bereits abgeschlagen. Nun war er schon zu weit gegangen, um sich im Falle eines Widerspruchs ohne Anwendung von Gewalt aus der Affäre ziehen zu können. Schließlich kamen die Häuptlinge zurück: das Töten der Meriah war ein Brauch, sie hatten es immer getan und niemals hatten die Radschas Einspruch erhoben. Nun aber waren sie Untertanen der Hohen Regierung und sie mußten tun wie ihnen gesagt wird. Die Regierung wäre verantwortlich für ihr Unglück, wenn sie das Töten von Menschen aufgeben und statt dessen Tiere opfern würden. Sie werden mit ihrer Göttin sprechen und sagen: »Sei nicht böse mit uns, laß Deinen Zorn an diesem Herrn aus, er wird ihn aushalten können.« Und so geschah es auch. Die Khond brachten ihre Meriah und Major Campbell arbeitete weitere zehn Jahre in diesem Gebiet, in dem er die erstaunliche Anzahl von 1506 Meriahopfern retten konnte. Diese waren vor seiner Ankunft aufgezogen oder gekauft worden und als Vorrat für Zeremonien der kommenden Jahre gedacht.

DIE KOPFJÄGER

In Indien war nicht zu erwarten, daß die blutigen Rituale über Nacht aufhören würden, wenn der Götterglaube weiterhin am Leben bliebe. Um die Rituale abzuschaffen, war, sogar nachdem die Regierung sich zum Verbot entschieden hatte, viel Zeit erforderlich. Wo immer sich britischer Einfluß ausgebreitet hatte, waren aber um 1900 Opferhandlungen der Gemeindelandbesitzer eine Sache der Vergangenheit. Es tauchten lediglich einzelne Fälle auf. Zum Beispiel wurden im Jahr 1909 in der Nähe von Bombay zwei Kinder von einem Nachbarn getötet, um mit deren Blut die Unfruchtbarkeit seiner Frau zu kurieren.

Die Götter der Ebenen verlangten Menschenopfer ebenso begierig wie jene aus den Bergen. Ihre Riten wurden nur von den Beherrschern Indiens früher bemerkt. Aber einigen der Grenzbewohner, die noch weiter entfernt wohnten als die Khond, gelang es, an ihren Stammesbräuchen bis in die jetzige Zeit festzuhalten. Diese waren oft mit Kopfjagd verbunden. Es bestand der Glaube an die magischen Eigenschaften des Kopfes als dem Sitz der Seele. Unter den indischen Bergstämmen unterschieden sich solche Vorstellungen wenig von jenen der Völker auf Borneo und Neuguinea, wo die Kopfjagd eine nationale Industrie war.

Zu den eifrigen Anhängern dieses Kultes gehörten die Leute aus den Nagabergen in Assam im Nordosten Indiens. Nagamädchen weigerten sich, einen Mann zu heiraten, der nicht einen Kopf aus dem Nachbardorf vorweisen konnte. Ihre Sorge war es, daß ein Mann, der nicht reichlich Seelensubstanz von außerhalb mitbrachte, möglicherweise nicht fruchtbar war und somit keine Söhne zeugen konnte.

Die Stämme behandelten die abgeschnittenen Köpfe ihrer Feinde nach verschiedenen Methoden. Die Lhota hingen sie an den Kopfbaum des Dorfes, die Tangkhul legten sie auf einen Steinhaufen (was an die hunderttausend Jahre alten Schädel erinnert, die man auf dem Monte Circeo in Italien fand). Die Konyak, die jenseits der birmanischen Grenze lebten, zogen sie an Bambuspfosten hoch. Es gibt in Indien wenig Anzeichen dafür, daß die Kopfjagd Hand in Hand mit Kannibalismus ging. Allerdings wurde ein Teil des Kopfes eines in Khonoma getöteten britischen Beamten von einem Krieger des Dorfes verspeist.

T. D. Hodson schrieb 1880 von einem Besuch bei den Stämmen der Nagaberge. Er kam mit seiner militärischen Begleitung genau zu der Zeit an, als man sich soeben zweier Köpfe bemächtigt hatte. Durch einen unglücklichen Zufall gehörte einer der Köpfe dem Neffen eines Mannes aus seiner Begleitmannschaft. Hodson konnte die Naga nur mit Mühe überreden, den Kopf der Verwandtschaft des Besitzers zurückzugeben. Der Brauch war zu dieser Zeit bereits am schwinden. Ein alter Mann erzählte Hodson, daß er sich an Kopfjagdunternehmen größeren Ausmaßes erinnere, er war sich aber nicht sicher, wozu die Köpfe benötigt wurden. Seines Wissens spielten sie eine wichtige Rolle bei Begräbniszeremonien, da die Eigentümer dieser Köpfe in der nächsten Welt Sklaven der Dorfhäuptlinge wurden. Andere Naga behaupteten, sie jagten die Köpfe, da sie ihren Erbeutern Reichtum brächten. (9)

Christoph von Fürer-Haimendorf, ein bedeutender Gelehrter in der Erforschung der Völker Hinterindiens, bestätigt, daß in den vierziger Jahren dieses Jahrhunderts mit Ausnahme einzelner Fälle in entlegenen Gebieten rituelles Töten von Menschen unter den Bergstämmen zu Ende war. Nur unter den teilweise noch unabhängigen Gruppen zwischen Assam und Birma lebte der Brauch nocht weiter. Von Haimendorf traf 1936 ein für den Ritualtod bestimmtes Opfer, das irgendwie seinem Schicksal entgangen war, wie auch einige prahlerische und wenig bußfertige Teilnehmer dieser Riten. Unter den Reddi und Koya fand er eindeutige Anzeichen, daß in der jüngsten Vergangenheit Ritualmorde ausgeübt wurden, auch hatte der Glaube an Menschenopfer immer noch einen mächtigen Einfluß.

Bei einer weiteren Expedition im Jahr 1941 bemerkte er, daß die Reddi und Koya des Dorfes Chodovaram, trotz einer nahegelegenen Polizeistation, immer noch Angst vor Menschenräubern hatten. Der Dorfhäuptling gab zu, daß auf einem Berg etwa zwanzig Kilometer nördlich von Chodovaram der Göttin Maveli immer noch Köpfe geopfert wurden. Sie war nicht bereit, Tiere als Ersatz entgegenzunehmen, und wenn ihr nicht alle drei Jahre ein menschlicher Kopf dargebracht werde, käme sie unter das Volk und würde Krankheiten verbreiten. Der Kopf des Opfers wurde mit einem einzigen Hieb abgetrennt, ein mit seinem Blut durchtränktes Tuch wurde dann in den kommenden Jahren vor die Göttin gelegt, wenn kein neues menschliches Opfer gefunden werden konnte. Die Reddi hatten immer noch zu viel Angst vor Maveli, um diesen Brauch zu beenden. (10)

Ein anderer sonderbarer Brauch hielt sich bis vor kurzem unter den Khasi von Assam. Dieses Volk war ein Musterbeispiel an Scheußlichkeit und seine Gewohnheit, Kinder zu rauben und diese der Schlangengöttin Thlen zu opfern, forderte ein böses Telegramm heraus, das die Associated Press of India am 19. Juni 1924 an den Calcutta Daily Englishman schickte. Es hatte wenig Wirkung. Am 19. Mai 1929 wurde ein Khasi vermißt, der in einem Dorf bei Schillong, der Hauptstadt Assams, lebte. Die Polizei untersuchte den Fall sehr gründlich und fand heraus, daß er der Schlangengöttin geopfert worden war. Die Untersuchung brachte neue Erkenntnisse über die beschriebenen Riten. Das Opfer wurde mit einer Holzkeule erschlagen, ein Verfahren, das wahrscheinlich aus der Steinzeit stammte. Das Haar des Opfers und seine Fingerspitzen mußten mit einer silbernen Schere abgeschnitten werden. Bei der Untersuchung kam zutage, daß auf diese Weise drei bis vier Menschen jährlich getötet wurden. Das Volk war überzeugt, daß es keine Möglichkeit gab, sich von der Göttin Thlen zu befreien, sobald sie in einer Familie Aufenthalt genommen hatte. Solange die Schlange mit ihrer bevorzugten Nahrung versorgt wurde, hatte die Familie Erfolg. Spürte sie aber einen Mangel an Menschenblut, brach Krankheit aus und die Familie kam ins Unglück. (11)

KEIN FREUND DER REISENDEN

Während andere Formen ritueller Tötung sich bis ins 20. Jahrhundert hielten, veranlaßte das Ausmaß des Thugismus, des Würgens wie es die Thug betrieben, durchgreifende Maßnahmen und es wurde lange zuvor untersagt. Als der Prinz von Wales, der spätere König Edward VII., Indien 1876 besuchte, gehörte der Thugismus der Vergangenheit an. Der Prinz wurde in ein Gefängnis in Lahore geführt und sprach dort zu einem alten und berüchtigten Thug, dessen Leben verschont geblieben war, da er als Kronzeuge gegen seine Kameraden aufgetreten war. Der Gefangene erzählte dem Prinzen gelassen von den zweihundertfünfzig Morden, die er begangen haben wollte. Der hohe Besucher, wohl gefesselt durch die ungewöhnliche Erzählung, war selbst mehr darauf erpicht, Tieropfer zu erlegen. Nachdem er die Erzählung des alten Mannes gehört hatte, begleitete man ihn auf eine Jagdexpedition, die mit tausend Elefanten durchgeführt wurde und wobei man sechs Tiger schoß.

Die Thug waren keine gewöhnlichen Banditen, die Menschen aus schierer Gewinnsucht ermordeten. Ihre Opfer wurden in einem sorgfältig ausgedachten Ritual erdrosselt und der grausamen Kali geopfert. Sie ist die Gemahlin Schiwas, der führenden Hindugottheit. Die Tötungen waren in jeder Hinsicht ein Opfer – eine aus einer Anzahl von Opfergaben für diese Göttin.

Im 16. Jahrhundert enthauptete ein König der Koch 140 Männer und weihte ihre Köpfe auf Kupferplatten der Gemahlin Schiwas. In diesem Zeitraum waren Opfer für Kali bereits weit verbreitet, insbesondere in Bengalen, wenn auch ihre Tempel in vielen Teilen Indiens standen. Das Lied von Manik Chandra, eine wohlbekannte Volkserzählung aus Bengalen aus dieser Zeit, berichtet unter anderem, daß Kriegsgefangene und Verbrecher der Göttin Chandi, ein anderer Name für Kali, dargebracht wurden.

Kali soll am Ufer des Flusses Hugli, an dem Kalkutta liegt, auf die Erde gekommen sein. Sie ist die beliebteste Gottheit Bengalens und wurde durch die Jahrhunderte unter vielen Namen verehrt. Einige Gelehrte behaupten, daß die Anbetung der Kali jüngeren Datums ist, aber sie wird bereits in der Purana erwähnt, einer bedeutenden Sammlung von Mythen und religiösen Erzählungen aus dem 2. Jahrhundert n. Chr. und später. Eine berühmte Hymne auf die Göttin wurde etwa 800 n. Chr. von dem großen Philosophen Schankaracharja verfaßt, der ein glühender Verehrer von ihr war. In der ersten Strophe preist er sie als die lebenspendende Muttergöttin: »Wer atmet, tut es durch mich.« Aber in der nächsten Strophe beschreibt er die Göttin als Lebensverschlingerin. In ihren vier Händen hält sie nicht Sinnbilder des Überflusses, sondern des Todes: der eiserne Haken, der das Opfer zum Tod schleift. Bezeichnenderweise ist die Schlinge, mit der das Opfer gefangen und erdrosselt wird, von gleicher Art, mit der die Thug ihre Opfer der Göttin darbrachten. (12)

Die Hindureligion und ihre Auswirkungen verblüffen die Abendländer. Kalis vielgeliebter Gemahl, der große Gott Schiwa, besteht aus einer ganzen Reihe von Widersprüchen. Er ist der

Schöpfer und Erhalter des Lebens und gleichzeitig der Zerstörer der Welt. Im südindischen Tempel Perur trägt sein Ebenbild, gleich dem der Kali, eine Girlande aus Schädeln. Eines seiner vier Paar Hände hält die grausamen Waffen, den Haken und die strangulierende Schlinge.

In Kali tritt die dunkle Seite stärker hervor als in Schiwa selbst. Ein anderes Hindugedicht beschreibt ihre Geburt. Sie tritt aus der Stirn der göttlichen Mutter hervor und wird vor Ärger schwarz, als die Dämonen sie angreifen. Sie hat ein großes und scheußliches Gesicht und trägt außer einem Schwert den unvermeidlichen Haken und die Schlinge. Viele steinerne Ebenbilder sind erhalten, denen im übrigen immer noch Tiere geopfert werden. Volkslieder beschreiben die Göttin, wie sie in den wenigen vergangenen Jahrhunderten in Bengalen bekannt war. In ihrer volkstümlichen Form, der Schwarzen Kali, hat sie vier Hände und ein grausiges Gesicht und sie ist schwarz wie die Nacht. Sie trägt eine Girlande aus abgeschnittenen Menschenköpfen. Ihr Körper ist mit Blut verschmiert, das aus den Köpfen sickert. Als Ohrgehänge trägt sie zwei Leichen. In ihren beiden linken Händen hält sie einen abgetrennten Kopf und ein Schwert. Aus ihren Mundwinkeln tropft Blut, während sie lächelnd rohes Fleisch kaut. Sie ist auf allen Seiten von heulenden weiblichen Schakalen umgeben.

In ihrer Gestalt, bekannt als Siddhakali, ist ihr Körper überflutet von Nektar, der aus dem Mund tropft, Sinnbild der Kindheit und Fruchtbarkeit. Doch sogar diese gütige Kali trinkt Blut aus einem Schädel, den sie in einer ihrer linken Hände hält. Als Guhyakali ist sie mit einem schwarzen Tuch bedeckt, sie hat tiefliegende Augen und fürchterliche Zähne, aber ein lächelndes Gesicht. Zu ihrer Linken ist Schiwa in Gestalt eines Kindes zu sehen. In einem vierten Erscheinungsbild als Bhadrakali ist sie fahl vor Hunger, wieder ist ihr Gesicht schwarz wie Tinte, sie weint und sagt: Ich bin nicht befriedigt, ich will die Welt mit einem Zug verschlingen.

Das war die grausame Göttin, die die Thug anbeteten. Die Legende berichtet, daß sie sie um sich versammelte und ihnen die Art und Weise zeigte, mit der Gruppen von Reisenden erdrosselt werden sollten, um ihren Blutdurst zu stillen. Die Göttin selbst nennt sie Thug, was »Würger« bedeutet. In der britischen Zeit waren sie nicht unbekannt. Schon im 13. Jahrhundert ließ der Sultan von Delhi etwa tausend von ihnen einsperren. Thévenot, ein französischer Reisender, beklagte sich im 17. Jahrhundert über die Thug auf seinem Weg von Delhi nach Agra. Einer ihrer beliebten Tricks in dieser Zeit war es, hübsche Frauen weinend und zerzaust auf die Straße zu schicken, um das Mitleid der Reisenden zu erregen.

Ihre Wege und Gewohnheiten waren so geheim, daß die Briten in ihrer anfänglichen Anwesenheit auf dem Subkontinent keine Ahnung hatten von dem, was da vor sich ging. Erst 1799, als zwei indische Soldaten auf rätselhafte Weise auf ihrem Weg zurück aus dem Urlaub verschwanden, begannen sie Verdacht zu schöpfen. Indische Soldaten der britischen Armee, die auf Urlaub nach Hause gingen, wurden beliebte Opfer, da sie immer Geld für ihre Familien bei sich hatten. Außerdem vermißte man sie lange Zeit nicht. Ihre Verwandten wußten nichts von ihrer Heimkehr und die Offiziere vermuteten Fahnenflucht, wenn sie sich nicht zum Dienst zurückmeldeten.

Im Herbst nach der Regenzeit brachen die Thugbanden auf. Im darauffolgenden Frühjahr konnte eine einzige Gruppe nicht weniger als tausend Menschen ins Jenseits befördert haben. Manchmal waren die Opfer einsame Wanderer. Andererseits wurden ganze Gruppen im Handumdrehen aus dem Weg geräumt. Eine ganze Schar wurde unter sorgfältiger Beachtung des Rituals erdrosselt. Keiner, der die Geschichte hätte weitererzählen können, durfte überleben. Sogar Hunde wurden zusammen mit ihren Herren getötet.

Meist gingen sie nach ein und derselben Methode vor. Die Bande lagerte in der Nähe einer Stadt oder eines Dorfes und einige der Mitglieder, ausgewählt nach ihrem guten Aussehen, gingen in die Läden und schlenderten durch die Straßen. Sobald sie eine passende Gruppe von Reisenden sahen, fanden sie einen Weg, mit ihnen ins Gespräch zu kommen. Natürlich sprach man von Gefahren der Reise ohne Begleitmannschaft und früher oder später machte jemand den Vorschlag, die beiden Gruppen sollten sich aus Sicherheitsgründen zusammentun. Der Anführer der Bande veranstaltete zum Schein einigen Widerstand, aber schließlich war die Angelegenheit geregelt und die beiden Gruppen reisten einige Tage friedlich miteinander. Beim Lagerfeuer des Nachts gab es viel Heiterkeit und Gelächter.

Dann wurde eines Nachts die Unterhaltung lebhafter denn je zuvor und die Geschichten noch lustiger. In solch angenehmer Gesellschaft konnten die Reisenden schwerlich einen kleinen Mann bemerken, der sich im Schatten an die Seite des Anführers der zweiten Gruppe heranmachte. Der vergnügte Häuptling lehnte sich zurück und flüsterte in der speziellen Gaunersprache: »Ist es bereit?« Als Antwort kam: »Ja, es ist tief und breit gegraben.« Plötzlich rief der Anführer mit lauter Stimme: »Bring den Tabak.« Das waren die letzten Laute, die die Reisenden auf Erden hörten. Innerhalb weniger Minuten waren sie fachkundig erdrosselt und ihre Leichen fielen in die bereits ausgehobene Grube. In die Seiten der Leichen wurden große Schnitte gemacht, um ein Aufschwellen zu verhindern. Ihre Beine wurden zum Körper zurückgebogen, damit sie besser in die enge Grube paßten. (13)

Das aufgezeichnete Geständnis eines Thug, das dem Buch von A. J. Wightman »No Friend for Travellers« entnommen ist, berichtet in Einzelheiten, wie sie sich an ihre Aufgabe heranmachten und beschreibt die Ausdauer, mit der sie auch das mißtrauischste ihrer Opfer in ihre Gewalt bekamen.

»Ein ausnehmend hübscher und gut gebauter Mongolenoffizier überquerte auf seinem Weg vom Pandschab nach Oudh den Ganges bei Mirat. Er war begleitet von seinem Diener und einem Pferdeknecht. Bald nach der Überquerung des Flusses traf er eine kleine Gruppe gut gekleideter und vernünftig sprechender Männer, die in der gleichen Richtung unterwegs waren. Sie sprachen ihn ehrerbietig an und versuchten, mit ihm in ein Gespräch zu kommen, aber der Offizier hatte von den Thug und ihren Methoden gehört und forderte sie sofort auf, sich davonzumachen. Sie lächelten etwas traurig über die falsche Auslegung ihrer Absichten und versuchten weiter, sein Mißtrauen zu zerstreuen, aber er war entschlossen, nichts zu riskieren. Als sie seinen zunehmenden Unwillen bemerkten, verließen sie ihn und folgten langsam seiner Spur. Aber diese Thug verließen sich auf das alte Sprichwort: ›Wenn Du beim ersten Mal nicht Erfolg hast, versuche es wieder und wieder.‹ Am nächsten Morgen überholte der Offizier einige Moslems, die ihn auch ansprachen, von den Gefahren des Weges redeten und vom Vorteil, gemeinsam mit einem bewaffneten Offizier gleich ihm reisen zu können. Aber er ließ sich auf nichts ein und als sie nicht aufhörten, ihn zu bedrängen, riet er ihnen zu verschwinden, oder er würde ihnen die Köpfe abschlagen. Seine Warnung hatte Erfolg, denn außer seinem Schwert hatte der Offizier einen Bogen mit einem Köcher voller Pfeile und zwei geladene Pistolen.«

»Die Thug ließen sich auch durch diesen Rückschlag nicht abschrecken. Am gleichen Abend übernachtete noch eine andere Gruppe zufällig im gleichen Gasthaus und kam in recht freundschaftliche Gespräche mit seinen beiden Dienern. Ihre Reise ging in die gleiche Richtung, aber sie brachen einige Zeit früher auf, und als der Offizier sie überholte, traten sie beiseite und verbeugten sich, bevor sie mit den beiden Dienern, die ihm folgten, ein Gespräch begannen. Als der Offizier bemerkte, daß sie sich an seine Fersen heften wollten, geriet er in Wut und verjagte sie trotz der dringenden Bitten seiner Diener, die sich auf eine heitere Gesellschaft gefreut hatten.«

»Der nächste Tag sah den Offizier und seine Diener, immer noch allein, bei der Überquerung einer endlosen Ebene, wo er wußte, daß er im Falle eines Angriffes nicht auf Hilfe hoffen konnte. Er beglückwünschte sich, daß er die gefährlichen Genossen abgeschüttelt hatte, als er auf eine ziemlich klägliche Gruppe aufmerksam wurde. An der Seite des Pfades hockten zusammengekauert sechs Moslems und heulten und jammerten bei einem toten Kameraden. Er hielt an und verlangte zu wissen, was es gäbe.«

»Der Wortführer der Gruppe erklärte, sie seien Soldaten aus Lahore auf dem Weg nach Lakhnau und vor Müdigkeit erschöpft. Sie wollten nach langer und harter Dienstzeit in ihre Heimat und ihre Familien wiedersehen. Ihr unglücklicher Kamerad, der einziger Ernährer einer großen Familie ist, hat die harte und anstrengende Reise nicht durchgehalten und sei plötzlich gestorben. Sie hatten ihm hier in der Ebene ein Grab schaufeln müssen. Leider waren sie alle ungebildet und nicht fähig, die Trauerverse aus dem Koran zu sprechen und wenn es ihnen nicht möglich war, die erforderlichen Riten zu verrichten, hatten sie keine Möglichkeit, den Mann zur Ruhe zu betten. Wäre es seiner Hoheit möglich, einige kostbare Augenblicke zu erübrigen? Wenn er das täte, würde er ohne Zweifel seine Belohnung nicht nur in dieser Welt, sondern auch in der nächsten finden.«

»Seine Hoheit waren einverstanden. Er stieg ab. Der Körper wurde in die vorgeschriebene Stellung gebracht, Kopf in Richtung Mekka. Schnell wurde ein Teppich ausgelegt, als der Mongole seine vielen Waffen ablegte, um sie neben sich auf den Boden zu legen.«

»Er verlangte nach Wasser, um seine Füße, Hände und Gesicht zu waschen, damit er den Trauerdienst nicht im unreinen Zustand verrichte, kniete auf dem Teppich nieder und begann laut und klar den Trauerritus anzustimmen. Zwei der Soldaten knieten mit ihm nieder, einer an jeder Seite, während die Kameraden den Diener und den Pferdeknecht baten, etwas zur Seite zu gehen, damit sie nicht den barmherzigen Samariter bei der Andacht störten.«

»Endlich war alles bereit. Das Signal wurde gegeben, Taschentücher wickelten sich um Kehlen und wurden fest zusammengezogen. In ganz wenigen Minuten waren alle drei tot – der Mongole, der Diener und der Pferdeknecht – sie lagen im Grab in der gewohnten Art und Weise, der Kopf des einen an den Füßen des nächsten unter ihm.« (14)

Ein Thug zu werden erforderte ein langes und kompliziertes Verfahren. Den Knaben wurde zunächst in einem Alter von zehn bis zwölf Jahren erlaubt, eine Gruppe zu begleiten, oft waren sie Söhne oder nahe Verwandte eines Thug. Ein Knabe mußte sich dann durch die verschiedenen Stufen seiner Erziehung durcharbeiten, erst diente er als Kundschafter, der unvorsichtige Gruppen von Reisenden ausmachte. Dann wurde er als Totengräber benötigt, diese Arbeit war in den alten Zeiten, einer Tradition zufolge, nicht nötig, da die Göttin selbst auf die Erde herabstürzte und die Leichen aufaß. Aus Achtung vor der Göttin durfte sich ein Würger niemals umwenden und auf den Ort seiner Handlung zurückschauen. Einmal vor langer Zeit hat ein Neuling, die Vorschrift mißachtend, einen flüchtigen Blick über seine Schulter geworfen und die Schwarze Kali auf der Leiche hockend gesehen. Seit dieser Zeit kommt sie nicht mehr persönlich, sondern überläßt es ihren Dienern, die Beweise ihres Handwerks in den selbst gegrabenen Gruben zu verstecken.

Die Einweihungszeremonie für den Anfänger war vielgestaltig und kompliziert. Der Kandidat wurde gebadet und neu eingekleidet. Dann wurde er von seinem Lehrmeister oder Guru zum Häuptling der Bande geleitet, der auf einem sauberen weißen Tuch saß. Kam die Antwort, daß sie bereit waren, den Jugendlichen als Thug zu empfangen, dann wurde er von der gesamten

Gruppe nach draußen geführt. Im Freien erhob der Guru seine Arme und Augen zum Himmel und rief: »O Bhowani, Mutter der Welt, deren Anhänger wir sind, empfange diesen deinen Diener und gewähre ihm deinen Schutz.«

Als nächstes mußte ein in der Nähe greifbares Opfer für die Bluttaufe des Lehrlings gefunden werden, was vor dem 20. Jahrhundert nicht schwierig war. Ein alter Mann, der in einem nahegelegenen Gehölz lagerte, war ein geeignetes Objekt. Erst nahm der Guru den Knaben zur Seite und wartete auf ein Zeichen der Kali wie zum Beispiel eine Krähe, die in die Zweige eines nahen Baumes flog und zu krächzen anfing – das war ein besonders günstiges Vorzeichen. Dann gingen sie zum Wäldchen, wo der ahnungslose alte Mann von den geselligen Kameraden unterhalten worden war. Ein Zeichen wurde gegeben, und der zitternde Knabe warf seine Schlinge um den hageren Hals, worauf der alte Mann sofort tot war. Weit entfernt von Reue oder Mitleid konnte der Mörder sich nun erleichtert fühlen, daß er den Vorzug genoß, für Kali, die schwarze Mutter, zu würgen. Die Zeremonie endete mit einem Stück groben Zucker, das dem neuen Mitglied zu essen gegeben wurde. Der Guru hielt eine leidenschaftliche Ansprache und forderte den jungen Mann mit eindringlichen Worten auf, sich zu bemühen, in der kürzest möglichen Zeit die größte Anzahl von Opfern zu beschaffen – ausgenommen Frauen, Aussätzige und bestimmte Kastenangehörige, die unter dem besonderen Schutz der Göttin standen.

Ein wichtiger Teil der Ausbildung des neuen Würgers war die präzise Technik der schnellen Tötung – sozusagen wie vom Blitz getroffen. Das hing an der geschickten Handhabung eines Stükkes gelber Seide, das an einem Ende an eine Silberrupie gebunden war, wodurch ein Griff für die linke Hand entstand. Gelb war Kalis geheiligte Farbe. In früherer Zeit wurden andere Methoden gebraucht. Als die Thug noch beritten waren, töteten sie mit einer langen Schnur mit Gleitschlinge, dem Lasso eines Cowboys vergleichbar. Nach dem Töten, sei es durch einen Neuling oder einen alten Fachmann, folgte das rituelle Essen von grobem gelbem Zucker. Dieser wurde auf den Boden gelegt und darauf eine Spitzhacke (von der Art mit der man ein Grab aushebt) und ein Stück Silber (Teil der Schlinge) als Opfergaben für Kali. Nach inbrünstigen Gebeten der versammelten Mannschaft wurde das Signal für das Würgen gegeben, genau als ob sie tatsächlich töten würden. Dann wurde der Zucker herumgereicht und von den Anwesenden als geweihte Nahrung verspeist. Nur solche, die jemanden mit eigener Hand erdrosselt hatten, konnten teilnehmen. (15)

Von alldem war den Briten fast nichts bekannt. Obwohl etwa zwanzig Jahre früher Mißtrauen aufgekommen war, beauftragte Lord William Bentinck, Generalgouverneur der Ostindischen Kompanie, erst 1820 den Hauptmann William Sleeman, seine ganze Zeit und Kraft der Aufgabe der Unterdrückung dieses Unwesens zu widmen. Sleeman hatte bereits einige Jahre lang das Treiben der Thug beobachtet, aber von seinen Kameraden wenig Unterstützung gefunden. Spöttisch gaben sie ihm den Spitznamen »Thugee«. Während seine Kollegen nur ein Achselzucken für ihn übrig hatten, versuchten die örtlichen Radscha seine Arbeit zu behindern. Ja, er konnte nicht einmal mit der Hilfe der britischen Beamten an den Höfen der Radschas rechnen. Viele Inder von hohem Rang waren selbst in die Angelegenheit verwickelt. Wenn einer seiner Provinzhäuptlinge eine Thugbande inhaftiert hatte, schickte der Maharadscha von Gwalior eine Brigade seiner Truppen gegen ihn aus. Richard Cavendish, der in Gwalior wohnte, stellte sich blind, wenn der Herrscher den Würgern Unterschlupf gewährte, ja er schrieb sogar einen Brief an die Regierung in Kalkutta, um damit die Jagd auf die Thug zu bekämpfen.

Sleeman hatte nur wenig Erfolg. Bis 1827 waren erst etwa dreihundert Thug, zwei große Banden, verurteilt, das Würgen jedoch ging unvermindert weiter. Um die Angelegenheit zu beschleunigen und Zustimmung für seine Arbeit zu gewinnen, schickte Sleeman im Jahr 1830 einen Artikel an die Literarische Zeitschrift Kalkuttas, der am 8. Oktober veröffentlicht wurde. Er schrieb, daß das Würgen immer noch ein schreiender Skandal sei. Kalis Tempel nahe Mirzapore am Ganges war von Würgern aus allen Teilen Indiens überlaufen. Sie gingen dorthin, um der Göttin einen Anteil ihrer Beute zu bringen.

Kurz danach hatte er Erfolg, als der berüchtigte Thug Feringeea gefangen und zum Kronzeugen wurde. Der Generalgouverneur bevollmächtigte Sleeman in einem Brief, den Würger zu schonen, wenn er zur Aufklärung eines jeden Mordes, von dem er wußte, beitrage und dazu Namen, Kaste und Wohnort aller daran Beteiligten preisgebe. Feringeea mußte außerdem behilflich sein, alle der Würgerei Schuldigen vor Gericht zu bringen. Sollte er eine der gestellten Bedingungen nicht erfüllen, dann wäre die Begnadigung null und nichtig. Der Thug erklärte sich einverstanden und äußerte Sleeman gegenüber: »Meine Familie waren Thug seit elf Generationen. Unter ihnen war Tula, mein Großvater, ein großer Anführer. Er hatte acht Söhne, von denen mein Vater Purasrah der jüngste war und wegen Mordes in Gwalior gehängt wurde. Ich bin der letzte von Tulas Nachkommen. Turah und Bowanee wurden von Euch in Bhilsa ergriffen, man hängte sie und ich konnte fliehen. Maharadsch und Gunesh habt Ihr aufgegriffen und inhaftiert. Mich habt Ihr für fünfhundert Rupien gekauft und ich will Euch frei und zuverlässig dienen, denn niemand weiß so viel von den Thug wie ich.« (16) Feringeea führte sein Mißgeschick darauf zurück, daß er trotz der strengen Regel der Thug Frauen gewürgt hatte.

Nach diesem Bravourstück machte Sleemans Feldzug rasche Fortschritte. Bis Ende 1832 verhaftete er weitere 389 Thug und brachte sie vor Gericht. 126 wurden gehängt und 177 lebenslang deportiert. An bestimmten Orten ging der Thugismus für einige Jahre weiter, aber bald war er völlig beseitigt.

Die Thug auszuheben war eine Aufgabe voller Aufregungen und Abenteuer. Ihre Verfolger mußten ebenso verschlagen vorgehen wie die Bande selbst. Ein junger britischer Offizier begegnete einer großen Bande, als er nur ein Dutzend Offiziersburschen bei sich hatte. Da er mit seiner Gruppe bei weitem in der Minderheit war, wagte er es nicht, sie als Würger zu beschuldigen. Er hätte leicht als auserlesenes Opfer für die Göttin enden können. Gleichzeitig wollte er sie nicht laufen lassen, um sie dann vielleicht nie mehr wiederzusehen. So befahl er der Bande, mit ihm ins nächste Hauptquartier zu gehen, wo sie leicht eine falsche Beschuldigung widerlegen konnten. Sie protestierten energisch, gingen aber mit. Erst als die Bande von einer britischen Überzahl umringt war, kam die Würgerei zur Sprache.

Es gab viele Geschichten wie diese, es war aber auch eine Menge routinemäßige Plagerei dabei. Sleemans junge Assistenten hatten die mühevolle Aufgabe, eine Liste aller Bandenmitglieder herzustellen sowie der Vorfälle, an denen sie teilgenommen hatten. Es war sehr schwierig, die Beweise zusammenzubringen, denn die Angeklagten hatten so viele Menschen ermordet, daß sie die

Übersicht, wer und in welchem Jahr erdrosselt wurde, verloren hatten. Demgemäß gab es auch bei den Zeugenaussagen der Thug viele Widersprüche.

Mit dem Jahr 1837 hatte Sleemans mühseliger Kampf ein erfolgreiches Ende. Mehr als 3000 Thug waren überführt, allerdings waren immer noch 2000 in Freiheit. Bevor Sleemans Netz sich zusammengezogen hatte, waren vermutlich alles in allem 10000 aktiv gewesen. Man muß sich nur daran erinnern, daß ein einzelner Thug sich etwa 250 Opfer in seiner Karriere rühmen konnte. Damit wird klar, daß die Gesamtzahl der Morde erschütternd gewesen sein muß.

Die Thug gaben unumwunden zu, daß ihr oberstes Ziel es gewesen sei, Leben zu zerstören, aber nicht etwa zu ihrem eigenen Vorteil. Obwohl der Hindugott sowohl Schöpfer wie auch Zerstörer sei, so sagten die Thug, kam die Göttin Kali auf die Erde, als sie sah, daß die Kräfte der Zerstörung nachgelassen hatten. Die Göttin gab ihnen Unterricht in ihrem Handwerk, so erzählten die Thug, und versprach, sie zu beschützen. Ihr persönlicher Anteil an der Beute war lediglich der weltliche Lohn der Göttin für ihre Arbeit und kam erst lange nach den Wohltaten, die sie in der nächsten Welt bereithielt. Sie glaubten an ihre göttliche Mission und würden mit einem Platz in ihrem eigenen, ganz besonderen Himmel belohnt.

Ein paar Moslems konnten für die Reihen der Thug angeworben werden, allerdings bleibt es eher ein Geheimnis wie sie dazu gebracht werden konnten, die schmutzige Arbeit der großen Hindugöttin zu tun (man hört auch von Fällen, wo Moslemwitwen sich auf dem Scheiterhaufen ihres Mannes selbst verbrannten, obwohl das vom Islam verboten ist). Aber obwohl mohammedanische Moguln vor den Briten den größten Teil Indiens beherrschten, befolgten alle Moslems die Lehren des Korans und vermieden Riten, die Menschenopfer mit sich brachten. Das heißt nicht, daß sie immer freundlich mit ihren Hindu-Untertanen umgingen. Der Kaiser Jahangir (1605–1627) sah gern zu, wenn Verbrecher von Elefanten niedergetrampelt wurden. Für geringere Vergehen unterhielt er eine Gruppe von vierzig Henkern in seiner Hauptstadt Agra.

Persien, woher die Moguln kamen, war die Heimat der Assassinen, die mit den Thug viel Ähnlichkeit hatten (Assassin ist ein verfälschtes Wort für »Haschischin« und wird von einem Narkotikum abgeleitet, das aus indischem Hanf gemacht wird). Ihre Taten waren selten wirkliche Menschenopfer. Obwohl sie einer islamischen Sekte angehörten, töteten sie sowohl aus politischen als auch aus religiösen Gründen. Die Assassinen-Sekte wurde von Hassan Sabbah gegründet. Ihr Bund gelangte erstmals zur Bedeutung, als sie 1090 die Festung Alamit in der Nähe von Kazvim, nordwestlich von Teheran, eroberten. Hassan war nicht nur Krieger, sondern auch Prediger und verfaßte religiöse Schriften. Ein Klan seiner Jünger mit dem Namen Fidais mußte zu jeder Zeit bereit sein, jene meuchlings zu ermorden, die das Oberhaupt des Bundes für den Tod bestimmt hatte. Gleich den Thug verließen sie sich auf Hinterlist. Als Teil ihrer Schulung lernten sie fremde Sprachen und die Verwendung von Verkleidung. Wenn sie den Befehl bekamen, jemand zu töten, wählten sie eine Rolle mit den besten Aussichten auf Erfolg und spielten sie monate-, ja sogar jahrelang, bis die Zeit gekommen war, das Opfer ins Jenseits zu befördern.

Die Assassinen nahmen eine Anzahl von Festungen und wurden zu einer militärischen Macht in Syrien, sie eroberten sogar die wichtige Stadt Aleppo. Auf dem von Hassan Sabbah gegründeten Thron saßen noch sieben Nachfolger. Schließlich wurde die Dynastie von den mongolischen Invasoren gestürzt. Die letzte assassinitische Hochburg wurde 1256 eingenommen.

ARDSCHUNAS VISION

Die Bräuche, die die Briten des 19. Jahrhunderts entsetzten, waren an sich hinduistisch, obwohl einige von ihnen Randerscheinungen waren. Das Töten von Menschen wurde ausgerottet, aber viele der Zeremonien hielten sich weiterhin, nur wurden die Menschen durch Tiere ersetzt. Beim jährlichen Fest unter den Konyakstämmen wird ein junger Hund vom Dach eines hohen Gebäudes geworfen. Dem Tier werden mit einer Lanze und einem Stück Stoff menschliche Attribute beigegeben. Ohne viel Phantasie kann man sehen, welche Form das Ritual einst hatte. Anstelle des menschlichen Meriah, der am hölzernen Elefanten befestigt war, wird nun eine Ziege oder ein Büffel an einen Pfosten gebunden und auf gleiche Weise in Stücke zerhackt. Kali verlangt noch immer ihre Opfer, aber diese sind nun Ziegen, Schafe und Büffel, deren Köpfe mit einem einzigen Hieb eines Krummsäbels abgetrennt werden. Sogar dieser Brauch wandelte sich und statt der Tiere werden jetzt Flaschenkürbisse und Gurken verwendet. Trotz allem ist der Brauch, daß Kali ihre menschlichen Opfer verlangt, bei weitem nicht tot. In Bengalen und an anderen Orten werden volkstümliche, auf Holz geklebte, grell bemalte Darstellungen der Göttin verkauft. Darauf ist sie immer noch mit einer Girlande aus menschlichen Köpfen abgebildet. In einer Hand hält sie ein blutverschmiertes Schwert, in der anderen einen von Blut tropfenden abgeschlagenen Kopf.

Solche Änderungen wurden unter Zwang vorgenommen und von den fremden Herrschern auch nur zögernd betrieben. Der Fall Indiens ist von besonderem Interesse, da wir uns nicht auf spärliche Hinweise in fremden Texten verlassen müssen wie in Ägypten oder selbst in Griechenland, wo selten die ganze Geschichte erzählt wird. Dagegen sind ausführliche Berichte von den Riten wie auch Stellungnahmen jener zeitgenössischen Beobachter erhalten, die das mit eigenen Augen sahen. Schließlich wurde beschlossen, dem Einhalt zu gebieten, nachdem die christliche Erneuerung die Einstellung der Briten geändert hatte, die so lange Zeit eine Politik gewählt hatten, die alles ließ wie es war.

Die frühesten Siedler selbst waren nicht sehr zimperlich mit Menschenleben. Mitte des 18. Jahrhunderts wurde eine Frau, die ihren Liebhaber angestiftet hatte, ihren Ehemann zu töten, unter britischer Herrschaft in Kalkutta lebend verbrannt. 1789 wurden auch in dieser Stadt einige Räuber gefesselt, ihre rechten Hände und linken Füße angebrannt, die Stumpen in heiße Butter getaucht, so überließ man sie dann dem langsamen Tod. (17) Die Geschichte wird auch von Elihu Yale erzählt, der in den Vereinigten Staaten geboren wurde, wo man aus Anerkennung für seine Großzügigkeit die Yale-Universität nach ihm benannte. Als sein Diener den Dienst ohne entsprechende Mitteilung verließ, gab Yale Anweisung, ihn zu hängen. Aber sein Rechtsberater beanstandete die Beschuldigung, da Hinrichtung durch den Strang nach englischem Gesetz wohl die Strafe für eine Reihe kleinerer Vergehen, aufgrund irgendwelcher Versehen jedoch nicht anwendbar auf Diener war, die ihren Dienst ohne zu kündigen verlassen hatten. Yale erwiderte dem Juristen, der Diener sei ein Seeräuber und ließ ihn hängen. Sogar im 19. Jahrhundert konnten die Briten plötzlich aufhören, sich wie Menschenfreunde zu benehmen. Nach der Unterdrückung des indischen Aufstandes im Jahr 1857 folgten grausame Vergeltungsmaßnahmen.

Wenn menschliches Leben in England recht gering geachtet wurde, so war das nichts im Vergleich mit dem, was in Indien vor sich ging. Eine Gesellschaft, die der Mogulgouverneur von Surat der ersten Britischen Niederlassung gab, wurde zum Beispiel rüde unterbrochen, als der Gastgeber einen plötzlichen Wutanfall bekam und zur Bestürzung seiner englischen Gäste alle Tänzerinnen auf der Stelle enthaupten ließ. Das Opfer war deshalb nur eine Form eigenmächtiger Tötung und vielleicht ist es gar nicht so überraschend, daß die neuen Herrscher das lange Zeit nicht sehen wollten.

Die Spanier, die drei Jahrhunderte früher vergleichbaren Problemen gegenüberstanden, handelten ganz anders. Sie zögerten nicht, die rigorosesten Maßnahmen zu ergreifen und zum Beispiel unbotmäßige Heiden zu verbrennen. Das diente einem doppelten Zweck. Es war ein Mittel, Seelen zu retten und den amerikanischen Indianern verborgenes Gold zu entlocken. Sie hetzten sogar ihre Hunde auf die Ungläubigen. Die Spanier warteten nicht jahrhundertelang, ehe sie etwas unternahmen. Ihr Zweck war von Anfang an klar, sie beendeten die sie empörenden Bräuche und zerstörten die alten religiösen Wurzeln und deren Verzweigungen. Wären die Rollen Spaniens und Englands umgekehrt gewesen, dann könnten die Menschen Indiens glühende Katholiken geworden sein, während heute die alten Pyramiden in Mexiko immer noch farbenprächtigen Zeremonien zu Ehren der Gefiederten Schlange dienen würden. Allerdings mit dem Unterschied, man würde Wachteln anstelle von Scharen von Menschen opfern.

Vielleicht wären letzten Endes die indischen Formen des Menschenopfers auf jeden Fall zu einem Ende gekommen und die Briten beschleunigten bloß diesen Verlauf. Viele Hindu-Geistliche und -Gelehrte gingen nach Europa und sie waren tatsächlich diejenigen, die im Kampf gegen Witwenverbrennungen und andere Riten die Führung übernahmen und die Behörden drängten zu handeln. Schon 1830 ging der indische Lehrer Rammohan Ray nach England. Sein Hinduismus war tief durchdrungen von christlichen Idealen. Der Hauptgrund für seine Reise war die Bekämpfung der drohenden Aufhebung des Gesetzes gegen die Witwenverbrennung, womit der Ärger orthodoxer Hindu beschwichtigt werden sollte.

Es bleibt die naheliegende Frage, *warum* die Menschen in Indien auf so ausschweifende Art Menschen den Göttern darbrachten. Und das lange nachdem Tötungen in der griechisch-römischen Welt auf ein erträgliches Mindestmaß beschränkt und seit einiger Zeit im christlichen Westen verschwunden war.

Zivilisation ist ein Begriff, der schwer zu bestimmen ist, trotzdem wird Indien als Heimat einer »höheren« Zivilisation von fast jedem Historiker anerkannt. Arnold Toynbee zögert nicht, den Hinduismus als »höhere« Religion der Welt zu bezeichnen. Wenn er sich aber an einer anderen Stelle im gleichen Buch auf Indien bezieht, empfindet er Entsetzen »über die Verführung der sinnlichen Begierde (der Natur) durch das Opfern lebender Wesen in einem steigenden Maß der Seelenqual, in welchem das wirkungsvollste Opfer das eigene Kind des Opfernden ist.« (18)

Aber nichts von allem kann man vom Menschenopfer in Indien oder was das betrifft, in Afrika, Polynesien oder im Alten Amerika verstehen, wenn man sich nicht zuerst klarmacht, daß die boßen Gedanken, die diesen Handlungen zugrunde liegen, den unseren genau entgegengesetzt sind. Europäer, ob Christen oder nicht, sind von der Vorstellung durchdrungen, gut ist gut und schlecht ist schlecht. Die beiden Kräfte, in einem niemals endenden Konflikt gefangen, werden nicht als Hälften der gleichen Gottheit gedacht. Für Christen bedeutet Gott Liebe und der Teufel ist sein Feind (dessen Platz wird durch den aufgeblasenen Spießbürger im marxistischen Dogma eingenommen). Der Gedanke, daß Gott und der Teufel eine Person sein könnten, ist dem westlichen Denken fremd.

In Indien bilden Schiwa, Gemahl der widerlichen Kali, mit Krischna und Wischnu in der höchsten Hinduverehrung eine Art Trinität. Schiwa aber ist gleichzeitig der erhaltende Schöpfer und der Zerstörer des Alls. Man findet nicht nur den Schädel, Symbol des Todes, sondern auch den wachsenden Mond, Sinnbild für Geburt und Wachstum, auf dem Ebenbild des Gottes. Schiwa ist reine Kontemplation und im leeren Raum des Absoluten eingegangen, wo alle Spannungen ruhen. Er ist aber auch ganz Tätigkeit, wild und spielerisch. Diese gegensätzlichen Eigenschaften sind in seinen heiligen Stätten Seite an Seite zu sehen. Eine Sage veranschaulicht recht gut diese sündhaft spielerische Seite Schiwas als Bezwinger eines großen Dämons in Gestalt eines Elefanten. Der Gott zwang den Elefanten zu tanzen und immer weiter zu tanzen, bis das Tier tot umfiel. Dann zog Schiwa seinem Opfer die Haut ab und vollführte, in die blutige Trophäe eingewickelt, einen schrecklichen Siegestanz. (19)

Sogar Wischnu, der im allgemeinen wohlwollender geschildert wird, hat eine Doppelnatur. Die Bhagawadgita, der Gesang des Erhabenen, ist der große Klassiker des Hinduismus und stellt den Gott Wischnu als höchste Gottheit dar. Die Dichtung hat die Form eines Zwiegespräches zwischen Prinz Ardschuna und Wischnu in Gestalt seines Wagenlenkers. Am Abend der Schlacht zögert Ardschuna sich in den Kampf zu stürzen, erfüllt von Widerwillen gegen das sich daraus ergebende Gemetzel. Im Gespräch zwischen den beiden wird sich Ardschuna der Identität seines Begleiters bewußt und bittet, ihm sein wahres Selbst zu enthüllen. Wischnu willigt ein und Ardschuna wird die Vision des gütigen Schöpfers gewährt. Er ist erfüllt von Ehrfurcht, glaubt aber nicht alles gesehen zu haben und vermutet auch eine andere Seite des Gottes. Er wird gewarnt, besteht aber darauf und die grausige Wahrheit wird bewilligt. Nun erblickt er alle Formen des Lebens, die im schrecklichen Mund Wischnus, ihrem einstigen Schöpfer, rasch ihrem Verfall entgegengehen. Von Grauen gepackt, ruft er aus: »Dein Mund mit vielen schrecklichen Zähnen zu schauen. Ich kenne die Stätten nicht. Ich finde keinen Schutz. Sei gnädig Herr der Götter, Beschützer der Welt.« Dann antwortet Wischnu: »Wisse, ich bin die Zeit, die die Welten untergehen läßt, wenn es an der Zeit ist und Zerstörung über sie bringt.«

Am entscheidenden Punkt des großen indischen Epos wird die höchste Gottheit mit ihren zwei Seiten enthüllt, als Schöpfer und Zerstörer alles dessen, was lebt. Für uns, die wir in der christlichen Tradition aufgewachsen sind, mag diese indische Ansicht der Ewigkeit fremd sein und beunruhigen, genügt aber, die indische Einstellung zum Tod zu erklären und ihre Bereitschaft, menschliches Leben zu zerstören.

Mit der Betrachtung von Gut und Böse als ungeteilter Kraft ist der Hinduismus in Übereinstimmung mit dem Glauben des Alten Mexiko und den meisten Teilen Afrikas, wo auch das Menschenopfer florierte. Aber Toynbee sagt auch, wie sehr auch immer die Antwort des Hinduismus gegen das Gefühl geht, so ist sie doch für den Verstand überzeugend. Das Christentum kann den Urheber des Bösen aus dem Göttlichen vertreiben, aber nicht aus der Welt, noch Gott von aller Verantwortlichkeit für die Taten des Teufels freisprechen.

Zugleich übt dieser Dualismus, die Verbindung von Gut und Böse in einer Person, zwangsläufig eine tiefe Wirkung auf die Handlungen jener aus, die daran glauben. Wenn Gott sowohl gut wie auch böse ist, muß der Mensch nicht versuchen, gut zu sein, sondern hat die Freiheit, beide Seiten seiner Natur nachzuahmen. Der Hinduasket kann die passive Zurückgezogenheit (Absonderung) von der Welt erstreben. Aber das christliche Ideal, in Jesu Fußstapfen zu treten und seinen Nachbarn zu lieben wie sich selbst, verliert seinen Zweck. Wenn irgendwas, so war die grausame Seite der Götter leichter nachzuahmen und die Ergebnisse eindrucksvoller. Warum sollte irgend jemand Bedenken haben, einen Mitmenschen in einer farbenprächtigen Zeremonie zu töten, wenn der Schiwa selbst und seine Gemahlin Kali Vergnügen an der Zerstörung haben, in ihren Händen die Werkzeuge des Todes halten und sich von menschlichem Fleisch ernähren?

Krischna, der gütigere Teil der Hindu-Trinität, läßt man in der Bhagavadgita sagen: Man soll sich nicht von einer Verpflichtung, die sich aus der Herkunft ergibt, freisprechen ... auch wenn es das Böse mit sich bringt. Denn alle Handlungen sind umgeben vom Bösen wie das Feuer vom Rauch. (20) An anderer Stelle sagt Krischna, daß die Welt ohne Bedeutung sei, sondern lediglich ein Spiel, das Gott mit sich selber inszeniert und alle lebenden Kreaturen gleich Marionetten auf seiner Bühne tanzen läßt.

Da der Hinduismus Gott jenseits von Gut und Böse stellt und aus dem Menschen sein Spielzeug macht, beraubt er sich einer allumfassenden Ethik. In seinem Glauben leben das Ethische und das Nichtethische Seite an Seite. Achtung vor menschlichem Leben und Liebe zur Menschheit, die von Christus, Konfuzius, Sokrates und Buddha gepredigt werden, sind nur schwach vorhanden. Inder sind wie ihre Götter Wesen der Gegensätzlichkeit. Einerseits können sie furchtbar gewalttätig sein und andererseits unendlich friedlich. Der Dschainismus, eine Sekte, verbietet es streng, Insekten zu töten. Weichherzige Hindu beschworen die neu angekommenen Briten in Surat, keine Tauben abzuschießen und boten sogar Geld, um die armen Vögel zu schonen. Kein Grundsatz bot jedoch das gleiche Maß an Mitgefühl für Menschen wie für Tiere.

Insbesondere in Indien war das Opfern eines Menschen keine Tat der Grausamkeit und sicher keine Geringschätzung. Das Opfer hatte mehr zu gewinnen als zu verlieren. Der Gedanke an die Wiedergeburt ist im Dogma fest verankert – die Wiedergeburt, dieser endlose Kreislauf, wo das Individuum nach dem Tod lediglich eine neue Gestalt annimmt und zur Erde zurückkehrt. Die Lehre setzt voraus, daß Tiere, ja selbst Pflanzen Seelen haben können und wie wir dem gleichen ehernen Gesetz unterliegen. Für jeden, der diesen Glauben hat – auch für das Opfer selbst – ist das Töten eines Menschen oder einer Ziege (aber nicht einer heiligen Kuh) von zweitrangiger Bedeutung. Der Tod verliert seinen Stachel, wenn der Verstorbene geradewegs auf die Erde zurückkehrt. Das Ende eines Lebens ist zugleich der Anfang des nächsten. Fast als würden wir eine Behausung – oder eine Arbeit – verlassen und eine andere übernehmen.

563 v. Chr. brachte Indien eine Art Erlöser hervor, den Buddha. Der große Lehrer sah sich selbst nicht ganz in diesem Licht. In seinem Glauben an die Lehre von der Wiedergeburt fest verwurzelt, war es das höchste Ziel, einen Zustand der Vollkommenheit zu erreichen, das Nirwana. Nur jene, die diesen Zustand erlangen konnten, waren befreit vom Schicksal der unaufhörlichen Wiedergeburt und erlöschten wie die Flamme einer Kerze. Buddha trat nicht als echter Erlöser auf, und als er im Sterben lag, erzählte er seinen Schülern nur, daß er fortginge und nicht wiederkäme. Sie müßten nun für sich selbst sorgen und, im Licht seiner Lehre, ihren eigenen Weg zum Nirwana finden. Aber diese abstrakten Gedanken hatten wenig allgemeine Wirkung und im ersten und zweiten Jahrhundert v. Chr. wurde die Lehre des Buddhismus bearbeitet und es erschien eine neue Fassung unter dem Namen »Das große Fahrzeug«. Von einem Lehrer oder Philosophen wurde Buddha nun in den Rang eines Erlösers erhoben. Es wurde gelehrt, daß er keineswegs erloschen sei, sondern im Himmel weiterwirke, um andere zu erlösen. Gleich Jesu war dieser neue Buddha nicht mehr bestrebt, den Mühen und Plagen des Lebens zu entgehen, sondern er begab sich in den Kampf und

nahm das ganze Ausmaß menschlicher Leiden auf sich. So wurde der Buddhismus zu einer Erlöser-Religion, verlor aber in dieser Erscheinung in Indien an Boden, nachdem er in China und Japan Wurzeln geschlagen hatte.

Die Inder zogen es dementsprechend vor, ohne die Dienste eines Erlösers auszukommen und nahmen statt dessen den beliebten Hinduismus an, der sich auf die Götter und Überzeugungen der vorbuddhistischen Zeit gründet.

Nachdem Indien einst die Heimat der duldsamsten Religion der Welt war, zog es jetzt vor, zur Anbetung von Göttern zurückzukehren, deren eigene zerstörerische Natur Menschenopfer verlangte. Die zugrunde liegenden Bedingungen waren unverändert: Das Fehlen irgendeines gütigen Erlösers, der Mangel einer wahren menschlichen Ethik und schließlich der Glaube an den steten Kreislauf der Wiedergeburt, der den Tod eines Menschen zu einem alltäglichen Ereignis macht.

Aus Achtung vor den höheren Bereichen der Hinduphilosophie kann man billigerweise geltend machen, daß die Religion, aus der sich diese Opferhandlungen ergaben, nicht die war wie wir sie heute kennen. Ohne diese Tötungen und von einigen Härten des Kastensystems befreit, hat der Hinduismus der Welt viel gebracht. Aber diese Fassung aus neuester Zeit verdankt dem liberalen europäischen Denken und der Botschaft Jesu einen großen Teil. Um Mahatma Gandhi zu zitieren: »Obwohl ich für mich nicht beanspruchen kann, ein Christ im Sinne der Konfession zu sein, ist das Beispiel des Leidens Jesu ein Element in der Natur meines unvergänglichen Glaubens an die Gewaltlosigkeit, die alle meine Handlungen lenkt.« (21)

Bis in die neue Zeit mit ihren fremden Einflüssen blieben die Inder die Sklaven von Göttern, die eine Gier nach Blut hatten. Die Zwangslage der Opferhandlungen war nicht zu beenden und die davon Betroffenen Legion.

KAPITEL V

VERBRENNT DIE BRAUT

EIN BRAUCH, EIN UNRECHT GUTZUMACHEN

Die frühen Christen suchten oft, ihr Leben zu beenden, sie hielten dies für den einzigen Weg, der Sünde zu entgehen. Aber seit 1400 Jahren lehrt die Kirche, daß der Selbstmord verwerflich ist. Und unbeeinflußt von Logik mißbilligen wir ihn in unserem Herzen. Die Tat wurde jedoch von Autoren in Indien und China gerühmt und traditionsgemäß in Japan und im Alten Rom geheiligt. Selbst die Götter gaben oft durch ein Zeichen der Anerkennung ihre Zustimmung zum Selbstmord und mißachteten alle technischen Schwierigkeiten im Zusammenhang mit dem Tod eines Unsterblichen. In einer Hymne der indischen Rigweda heißt es: »Der Herr der Lebewesen brachte sich selbst zum Opfer.« Der skandinavische Gott Odin endete selbst sein Leben: Er hing am Baum im Wind. In Mexiko, als alles dunkel war, sprangen zwei Götter ins Feuer und erhoben sich wieder als neue Sonne und als Mond. So verdankte die Fünfte Welt, die Zeit der Azteken, ihren eigentlichen Bestand göttlicher Selbstopferung.

Im Einklang mit der grundlegenden Vorstellung, daß der eine sein Leben hingeben soll, um die vielen zu retten, mag das Opfer in bestimmten Fällen sein eigener Vollstrecker sein. Unsere ursprüngliche Erklärung des Opfers muß deshalb den Selbstmord einschließen, vorausgesetzt, ein genaues Ritual wird im Verfolg eines bestimmten religiösen Zieles eingehalten. Der Grundsatz bleibt der gleiche, ob ein Mensch auf dem Altar durch sein eigenes Schwert oder das eines anderen stirbt.

Der Selbstmord wird keineswegs vom Menschenopfer insgesamt ausgenommen, er könnte sogar als seine höchste Form betrachtet werden. Denn je größer der Zwang beim rituellen Tod, desto weniger gefällt den Göttern die Tat und desto weniger edel erscheint sie in den Augen der Menschheit. Für kein Opfer ist dies gültiger als für das von Jesus. Vorausgesetzt, daß man die Kreuzigung nicht nur als kriminelle Hinrichtung betrachtet, wird sie seinerseits zu einer freiwilligen Aufgabe des Lebens.

In Wirklichkeit kann man zwischen einem freiwilligen Tod und einem der auferlegt ist eine Trennung vornehmen. Einige Riten bestehen aus beiden Elementen. Wenn sich zum Beispiel eine Witwe in Indien freiwillig auf den Scheiterhaufen begab, dann beging sie ganz eindeutig Selbstmord. Wenn aber religiöser und familiärer Zwang so stark waren, daß der Frau keine andere Wahl blieb – und sie sogar mit Stricken an die Leiche ihres Mannes gebunden wurde –, dann war der Akt, trotz des Vorwandes, es sei ihr eigener freier Wille, ein ritueller Mord.

Nicht nur Sati, der Feuertod, sondern religiöser Selbstmord in vielerlei Gestalt war in Indien verbreitet. Die frühen Schriften berichten von diesen Bräuchen, allerdings mußten sie durch die Ausbreitung des Buddhismus im 6. Jahrhundert einen Rückschlag hinnehmen. Den Menschen war das Recht verwehrt, sich selbst zu töten, wenn auch buddhistische Schriften die Tat manchmal entschuldigen. Erst mit dem Rückgang des Buddhismus und der Wiederkehr der Hindugötter bekam der rituelle Selbstmord großen Einfluß. Die Puranas, religiöse Texte aus frühen Jahrhunderten unserer Zeit, haben eine neue Einstellung und loben den Selbstmord, wenn er an geheiligten Orten und mit den passenden Riten ausgeführt wird.

Die Schriften betonen jedoch, daß Selbstmord kein Recht, sondern ein Vorrecht ist, kein Ausweg für Gottlose, sondern ein Lohn für Asketen, die eine Stufe der Vollkommenheit erreicht haben. Das Entscheidende war, den ermüdenden Kreislauf von Geburt und Tod, zu dem jeder Hindu verurteilt war, mit einem Schlag zu beenden. Man war nämlich der Ansicht, daß Selbstmörder niemals zur Erde zurückkehren. Ein Glaube, der der Tat einen bedeutungsvollen Sinn gab. Dieser Grundsatz galt auch für Sati. Die Witwe, die sich mit dem Leichnam ihres Mannes auf dem Scheiterhaufen verbrennen ließ, lebte weiter mit ihm im Paradies und keiner der beiden kam in dieses Leben zurück.

Ein seltsamer Vorwand war der Wunsch, ein Unrecht zu rächen. Die Geister der Selbstmörder erregten Schrecken und verfolgten jene für immer, die sie beleidigt hatten. Wenn ein Gläubiger außerhalb des Hauses seines Schuldners fastete, war dieser zur Zurückzahlung gezwungen, denn falls der Gläubiger starb, mußte der Schuldner befürchten, vom Geist des Gläubigers auf immer und ewig gepeinigt zu werden. Eine bestimmte Sekte in Radschistan, die Bard, waren für diese Taktik berühmt. Sie hatten eine Methode, bekannt als Traga, die Leute ihren Forderungen gefügig zu machen. Der Bard vergoß sein eigenes Blut oder das eines Familienmitgliedes, unterdessen rief er den Zorn des Himmels auf den Missetäter herab, dessen Eigensinn dieses Opfer notwendig gemacht hatte. Bisweilen formten die Bard einen Kordon rund um das Haus des Widerspenstigen, begannen zu fasten und zwangen auch die Bewohner dazu, bis ihren Forderungen nachgegeben wurde. Der Geist eines Selbstmörders der Bardgruppe war geheiligt und sehr gefürchtet. Traga wurde so zu einem Mittel gegen unbeliebte Handlungsweisen und eine Methode, Geld herauszuschlagen. Die Literatur des Gudscheratgebietes ist voller abschreckender Geschichten über den Gebrauch des Traga, bis es von den Briten verboten wurde.

Die für einen Selbstmord bestimmten Orte waren zahlreich. In einem der Puranatexte heißt es, wer auch immer seinen Körper in Pehova am Nordufer des Flusses Sarasvau aufgibt, nachdem er die für diese Gelegenheit bestimmten Gebete gesagt hat, wird niemals wieder den Tod erleiden. (1) Andere Puranas empfehlen einen Selbstmord in Kasi, im Benaresgebiet. Viele Texte berichten von solchen Vorfällen. Diese alte Stadt war ein Mekka für Pilger aus allen Teilen des Landes. Wenn sie ihr Leben in Kasi beendeten, so glaubten sie, dann konnten sie den Weltenstrom überqueren und waren vom strengen Zyklus der Wiedergeburt befreit. Gott Schiwa gab allen Erlösung, die dort hingingen, um zu sterben. Er flüsterte jenen einen magischen Vers ins linke Ohr, die im Sterben lagen. So würden sie niemals wieder geboren werden. Ein weiterer heiliger Ort war die Stelle, wo die Flüsse Ganges und Jamuna zusammentrafen. Wenn man sich hier die Kehle durchschnitt, konnte man besonderer Verdienste sicher sein.

Die Auswahl der Möglichkeiten, rituellen Selbstmord zu begehen, war groß. Man konnte sich in einem Fluß ertränken, aus einer Höhe herabstürzen oder sich verbrennen oder verhungern. Tod durch Erschöpfung war eine weitere Methode. Ein Mann macht sich auf und geht zum Himalaja – und geht bis er zusammenbricht. Andere starben, weil sie sich in den Schnee eingruben. Die Sekte der Dschaina spezialisierte sich auf den langsamen Selbstmord, so war das Sterbefasten eine bevorzugte Methode. Eine noch bessere Möglichkeit, den Todeskampf zu verlängern, war das Sterben auf einem langsam brennenden Misthaufen oder kopfüber über dem Feuer zu hängen und die Flammen einzuatmen. Andere Dschaina schnitten Stücke aus ihrem eigenen Fleisch ab und gaben sie den Raubvögeln. Alle diese Praktiken wurden in religiösen Texten des 13. bis 17. Jahrhunderts besonders empfohlen. (2)

Die Namen großer Männer, die Selbstmord begingen, blieben uns erhalten. Einige wenige Beispiele mögen genügen. Bereits in der Zeit des Gupta-Reiches (gegründet 320 n. Chr.) erzählt ein Gedicht, daß König Adscha sich am Zusammenfluß der heiligen Ströme Ganges und Saraik ertränkte und sofort zum Himmel aufstieg. König Kumaragupta, ein späterer Herrscher dieses Reiches, übergab sich dem langsam brennenden Feuer von Kuhmist im Jahr 554 n. Chr. Anandapala, Sohn des Herrschers vom Pandschab, sprang 1065 n. Chr. in ein Feuer, nachdem er in einer Schlacht eine Niederlage erlitten hatte. Einer Überlieferung zufolge verbrannte sich der große Philosoph Kumarila im 8. Jahrhundert auf einem Scheiterhaufen. Der Gelehrte und Staatsmann Hemacandra hungerte sich 1172 zu Tode. Zahllose andere Geschichten berichten von Männern und Frauen, die das Leben aufgaben. Sie meditierten über das Göttliche und nahmen bis zu ihrem Tod weder Nahrung noch Wasser zu sich.

Mit dem 15. Jahrhundert waren alle Schranken gegen den Selbstmord gefallen. Früher war er der hohen Kaste der Brahmanen vorbehalten, aber nun war er allen Kasten gleichermaßen erlaubt. Massenselbstmord kam in Mode und als der König von Narsynga in den Zentralprovinzen im Jahr 1516 starb, warfen sich 500 Männer und Frauen in das Feuer. (3) Von einem anderen Massenselbstmord wird auf einer Säule in Halebid im Staat Mysore in Südindien berichtet. Die Inschrift erinnert an den Tod des Generals Kuvara und an 1000 Krieger, die den Tod mit ihm teilten, um so ihre Verehrung für ihn zum Ausdruck zu bringen. Auf der Säule sind Männer mit Schwertern eingemeißelt, die sich ihre eigenen Arme und Füße, ja sogar ihre Köpfe abschlagen.

Eine eindrucksvolle Art von Massenselbstmord war der Dschauharritus, in dessen Verlauf in wenigen Stunden ein ganzer Stamm ausgelöscht wurde, um die Schrecken der Gefangenschaft nach einer Niederlage zu vermeiden, daran beteiligten sich Männer und Frauen. Es ist dies eine alte Sitte, die man bis etwa 1000 v. Chr. zurückverfolgen kann. Fast 700 Jahre später wurden die Agalassai von Alexander dem Großen auf seinem indischen Feldzug vernichtend geschlagen. Die Überlebenden, es sollen 20 000 gewesen sein, setzten ihre Stadt in Brand und warfen sich mit Frauen und Kindern in die Flammen. (4)

Eine Anzahl von Dschauharfällen ereignete sich, als die Moguln in Indien einfielen. Die Stadt Tschitor wurde 1533 angegriffen und nachdem die Tapfersten gefallen waren und die Niederlage vorauszusehen war, wurde Schießpulver in die Felshöhlen gestreut und in den Flammen der Explosion kamen 13 000 von der Mutter des Königs angeführte Damen um. (5) Heldinnen der Dschauhar wurden gleich bestimmten Sati-Selbstmordfällen in Tempeln verehrt. Ihrer Taten erinnerte man sich an religiösen Festen von Radschasthan und die Pilger drängten sich zu ihren Schreinen. An vielen Orten dieser Region wird der Asche der Dschauharhelden und -heldinnen mit Erinnerungssteinen gedacht.

Viele Formen rituellen Selbstmordes gingen unvermindert weiter und wurden von britischen Zeugen beschrieben. Die berühmteste war die Dschuggernauth-Zeremonie, die jährlich zu Ehren des Gottes Wischnu in Puri, Orissa, abgehalten wurde. Das Fest ist auch bekannt unter dem Namen Dschagganatha. Ein britischer Augenzeuge, H. T. Colebrooke, berichtet, wie sich im frühen 19. Jahrhundert viele Menschen vor die Räder des riesigen Wagens warfen, auf dem das Abbild des Dschagganatha vom Tempel in einen entfernten Garten gezogen wurde. Die Riten werden noch durchgeführt, aber die Selbstmorde fanden die Mißbilligung der Behörden und endeten vor langer Zeit.

Zusätzlich zu den Kindern, die an der Gangesmündung ins Meer geworfen wurden, haben sich Erwachsene freiwillig hineingestürzt, bis 1802 ein Gesetz erlassen wurde: »um den Selbstmord auf der Insel Sagar zu verhindern, wo, im Verfolg von Gelübden, nicht nur Kinder den Haien vorgeworfen werden, sondern sich auch Erwachsene freiwillig demselben Schicksal unterziehen.« Im Gegensatz zum Brandopfer war dieser Brauch auf die niedrigeren Kasten beschränkt. Die Menschen sprangen auch an anderen heiligen Stätten wie in Allahabad in den Strom, um sich Verdienste zu erwerben, die sich bei der nächsten Wiedergeburt vorteilhaft auswirken würden. Ein Mensch, der diesen Weg zu sterben gewählt hatte, machte zuerst die vorgeschriebenen Waschungen und sprach wiederholt verschiedene Mantras oder Gebete. Dann sprang er von einem Boot oder watete ins Wasser, bis er den Boden unter den Füßen verlor. An seine Gliedmaßen war Tongeschirr gebunden, das sich mit Wasser füllte und ihn hinunterzog. Es galt als besonders gutes Zeichen, wenn der Selbstmörder von einem Krokodil fortgezerrt wurde, bevor er ertrunken war.

Im Fluß Narbada in den Zentralprovinzen ist eine Insel, wo sich bis 1824 jährlich eifrige Anhänger auf Felsen warfen, die als Wohnort der Kal Bharaiva, Gefährtin der Göttin Kali, galt, die sich von Menschenfleisch ernährte.

Die Menschen stürzten sich auch von einem vorspringenden Felsen in den Bergen südlich von Narmada in die Tiefe und erfüllten damit lange zuvor gemachte Gelübde. A. B. Keith beschreibt diesen sonderbaren Ritus. Sowohl für die, die den Ritus ausübten wie auch für die Zuschauer war es kein Anlaß zur Trauer, sondern zur Freude: »Große Mengen sammelten sich bei Neumond am Phalgun, dem für diese Zeremonie bestimmten Tag. Es ist bezeichnend für den großen Wunsch nach öffentlicher Anerkennung als Teil der Ursache für einen derartigen Selbstmord, daß der Mann, der dieses Schicksal erwägt, sein privates Vorhaben öffentlich bekanntgab. Zugegen war auch eine Musikkapelle, die in den benachbarten Städten umherzog, um Almosen zu sammeln. (6)

Eine weitere Sitte, die sich bis ins 19. Jahrhundert hielt, war das Verbrennen noch lebender Leprakranker, die sich dadurch das Recht für ein angemessenes Begräbnis erwarben, das ihnen sonst verwehrt war. Eine britische Einmischung in alle diese Praktiken ging nur allmählich vor sich, aber schließlich wurde der Grundsatz eingeführt, den rituellen Selbstmord für strafbar zu erklären. Dieses Tun verlor dann viel von seiner religiösen Natur. Jedoch in den ersten Jahren dieses Jahrhunderts fasteten Dschainamönche und -nonnen gelegentlich bis zum Tod. Was die Witwenverbrennung betraf, hatten die Briten einen mühseligeren Kampf.

DIE CHINESISCHE SCHLINGE

Der Selbstmord der Witwen, um ihren Ehemännern in die nächste Welt zu folgen, wird allgemein mit Indien in Zusammenhang gebracht. Von China aber wird der Brauch aus früher Zeit berichtet und blieb sogar länger am Leben. Fälle von Selbstmord sind in der Hauptsache auf Frauen beschränkt. Die höchste Pflicht eines Mannes war es, seinen Körper zu erhalten, um seine Familie zu versorgen und den heiligen Pflichten des Ahnenkultes nachkommen zu können.

Begräbnisse großen Ausmaßes von Lebenden mit dem königlichen Toten aus der Schang-Zeit (1523–1028) wurden bereits erwähnt. Schriftliche Texte bestätigen die archäologischen Zeugnisse und zeigen, daß Massenbegräbnisse in Königsgräbern noch zur Zeit des Konfuzius nicht zu Ende waren. Ein besonders krasser Fall ist nicht der Tod eines Königs, sondern jener der Tochter von Ho Lü, des Königs von Wu, die 510 v. Chr. Selbstmord beging. »Sie wurde außerhalb des Tschangtores im Westen seiner Hauptstadt begraben. Vertiefungen wurden gemacht und die Erde aufgehäuft, eine Gruft aus geädertem Gestein wurde angelegt und innen eine Holzkonstruktion gebaut. Die kostbarsten mit Perlen bestickten Kleider wurden der Jungfrau in das zweite Leben mitgegeben. Danach spielten die königlichen Diener in den Ladenstraßen mit weißen Kaninchen und die Menge folgte ihnen, um sie zu sehen. Beim Zurückgehen liefen Männer und Frauen den Kaninchen nach, gingen durch das Tor, das auf die Straße führte und damit in die Gruft. Eine Mechanik fing plötzlich an zu arbeiten und schloß das Tor über ihnen.« (7)

In den letzten Jahrhunderten v. Chr. wurden Konkubinen noch mit den Königen begraben. Beerdigung der Lebenden mit den Toten war so verbreitet in China, daß es in der chinesischen Schrift sogar ein bestimmtes Schriftzeichen gab, mit dem Selbstentleibung im Namen eines Toten bezeichnet wurde. Dieses Symbol findet man ständig in alten, ja sogar in neueren Werken.

J. J. M. de Groot erklärt, daß in den Schriften der Han-Dynastie (206 v. Chr.–220 n. Chr.) und deren unmittelbaren Nachfolgern so viele Fälle von Ehefrauen und Töchtern angeführt werden, die sich selbst töteten, um dem Verschiedenen in die nächste Welt zu folgen. Sie sind sich alle so ähnlich, daß er es für zu ermüdend hielt, seiner sonstigen Gewohnheit zu folgen und eine Anzahl von Beispielen anzuführen. Er bringt trotzdem einige Fälle und weist nach, daß die Sitte bis in die frühen Ming-Zeiten im 14. Jahrhundert fortbestand. Madame Kao war die Gemahlin von Tih-O-sien. Vier Wochen nach ihrer Heirat starb ihr Mann. Die Witwe, mit ihren Armen die Leiche umfassend, klagte und weinte mitleiderregend drei Tage lang. Da die Familie nicht reich war, wurde der Körper des Mannes eingeäschert und nicht begraben. Als der Scheiterhaufen in Flammen stand, sprang die Witwe hinein. Ihre Schwiegermutter stürzte herbei und zog sie aus dem Feuer. Entschlossen ihrem Gemahl in die Unterwelt zu folgen, kaute sie die verkohlten Knochen und erhängte sich noch am selben Abend. Der erste Ming-Kaiser starb 1398, wir wollen das Schicksal seiner Witwe übergehen, aber man erfährt von vielen Hofdamen und Konkubinen, die ihm in den Tod folgten.

Wir lesen von vielen Fällen, wo ein Selbstmord dem anderen folgte, wenn weibliche Sklaven die eifrigen Ehefrauen zum Vorbild nahmen und freiwillig das Schicksal mit ihnen teilten. Viele Witwen beendeten das Leben ihrer Kinder mit dem ihrigen. Einige nahmen sich das Leben mit der Seelentafel ihres toten Mannes in den Händen oder erhängten sich mit den Resten des Leinens, mit dem die Leiche umwickelt wurde. Sie taten das im Tempel, der dem Ahnenkult gewidmet war.

Die wohlerwogene Art und Weise, in der die Witwen in China zu Tausenden handelten, zeigt, daß ein Selbstmord dieser Art nicht durch einen Anfall von Verzweiflung oder aus Angst vor Not veranlaßt war. Wäre das der Fall, dann hätten die Historiker nicht so gewissenhaft alle diese Vorfälle der Selbstzerstörung wie Handlungen des höchsten Lobes wert aufgeschrieben. Die Sorgfalt, mit der alle Pflichten dem Verstorbenen gegenüber mit peinlicher Genauigkeit erfüllt wurden, zeigt, daß der Feuertod der Witwe mit Umsicht und Bedacht geplant wurde. Die Bücher rühmen zahlreiche dieser Witwen, die so lange am Leben blieben, bis sie treu dem Gesetz familiärer Liebe und Verehrung für ihre Eltern oder für die ihres Mannes bis zum Ende gehorcht hatten. (8)

Man war fest überzeugt, daß Witwen und sogar Töchter das Eigentum des toten Mannes waren und ihre Opferung als ein Akt der Hingabe war logisch. Eine chinesische Witwe rief vor ihrem Tod ihre Ahnen an und bat sie um Aufnahme ihrer Seele. Sie legte ihre besten Kleider an, um sauber und ordentlich vor ihnen erscheinen zu können. Die Tat war in der öffentlichen Meinung sehr beliebt und die Moralisten priesen sie überschwenglich.

Die Mittel, mit denen chinesische Ehefrauen ihr Leben beendeten, waren zahlreicher als in Indien, wo die Selbstzerstörung durch Feuer die Regel war. Die meisten erhängten sich oder durchschnitten ihre Kehlen, andere nahmen Gift oder sprangen in einen Abgrund. Unter den merkwürdigeren Fällen, von denen Berichte vorliegen, sind jene von Witwen, die sich in brennende Gebäude warfen, wo ihre Männer oder Eltern eingeschlossen waren. Andere Frauen warfen sich in ein Feuer, mit dem die bewegliche Habe ihres toten Mannes verbrannt wurde, um sich mit ihm zusammen mit den Gegenständen durch Flammen und Rauch wieder zu vereinigen.

Witwen konnten sich auch ertränken. De Groot berichtet von einem solchen Fall, der sich weniger als fünfzig Schritt von seinem eigenen Haus entfernt auf der Insel Kulangsu, gegenüber Amoy, im Jahr 1886 ereignete. Ein Angestellter des Amtes, das Handelsgeschäfte mit Ausländern regelte, starb. Seine Frau ertränkte sich in ihrem eigenen Brunnen. Einige Tage später sah de Groot, daß die beiden Särge auf einen Dampfer geladen wurden, der sie an den Geburtsort des Mannes brachte.

Zu dieser Zeit, vor knapp einem Jahrhundert, war die vornehmste Art einer chinesischen Selbstentleibung der Tod durch Erhängen in der Öffentlichkeit, jedoch waren die damit zusammenhängenden Ausgaben so groß, daß sich das nur reiche Familien leisten konnten. Das Datum eines solchen Ereignisses wurde durch Plakate überall in der Stadt angekündigt. Hier ein Zitat aus de Groots Bericht: »Vor dem großen Tag legt die Hauptdarstellerin im Drama ihre besten Kleider an und macht in einer Sänfte sitzend eine Besuchsrunde bei ihrer Familie, ihren Freunden und Bekannten und erwartet, daß sie überall üppig bewirtet wird. Sie wird von allen beglückwünscht und in den Himmel gehoben. Auf Anordnung der Behörden, aber auf Kosten der Familie wird rechtzeitig auf dem ausgewählten Platz ein mit wunderschönem geblümtem Leinen und Laternen geschmücktes Podium errichtet.

Jeder Mandarin, der mit seiner gewohnten Eskorte von Untergebenen an diesem Platz ankommt, wird mit den üblichen, seiner Würde angemessenen Ehren empfangen. Unverzüglich kniet er nieder, verneigt sich einige Male bis zum Boden vor der Witwe, die in der Nähe des Podiums sitzt. Sie trägt ein ausgesuchtes Gewand, das sie im Grab und im Reich der Schatten zu tragen wünscht und empfängt bewegungslos die höchsten Huldigungen, die jemals in China durch Stellvertreter des Sohnes des Himmels den Bürgerlichen zuteil werden.«

»Wenn alles versammelt ist und Tee mit Leckerbissen herumgereicht werden, gibt der höchste anwesende Mandarin ein Zeichen und die Frau besteigt das Podium. In wenigen Augenblicken legt sie die todbringende Schlinge um ihren Hals und befördert sich selbst in den Himmel, indem sie den Stuhl umstößt, auf dem sie steht. Die Mandarine gehen und die große Menge der vom Schauspiel angelockten Zuschauer verläuft sich. Eine Anzahl von Standespersonen aus der Umgebung, die in Sänften gekommen sind, um dem heldenhaften Selbstmord durch ihre Anwesenheit Glanz zu verleihen, umdrängen die Familie, um ihre Gratulationen zu entbieten und machen Komplimente über die zu erwartenden kaiserlichen Ehrenbezeigungen.« (9)

Die Standespersonen und Mandarine werden für ihre Anwesenheit reichlich entschädigt. Während einiger Tage werden sie zu Festgelagen eingeladen, die die Kassen der Familie der Frau leeren. Durch ihre Anwesenheit bei solchen Szenen gaben die Behörden ihre Zustimmung. Sogar die Auslandspresse berichtete von einem Fall, der sich 1879 in der Nähe des Hafens Fu-cheuh-fuh zutrug. Manchmal erhielten solche Heldentaten formelle Anerkennung und den so geehrten Frauen und Mädchen wurden Tempel geweiht. Eine Anordnung des Generalgouverneurs der Provinz Hukwang aus dem Jahr 1832 legt eindeutig den offiziellen Charakter dieser Riten nieder. Denn gleich den Briten in Indien, bevor sie den Mut aufbrachten, den Feuertod der Witwen zu verbieten, ordnete die chinesische Regierung an, daß eine Erlaubnis einzuholen sei. Die Witwe mußte sich zuerst schriftlich an das Ritualamt wenden. Mit der Genehmigung mußten die örtlichen Beamten dreißig Silbertaels für ein Gedächtnistor zu Ehren der Witwe auszahlen. In Wirklichkeit wurde eine Zustimmung nur widerwillig gegeben. Die Mandarine neigten dazu, die Eingabe von

Frauen, die sich töten wollten, abzuschlagen. Ausgenommen waren einige wenige Bevorzugte, meist aus Familien ihrer eigenen Kollegen.

SUTTEE

Das Wort Suttee, auch Sati geschrieben, bedeutet im alten Sanskrit »eine keusche Frau«. Aber der Begriff wird seit langem für Frauen verwendet, die so tugendhaft sind, daß sie den Tod neben der Leiche ihres Gemahls wählen, meist, aber nicht immer, durch das Feuer.

Witwenopfer wurde in Indien so populär, daß die Mißdeutung des örtlichen Ausdrucks dafür in den allgemeinen Gebrauch kam, um den gleichen Vorgang in anderen Ländern zu beschreiben. Seit dem Beginn in der Steinzeit ist dieses Opfer auf jedem Kontinent zu finden. Der Pharao Amenhotep II. (1450–1425 v. Chr.) wurde in die andere Welt von vier seiner Frauen begleitet. Die Frau des Griechen Kapaneus, einer der Helden aus der Legende der Sieben gegen Theben, wurde mit ihrem Mann verbrannt. Die heidnischen Skandinavier übten diese Sitte aus, ebenso die Slawen in Osteuropa. Im vorchristlichen Polen starben noch im 10. Jahrhundert n. Chr. die Ehefrauen mit ihren Männern. Arabische Besucher berichteten, daß in Südrußland die Lieblingsfrau eines Mannes, der drei Frauen hatte, zuerst erhängt und dann auf dem Scheiterhaufen ihres Mannes verbrannt wurde. (10)

In Asien war Sati nicht auf Indien und China beschränkt. Auf Bali wurden Witwen verflucht, wenn sie der Verpflichtung, sich mit ihren Ehemännern in der nächsten Welt zu verbinden, nicht nachkamen. Denn für die Balinesen war die wirkliche Quelle alles Bösen eine Hexenwitwe mit dem Namen Rangda, von der man glaubte, daß sie Kinder verschlang. Folglich wurde die Witwenschaft zu einem unnatürlichen Zustand. (11) Die Witwen starben mit ihrem Mann auch bei den Maori in Neuseeland, auf den Fidschiinseln und in vielen Teilen Afrikas. In Dahome in Westafrika forderten die Begräbnisriten für König Adanzu im Jahr 1791 Hunderte von Opfern. Seine vielen Frauen nahmen Gift, nachdem sie sich nach Rang und Würde in einen Kreis um den toten König gesetzt hatten: die Hauptfrauen, Geburtstagsfrauen (der König hatte sie an seinem Geburtstag geheiratet) und jene, bekannt als »Leopardfrauen«, die jüngsten und hübschesten von allen. (12)

In Indien selbst hat Sati eine lange Geschichte. 326 v. Chr. wurde es von Alexander dem Großen im Pandschab vorgefunden. Der griechische Historiker Strabo schreibt von einem Sati in dieser Zeit. Der früheste Vorfall, der je in einem indischen Text beschrieben wurde, ereignete sich 316 n. Chr., wo eine von zwei Frauen eines Hindugenerals von ihrem Bruder auf den Scheiterhaufen ihres Mannes geleitet wurde. Sie wird als »ganz heiter« beschrieben, »sogar als die Flammen schon ihren Körper umzingelten«.

Mittlerweile hatte die Witwenverbrennung um 400 n. Chr. allgemein großen Anklang gefunden. Ihre Zunahme wurde durch Hinduschriften ermutigt. Die Brihad-dharma Purana, die zwischen 1200 und 1400 geschrieben wurde, empfiehlt sie mit glühenden Worten: »Eine hingebungsvolle Frau, die ihrem Mann in den Tod folgt, bewahrt ihn vor großen Sünden. Oh zweifach geboren, es gibt keine größere Tat für Frauen, denn dadurch erfreut sie sich im Himmel der Gesellschaft ihres Gemahls.« (14) Sati war bis 1200 n. Chr. in der Hindureligion verwurzelt. Einsprüche kamen viel später. Die Legende berichtet, daß sich vier Frauen des Gottes Krischna auf seinem Scheiterhaufen verbrannten.

Die Literatur Bengalens wurde in ihrem Lob für Sati sogar noch überschwenglicher. Der große Gesetzgeber dieser Provinz, Rhagunandan, empfahl es jeder Witwe ohne Vorbehalt. Er legte genau fest, wie der Ritus zu erfolgen habe. Zunächst wurde das Feuer auf dem Scheiterhaufen entzündet und erst wenn die Flammen hoch aufstiegen, kletterte die Witwe hinauf und sang Hymnen. Es kann nicht die Rede davon sein, daß die Witwe angebunden war, wie es später manchmal vorkam. Das Wesentliche am Ritus war, daß die Witwe es freiwillig tat. Nirgends finden wir zu dieser Zeit irgendeine Anwendung von Gewalt.

Die Verlockung ewigen Glückes als Lohn für Sati entstammt unmittelbar dem Hinduglauben, der sagt, der Gemahl sei ein lebender Gott. Wenn sich die Frau verbrannte, würden sie im Paradies vereint und glücklich leben. Nachdem es kein Zwang war, gab die Anzahl der Satis den Familien Ansehen, und sie prahlten entsprechend damit. Manchmal wurden zu Ehren der Witwe, wie in China, kleine Pyramiden oder Hügel errichtet. In späterer Zeit wuchs der gesellschaftliche Druck und dunklere Motive schlichen sich ein. Die Frauen bevorzugten es, eher umzukommen als das trostlose Leben einer Witwe zu führen. Wenn eine verwitwete Mutter ihrer Verbrennung zustimmte, waren die Söhne von den Unkosten ihres Unterhaltes befreit und erhielten sofort das ganze Erbe, an dem die Mutter mit einem Anteil fürs Leben berechtigt war. Außerdem glaubte man, eine Witwe bringe Unglück, es war ihr auch nicht erlaubt, an Familienfestlichkeiten teilzunehmen. Sie verblieb ein Mitglied der Familie ihres Mannes und konnte auch nicht zu ihren Eltern zurückkehren. Die Verwandten ihres Mannes beobachteten sie genau, ob sie auch ihr Keuschheitsgelübde hielt, um nicht des toten Mannes Geist in Gefahr zu bringen. Sogar die Bediensteten wichen ihr aus.

Zakiuddin Ahmed, der im 18. Jahrhundert über Sati in Bengalen schrieb, berichtet von einer typischen Zeremonie. Nach dem Tod ihres Mannes bekundete die Witwe ihre Absicht, sich zu verbrennen. Daraufhin wurde sie in ihr bestes Gewand gekleidet und, begleitet von einer lärmenden Musikkapelle, in einer Prozession herumgetragen. Bei einer rührenden Abschiedsszene von ihrem Haus tauchte sie ihre Hand in roten Ocker und hinterließ einen Abdruck davon auf der Außenwand. Auf ihrem Weg verteilte sie gerösteten Reis und Früchte, die von der Menge eifrig als Andenken aufgesammelt wurden. Der Scheiterhaufen war gewöhnlich an einem Flußufer aufgerichtet, vorzugsweise am Ganges. Bei ihrer Ankunft badete die Witwe erst im Strom und wechselte ihr Kleid. Dann übergab sie dem vorsitzenden Brahmanen ihre Wertsachen und legte ein neues weißes Gewand an. Der Priester strich Lack über ihre Füße und legte mit Lack gefärbte Baumwolle auf ihre Hände, die er mit rotem Faden festband. Dann folgte eine Reihe von Gebeten, währenddessen sie die acht Götter der Region, die Sonne, den Mond und den Feuergott als Zeugen ihres Todes anrief. Als letztes ging sie dreimal um den Scheiterhaufen herum, während die Brahmanen zum Ruhm ihres Opfers Hymnen sagen. Nach letzten Abschiedsworten stieg sie auf den Scheiterhaufen. Sie setzte sich, mit dem Kopf ihres Mannes in ihrem Schoß, nieder und ihr ältester Sohn legte die erste brennende Fakkel an. Während dies vor sich ging, sorgten Trommelwirbel und die Menge der Zuschauer für gewaltigen Lärm, so konnten ihre Schmerzensschreie nicht gehört werden. (15)

Der in der Calcutta Gazette am 10. Februar 1755 erschienene Augenzeugenbericht eines britischen Offiziers bringt einige bunte Einzelheiten, die er bei einer Sati-Zeremonie in Tschandernagore in der Nähe von Kalkutta gesehen hatte. Trotz der riesigen Menge gelang es ihm, in die Nähe des Opfers zu gelangen: »Ich ging an Land und begab mich in die Nähe des Mädchens, sie schien etwa 21 Jahre alt zu sein. Sie stand aufrecht und war mit Blumen dekoriert. Um ihre Handgelenke war Seide gebunden, zwei ihrer Kinder waren bei ihr, das ältere von etwa acht oder neun Jahren, mischte Reis in einer großen Pfanne und stopfte einiges davon mit viel Förmlichkeit in den Mund seines toten Vaters, der auf dem Rücken auf dem Scheiterhaufen lag. Dieser bestand aus Stroh und trockenem Holz und war etwas über einen Meter hoch. Ringsum waren etwa zwei Meter hohe Bambuspfähle in den Boden gerammt, um den Stapel nach dem Anzünden am Auseinanderfallen zu hindern. Ich habe mich bei einigen Anwesenden erkundigt, ob die Witwe nicht etwa Haschisch oder Opium bekommen habe. Sie verneinten das und erklärten, der Verlust ihres Mannes sei der einzige Grund ihrer Niedergeschlagenheit. An der Röte ihrer Augen jedoch war zu erkennen, daß sie unter Drogeneinfluß stand. Sie schien nicht im geringsten beunruhigt zu sein, sondern betrachtete die Menge mit großer Gelassenheit. Auch die schrecklichen Vorbereitungen verwirrten sie offensichtlich nicht. Die Brahmanen führten sie zum Ganges. Sie saß am Ufer und wurde gebadet, während Gebete gesprochen wurden. Ihre Kleider wurden ausgezogen und ein roter seidener Sari angelegt. Als sie vom Fluß zurückkam, schmückte man sie mit frischen Blumen am Hals und an den Armen.«

»Nun wurde das Mädchen gefragt, ob ihr Opfer aus eigenem freien Willen geschehe und ob sie nicht etwa gezwungen worden sei. Sie senkte bloß ihren Kopf und sagte nichts.«

Der Bericht geht weiter: »Dann setzte sie sich und warf einige Handvoll Kaurimuscheln in die Menge, die gierig aufgelesen wurden. Sie nahm dann auf sehr liebevolle Art Abschied von ihren Kindern und ihren Verwandten. Die Brahmanen steckten einige Kämme in ihr Haar und führten sie sechs- oder siebenmal um die Leiche ihres Mannes, beim Kopf verbeugte sie sich jedesmal und jene, die bei ihr waren, sprachen einige Worte, die ich nicht verstehen konnte. Dann wurde sie auf den Stapel gehoben. Sie legte sich neben ihren verstorbenen Mann mit den Armen um seinen Hals. Zwei Leute schlangen sofort ein Seil zweimal um die Körper und zogen es fest an. So war sie praktisch am Aufstehen verhindert, sollte sie es versuchen wollen.«

»Im Verlauf der letzten Szene des Dramas wurde viel Stroh und Holz über sie gelegt und obenauf Teer geschüttet. Das Opfer starb tausend Tode, denn diese Vorbereitungen nahmen einige Zeit in Anspruch. Sie konnte die Forderung der Leute nach mehr Brennstoff hören und die letzte Anweisung, die Fackel auszuhändigen, mit der das ältere Kind das Stroh entzündete, das bald in Flammen stand. Zwei Männer hielten die Körper mit einer langen Stange fest, aber die Hitze war so stark, daß man Wasser über die Köpfe der beiden Männer schütten mußte.« (16)

Es gab vielerlei Arten von Satiriten. Das Verbrennen einer Witwe auf dem Stapel ihres toten Mannes blieb jedoch der allgemein übliche Ritus. In Fällen, wo der Mann starb, wenn er von zu Hause fort war, oder wenn die Frau zur Zeit des Todes ihres Mannes schwanger war, wurde sie allein verbrannt mit irgendeinem persönlichen Gegenstand ihres Mannes, wie seinem Turban, in der Hand. Einige Witwen lieferten sich den Flammen erst fünfzehn Jahre nach dem Tode ihres Mannes aus. Manche Frauen träumten vom Tod ihres Mannes während er sich auf Reisen befand und verbrannten sich einige Tage vor seiner glücklichen Rückkehr.

Dann und wann starben nicht nur legitime Ehefrauen, sondern auch Konkubinen, die eine Zeitlang mit dem Mann gelebt hatten, ja sogar männliche Sklaven mit dem Verstorbenen in den Flammen. Oder eine Mutter wurde mit ihrem Sohn verbrannt. Frauen der Weberkaste begrub man gelegentlich lebendig zusammen mit ihren Ehemännern. In solchen Fällen wurde das Grab gewöhnlich neben einem Fluß ausgehoben. Die Witwe stieg hinunter in die Grube, in der die Leiche lag, und der älteste Sohn warf Erde darüber, bis sie nicht mehr zu sehen war. Sati konnten Frauen aller Altersgruppen begehen. 1820 wurde ein vier Jahre altes Mädchen zusammen mit ihrem Ehemann verbrannt. Andererseits bestieg im Jahr 1825 eine Frau von hundert Jahren auf unsicheren Beinen den Scheiterhaufen ihres Gemahls in Midrapore, nördlich von Kalkutta. Als die Sitte im späten 18. und frühen 19. Jahrhundert immer unduldsamer wurde, vermehrte sich auch der Mißbrauch. Einige kleine Kinder wurden als Waisen zurückgelassen, während andere als kindliche Bräute an die in Fäulnis übergehende Leiche eines ältlichen Gemahls gebunden verbrannten. Aus dem Opfer eines einzelnen wurde Sati manchmal ein Massaker. Das war dann, wenn Eltern durch eine Eheverbindung mit den Kulin, einer hohen Kaste in Bengalen, gesellschaftliche Stellung zu erreichen suchten. Männliche Mitglieder der Kulinfamilien machten aus der Heirat einen Beruf und verkauften sich an eine Anzahl von Mädchen und Frauen. Wenige dieser Ehefrauen lebten jemals mit dem Mann zusammen, oder bekamen ihn nach der Hochzeit auch nur zu Gesicht, bis der schreckliche Tag mit der Anordnung kam, die sie auf den Scheiterhaufen ihres Mannes befahl. Zum Beispiel wurden 1799 in Nadiya bei Kalkutta siebenunddreißig Frauen mit den Überresten eines Brahmanen lebendig verbrannt. Zur Zeit, als das Feuer erstmals entzündet wurde, waren nur drei Frauen gefunden worden. Drei Tage lang ließ man das Feuer brennen, während immer neue Witwen aus der Ferne herbeigeschleppt wurden. (17)

An sich war Sati angeblich freiwillig, dieser Aspekt verlor jedoch seine Wirkung, als sich der Brauch immer stärker festsetzte. In Bengalen wurde zu dieser Zeit das Opfer gewöhnlich mit Stricken gebunden. Die Verwandtschaft stand zusammen mit amüsierten Zuschauern dabei und schob die Witwe zurück, wenn sie sich versengt und verstümmelt freizukämpfen mühte, nachdem ihre Fesseln verbrannt waren. Die Pfähle, die zum Anbinden verwendet wurden, waren aus grünem Bambus, der nicht brannte. Einmal gelang es einem unglücklichen Opfer, in einer dunklen Nacht vom Scheiterhaufen zu fliehen und sich im Busch zu verstecken. Sie wurde bald entdeckt und ihr Sohn warf sie in die Flammen zurück. Bei einer anderen Gelegenheit, als sich ein Opfer freigekämpft hatte, wendete sich ihr zorniger Vater an die Anwesenden, die sie mit Bambuspfählen zusammenschlugen.

Die Briten verhielten sich diesen Exzessen gegenüber zunächst gleichgültig. Aber schließlich wurde zwangsläufig ihr Gewissen aufgerüttelt. Die Ostindische Kompanie mit dem Sitz in Kalkutta, Bengalen, beherrschte im frühen 19. Jahrhundert den größten Teil Indiens. Kalkutta war das eigentliche Zentrum des Satikultes, der sich allerdings über den ganzen Subkontinent und insbesondere auch in den großen Städten Bombay und Madras verbreitet hatte.

Der Marquis von Wellesley, ein hervorragender Generalgouverneur, der Bruder des Herzogs von Wellington, wollte dieses Problem beenden. Er wurde aber darauf aufmerksam gemacht, daß durch ein Verbot dieser Art in der einheimischen Armee ein Aufruhr ausbrechen könnte, und so gab er die Sache auf. Nichts geschah dann bis 1812, wo die Frage an den obersten Gerichtshof verwiesen wurde. In der Folge wurden 1813 Anordnungen erlassen, die das Sati keineswegs beendeten, sondern ihm im Gegenteil eine rechtliche Stellung gaben. Eine Witwe konnte nicht ohne behördliche Erlaubnis verbrannt werden. Wenn die rechtmäßigen Formulare ausgefüllt und die Erlaubnis gegeben waren, mußte ein indischer Polizeioffizier bei der Verbrennung zugegen sein und bestätigen, daß die Witwe nicht unter Drogeneinfluß stand, daß sie nicht minderjährig oder schwanger war und daß sie freiwillig handelte. In dieser Hinsicht nahmen sich die Briten lediglich die früheren Muslimherrscher Indiens zum Vorbild, die auch ein System behördlicher Genehmigungen erlassen hatten. Für diese war ein Problem entstanden, das sich den Briten nicht stellte. Sati begann sich unter den Moslems auszubreiten, die es den Hindu nachmachten. Kurz danach, im Rahmen einer weiteren britischen Verfügung, wurde Sati nur noch in den Vororten Kalkuttas und nicht mehr in der Innenstadt erlaubt.

Sati jedoch nahm ständig zu und die Kontrollmaßnahmen bedeuteten nur, daß Listen über die jährlichen Satizahlen in bester Whitehall-Manier peinlich genau hergestellt wurden. Die Liste enthielt auch Zahlen der lebendig begrabenen Witwen, die sich 1817 auf insgesamt neun beliefen. Zwischen 1815 und 1828 wurden in Bengalen allein 8134 Witwen verbrannt, davon 511 in der Stadt Kalkutta. Die Statistik verzeichnete die Opfer und ihre Ehemänner nach Alter und Rang. Im Jahr 1825 waren im Hugli-Distrikt 26 der verstorbenen Ehemänner reich, 52 in mittleren Verhältnissen und 26 waren arm. Von den 575 Witwen, die 1823 in Bengalen Sati begingen, waren 32 unter 20 Jahren, während 188 über 60 waren. (18)

In einzelnen Fällen haben britische Offiziere eingegriffen, um ein Sati zu verhindern, oder ein Opfer zu retten. Bereits 1679 hatte der berühmte Job Charnok, einer der Gründer Kalkuttas, eine schöne brahmanische Dame vom Scheiterhaufen ihres Ehemannes weggerissen und sie geheiratet. Sie lebten 14 Jahre lang glücklich zusammen. Aber dieser ungewöhnliche Vorfall hatte keine Fortsetzung. Erst 1806 sah sich Charles Harding, vom britischen Verwaltungsdienst in Benares stationiert, einem dringenden Problem gegenüber. Eine Brahmanin war gezwungen worden, sich selbst zwölf Monate nach dem Tod ihres Mannes mit einem Gegenstand aus seiner Hinterlassenschaft zu verbrennen. Der Stapel wurde drei Kilometer von Benares entfernt stromaufwärts am gegenüberliegenden Ufer des Ganges aufgerichtet. Sie war nicht sehr fest angebunden und sobald sie das Feuer spürte, sprang sie auf und stürzte sich in den Strom. Das Volk rannte ihr am Ufer entlang nach, aber die Strömung trug sie in Richtung Benares, wo ein Polizeiboot auslief und sie an Bord nahm.

Sie war fast tot vor Schrecken und aus Angst vor dem Fluß, in dem ihre Kleider sie über Wasser gehalten hatten. Sie wurde zu Harding geführt. Die ganze Stadt war jedoch über die Rettung der brahmanischen Witwe vom Scheiterhaufen in Aufruhr geraten. Tausende sammelten sich vor seinem Haus, die führenden Männer füllten seinen Hof und drängten ihn, die Frau herauszugeben. Unter der Menge war auch der Vater des armen Opfers und erklärte, er könne seine Tochter nicht ernähren. Daher wäre es besser, sie würde verbrannt, denn die Familie ihres Mannes wollte sie nicht mehr haben. Der Tumult war für einen jungen Mann beunruhigend, der die ganze Verantwortung auf sich ruhen fühlte, und das in einer Stadt wie Benares mit einer Bevölkerung von dreihunderttausend Menschen, die so bereit waren zu öffentlichem Aufruhr. Schließlich kam ihm ein Gedanke: »Das Opfer sei offenkundig für den Gott nicht annehmbar, da der heilige Fluß sie sogar verweigert hat. Sie wurde, obwohl sie nicht schwimmen konnte, direkt vor einer riesigen Menschenmenge, drei Kilometer weit von seinen Wellen getragen, und es war ganz klar, daß sie zurückgewiesen wurde. Wäre sie nach der Berührung mit dem Feuer ein annehmbares Opfer, dann hätte sie der Fluß aufgenommen. Das fand die Zustimmung der ganzen Menge. Der Vater meinte, angesichts dieses unwiderlegbaren Einwandes würde er seine Tochter aufnehmen und die gesamte Ansammlung zerstreute sich.« (19)

Erst 1829 wurde auf Anordnung von Lord William Bentinck die Witwenverbrennung verboten. Er war der erste Generalgouverneur, der gewillt war, in dieser Hinsicht eine Entscheidung herbeizuführen. Aber die Änderung kam recht langsam. Sati lebte noch in den von Radschas regierten Staaten weiter, da diese nur unter indirekter Kontrolle der Kompanie standen. In vielen dieser Staaten wurde der Erfolg eines Prinzen in diesem Leben an der Anzahl der lebendig verbrannten Frauen bei seiner Beerdigung gemessen. Die Zahl der Kanonenschüsse beim Besuch des Generalgouverneurs war dagegen ein lahmer Ersatz.

Die Angelegenheit verschärfte sich im Jahr 1833, nachdem sich die öffentliche Meinung in England über die Begräbnisvorkehrungen für den Radscha von Idar empörte, dessen Leiche zusammen mit sieben Frauen, zwei Konkubinen, fünf weiblichen Sklaven und einem Kammerdiener verbrannt wurde. Der britische Statthalter für Idar und Ahmadnagar war entschlossen, einen weiteren Massenmord zu verhindern, als er hörte, daß auch der Radscha von Ahmadnagar gestorben war. Aber erst nachdem bereits fünf Witwen verbrannt und Kämpfe ausgebrochen waren, sandte er nach Artillerieverstärkung und rang dem Sohn des Radscha das Versprechen ab, das Sati für sich und seine Kinder für immer aufzugeben.

SEPPUKU

Die japanische Art des in Kabukistücken dramatisierten rituellen Selbstmordes wurde weltberühmt. Im Westen als Harakiri bekannt (wörtlich: Den Bauch aufschlitzen), ein Wort, über das sich jeder Samuraikrieger geschämt hätte. Der korrekte Ausdruck ist Seppuku. Für die Japaner hat Seppuku ein besonderes Geheimnis, denn es ist mit der alten Vorstellung verbunden, daß der Verstand im Magen sitzt. Wenn ein Mann daher Seppuku begeht, reinigt er sich während er stirbt von seinen Sünden.

Zwar ist Japan in dieser Hinsicht besonders bekannt, es verläuft jedoch über das nördliche Asien eine Art Ritualzone, wovon Japan nur ein Teil ist. Bestimmte Stämme Ostsibiriens hatten eine sonderbare Neigung zum Selbstmord, von diesen halten zum Beispiel die Samojeden den Selbstmord für »eine Tat, die Gott gefällt«. (20) Die Tschuktschen, die am östlichen Ende Sibiriens, gegenüber Alaska, leben und deren Religion sehr primitiv ist, waren im Fall einer nationalen Notlage, wie einer Pest, willige Selbstmordopfer. 1814 hat eine plötzliche und heftige Krankheit nicht nur viele Menschen, sondern auch eine Anzahl von Rentieren, den Hauptbesitz der Tschuktschen, hinweggerafft. Die gewohnten Zeremonien waren nutzlos und die Schamanen beschlossen, der am höchsten geachtete Häuptling mit Namen Kotschen mußte sterben, um die Geister zu beschwichtigen. Kotschen aber war im ganzen Stamm so hoch angesehen, daß niemand gefunden werden konnte, das Urteil durchzuführen. Die Krankheit tobte weiter und Kotschen bestand darauf zu sterben. Keiner wollte ihn töten, bis der Häuptling seinem eigenen Sohn befahl, ihm das Messer in die Brust zu stoßen.

In Japan gibt es das Menschenopfer in vielen gebräuchlichen Formen, und zwar seit unvordenklichen Zeiten. Früher wurden Menschen manchmal lebendig in den Fundamenten von Burgen, Brücken oder künstlichen Inseln begraben. Die Japaner hatten einen besonderen Namen für diese Sitte, die Opfer waren bekannt als Hito-baschira (menschliche Säulen).

Japanische Literatur berichtet von Sklavenopfern und nach der Nihongi, der großen im 8. Jahrhundert n. Chr. zusammengetragenen Sammlung von Chroniken und Sagen, starben viele Menschen bei Königsbestattungen. Beim Begräbnis des Prinzen Yamato-hiko, dem Bruder des Kaisers, wurde im Jahr 2. v. Chr. sein riesiges persönliches Gefolge lebendig begraben: »Einige Tage lang starben sie nicht, sondern weinten und jammerten des Nachts.« Aber das Töten in einem derart übertriebenen Ausmaß führte zu einer Reaktion, selbst der Kaiser hörte das Weinen und Jammern der Diener seines Bruders, war betrübt und meinte, dieser Brauch sei nicht gut. Als seine Kaiserin im Jahr 3. n. Chr. starb, ließ der Mikado seine Töpfer kommen und bestellte zahllose kleine Ebenbilder von Menschen und Pferden, die man ins Grab legte. Von da an wurde es Sitte, Abbilder von Menschen, Tieren und Gegenständen in einem Kreis rund um das königliche Grab aufzustellen.

Die in Japan beheimatete Schintoreligion forderte viele Opfer für ihre schwer definierbaren Götter. Fraglos waren derartige Opfer zuerst Menschen, doch wurde das zu einem recht frühen Zeitpunkt geändert. So erzählt das Kodschiki, eine überaus wichtige Sammlung von Mythen und Sagen des 8. Jahrhunderts, eine Geschichte, die an die griechische Legende von Perseus und Andromeda erinnert. Der Gott des Meeres und des Sturmes wurde aus dem Himmel vertrieben und kam als menschlicher Held zum

Quellgebiet des Flusses Hi, wo er einen alten weinenden Mann vorfand. Dieser hatte ursprünglich acht Töchter, doch sieben von ihnen waren bereits als Nahrung, eine jedes Jahr, der achtköpfigen Schlange Koshi gegeben worden. Um die letzte Tochter zu retten, machte der Held die Schlange mit einem ganz besonderen Trank berauscht, denn zerschnitt er das Reptil in kleine Stücke und warf sie in den Fluß. Im Jahr 323 n. Chr. wurde bei einer anderen Gelegenheit auch im letzten Augenblick ein Menschenopfer verhindert. Wie das Nihongi berichtet, wünschte der Kaiser dem Flußgott des Nordstromes zwei Menschenopfer darzubringen, aber schließlich wurden dafür zwei Flaschenkürbisse verwendet.

Die Erzählung eines wunderlichen Gebrauchs von Abbildern anstelle von Menschen stammt von einem jährlichen Fest, das noch im 18. Jahrhundert am Schrein von Kokubo in der Provinz Owari abgehalten wurde. Der Schintopriester ging mit Fahnen auf die Hauptstraße hinaus, griff einen Vorübergehenden auf und brachte ihn zusammen mit einem hölzernen Metzgermesser und Eßstäbchen vor den Gott. Aber dann wurde ein Abbild aus Reis gefertigt und neben dem Gefangenen auf den Block gesetzt, wo sie eine ganze Nacht verblieben. Nach reichhaltigen und wechselvollen Riten wurde der Häftling am nächsten Tag weggejagt. Zwangsläufig fiel er einer Ohnmacht nahe nieder und an dieser Stelle wurde dann ein Hügel errichtet.

Der Schintoismus, der später das Harakiri hervorbrachte, florierte lange bevor die Chinesen im 6. Jahrhundert n. Chr. den Buddhismus nach Japan brachten. Dieser frühe Schintoismus beruhte auf Ahnenkult und Verehrung der Naturkräfte. Über tausend Jahre später, nachdem er durch den Buddhismus in den Schatten gestellt worden war, erfuhr er eine Wiederbelebung. Sein Glaube beruht auf zwei Grundsätzen: Mystische Verehrung des Kaisers und die Pflege hoher moralischer, von den verstorbenen Ahnen vererbter Werte und Tugenden. Die beiden Grundsätze sind miteinander verflochten, da die moralischen Werte durch den Kaiserkult bedingt sind. Der Kaiser war nicht nur der Vertreter Gottes auf Erden, sondern nahm zusammen mit seiner Familie den Platz zwischen Gott und den Menschen ein. Die Schintotradition verlangte außerdem, daß der Kaiser kaum jemals in der Öffentlichkeit erscheine. Von jenen Bevorzugten, die seine Stimme zu hören bekamen, konnten ihn nur wenige verstehen, da er in der geheiligten Form des alten Japanisch zu ihnen sprach.

Das menschliche Streben nach Tugend führte zur Geringschätzung dieses Lebens und zur Überzeugung, daß ein Mensch sich mit seinen Ahnen im Paradies vereinigen wird, wenn er tapfer und gut ist. Während der großen Wiederbelebung des Schintoismus traten die Samurai in den Vordergrund. Eine straff organisierte Gesellschaft, die im frühen 17. Jahrhundert zur Macht kam, von Togugawa Schogunat begründet wurde und Japan bis 1867 regierte. Ihre Herrschaft ist als Edozeit bekannt, so genannt nach ihrer Hauptstadt, dem heutigen Tokio. Die Ethik der Samurai ruhte auf den beiden Säulen des Schintoismus: dem Kaiserkult und einem äußerst strengen Ehrenkodex. Dieser Kodex wurde unter dem Namen Buschido (Ritterweg) bekannt. Das Wesen des Buschido war der fanatische Vorsatz des jungen Kriegers, sein Leben zu opfern, aber erst nachdem er so viele Feinde wie möglich getötet hatte.

Der Samurai, zu erkennen an seiner Haartracht, vorn rasiert, mit einem Haarknoten hinten und an seinem mit einem Klanabzeichen markierten Kimono, widmete sein ganzes Leben der Kunst des Kämpfens. Zu jeder Zeit trug er zwei Schwerter, ein langes und ein kurzes. Für diese Schwerter gab es ein besonderes Ritual: die große zweihändige Waffe diente legendären Heldentaten, während die kurze dazu benutzt wurde, gefallene Feinde zu enthaupten – vielleicht ein Überbleibsel aus der Zeit der Kopfjagd.

Als letzte Zuflucht wurde das kurze Schwert auch für die Selbstzerstörung verwendet. Zur Grundausbildung eines Samurai gehörte die Anwendung des Harakiri. Diese grausige Art der Selbstaufopferung wurde zum ersten Mal im 8. Jahrhundert n. Chr. ausgeführt, wurde aber später wesentlich für den Kodex der Samurai, der auf dem Schintoismus beruhte. Ein Samurai war verpflichtet, Harakiri zu begehen, um eine Gefangenschaft zu vermeiden, oder als Sühne für irgendeine Unehre.

In seiner ursprünglichen Form war Harakiri ein Akt ungeheurer Willenskraft. Es umfaßte zwei kreuzweise Schnitte in den Magen und dann einen scharfen letzten Stoß in die lebenswichtigen Organe. In der Praxis gelang es dem selbstgewählten Opfer oft nicht, tief genug hineinzuschneiden, das wurde dann von einem zuverlässigen Freund zu Ende geführt. Dieser stand dem Ritual entsprechend an der Seite des Mannes. Nachdem der Magen aufgeschlitzt war, wurde das Opfer mit einem geschickten Hieb mit dem längeren Schwert vom Freund enthauptet. In der Edozeit wurde das kurze Schwert in die linke Hälfte des Magens gestoßen und auf die rechte Seite hinübergezogen. Gewöhnlich war der Schnitt zu oberflächlich und der vertraute Freund beendete die Qual, indem er ihm den Kopf abschlug.

Aus Strafe für Taten, die als schändlich galten, waren die Krieger in der Edozeit gezwungen, Harakiri zu begehen. Für die Japaner jedoch war der Grundsatz der gleiche: Solange das angemessene Ritual eingehalten wurde, war die Tat auf jeden Fall ein religiöses Opfer, ob selbst auferlegt oder von oben bestimmt, das gleiche Wort diente beiden Fällen.

Harakiri wurde auch im Japan der Neuzeit ausgeführt, das mit der Ankunft der Ausländer und nach dem Fall der Edoregierung im Jahr 1867 begann. Obwohl es die Samurai, ein Relikt der Feudalzeit, nicht mehr gab, wurde ritueller Selbstmord immer noch bei einer Anzahl von Gelegenheiten ausgeübt. Der Geist der Samurai lebte weiter und die Kamikaze-Selbstmordflieger des Zweiten Weltkrieges, die in einem späteren Kapitel erwähnt werden sollen, waren auch durchdrungen vom Buschidokodex.

Sir Ernest Satow, ein britischer Diplomat, war 1864 Augenzeuge einer Harakirizeremonie. Ein japanischer Offizier, Taki Zenzaburo, war genötigt, sich das Leben zu nehmen, da er auf die kürzlich angekommenen Fremden geschossen und damit Unehre auf sich geladen hatte. Ein Mitglied jeder Gesandtschaft wurde zu einem buddhistischen Tempel geführt, um die Zeremonie zu beobachten. Den Gesandten wurde sogar Gelegenheit gegeben, dem Opfer Fragen zu stellen. Dieses betrat den Tempel von der linken Seite, neben und hinter ihm je zwei Kai-Schakus, die Zeugen.

»Taki war im blauen Kamischimo aus Hanfstoff gekleidet. Die Kai-Schakus trugen Kampfüberwürfe (Dschimbaorie). Sie verbeugten sich tief vor den japanischen Zeugen, was von diesen erwidert wurde. Das gleiche Zeremoniell wurde mit uns ausgetauscht. Dann wurde der Verurteilte zu einem roten Stück Filz begleitet, das auf dem erhöhten Platz vor dem Altar ausgebreitet war. Er verbeugte sich zweimal, teils in einiger Entfernung, teils dicht vor dem Altar. Mit ruhiger Behutsamkeit setzte er sich auf den roten Filz und wählte die Stellung, die ihn mit größter Annehmlichkeit nach vorwärts fallen ließ. Ein Mann, schwarz gekleidet mit einem leichten grauen Hanfmantel darüber, brachte dann den in Papier gewickelten Dolch auf einem kleinen ungestrichenen Holzsockel, den er mit einer Verbeugung vor den Offizier hinstellte. Dieser faßte den Dolch mit beiden Händen, hob ihn zur Stirn und legte ihn mit einer Verbeugung wieder nieder. Dies ist die übliche japanische Geste der dankbaren Annahme eines Geschenkes. Mit schwacher, sehr gebrochener Stimme, doch, wie es schien, nicht aus Furcht oder einer Gefühlsregung, bekannte er sich zögernd zu einer Tat, für die er sich schämte. Er erklärte, daß er für dieses Vergehen sein Inneres aufschlitzen werde und bat alle Anwesenden, Zeugen dessen zu sein.«

»Als nächstes legte er seine obere Bekleidung ab, indem er seine Arme aus den Ärmeln zog, deren lange Enden er unter seine Beine schob. Dies hinderte seinen Körper nach rückwärts zu fallen. Damit war sein Körper bis unter den Nabel ganz nackt. Dann nahm er den Dolch in die rechte Hand und faßte ihn nahe der Spitze. Nachdem er ihn auf seiner Brust hinuntergeführt hatte, stieß er die Dolchspitze so tief wie möglich in den Bauch und zog die Waffe auf die rechte Seite hinüber. Die Anordnung seiner Kleider, die noch durch den Gürtel gehalten wurden, verhinderte uns, die Wunde zu sehen. Dies getan, beugte er sich behutsam nach vorn, warf seinen Kopf zurück, um seinen Hals in makelloser Manier dem Schwert darzubieten. Derjenige Kai-Schaku, der ihn bei seiner Runde zu den Zeugen begleitet hatte, kauerte zu seiner Linken etwas hinter ihm. Mit Beginn der Handlung hielt er das gezogene Schwert bereit, dann sprang er auf und vollführte einen Schlag, der wie Donner klang. Der Kopf fiel hinunter auf den Boden.« (21)

Taki hatte offensichtlich die späte und etwas weniger gräßliche Art des Harakiri begangen. In anderen Berichten über solche Riten fehlt es nicht an grausamen Einzelheiten, darunter von solchen Fällen, wo die Betroffenen mit eigenen Fäusten ihre Eingeweide aus der Öffnung zogen.

In einer früheren Form zog ein Mann, der Harakiri beging, sein Schwert aus den Eingeweiden und durchtrennte die Arterie an der rechten Seite seines Halses. Diese Methode wurde seltener, aber 1912 noch einmal angewandt, als der Kaiser Meidschi starb. General Graf Nogi, der Held der Eroberung von Port Arthur im Russisch-Japanischen Krieg, entschloß sich seinem Herrn ins Grab zu folgen. Nicht nur machte er zuerst den diagonalen Magenschnitt, sondern stieß auch das Schwert noch in die Halsschlagader, eine Tat, die unerschrockenen Mut erforderte. Seine Frau folgte dem Beispiel ihres Mannes und starb, indem sie ihre Kehle mit einem Schwert durchschnitt. Es war dies die Art und Weise, wie es für Frauen aus der Klasse der Samurai vorgeschrieben war.

Nach dem triumphalen Ende des Krieges gegen China im Jahr 1895 beging eine Anzahl von Menschen Harakiri, nicht um zu feiern, sondern um gegen die Friedensbedingungen zu protestieren, die ihnen zu nachsichtig und deshalb unehrenhaft erschienen. Die letzte Harakiriwelle erfolgte nach der Kapitulation von 1945. Aber jene, die sich das Leben nahmen, bildeten eine ziemlich kleine Gruppe, die in der Hauptsache aus ranghöheren Offizieren bestand.

DIE PFORTEN DES PARADIESES

Selbstmord aus religiösen Gründen war eine indische und japanische Besonderheit. Er war aber bei weitem nicht auf Asien beschränkt. Ritueller Selbstmord war auf Hawaii nicht ungewöhnlich und sogar die Druiden hatten einen Grundsatz, der den Selbstmord pries: »Es gibt eine andere Welt und die, welche sich töten, um ihre Freunde hinüberzubegleiten, werden dort mit ihnen leben.« (22) Was auch immer der Mißbrauch der späten indischen Satis, des Selbstmordes, oder der Selbstzerstörung gewesen sein mag, er war freiwillig und hing vom Einverständnis des Opfers ab. Die Tat – sei es Harakiri oder Sati – war ein grausamer Tod und der Wille, sich einer derart schweren Prüfung zu unterziehen, war auf einen unerschütterlichen Glauben an die Wiedergeburt zurückzuführen. Für jene von uns, die diesen Glauben nicht haben, ist der Sinn solcher Taten schwer zu erfassen. Es ist jedoch unübersehbar, daß ritueller Selbstmord, mit dem als allerletztes Ziel eine unverzügliche Rückkehr zur Erde angestrebt wird, daher das genaue Gegenteil zum heutigen nichtrituellen Selbstmord ist.

Als Menschen mit christlicher Tradition scheuen wir uns gefühlsmäßig vor dem Selbstmord. Aber das Verbot gab es noch nicht unter den frühen Christen, und erst 523 n. Chr. verweigerte das Konzil von Orleans unter dem Einfluß des heiligen Augustinus allen jenen die Begräbnisfeierlichkeiten, die sich selbst umgebracht haben, wenn sie unter Anklage eines Verbrechens standen. Dreißig Jahre später wurden christliche Bestattungen für alle Selbstmörder abgelehnt, die man dann als Märtyrer des Satans bezeichnete.

Die frühen Christen dachten anders. Sie hatten die römische Einstellung zu Tod und Selbstmord angenommen. Für die Römer war der Tod an sich nicht von Bedeutung, wichtig war nur, auf würdige und angemessene Art zu sterben. Die Christen aber gingen weiter und huldigten sogar einem gewaltsamen Ende. Die Christenverfolgung durch die Römer war bisweilen halbherzig. Viele Richter wären nur zu glücklich gewesen, sie nach der Verurteilung laufen lassen zu können, aber die Christen weigerten sich und Tausende von Männern, Frauen und Kindern wurden enthauptet, lebendig verbrannt, über Felsen gestürzt, auf Gittern geröstet und in Stücke gehackt, alle mehr oder weniger freiwillig, weil sie es so wollten. Ein römischer Prokonsul in Afrika, den ein heulend nach dem Märtyrertod verlangender christlicher Pöbel umringte, brüllte zurück: »Los, hängt Euch auf, ersäuft Euch und entlastet den Magistrat.« (23) Die Römer mögen sie zur Belustigung den Löwen vorgeworfen haben, erwarteten aber wohl kaum, daß die Opfer die Tiere als Mittel zu Ruhm und Erlösung willkommen heißen würden. Typisch für diese Einstellung war der heilige Ignatius, der sich die Löwen viel grausamer wünschte und erklärte, falls sie ihn nicht anfielen, würde er sie reizen.

Für diese frühen Christen war der Tod eine mit Ungeduld erwartete Erlösung. Warum weiterleben, wenn nur ein Schwertstreich sie vom Glück des Himmels trennte? Die ersten Kirchenväter sprachen verzückt von der Glückseligkeit, die für Märtyrer bereit war, und boten höchsten Lohn für das, was in Wirklichkeit ein ritueller Selbstmord war. Gleich den heidnischen Wikingern bekamen die Christen als Entgelt für einen gewaltsamen Tod einen Freibrief für das Paradies. Der einzige Unterschied bestand darin, daß sie keine Krieger, sondern passive Opfer waren und der Krieg, den sie führten, nicht von dieser Welt war.

Der Drang, sein Leben als Märtyrer zu beenden, steigerte sich krankhaft mit dem Aufkommen der Donatistensekte im 4. Jahrhundert. Ihre Handlungen veranlaßten den heiligen Augustinus zu der Bemerkung: »Sich zu Ehren des Märtyrertums zu töten, ist ihr täglicher Zeitvertreib.«

Edward Gibbon gibt eine elegante Beschreibung ihrer unheimlichen Todessehnsucht: »Die Wut der Donatisten entzündet sich an einer Tollheit von sehr ungewöhnlicher Art, die, falls sie wirklich in so hohem Grad unter ihnen herrschte, gewiß in keinem Land zu keiner Zeit ihresgleichen fand. Viele dieser Fanatiker waren von Lebensabscheu und von der Sehnsucht nach Martyrium besessen, und sie erachteten es für gering, durch welche Mittel und von welcher Hand sie umkamen, sofern ihr Verhalten durch die Absicht geheiligt war, sich dem Ruhm des wahren Glaubens in der Hoffnung auf die ewige Seligkeit zu weihen. Manchmal störten sie auf grobe Weise die Feiern, und sie profanierten die Tempel des Heidentums in der Absicht, die eifrigen Götzendiener dazu anzustacheln, die beleidigte Ehre ihrer Götter zu rächen. Manchmal drangen sie gewaltsam in Gerichtssitzungen ein und nötigten den erschrockenen Richter, ihre Hinrichtung zu befehlen. Häufig hielten sie Wanderer auf den öffentlichen Straßen an und zwangen sie, ihnen den Todesstreich zu versetzen, versprachen ihnen Belohnungen, wenn sie einwilligten – und bei Androhung des sofortigen Todes, wenn sie sich weigerten, ihnen eine so seltsame Gunst zu erweisen. Wenn alle anderen Mittel versagten, verkündeten sie den Tag, an dem sie sich in Gegenwart ihrer Freunde und Brüder im Herrn kopfüber von einem hochragenden Fels stürzen wollen; und es wurden viele Abgründe gezeigt, die durch die Vielzahl dieser religiösen Selbstmorde Berühmtheit erlangt hatten.«

Das Argument der Donatisten war unwiderstehlich: Je reicher das Leben, desto größer die Versuchung zu sündigen. Der einzige sichere Weg zum Himmel war, sobald wie möglich zu sterben. Der heilige Augustinus erkannte den Fehler in der Theorie: Falls es erlaubt ist, sich zu töten, um die Sünde zu vermeiden, würde Selbstmord für die Neugetauften zur logischen Handlung und dann gäbe es keine lebenden Christen mehr. Die Kirche wurde durch die wahnwitzige Leidenschaft der Donatisten für das Märtyrertum gezwungen, sie schließlich zu Häretikern zu erklären. Das Verbot des Selbstmordes besteht heute noch, allerdings ohne die harten Strafen der Vergangenheit und ohne Verweigerung einer angemessenen Bestattung.

Somit hat durch seltsame Ironie die christliche Kultur, die später den Selbstmord so unnachgiebig verdammte, die echteste Tradition eines selbstzugefügten Todes aus religiösen Gründen. Denn während die Opfer des rituellen Selbstmordes schwersten gesellschaftlichen Zwang ertragen mußten, war in jenen frühen Tagen niemand gezwungen, ein Christ zu sein, geschweige denn ein Märtyrer zu werden. Aber ein derartiges Verlangen nach dem Tod ist wohl etwas verschieden von anderen Formen des Menschenopfers. Denn diese Art christlichen Martyriums war vor allem für die eigene Erlösung und der ihm Nahestehenden gedacht. Es war kein Fall des einen, der für viele stirbt, sondern einer, der für sich selbst stirbt und sich damit von Gott den Weg ins Paradies einhandelt.

KAPITEL VI

STÄDTE VOLLER BLUT

KÖNIG GEGEN MAMAKHABANE

An einem Samstagabend im Januar 1948 saß Mochesela Khoto mit Dane Rachakana in einer Hütte und trank Bier. Es waren noch eine Anzahl weiterer Leute dabei, die zu einer Hochzeitsfeier im Dorf Moloi gekommen waren. Moloi liegt im Basutoland (heute bekannt als Lesotho, eine unabhängige Republik innerhalb des Territoriums Südafrika). Während des Festes kam die Kommandantin vom Gefängnis mit einer Reihe ihrer Männer und sagte zu einigen der Anwesenden: »Ich möchte, daß Ihr Mochesela für mich tötet, denn ich will ein Medizinhorn machen (Lenaka), das ich benützen will, um einen Platz für meinen Sohn zu bekommen. Jeder, der diesen Befehl mißachtet, wird getötet.«

Einer der Männer der Kommandantin zog Dane Rachakana auf die Seite, erklärte die Lage und sagte, daß alles für die Ausführung des Planes bereit sei. Dann wandte er sich an Mochesela mit den Worten: »Vetter, laßt uns für eine Weile nach draußen gehen.« Dieser folgte ihm zu der Stelle, wo sechzehn Männer zusammen mit der Kommandantin und zwei ihrer weiblichen Aufseherinnen auf sie warteten. Sie begrüßte Dane, erinnerte ihn an ihre Anordnung und befahl den Männern, Mochesela zu ergreifen. Als einer ihn festhielt, rief er aus: »Mein Vater Pholo, wirst Du mich töten?« Und als Pholo nicht antwortete, fuhr er fort: »Laßt mich frei und ich will Dir meinen schwarzen Ochsen geben.« »Ich bin nicht Dein Vater und ich will Dich und nicht Deinen Ochsen«, erwiderte Pholo. Mochesela begann zu schreien, aber sie knebelten ihn und führten ihn vom Dorf weg. Das Geschrei hatte einige Jungen angezogen, um sie zu vertreiben, warf Dane Steine nach ihnen. Als die Männer mit Mochesela einen einsamen Fleck erreicht hatten, zogen sie ihm die Kleider aus und hielten ihn nackt auf dem Boden fest. Eine Öllampe wurde hervorgeholt und bei ihrem Licht schnitten sie mit einem Messer kleine kreisrunde Stücke aus seinem Fleisch. Pholo nahm eine Portion aus der Wade seines linken Beines, ein anderer trennte den Muskel seines rechten Armes heraus, ein dritter schnitt sich ein Stück von der rechten Brust ab und ein vierter aus seiner Leiste. Diese Stücke wurden auf ein weißes Tuch vor Mosala, den einheimischen Doktor, gelegt, der die Medizin herstellen sollte. Einer der Männer hielt ein Eßgeschirr unter, um das Blut aus diesen und weiteren Wunden aufzusammeln. Dane nahm dann das Messer und schälte damit das ganze Gesicht von Mochesela ab. Er schnitt hinein bis auf die Knochen, begann an der Stirn und endete an der Kehle, der Zunge und den Augen. Das Opfer starb erst, als seine Kehle durchschnitten wurde. Die Kommandantin, die den Vorgang beobachtet hatte, bedankte sich freundlich und gab Anordnung, die Leiche zu beseitigen. (1)

Diese Zusammenfassung von Beweismaterial für die Britische Krone im Kriminalgerichtsfall Nr. 27/48 Rex gegen Namakhabana und fünfzehn andere ist ein gutes Beispiel für eine Art ritueller Morde, die alarmierende Ausmaße in der Kolonie erreicht hatten. Der einzige Zweck dieser Übung war die Herstellung einer Medizin mit dem Namen Diretlo. Diese konnte nur hergestellt werden, wenn Fleisch in der beschriebenen Weise aus dem Körper einer lebenden Person herausgeschnitten wurde. Das Opfer mußte ein Mitglied des Stammes sein, der vom Zauberdoktor als jener bezeichnet wurde, der die benötigten magischen Eigenschaften hat, um eine starke Mixtur herstellen zu können. Oft wählte er einen Verwandten von einem der Teilnehmer am Ritus. Genaue Einzelheiten über die Wahl des Opfers wurden niemals gegeben, da jene, die man bei Verhandlungen danach fragte, einfach erklärten, sie wüßten es nicht.

Um Diretlo herzustellen, mußte das Fleisch nicht nur vom Körper eines lebenden Mannes herausgeschnitten werden, er mußte auch anschließend sterben. Sein Leichnam mußte erst eine Zeitlang verborgen liegen und dann an einem einsamen Ort ausgesetzt, aber nicht begraben werden. Auch die Art der Tötung war sorgfältig vorgeschrieben. Bei den verschiedenen Verhandlungen war nicht genau zu erfahren, zu welchem Zweck Diretlo gebraucht wurde. Strenggenommen war es eher ein Zaubermittel als eine Medizin. Krankheiten zu heilen – oder solche zu verursachen – war nur einer von verschiedenen Zwecken, denen diese Medizin diente.

Im Fall Nr. 27 kam ans Licht, daß die Kommandantin nicht wirklich einen Platz oder eine Berufung für ihren Sohn suchte, ganz im Gegenteil, sie wollte verhindern, daß er zum Chef des Paete-Gefängnisses ernannt wurde, da sie dann ihre eigene Stellung als Aufsicht dieses Gefängnisses verloren hätte. Fall Nr. 42 vom Jahr 1948 betraf eine andere Ermordung, um einer weiteren Menge von Diretlo willen, das nur als Gegenmittel für den von der Kommandantin im Fall Nr. 27 hergestellten Zaubers dienen sollte.

Früher hatte Diretlo den Namen Ditlo. In jenen Tagen wurde es nur aus dem Fleisch von Fremden und vor allem von Kriegsgefangenen hergestellt. Die Behörden glaubten, zu Recht oder nicht, daß sogar die Herstellung von Ditlo keine alte Sitte war, sondern eher ein Nebenprodukt der gegenseitigen Vernichtungskämpfe der Stämme, die im frühen 19. Jahrhundert zur Plage dieser Region wurden. Das schuf ein ständiges Bedürfnis nach schützenden, aus feindlichen Gefangenen hergestellten Tränken. Diretlo war ein Ersatz für Ditlo und entstand, als diese Kriege ihr Ende fanden und der Nachschub an Gefangenen versiegte. Der Bericht vom Jahr 1949 spricht von der lebhaften Nachfrage für dieses Erzeugnis und »der vermehrten Belastung und Unruhe des modernen Lebens«, obwohl das Stammesleben im Basutoland in fast jeder Hinsicht das genaue Gegenteil von »modern« war.

Ditlo und sein Nachfolger Diretlo wurden auf die gleiche Weise hergestellt. Fleischstücke wurden mit Kräutern und anderen Zutaten über einem Feuer solange geröstet, bis es eine verkohlte Masse war. Zerstoßen und mit Tier- oder Menschenfett vermischt, ergab das eine schwarze Salbe. Diese hielt man im Horn eines kleinen Ziegenbockes, Lenaka genannt. Diesen Namen benützte man auch hin und wieder für die Medizin selbst. Früher waren diese Lenakas das Eigentum mächtiger Häuptlinge. Eines, genannt das Horn des Mosesh, war der nationale Fetisch der Basutos. Die Salbe wurde benützt, um Krieger vor einem Kampf zu stärken, um das Dorf der Häuptlinge zu schützen und den Zauber feindlicher Magier abzuwehren.

Die Basuto-Verhandlungen sind deshalb so bemerkenswert, weil sie, im Gegensatz zu vielen früheren Berichten über afrikanische Opferungen, die Geschehnisse mit genauen Einzelheiten beschreiben. Sie beeindrucken auch, weil die Ereignisse jüngeren Datums sind. Außerdem geben die Verhandlungen Aufschluß über vergleichbare Veränderungen im Ritual. Mit dem Ende der Stammesfehden wurde das Verlangen nach einem Zaubermittel aus Menschenfleisch nicht ausgerottet, es wurde lediglich seine Verwendung entwertet. Nicht mehr länger eine Waffe, um den Sieg im Kampf zu sichern, wurde es zum bloßen Trick, um persönliche Machenschaften zu fördern. Anstatt feindlicher Krieger waren die Opfer nun Stammesangehörige, ein seltenes Merkmal älterer Formen des Opfers, das nur Feinde oder Sklaven forderte, die keine Stammesrechte hatten.

Der Verfasser des offiziellen Berichtes, der es vielleicht für klug hielt, das Ausmaß der Morde herunterzuspielen, war der Ansicht, daß sie nicht gänzlich rituell waren und deshalb auch keine wirklichen Menschenopfer. Aber die Wahl der Opfer, die Art und Weise der Ermordung und die Beseitigung der Leiche zeigen, daß jede Phase bei der Herstellung von Diretlo mit einem sorgfältig ausgeführten Ritual verbunden war. Man glaubte nicht wirklich, daß es durch seine physischen Eigenschaften zur Heilung von Krankheiten beitrug. Vorteile wie die Erlangung eines Amtes wurden angestrebt, die von den magischen Kräften des Stammesgottes abhingen, und jene, die in diesem Verfahren starben, waren Opfer dieser Götter.

Ein ähnlicher Fall soll angeführt werden. Der Glaube an die Wirksamkeit menschlichen Fleisches und Blutes war nicht auf Basutoland beschränkt. In den dreißiger Jahren dieses Jahrhunderts hatten sich in Swasiland eine Anzahl ähnlicher Morde ereignet. Aus dem Fleisch wurden Zaubermittel gemacht, die nicht nur für Personen von hohem Rang von Vorteil waren, sondern auch die Götter bewegen sollten, gute Ernten zu liefern.

In den Tagen der Stammesfehden war die Herstellung mutfördernder Zaubermittel aus dem Fleisch Gefangener weit verbreitet. Diretlo, in seiner ursprünglichen Form Ditlo, war eine sorgfältig ausgeführte Variante der mehr unmittelbaren Praxis, das Herz eines feindlichen Kriegers zu verzehren, um seine Tapferkeit in sich aufzunehmen, was zum Beispiel bei den Aschantis verbreitet war. Ihre Einstellung war praktischer Natur. Als Anregungsmittel war es jenen zaghaften Helden vorbehalten, die noch keinen Feind getötet hatten. Die Sitte gab es nicht nur in Afrika. Die Dajaks von Borneo aßen, wie offizielle Berichte von Beginn dieses Jahrhunderts sagen, immer noch die rohen Herzen der feindlichen Gefangenen, um sich Mut einzuverleiben. In bestimmten Teilen Afrikas wurden Herzen von Feinden pulverisiert und ein Trank daraus gemacht. Die Praxis, aus Körperteilen Medizin zu machen, gab es auch außerhalb Afrikas. Stämme an den Ufern des Orinoco in Venezuela hängten Leichen eine Woche lang in eine Hängematte. Mit der heraustropfenden Flüssigkeit bereiteten sie einen starken magischen Trank, der den Medizinmännern vorbehalten war.

Das wahrscheinlich unglaublichste Beispiel seiner Art betrifft einen König der Arakaner in Birma, dessen Leben zur Gänze dem heiligen, achtfachen Pfad gewidmet war. Er bestieg den Thron 1634, aber sein Seelenfrieden war durch eine Prophezeiung gestört, die besagte, daß er bald nach seiner Krönung sterben werde. Die Zeit kam, wo er diese Festlichkeit nicht mehr länger aufschieben konnte. Ein Seher sagte ihm, er könne gerettet werden – und auch sich nach Belieben unsichtbar machen –, wenn er einen aus 2000 Herzen weißer Tauben und 6000 menschlichen Herzen zusammengebrauten Zaubertrank zu sich nähme. Die Geschichte hat ein trauriges Ende, der Zauber hatte keine Wirkung, der König starb bald danach und hinterließ seinem Erben ein entvölkertes Königreich. (2)

BEFEHL NR. 15

Vielleicht das ungewöhnlichste Ritual zur Herstellung von Medizin aus menschlichen Eingeweiden stammt von den Leopard-Gesellschaften aus der Sierra Leone an der westafrikanischen Küste. Diese gab es noch bis vor kurzem. In Gerichtsverhandlungen finden sich ausführliche Augenzeugenberichte von diesen Vorkommnissen. (3)

Schon im Jahr 1607 berichtete ein Besucher der Sierra Leone von wilden menschenfressenden Stämmen, die im Inneren des

Landes lebten und sich als Leoparden verkleideten. Andere Reisende allerdings hörten zweihundert Jahre später nichts von ihnen. Im Jahr 1807 wurde das Küstengebiet von Sierra Leone eine britische Kolonie. Die Leopard-Gesellschaften handelten jedoch in solcher Heimlichkeit, daß die Briten erst 1891 eine Ahnung bekamen, was im Inland vor sich ging. Es war schwer, mehr ausfindig zu machen, denn diese Tätigkeiten wurden nicht nur vor den Augen der Europäer verborgen, sondern auch vor denen jener Afrikaner, mit denen sie in Berührung kamen.

Nun begannen Nachrichten über eine Anzahl von Menschen durchzusickern, die verbrannt worden waren. Das war für die britische Verwaltung ein schwerer Schock. Man wußte von rituellen Morden, aber niemand hatte sich klargemacht, daß das solche Ausmaße angenommen hatte. Die ersten genauen Berichte erhielt man durch die Beschwerden von den vorgesehenen Opfern aus der Umgebung der Stadt Bogo. Sie bezogen sich nicht auf die absonderlichen Leopard-Riten, die später solch ein Aufsehen verursachten, sondern auf einen »Zeitvertreib«, genannt Tongospiel. Bei der Schlußszene eines derartigen Zeitvertreibes wurden nicht weniger als achtzig Menschen in ein riesiges Feuer geworfen und verbrannt. Die offizielle Stellungnahme erfolgte in Form einer Regierungserklärung und dem Verbot des Tongospieles, »wobei Menschen rechtswidrig verbrannt wurden«. Tongospieler mußten die Kolonie verlassen (die Anordnung bestimmte nicht im einzelnen, wohin diese Tongoanhänger zu gehen hatten).

Dann erhielten die Behörden Kenntnis von noch unheimlicheren Mordfällen, die sich zu Beginn des Jahres 1895 in den Tiefen der Wälder ereigneten und zahlreiche Opfer forderten. Es war das Werk einer geheimen Organisation, die als menschliche Leopard-Gesellschaft berühmt und berüchtigt war. Um diesen außergewöhnlichen Tatbestand zu bekämpfen, griff die Regierung hart durch. Ein Gesetz mit dem Titel der »Menschliche Leopard-Befehl« wurde als Befehl Nr. 15 von 1895 von der Gesetzgebung erlassen. In der Präambel heißt es »während viele Morde von Männern begangen wurden, die so bekleidet sind, daß sie Leoparden ähnlich sehen und bewaffnet sind mit einem dreizinkigen Messer, allgemein bekannt als Leopard-Messer«. Laut Gesetz war es für jedermann ein Verbrechen, im Besitz eines Leopardenfelles zu sein, das so geformt war, daß ein Mann, der es trägt, einem Leoparden ähnelt, dazu gehörten ein dreizinkiges Messer und eine einheimische Medizin, genannt »Borfima«. Der Polizei wurde Vollmacht gegeben, ohne Befehl nach solchen Trophäen zu suchen.

Die menschlichen Leoparden erregten überall in der Kolonie ein ungeheures Aufsehen, es mußten sogar die Grenzen geändert werden. Um das Übel zu bekämpfen, errichtete die Regierung eine Schutzherrschaft über das Hinterland, das zuvor sich selbst überlassen war. Die Häuptlinge der inländischen Stämme waren drakonischen Strafen ausgesetzt, wenn sie es unterließen, über die Tätigkeiten der Leopard-Gesellschaft zu berichten.

Aber die menschlichen Leoparden ließen vor der Macht Britanniens nur wenig Achtung erkennen. Die Angelegenheit wurde immer schlimmer. 1901 stieß man erstmals auf eine menschliche Alligatoren-Gesellschaft, die mit den Leoparden unter einer Dekke steckten. Ein neuer Befehl ergänzte die Liste der genannten Männerkleidung mit Alligatorhäuten, die menschlichen Formen angepaßt waren.

Bis 1903 war es klar geworden, daß viele Häuptlinge selbst mit Haut und Haar in diese Sache verwickelt waren. Daraufhin wurde scharf durchgegriffen und vierhundert Leute kamen ins Gefängnis, einige von diesen hatten einen hohen Rang. Aber aus Mangel an Beweisen wurden zu dieser Zeit nur wenige verhandelt. Dann brachte die Regierung im Jahr 1907 zwei weitere Gesetze heraus und verstärkte ihre Anstrengungen. Bei der Einführung des ersten dieser Gesetze machte der Generalstaatsanwalt von Sierra Leone die gesetzgebende Körperschaft darauf aufmerksam, daß die Leopard-Gesellschaft kürzlich ihre Tätigkeit auf weniger Menschen beschränkt hatte, aber nun so mächtig geworden war, daß sich sogar die mächtigsten Häuptlinge unterwarfen. »Nicht nur wurden in diesem Jahr von menschlichen Leoparden viele Morde begangen, sondern jene, die innerhalb der letzten drei oder vier Jahre verübt wurden, sind jetzt erst bekannt geworden. Das ist eine sehr ernste Lage und man muß drastische Maßnahmen ergreifen. So viel ich von dieser Gesellschaft weiß, waren ihre Tätigkeiten vor zwanzig Jahren nicht auf die bedeutenden Männer dieses Protektorates beschränkt, sondern auf geringere Leute. In der Tat waren es die obersten Häuptlinge, die an der Unterdrückung der Gesellschaft teilnahmen. Jedoch es scheint, daß sich im Verlauf der Jahre die Lage der Dinge geändert hat, ... und die Gesellschaft ist für die Häuptlinge zu stark geworden. Die Folge davon ist, daß sie selbst hineingezogen wurden und nun die Anführer sind.« (4)

Das zweite Anti-Leoparden-Gesetz ergänzte die Liste der verbotenen Maskierungen: ein Kleidungsstück aus der Haut eines Pavians, im allgemeinen zur Benützung von Mitgliedern einer ungesetzlichen Gemeinschaft; eine Pfeife wird gewöhnlich benützt, um Mitglieder einer ungesetzlichen Gemeinschaft zusammenzurufen; eine eiserne Nadel wird im allgemeinen benützt, um Mitglieder einer ungesetzlichen Gemeinschaft mit Brandzeichen zu versehen. Ein Sondergericht aus drei europäischen Richtern wurde eingesetzt, um gegen die Missetäter zu verhandeln. Ihr Urteil mußte einstimmig sein. Mit Unterstützung dieser durchgreifenden Maßnahmen gelang es innerhalb weniger Jahre, die Leopard-Gemeinschaft zu beseitigen. Alles in allem kamen bis 1912 17 Fälle vor Gericht. 187 Personen wurden des Mordes angeklagt, davon 87 zum Tod verurteilt. Um die Angelegenheit endgültig zu erledigen, wurden viele von ihnen am Ort ihres Verbrechens hingerichtet.

Um zu diesen positiven Ergebnissen zu gelangen, mußte das Gericht sonderbare Hindernisse überwinden. Der Zweck der Leopard-Morde war die Herstellung von Borfima, einer besonderen Medizin, die gewöhnlich in einer festen Lederpackung verwahrt wurde. Die Medizin bestand aus Eiweiß, dem Blut eines Hahnes und aus einigen Reiskörnern, die Hauptbestandteile aber waren Menschenfett und Menschenblut, was nur durch ein eigenartiges und sorgfältig durchgeführtes Ritual zu erhalten war. Borfima, in vorgeschriebener Weise hergestellt, war ein starkes Mittel in den Händen seines Besitzers und konnte ihn reich und mächtig machen. Borfima hatte außerdem eine einzigartige Eigenschaft: Es war das ideale Schutz- und Zaubermittel für jeden, der das Pech hatte, vor des Weißen Mannes Gericht mit seinen seltsamen Rechtsbegriffen gezerrt zu werden. Ein Eid auf Borfima, mit entsprechender Feierlichkeit abgelegt, war auch ein heiliges Gelübde, das einen Mann zu unbedingter Verschwiegenheit verpflichtete.

Da die meisten Zeugen einen feierlichen Eid auf Borfima geschworen hatten, gelang es dem Gericht nicht, irgend jemand zum Sprechen zu bewegen. Der Gerichtsdolmetscher fand einen Ausweg und machte seine eigene unbesiegbare Medizin aus Salz, Pfeffer und Asche mit Wasser vermischt. Jedem Zeugen wurde ein Löffel davon gegeben, der dann seinen Eid auf die Gerichtsmedizin ablegte: »Ich schwöre bei dieser Medizin, die Wahrheit zu sagen, die ganze Wahrheit und nichts als die Wahrheit. Sollte ich eine Lüge sagen, dann möge die Schlange mich beißen, wenn ich auf die Farm gehe, möge das Kanu sinken, wenn ich damit fahre und möge mein Leib aufschwellen. Ich schwöre bei meiner Leber, meiner Lunge, meinen Nieren und meinem Herzen, möge ich nie gerettet werden, sondern sofort sterben, sollte ich eine Lüge sagen.« (5)

Über die Art und Weise, mit der die Leopard-Gemeinschaften vorgingen, hat der englische Schriftsteller Garry Hogg in seinem 1958 erschienenen Buch über Kannibalismus einen guten Überblick gebracht. Das Opfer mußte ein frei geborenes Mädchen sein (im Gegensatz zu einer Sklavin oder Gefangenen). Sie mußte über vierzehn Jahre alt sein. Vorzugsweise sollte sie das älteste Kind ihrer Familie sein. Die Aufnahme in eine Leopard-Gemeinschaft war eine umständliche Feierlichkeit, der Eingeweihte mußte ein Opfer von seiner eigenen oder der Familie seiner Frau beibringen. In jüngerer Zeit konnte ein Mann oder ein Knabe verwendet werden, aber immer war ein Mädchen bevorzugt.

Wie bei den Thug in Indien war die erste Tötung durch einen Neuling ein aufregender Augenblick. Die Mitglieder der Gemeinschaft begleiteten ihn auf der Suche nach einem geeigneten Opfer. Der Brauch verlangte es, daß die Familie »gebeten« wurde, das Opfer zur Verfügung zu stellen. Aber die »Bitte« ließ keine Möglichkeit für Einwände. Die »Bittenden« trieben die Mutter oder den Vater des ausgewählten Opfers an einem einsamen Platz in die Enge und betonten die Notwendigkeit eines Opfers für das Wohlergehen des Stammes. Der Brauch verlangte es, daß die Eltern oder der Vormund anfangs das Verlangen zurückwiesen. Aber nach dieser symbolischen Geste war die Angelegenheit bald geregelt, denn die Familie wußte, es blieb ihr keine Wahl, denn im Falle einer Weigerung wären sie auf der Liste der Leoparden. Gab es keinen Neuling auf der Suche nach einem Opfer, dann bestimmten die Mitglieder der Gemeinschaft einen, der die Wahl des Opfers auf die gebräuchliche Art durchführte und gewöhnlich jemand aus seinem Verwandtenkreis aussuchte.

Sobald die Wahl feststand, zogen sich die menschlichen Leoparden in die Wälder zurück. Dort gab es auch viele echte Leoparden, und wie die Tiere schlichen sie brüllend die ganze Nacht umher. Während der ganzen Zeit, beginnend mit der Nennung des Opfers bis zu seinem Tod, mußte das Gebrüll weitergehen, was man auch vom Opfer während der Opferhandlung erwartete. Der Mann, der die Tötung vornahm, trug einen besonderen Namen, er hieß Yongolado. Die Leopardenhaut, die dieser Mörder trug, wurde immer vom Häuptling der Gemeinschaft aufbewahrt. Im Schutz der Dunkelheit wurde sie von einem Mitglied zum anderen weitergegeben, bis sie schließlich, um das Spezialmesser gerollt, in die Hände des Yongolado kam. Andere bei der Tötung anwesende Mitglieder der Gemeinschaft trugen auch einige Wahrzeichen der Leoparden und hatten ihre eigenen Leopardenmesser.

Als Einleitung zur Gefangennahme und Opferung wurde das Mädchen allein auf einem bestimmten Pfad auf seinen furchterregenden Weg in den Wald geschickt. Die Opferung mußte in der Dunkelheit vor sich gehen. Die Leopardenmänner paßten auf beiden Seiten des Pfades auf und warteten hinter der dichten Mauer von Schlingpflanzen, die in diesem feuchten Dschungel wachsen, auf das Kommen des Mädchens.

Nachdem das Opfer am ersten Leopardenmann vorbei war, wurde die Stille durch ein dumpfes Knurren erschüttert. Der Yongolado stürzte aus seinem Versteck hervor und sprang wie ein Leopard auf den Rücken des Mädchens und riß mit einer blitzartigen Bewegung ihre Kehle auf. Seine Begleiter kamen herbei und trugen sie in die Tiefen des Gestrüppes. Unterdessen führte einer der Bande einen merkwürdigen Ritus auf. Er täuschte möglichst viele Leopardenfährten vor, die in entgegengesetzter Richtung zum Weg des Opfers in den Wald liefen. Zu diesem Zweck trug er wie Klauen geformte Holzstücke an den Füßen, um die Krallenmerkmale eines wirklichen Leoparden zu imitieren.

In einer bestimmten Lichtung warf der Yongolado den Körper des Mädchens auf den Boden. Der Kopf wurde abgehackt, Leber, Herz und Eingeweide herausgerissen. Die Leber wurde nach irgendwelchen Zeichen untersucht, ob der Körper ein gutes Gebräu für Borfima geben würde. Sodann wurde die Leiche in vier Viertel geteilt und zerstückelt, in Bananenblätter gewickelt und den Anwesenden gegeben. Das Gesicht wurde abgeschnitten, so daß die Uneingeweihten die Reste nicht erkennen konnten.

Das war die gewöhnliche Form des Rituals, es wechselte aber von Ort zu Ort. In einer grausigen Spielart wurde das Mädchen nicht sofort getötet, sondern gezwungen, neben einem Baum auf dem Boden zu sitzen. Der Häuptling, für dessen Wohlfahrt die Opferhandlung gemacht wurde, kam und setzte sich rittlings auf ihre Schultern. Die Anwesenden legten eine Hand auf den Häuptling oder auf das Opfer selbst, um so etwas wie eine Fühlungsnahme herzustellen. Danach betete der Yongolado um gute Medizin vom Opfer und schnitt die Kehle des Mädchens durch. Als nächstes wurde der Körper geöffnet, und andere Teilnehmer rissen die Innereien heraus. Gelegentlich überlebte das Opfer diese Verstümmelungen. Lebendig oder tot wurde sie dann auf ein Podium vor die Hütte des Häuptlings gebracht und an einen Pfosten gebunden. Später brachten sie den Körper in den Dschungel, wo er am nächsten Morgen zerhackt wurde. Der Häuptling erhielt Hände und Füße. Eine kleine Portion wurde der Mutter und dem Vater des Opfers gegeben.

In den Verhandlungen der menschlichen Leoparden wurden noch weitere Arten der üblichen Praktiken beschrieben wie jene, die sich auf den Kabati-Fall beziehen. 1911 hatte im Dorf Kabati ein Leopardenopfer stattgefunden. Nur drei der darin Verwickelten wurden angeklagt, der oberste Häuptling, bekannt als Mahawa, und zwei Nebenhäuptlinge, die Mahawuris. Einer dieser, der Mahawuri von Kabati, war bestimmt worden, bei einer Zusammenkunft der menschlichen Leoparden in der Kabati-Gruppe den Vorsitz zu übernehmen. Das bedeutete, daß er das Opfer liefern mußte, und so schlug er seine Nichte Mini vor, von der er behauptete, sie habe den Teufel im Leib. Dann wurden die Einzelheiten für das Opfer besprochen und die Zusammenkunft beendet. Mini wurde auf den Weg in den Dschungel gebracht und auf die bereits beschriebene Art ins Jenseits befördert. Der oberste Häuptling erhielt die Kopfhaut, die Finger- und Zehennägel, während das Herz für einen wichtigen Mann der Gemeinschaft reserviert wurde, der persönlich nicht dabeisein wollte. Das Blut wurde abgenommen, um Borfima daraus zu machen, der Körper zerteilt und das meiste an Ort und Stelle teilweise gekocht, teilweise roh verzehrt. Die Sache kam ans Licht, weil ein Nichtmitglied der Gemeinschaft den Nebenhäuptling wegen der Opferung seiner Nichte verklagt hatte. Eine Suche wurde veranlaßt, und dabei fand man ihre Knochen verstreut im Wald. Zeugen gaben zu, daß der oberste Häuptling dabeigewesen war. Seine Behausung wurde durchsucht und eine verräterische Sammlung menschlicher Finger- und Zehennägel gefunden. (6)

Die Sierra-Leone-Verhandlungen ergeben umfassende und sachliche Einzelheiten einer Art Menschenopfer, das sich bis weit in unser Jahrhundert gehalten hat. Jedoch sagen sie wenig über die Götter, zu deren Ehre sie veranstaltet wurden, denn die Gerichtshöfe haben sich damit nicht befaßt. Allgemeiner gesprochen hat ein Mangel an Kenntnis über afrikanische Religionen das Bild der Menschenopfer entstellt und damit auch den auf bestimmte Orte beschränkten Kannibalismus. Denn Menschenopfer und sein Ableger ritueller Kannibalismus sind nach ihrer wahren Natur religiöse Handlungen und können nur im Licht der Kulte, denen sie dienen, verstanden werden. Für Menschen, die diese Kulthandlungen nicht berücksichtigen, waren afrikanische Opferungen in Wirklichkeit bloße Morde.

Zwar sagen die meisten Berichte nichts darüber aus, aber schon das Benehmen gleich einem Raubtier, ob Wolf, Bär oder Leopard hat eine allgemeine religiöse Bedeutung. Es bezeugt, daß man nicht mehr nur ein Mensch ist, daß man eine magische Macht verkörpert und im gewissen Grade zum Gott wurde. Für primitive Menschen verkörpert das Raubtier oft eine dem Menschen überlegene Daseinsform. Überdies war das Leopardenfell eine Art Verbindung mit dem Göttlichen in einem anderen Sinn. Im drükkend schwülen Dschungel war diese Kostümierung für den, der sie trug, außerordentlich heiß. Übermäßige Körperwärme ist jedoch überall auf der Welt ein charakteristisches Zeichen für Magier, Schamanen, Mystiker und sogar für Gesundbeter. Sie verkündet die Erlangung eines gottähnlichen Zustandes. Somit ist die reine Schilderung der Unternehmungen der menschlichen Leoparden vor einem britischen Gericht eine Fassade, hinter welcher sich ein unübersichtliches Gewebe religiösen Glaubens und Aberglaubens verbirgt, was weder das Gericht noch seine Zeugen ans Licht bringen wollten. Wie im Fall der Morde im Basutoland wird oft der Verdacht ausgesprochen, daß die Sitte ziemlich »neu« sei. Aber sie entspricht Riten, die sowohl alt als auch weit verbreitet sind. In Amerika war in den frühesten Kulturen von Mexiko und Peru die höchste Gottheit die örtliche Art des Leoparden. Im vorkolumbischen Mexiko verkleideten sich Krieger auf der Suche nach Opfern gewöhnlich als Ozelote.

Dementsprechend waren die sorgfältig ausgeführten Riten der Sierra Leone in der Hauptsache religiöse Handlungen und weit entfernt, eine Art heidnischen Silbenrätsels zu sein, auch wenn wir von der damit verbundenen Religion nur eine schwache Ahnung haben. E. G. Parrinder bemerkt in seiner 1952 veröffentlichten klassischen Studie über afrikanische Religionen ganz richtig, daß diese unterschätzt werden, weil sie keine mächtigen Steintempel als Überreste ihres früheren Ranges vorweisen. Aber ihre Abwesenheit, wie Parrinder auch ausführt, ist kein Hinweis auf fehlende Achtung für die Götter. Es gibt fast in ganz Afrika wenig weiches Gestein. Heute werden Moscheen und Kirchen aus Lehm gebaut. Auch afrikanische Tempel wurden aus leicht verderblichem Lehm gebaut und waren oft klein und roh, da Kulthandlungen im Freien stattfanden. Die meisten Afrikaner verehrten in der einen oder anderen Form ein höchstes Wesen. Da dieses selten abgebildet wurde, ist seine Natur schwer zu ergründen. Viele der leuchtend bemalten Holztempel in West- und Zentralafrika haben keine Abbildungen dieses höchsten Geistes, sondern nur solche seiner Gehilfen, die menschliche Gestalten waren. (7)

Parrinder betont die Bedeutung des Ahnenkultes und auch daß diese Verehrung die Grundlage afrikanischer Religion ist. In der einen oder anderen Form lieferte der Ahnenkult den Beweggrund für das Menschenopfer wie den Kannibalismus. Die großen Opferhandlungen in Dahome, die die Reisenden in Westafrika so empörten, waren die Folge einer frommen, wenn auch übertriebenen Sorge für die Seele des toten Königs, der Jahr für Jahr mit einer ständigen Flut neuer Gefolgsleute versorgt werden mußte.

Afrika wird oft der dunkle Kontinent genannt, aber in vieler Hinsicht – vor allem in Beziehung zum Menschenopfer – ist er nicht dunkler als irgend ein anderer. Eine gewisse Unwissenheit mag den Sinn jener Beobachter trüben, denen afrikanische Bräuche unverständlich sind, weil sie sie nicht studiert haben. Das Opfer hat in Afrika viele Formen, aber nur wenige gab es nur auf diesem Kontinent. Die gleichen Triebe wie anderswo erweckten die gleiche Art von Opferhandlungen. Großer Wert wurde auf

Fruchtbarkeit und Ernteriten gelegt. Ganz besonders aber auf das Regenmachen und das Regenhemmen. Parrinder erzählt von einem Freund, der einen Regenhemmer für seine Hochzeitsfeier anstellte. Oft waren Bitten um Regen (oder das Gegenteil) an die Ahnen wie an die Götter gerichtet. Bei den Bagangwato im südlichen Afrika wurden in Zeiten der Trockenheit nicht den Göttern »Regenlieder« gesungen, sondern den toten Häuptlingen.

Wenn Menschenopfer in Afrika weit verbreitet waren, so war der jährliche Tribut an Opfern, mit Ausnahme von sehr wenigen Völkern, nicht besonders groß. Im Gegensatz zur allgemeinen Ansicht war der Kannibalismus auf bestimmte Bereiche, im besonderen auf die Stromgebiete von Kongo und Niger begrenzt. In großen Regionen Afrikas gab es Opferhandlungen, die den Tod eines einzelnen Opfers verlangten. Tötungen im großen Ausmaß waren eher die Ausnahme als die Regel. In Uganda zum Beispiel sandte man einzelne menschliche Sündenböcke zum Sterben ins Exil. Das geschah immer dann, wenn der König durch die Götter vor feindlicher Magie gewarnt wurde. Ein Mann und ein Knabe wurden ausgewählt, oder eine Frau und ihr Kind. In Begleitung einer Kuh, einer Ziege, eines Huhns und eines Hundes wurde sie weggeschickt, um mit gebrochenen Gliedmaßen im feindlichen Gebiet einen schleichenden Tod zu erleiden.

Die Vertreibung des Bösen durch Sündenböcke gab es auch in Nigeria, wo in bestimmten Gebieten eine junge Frau geopfert wurde, um die Sünden des Landes fortzunehmen. Die dazu benötigten Opfer kaufte man von benachbarten Stämmen. Von jedem, von dem man wußte, daß er während des Jahres eine schwere Sünde wie Hexerei, Diebstahl oder Ehebruch begangen hatte, erwartete man einen Beitrag von zwei Pfund Sterling für diesen Zweck. Gleich vielen dieser Art, ließ man den Sündenbock leiden. 1858 beobachtete der Geistliche J. C. Taylor eine der Zeremonien. In Onitscha wurde das Opfer, eine Frau, lebend, mit dem Kopf nach unten, vom Haus des Königs zum Fluß gezerrt. Die Menge schrie »Bosheit, Bosheit«. Der Körper wurde unbarmherzig geschleift, als werde die Last der Sünde auf diese Weise fortgenommen.

In Afrika ist, neben dem Ahnenkult, der König selbst für die bedeutende Rolle, die er als Opfer spielt, bemerkenswert. Es wurden nicht nur Menschen als Gefolgsleute für tote Monarchen geopfert, sondern in vielen Gebieten wurden auch die Herrscher selbst zum Opfer. Unter den Schilluk im südlichen Sudan führte der König ein unsicheres Leben. Er wurde nicht nur beim ersten Anzeichen von Altersschwäche getötet, ja selbst wenn er bei bester Gesundheit durch einen Rivalen herausgefordert wurde, mußte er sich selbst im Kampf bis zum Tod verteidigen. Auch in Westafrika fand sich die Sitte des Königsmordes. Bei den Tukun war dem König nur eine Regierungszeit von sieben Jahren erlaubt. Wurde er während dieser Zeit krank, nieste oder hustete er, oder fiel er vom Pferd, tötete man ihn. Es war dann die Pflicht des obersten Beraters, ihn zu hängen.

Die gleiche Ansicht herrscht an der entgegengesetzten Seite des Kontinents. Der große deutsche Anthropologe Leo Frobenius berichtet, daß in früherer Zeit in Zimbabwe (auch als Rhodesien bekannt) der König, oder Makoni, dazu verurteilt war, nach einer Regierung von nur vier Jahren zu sterben. Das Urteil mußte von seiner Hauptfrau vollstreckt werden. Sie erdrosselte ihn mit einer besonderen Schnur, die in einer Neumondnacht aus den Sehnen eines Ochsen gemacht wurde. Die Leiche trug man dann auf den Gipfel eines nahegelegenen Berges. Die Priester besuchten die Leiche jeden Tag und veranstalteten kunstvolle Zeremonien. Hirn, Leber und Eingeweide wurden nach und nach herausgenommen und in einen Lederbeutel gegeben, die leeren Stellen im Körper des Königs wurden mit Gewürzen und Blättern ausgefüllt. Schließlich umwickelte man die Leiche gleich einer Mumie soweit mit Stoff, daß nur noch die Nägel sichtbar waren. Das Bündel wurde dann in sitzender Stellung in die Haut eines für diesen Zweck gezüchteten Bullen gewickelt. Ein Jahr später nahmen die Priester die Reste des Königs aus der Haut des Bullen und legten sie in den Lederbeutel. Es wurde besonders darauf geachtet, daß keiner der Nägel fehlte. Bei Sonnenaufgang nach der Neumondnacht wurde auch die Lieblingsfrau des Königs, die Mwiza (nicht die Wahesi oder Hauptfrau, die den König erdrosselt hatte), erhängt, nachdem man sie feierlich bis auf die Haut ausgezogen hatte. Nach Opferung weiterer führender Persönlichkeiten wurden die Reste des Königs in eine Höhle eingemauert, in der man eine winzige Öffnung ließ. Ein Priester hielt beständig Wache, bis eine Schlange, eine Schildkröte, ein Wurm oder Käfer herauskam, was man für die Seele des verschiedenen Herrschers hielt. Sobald eines der Tiere erschienen war, füllte man das Loch auf. (8)

Frobenius schrieb 1929, daß diese Riten seit Menschengedenken nicht mehr stattgefunden haben. Jedoch wurde noch 1928 in Zimbabwe eine Königstochter geopfert, um Regen zu erbitten. Die Dürre hielt eine lange Zeit an, da das Kind erst, nachdem es nach zwei Jahren die Pubertät erreicht hatte, feierlich erhängt wurde.

In den Ritualen des Königsopfers von Zimbabwe liegt das wirkliche Wesen des afrikanischen Opfers begründet, das den feierlichen Tod einer Person erfordert und keine Massenopferung von Hunderten. Die Ähnlichkeit zwischen Riten in Afrika und anderswo sind auffallend: Witwen werden erhängt, Sündenböcke verbannt, Menschen lebendig unter Gebäuden begraben, Flußgöttern Opfer gebracht und Boten in die nächste Welt geschickt, um Götter und Ahnen mit den neuesten Nachrichten zu versorgen.

Außer dem Sieg im Krieg wird auf das Regenmachen und die Fruchtbarkeit besonderer Wert gelegt, das selbst die Tötung des Königs verlangt. Damit wiederholt er den Tod des Gottes, dessen lebender Vertreter er ist. Dieses Überleben des Königsopfers läßt vermuten, daß wir in Afrika dem wahren Ursprung des Menschenopfers näher sind als an anderen Orten. Ägyptologen haben oft auf die Parallelen zwischen dem feierlichen Tod des Königs in verschiedenen Gebieten Afrikas und jenem des Osiris hingewiesen, des Königs und Gottes, der 5000 Jahre früher getötet und zerstückelt wurde. Der Gedanke des Tötens des Königs mag sich über Äthiopien auf das übrige Afrika verbreitet haben. Bis zum 3. Jahrhundert n. Chr. war es üblich, daß die äthiopischen Könige von Meroe auf diese Weise ihr Ende fanden.

Jene anderen früher beschriebenen afrikanischen Riten, bei welchen der König nicht getötet wurde, aber gezwungen, Tabus zu brechen und Demütigungen von seinem Volk zu erdulden, entstammen sicher den Riten, bei denen der Herrscher wirklich den Tod fand. So mußte der König für sein Volk sterben, während er in anderen Fällen lediglich »sündigte«, um die Missetaten des Volkes zu sühnen. In bestimmten Ländern wie Uganda oder dem Nigerdelta nahmen einzelne Sündenböcke den Platz des Königs ein und wurden geopfert, um die Bürde der Sünde mitzunehmen, die den Herrscher wie sein Volk belasteten.

In einer afrikanischen Region war die Lage anders. Die Grundregeln blieben dieselben. Der König spielte die Schlüsselrolle in der Befolgung religiöser Gebräuche, und der Ahnenkult war äußerst wichtig. Aber anstelle von Ritualen, die an anderen Orten einen einzigen Sündenbock verlangten, wurden ganze Scharen von Opfern dargebracht, um sich des königlichen Wohlbefindens in dieser wie der anderen Welt zu versichern.

Diese Region hatte ihren Mittelpunkt im Königreich Dahome, der jetzigen Volksrepublik Benin, und erstreckte sich östlich bis zum Königreich Edo, einige hundert Kilometer ins Inland. Massenopferungen an diesen Orten wurden im Verlauf einiger Jahrhunderte von europäischen Besuchern beobachtet. Sie bedeuteten eine nie versiegende Quelle des Schreckens für die Besucher selbst wie für die Leser ihrer Berichte. Mit ihren lebendig beschriebenen Einzelheiten und der großen Zeitspanne sind diese niederdrückenden Berichte einmalig in den Annalen des Menschenopfers. Die spanischen Beschreibungen ähnlicher Riten in der Neuen Welt beziehen sich vergleichsweise nur auf das frühe 16. Jahrhundert.

Die Geschichte beginnt mit Benin City, der Hauptstadt des Edo-Volkes. Portugiesische Schiffe erkundeten erstmals diesen Teil der Küste Afrikas in den Jahren 1469 und 1475. Sie hinterließen aber wenig Berichte von dem, was sie gesehen hatten. Es muß jedoch ein früher Versuch einer Bekehrung der Einheimischen stattgefunden haben, da drei Missionare, die von König Johann III. von Portugal ausgesandt worden waren, Spuren von Christentum entdeckten. Der regierende König, bekannt als Oba, ließ sich 1516 taufen. Aber dieses Zugeständnis an den Gott des weißen Mannes ließen sein sittliches Verhalten, seine Erziehung und Religion unberührt. Sein Haus war überladen von Idolen. Der Brief, den ihm König Johann sandte, wurde ungeöffnet zur linken Seite seines Thrones in einen Kasten geworfen.

Die Portugiesen, die in den Jahren nach 1470 kamen, hatten nur eine schwache Ahnung vom Vorhandensein des Menschenopfers in diesen Landesteilen. König Johanns Mission bringt zum ersten Mal wirkliche Beispiele von Opferhandlungen im Namen dieses »christlichen« Königs. Alan Ryder vermutet in seinem

Buch über Benin, daß die Taufe des Oba selbst als Ansporn zum Menschenopfer gedient haben konnte, als Beitrag zu seinem erhöhten Status als christlicher Regent. Aber wie im Fall anderer afrikanischer Riten, die von den Europäern in jüngerer Zeit als reine Verirrungen der freundlichen und edlen Wilden behandelt werden, bin ich der Ansicht, daß diese Riten wirklich sehr alt sind. Die europäische Gegenwart veranlaßte den Oba, wie begrenzt die Wirkung auf sein Geistesleben auch gewesen sein mag, materiellen Zuwachs im europäischen Maß zu begehren, und er machte sich auf, die Völker, die sein Königreich von der Küste trennten, zu erobern. Zu ihrer Ehre muß man jedoch sagen, daß nachfolgende Obas den blühenden Sklavenhandel der Europäer verächtlich zurückwiesen und ihre Untertanen vor genauso vielen Leiden verschonten, als ihnen durch das Ausmaß ihrer rituellen Morde zugefügt wurden. Die Lage war im benachbarten Dahome anders, wo König Adahoonzou, der 1789 starb, einem britischen Besucher erzählte, daß er manchmal Opfer schonte und sie statt dessen als Sklaven verkaufte.

Adahoonzou machte mit dieser Bemerkung eine sehr wichtige Feststellung, die in Berichten über westafrikanische Opferhandlungen selten betont wird. Zur Zeit der Regierung dieses Königs war der Sklavenhandel noch im vollen Schwung und wurde überall im britischen Reich erst 1833 mit der Verkündung der völligen Sklavenbefreiung verboten.

Die Suche nach Sklaven, um sie an die Europäer zu verkaufen, und der Bedarf an Gefangenen, um sie den Göttern zu opfern, ergänzten sich und widersprachen sich auch. Angelockt durch die Gewinne, die sie durch den Sklavenhandel erzielten, und von den Europäern bis an die Zähne bewaffnet, sandten die westafrikanischen Herrscher Expeditionen Hunderte von Kilometern ins Inland, um menschliche Handelsware für die Sklavenhändler einzufangen, die zu dieser Zeit ihre eigenen Niederlassungen an der Küste hatten. Einige davon waren eindrucksvolle Festungen. Cape Coast Castle zum Beispiel konnte 1500 Sklaven auf einmal in seinen Verliesen unterbringen.

Snalgrave erwähnt, daß die besiegten Wydah in Dahome zu Ehren des verstorbenen Herrschers geopfert wurden. Diese Wydah wurden jedoch auch in Massen nach Westindien transportiert, wo sie als hervorragende Sklaven galten.

Deshalb sollte man beim Lesen dieser Berichte über die Menschenopfer nicht vergessen, daß sich der König, wenn er seinem Vater und seinen Göttern huldigte, in der Tat materieller Wohltaten wie Alkohol, Waffen und prächtiger Uniformen beraubte, die er im Austausch für die auf den amerikanischen und westindischen Markt bestimmten Sklaven gewann.

Nach diesem ersten Eindruck von Benin City gibt es zwei Jahrhunderte lang keine Berichte. Erst 1750 sah ein französischer Seekapitän, J. F. Landolphe, die Krönung eines Oba, wahrscheinlich die des Akenbuda. Er war kein Zeuge der Begräbnisriten des vorhergehenden Herrschers, berichtet nur von den Opferhandlungen, die zu Ehren einer neuen Handelsvereinbarung veranstaltet wurden. In Anwesenheit des Oba schlugen zwei maskierte und in lange graue Gewänder gekleidete Scharfrichter einen Mann bewußtlos und hackten ihm den Kopf ab. Vor seinem Tod wurde dem Opfer gesagt, zu Olokun, dem Gott der Fruchtbarkeit und des Meeres, zu gehen. Bei einer anderen Gelegenheit sah Landolphe, daß drei Männer, wahrscheinlich als Teil des jährlichen Kartoffelfestes, ins Jenseits befördert wurden.

Von Benin City wechselt der Schauplatz nach Dahome. Dessen Hauptstadt, Agbomey, wurde 1727 vom britischen Hauptmann Snelgrave besucht. Von diesem Zeitpunkt an bis 1890 haben wir Augenzeugenberichte von einer ganzen Reihe von Besuchern in dieser Stadt. Siegesfeiern nach erfolgreichen Feldzügen scheinen viele Opfer gefordert zu haben. Aber die meisten von Reisenden beschriebenen Zeremonien scheinen anderer Art gewesen zu sein. Sie dienten dazu, den verstorbenen König von Dahome mit einer Geistergefolgschaft von Dienern zu versorgen, deren Zahl bei seinem jährlichen Todestag durch weitere Opfer anstieg. Der König befahl allen Besuchern seiner Stadt, diesem Fest beizuwohnen, und war weit entfernt, diesen Aderlaß vor den überempfindlichen Europäern zu verbergen.

Die Zeremonie zum Tod eines dahomeischen Herrschers nannte man das Große Ritual. Es wurde oft bis zu zwei Jahre nach seinem Ableben verschoben, denn es kostete viel Zeit, die erforderlichen Scharen von Opfern, Gefangenen oder Sklaven, aufzutreiben. Das Jahresopfer, das dazu diente, dem verstorbenen König einen neuen Schub von Gefolgsleuten nachzuschicken, wurde das »Jährliche Ritual« genannt.

Die 1727 von Hauptmann Snelgrave beobachtete Zeremonie scheint ein Großes Ritual gewesen zu sein, obwohl er sie als eine Siegesfeier über die benachbarten Wydah beschreibt. Wahrscheinlicher ist es, daß es dieser Sieg war, der die Anzahl der benötigten Opfer lieferte, damit der Große Brauch der Sitte gemäß veranstaltet werden konnte. Sein Bericht von vier außerhalb der Stadt errichteten Plattformen stimmt genau mit späteren Beschreibungen des Großen Rituals überein.

Snelgrave und ein holländischer Begleiter wurden von Priestern zu einem Platz geleitet, der etwa fünfhundert Meter außerhalb der Siedlung lag, dort waren vier kleine Bühnen aufgestellt. Die Besucher betonen, daß vierhundert Opfer getötet wurden, beschreiben aber nur den Tod des ersten. Er war ein hübscher alter Mann, dem ein Fetischmann die Hand auf den Kopf legte und einige Worte der Weihe sprach. Ein Scharfrichter schlug ihm den Kopf mit einem Streich ab. Auch Frauen und Kinder wurden getötet, sie stießen klägliche Schreie aus. Snelgrave behauptet, daß einige sieben oder acht Jahre alte Knaben getötet wurden und verlängerte Qualen erdulden mußten, denn diese Kinder konnten kaum das Ritualschwert hochheben. Er erklärt, alles in allem seien 4000 Gefangene geopfert worden, aber diese Zahl ist auf Hörensagen zurückzuführen. Um eine deutliche Vorstellung von den Dahome-Riten zu bekommen, muß man zunächst die verschiedenen Berichte über das Große Ritual von jenen trennen, die sich auf den jährlichen Brauch beziehen. Zu jenen Bevorzugten, die bei einem Großen Ritual zugegen waren, gehört ein britischer Gouverneur vom Fort Appolonia an der Goldküste. Es war dies das Große Ritual, das 1791 für Adanzu II. veranstaltet wurde, bei welchem fünfhundert Opfer hingerichtet worden sein sollen, allerdings hat der britische Besucher keine Beschreibung hinterlassen. Wahrscheinlich unterschied sich dies jedoch wenig von jener, das 1860 für König Gezo abgehalten wurde und wovon wir einen Augenzeugenbericht von dem Franzosen M. Lartigue haben:

»Am 23. (Juli) assistierte ich bei der Nennung von 23 Häuptlingen und Musikern, die geopfert werden sollten, um in den Dienst des verstorbenen Königs zu treten.«

»Am 28. Opferung von 14 Gefangenen, deren Köpfe beim Klang einer großen Glocke in verschiedene Teile der Stadt getragen werden.«

»Am 29. Vorbereitungen, um in memoriam an König Gezo die üblichen Opfer darzubringen. Die Gefangenen tragen einen Knebel in Form eines Kreuzes, der sie furchtbar leiden machen muß. Das zugespitzte Ende wird in den Mund gesteckt und drückt auf die Zunge, wodurch sie an jeder Bewegung gehindert wird und die Männer damit nicht schreien können. Fast allen diesen Unglücklichen treten die Augen aus dem Kopf. In der kommenden Nacht wird es ein großes Massaker geben.«

Lartigue schreibt weiter über die riesige Menge, die er auf 40 000 schätzt und über den Geruch der in Fäulnis übergehenden Leichen: Am 30. und 31. Juli erreicht die Feierlichkeit mit der Opferung von 500 Menschen ihren Höhepunkt. Die Leichen wurden in Gräben geworfen und dort von Geiern und Wölfen gefressen. Zum Schluß setzten sich die Frauen des verstorbenen Königs in maßgebender Reihenfolge in einem Kreis rund um seine Leiche – in einem großen Gewölbe – und tranken Gift. Lartigue berichtet, daß diese »freiwillige« Opferung die Zahl der Toten auf 600 erhöhte. Die nächsten zwei Tage sahen den Tod von weiteren 15 weiblichen Gefangenen, sie wurden erdolcht.

Am 5. August fand eine weitere wichtige Opferhandlung statt: »Der fünfte Tag ist den Königsopfern vorbehalten. Sie bilden eine Sammlung von allem, was zu einem afrikanischen Monarchen gehört: 15 Frauen und 35 Männer, geknebelt und gebunden, die Knie unter dem Kinn, die Arme an die Knöchel gebunden. Jeder wird in einem Korb auf dem Kopf getragen. Der Vorbeimarsch dauerte länger als eineinhalb Stunden . . .«

»Hinter mir standen vier prächtige Schwarze, die als Kutscher zu einem kleinen Streitwagen gehörten, der dem Verschiedenen nachgeschickt wurde . . . bei einem der Schwarzen glitzerten zwei große Tränen auf den Backen. Sie wurden alle, vom König persönlich, wie Hühner geschlachtet.« (9)

Das gleiche Große Ritual war im Oktober dieses Jahres noch im vollen Gang. Der Geistliche Bernasko, ein einheimischer Methodisten-Missionar, beobachtete die Abschlußhandlungen. Er sah am 16. Oktober 90 Köpfe rollen und außerdem eine merkwürdige Sammlung neuer Geschenke, die dem verstorbenen König nachgesandt werden sollten: Zwei Streitwagen, ein gläsernes Rad, sieben einfache Räder, drei schwere Silberplatten, drei gediegene silberne Teekannen, eine silberne Zuckerdose, ein silbernes Buttergefäß und ein großer von sechs Frauen aus seinem Amazonengefolge gezogener Schubkarren. (10)

Diese Amazonen spielten in den Zeremonien eine wichtige Rolle. Wenn in frühester Zeit ein König starb, zertrümmerten sie erst seine Möbel und Gebrauchsgegenstände und dann zerstörten sie sich selbst. Bei König Bossas Übergabe der Herrschaft im Jahr 1774 starben 285 Frauen auf diese Weise, bis es dem neuen Herrscher gelungen war, in den Palast einzudringen und dem Gemetzel ein Ende zu bereiten. Bossa wurde in einer Sänfte sitzend begraben, die ihm ein britischer Besucher, Robert Norris, gegeben hatte.

Norris beschreibt das Opfer, dem er 1772 beiwohnte, nachdem er König Bossa die hochwillkommene Sänfte geschenkt hatte. Es muß ein Jahresritual für den vorangegangenen König gewesen sein, denn es erforderte weit weniger Opfer als das Große Ritual. Am 6. Februar sah er sieben Männer, die an Hand- und Fußgelenken an großen Pfosten angebunden waren.

Ihr Schicksal schien ihnen gleichgültig zu sein, denn sie versuchten zur Musik, die gespielt wurde, den Takt zu schlagen. Eine gleiche Anzahl von Pferden waren auf ähnliche Weise angepflockt und mußten das Schicksal der Männer teilen. Am Eingang zum Marktplatz sah Norris zwei Galgen mit je einem toten nackten, an den Fußgelenken aufgehängten Mann. Ihre Geschlechtsteile waren abgeschnitten, um Empfindlichkeiten der Hofdamen zu schonen.

Am 16. Februar fand das letzte Opfer in der Serie statt. Eine große Plattform war an der Palastmauer errichtet. Die Menge, getrennt durch eine Dornenhecke, stand unterhalb. Ein Mann, ein geknebeltes Krokodil und zwei Tauben mit beschnittenen Flügeln wurden von der Plattform hinuntergeworfen. Eine große Balgerei um die Köpfe setzte ein, da diese als große Beute bewertet wurden.

Fast achtzig Jahre später, im Jahr 1850, sah der Kommandeur Forbes von der Königlichen Marine eine Spielart des Jahresrituals, das sich offensichtlich inzwischen wenig geändert hatte. Zwölf Männer, von denen acht genau wie in Lartigues Bericht in Körben verpackt waren, und in vier kleinen Kanus festgezurrt, wurden zusammen mit einem Krokodil und einer Katze vom Podium geworfen. Die Opfer wurden hoch über den Köpfen ihrer

Träger gehalten. Von einer gleichen Zeremonie berichtet einige Jahre später Sir Richard Burton. Der König selbst kippte den ersten Korb über die Kante. Die Köpfe wurden abgeschnitten, die Körper brutal verstümmelt und den Raubvögeln überlassen. Kapitän Wilmot von der Königlichen Marine beobachtete die gleiche Zeremonie im Jahr 1862. Ein kleiner Unterschied ist zu verzeichnen, denn unter den Opfern befanden sich an Stangen befestigte Haushühner, außerdem einige Ziegen, die gleich den Männern in Körben verpackt waren.

Den lebendigsten Bericht über ein Jahresritual schrieb der große englische Reisende und Entdecker Sir Richard Burton. Er ist besonders für seine Forschungsreisen im Nahen Osten bekannt. Er sah die Zeremonie am Anfang des Jahres 1863 und beschreibt sie in seinem Buch »A Mission to Gelele, King of Dahomey«. Zu dieser Zeit wurde die Zeremonie nicht mehr länger an der Palastmauer veranstaltet, sondern in einer »Opferhütte«, direkt außerhalb einer der Tore der Stadt. Diese Hütte erinnerte Burton an eine englische Gemeindekirche samt Schuppen und Türmchen. Einen Unterschied allerdings gab es, das ganze Dach war mit einem zerfetzten blutroten Tuch bedeckt.

Burton bringt vielleicht den genauesten Bericht, der jemals von den Ereignissen eines Menschenopfers gegeben wurde. Er nennt sogar die Maße der Hütte und die Höhe der sie tragenden Pfosten. Im Schuppen fand Burton zwanzig vorgesehene Opfer. Alle saßen auf Hockern und waren fest an die Innenpfosten gebunden. Jeder hatte einen Wärter, der hinter ihm hockte und die Fliegen verjagte. Sie bekamen viermal am Tag zu essen und wurden nachts zum Schlafen losgebunden, denn der König wollte sie bei guter Laune halten. Ihre Aufmachung war recht sonderbar – eine lange weiße Nachtmütze, ein Baumwollhemd mit einem karmesinroten Fleck auf der linken Brust und Shorts nach mehr oder weniger europäischem Schnitt. Seit Lartigues Zeit waren andere Veränderungen von geringer Bedeutung, auch er hatte zwölf auf die gleiche Art gebundene Männer gesehen. Der letzte König jedoch hatte das Türmchen erfunden. Der derzeitige Herrscher hat ein zweites Podium in der Opferhütte hinzugefügt. Die Opferzeremonie selbst hat sich im Verlauf der Jahre nicht sehr verändert. Burton erwähnt einige Neuerungen wie ein Sonderzelt, größer als die Opferhütte des Königs, das die Relikte des verstorbenen Königs beherbergt. Angeblich war sein Geist gegenwärtig und alle verbeugten sich und warfen sich in den Staub vor ihm, bevor sie ihre Aufmerksamkeit dem derzeitigen Herrscher zuwandten. Burton berichtet auch von anwesenden Amazonenkriegerinnen, von denen eine Gruppe neben dem König kauerte, die Gewehrläufe drohend nach oben gerichtet.

Der vielleicht grausigste Teil von Burtons Bericht ist der über die Beseitigung der Opfer nach der Zeremonie: »Der Zugang zum Palast war recht unerfreulich . . . vier Leichen, angetan mit ihren Verbrecherhemden und Nachtmützen, saßen paarweise auf Hokkern, gestützt von einem zweistöckigen Gerüst . . . In einiger Entfernung davon waren zwei Opfer, eines über dem anderen auf einer ähnlichen, halb so großen Erhöhung.« Burton beschreibt als nächstes einen Galgen, nicht unähnlich jenem, den Norris 1772 sah mit vergleichbar verstümmelten Leichen, um nicht das Schamgefühl der Frauen des Königs zu verletzen. Der Bericht geht weiter: »Wir gingen dann am südöstlichen Tor des Komasi-Hauses vorbei, die Opferhütte des Palastes war leer. Vor verschiedenen kleinen schwarzen Puppen, die zu beiden Seiten des Eingangs im Boden steckten, lagen ein Dutzend Köpfe, in zwei Schichten zu je sechs, ihre Gesichter nach unten, die sauber durchtrennten Hälse zogen die Aufmerksamkeit des Betrachters an. Rund um jede Anhäufung lag ein Rand weißer Asche.« (11) Burton zählte alles in allem dreiundzwanzig Leichen.

Burton erwähnt auch die Schlußfeierlichkeit des Jahresrituals, die von endlos langen Ansprachen begleitet war, in denen Gelele zu den so würdig in Anwesenheit der weißen Männer durchgeführten Sitten gratuliert wurde. Burton schreibt, daß diese Leute in der Kunst der öffentlichen Ansprachen so geübt waren wie jeder amerikanische Politiker.

Burton bringt noch viele beachtenswerte Kommentare: er gibt an, daß der König Monate vor der Zeremonie von seinen Soldaten Opfer ankauft und vermutet, daß in einem gewöhnlichen Jahr, wenn das Jahresritual bevorsteht, sich die Anzahl der geopferten Menschen auf etwa fünfhundert Köpfe beläuft, eine Zahl, die sich in einem Jahr des Großen Rituals auf tausend erhöhte. Das Große Ritual fordert ungefähr fünfhundert zusätzliche Opfer. Das Jahresritual in der Regierung des verstorbenen Königs umfaßte sechsunddreißig Tote, der derzeitige König jedoch hatte die

Opfer auf neununddreißig oder vierzig erhöht. Burton sagt, die Missionare hätten versucht, ihn zu täuschen und haben höhere Schätzungen angegeben. Dies ist der einzige Hinweis auf ihre Anwesenheit in Agbomey, wo ihr Einfluß eindeutig beschränkt war. Burton bemerkt beiläufig, ein Missionar namens Duncan habe Benin City als »diesen frommen Ort mit so vielen Bekehrten« genannt und dies zur gleichen Zeit, als so viele Menschen Tag für Tag geopfert wurden. (12)

(Als Burton Benin City im Jahr 1862 besuchte, sah er drei gewaltsame Todesfälle in drei Tagen und der große weite Platz vor dem Palast war übersät mit Knochen und Schädeln.) Er gibt zu, daß die Gesamtzahl zusätzlicher Morde für das dahomeische Große Ritual höher als fünfzig gewesen sein mag, da vermutlich unbemerkte Tötungen einer Anzahl von Frauen durch die Amazonen im Inneren des Palastes dazukamen. Gleichwohl betont er, daß die Zahl der Opfer von Zeit zu Zeit in Europa stark übertrieben worden sei. Er weist Geschichten von zweitausend Morden an einem Tag als »gräßliche Ammenmärchen« zurück, desgleichen Erzählungen von Kanus, die in einem Tümpel geronnenen Blutes schwimmen. Als 1793 Archibald Dalzel erstmals seine Geschichte von Dahome veröffentlichte, wurde die Richtigkeit von Snelgraves ursprünglicher Zahl von viertausend in Frage gestellt.

Richard Burton setzte die jährliche Summe von fünfhundert Opfern für ein gewöhnliches Jahr fest, da es zusätzlich zum Jahresritual so viele andere Arten von Opferhandlungen gibt. Des Königs ständiger Botendienst für den Geist seines Vaters kostete zahllose Leben. Jedes Ereignis, wie alltäglich auch immer, mußte genau berichtet werden. Ob es die Herstellung einer neuen Trommel war, der Umzug des Hofes von einem Palast zum anderen oder der Besuch eines weißen Mannes. Der Bericht, daß der Geist des verstorbenen Königs beim Baden im Meer gesehen wurde, verlangte die Beförderung einer Reihe von Boten ins Jenseits. Nach den Aussagen eines anderen Reisenden konnte eine einzige Botschaft an den toten Herrscher mehrere Morde verursachen. Nach der Enthauptung eines Boten als Nachrichtenüberbringer erinnerte sich der König plötzlich, daß er etwas vergessen hatte. Als Postskriptum zu seinem Brief wurde noch ein Bote erschlagen und auf den Weg in die andere Welt gesandt. Er bekam einen Piaster als Reisespesen und eine Flasche Rum als Proviant.

Burton, als Weltmann, der er war, hat eine sachliche Ansicht von den Dingen und behauptet, daß das Menschenopfer in Dahome und bei seinen Nachbarn von der Presse zutiefst mißverstanden wurde, wenn er auch zugibt, daß es ein schwerer Verlust von Menschenleben war. Er geht so weit, die großen dahomeischen Riten »ein rührendes Beispiel kindlicher Pietät des Königs, beklagenswert mißverstanden, aber völlig aufrichtig« zu nennen und beteuerte, daß die Opferhandlungen keiner bloßen Blutgier, noch einem Vergnügen an Folterungen entsprangen. Der König mußte über den Gräbern seiner Ahnen eine unangenehme Pflicht erfüllen und seine Untertanen hätten es für pietätlos gehalten, wenn er die Veranstaltung gekürzt oder unterlassen hätte. Sie plötzlich abzuschaffen, wäre gleichbedeutend mit der gewaltsamen Abschaffung der Gebete für die Toten durch einen europäischen Monarchen. Nach Burtons Ansicht wurden die Opferhandlungen ohne Brutalität ausgeführt – eine Feststellung, die nur durch Lartigues Bericht von den geknebelten Opfern Lügen gestraft wird. Wenn er die außerordentliche Gleichgültigkeit der Gefangenen betont, ist er der Wahrheit vermutlich näher als Snelgrave mit seiner Beschreibung der weinenden Diener, die die Kutsche des verstorbenen Monarchen begleiteten.

Wie auch immer die Haltung der dahomeischen Opfer gewesen sein mag, im benachbarten Benin City wetteiferten die Favoriten und Diener noch im 19. Jahrhundert eindeutig um den Vorzug, mit dem verstorbenen Herrscher lebendig begraben zu werden. Nachdem die Wahl getroffen war und das Grab sich über dem Toten und den Lebenden geschlossen hatte, wurden Wächter aufgestellt, die es Tag und Nacht bewachten. Jeden Tag wurde die Grabstätte geöffnet, um zu fragen, ob irgendeiner der eingeschlossenen Männer schon gegangen war, um sich seinem Herrn anzuschließen. Täglich wurde die gleiche Frage gestellt, bis keine Antwort mehr kam. (13)

Burton ist oft eher bereit, die Massenopfer von Westafrika zu entschuldigen als sie zu verdammen. Er meint, die Menschenopfer in Dahome abzuschaffen, wäre so viel wie das Land zu vernichten, allerdings erklärt er nicht warum. Er sagte voraus, daß europäischer Druck leidiglich die Zahl der Opfer vermehren würde. Als letzte Rechtfertigung erinnert er an das Jahr 1864 in Liverpool, wo vier Mörder am gleichen Galgen vor 100 000 glotzenden

Zuschauern gehängt wurden. Er meint sogar, daß die Meriah von Indien dem General Campbell für ihre Errettung von ihrem schweren Schicksal schwerlich dankbar waren und vergleicht Dahome anerkennend mit dem Gemetzel in Mexiko und Peru und mit den Verbrennungen der Druiden. Bevor Burton Dahome verließ, war seine einzige Bemerkung zur Sache ein taktvoller an König Gelele gerichteter Hinweis, er möge empfindlichen Europäern den Schock ersparen, nackte und verstümmelte Leichen in der Sonne verrotten zu sehen.

Der bedeutende amerikanische Anthropologe Melville J. Herskovits erachtet Burtons Zahlen als ungefähr korrekt. Aufgrund von Kenntnissen aus einer Reihe von Quellen teilt er Burtons Ansicht, daß so viele andere Ereignisse, ganz abgesehen vom Großen und Jahresritual, ihre Opfer forderten. Alle die üblicheren Opferformen sind vorhanden. Tötungen, wenn der König in den Krieg zog; wenn er einen neuen Wohnsitz baute, wurden Menschen unter den Fundamenten eingegraben, oder ihr Blut wurde mit Erde vermischt für die Mauern verwendet. Außerdem bedeutete das Große Ritual den Tod von ein- bis zweihundert der Frauen des Königs. Diese Massenopferungen – in Verbindung mit dem Töten anderer Frauen innerhalb des Palastes – brachte wahrscheinlich den Tribut insgesamt auf weit über Burtons Zahl von fünfhundert. Das Ausmaß ist auf alle Fälle eindrucksvoll, gemessen an einer geschätzten Bevölkerung der Stadt Agbomey von etwa 25 000. Wenn das richtig ist, dann heißt das, daß Todesfälle durch Opferungen dort so zahlreich waren wie Neugeborene in irgendeinem Jahr. Herskovits macht die wichtige Feststellung, daß das Menschenopfer in Dahome ein königliches Vorrecht war und für das Volk streng verboten. Ein begüterter Mann konnte lediglich eine Ziege oder ein Schaf opfern, während sich der arme Mann Bohnen oder Mais absparte. (14)

Die reiche Vielfalt der Berichte über Dahome und Edo stehen im direkten Zusammenhang mit den allgemeinen Schwierigkeiten des Menschenopfers. Insbesondere sind größere Veränderungen im Verlauf der Jahrhunderte durch ihre Abwesenheit auffallend. Wenn überhaupt, dann nahm das Opfern zu. Während Besucher im 16. Jahrhundert darüber wenig zu sagen wissen, vermerkt ein Bericht über die Niger-Expedition von 1841, daß der Oba von Benin City täglich drei Männer opferte, einen am Morgen, einen am Nachmittag und einen zur Nacht. Bäume für Kreuzigungen, die man vor 1838 nicht sah, wurden im späten 19. Jahrhundert ein gewohnter Anblick.

Wenn jedoch frühere Reisende wenig berichteten, dann wahrscheinlich weil sie wenig sahen. Jene Schriftsteller, die das Massenopfer für eine entartete Neuerung halten, irren sich bestimmt. Die Sitten von Dahome sind eindeutig Riten, die in alter Zeit wurzeln. Der Brauch, dem verstorbenen König ein riesiges Gefolge von Dienern für die nächste Welt mitzugeben, ist aus den Zeiten von Ur, 5000 Jahre früher, nachgewiesen. Die Dahomeer fügten lediglich durch die Entsendung einer Reihe neuer Diener in jedem Jahr eine besondere Note hinzu. Selbst für die besessene Gewohnheit des Herrschers, ständig neue Sklaven zu enthaupten, um seinen königlichen Vater in der anderen Welt mit den aktuellen Ereignissen auf dem laufenden zu halten, gibt es Beispiele in anderen Ländern.

Wie im übrigen Afrika, war die Stellung des dahomeischen Monarchen gottähnlich und nur er konnte diese Opfer bringen. Während jedoch in anderen Regionen der Herrscher so verehrt war, daß nur er allein würdig war, den Göttern geopfert zu werden, waren in den Königreichen der westafrikanischen Sklavenküste die Könige, wenn auch nicht länger mehr als Opfer, der Mittelpunkt der Opferhandlungen.

WEN GIBT'S ZUM MITTAGESSEN?

In der Meinung vieler Leute sind die schwarzen Afrikaner Menschen, die sich gegenseitig zum Mittagessen verzehren, und bei besonderen Gelegenheiten war dann noch ein Missionar auf der Speisekarte. Für den für Massenopfer bekannten Teil Westafrikas weiß man, daß die Körper der Opfer nicht gegessen wurden, sondern man überließ sie am Galgen der Verwesung oder den Geiern. Selbst die Leoparden-Gemeinschaften von Sierra Leone verzehrten nur von Zeit zu Zeit einzelne Opfer. Auch im südlichen und östlichen Afrika gab es Menschenopfer, aber in einem weniger ausschweifenden Maß, Kannibalismus aber ist in beiden Regionen selten. Im mohammedanischen Afrika ist es gar nicht vorhanden.

Wie sehr jedoch Berichte über afrikanischen Kannibalismus

übertrieben sein mögen, so schreibt dennoch William Arens von der Staatsuniversität Stonybrook reinen Unsinn, wenn er in seinem jüngsten Buch »Anthropology and Anthropophagy« behauptet, daß es Kannibalismus nie gegeben habe, sondern einfach eine Erfindung einheimischer Gewährsmänner sei, um jenen, die sich dannach erkundigten, einen Gefallen zu tun. Arens dürfte sehr im Recht sein, wenn er darauf besteht, daß Anthropologen nicht leichtgläubig sein sollten und Angaben über ein Sachgebiet sehr sorgfältig zu prüfen seien. Jedoch nicht nur aus Afrika, sondern aus allen Gegenden des Globus haben sich sehr exakte Berichte über Menschenfresserei erhalten. Um nur einige wenige zu nennen: die Verhandlungen von Sierra Leone, die bereits erwähnt wurden, Kapitän Cooks höchst persönliche Entdeckung von Überresten eines Kannibalen-Festmahles in Neuseeland, die Gerichtsverhandlungen gegen Leute in Neuguinea, die menschliche Leichen aßen, Pater Sahaguns Beschreibungen der aztekischen Riten und der Methoden, Menschenfleisch zu kochen, Berichte vom Kannibalismus auf den Fidschiinseln enthalten auch Kochrezepte und dazu eine Beschreibung der dazu verwendeten Töpfe.

Leugnet man den Kannibalismus, dann entzieht man der menschlichen Religion die eigentliche Grundlage, die oft – wie wir sehen werden –, aber nicht immer, den Akt der Erinnerung an den Verzehr des Gottes in der Personifizierung durch einen Mitmenschen umfaßt.

Menschenfresser waren vor allem im Stromgebiet des Kongo und Niger zu finden. Garry Hogg gibt eine Zusammenfassung der Sitten der Stämme, die am Niger lebten und – mit Ausnahme der Yoruba – in der Hauptsache Kannibalen waren und ihre Stammesfeinde aßen. Im Vorwort zu seiner Arbeit sagt er, daß es noch nicht lang her ist, seit man dort auf Stämme traf, deren Angehörige menschliches Fleisch aus einem für sie guten und angemessenen Grund aßen: sie mochten es und es war leicht zu haben.

Aber bei fast jedem afrikanischen Beispiel, das Hogg anführt, kommen Einzelheiten zutage, die ohne allen Zweifel besagen, daß dieser Kannibalismus ein wesentlicher Teil der örtlichen Religion war. Wenn die Menschen, sagen wir, Schweine- oder Ochsenfleisch aßen, nicht aus rituellen Gründen, sondern nur weil sie es gern taten, dann könnte jeder Stammesangehörige erwarten, seinen Anteil zu bekommen. Wo es aber den Kannibalismus betrifft, war das bei weitem nicht der Fall. Überall gab es umständliche Regeln, wer am Menschenfleisch teilnehmen konnte, ob Mann oder Frau, jung oder alt. Die Regeln bestimmten auch, wer gegessen wurde und welche Teile der Körper als Relikte aufbewahrt wurden.

Es gibt eine farbige Legende von einem Habicht, der einmal über die Hütte eines Häuptlings flog. In seinen Krallen hielt er ein Stückchen Menschenfleisch, das er unabsichtlich in den Kessel fallen ließ, in dem die Suppe des Häuptlings in Vorbereitung war. Der Häuptling war so begeistert von der Suppe, daß er seinen Köchen befahl, ihn jeden Tag mit demselbem Geschmack zu erfreuen. Da sie nicht gesehen hatten, was aus dem Himmel heruntergefallen war, probierten sie in großer Verwirrung jeden Fisch, jedes Geflügel, sie mischten selbst Reptilien und Insekten in die Brühe, alles ohne Erfolg. Voller Zorn erschlug der Häuptling seinen Chefkoch, befahl den anderen, ihn zu zerteilen und in die Suppe zu werfen. Als der Häuptling an diesem Tag seine Mahlzeit zu sich nahm, überzog ein breites Grinsen der Zufriedenheit sein Gesicht. Den überlebenden Köchen befahl er, jeden Tag einen Sklaven für die Suppe zu töten. Jedoch, die Geschichte nimmt ein tragisches Ende. Schließlich hatte der Häuptling alle Stammesangehörigen gegessen, die nicht geflohen waren, und fand sich eines Tages ganz allein und ohne jegliche Untertanen, die er hätte verkochen können. Seine Leidenschaft für Menschenfleisch war so groß, daß er sofort begann, Stücke aus seinem eigenen Körper herauszureißen. Am Ende blieb nichts von ihm übrig als jene Teile, die er nicht erreichen konnte und so starb er.

Diese Geschichte hat eine eindeutige Moral. Weit davon entfernt, den Kannibalismus zu loben, dient sie als Beispiel, daß er zur Selbstzerstörung führt, wenn er nicht durch strenge Regeln beherrscht wird.

Wenn der Verzehr von Menschenfleisch die tägliche Verpflegung für alle und jeden würde und nicht länger bestimmten Personen bei besonderen Gelegenheiten vorbehalten war, dann würden diese fanatischen Menschenfresser zum Schluß ihre eigenen Leute und ihre Nachbarn bis zur totalen Vernichtung aufessen. Der Anthropologe C. B. Meek schrieb in den dreißiger Jahren dieses Jahrhunderts, daß Stammesangehörige vom Niger, »die gewillt waren, Fragen zu beantworten«, erklärten, daß sie Menschenfleisch nur des Fleisches wegen aßen. Und doch widersprachen dieselben Stammesangehörigen diesen Aussagen durch die Einzelheiten, die sie Meek von den damit verbundenen Riten berichteten: gewöhnlich wurden nur feindliche Gefangene gegessen, ihre Schädel wurden sorgfältig aufbewahrt, und wenn junge Männer zum Kampf auszogen, tranken sie Medizin aus diesen Trophäen. Den Frauen war es streng verboten, Menschenfleisch auch nur zu berühren.

Bei den Ganawuri war Menschenfleisch ausschließlich alten Männern des Stammes vorbehalten, so auch bei den Rukuba. Junge Männer wurden lediglich mit der fettigen Suppe eingerieben, die vom Kochen des Fleisches vorhanden war – eine Sitte, die auch von den Menschen-Leoparden der Sierra Leone befolgt wurde. Zumperi-Krieger gaben Köpfe von Gefangenen ihren Vätern zu essen und begnügten sich damit, das Blut an ihren Waffen abzulecken. In einigen Orten mußte sich der Gewinner des Kopfes in einem Nachbardorf verbergen, um der Seele des toten Mannes zu entgehen. Die Yergum kochten den Kopf immer getrennt vom Körper, und er wurde auch nur von jenen gegessen, die einen Feind im Kampf getötet hatten. Auch die Jawara behandelten den Kopf gesondert, bestrichen ihn mit Lehm und kochten ihn anders als den Körper. Bei den Sura war es den Frauen nicht einmal erlaubt, Menschenfleisch überhaupt zu sehen. (15) Die Hill Anga hatten einen anderen Brauch, sie opferten und verzehrten die alten Männer ihres Stammes, solange sie noch im vollen Besitz ihrer Fähigkeiten waren. Im Kampf erbeutete junge Männer wurden nicht aufgegessen, sondern als Sklaven verkauft. Bei den Hill Anga wurde das Fleisch feierlich gegessen, und der Kopf sorgfältig in einem Topf aufbewahrt, vor dem in regelmäßigen Zeitabständen Opfer dargebracht und Gebete gesprochen wurden.

Diese Berichte besagen, daß Menschenfleisch nicht als Gaumenkitzel und aus reiner Neigung zum Essen verzehrt wurde, sondern an strenge Riten und Tabus gebunden war. Fast überall wurden nur Männer, keine Frauen verzehrt. Die Beteiligten waren in einigen Fällen die Jungen, in anderen die Alten, selten jedoch beide. Immer gegenwärtig ist der Kult mit dem Kopf, dieser zeitlose Brauch, der schon dem Neandertaler bekannt war.

Der Grundsatz der Menschenfresserei ist universell: Die Aufnahme magischer Kräfte durch die Übertragung von Seelensubstanz – im besonderen durch den Kopf – vom Verzehrten zum Esser, ob es der Neuling war, der den Erwachsenen aß, um seine Weisheit in sich aufzunehmen, oder der Veteran, der den Jungen aufaß, um seine Lebenskraft zu erneuern. Sich seinen Bauch zu füllen, kam erst in zweiter Linie, wie erfreulich auch das Festmahl war. Das Töten und Essen alter Verwandten wie weiter unten mit mehr Einzelheiten erklärt werden soll, war weit entfernt von einem schmackhaften, wenn nicht zähen Mahl, war grundlegend für den tiefverwurzelten Ahnenkult.

Ewald Volhard, ein deutscher Gelehrter, der 1939 die erschöpfendste Studie über kannibalische Sitten herausbrachte, erklärt, daß im nördlichen Nigeria die Erbeutung eines feindlichen Kopfes die Aufnahme in die Welt der Männer bedeutete. Ein Krieger, der das noch nicht vollbracht hatte, wurde für nicht mehr als ein Mädchen gehalten, er war kein anerkanntes Mitglied der Männergesellschaft. Rituale bei der Kopfjagd und Tabus waren von Stamm zu Stamm verschieden. Bei den Basange zum Beispiel folgten der Erbeutung eines Kopfes durch einen jungen Krieger Festlichkeiten, die sich sieben Tage hinzogen, in dieser Zeit war dem jungen Kopfjäger Schlaf nur untertags erlaubt. Um seine Schläfen trug er eine weiße Bandage, in der Federn steckten.

Im anderen großen Kannibalenzentrum, dem Einzugsgebiet des Kongo, zum größten Teil in der heutigen Republik Zaire gelegen, war die Lage ziemlich unterschiedlich. Berichte über Menschenfresser stammen nicht von Anthropologen, sondern von Missionaren. Sie schrieben um die Jahrhundertwende und verbreiteten Schauergeschichten, die seitdem getreulich von Buch zu Buch abgeschrieben werden, nicht als Meinung ungeschulter Beobachter, sondern als Tatsachen.

Der Geistliche Holman Bentley zeichnete in seinem zweibändigen Werk »Pioneering on the Congo« aus dem Jahr 1900 ein düsteres Bild. Er sagt, wahrscheinlich zu Recht, daß alle Stämme vom Zusammenfluß des Kongo und Mobangi – etwa achthundert Kilometer von der Küste landeinwärts – bis zu den Stanley-Fällen, begeisterte Menschenfresser seien. Er erzählt, wie eifrig die Eingeborenen um Erlaubnis baten, ihre Speisekammern mit dem Fleisch der Flußdampfermannschaften aufzufüllen, denn ihr Fleisch war angenehmer, was hieß, daß es einen etwas salzigen

Geschmack hatte, denn die Matrosen kamen von der Meeresküste. Die typische Einstellung der örtlichen Stammesangehörigen ist für Bentley an der Bemerkung zu erkennen: »Ihr eßt Hühner und Ziegen, wir essen Menschen. Warum nicht?« Oder auch: »Ihr weißen Männer haltet Schweinefleisch für das schmackhafteste Fleisch, aber es hält keinen Vergleich aus mit Menschenfleisch.« Seine Prosa ist verziert mit strengen Beiworten wie »teuflisch« und begleitet von unvermeidlichen, aber gönnerhaften Bemerkungen, daß diese Wilden trotzdem sehr liebenswert seien und hervorragende Möglichkeiten hätten, wenn die Gnade Gottes Macht über sie gewänne. Er rechtfertigt die Bekehrung mit den Worten, daß seine reformierten Kannibalen »ein ernsthaftes gütiges christliches Dasein führten, im auffallenden Gegensatz zu einigen weißen Männern, die unter ihnen leben«. Den Bekehrten wird ein reizvoller Platz im Himmel angeboten, der für Kannibalen verboten ist, da sie die Engel aufessen würden. (16)

Schlimmer noch, am Mobangi gab es Menschen im ausgemergelten Zustand zu kaufen, die dann für die Tafel gemästet wurden. Eine Gruppe von Leuten tut sich zusammen und kauft einen ganzen Körper oder Teile davon zu »Großhandelspreisen« – fast wie in Indien in den Tagen vor der Kühltechnik, wo britische Familien gemeinsam ein ganzes Schaf kauften und am gleichen Tag aufaßen. Wie verlautet nahmen Kinder an den Festessen am Mobangi teil: »Liebe kleine Knaben und Mädchen mit strahlenden Augen gewöhnten sich von Tag zu Tag an diese Szenen. Sie aßen diese Leckerbissen ... in diesen schrecklichen Abgrund sind diese Kinder unseres Himmlischen Vaters gefallen.« (17)

Bentley zitiert einen Kollegen, der in Mosembe, im Gebiet der gefürchteten Bangala-Stämme, eine Missionsstation errichtet hatte. Als Nachschrift zu erschreckenden Berichten von Prozessionen von Männern, die menschliche Arme und Beine auf Stangen trugen, wird die Geschichte von einigen tapferen Kriegern erzählt, die eine arme, alte, kranke Frau lebendig in ihrer Hütte verbrannten. Das war für die Krieger ein großer Spaß und sie imitierten vergnüglich ihre qualvollen Schreie. Es folgt die gewöhnliche Bemerkung, was für fröhliche und mannhafte Gesellen doch diese Bangala sind.

Für einen ausgezeichneten und oft zitierten Bericht über die Menschenfleischmärkte der Region sind wir auch Herbert Ward zu Dank verpflichtet. Er war Künstler, schreibt aber eher wie ein Missionar, wenn er von »bösen Handlungen der Barbarei« berichtet, dem »Vergnügen« der Einheimischen, Menschenopfer darzubringen. Er erzählt von einer Anzahl von Sklavenlagern an den Kongo-Zuflüssen, wo man Hunderte von Gefangenen jeglichen Alters und Geschlechts in Gruppen liegen sehen konnte, die darauf warteten, verkauft zu werden. Der Künstler stellt fest, daß diese Unglücklichen zu dem einzigen Zweck, getötet und gegessen zu werden, auf den Markt geschickt wurden. Es wird uns aber nicht gesagt, wieso er so sicher war, daß diese Gefangenen als Fleisch verkauft werden sollten und nicht als Arbeitssklaven – ein üblicher Brauch in Afrika. Seine Behauptung, daß die fleischigeren Teile ihrer Körper mit farbigen Papierstreifen markiert waren, ist nicht sehr überzeugend.

Christian Spiel, ein weiterer Autor, der über Kannibalismus schreibt, erwähnt häufig den deutschen Ethnologen G. Schweinfurth, der unter den Mangbetu am Kongo lebte, bevor sie unter europäischen Einfluß kamen. Schweinfurth machte diese als die »Menschen, die keine Gräber haben« berühmt, nicht weil sie ihre Toten verbrannten, sondern weil sie sie aufaßen. Manchmal entbehrt Schweinfurths Bericht der Objektivität eines Gelehrten und Wissenschaftlers. Anders als die sentimentalen Randbemerkungen der Missionare über die »fröhliche Natur« ihrer kannibalistischen Herde, schildert er den Mangbetu-Häuptling als leibhaftigen Teufel. Er beschreibt das wilde Feuer tierischer Sinnlichkeit, das aus seinen Augen leuchtete und den gierigen und grausam-lüsternen Zug auf seinen Lippen: »Diese Züge zeigten keine Gefühle, die vom Herzen kommen.« (18) Schweinfurth berichtet, daß der Häuptling täglich ein kleines Kind aß, gibt aber zu, daß er ihn niemals zum Frühstück ein Neugeborenes essen sah, er spricht lediglich von einem darüber »umlaufenden Gerücht«. (19) Auch vom Bagesu-Stamm sagt man, daß er seine Toten verzehrt. Die Verwandten trauern drei oder vier Tage in dem Haus des Toten und kochten dann sein Fleisch und aßen es, sie vernichteten die Knochen und ließen keine Überreste.

Welche Ausmaße der Kannibalismus am Kongo auch gehabt haben mag, er flaute jedenfalls nur langsam ab. Der belgische Anthropologe und Agronom J. P. Hallett berichtet, daß er noch 1950 in Maniema einen Fall von Menschenfresserei vorgefunden hat.

Er bekam ein Stück Fleisch und erfuhr hinterher, daß es Menschenfleisch war. Seine Empörung kannte keine Grenzen, aber anstatt seine Wirte bei den belgischen Behörden anzuzeigen, gab er ihnen Privatunterricht über die Ungeheuerlichkeit ihres Tuns. Das Volk im benachbarten Zande, das jenseits der heutigen Grenze zwischen Zaire und dem Sudan lebte, ging noch weiter. Als Zaire noch belgische Kolonie war, erfährt man von ihnen, daß sie sich einen belgischen Offizier fingen, dem sie die Gliedmaßen einzeln ausrissen und roh verzehrten.

Viele Geschichten vom Kongo sind angefüllt mit Greueln, aber ohne Genauigkeit. Trotz Schweinfurths Bedeutung als Anthropologe, scheint er ziemlich leichtgläubig gewesen zu sein. Er wurde ersucht, Musterstücke von Schädeln für das Berliner Anatomische Museum mitzubringen. Später aber wurde bekannt, daß drei von diesen vor der Ablieferung gekocht worden waren.

Seine Berichte wimmeln von selbstgerechten Urteilen, die man eher von Missionaren erwarten konnte. Sie berichten über Sklaven, die gemästet wurden wie Geflügel und von Märkten, die sich auf Menschenfleisch spezialisierten.

Diese Missionare sahen sich Problemen gegenüber. Sie sollten ihre Sache an Menschen verkaufen, die selbst in diesen noch sehr gottesfürchtigen Zeiten nicht so ganz von der Weisheit des weißen Mannes überzeugt werden konnten, der seine eigene Denkungsart und seinen eigenen Gott jedem Himmel aufzudrängen versuchte. Bereits im 17. Jahrhundert hat der große französische Moralist Michel de Monteigne vorgeschlagen, die Menschenfresser in Ruhe zu lassen, da die Sitten der Europäer, wenn auch anders, genauso grausam seien. Zwei Jahrhunderte später fragte sich Herman Melville, was barbarischer ist, sich am Menschenfleisch zu erfreuen oder Verräter dazu zu verurteilen, gestreckt und gevierteilt zu werden, die Eingeweide aus dem lebenden Körper zu zerren und dann den Kopf auf einer Stange an einem öffentlichen Ort verwesen zu lassen.

Um Unterstützung für ihre Anliegen zu bekommen, waren die Missionare gezwungen, das dunkelste Afrika in den schwärzesten Farben zu malen. Sie hatten die gleichen Schwierigkeiten wie jene Wohlfahrtseinrichtungen heute, die sich um Gelder bemühen, um vor allem materielle und geistige Armut zu lindern. Ihre rührenden Bilder von mageren kleinen verlassenen Kindern sind gemacht, um Herzen aus Stein zu bewegen, würden sie dicke, glückliche Kinder zeigen, bekämen sie keinen Pfennig. Auf die gleiche Art schilderten die Missionare des 19. Jahrhunderts notgedrungen, mehr besorgt um die Seelen als die Körper ihrer Herde, unedle Wilde, die sündigen und in einem Pfuhl voller Laster waten. Wenn sie auch nicht absichtlich die Wahrheit verdrehten, so gaben sie sicher ihrer Phantasie freien Lauf, und wenn sie die Dinge in einem bestimmten Licht sahen, so wollten sie das, um ihre Sache zu vertreten.

Der Geist der missionarischen Bemühungen ist in einem Aufruf aus dem Jahr 1836 vertreten, und zwar im Namen jener Meister unter den Kannibalen aller Zeiten, den Einwohnern der Fidschiinseln: »Es ist im Namen dieser Kannibalen, daß wir uns an Sie wenden. Mögen Ihnen alle Schrecken eines Kannibalen-Festmahles in die Erinnerung kommen, während Sie lesen . . . Erbarmen mit den Kannibalen auf den Fidschis und tun Sie es schnell. Kommt dann Ihr Christen und lehrt sie bessere Dinge, diesen armen, den Götzen dienenden, den Kampf liebenden, menschenfressenden Fidschianern . . .«

»Wir ersparen Ihnen die Einzelheiten eines Kannibalenschmauses: die vorhergehenden Morde, die Methoden menschliche Wesen zu kochen, die versammelte Menge aus allen Schichten, jeglichen Alters, beiderlei Geschlechtes, der Häuptlinge und des Volkes, Männer, Frauen und *Kinder,* die alle den Festschmaus mit abstoßendem Frohsinn erwarten. Das eigentliche Festmahl. Die Diener bringen *gebackene menschliche Wesen* in die Runde, nicht einen, nicht zwei, auch nicht zehn, sondern zwanzig, dreißig, vierzig, fünfzig bei einem einzigen Mahl.«

Nach einer Beschreibung der unbekümmerten Fidschianer, als einem äußerst verdorbenen Volk, schildert der Aufruf ein weiteres Festessen, bei dem die Zahl der Verzehrten auf die ungeheure und unwahrscheinliche Menge von zweihundert geschätzt wird. Der Aufruf endet mit der etwas glaubhafteren Erwähnung eines örtlichen Sati, das mit der Erwürgung von Witwen verbunden war. Reay Tannahil, englischer Autor eines weiteren Buches über Kannibalismus und verwandter Themen, zitiert den Bericht des Geistlichen John Watsford von einem Fidschi-Häuptling, der, sobald er irgend jemand sah, auch wenn es ein Freund war, der dikker war als er selbst, ihn sofort töten und rösten ließ. Wie Tannahil sagt, sind alle diese Aufrufe herrlich gefühlsbetont, genau darauf abgezielt, die Phantasie der Stubenhocker anzuregen und den Daumen vom Geldbeutel zu lösen. Ihre Autoren mögen ungewöhnliche Menschen gewesen sein, von ihrer Herde jedoch waren sie durch eine Kluft von 5000 Jahren menschlichen Verständnisses getrennt. Die meisten waren aufgrund ihrer Veranlagung selbst zu dem Versuch unfähig, Herz und Verstand ihrer Konvertiten zu erfassen. (20)

Viele dieser Gruselgeschichten beginnen mit einem »es wird gesagt« oder »wir haben gehört«. Bestimmt aber waren diese reisenden Eiferer für Erzählungen empfänglich, die sie hören wollten – ein Problem, dem sogar heute viele Besucher von Ländern der Dritten Welt begegnen. Außerdem wäre es Wasser auf die Mühlen der Berühmtheiten unter den Bekehrten der Missionare, das düsterste Bild von dem bösen alten Leben zu malen, das sie so rechtschaffen hinter sich gelassen haben. Christian Spiel bemerkt, daß sie auf den Fidschis alles taten, um die sorgfältig ausgeführten Riten, die den Verzehr von Menschenfleisch begleiteten, zu verheimlichen. Zum Beispiel durfte niemand das Fleisch mit den Fingern berühren, es mußte mit besonderen Gabeln gegessen werden. Sowohl die Gabeln wie die Töpfe, in denen das Menschenfleisch gekocht wurde, unterlagen einem strengen Tabu. Spiel bemerkt ganz richtig, daß nicht nur auf den Fidschiinseln, sondern auch in Afrika die meisten dieser Berichte, die oft einen Beigeschmack von Rassenkult haben, von einzelnen Zeugen stammen, die immer zur Übertreibung neigen.

Derart subjektive Stellungnahmen scheinen sogar bisweilen andere Anthropologen wie auch Schweinfurth beeinflußt zu haben. Meek zum Beispiel nimmt die Bemerkung als bare Münze, daß die Völker im Flußgebiet des Niger Menschenfleisch um des Fleisches willen aßen, obwohl er dann weiterfährt genau die Rituale zu beschreiben, die mit diesen Essen verbunden waren. Vom Kannibalismus des Nigerdelta ist der Kult mit dem Kopf untrennbar wie auch der Gedanke, sich die Stärke des gefangenen Feindes durch das Töten und Verzehren zu eigen zu machen. Dieser Grundsatz wird im Fall der Aschanti anschaulich, die die meisten Teile des menschlichen Körpers nicht aßen. Der Medizinmann der Aschanti schnitt nur das Herz des feindlichen Kriegers heraus und verteilte es an jene, die bisher noch keinen Gegner im Kampf erschlagen hatten, um ihnen damit Tapferkeit und Mut zu übermitteln. Bei einer Gelegenheit jedoch, als sie das Herz eines englischen Verwaltungsbeamten, Sir Charles McCarthy, aßen, gingen die Aschanti zu weit. Auch unter den Yoruba in Westnigeria ist der Kannibalismus rein symbolischer Natur, der König aß feierlich das Herz seines Vorgängers. Derart streng ritueller Kannibalismus fand sich in einer Anzahl von Orten in Westafrika. An der Elfenbeinküste, westlich des Aschantigebietes, wurde zum Beispiel bei der Gründung eines neuen Dorfes ein Gefangener an einen Baum gebunden und mit Speeren verwundet, indessen die Frauen rund um ihn herum tanzten und sangen. Nach der Enthauptung wurden, zusammen mit einer Henne und einem Fisch, dem Fruchtbarkeitssymbol, nur sein Herz und seine Leber in eine Bratpfanne gegeben. Sein übriger Körper wurde in den Busch geworfen. Alle Anwesenden mußten am Mahl teilnehmen. (21)

Beobachter, die den afrikanischen Kannibalismus nur als Möglichkeit ansehen, den Bauch zu füllen, lassen die klaren Absichten außer acht, denen derartiges Töten und Essen dient. War Sieg ein Hauptziel, dann Gerechtigkeit ein anderes. In Angola im südwestlichen Afrika wurden, selbst nach einigen Jahrhunderten portugiesischer Verwaltung, kannibalische Hinrichtungen immer noch als Strafe für eine große Anzahl von Verbrechen benützt. Obwohl die Missionare den Motiven geringe Aufmerksamkeit schenkten, berichtete der deutsche Reisende Peter Frassle, daß vor der Ankunft der Europäer im Kongo in Fällen von Ehebruch beide Übeltäter verurteilt wurden, gefressen zu werden, es sei denn, der männliche Schuldige konnte eine Jungfrau beibringen, die den Platz der anderen Frau einzunehmen hatte. Die Menschen beklagten sich, daß die im Falle eines Ehebruches auferlegten Geldstrafen der Belgier ein jämmerlicher Ersatz seien.

Kannibalische Hinrichtung taucht in verschiedenen Teilen der Welt auf. In jenen Fällen, wo keine Unterscheidung zwischen einem kriminellen und einem rituellen Opfer gemacht wurde, war es in jeder Hinsicht ein Opfer. Berühmt für ihre Hinrichtungen waren die Batak von Sumatra, wo Spione, Verräter und sogar Diebe verurteilt wurden, gegessen zu werden. Die Verwandten des Verbrechers mußten nicht nur bei der Batak-Hinrichtung anwesend sein, sie hatten auch Salz und Zitrone bereitzustellen, mit dem die Lieben für den Holzkohlenrost zubereitet wurden.

Ahnenkult – so verbreitet in Afrika – war noch ein Motiv für den Kannibalismus. Einige Schriftsteller betonen ständig das Verzehren älterer Verwandter. Manchmal wurden sie getötet, man ließ sie aber auch eines natürlichen Todes sterben und damit sind sie kaum als menschliche Opfer einzuordnen. Die meisten Stellungnahmen zu dieser Form von Menschenfresserei offenbaren eine bewußte Nichtachtung afrikanischer Religionen. Die Eltern zu verzehren, war ganz bestimmt kein billiges Mittel, die Nahrung mit Eiweiß anzureichern. Es war eine tiefe religiöse Handlung von seiten der Menschen, die es für freundlicher hielten, ihre Alten und Schwachen in sich aufzunehmen, als sie in der kalten Erde verwesen zu lassen. Für Völker, die vom Kult ihrer Vorfahren so erfüllt sind, wäre es ein frevlerisches Verbrechen gewesen, ihre Ahnen als kulinarische Leckerbissen zu behandeln. Die Ansicht, die Menschen äßen ihre Verwandten, um ihren Hunger zu stillen, ist so viel wie die Behauptung, die Hinduwitwen stiegen auf den Scheiterhaufen ihres verstorbenen Mannes, um sich in den Flammen zu wärmen.

E. G. Parrinder betont die Rolle des Ahnenkultes in der afrikanischen Religion und erzählt von den Zeremonien der Aschanti zu Ehren des Verschiedenen, die drei Wochen dauerten und »Ruhe« oder »Hinlegen« genannt wurden. Jeder Vorfahr war vertreten durch den Schemel, den er zu Lebzeiten benützt hatte und mit dem seine Seele verbunden war. Für den Vorfahr wurde Wasser auf die Erde geschüttet, damit er seine Hände waschen konnte. »Seelennahrung« aus zerdrückter Jamswurzel und Bananen wurde dann in kleinen Schüsselchen vor jeden Stuhl gestellt. Die Toten sind immer anwesend in Afrika und erhalten bei vielen Gelegenheiten Geschenke. Bei den Völkern der Kikuyu-Stämme von Kenia legen die Älteren, gleich vielen anderen Afrikanern bevor sie essen, ein wenig Nahrung für die Verstorbenen auf den Boden. (22)

Die unterschiedlichsten afrikanischen Opferformen, seien es die Massenopfer durch die Könige von Dahome im Namen des früheren Herrschers oder das Töten und Essen alter Menschen, sind nicht nur schockierend, sondern haben auch mit Ausnahme der Wertschätzung für die stete Gegenwart der Geister der Verstorbenen unter den Lebenden keinerlei Bedeutung. Die Seelen der Vorfahren sind Teil der göttlichen Ordnung und das Essen ihrer Körper wurde zu einer geheiligten Pflicht. Ähnliche Gewohnheiten fanden sich auf anderen Kontinenten. Männliche Angehörige einiger Stämme der Ureinwohner Australiens trugen die Reste ihrer Toten in kleinen Beuteln mit sich und wenn sie bekümmert waren, aßen sie davon. Christian Spiel bemerkt ganz richtig, daß wir von diesem Brauch, die verstorbenen Voreltern zu essen, abgestoßen sind. Das aber ist *unsere* Ansicht, *ihre* war eine andere. Sie waren der Meinung, in ihrem Magen wären die Verwandten besser aufgehoben, als den Würmern preisgegeben zu sein.

Kannibalismus war grundsätzlich rituell und somit eine Opferhandlung. Das soll nicht heißen, daß Menschen niemals aus schierer Gier gefressen wurden. »L'appetit vient en mangeant.« Wie feierlich auch immer das Festmahl war, an dem ein Novize zum erstenmal Menschenfleisch versuchte (Kinder nahmen sehr selten daran teil), es konnte sich doch, ungeachtet der Gelegenheit, ein gewisser Geschmack daran entwickeln, besonders dann, wenn anderes Fleisch rar war, oder ungenießbar. Auf den Fidschis zum Beispiel war die einzige Fleischart die von Menschen oder Ratten. Neuseeland war mit tierischem Eiweiß besser versorgt, aber nachdem der Maori-Häuptling Tonai 1818 nach London gebracht worden war und dort einige Jahre lebte, bekannte er, daß das, was er am meisten vermißte, »das Festmahl von Menschenfleisch war, das Siegesmahl«. Er war des englischen Rindfleisches überdrüssig geworden. Andere Menschenfresser verglichen Menschenfleisch oft mit Schweinefleisch, allerdings behaupten sie, es sei würziger – das Menschenfleisch. In Polynesien war es bekannt als »Langschwein«.

Obwohl die Maori in der Hauptsache Krieger aufaßen, um sich ihre Stärke einzuverleiben, blieb Tonai dabei, daß er Frauen oder Kinder bevorzuge. Aß er einen Mann, dann war ein Schwarzer, vorzugsweise in einem Alter von fünfzig Jahren, besser als ein Weißer. Die Missionare könnten die Gefahr, im Fleischtopf eines Stammes zu enden, überbewertet haben, nachdem eine Art von farbiger Schranke, im umgekehrten Sinn, unter Menschenfressern üblich war. Das gab es unter den australischen Ureinwohnern wie auch in Neukaledonien, nordöstlich von Australien. Weiße Menschen waren zu salzig. In Australien entwickelten bestimmte Stämme einen Geschmack am Fleisch der Chinesen. Diese Vorliebe teilten die Einwohner des Louisiade-Archipels, öst-

Pharao Narmer inspiziert erschlagene Gefangene, denen man die abgetrennten Köpfe zwischen die Füße gelegt hat. *(Foto: British Museum)*

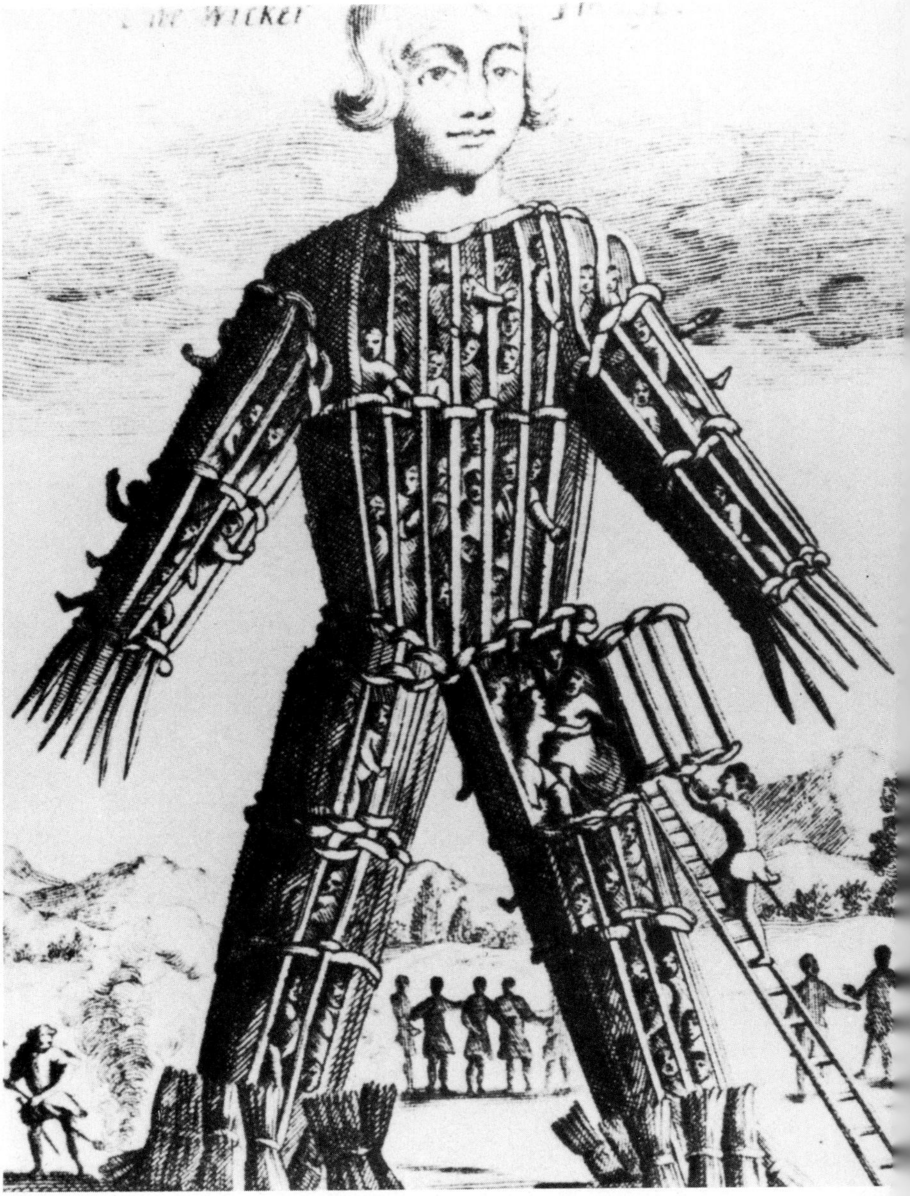

Flechtgestalt der Druiden; allen Gefangenen in diesem riesigen Menschenkäfig war der Feuertod sicher. *(Foto: British Museum)*

Abraham, im Begriff Isaak zu opfern. *(Foto: Stadt Palermo)*

Indische Thugs erdrosseln einen gefangenen Reisenden.
(Foto: British Museum)

Chinnamasta, die »enthauptete« Göttin. In der einen Hand hält sie ihren Kopf, in der anderen ein bengalisches Krummschwert.
(Foto: Dr. Volker Möller, Berlin)

Indien, 11. Jahrhundert: Die zehnarmige Göttin Camunda trägt dieselben Todesinsignien wie die Göttin Kali.
(Foto: Museum für Indische Kunst, Berlin)

Rangda, die »Hexenwitwe« von Bali. *(Foto: British Museum)*

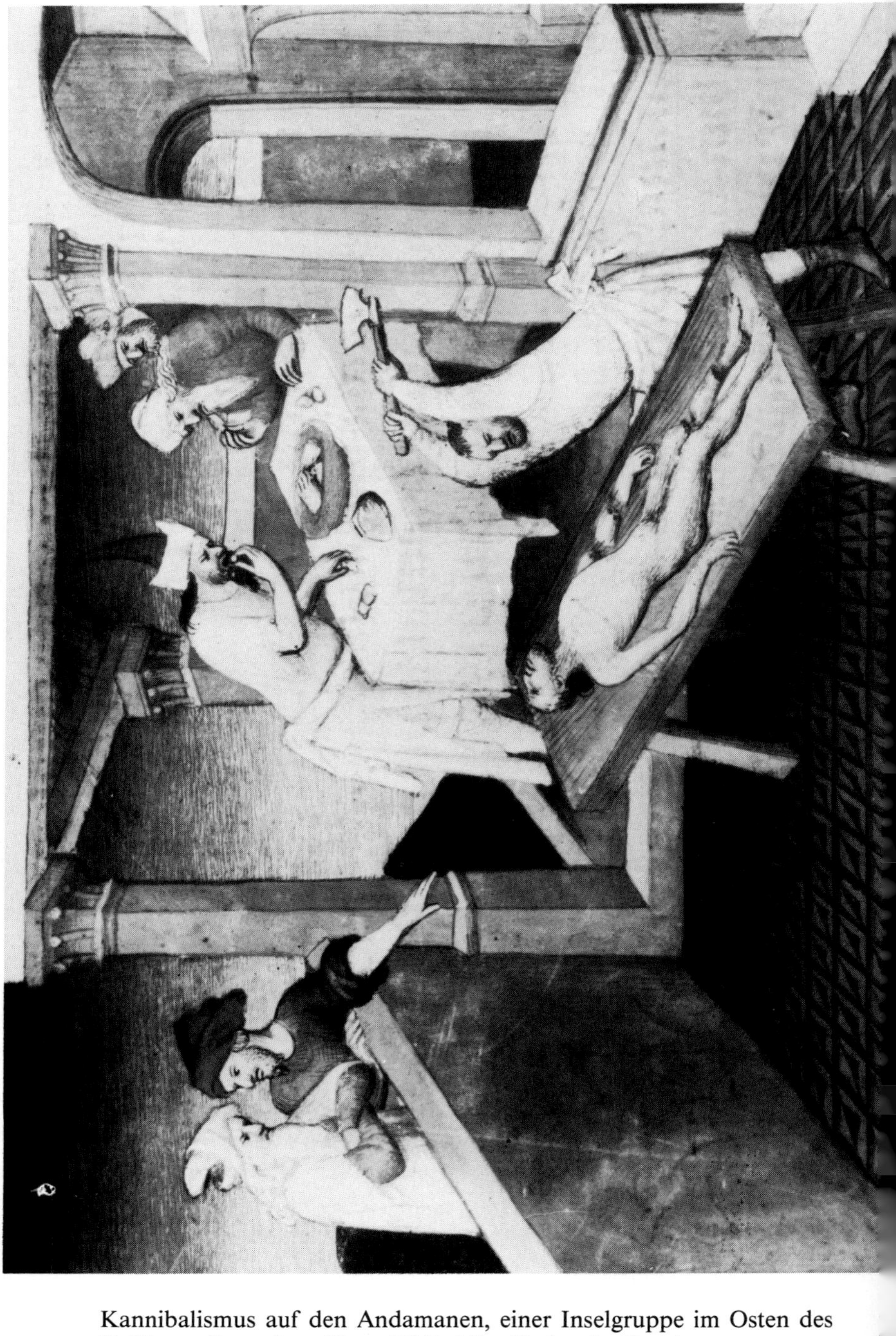

Kannibalismus auf den Andamanen, einer Inselgruppe im Osten des Golfs von Bengalen. *(Foto: Bibliothèke Nationale, Paris)*

»Baumopfer« auf den Andamanen. *(Foto: Bibliothèke Nationale, Paris)*

Agbomé (Dahome): Den Gefangenen hat man Narrenkappen aufgesetzt. Sie werden zusammen mit einem Krokodil und einer Katze über dem Abgrund geschwenkt. *(Foto: Richard Burton, London)*

Menschenopfer auf Tahiti. *(Foto: British Museum)*

Der Gott Quetzalcoatl durchsticht einem Opfer die Augen.
(Foto: Vatikanisches Museum)

Dem aztekischen Feuergott wird ein Gefangener geopfert.
(Foto: Padre Duran)

Enthauptung durch den »Dämon der Eule«.
(Foto: Museum für Völkerkunde, Berlin)

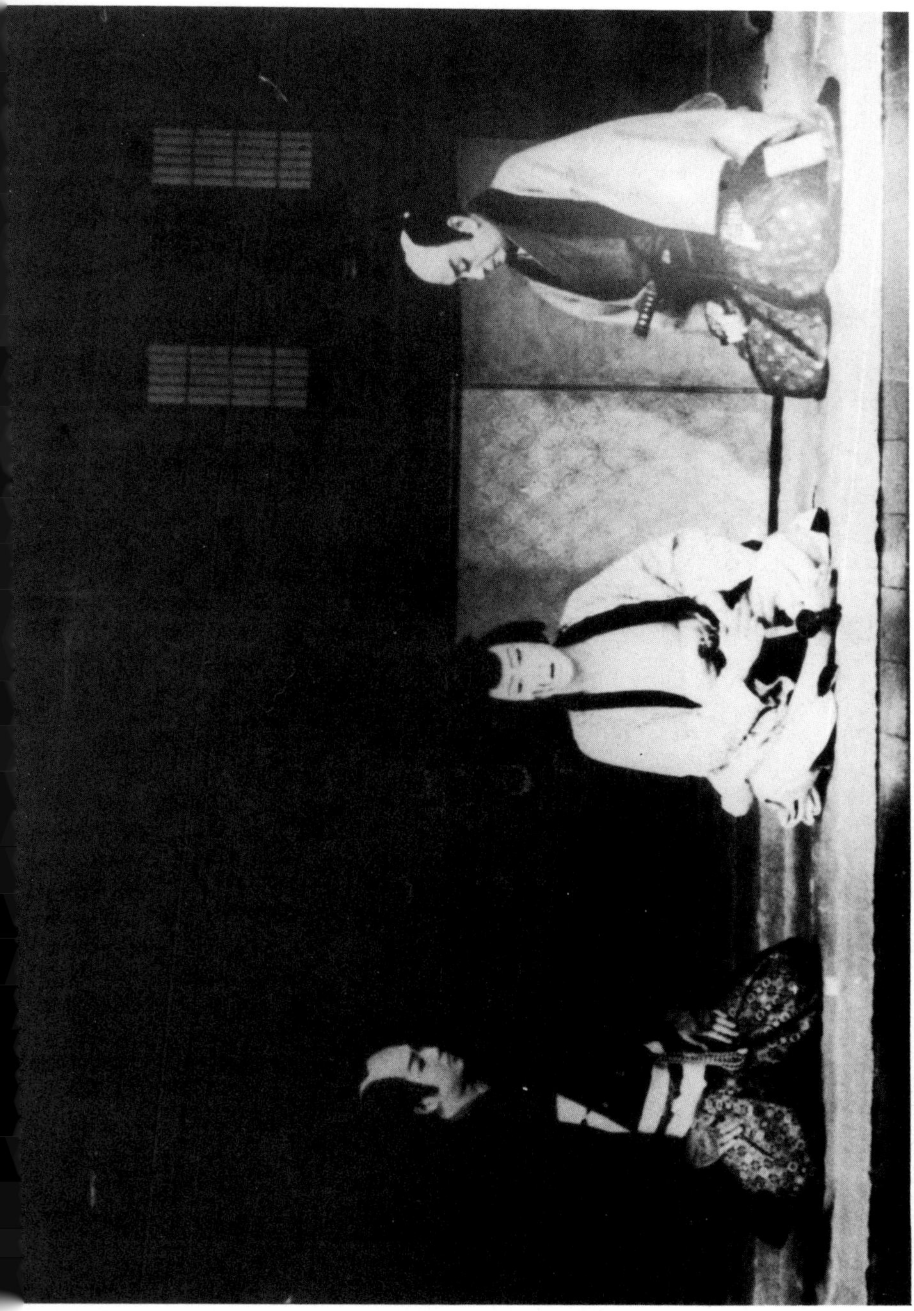

Japan: Ein Daimyo (Feudalherr) begeht auf Befehl seines Schogun (»Heerführer«) Harakiri. *(Foto: Wasada-Universität, Tokio)*

Manila, 14. Juni 1978: Selbstverbrennung der Elisabeth Weniger von der Ananda-Marga-Sekte. *(Foto: Ruther D. Batiguas)*

lich vor Neuguinea. Sie aßen bis auf vier Mann 300 einer chinesischen Schiffsbesatzung, die dort 1858 Schiffbruch erlitten hatte.

Außer der Kannibalenprasserei von Häuptlingen wie Tonai, die man wohl als Ableger ritueller Menschenfresserei betrachten könnte, waren andere Fälle, an Orten wo Kannibalismus absolut tabu war, von Zeit zu Zeit aus schierer Not gegeben. Ägypten war immer, wenn die Nilüberschwemmung ausblieb, einer Hungersnot ausgesetzt. Im Jahr 1069 n. Chr. wurde infolge einer mehrjährigen niedrigen Nilschwemme die Nahrung so knapp, daß die Menschen sich gegenseitig aufaßen. Vorübergehende wurden aus den Fenstern mit Hacken eingefangen, hochgezogen und getötet. Menschenfleisch wurde sogar in der Öffentlichkeit verkauft. Solche Geschichten erzählten nicht etwa voreingenommene Fremde, sondern Ägypter, die das, was sie unter ihrem eigenen Volk sahen, bedauerten. Abd el Latif, ein Augenzeuge während einer anderen Hungersnot im Jahr 1201, sah eines Tages den Körper eines gebratenen Kindes in einem Korb und zwei Tage später den eines Jugendlichen, der zum Teil schon verzehrt war. (23) Die Behörden versuchten, dieses Tun zu verhindern. Im Verlauf ihrer Ermittlungen fanden sie in einer Anzahl von Häusern Kochtöpfe, in denen sich Kinder befanden.

Derartige Vorkommnisse haben an sich nichts mit Menschenopfer zu tun, sind aber geeignet, den Unterschied zwischen Kannibalismus ritueller Art, sagen wir im Kongo, und gelegentlicher Menschenfresserei einer reinen nichtrituellen Art in Ägypten und anderswo, aufzuzeigen. Ein jüngeres Beispiel der letzteren gewann so viel allgemeine Aufmerksamkeit, daß es unnötig ist, die Einzelheiten zu wiederholen. 1972 stürzte eine Chartermaschine der uruguayischen Luftwaffe mit fünfzehn jungen Rugbyspielern und fünfundzwanzig Freunden in den Hohen Anden ab. Die Überlebenden waren genötigt, die Körper der beim Absturz Getöteten zu essen, die sich bei Temperaturen unter dem Gefierpunkt im Andenwinter gut erhalten hatten. Nach ihrer Rettung versuchten einige des Teams, ziemlich unnötigerweise ihr Tun zu rechtfertigen, nicht auf dem Boden des gesunden Menschenverstandes, sondern im Sinne des Abendmahles und sagten, sie seien »direkt zu den Ursprüngen des Christentums zurückgegangen«.

Auf seine Weise war jedoch dieser Anspruch weniger absurd, als er klang. Nach der offiziellen Aufnahme des Christentums durch das Römische Reich begann man Jesus als menschliches Opfer und das Brot als Verkörperung seines Leibes im ganz wörtlichen Sinn zu interpretieren. Diese Opferbotschaft wurde ganz unverblümt ausgedrückt. Die Teilchen der Hostie wurden körperähnlich angeordnet, ein Brauch, der vom Konzil in Tours im Jahr 567 verboten wurde.

Aber viele Christen glaubten noch an die Transsubstantiation – an die Umwandlung von Brot und Wein in Leib und Blut Christi –, obwohl für andere die Verwandlung mehr symbolischen Gehalt hat. Die Frage wurde weiter erörtert bis Papst Innozenz III. sich entschied, die Angelegenheit ein für allemal zu ordnen. Nach seiner Regelung war das Brot wirklich der Leib Christi. Die Oblate war keine *Darstellung* Seines Leibes, sie *wurde* Sein Leib. Danach wäre jeder, der töricht genug war, auch nur anzudeuten, die Wandlung sei symbolisch, am Marterpfahl geopfert worden. Somit übernahm das Christentum als heiligstes Ritual einen Akt selbstverkündeten Kannibalismus – eine Form von Gottesverzehr, der zu jenen frühen Kulthandlungen um eine Gottheit zurückgeht, die einen gewaltsamen Tod starb und deren Körper in Nahrung verwandelt von den Andächtigen verzehrt wurde. Nach diesem ersten Vergehen in Sünde gefallen und gezwungen, Fleisch zu essen.

SCHWIERIGE FRAGEN

Warum in Afrika und in anderen Ländern der Kannibalismus in einigen Gebieten florierte und in anderen verabscheut wurde, kann nicht so einfach beantwortet werden. In bestimmten Teilen Polynesiens war der Kannibalismus offensichtlich in früherer Zeit vorhanden und dann vor Ankunft der Europäer ausgestorben. In Tahiti zum Beispiel aß der König nur symbolisch ein Auge des Opfers, fast wie der König der westafrikanischen Yoruba, der das Herz seines Vorgängers verzehrte. Angeblich sind beide Bräuche ein Überbleibsel der Sitte, den ganzen Körper zu essen. Das auf der Welt ungleich verteilte Vorhandensein von Menschenopfer und Kannibalismus entbehrt im allgemeinen der Logik. Es bleibt ein Geheimnis, warum an einigen Orten die Menschenfresserei florierte und an anderen verabscheut wurde.

Ewald Volhard betont, wenn es nichtrituellen Kannibalismus

überhaupt gab, dann war es eine minderwertige Art ritueller Menschenfresserei. Deshalb kann dieses Tun nicht kurzerhand verurteilt werden, ohne gleichzeitig jene Religionen restlos zu verdammen, deren Riten sich darauf gründeten. Oft wiederholte Bemerkungen wie »Ihr eßt Schweine, wir essen Menschen« entstellt die Wahrheit.

Solche Äußerungen boten eine vereinfachte Fassung der Tatsachen für jene Menschen, die nichts von der Religion wußten, der solche Handlungen zugrunde lagen und die es auch nicht wissen wollten. Die meisten Menschen geben ihre Überzeugungen jenen gegenüber nur sehr ungern preis, die diese offen verhöhnen. Wie ich außerdem im nächsten Kapitel ausführen werde, hätten es nur wenig Europäer verstanden, selbst wenn ein Einheimischer fähig gewesen wäre, eine bestimmte Auffassung in Worten auszudrükken.

Wo in Afrika Kannibalismus vorkam, mußte man nur etwas an der Oberfläche ritzen, um eingehende Regeln darüber zu finden, wer wen aß. Meek erklärt, daß das Menschenopfer in Afrika aus der Menschenfresserei entstanden ist, aber vermutlich irrt er sich hier. Leo Frobenius dagegen, der nicht über Afrika allein, sondern über die Menschheit insgesamt schrieb, behauptet, daß immer eine bestimmte Scheu mit dem Essen von Menschenfleisch verbunden war, ein Vorgang, der ausnahmslos von religiösen Riten stammte.

Sogar Garry Hogg, der bisweilen die erschreckenden Geschichten als bare Münze zu nehmen scheint, vertritt andererseits einen vorsichtigen Standpunkt und verhält sich übereinstimmend mit den Anthropologen, die das große Maß von Tabus betonen, die mit dem Essen von Menschenfleisch verbunden waren. In diesem Zusammenhang berichtet er, daß in Neuguinea der Totschläger oder Erbeuter mit Ausnahme eines Stückchens von der Leber, nachdem sie feierlich und mit symbolischen Kräutern behandelt wurde, nichts vom Erschlagenen ißt. Das Verbot betraf auch Mutter und Vater und die nächsten Verwandten. Sie waren überzeugt, ihre Genitalien würden anschwellen, wenn sie dieses Tabu brechen würden. Genau das gleiche Tabu betraf jenen, der einen Gefangenen in Mexiko gemacht hat, allerdings war es dessen Verwandten erlaubt, Teile des Körpers zu verzehren.

Die Neigung, den Kandidaten für den Fleischtopf zu foltern,

ist ein weiteres Zeichen, daß sein Tod rituell war, denn heftiges Leiden ging Hand in Hand mit vielen Formen des Menschenopfers. Abscheuliche Folterungen mußten die Gefangenen der Irokesen erdulden, manchmal waren sie gezwungen, Teile ihres eigenen Körpers zu essen. Im Bismarck-Archipel, nordöstlich von Neuguinea, wurde das lebende Opfer in einer heißen Quelle gekocht wie ein Hummer. In Teilen Neuguineas hielt man einen Kriegsgefangenen eine Woche lang am Leben, während Teile seines Körpers abgehackt und gegessen wurden.

Was immer die Freuden der Menschenfresserei für die Gourmets eines Stammes gewesen sein mögen, die Handlung als solche war grundsätzlich rituell und bildet einen Teil der Geschichte des Menschenopfers. Es ist jedoch nicht der wesentlichste Teil. Ob der ganze Körper gegessen wurde oder nur bestimmte Teile, die Mahlzeit war das Ende des Geschehens, dessen Höhepunkt die Tötung eines Mannes und weniger der Verzehr bedeutete. Das Opferfleisch gleich der heiligen Hostie besiegelte den Akt einer geistigen Vereinigung zwischen der Gottheit und den Menschen, in welchem das Opfer zum Gott wurde, getötet und gelegentlich gegessen für die Sicherheit und das Heil aller.

Betrachtet man die afrikanischen Riten insgesamt, so sind die Ähnlichkeiten zu jenen anderer Länder größer als die Unterschiede. Und wenn das Menschenopfer in Afrika ungewöhnliche Merkmale hat, so haben diese wenig mit Menschenfresserei zu tun, die auf diesem Kontinent seltener war als zum Beispiel in Melanesien. Die nichtkannibalischen Riten in Dahome sind mit ihrem riesigen Ausmaß ein Sonderfall, der auf den Kannibalismus am Kongo nicht zutrifft. Und doch war der Ahnenkult, der die dahomeischen Opferhandlungen anregte, auch außerhalb Afrikas vorhanden wie es auch der Brauch war, Medizin aus menschlichen Körpern zu machen, die von den Einwohnern der Sierra Leone und dem Basutoland zu einer großartigen Kunst entwickelt wurde.

Wenn Afrika in den Annalen des Menschenopfers einmalig ist, so ist es das nicht aufgrund der Geschichten von blutigen Stätten, die von ungeschulten Beobachtern weitergegeben wurden. Eine etwaige ungewöhnliche Eigenschaft liegt mehr in jenen zeitlosen Zeugnissen der Selbstopferung des Königs, wenn seine Kraft zu schwinden begann. Solche Überbleibsel führen uns zurück zu den eigentlichen Wurzeln des Opfers und zum alten uranfänglichen Mythos des Gottkönigs, der in seiner Jugend erschlagen wird, damit sein Volk groß werde. Somit kann Afrika mehr als Zentrum der edelsten, denn als ein Beispiel der niedersten Formen rituellen Todes gelten.

KAPITEL VII

DIE ANDERE SEITE DES PARADIESES

ZÄHLT DIE KÖPFE

Die Kopfjagd ist älter als die Zivilisation und florierte auf jedem Kontinent. Aber von allen Anhängern des Kults übertraf keiner die Dajak von Borneo. Für sie war die Kopfjagd kein Zeitvertreib, sondern eine Leidenschaft. Sir Charles Brooke, der britische Radscha von Sarawak, schrieb, daß seine dajakischen Untertanen immerwährend um die Erlaubnis baten, auf Kopfjagd gehen zu dürfen. Ihr Verlangen erinnerte ihn an Kinder, die um Zuckererbsen betteln. Sein Vater Sir James Brook, der erste Radscha, veröffentlichte 1848 sein Tagebuch mit den Zahlen der in seinem Bereich ausgestellten Trophäen, die er gezählt hatte. Der Sintahstamm konnte etwa tausend Kämpfer ins Feld schicken und prahlte mit einem Lager von tausend Schädeln, die Bubanik zählten nur fünfzig Krieger, hatten aber Schädel im Überfluß, die Subata hatten bloß zwanzig Krieger und eine bescheidene Beute von zwanzig Köpfen. (1) Diese Trophäen hatte man bei benachbarten Stämmen gemacht, Schädel von malaiischen oder chinesischen Einwanderern galten als schäbiger Ersatz.

Dieses Kapitel umfaßt etwas willkürlich eine Reihe von Inseln, die sich von Borneo bis Hawaii erstreckt. Einige sind riesig, andere nur Koralleninselchen. Sie sind die Heimat vieler Rassen mit mannigfaltigen Sitten. Ein sich wiederholendes Thema jedoch ist die Kopfjagd, während Kannibalismus, wenn auch häufig, nicht allgemein verbreitet ist. Von diesen Betätigungen wird erstere als eine Art Sport angesehen, während letztere einige neuere Autoren für wenig mehr als einen geeigneten Ausgleich der örtlichen Ernährung halten. Bei näherer Untersuchung aber wird es klar, daß das nicht stimmt und daß diese Bräuche ausschließlich religiösen Zwecken dienten, da bei Stammesangehörigen jede Handlung von den Göttern veranlaßt ist. Überall in diesem riesigen Gebiet waren Kopfjagd und – der Kannibalismus, wo er ausgeübt wurde – ein wesentlicher Teil der örtlichen Religion.

Als Meister der Kopfjägerei bieten die Dajak einen geeigneten Ausgangspunkt. Ihr Name ist der allgemeine Begriff für eine Reihe von Stämmen, die vor allem im östlichen Teil der großen Insel Borneo leben, deren Hauptteil bis zum Zweiten Weltkrieg eine holländische Kolonie war. Einige bewohnen auch das nördliche Borneo, das ehemalige britische Protektorat Sarawak, nun Teil Malaysias. Die Dajak haben ursprünglich die Täler im Landesinneren bewohnt, aber in der holländischen Kolonialzeit waren einige an die Küste gezogen und wurden bekannt als die Seedajak. Die Kopfjagd forderte unter diesen Seedajak sogar noch mehr Opfer, denn malaiische Piraten nahmen sie auf Seeräuberfahrten entlang der Küste mit. Die Beute wurde entsprechend verteilt, Köpfe zu den Dajak, Waren und weibliche Gefangene zu den Malaien.

Erst nach einem erbitterten Kampf wurde unter den Holländern mit der Kopfjagd bei den Dajak aufgeräumt. Wahrscheinlich gelangte die Sitte im frühen 19. Jahrhundert zu einem nie erreichten Höhepunkt, als örtliche Anforderungen durch einen lebhaften Exportmarkt hochgetrieben wurden, da europäische Besucher eifrige Käufer geworden waren. In den Jahren nach 1860 war die Kopfjagd im Inneren Borneos immer noch im Schwung, hatte aber bis zum Ende des Jahrhunderts eine drastische Einschränkung erfahren. Henry Ling Roth veröffentlichte 1896 eine gründliche Studie über die Dajak und berichtet, daß diese zu jener Zeit immer noch hartnäckig eine Genehmigung zur Kopfjagd beantragten. Die holländischen Behörden verweigerten dies ohne Ausnahme und versuchten jede Gruppe, die auszog, einzufangen. Wenn jedoch die Dajak der Verfolgung entgingen und Trophäen erbeuteten, was oft vorkam, dann mußten sie diese abgeben und bekamen schwere Geldstrafen. (2) Da aber ein Dasein ohne Jagd nach Köpfen undenkbar war, verschafften die Leute sich diese heimlich, ja sie schlugen sogar Gästen im Schlaf den Kopf ab.

In früherer Zeit wurden Kopfjagden mit großer Pracht und

Feierlichkeit unternommen. Der Häuptling eines Stammes versammelte alle männlichen Angehörigen. Eine bestimmte Zeitlang wurde mit großer Hingebung gefastet, oft abgesondert im Tabuhaus, dann machte sich der bewaffnete Trupp auf, um ein nahegelegenes Dorf anzugreifen. Die Köpfe der Erschlagenen wurden im Triumph davongetragen, während lebende Gefangene als Sklaven und Kandidaten für zukünftige Opferungen bereit gehalten wurden.

Das Präparieren der hochgeschätzten Trophäen geschah auf so kunstgerechte Art und Weise, daß Ling Roth zehn Seiten zur Beschreibung der Einzelheiten benötigte. Die Methoden wechselten von Stamm zu Stamm: einige konservierten die Köpfe mit Haut und Haaren, während andere nur den nackten Schädel aufbewahrten. In allen Fällen wurden die Köpfe gekocht, geräuchert und getrocknet. Oft bemalte man sie mit weißen und roten Linien. Bestimmte Stämme an der Ostküste verzierten ihre Trophäen mit komplizierten eingravierten Mustern, von denen einige noch in europäischen Museen zu sehen sind.

Die Schädel wurden auf vielerlei Art zur Schau gestellt. Die Landdajak bauten besondere Häuser für diesen Zweck. Das Kopfhaus lag gesondert außerhalb des Dorfes, es diente auch als allgemeiner Beratungsraum und als Schlafhaus für die nicht verheirateten Jungen. In der Mitte des Baues war ein großer Feuerplatz, einmal wurde dieses Kopfhaus als »sehr angenehmer und erfreulicher Aufenthaltsort« beschrieben. Bei den Dajak waren die Schädel gewöhnlich das persönliche Eigentum der Jäger und dienten dem Schmuck des eigenen Hauses. Wurde bei einem Streifzug nur ein Kopf erbeutet, dann zerteilte man ihn in Stücke und übergab diese den Kriegern. Gelegentlich spalteten die Landdajak einen Schädel in zwei Hälften, dann wurden die kunstvollen Zeremonien für beide Teile veranstaltet. Im Gegensatz zu den Menschen der Fidschis oder der von Neuguinea waren die Dajak keine Kannibalen. Nur bei den Bahou-Tring-Gruppen wurden die Körper von den Kopfjägern gelegentlich gegessen. (3)

Die Leidenschaft der Dajak für die Kopfjagd hatte also nichts mit kannibalischen Festlichkeiten zu tun. Als grundlegendes Merkmal ihrer Religion waren tieferliegende Motive der Anlaß. Das wird von dem deutschen Anthropologen H. Schärer gut erklärt: Jedes größere Ereignis könnte die komische Ordnung auf furchterregende Weise in Unordnung bringen. Um das Gleichgewicht wiederherzustellen, Böses abzuwehren und den Stamm zu entsühnen, war menschliches Blut wesentlich, ob von einem rituellen Opfer oder einem erbeuteten Kopf. (4) Schädel verliehen deshalb nicht nur körperliche Kraft wie in vielen anderen Ländern, sie waren lebenswichtig für den Zustand des Universums und für die Wiederherstellung der Ordnung, wenn diese durch irgendein böses Tun verletzt worden war. Das Böse wurde durch die Erbeutung eines Kopfes abgewaschen. Das Opfern eines Sklaven, das noch einige Zeit nach der Einschränkung der Kopfjagd beibehalten wurde, diente denselben Zwecken. Sklaven opferte man auf dem Grab eines wichtigen Mannes und besonders beim Tod eines Häuptlings. Die kosmische Ordnung mußte wiederhergestellt werden, da ein solches Ereignis sie umgestoßen hatte. Dementsprechend erforderte das eigentliche Bestehen des Alls diese beiden Formen des Opfers. Der einem toten Herrscher dargebrachte Tribut war ein wichtiger Teil dieses Vorganges und selbst die Verwendung von Köpfen als Hochzeitsgaben brachte Gewißheit, daß die Braut fortpflanzungsfähig ist und der Stamm damit überleben würde.

Die Welt jeder Dajakgruppe, die mit solchen Kosten am Leben erhalten werden mußte, war sehr klein. Sie umfaßte das Dorf mit einer Bevölkerung von einigen Hunderten, die benachbarten Felder, die Wälder, in denen sie jagten und ein Teil des nahegelegenen Flusses. Am Rand des Dorfes hatten die Toten ihren eigenen Platz. Man betrachtete sie nicht als abgesondert, sondern als Wesen, die immer noch alles das sahen und hörten, was unter den Lebenden vor sich ging. Der Stamm war eine durch gemeinsame Ahnen eng verbundene Gemeinschaft. Alle, die jenseits des Dorfes und seiner Randgebiete wohnten und die Vorväter nicht teilten, wurden nicht nur für ausländisch, sondern für kaum noch menschlich gehalten. Deshalb wurden sie bei Streifzügen auf der Suche nach Köpfen für geeignete Objekte gehalten, die sowohl für das Wohlbefinden der Toten wie als Beistand für die Lebenden notwendig waren.

Die Kopfjägerei wurde durch farbige Mythen bestätigt. Bei ihren Hauptfesten flehen die Seedajak um die Anwesenheit ihres Kriegsgottes Singalang Burong. Nach der Legende hatte ihr Stammeshero Kling einst ein großes Festmahl veranstaltet und

Singalang Burong um seine persönliche Anwesenheit gebeten. Erst wurden die Motte und die Schwalbe ausgeschickt, um den Gott zu suchen. Mit einem Schwung nahmen sie den Raum zwischen der Erde und den Wolken, hinter denen der Gott lebte. Schließlich erschien Singalang auf dem Schauplatz in voller Pracht mit Kriegsmaskottchen um seine Mitte. Er erklärte, daß er vor dem Fest erst seine Töchter und Schwiegertöchter aus dem Dschungel rufen müsse. Eine Tochter jedoch, die Frau des Vogels Katupong, weigerte sich erst einmal zu kommen. Sie würde zu Hause bleiben, erklärte sie ganz entschieden, es sei denn, sie bekäme einen besonders wertvollen Schmuck. Es stellte sich heraus, daß dieser Schmuck, die Ursache von so viel Unruhe und Mühe, nichts anderes war, als ein menschlicher Kopf.

Diese Trophäen erhielten recht ansehnliche Beinamen, geheiligt durch die gehobene Stellung des Wesens, das den ersten Kopf begehrt hatte – niemand geringerer als die Tochter des großen Singalang Burong. Die Legende betont die Rolle der dajakischen Frau als Antriebskraft zur Erbeutung der Köpfe. Sie waren es, die der Unterdrückung dieser Sitte am wütendsten widerstanden.

Aus diesem Mythos entstand der Gedanke der Kopftrophäe als einer idealen Huldigung für die Dame des Herzens. Es war wesentlich für einen Krieger, mindestens einen Schädel zu besitzen, bevor er überhaupt an Heirat denken konnte. Wenn ein Mann nach einer Braut suchte, begleitete er eine Gruppe von fünfzig bis hundert Mann auf einem Feldzug ins Innere und griff jeden an, den er zufällig traf, um seine kostbare Trophäe zu bekommen. Ein Eingeborener erzählte Radscha James Brooke: »Kein junger Mann aus guter Familie würde es sich erlauben, einer dajakischen jungen Dame den Hof zu machen, ohne nicht der Errötenden ein Netz voller Schädel zu Füßen zu legen.« In einigen Gebieten ist es gebräuchlich, daß sich eine junge Frau von ihrem Anbeter einen dicken Bambusstock aus dem benachbarten Dschungel wünscht. Im Besitz dieses Stockes ordnet sie die Liebesgaben sorgfältig auf dem Boden und schlägt die Köpfe in Stücke, sammelt sie auf und schleudert sie in den Fluß. Dann wirft sie sich in die Arme des entzückten jungen Mannes und damit beginnen die Flitterwochen. Gewöhnlich jedoch werden die Schädel gehütet und sorgfältig gebeizt. Durch die ständige Hitze dieses Klimas ist es geboten, die Trophäen sorgfältig zu konservieren. (5)

Eine traurige Geschichte wird von einem Achtzehnjährigen, genannt Achang, erzählt, die die Probleme anschaulich macht, die diese unerbittlichen Forderungen der Dajakdamen in den Jahren nach 1860 bedeuteten, als Köpfe bereits Luxus waren. Achang hatte sich in ein Mädchen verliebt, das sogar jünger war als er. Aber er wurde abgewiesen, denn er hatte niemals einen Kopf erbeutet. Achang, unterstützt durch einen Freund, stellte sich der Herausforderung und quartierte sich für die Nacht im Haus eines chinesischen Händlers ein. Sie planten, ihn um Mitternacht zu köpfen. Denn wenn der Kopf gekocht war, käme niemand auf die Idee, daß er nicht einem Krieger eines rivalisierenden Stammes gehört hatte. Der Anschlag ging fehl, denn das ganze Dorf kam durch das jämmerliche Geheul des Opfers auf die Beine. Der Händler wurde durch die Menge gerettet, sein Gesicht hatte auf einer Seite eine klaffende Wunde. Achang kam ziemlich glimpflich davon, einen Monat legten sie ihn in Ketten, dann ließen sie ihn laufen. Die Geschichte endet glücklich, Achang wurde ein sehr brauchbarer Gärtner.

Außer ihrer besonderen Verwendung als Mitgift, dienten diese abgeschlagenen Köpfe vielen Zwecken. Sie hielten den Kosmos am Leben und sie waren für jedes bedeutende Ereignis erforderlich, insbesondere, wenn es die herrschende Familie des Stammes betraf. Wann immer ein Radscha starb, mußten – wie schon berichtet – Köpfe zur Verfügung sein, um das Ereignis zu markieren und um ihm im Jenseits zu dienen. Aber auch wenn einem Häuptling ein Kind geboren wurde, benötigte man neue Köpfe, bevor es einen Namen bekam. Sie waren auch die beste Garantie, daß eine Frau Kinder bringen würde. Gelegentlich genügten alltäglichere Motive. Hatte ein wichtiger Mann einen schlechten Traum, in dem er von Krankheit oder Tod bedroht war, konnte er sich von solchem Übel nur befreien, wenn er einen Kopf erbeutete – oder in späterer Zeit – durch die Opferung eines Sklaven.

Die Buße für eine Sünde und die Heilung von Krankheit hingen praktisch zusammen, da man Krankheit als Strafe für übles Tun hielt. Von Rohan, einem berühmten Kopfjäger, der viele Schädel erbeutet hatte, erzählt man eine Geschichte. Er war reich, mächtig und geachtet. Plötzlich wurde er krank und litt an Kopfschmerzen, die so unerträglich waren, daß er fast verrückt wurde. Da er selbst nicht auf Kopfjagd gehen konnte, dachte sich sein

Schwiegervater für Rohan eine weniger ritterliche Methode aus, um zu seinem Kopf zu kommen, der ihn wieder gesund machen würde. Er befahl seiner Sklavin zum Fluß zu gehen und Wasser zu holen. Dann gab er Rohan ein Schwert und führte ihn zu einer anderen Tür aus dem Haus. Rohan kroch hinunter zum Fluß und enthauptete das nichtsahnende Mädchen. Der Schwiegervater tauchte ein Bündel Blätter in des Mädchens Blut und rieb damit den Körper von Rohan ein und sagte: »Ich wasche Deine Krankheit ab, ich wasche alles Böse weg.« Aber ach, das Heilmittel, wenn auch drastisch, war nutzlos, der Patient starb. (6)

Die Dajak waren besessen von der sonderbaren Vorstellung, daß die Köpfe wie lebende Wesen weiterbestehen würden. Wenn bei den Seedajak ein Kopf mit ausgesuchten Zeremonien angebracht wurde, umwickelte man ihn mit Blättern der Nipapalme und dann war er monatelang ein Gegenstand tiefer Verehrung und schmeichelhafter Reden. Ausgesuchte Leckerbissen von der Tafel wurden in den Mund des Kopfes gesteckt und nach Beendigung des Mahles bekam er eine Zigarre zwischen die Lippen. Alle früheren Beziehungen wurden abgeschüttelt und die Köpfe als adoptierte Söhne des Stammes behandelt. Als Radscha Brooke einige Schädel entdeckte und diese den Verwandten der ehemaligen Besitzer anbot, weigerten sich diese, die Schädel zurückzunehmen.

Nachdem die Kopfjagd weitgehend unterdrückt war, hielten sich weniger auffallende Formen ritueller Tötung bis ins 20. Jahrhundert. H. Schärer, der in den Jahren nach 1940 schrieb, berichtet in allen Einzelheiten von einer Sklavenopferung, obwohl die Holländer die Sklaverei 1894 offiziell verboten hatten. Da Kopfjagd und Sklavenopferung demselben Zweck dienen, so behauptet Schärer, war letztere als neuzeitlicher Ersatz absolut unerläßlich, da man keine Köpfe mehr beschaffen konnte. Wenn Schärer meint, daß die beiden Formen im Dajakritual lediglich Varianten waren, hat er vermutlich recht. Andererseits bringt er keine eindeutigen Beweise, daß Sklavenopferung überhaupt neu war. Man möchte vermuten, daß gleich so vielen vom weißen Mann entdeckten »neuen« Praktiken, die Sklavenopferung in Wirklichkeit als eine andere Möglichkeit neben der Kopfjagd eine lange Geschichte hatte.

Die Sklaven unterschieden sich nur insoweit, als sie einen geringeren Rang einnahmen als die ehemaligen Herren der erbeuteten Köpfe. Sie blieben Fremde, hatten keine Stellung innerhalb des Stammes und waren weit davon entfernt, adoptiert zu werden. Schärer betont, daß Sklaven immer aus einer rivalisierenden Gruppe beschafft wurden, sie waren nicht ohne Rechte, da sie aber vom Geist und den Ahnen ihrer eigenen Gruppe getrennt waren, konnten sie auch nicht den Stand der Unverletzlichkeit eines menschlichen Wesens einnehmen. Der Tod eines Sklaven änderte daran nichts, er blieb der Sklave des Mannes, für den er geopfert wurde. Er war in moderner Ausdrucksweise eine Unperson.

Sklaven erwarb man üblicherweise durch Kauf. Am Ende des vorangegangenen Jahrhunderts war der gültige Preis etwa vierhundert holländische Gulden. Um die Gefühle des Mannes zu schonen, verhandelte man nicht in seiner Gegenwart über den Preis. Opfersklaven raubte man mit einem Überfall aus einem anderen Dorf. Gelegentlich verwendete man auch verurteilte Verbrecher aus dem eigenen Stamm für Opferhandlungen.

Sklaven konnten auf zweierlei Art getötet werden. Einmal durch einen plötzlichen Schlag, was den Vorzug hatte, daß das Opfer schnell starb und keine Zeit hatte, den Mörder zu verfluchen – etwas was große Angst auslöste. Öfter aber starben sie einen langsamen Tod. Vor dem Zeitpunkt am Ende eines Festmahles, an dem die Seele des Verstorbenen das Dorf der Toten betrat, richtete der vorsitzende Häuptling einige Worte an den Toten: Seele meines Vaters, nehme die Seele dieses Mannes entgegen. Er wird beauftragt, Dich zu begleiten und Deinen Befehlen zu gehorchen. Er wird für Dich fischen und Bambusstöcke schneiden, er wird Dich rudern und Vorkehrungen für Deinen Aufenthalt in der Totenstadt treffen, wo Du in Frieden und Wohlbehagen leben kannst. Nimm Abstand davon, Deine Kinder und Enkel zu bedrängen und unser Leben zu belasten.« Zum Opfer sagte der Häuptling: »Sei nicht länger traurig. Du wirst meinen Vater begleiten. Sei nicht widerspenstig, wenn er Dir Befehle gibt und über Dich verfügt, sondern beachte seine Worte in der wohlhabenden Stadt.« (7)

Erst wurde der Sklave gebadet, reich geschmückt und es wurde ihm Essen gegeben. Dann band man ihn an den Opferpfahl, Sapendo genannt und etwa drei Meter hoch. Gewöhnlich war er in der Form einer menschlichen Figur geschnitzt, in jüngerer Zeit in

Gestalt eines weißen Mannes, eines Missionars oder eines Forschers. Bei Anbruch der Nacht mußte das Opfer einen grausamen und langsamen Tod erleiden, der von Schärer als wahres Martyrium beschrieben wird. Während eines langen und kunstvollen Tanzes versetzten ihm die Anwesenden mit langen scharfen Bambusstöcken und anderen Instrumenten Stiche, bis er schließlich sein Leben aufgab. Die Leiche wird mit dem Kopf in Richtung der aufgehenden Sonne auf den Boden gelegt und mit einem Tuch bedeckt. In der anschließenden Zeremonie gehen die Verwandten des toten Mannes über den Körper. Anschließend sagt der Priester, sich erst nach Osten und nach Westen wendend: »Ich hebe Dich empor in Richtung des Sonnenunterganges. Alles (Leben) ist nun ausgelöscht, alles Böse, alle rituellen Tabus, alles Fieber, alle Krankheiten und Schmerzen, alles ist nun ausgelöscht.« Dann wandte er sich nach Osten: »Ich hebe Dich empor in die Richtung der aufgehenden Sonne. Nun können wir, die Lebenden, wieder voller Frieden und Gottesfurcht unserem Lebensunterhalt auf angenehme Weise nachgehen, uns ernähren und für uns sorgen, solange wir von Dir getrennt sind . . . sind wir befreit von allem Bösen und allen rituellen Tabus . . . wir können wieder arbeiten und unsere Felder bestellen.« So diente das Sklavenopfer gleich der Kopfjagd einer Art Reinigung und Sühne – diesem grundlegenden Ritual, wobei der eine ausgewählt war, die Last der Schuld von den vielen zu nehmen. Außerdem ist das Sklavenopfer der Dajak ein gutes Beispiel, wie sich Handlungsweisen unter dem Druck von außen ändern können. Selbst wenn Sklaven in viel früherer Zeit, wie ich vermute, für bestimmte Zwecke getötet wurden, dienten sie im 20. Jahrhundert auch als leichter erreichbarer Ersatz für abgeschlagene Köpfe. In diesem Fall führte eine Veränderung kaum zum Besseren. Im Gegensatz zum Sklaven konnte ein abgeschlagener Kopf zumindest nicht mehr gefoltert werden.

SPRECHENDE KÖPFE

Gleich nach den Dajak im Bund der Kopfjäger kamen gewisse papuanische Stämme auf Neuguinea. Sie lebten hauptsächlich in den Sumpfgebieten der westlichen Hälfte der Insel, was früher Niederländisch-Westguinea war und nun Teil Indonesiens ist.

Kopfjagd und Kannibalismus waren nicht auf das holländische Gebiet beschränkt. Einige Bevölkerungsteile wie die isolierten und unbeaufsichtigten Baktamanen auf dem östlichen Teil der Insel im australischen Neuguinea betrieben die Kopfjagd noch nach 1960.

Im Gegensatz zu den Dajak waren die Papua begeisterte Kannibalen. Im australischen Neuguinea waren Überfälle der Kopfjäger aus der westlichen Hälfte der Insel eine beständige Bedrohung und verursachten viele australische Proteste an die Holländer. Gerard A. Zegwaard, der in den fünfziger Jahren dieses Jahrhunderts unter den Asmat lebte, einem Volk mit etwa 20 000 Stammesangehörigen, schrieb 1959, daß sie zu dieser Zeit immer noch auf Kopfjagd gingen. Die benachbarten Jaquai allerdings waren schon gezwungen worden, diesen Brauch aufzugeben. Zegwaard war der erste weiße Mann, der unter den Asmat lebte. Kein holländischer Beamter war da, der dem Erlaß gegen die Kopfjägerei Geltung verschafft hätte. (8)

Die dunkelhäutigen Papua sind von melanesischer Rasse und deshalb mit vielen pazifischen Inselbewohnern wie den Fidschi enger verwandt als mit den Dajak von Borneo, das ungefähr 1600 Kilometer nordwestlich von Neuguinea liegt. Gleichwohl haben die Dajak- und Papua-Kopfjäger viel Gemeinsames, so ist es schwer, Einzelheiten über letztere zu berichten, ohne sich zu wiederholen. Wenn auch die so eifrig begehrten Köpfe auf beiden großen Inseln religiösen Zwecken dienten, so war doch die Bedeutung unterschiedlich. In Borneo sorgten sie für die Erhaltung des Gleichgewichtes im Universum, während sie in Papua dem Individuum zusätzliche Stärke gaben.

Köpfe (und Körper) wurden früher in Papua durch großangelegte, kriegsähnliche Feldzüge erjagt. Diese wurden aber nur nach besonders sorgfältig ausgeführten Zeremonien unternommen. Da auch hier ein derartiges Vorgehen von den Kolonialbehörden verboten war, verlegten sich die Angreifer mehr auf Heimlichkeit als auf Heldenmut. Die Stammesangehörigen gingen einfach fort und fingen die ersten besten, die ihnen begegneten, wie zum Beispiel eine Gruppe von fischenden Frauen oder einen einzelnen, der unklug genug war, im Dschungel allein herumzugehen. Eine strenge Regel bestimmte, daß der Gefangene niemals vom Jäger getötet wurde. Irgend jemand, der in der Nähe war, wurde herbeigerufen, und dieser hatte, abgesehen davon, daß er den Gefangenen erschlagen mußte, den einzigartigen Vorzug, ihm die Nase abzubeißen. Damit wurde er bekannt als Poke Vake, oder »Nasenmann«. Der Papuajäger unterlag von Zeit zu Zeit merkwürdigen und strengen Tabus: er durfte kein reines Wasser aus einem Fluß trinken, es mußte aufgewühlt und schlammig sein, er mußte sein Haus durch die Hintertür betreten und durfte nur selbst zubereitete, im Feuer geröstete Nahrung zu sich nehmen und er mußte sich des Geschlechtsverkehrs enthalten. Nach dreitägiger Abgeschiedenheit in seinem Haus badete er im Meer und war befreit von den Tabus.

Gefangene, die auf einem regelrechten Kopfjagdunternehmen gemacht wurden – als diese noch möglich waren –, tötete man gewöhnlich nicht an Ort und Stelle, sondern brachte sie lebend nach Hause. Als Teil ihrer Opferung wurden sie gemartert. Manchmal aber enthauptete man die Opfer am Zulauf eines Flusses eins nach dem anderen. Einige wenige Gefangene wurden nicht getötet, sondern wie bei bestimmten amerikanischen Stämmen als Mitglieder in den Kopfjägerstamm aufgenommen.

Bei den Kaimari und bestimmten anderen Stämmen wurden die Köpfe erst einem sonderbaren Götzenbild, dem »Kaiemunu«, dargebracht. Dies war eine große vier Meter hohe geflochtene Gestalt. Bei Gelegenheit warf man den Kopf, ja sogar den ganzen Körper des Opfers in den Mund des Götzen. Sobald das Opfer darin war, brachte man das Götzenbild zum Tanzen, als würde es jubilieren, schließlich spuckte es das Opfer auf den Boden.

Die Riten der Kopfjäger waren wie in Borneo die Grundlage des Ahnenkultes. Die Asmat haben zur Erklärung ihrer Herkunft einen farbigen Mythos. Es waren einmal zwei Brüder, der ältere hatte den Namen Desoipitsj und der jüngere Biwiripitsj. Eines Tages brachte der jüngere ein Schwein nach Haus, das er köpfen wollte. Als er sich entschuldigte, keinen menschlichen Kopf beigebracht zu haben, antwortete Desoipitsj: »Na, du kannst ja meinen haben.« Biwiripitsj nahm seinen Bruder beim Wort, tötete ihn mit einem Speer und köpfte ihn mit einem Bambusmesser.

Der abgetrennte Kopf wurde sehr gesprächig und begann Biwiripitsj Anordnungen zu geben, denen dieser pflichtschuldigst gehorchte. Zunächst lehrte er ihn die vorbildliche Technik der Enthauptung und legte die Riten für die Teilnehmer an Kopfjagden nieder, nachdem sie im Triumph in ihr Heimatdorf zurückgekehrt waren. Dann verfügte er, daß die Köpfe bei der Einweihung der Jugendlichen eine Hauptrolle zu spielen haben. Schließlich gab er Biwiripitsj Anleitung – und damit den kommenden Generationen – wie ein bereits abgeschlagener Kopf zu präparieren sei. Am Abend mußte er geröstet werden, während der Nacht auf dem Dachboden gehalten und am folgenden Morgen skalpiert werden. Nach der Entfernung des Gehirns mußte dieses gegessen werden und dann der Schädel mit Asche, Ocker und Kreide bemalt und dann mit Quasten aus Kasuarfedern und Perlen geschmückt werden. Dann konnte der Kopf bei Einweihungszeremonien benützt werden.

In Fällen, wo der Stamm Rache für Unrecht nehmen wollte, das ihnen von Nachbarn angetan worden war, wandten sie Folterungen an. Unter diesen Umständen wurde natürlich dafür gesorgt, die Gefangenen lebend ins Dorf zurückzubringen. Die Witwe jener Männer, deren Tod gerächt wurde, übergab dem Gefangenen ihre Trauerkleidung und bisweilen durfte sie ihn blenden. Das Opfer wurde dann in den für solche Zeremonien vorgesehenen Steinkreis geführt, in Kokosnußpalmblätter eingewickelt und an einen Baum gebunden. Dann wurden die Blätter angezündet, und meist gab er bald sein Leben auf. Auf diese Weise wurden dem Opfer die verlängerten von den Dajak oder Fidschi aufgebürdeten Qualen erspart. Das Enthaupten geschah in diesen Fällen nach dem Tod.

Köpfe waren für eine ganze Reihe von Zwecken erforderlich wie der Einweihung des Hauses eines Junggesellen oder beim Tod eines Häuptlings. Ein Schädel war vor allem ein unerläßlicher Gegenstand in den komplizierten Einweihungsriten für die Jugendlichen, die von dem ursprünglichen Opfer, dem enthaupteten Desoipitsj verfügt worden waren. Der geschmückte Schädel wird, wie schon beschrieben, zu Beginn der Feierlichkeit zwischen die gespreizten Beine des Knaben gelegt, der in schamhafter Haltung auf dem Boden des Junggesellenhauses sitzt. So blieb er zwei bis drei Tage. In dieser Zeit mußte der Jugendliche aufmerksam in das Gesicht des Kopfes starren und konnte nur insgeheim, wenn niemand es sah, etwas essen. Nach dieser langen schlaflosen Zeit putzten sich die Dorfbewohner heraus und bemalten ihre Kanus. Der Eingeweihte stellte sich in das Kanu eines

Verwandten, vor ihm der Schädel. Erst mußte er sich benehmen wie ein erschöpfter alter Mann, mußte schwächer und schwächer werden bis er zusammenbrach und am Boden des Kanus lag. In diesem Zustand wurde er von einem der Brüder seiner Mutter aufgehoben und zusammen mit dem Schädel für eine Weile ins Meer getaucht. Nach diesem Reinigungsakt war er wiedergeboren. Nun spielte er die umgekehrte Rolle, erst als Säugling, dann als Kind, das das Paddel nicht handhaben kann (derartige Vorstellungen des Wiedergeborenwerdens sind ein gemeinsamer Grundzug in den Einweihungsriten vieler Länder). Auf diese Zeremonien folgten kunstvolle Tänze.

Bestimmte Gelehrte wie C. G. Seligman, der ausführlich über Neuguinea berichtete, betonen die Rolle des Kannibalismus aus Rache. Seligman behauptet sogar, daß der Kannibalismus in den südöstlichen Gebieten Papuas in den meisten Fällen ein »feierlicher Akt der Rache« war. Garry Hogg, der sich nach Seligman richtet und ihn viel zitiert, gibt dem Kapitel über Neuguinea sogar den Titel »Kannibalismus aus Rache«. In bestimmten Fällen gab es sicher eine Neigung zur Rache, wenn zum Beispiel eine Witwe das Recht hat, das Opfer zu blenden. Seligman aber beginnt seinen Bericht, indem er zugibt, daß ein »Mangel an Zeit« ausführliche Forschungen verhinderte, und seine Schlußfolgerung scheint Fragen offenzulassen. Zegwaard hingegen verbrachte einige Jahre bei einer einzelnen Gruppe. Sein Bericht über die Asmat bekundet im einzelnen, daß die Kopfjagd ein Grundzug der Mythen und der Religion des Stammes war. Folglich waren sowohl die Erbeutung eines Kopfes wie auch die kannibalistischen Folgen eine Opferhandlung in seiner vollen Bedeutung. Der Krieg selbst, ein wesentlicher Teil der Kopfjagd, war an sich ein religiöses Ritual, selbst wenn er als Beweggrund eine Spur von Rache hatte. Ausnahmslos sind Kriege zwischen Dorfgemeinschaften äußerst zeremoniell. Jene auf Neuguinea waren keine Ausnahme: Die Krieger bemalten und schmückten sich, stärkten ihre Arme mit magischen Beschwörungsformeln, riefen ihre Ahnen durch feierliche Tänze zu Hilfe, unterwarfen sich Tabus und führten Reinigungshandlungen durch, bevor sie aufbrachen. Deshalb scheinen Vorstellungen, daß die Kopfjagd auf Neuguinea öfter als weltliche Handlung der Rache anzusehen sei, das Wesentliche nicht zu erfassen. Die Ziele, die erreicht werden sollten, waren geheiligt und allgemeingültig: die Beisetzung der Toten, die Einweihung der Neulinge und die Sicherung der Stammeswelt.

Sogar eine besonders ausgefallene Form von Menschenfresserei, von der die Behörden sehr spät erfuhren – die Exhumierung und der Verzehr von Leichen –, hatte wahrscheinlich einen übernatürlichen Grund. Die Beweggründe, die diesem Akt zugrunde liegen, kamen niemals ans Licht. Es erinnert jedoch an den Verzehr der Toten bei bestimmten afrikanischen Stämmen und war Teil ihres Ahnenkultes. Der Grund zum Beispiel, warum zwei Frauen ein Kind, die Tochter der einen, ausgruben und aßen, konnte vor Gericht nicht geklärt werden, obwohl die beiden verurteilt wurden und eine kurze Freiheitsstrafe bekamen. (9)

DIE FANATISCHEN FIDSCHI-INSULANER

Die Melanesier auf zahllosen anderen Inseln wurden in ihrem Opferkult und dem Kannibalismus von den Papua von Neuguinea nicht übertroffen. Östlich von Neuguinea und nordöstlich von Australien liegen die Salomoninseln. Jahrhunderte bevor irgend jemand von Australien oder Neuseeland, geschweige denn von Tahiti oder Hawaii gehört hatte, waren die Einwohner der Salomoninseln die ersten dieser dunkelhäutigen Rasse, die von einem Europäer gesehen wurden. Mehr als siebzig Jahre nach der Entdeckung Amerikas durch Kolumbus erfreuten sich die Spanier einer alleinigen Beherrschung des Pazifischen Ozeans, wußten aber mit Ausnahme der Philippinen nichts über seine Inselwelt. Im Jahr 1568 jedoch sichtete Alvaro Mendaña als erster die Salomoninseln. Ihren Namen bekamen sie, weil die Inseln des Pazifik als der legendäre Aufbewahrungsort der Schätze des Königs Salomon galten. Mendaña entdeckte bald zu seinem Schrecken, daß die Inselbewohner gebackenes Menschenfleisch aßen. Da er der Meinung war, daß Kannibalen bestraft werden sollten, befahl er, ihr Dorf in Brand zu stecken. Selbstverständlich breitete sich diese Neuigkeit aus und die Einwohner der nächsten Insel, an der er landete, gaben ihm einen so warmen Empfang, daß er schnell davonsegelte. Er war nach wie vor überzeugt, daß das Land, das er entdeckt hatte, mit Gold angefüllt sein mußte. Zwei Jahrhunderte blieben die Salomon-Insulaner sich selbst überlassen. Vor dem 18. Jahrhundert kamen keine weiteren europäischen Besucher.

Von allen Melanesiern übten keine ihren kannibalischen Opferkult leidenschaftlicher aus als die Fidschi-Insulaner. Ziemlich ausführliche Berichte von Laien ergänzen die entsetzten Aufzeichnungen der christlichen Missionare und erzählen uns mehr von dem, was auf den Fidschis geschah und von der Religion, die diese Handlungsweise veranlaßte. Wir beschäftigen uns hier mehr mit dem Opfer als mit seinen kannibalistischen Nachwirkungen, was die christliche Empfindlichkeit so sehr schockierte. Trotzdem darf man nicht vergessen, daß das Essen von Fleisch – symbolisch oder wirklich – an sich ein wesentlicher Teil bestimmter Opferhandlungen ist.

Die Fidschianer behaupten, die beste Zubereitungsmethode für einen Menschen sei es, ihn im ganzen zu kochen. Aber diese Methode war auch durch das Ritual vorgeschrieben, denn es spielten sich reichhaltige Zeremonien rund um den gekochten Körper ab, bevor das Essen begann. Zur Zeit der europäischen Entdeckungen benutzten die Fidschianer zu diesem Zweck eiserne Kessel, in denen südpazifische Händler Seegurken einpökelten, eine beliebte Delikatesse auf dem chinesischen Markt. Diese Kessel waren groß genug, zwei Menschen zu gleicher Zeit aufzunehmen. Die Körper wurden gewöhnlich in sitzender Stellung gekocht. Der bekannte Reisende Alfred St. Johnson erzählt, daß das Gesicht des Mannes, der gekocht werden sollte, möglichst lebendig bemalt wurde, daß einer der Häuptlinge bei der Leiche stand und einige Zeit im spöttischen Ton zu ihr sprach, bis sie dann den Köchen ausgehändigt wurde.

Von einem der berühmten Fidschi-Kannibalen wird rühmend erzählt, er habe Hunderte von menschlichen Wesen verzehrt. Manchmal reservierte ein Feinschmecker einen ganzen Körper für sich – ein Bakolo, wie Menschenfleisch genannt wurde –, er ließ das Fleisch teilweise kochen, teilweise einsalzen, um es vor Verwesung zu bewahren. Die Wirkungen derartiger Völlerei waren nicht immer zuträglich. Als Berthold Seemann 1850 die Fidschiinseln besuchte, war gerade der Halbbruder des Königs Kuruduadua gestorben und der Hof trauerte um ihn. Seine Hauptfrau führte Seemann zum Grab des Prinzen und jammerte unentwegt, wenn er nur nicht so viel Bakolo gegessen hätte, könnte er noch am Leben sein. Seine Freunde hatten alles getan, was in ihrer Macht stand, um ihn von dem übermäßigen Fleischgenuß abzuhalten, da er seine Gesundheit ruinieren würde. Die Fidschianer hielten Bakolo für schwer verdaulich, sogar für die kräftigsten und tauglichsten unter ihnen, und erklärten, daß die Leute nach einem Kannibalen-Festmahl zu Verstopfung neigten. Um derartige Unpäßlichkeiten zu lindern, wurde Menschenfleisch immer mit grünem Gemüse gereicht, manchmal auch garniert mit Jamswurzeln und Taro.

So viel über kulinarische Einzelheiten der fidschianischen Menschenfresserei. Professionelle Fleischprasser waren eine Ausnahme und wie bereits betont, hätten sich viele Völker selbst aufgefressen, nähme man alle kannibalischen Geschichten für bare Münze. Seemann erklärt, es wäre völlig falsch von vornherein anzunehmen, daß alle Fidschianer Menschenfleisch essen. Das war zum Beispiel beim Nekelo-Stamm für das Volk und für Frauen jeden Ranges verboten, sie durften Menschenfleisch nicht einmal berühren. Die Menschenfresserei war somit ein Vorrecht für Häuptlinge und Leute von Rang. Um 1862, als Seemann seine Berichte schrieb, entstand eine »liberale« oder aufgeklärte Gruppe auf den Fidschiinseln, deren Anhänger sich weigerten, an kannibalischen Festmahlen teilzunehmen. Die »konservativen« Häuptlinge und deren Sippe betrachteten den Verzehr von Bakolo nicht als bloßes Vergnügen, sondern als eine Pflicht der Gemeinschaft gegenüber.

Berichte über fidschianische Religion bringen wenig Einzelheiten. Es ist jedoch so viel bekannt, um nachweisen zu können, daß der Kannibalismus im wesentlichen eine Opferhandlung war. Ein Beobachter, der amerikanische Anthropologe A. P. Rice, erklärt, daß es die Götter waren, die die Menschenfresserei als eine Form des Opfers verlangten. Teile der Körper wurden oft dem Kriegsgott überlassen und der Kopf den Priestern übergeben. Seemann berichtet von einer Zeremonie, wobei einige Gliedmaßen verzehrt wurden, ein Bein jedoch wurde im Hain des verstorbenen Königs hinterlegt.

Der tatsächliche Gebrauch der Folter – so oft ein Teil des Opfers – ist bezeichnend. Manchmal wurde das Opfer nicht zuvor getötet, sondern gebunden in den Kessel gesetzt und gekocht. Eine abscheuliche Form einer Folterung hatte einen besonderen Namen: Vakatoga. Die Gliedmaßen eines Mannes wurden abgehackt, während er noch am Leben war, gebraten und vor seinen

Augen gegessen. Garry Hogg zitiert aus Berichten von Missionaren, wo den Unglücklichen die Zunge mit einem Fischhacken herausgerissen und in ihrem Beisein verzehrt wurde.

Auf den Fidschiinseln gab es auch noch andere Opferformen, die überhaupt keinen Kannibalismus mit sich brachten. Gefolgsleute wurden mit ihren toten Fürsten begraben, um ihnen auch in der nächsten Welt zu dienen. Von den Verwandten erwartete man, daß sie einem großen Mann genügend »Gras« mitgeben, um sein Grab zu polstern. »Gras« bedeutete die Leichen männlicher und weiblicher Sklaven, mit denen der Boden des Grabes ausgelegt wurde, damit der tote Mann darauf ruhen konnte. Oft erdrosselte man die Ehefrauen schon, wenn ihre Männer noch im Sterben lagen. Andere allgemein übliche Formen nichtkannibalischer Opferhandlungen waren in Gebrauch wie das Begräbnis lebender Männer, die vor dem Haus des Häuptlings oder vor einem Tempel auf Posten standen.

Einige Beobachter bringen Statistik für die Fidschiinseln. Ein Bericht über zweihundertsechzig Menschen, die auf einmal gebraten und gegessen wurden, ist sicher eine Übertreibung, die meisten Berichte sprechen von zwei oder drei Opfern zu ein und derselben Zeit. In einem Dorf zählte Seemann über vierhundert Steine, die jeweils gesetzt wurden, wenn man ein Opfer erschlagen hatte. Diese Steine können jedoch das Werk von Jahrzehnten, wenn nicht Jahrhunderten gewesen sein.

St. Johnson war, ungeachtet der von ihm beschriebenen feierlichen Riten, überzeugt, daß die Fidschi-Insulaner Menschenfleisch mehr aus Gier verzehrten. Aber Seemann hat mit ziemlicher Sicherheit recht, wenn er das verneint und außerdem behauptet, daß die Insulaner logen, wenn sie den Fremden von diesen Bräuchen erzählten. Übrigens hatten sie andere Opferformen und nur einige ihrer Opfer landeten im Schmortopf.

MEHR SATI

Jenseits von Melanesien liegt in östlicher Richtung Polynesien, das von Völkern mit bedeutend hellerer Haut bewohnt wird. Die polynesischen Inseln bilden ein Dreieck, an dessen oberem Winkel die Hawaii-Inseln liegen und dessen Basis sich über nahezu achttausend Kilometer von Neuseeland nordöstlich bis zum winzigen Vorposten, der Osterinsel, erstreckt. Über diese riesige Ausdehnung hinweg haben sowohl Religion wie auch Sprache dieser Völker viele Gemeinsamkeiten. Soweit es das Menschenopfer betrifft, gibt es jedoch Verschiedenheiten. Gemeinsame Merkmale wie auch bestimmte Unterschiede sind zu finden. Auf einigen Inseln waren die Einwohner Kannibalen, auf anderen nicht. Im ganzen gesehen war jedoch das Töten von Männern und Frauen auf den König bezogen, im besonderen zu Ehren seines Todes. Meistens begingen die Witwen eine eigentümliche Form von Sati. Allgemein wurde auf diesen meerumschlungenen Inseln das menschliche Wesen mit einem großen Fisch verglichen. Die polynesischen Götter teilten eine besondere Vorliebe für Kindopfer.

Es würde einen Band für sich erfordern, wollte man die Opferriten aller dieser zahllosen Inselgruppen beschreiben. Deshalb will ich mich auf die drei größeren beschränken, die Hawaiischen Inseln, die Gesellschaftsinseln mit Tahiti und Neuseeland. Außerdem sollen Tonga und Samoa am westlichen Rand Polynesiens erwähnt werden, insbesondere da archäologisch bewiesen ist, daß dies die ersten von Menschen bewohnten Inseln im Pazifik gewesen sind. Aufgrund einer primitiven Art von Keramik, die kürzlich ausgegraben wurde, war Tonga die westlichste Gruppe, bereits um 1100 v. Chr. besiedelt. Tonga liegt den Fidschiinseln am nächsten und obwohl rassisch verschieden, nahmen seine Einwohner als Folge von Reisen zwischen den beiden Gruppen viele fidschianischen Sitten an, darunter auch den Kannibalismus.

Eine wichtige Festlichkeit auf Tonga war das Mündigwerden des Erben des Häuptlings, wobei im allgemeinen zehn Menschen geopfert wurden. Viele Opfer forderte auch der Tod eines Häuptlings, darunter auch oft die Frauen des Verschiedenen, die sich dann erdrosselten. Selbstopferung war ein allgemein übliches Zeichen von Trauer. Starb ein bedeutender Mann, dann hackten sich die Untertanen Finger ab, verwundeten sich mit Messern an den Armen und verbrannten sich die Haut. Das Amputieren von Kinderfingern hielt man für ein ausgezeichnetes Mittel, die Götter dazu zu bewegen, die Leiden eines hochgestellten Mannes zu heilen. Außerdem ergaben Kleinkriege zwischen den Inseln reiche Beute an Gefangenen, die geopfert und bisweilen gegessen wurden. Die Tonganer behaupteten, daß diese Sitten eingeführt wurden, nachdem einige unternehmungslustige Seefahrer auf die Fidschiinseln gelangt waren und sich östliche Handlungsweisen und Rituale angeeignet hatten.

Von Tonga und Samoa aus segelten schließlich einige der Polynesier um 300 n. Chr. gen Osten und siedelten auf den Marquesasinseln. Diese Inselgruppe diente als Sprungbrett für die spätere Besiedlung anderer Inselgruppen. Erst faßten sie auf Tahiti Fuß, andere Kanus landeten um 600 n. Chr. auf Hawaii. Schließlich erreichten um 1000 n. Chr. Einwohner aus Tahiti Neuseeland. Diese Reihenfolge sollte man nicht vergessen, und sie bei Betrachtung der Methoden des Menschenopfers auf den verschiedenen Inselgruppen berücksichtigen.

Die Einwohner der Marquesasinseln waren unersättliche Kannibalen gleich jenen von Tonga und Samoa, woher sie kamen. Kein Ereignis von Bedeutung durfte ohne einige Menschenopfer vorbeigehen. Mit riesigen aus Menschenknochen gefertigen Hakken zerrte man die Opfer am Mund gleich Fischen an einer Leine auf den Opferplatz. Das Ganze war begleitet von feierlichem Singsang. Seuchen, selbst Alpträume des Häuptlings waren ein Vorwand für derartige Rituale. Wie die Dajak gingen die Marquesasbewohner öffentlich oder heimlich auf Kopfjagd. In Fällen, wo sie es verstohlen taten, waren hauptsächlich Frauen und Kinder die Opfer. Die Kinder sicherte man mit einer an Kinn und Mund angebrachten Holzklammer und hängte sie für die Heimreise über die Seitenwand des Kanus. Sati wurde oft beim Tod eines Herrschers von dessen Frauen ausgeübt. Großes Ansehen war verbunden mit anderen Formen rituellen Selbstmordes. Es herrschte die allgemeine Vorstellung, daß Selbstmörder in ein gesondertes Paradies kamen, das sie mit den Vornehmen, gefallenen Kriegern und im Kindbett verstorbenen Frauen teilten. Die übrigen der Verstorbenen waren zu einem dunklen Aufenthaltsort, genannt Hawaiki, verurteilt. (10)

OTAHEITE

Die märchenhafte Landschaft Tahitis (oder Otaheite, wie es genannt wurde) übertrifft jeden Traum von pazifischer Inselschönheit. Bei seinem ersten Besuch auf diesem Paradies auf Erden überraschte es Kapitän Cook, nicht nur eine Fülle von Anzeichen von Menschenopfern vorzufinden, sondern auch kriegsähnliche

Unternehmungen in riesigem Ausmaß. Als er ankam, fand er dreihundert Wasserfahrzeuge für eine Invasion auf die nahegelegene Insel Moorea ausgerüstet und bemannt mit achttausend prächtigen Kriegern.

Wenn auch die ständigen Kämpfe auf den Gesellschaftsinseln eine Plage bedeuteten, so waren wenigstens ihre Sitten und Gebräuche etwas weniger grausam als die ihrer Nachbarn. Kannibalismus war unbekannt und Folterungen traten wenig in Erscheinung. Mißhandlungen gab es jedoch viele. Der deutsche Anthropologe Alfred Schoch gibt in seiner wertvollen Studie über das Menschenopfer in Polynesien eine gute Zusammenfassung über die Lage im heiteren, unbekümmerten Tahiti. Die romantischen Schilderungen, die sich um diese Insel rankten, gründeten sich auf Berichten von einem Leben von ununterbrochenem Gesang, Tanz und viel Sinnenlust und stehen im Gegensatz zu Grausamkeit und Kriegslüsternheit, was die Insulaner in ein zwielichtiges Licht versetzt. Diese dunklere Seite ihrer Natur erhielt vielleicht durch die Fühlungnahme mit Europäern einen Schock und verstärkte sich. (11)

Tahiti war von besonderer Bedeutung, da Kapitän Cook – auf seiner letzten Reise im Jahr 1777 – persönlich einem Menschenopfer beiwohnte, wovon es einen ausgezeichneten Bericht von ihm gibt. Zuvor hatten sich seine tahitischen Freunde zum Thema Opfer recht schweigsam verhalten, nun aber ließen sie alle Zurückhaltung fallen und gaben sich die größte Mühe, ihn zu dieser Zeremonie einzuladen.

Der Häuptling Touha erzählte dem englischen Besucher, daß er einen Mann töten ließ, der geopfert werden sollte, um die Hilfe des großen Gottes im Kampf gegen Moorea zu erlangen. Die Opferhandlung sollte am Morae oder Tempel zu Attahooroo stattfinden, der die Szene zeichnete. Nach Cooks Bericht hielten zwei Priester erhabene Ansprachen an den Körper des Opfers und hielten währenddessen Büschel von roten Federn empor. Einer der Priester nahm der Leiche das linke Auge heraus und bot es dem vorsitzenden Häuptling auf einem Blatt. Es wurden auch vier Schweine geopfert.

Cooks Anwesenheit gab dem Ereignis Würde und als Mann von Welt mit wenig religiösen Vorurteilen macht er kein Hehl aus seiner Aufmerksamkeit an dem, was vor sich ging. Sein Bericht über die sich lange hinziehenden Feierlichkeiten übermittelt die Spannung, die in der Luft lag und die Erregung über die durch das Opfer erreichte Vereinigung mit dem Erhabenen. Er empfand genau die Überzeugung der Feiernden, wie diese Riten die unsichtbaren Kräfte im kommenden Jahr auf ihre Seite bringen würden.

Webbers Zeichnung wurde bald berühmt und endlos reproduziert. Wie das Bild zeigt, war er ein geschickter Zeichner mit einem besonderen Gespür für tropische Landschaft wie auch für die einheimische Tracht, wenn auch die Priester ein recht italianisiertes Aussehen haben. Webber zeigt Cook zusammen mit Touha und anderen Vornehmen auf der einen Seite. Cook hat seinen Hut abgesetzt, ist aber bekleidet mit Kniehosen, Strümpfen, einer langen Weste und einem Überrock. Er muß in der Hitze fast umgekommen sein, da er auch noch in der Nähe eines lodernden Feuers stand, auf dem zwei Knaben als Teil der Opferhandlung ein Schwein rösteten. Im Gegensatz dazu sind die Priester auf der anderen Seite des Bildes bis zur Taille entblößt, zwei von ihnen schlagen die Trommel. Der Körper des Opfers in der Mitte des Bildes ist wie ein Tier an eine liegende Stange geschnürt, im Hintergrund heben zwei Männer das Grab aus. Webbers Opferhandlung wurde später von der Londoner Missionars-Gesellschaft für ihre Zwecke genutzt. Die Zeichnung wurde kopiert und Webbers ziemlich anmutige Insulaner wurden retuschiert und bekamen ein brutaleres Aussehen. Die Schädel im Hintergrund bekamen schärfere Konturen.

Bei dieser Gelegenheit zählte Cook vor dem Tempel alles in allem neunundvierzig Schädel früherer Opfer. Die meisten erschienen ihm ziemlich neu. Er war überzeugt, daß die Tahitier reformierte Kannibalen waren und daß die Sitte, das linke Auge des Opfers herauszunehmen und dem König anzubieten, der *vorgab* es zu essen, ein Überbleibsel war. Cooks scharfsinnige Beobachtung war vermutlich richtig, denn die Kannibalen in Neuseeland haben auch das linke Auge des Opfers herausgenommen und es tatsächlich gegessen, anschließend wurde der Körper in den Schmortopf gesteckt. (12) Auch auf den Marquesas hatte der Oberpriester das Recht, das Auge des Opfers zu essen.

Als ich zum erstenmal Webbers Illustration der Opferhandlung sah, in der das Opfer bereits tot war, konnte ich mich des Gefühls nicht erwehren, daß die Darbietung, um Cook zu gefallen, entschärft war und daß das vermeintlich tote Opfer in Wirklichkeit noch lebte und vermutlich erschlagen werden sollte, sobald Cook den Schauplatz verlassen hatte. Denn fast ausnahmslos ist der von Ehrfurcht erfüllte Höhepunkt der tatsächliche Tod des Opfers auf dem Altar im Beisein Gottes, den es personifiziert. Eine über einem toten Körper durchgeführte Zeremonie erscheint vergleichsweise zahm und bedeutet wenig mehr als eine gewöhnliche Beerdigung. Cook und Webber gaben jedoch offensichtlich eine richtige Beschreibung und Schoch bestätigt, daß das Opfer normalerweise außerhalb des Tempels getötet wird, da es eine Gotteslästerung war, irgend jemand innerhalb des Tempelbereiches zu töten. Die Hawaiianer teilten diese Ansicht, kein Blut durfte im Tempelbezirk vergossen werden.

Das Recht, Menschen zu opfern, stand auf Tahiti nur dem König zu, der es im großzügigen Maß ausübte. Vorwände für Opferungen gab es viele: die Einsetzung eines Häuptlings, Beerdigung der Toten, der Beginn eines Feldzuges oder dessen Abschluß durch Frieden, eine Tempelweihe für Oro, der Stapellauf eines Oro gewidmeten heiligen Bootes, das gleichzeitig eine Art Flaggschiff war. Solche Ereignisse forderten ein oder mehrere Menschenopfer. Außer Kriegsgefangenen nahm man die Opfer aus der untersten Gesellschaftsklasse, Menschen ohne Eigentum und ohne Rechte irgendeiner Art, wie auch solche, die ein Verbrechen begangen oder einen Häuptling oder Priester beleidigt hatten. Wurde ein Mitglied einer Familie zum Opfer, dann war die ganze Familie in Gefahr, schließlich das gleiche Los zu erleiden.

Alle diese Opferhandlungen geschahen in Huldigung von Oro. Douglas Oliver beschreibt in seinem Buch »Ancient Tahitian Society« das große Opferfest für den Gott, das nach der Überlieferung um 1350 n. Chr. in Opoa eingeführt wurde und bis zum Ende der heidnischen Zeit weiterlebte.

»Die Zeit dieser Zusammenkünfte war für alle auf dem Land und zur See von ehrfürchtiger Feierlichkeit erfüllt. Die Alten und Schwachen, Frauen und Kinder zogen sich mit ihren Haustieren auf weit im Inland für sie vorbereitete Plätze zurück. Alles war ruhig entlang der Küste, sogar das Meer und die Elemente, die wie die Überlieferung sagt, im Einklang mit den Festlichkeiten der Götter zum Schweigen gebracht waren.«

In Doppelreihen näherten sich die Kanus bei Anbruch des Tages der heiligen Durchfahrt Te-ara-moa, besetzt mit unzähligen Würdenträgern von hohem Rang in großer Aufmachung, unbewaffnet und ohne Frauen und Kinder: »Quer über die Schiffsvorderteile der Doppelkanus war ein Boden gelegt, der die Kammer mit den Idolen, Trommeln, Seemuscheltrompeten und anderen Schätzen für die Götter und die Menschen auf Raiatea bedeckte. Auf dem Boden waren Opfergaben von auswärts aufgereiht: kurz zuvor für den Zweck erschlagene menschliche Opfer und frisch gefangene große Fische ... sie waren auf dem Boden ausgelegt ... abwechselnd ein Mann und ein Makrelenfisch, ein Mann und ein Hai, ein Mann und eine Schildkröte, schließlich beendete ein Mann die Reihe. Hinter dieser grausamen Szenerie standen zwei oder drei Priester in ihrem feierlichen Gewand, einem einfachen Lendentuch, einem Schulterumhang, der bis zur Hüfte reicht ... einer eng anliegenden runden Kappe – alles in schön verziertem, mit Puran-(Majagua-)Rinde gebleichtem Weiß.« (13)

Schnell wurden die Kanus an Land gezogen und vom König von Raiatea, seinen Priestern und seinen Vornehmen begrüßt. Dann machte sich jedermann daran, die frisch angekommenen Opfer zu ordnen. Sie fädelten sie an den Köpfen auf geflochtene Schnüre auf (ein Vorgang bekannt als tu'i-sha) und hingen sie an die Zweige der Bäume. Fisch im Wechsel mit Menschen, war das getan, dann sangen die Oro-Priester die magischen Worte: »Esse nun von Deinem langbeinigen Fisch, Oro-mata-'oa! Oh, mein König. Esse von Deinem Fisch aus dem Meer, mein König.« Weitere getötete Opfer legte man auf die Straße, die zum inneren Tempel führte, über ihre Körper wurden die Kanus mit den Idolen der Götter gezogen. Im Tempelinneren vollzogen sie mystische Riten, kein Feuer wurde entzündet an diesem Tag und auch nichts gegessen. Bei Anbruch der Nacht betrat der Geistliche den Tempelhof, rief alle Götter an, Oros Gastlichkeit zu genießen. Angesichts der Opferkörper aß der Priester eine heilige Mahlzeit in der von der Gottheit vorgeschriebenen Ordnung.

Früh am nächsten Tag wurden die menschlichen oder langbeinigen Fische, nicht aber die wirklichen Fische abgenommen und beerdigt, dazu die verstümmelten Körper, die als Rollen für die Kanus gedient hatten. Man setzte sie sitzend in ihre Gräber. Auch diese Zeremonie hatte ihren besonderen Namen: ha'apou (niedersitzen).

Bei diesen Opferungen für Oro war Sühne das Hauptmotiv. Das Bedürfnis, von Sünde befreit zu werden und absichtliches wie unabsichtliches Unrecht wiedergutzumachen, war immer vorhanden. Bei einer anderen Zeremonie für Oro, die auch mit Opferung verbunden war, sang der Priester nach der großen »Entlassung« aus der Sünde: »Das Böse des Herrschers und der Sippe ist zu Ende. Die Arbeit am Inneren hat die Sünde getilgt, das Schlußgebet ist beendet, alles ist rein. Hier sind die Urafedern, ist das Friedenszeichen der Kokosnußblüten, hier ist Dein Mann, vom Kopf bis hinunter zu seinen Füßen, von den Füßen bis zum Kopf, Deinen Zorn, den groß gewordenen, o Gott, zu mäßigen. Für große Verbrechen, für Familienstreit, für heftige Worte, für Mißachtung der Götter, für nachlässiges Abkratzen des Mooses vom Tempel, für verborgene ausschweifende Leidenschaft, für gegenseitige Entfremdung unter Freunden, für Fluchen, für Zerstörung durch Zauberei, für Anrufung böser Geister. Dies sind die Sünden, die Dir mißfallen, o Gott.« (14)

DAS ENTLEERTE KINDERZIMMER

Die viel größere Gruppe, von Cook Sandwichinseln genannt, die nun aber Hawaii heißt, wurde mit Hilfe von Feuerwaffen gewaltsam geeint. Bis 1810 n. Chr. waren alle Inseln unter dem Einfluß der Kamehameha-Dynastie von Oahu mit Honolulu als Hauptstadt. Wo bisher jede Insel einen streitbaren König hatte, regierte nun souverän ein einziger Herrscher.

Als Herren eines für polynesische Begriffe riesigen Gebietes, betrachteten die Untertanen die Könige von Hawaii mit besonderer Ehrfurcht. Selbst in der Zeit Kamehamehas I. Vorfahren war des Königs Tabu so streng, daß ein gewöhnlicher Mann sofort geopfert werden mußte, wenn sein Schatten auf den König gefallen war. Jeder Untertan, der des Königs bei Tag ansichtig wurde, mußte sterben. Aus diesem Grund ging der Monarch nur nachts aus.

Gleich den Herrschern von Tahiti hatte die hawaiische Dynastie ihren eigenen Gott Kukailimoku, dem häufig Menschenopfer gebracht wurden. Der König war gleichzeitig der Hohepriester des Gottes. In einem Land, in dem der Monarch halb göttlich war, war das Menschenopfer der Dynastie vorbehalten. Nachdem er auch Kriegsgott war, gab es in den Tagen vor dem Ende der Feindseligkeiten zwischen den Inseln vor und nach dem Kämpfen viele Opferungen.

Diese Riten sollten das Wohlergehen der königlichen Familie auf vielfältige Weise sichern. War der König krank, mußten Menschen getötet werden, um seine Genesung sicherzustellen. Zwanzig Menschen konnten zu gleicher Zeit geopfert werden und vor der letzten Krankheit Kamehamehas I. wurden viele erschlagen. 1819, als er starb, war der Tribut sogar höher und viele Mitglieder seines Hofes wurden ins Jenseits befördert, um ihn mit einem Gefolge im nächsten Leben zu versorgen. Bei anderen Gelegenheiten, wenn es Kriegsgefangene nicht gab, wurden Menschen wie auf Tahiti aus niedrigen Klassen oder vielleicht auch verurteilte Verbrecher gewählt. Der Bau königlicher Kanus forderte viele Leben. Ein Mann mußte am Fuß des Baumes erschlagen werden, aus dem das Holz für das Boot geschnitten werden sollte, ein anderer wurde bei Fertigstellung getötet und weitere Tote prägten die Feierlichkeit, wenn das Kanu ins Wasser gelassen wurde.

Auf Hawaii wurde das Fleisch des Opfers normalerweise nicht gegessen. Auch hier bot man zeremoniell das linke Auge dem König oder dem obersten Priester. Eine rauhe Sitte hatte sich gehalten, wobei der Gott ganz plötzlich das Auge einer der Anwesenden forderte. Der Priester deutete auf den Unglücklichen und dessen Auge wurde sofort herausgenommen und dem Gott geopfert. Bestimmte Missionare behaupteten, daß die Hawaiianer zum Teil Kannibalen waren. Schwerer Argwohn erhob sich durch das Schicksal von Kapitän Cooks Körper, nachdem er in einem Scharmützel auf der großen Insel Hawaii im Jahr 1779 getötet worden war. Sein Kopf und die Gliedmaßen wurden an die Häuptlinge verteilt, der übrige Körper in kleinere Stücke zerhackt und an die niedrigen Adligen verteilt, die sie vermutlich verbrannten. Als jedoch einige Knochen und zehn Pfund seines Fleisches auf Veranlassung des Hohepriesters an die Landsleute von Cook zurückgegeben wurden, bemerkten diese, daß das Fleisch Pökelspuren aufwies. (15) Nebenbei bemerkt, Cook war von den Insulanern als Reinkarnation des Gottes Lono begrüßt worden.

War Kannibalismus zumindest selten, Grausamkeit den Opfern gegenüber war es nicht. Zur Einweihung eines neuen Tempels wurden große Opferzeremonien veranstaltet. Der Höhepunkt der kunstvollen Riten war die Opferung eines großen und seltenen Fisches, als Ulua bekannt. Häufig konnte dieser Fisch nicht gefangen werden, dann mußten einige Männer an seiner Stelle umgebracht werden. Sie wurden behandelt als wären sie Fische, an einem durch Kinn und Mund getriebenen großen Hakken wurden sie durch die Luft geschwungen, ihre Schädel steckte man auf den Zaun, der den Tempel umgab.

Kindesmord war auf Hawaii üblich, ob für Opferzwecke oder aus reiner Bequemlichkeit. Die Lage der Kinder war ungewöhnlich. Nach hawaiischem Glauben war das Neugeborene die Wiederverkörperung eines geehrten Vorfahren, eines Großvaters oder Urgroßvaters, und vom allerersten Tag seiner Geburt an erhielt es das Vorrecht über seinen Vater und wurde als rechtmäßiger Besitzer des Eigentums behandelt. Andererseits hatten Eltern die Berechtigung, ihre Abkömmlinge zu töten, und sie übten dieses Recht auch aus, wenn schon zwei oder drei Kinder da waren. Wenn aus keinem anderen Grund, taten sie es einfach, um sich die Plage einer großen Familie vom Hals zu schaffen – was an sich kaum ein Akt einer Opferhandlung ist. In Hawaii diente Kindesmord zusätzlich dem Zweck, den Status zu wahren. Wurde eine Frau von hohem Rang durch einen Bürgerlichen schwanger, dann warteten ihre Verwandten nur auf die Gelegenheit, das neugeborene Kind zu töten.

Hawaiier berichteten William Ellis, dem ersten Engländer, der über sie schrieb, daß früher Kinder (wie an der Gangesmündung) den Haien vorgeworfen wurden.(16) Ellis bezweifelte, ob eine einzige Mutter zu finden wäre, die nicht mindestens ein Kind getötet hatte. In den Boden der Behausung wurde ein Loch gegraben, manchmal begrub man das Kind lebendig, öfter aber wurde es mit einem Stück Stoff über dem Mund erstickt und dann in die Erde versenkt.

Kindesmord war nicht auf Hawaii beschränkt, sondern über ganz Polynesien verbreitet. In Tahiti sprachen die Bewohner mit äußerster Gleichgültigkeit darüber, wie sie ihre Kinder umbrachten, und pflegten ruhig die Missionshäuser zu besuchen, beinahe bevor ihre Hände vom Blut ihrer Kinder sauber waren. König Pomare I. hatte eines seiner eigenen Abkömmlinge getötet. Auf den Marquesas wurden manchmal bei Nahrungsmittelknappheit Kinder getötet und verzehrt, ein Brauch, der bei den australischen

Ureinwohnern nicht unbekannt war. Oberflächlich betrachtet, könnte man deshalb den Kindesmord als leichten Ausweg für die Eltern ansehen, sich von der Überfüllung des Kinderzimmers zu befreien. Bei näherer Untersuchung scheint dieser Brauch jedoch eine Grundlage der Religion und wesentlich für das Überleben der Gemeinschaft zu sein. Den Tod eines Kindes hielt man für einen vermehrten Kräftezuwachs für die Lebenden. Auf den Tonga-Inseln war es zum Beispiel für die Eltern eine unumstößliche Pflicht, Kinder zu erdrosseln, um den Herrscher zu stärken und zu bewahren. In Tahiti war Kindesmord für einige der höchsten Anhänger der Götter eine Pflicht. Die Arioi bildeten eine verschworene Elite unter den Oro-Verehrern, sie waren verpflichtet, alle ihnen geborenen Kinder zu töten, sie wurden auf den zweiten Rang verwiesen, wenn sie es nicht taten. Douglas Oliver berichtet, daß der kinderlose Häuptling Tupaya sich für wesentlich bedeutender hielt als König Georg III. von England, denn von ihm war bekannt, daß er eine große Familie hatte. Oliver zitiert einen Bericht aus dem 18. Jahrhundert, in dem der scharfe Unterschied zwischen kinderlosen Arioi und jenen mit Kindern betont wird: »Wenn ein Areeuoy (sic) irgendeines seiner Kinder bewahrt (was sie selten tun bis sie vorgerückten Alters sind und das Feuer ihrer jugendlichen Leidenschaft ein wenig am Erlöschen ist), werden sie nicht so respektvoll behandelt wie Junggesellen . . . und werden bei Festen erst nach den Unverheirateten bedient.« (17)

Schoch betont auch, daß Kindesmord auf Tahiti in seinem Ursprung weit davon entfernt war, bloßer Mord zu sein. Es war eine geheiligte Sitte, diente dazu die Ahnen zu ehren und die Reinheit der Familien von Rang zu bewahren. Wenn Kindesmord in Polynesien in der ersten Zeit der europäischen Kontakte in allgemeinen Gebrauch kam, dient das als weiterer Hinweis wie in Zeiten von Zwang und Belastung alte Rituale als Entschuldigung für Mord gedient haben könnten. In den Fällen von Kindesmord mögen Berichte über die Verbreitung solchen Mißbrauches übertrieben worden sein, denn die herzzerreißenden Geschichten kamen von den Missionaren, die wie gewohnt alles daran setzten, jene religiösen Lehren in Verruf zu bringen, die auszumerzen ihr Zweck war.

Außerdem ist der Kindesmord in der einen oder anderen Form so verbreitet, daß sein Nichtvorhandensein in Polynesien überra-

Krieg war ein geheiligter Brauch, dessen Ursprung einem mythischen Kampf zwischen den Kindern von Hangi, dem Himmel, und Papa, der Erde, entstammt. Ein besonderes Merkmal in Neuseeland war die Verwendung einer großen Palisade, bekannt als Pa. Sowohl die Angreifer wie die Verteidiger einer derartigen Festung griffen zur Unterstützung ihrer Ziele auf Menschenopfer zurück. Um ein Ergebnis zu erzielen, mußte das, so glaubte man fest, ein dem Ausübenden besonders wertvolles Wesen sein. Gleich König Agamemnon, bereit seine Tochter für einen günstigen Wind zu töten, erschlug der Maorihäuptling Kaharau seinen eigenen Sohn, schnitt ihn auf und opferte das Herz den Göttern. Damit hoffte er auf Hilfe bei der Verteidigung seines Festungswerkes. In einem anderen Fall verbrannte der Häuptling, der eine Palisadenfestung angriff, das Herz seines Sohnes in einem eigenhändig entzündeten Feuer. (19)

Oft wurde vermutet, daß Menschenfleisch hauptsächlich zur Bereicherung der sonst mageren Kost verwendet wurde – eine Theorie, die zwischen den Erforschern des Alten Mexiko eine Auseinandersetzung hervorgerufen hat. Normalerweise aber wurden von den Maori nur Kriegsgefangene und gefallene Krieger anderer Stämme gegessen. Das Angebot an Fleisch war deshalb begrenzt. Jene die verzehrt wurden, waren bekannt unter dem Namen »Die Fische des Tu« – das heißt, Opfer des Kriegsgottes. Wie bei den Fidschi-Insulanern war das Fleisch für Frauen, mit Ausnahme einiger Priesterinnen, verboten. Die Köpfe der Opfer wurden als Trophäen aufbewahrt und oft auf Pfosten gesteckt. Gleich anderen religiösen Gebräuchen waren jene von Neuseeland zur Zeit der Berührung mit Europäern anfällig für Mißbrauch. Die Maori hatten herausgefunden, daß sie die Köpfe gegen Feuerwaffen und andere europäische Waren einhandeln konnten, ein Warenaustausch, den Cooks Mannschaft eingeführt hatte, als sie ihren ersten Kauf tätigten. Bis 1820 waren tätowierte Maoriköpfe ein ganz gewöhnlicher Handelsartikel in Sidney. Eine Zeitlang töteten einige Häuptlinge sogar ihre Sklaven, um die Nachfrage befriedigen zu können. Der Schiffsverkehr lieferte einen neuen Anreiz zum Krieg, da Köpfe, die man bei Feldzügen mitführte, gegen Musketen eingehandelt werden konnten, die wiederum benutzt wurden, um noch mehr Köpfe zu erbeuten. Diese Verhältnisse dauerten bis 1831, als die Regierung von Neusüdwales den Besitz eines menschlichen Schädels zu einem strafbaren Vergehen in der Kolonie machte. (20)

GEMEINSAME FÄDEN

Unverkennbar ist es schwer, über Myriaden von Inseln, die sich von einem Ende des Ozeans zum anderen ausbreiten, allgemeine Feststellungen zu machen. Dennoch treten bestimmte gemeinsame Merkmale hervor. Sicher ist es kein Zufall, daß alle diese Menschen eine Sprache ihr eigen nannten, die zur gleichen linguistischen Familie, bekannt als Austronesisch, gehörten und deshalb eine gemeinsame, wenn auch weit zurückliegende Abstammung teilten.

Überall in diesem riesigen Gebiet dreht sich das Leben der Gemeinschaften um die Person des Königs oder Häuptlings, als dem von Gott Erwählten. Menschenopfer begleiteten Geburt und Tod von Prinzen, das Tätowieren der Kinder, die Einweihung ihrer Tempel, Paläste oder Boote. Überall wurden Gefolgsleute benötigt, um dem Herrscher im nächsten Leben zu dienen, an vielen Orten erdrosselten sich seine Frauen an seinem Grab.

Kindesmord, zwar an anderen Orten nicht unbekannt, war eine weitere wichtige Form der polynesischen Opferhandlungen. Unsinnigerweise stand das Töten von Kindern in einem engen Zusammenhang mit der Ahnenverehrung. Neugeborene wurden nach der Geburt sofort in das Jenseits zurückgeschickt, denn man hielt sie für die besten Vermittler zwischen den Lebenden und den geheiligten Toten. Wenn insbesondere ein bedeutender Mann krank war, betrachtete man die kleinen Kinder als die auserwählten Fürsprecher bei seinen Ahnen, um sie zu bitten, ihn wieder gesund zu machen. Ritueller Selbstmord war ein weiteres besonderes Merkmal, wenn auch nicht so verbreitet wie in Indien. Die polynesische Sitte der Selbstverstümmelung erinnert mehr an Mexiko.

Es gab viel Gemeinsames bei den geheiligten Ritualen der Polynesier, jedoch unterschieden sich die Insulaner insofern, als einige von ihnen ihre Opfer verzehrten und andere nicht. Bestimmte Anzeichen wie das symbolisch angedeutete Essen des Auges auf Tahiti, während es auf Neuseeland tatsächlich gegessen wurde, lassen vermuten, daß der Kannibalismus in Polynesien überall verbreitet war, an manchen Orten aber aufgegeben worden war. Selbst wo der menschliche Körper nicht gegessen wurde, war er einer Form von Nahrung zu vergleichen. Auf Tahiti hing man die Opfer Seite an Seite mit den Fischen auf und die Menschen wurden in Opfergesängen als Fische beschrieben.

Die Gründe, warum einige Kannibalen waren und andere nicht, sind unbekannt. Die Versuchung liegt nahe, materielle Gründe zu vermuten und zu behaupten, religiöse Bräuche seien nur eine Nebenerscheinung für die Versorgung mit tierischem Eiweiß. Die Marquesas, obwohl gewöhnlich gut bewässert, waren zugegebenermaßen furchtbaren Trockenheiten ausgesetzt, und in solchen Zeiten hatten die Einwohner kaum etwas anderes zu essen als sich selbst. Die Fidschier hatten außer Ratten keine andere tierische Nahrung, bis im Lauf des 18. Jahrhunderts das Schwein auf die Insel gebracht wurde. Im Gegensatz dazu war die Kost der nichtkannibalischen Tahitier reichhaltiger. Aber diese Schlußfolgerung täuscht, wenn man sich erinnert, daß die Maori die unersättlichsten Menschenfresser von allen waren und sie bewohnten ein weiträumiges und grünes Land. Die menschenfressenden Stämme auf Neuguinea jagten Wildschweine und eine Vielzahl von Vögeln.

Während also der Kannibalismus kein gemeinsamer Tatbestand war, so war der Kult mit dem menschlichen Kopf fast universal. Die Dajak auf Borneo und die Papua auf Neuguinea waren leidenschaftliche Kopfjäger. Der Brauch aber war durchaus auch in Polynesien vorhanden und auch auf den Marquesas. Köpfe waren auf den polynesischen Inseln geschätzte Trophäen, oft dem Priester und dem Kriegsgott vorbehalten. Man pflegte sie auf Pfählen in dichten Reihen zu setzen, was etwas an die Schädelgerüste in Mexiko erinnert.

Der Schädelkult ist sowohl die ursprünglichste wie die bleibendste Form von Opferhandlung. Sie wurde 20000 v. Chr. ausgeführt, wenn nicht schon früher, und hielt sich bis in die Jahre nach 1970. Während jedoch Köpfe überall begehrt waren, unterschieden sich die von ihnen gewährten Vergünstigungen von Ort zu Ort recht weitgehend. Bei bestimmten Völkern diente der Schädelkult dazu, den Kosmos am Leben zu erhalten, während andere ihn lediglich als Stärkungsmittel für ihre Krieger benützten. Auf Borneo war der Schädel eine Vorbedingung für die Heirat, auf

Neuguinea für die Einweihung eines jungen Mannes. Sonst konnte er kein wirkliches Mitglied seines Stammes werden.

Das Menschenopfer war oft eng verbunden mit Folterungen, obwohl auch hier die Methoden von Insel zu Insel verschieden waren. Schärer beschrieb das Martyrium, das die Sklavenopfer der Dajak zu erleiden hatten. Eine ähnliche Form des Todes durch tausend Schnitte wurde von den primitiven Stämmen von Mindanao auf den Philippinen ausgeübt. Schärer verwirft die Vorstellung, daß die Folter aus dem Glauben entstanden ist, die Seele eines Opfers neige dazu, an ihrem Körper festzuhalten und würde ermutigt zu entfliehen, wenn der Tod durch viele einzelne Wunden herbeigeführt wurde.

Er behauptet auch, daß derartige Grausamkeiten nicht aus Sadismus oder reiner Freude am Leiden verübt wurden. Schärer sieht es mehr als Notwendigkeit an, die entstanden ist, weil die Sklaven als Begräbnisopfer getötet wurden. Jeder Verwandte des Toten mußte dem Opfer einen Schlag versetzen, um die Befreiung vom Zustand der Unreinheit, die durch den Tod entstanden war, zu erlangen. Diese Theorie jedoch erklärt kaum andere Folterungen wie das langsame Kochen der Menschen durch die Fidschier. Die Verbreitung der Folter, gleich dem Kannibalismus, war uneinheitlich und ist deshalb schwer zu erklären, auch wenn die Ansicht, daß nur ein verlängertes Leiden des Opfers die Schuldenlast der Menschen vermindern kann, weit verbreitet, wenn nicht universal war. Einfachere Ziele wie das In-sich-Aufnehmen von Kraft durch das Blut der Opfer oder die Erbeutung von Köpfen sind leichter zu erklären. Aber die tiefer gehenden Motivationen wie die Erhaltung der kosmischen Ordnung bei den Dajak, oder das Sühneopfer bei den Tahitiern, mögen Auffassungen zum Inhalt haben, die in unserem Wertmaßstab keine Entsprechung haben. Der gelernte Anthropologe steht heutzutage oft vor einem Rätsel, wenn er versucht, Stammesbräuche und Stammesdenken zu verstehen und die geistige Kluft, die zwischen ihm und seinen Informanten gähnt, zu überbrücken. In den jüngst vergangenen Jahren wurde dem Problem viel Beachtung geschenkt, wie einheimische Vorstellungen, die für den westlichen Verstand so kompliziert wie fremd sind, am besten zu erfassen sind und in heutiger wissenschaftlicher Form ausgedrückt werden könnten.

Wenn außerdem leicht vergessen wird, daß so viele Berichte

über diese Sitten von Reisenden zu uns kamen, die ganz außerstande waren, Gedankengänge von Menschen zu erfassen, deren Sprache sie kaum verstanden – auch wenn der Gewährsmann die Wahrheit zu sagen *versuchte* –, bestenfalls eine fragwürdige Vermutung war. Neuguinea hat immer noch siebenhundert Sprachen und Mundarten aufzuweisen, die jede für sich in einem kleinen Tal gesprochen wird. In den ersten Jahren dieses Jahrhunderts wurde von J. B. P. Murray, Vizegouverneur und oberster Richter von Papua, eine Geschichte erzählt, die das Problem illustriert, das sich auch in anderen Teilen der Welt, wo ein Sprachenwirrwarr herrscht, erhoben hat.

Ein Mann in Kap Nelson wurde angeklagt, ein Neugeborenes getötet und gegessen zu haben. Der Fall konnte aber vor Gericht nicht verhandelt werden, da niemand die Sprache des Mannes kannte. Schließlich fand man einen Koch, der mit dem Angeklagten sprechen konnte, das Problem blieb aber immer noch ungelöst, denn niemand sonst verstand den Koch. Schließlich konnte mit Hilfe von drei verschiedenen Dolmetschern eine Verständigung mit dem Koch hergestellt werden. Die Verhandlung fand statt, aber der Gefangene konnte nicht mit dem Richter sprechen noch der Richter mit dem Gefangenen, bis nicht jeder Satz viermal über eine Kette von Dolmetschern übersetzt und rückübersetzt war.

War eine Reihe von Übersetzungen nötig, dann hat die endgültige Fassung nur eine schwache Ähnlichkeit mit dem ursprünglichen Satz. Murray berichtet von einem Fall, wo zwei Eingeborene die Kehle eines anderen mit einer Axt durchschlagen und seine Augen mit einem Messer herausgeschält hatten. »Warum«, erkundigte sich Murray über den ersten Dolmetscher, »nahmen sie seine Augen heraus? Seine Kehle zu durchschneiden war ganz bestimmt genug.« Nach einer Doppelübersetzung wurde dem Gefangenen die Frage folgendermaßen vorgelegt: »Der Gouverneur sagt, es war völlig richtig, seine Kehle durchzuschneiden, aber seine Augen hättet ihr nicht herausnehmen sollen.« (21) Murray wußte so viel von der fraglichen Sprache, um den Fehler zu erkennen.

Ohne gute Kenntnisse in der Sprache des Informanten sind die Tatsachen bestenfalls verstümmelt und öfter falsch. Es war für einen Eingeborenen wesentlich leichter, sich seine Lippen zu lekken und so unmißverständlich anzudeuten, daß er Menschenfleisch *gerne* aß, statt in abstrakter Form die komplizierte Vorstellung erklären zu wollen, daß er mit dem Verzehr von Menschenfleisch an einer gemeinschaftlichen Sühnehandlung für begangene Sünden teilhat. Wenn überdies in vielen Fällen selbst in den Gedanken der Eingeborenen abstrakte Vorstellungen vorhanden sind, so fehlen eben der Sprache dafür die entsprechenden Ausdrücke. Auch das Gegenteil ist richtig und oft sind europäische Gedankengänge für einheimische Sprachen unübersetzbar. Als zum Beispiel im 18. Jahrhundert spanische Mönche in Niederkalifornien ankamen, gab es kein indianisches Wort für Auferstehung. Die einzige Möglichkeit, die Vorstellung zu vermitteln, war, Fliegen ins Wasser zu tauchen und wenn sie halbtot waren, herauszunehmen und wieder lebendig zu machen. Verbliebene Texte im aztekischen Nahuatl, mit dem das Volk in katholischer Religion unterrichtet wurde, sind mit spanischen Ausdrücken versetzt, für die es keine entsprechenden Worte im Nahuatl gab.

Wenn wir uns auf Mitteilungen verlassen, die durch Barrieren in Sprache und Denkungsart entstellt sind, versuchen wir zu vereinfachen und erklären eine bestimmte Tötungsart als religiöses Opfer, während eine andere kurzerhand mit Gefräßigkeit und Sadismus begründet wird. Bemühungen aber, das Geheiligte und das Weltliche zu trennen, sind bei den meisten alten Gesellschaftsordnungen vergeblich. Die Religion stand im Mittelpunkt aller Tätigkeiten und alle Ereignisse geschahen auf Anordnung des Übernatürlichen, nicht nur Geburt und Tod, sondern auch Essen und Trinken sowie Liebe, Kampf, Bodenbebauung, Mischen der Medizin und das Träumen. Der Kreislauf von Leben und Tod, sei es beim Menschen selbst oder bei Tieren und Ernten, wurde weniger von eigener Tätigkeit als von den Launen der Götter bestimmt. Während ein Europäer die Jagd auf Köpfe und das Töten der Sklaven als reinen Mord betrachtete, hatten jene, die daran teilnahmen, eine andere Meinung. Ein Maorischädel mag in Sidney zu einem amüsanten Souvenir werden, zu Hause aber war es ein geheiligtes Relikt, in dessen Gegenwart ganze Familien in Erinnerungen an den geliebten Toten zu schluchzen pflegten.

KAPITEL VIII

DER TOPF UND DER KESSEL

DIE SCHWARZE LEGENDE

Für die meisten Menschen ist der Begriff »aztekisch« gleichbedeutend mit Menschenopfer, und sofort erinnert man sich an Bilder von pochenden Menschenherzen, die der Sonne geweiht wurden und hochaufgeschichtet in Adlergefäßen, dem Symbol der Sonne, lagen.

Kein vernünftiger Rezensent würde es abstreiten, daß Menschenopfer die Grundlage der Religion der Azteken war – das heißt jenes Volkes, das im Jahrhundert vor der spanischen Eroberung den größten Teil des Alten Mexiko eroberte. Wenn sie jedoch als die berühmtesten Opferer aller Zeiten einen besonderen Ruf genießen, so ist das den Ereignissen dieser Eroberung genauso zu verdanken wie der Art der aztekischen Riten.

Denn bei genauerer Untersuchung sind die Gesichtspunkte der aztekischen Opferhandlungen so einleuchtend wie jede außergewöhnliche Eigenschaft, die sie besaßen. Und wenn auch die Ausmaße gewaltig waren, ihre Zielsetzung war die übliche: die Toten zu ehren und den Lebenden Beistand zu geben. Sogar die Methoden des Tötens haben viele Parallelen und die Wahl der Opfer folgt einem bekannten Muster.

Und doch, wenn wir uns zum erstenmal mit Opferhandlungen in einer rein amerikanischen Umgebung befassen, dann stellt sich heraus, daß das richtige Verhältnis etwas verändert ist, so wie es sich wandelte, als wir von Europa nach Asien hinüberwechselten. Handlungsweisen waren allenfalls vergleichbar, Verhaltensweisen jedoch nicht. Eine gewisse Zurückhaltung wie in der Alten

Welt gibt es nicht, ganz offen werden Opferszenen in mexikanischen Kodizes gemalt, ja sogar von peruanischen Keramikern in Ton dargestellt.

Eine Fülle anderer Beweisstücke aber hilft Lücken zu füllen und die Irrtümer in den Erzählungen der spanischen Konquistadoren zu berichtigen. Denn die Spanier mit ihrer gefühlsbetonten Einstellung zur Religion der Einheimischen sind das genaue Gegenteil zur distanzierten Ansicht im Zeitalter der Aufklärung, die sich durch Kapitän James Cook und seinen weltmännischen Botaniker Joseph Banks verkörpert oder zu den klugen Anmerkungen eines Reisenden des 19. Jahrhunderts wie Sir Richard Burton. Im Gegensatz zu diesen Forschern der jüngeren Zeit waren die Spanier Männer mit einer Mission und darauf versessen, die indianischen Seelen durch gewaltsame Bekehrung vor der Hölle zu retten – gleichzeitig holten sie von ihren Konvertiten auf deren Weg zur Erlösung jede Unze Gold heraus. Den alten Idolen, von den Spaniern gewöhnlich Teufel genannt, wurde keine Behausung gewährt. Derartige Dämonen, mit denen ein gütlicher Vergleich undenkbar war, mußten vom Antlitz der Erde verschwinden. Ihre Abbilder wurden zerschlagen, die heiligen Schriften verbrannt und ihre Tempel dem Erdboden gleichgemacht. An deren Stelle entstanden christliche Kirchen und Klöster, von denselben Händen mit denselben Steinen erbaut.

Zwar sind die spanischen Berichte von der Eroberung sehr lebendig, die Spanier selbst waren jedoch keine Augenzeugen der mexikanischen Opferungen. Hätte ein Konquistador einer solchen Zeremonie als Ehrengast beigewohnt, tausend Jahre Fegefeuer wären ihm sicher gewesen. Gerichtsverhandlungen gegen Indianer, die uns erhalten geblieben sind, betreffen leichtere Formen der Irrlehre und weniger ausgesprochene Menschenopfer. Sicher hätten es wenige Eingeborene gewagt, sich vor einem spanischen Gericht zum Menschenopfer zu bekennen.

Oft beklagen die Verteidiger der spanischen Herrschaft in Westindien die »Schwarze Legende«, die angeblich von verleumderischen Protestanten ersonnen wurde. Wenn aber unter spanischem Einfluß edle Absichten mit grausamen Handlungen Hand in Hand gingen, dann ist die andere schwarze Legende, die den Azteken von den Spaniern nachgesagt wird, gleichermaßen begründet.

Die Mode mag vorbei sein, die spanische Eroberung als ritterliches Unternehmen zu betrachten, in dem die Macht Christi jene des Antichristen überwältigte, wie es in der gelehrten und würdevollen Prosa von William H. Prescott erzählt wird. Er schrieb 1843 den ersten neuzeitlichen Bericht über diese Zeit. Und doch gehen die Auseinandersetzungen zwischen jenen, die die Azteken schätzen und jenen, die sie herabsetzen weiter. Aber während die Spanier wie die Mexikaner ihre Tugenden und Laster hatten, bedeuten solche Streitfragen nichts anderes, als wenn ein Esel einen anderen Langohr schimpft. Denn in Hinsicht auf die bloße Grausamkeit gegenüber ihren Mitmenschen fehlten den Azteken viele der Raffinessen ihrer Zeitgenossen, der Inquisitoren. Wir mögen mit Recht über ihre Riten empört sein, aber gewisse Greueltaten, die von Menschen der Alten wie der Neuen Welt ersonnen wurden, fehlen den Azteken, und das sollte man nicht vergessen. Es gab nicht wie in Indien Massenselbstmord, keine verlängerten Folterungen wie in Ozeanien, Nordamerika und Europa. Kein Stamm war wie auf den Fidschiinseln zur Ausrottung verdammt, weil sie sich bis zur letzten Frau und zum letzten Kind auffraßen. Niemand wurde lebendig begraben wie im alten Ur und in Südamerika, die Toten wurden nicht wieder ausgegraben und verzehrt wie in Neuguinea.

Die Konquistadoren waren aufrichtig empört über die aztekische Religion und verbrannten die heiligen Schriften. Dennoch blieben viele Unterlagen erhalten, hauptsächlich weil die guten Mönche, die nach den Invasoren kamen, weniger bigott waren und sich in die indianischen Riten vertieften, wenn auch nur, um sie bekämpfen zu können. Diese Priester konnten die alten Religionen besser enträtseln als viele der Missionare des 19. Jahrhunderts in Afrika oder Ozeanien. Sie waren nicht nur durch eine erdrückende Macht unterstützt, sondern wußten sich bald fließend in der Sprache ihrer Bekehrten auszudrücken. Die Mönche, nicht aus dem gleichen Holz geschnitzt wie die überheblichen Konquistadoren oder die einheimischen blutdürstigen Priester, wurden von den Indianern geliebt. Sie studierten mit viel Fleiß die Sprachen der Eingeborenen, sie predigten nicht in spanisch, sondern in der aztekischen Nahuatlsprache, die zum wichtigsten Mittel der Bekehrung wurde.

Der bedeutendste Gelehrte unter diesen Geistlichen war Frater

Bernardino de Sahagún, dessen Werk über die alte Ordnung unter den europäischen Berichten über die kürzlich entdeckten Völker unerreicht ist. In den zwölf Bänden seines Hauptwerkes schrieb er alles auf, was ihm seine einheimischen Gewährsmänner über jede erdenkliche Seite des mexikanischen Lebens berichteten, sei es Ökologie, Tiere, Pflanzen, Industrie, Handel, Medizin, Gesellschaftsstruktur, Regierung und im besonderen über die Religion. Einer dieser wertvollen Bände, Buch II, beschäftigt sich mit den verschiedenen Festen zu Ehren der Götter, von denen jedes seine besondere Art von Menschenopfer verlangte, die in allen Einzelheiten beschrieben sind. Außer den von Sahagún und anderen Klerikern nach der Eroberung geschriebenen Werken schildern die alten Kodizes getreu jede Form von Opfer. Kinder, die mit Papierornamenten geschmückt auf die Berge getragen werden, mit Pfeilen gefesselte Männer zu Ehren des Jagdgottes, oder das übliche Herausschneiden des Herzens aus dem ausgestreckten Opfer.

VORAZTEKISCHE BRÄUCHE

Für die Zeit der Eroberung haben wir in der Hauptsache Unterlagen aus spanischen wie auch aztekischen Dokumenten. Für frühere Zeiten können wir uns jedoch nur auf archäologische Funde berufen, die genügend Zeugnisse über die lange Opfergeschichte im gesamten Mexiko geben. Kürzlich erfolgte Grabungen haben zahllose Opferinstrumente ans Licht gebracht wie auch Körperteile, die offensichtlich von Opfern jeglichen Alters stammten. Sie kamen aus Teilen Mexikos und Mittelamerikas und helfen uns zur Erkenntnis, daß die furchterregenden Azteken lediglich einer zeitlosen Sitte zusätzlichen Aufschwung gegeben haben.

Einige der frühesten Zeugnisse entstammen dem Tal von Tehuacan, etwa zweihundert Kilometer südöstlich der Stadt Mexiko. Man fand Skelette, die etwa aus der Zeit um 5000 v. Chr. stammen. Sie waren in Netze eingewickelt mit genügend Beweisen zeremonieller Opferhandlungen. Man fand Reste von Kindern, die rituell verbrannt worden waren. Der Kopf des einen war nach Entnahme des Gehirns vom Körper getrennt und geröstet worden. In einem anderen Begräbnis lagen ein Mann, eine Frau und ein Kind zusammen. Der Mann verbrannt, Frau und Kind mit breitgeschlagenen Köpfen, was wohl absichtlich geschah.

Die Olmeken schufen, beginnend mit 1500 v. Chr., die erste große Kultur. Deren Reste sind noch in vielen Teilen des Alten Mexiko zu sehen. In ihrer Hauptstadt La Venta, an der Küste der Karibik, überragen die ersten Pyramiden und Paläste Mexikos breite Plätze, die mit feinem Mosaik gefliest sind. Diese schöpferisch begabten Olmeken haben mit den ersten großen Kulturen der Alten Welt viel Gemeinsames. Sie wurden regiert von hervorragenden Priester-Königen, deren gemeißelte Abbildungen auf vielen Reliefs verblieben sind. Sie waren bahnbrechend in Architektur, Steinskulptur, Jadeschnitzerei und sogar in der Kunst des Schreibens. Alle diese Errungenschaften waren die sichtbaren Ausstrahlungen von Lehren, die für alle Zeit das Vorbild der mexikanischen Religion bildeten und sich in dem Bedürfnis gründete, den Göttern Menschen zu opfern.

Christopher L. Moser bringt in seiner wertvollen Studie über menschliche Enthauptung in Mittelamerika viele Beispiele olmekischer Opferhandlungen wie auch von ihrem Kult mit dem menschlichen Kopf. Derartiges Tun wurde auf Steinstelen eingemeißelt, und zwar bereits 2000 Jahre vor der Zeit der Azteken, und ist daher sicher nicht ihre Erfindung. (1) Auf einigen dieser Reliefs tragen prächtig gekleidete Gestalten als zusätzliches Zeichen ihrer Macht und Würde einen Kopf am Gürtel oder einfach in der Hand. Auf einer Stele aus El Jobo in Guatemala, die auch aus früher Zeit stammte, ist ein Krieger mit einem abgeschlagenen Kopf in der Hand zu sehen, ein enthaupteter Feind kniet vor ihm. Vom Ende der Olmekenzeit stammt eine andere Stele aus Izapa an der pazifischen Küste, auf der ein reichgekleideter Häuptling mit einem Kopf in der einen und einem Opfermesser in der anderen Hand abgebildet ist. Er steht auf dem enthaupteten Körper seines Feindes, aus dem Schlangen herauskommen. Das gleiche Motiv, Schlangen, die aus einem Opfer ohne Kopf zum Vorschein kommen, erscheint wieder und wieder in allen Perioden des Alten Mexiko, ob aus der Zeit von etwa 1000 v. Chr. auf Szenen von Ballspielplätzen der Maya von Chichen Itzá, oder auf riesigen aztekischen Statuen der Muttergöttin aus der Zeit kurz vor der spanischen Eroberung.

Die ersten acht Jahrhunderte der christlichen Zeit werden allgemein als die »Klassische Epoche« der mittelamerikanischen Kultur bezeichnet. Diese ist an Zeugnissen von Menschenopfern so reich, daß nur einige Beispiele angeführt werden können. In Coxcatlan im Tehuacatal fand man tausend Urnen mit verkohlten Resten von Kindern, die keines natürlichen Todes gestorben waren. Die überragende Macht in dieser schöpferischen Zeit war Teotihuacan, dessen Große Pyramide in der Nachbarschaft der Stadt Mexiko liegt. Auf diesem großartigen Platz fand man Opfermesser in großer Fülle, die an jene erinnern, die in den Bilderhandschriften aus der letzten Periode vor der spanischen Eroberung zu sehen sind. Einige wenige der schönsten ihrer Art, die mit Türkis inkrustierte Griffe haben, sind zusammen mit dem berühmten Kristallschädel im »Museum of Mankind« in London zu sehen. Man hielt diese Opferklingen nicht nur für unbeseelte Opferwerkzeuge, sondern für lebende Symbole. Bestimmte Götter trugen als Teil ihres Kopfschmuckes ein Messer, oder sie hielten ein solches in der Hand. In den Kodizes sind diese Symbole häufig und im allgemeinen als nahezu ovale Messer ohne Griff mit zugespitzten Enden abgebildet. Mit Augen und Zähnen ausgestattet, nehmen sie menschliche Form an und »verschlingen« selbst Opfer wie im berühmten Codex Borgia, bekannt als »Nächtliche Unterwelt«. In Kaminaljuyu, einem Fundort, eng verbunden mit dem großen Teotihuacan, der nun unter einer neuen Vorstädt der Stadt Guatemala liegt, waren viele Schädel mit der Basis nach unten und dem Unterkiefer in der richtigen Lage auf dem Boden ausgelegt, womit deutlich gezeigt ist, daß dies abgeschlagene Köpfe waren.

In der entsprechenden Maya-Periode, auch die »klassische« genannt, wurden viele enthauptete Leichen gefunden, die Köpfe von Erwachsenen und Kindern getrennt davon in Gefäßen beigesetzt. In Palenque, dem bedeutenden Fundort aus der Mayazeit, ist auf einem Flachrelief aus dem 7. Jahrhundert die Einführung eines Priesterherrschers zu sehen. Zu seiner Linken sitzt ein Mann, der ihm einen Kopfschmuck aus Quetzalfedern überreicht, auf der anderen Seite gibt ihm ein anderer Mann eine Trophäe, einen ausgestopften Kopf – vielleicht der seines Vorgängers. Oft wurde ein Gegensatz zwischen den kultivierten Maya und ihren blutrünstigen Nachbarn gemacht. Die Mayakunst hat eine freundlich-heitere Gelassenheit, aber die großen Steinrelief-Abbildungen ihrer Herrscher enthalten unter den kunstvollen Symbolen ihres Gewandes oft einen oder zwei Trophäenköpfe. Sogar auf dem berühmten Wandgemälde von Kriegsbildern in

Bonampak haben Priester, die lange Hörner blasen, einen oder mehrere kleine Köpfe von ihrem Kragen herabhängen.

Man fand in Uaxactun, einer anderen Mayaruine in Guatemala, männliche Skelette von Erwachsenen, deren Schädel zwischen den Knien lagen. In einem Fall war der Schädel seitwärts durchsägt und der Gesichtsteil entfernt. Das erinnert genau an den Bericht eines Augenzeugen über die Art der Opferung einiger Spanier durch die Azteken, sie zogen die Haut von den Gesichtern und machten sie mit Lehm haltbar. (2) In aztekischer Zeit wurde überdies die Gesichtshaut oft außen an Mumienbündel befestigt.

Die fesselndsten aller Opferszenen aus der klassischen Zeit in Mittelamerika sind auf Stelen von Santa Lucia Cozamaluapan in Guatemala eingemeißelt, die im Museum für Völkerkunde in West-Berlin aufgestellt sind. Eine dieser Stelen, einzigartig in mexikanischer Kunst, zeigt einen Ballspieler in Anbetung vor dem strahlenden Sonnengott, er opfert ihm den abgetrennten Kopf seines Gegenspielers. Auf einer weiteren Stele sind ein Ballspieler und vier Boten abgebildet, von denen jeder einen großen Schädel in der Hand hält.

Das Menschenopfer ist daher so alt wie die Zivilisation und florierte in jeder Gegend Mittelamerikas. Weit im Südosten, in Costa Rica, gab es Statuetten, bekannt als Huetarfiguren, so genannt nach dem Häuptling, der zur Zeit der spanischen Eroberung dort lebte. Die Figuren selbst jedoch sind älter, da sie zusammen mit weit früheren Objekten gefunden wurden. Die typische Huetarstatuette stellt einen Priester dar, der in seiner linken Hand (wie oft in Mexiko) den Schädel eines Opfers hält und in seiner rechten ein Opfermesser. (3) Costa Rica bildet ein Bindeglied zwischen den Kulturen Nord- und Südamerikas. Die Statuetten Costa Ricas erinnern an solche vom nördlichen Peru, die auch einen Priester darstellen, der ein Opfer mit einem Messer enthauptet.

Die nächste Epoche, die von 900 n. Chr. bis zum Aufstieg der Azteken etwa um 1400 n. Chr. verläuft, sah eine steigende Zahl von Menschenopfern. Die früheren friedfertigen Kulturen machten anderen zum Krieg neigenden Platz und damit steigerte sich auch das Menschenopfer. Zentralmexiko kam damit unter den Einfluß Tulas, das nordwestlich der Stadt Mexiko liegt. Hier ist der Kult des Opfertodes allgegenwärtig. Die Schlangenwand hinter dem Großen Tempel zeigt einen Fries aus Schlangen, aus deren Fangzähnen Menschengerippe hervortreten. Auf anderen Friesen ergreift eine Reihe von Präriehunden, Jaguaren und Adlern, die alle Symbole des Ritualtodes sind, menschliche von Blut tropfende Herzen.

Chichen Itzá im Mayagebiet kam etwa zur selben Zeit wie Tula zur Macht. Zwischen den beiden Orten, die weit voneinander entfernt lagen, gibt es eine unheimliche Ähnlichkeit in Kunst und Architektur. In Chichen gibt es dieselben grauenerregenden Kunstformen, und hier wurde auch eines der ersten Schädelgerüste ausgegraben. Auf dem Relief des großen Ballspielplatzes sind Szenen abgebildet, in denen die Mannschaft, die das Spiel verlor, auch ihre Köpfe einbüßte. Wenn in Chichen und benachbarten Städten die Priester Boten zu den Göttern senden wollten, dann warfen sie Jungfrauen in die Brunnen, genannt Cenoten, ein Kult, den es noch zur Zeit der spanischen Eroberung gab.

Eine Expedition unter Anführung des mexikanischen Archäologen Ramón Piña Chan im Jahr 1967/68 legte mit Hilfe von Maschinen den Chichen Cenoten teilweise trocken. Viele Skelette von Erwachsenen und Kindern beiderlei Geschlechtes wurden heraufgeholt. Man fand auch die Plattform, von der aus die Menschen hinuntergeworfen wurden. Piña Chan vermutet, daß ein kleines nahegelegenes Dampfbad wie in aztekischer Zeit, wo Sklaven immer vor ihrer Opferung gebadet wurden, benutzt wurde, um die Opfer zu reinigen. (4)

DIE SCHRECKLICHEN AZTEKEN

Wenn auch das meiste, was wir von aztekischen Opferhandlungen wissen, durch spanische und einheimische Dokumente zu uns gekommen ist, so sind doch Einzelheiten auch durch einige archäologische Funde gestützt. Es wurden zum Beispiel in Tlatelolco, der Schwesterstadt der aztekischen Hauptstadt Tenochtitlan, einhundertsiebzig Schädel ausgegraben. Zum Anbinden an die Stangen des Schädelgerüstes waren sie alle entsprechend durchbohrt. Viele Zeugnisse einer monumentaleren Art sind öffentlich zu besichtigen wie das Steinmodell eines Schädelgerüstes im Nationalmuseum für Anthropologie der Stadt Mexiko. Außerdem auch die riesige kopflose Gestalt der großen Muttergöttin Coatlicue, aus deren Körper zwei Schlangen hervorkommen.

Einzigartig in den Annalen des Opferns ist jedoch die reiche zeitgenössische Literatur zum Thema, da es in den mexikanischen Kodizes von Opferszenen aller Art wimmelt. Diese Kodizes bestanden aus einem langen Streifen Papier, hergestellt aus der inneren Rinde eines einheimischen Feigenbaumes und ziehharmonikaähnlich gefaltet. Die Vorder- wie die Rückseite sind mit Reihen über Reihen zusammengerollter Gestalten bemalt, die für das ungeübte Auge unheimlich anzusehen sind, wenn nicht unheilvoll und drohend. Die Spanier hielten sie für das Werk des Teufels selbst. Farbe war überaus wichtig und bestimmte Götter können nur durch dieses Merkmal identifiziert werden. Die aztekischen Kodizes sind Kopien aus der Zeit nach der Eroberung. Die meisten Originale wurden von den Spaniern zerstört. Es gibt jedoch aus der vorspanischen Zeit aus anderen Gegenden erhalten gebliebene Handschriften, die den weitverbreiteten Brauch des Menschenopfers in den Jahrhunderten vor der spanischen Eroberung bezeugen. Menschenopfer sind zum Beispiel in dem wohl bekannten Mayadokument, dem Codex Dresdensis, abgebildet, der, so vermutet man, um 1200 n. Chr. gemalt wurde. Die fünf Kodizes, bekannt unter dem Namen Borgia-Gruppe (vom Codex Borgia im Vatikan), entstanden in der Zeit vor der spanischen Eroberung. Gelehrte sind der Meinung, sie stammen aus dem Pueblagebiet, das östlich der schneebedeckten Vulkane liegt und von den Azteken nie erobert wurde.

In dieser Gruppe der Kodizes sind häufig Kriegerköpfe in Schalen zu sehen, die anscheinend gekocht werden, um das Fleisch abnehmen zu können. Andere Illustrationen zeigen ganze Körper, die in Kesseln sieden. Auch als Tempelopfer sind Köpfe zu sehen. Im Codex Borgia kommt man auf nicht weniger als dreiunddreißig Köpfe.

Eine höchst komplexe und schwer verständliche Opferfolge erscheint im Codex Ferjervary Mayer, der zur Borgia-Gruppe gehört und sich jetzt im Public Museum von Liverpool befindet. Die erste Szene schildert den Kampf zwischen einem axtschwingenden Krieger oder Gott, als Opossum verkleidet, und einem nackten Gegner, mit Wurfspieß, Pfeilen und Schild bewaffnet. Die nächste Folge zeigt das siegreiche Opossum wie es ohne Kopf tanzt. Anschließend führt es eine Zeremonie über dem Kopf seines Opfers durch, das mit dem Gesicht nach oben auf einem Gefäß mit Plattenfuß liegt. Das Opossum schüttet heiße Steine und Knochenasche in den Kopf, ein Verfahren, das jenem der jetzigen Jivaro-Schrumpfköpfe von Ecuador nicht unähnlich ist.

In verschiedenen Kodizes dieser Serie opfern Götter und Göttinnen selbst oder werden geopfert. Im Codex Borgia zum Beispiel wird von einer führenden Göttin, Xochiquetzal, bekannt als kostbare Blume, ein Krieger enthauptet. Im Codex Borgia wie im Ferjervary Mayer durchbohrt der Maisgott einen abgetrennten Kopf mit einer Knochenahle. In einer anderen Szene im Codex Borgia wird der Gott der Kaufleute selbst in einem Kessel gekocht. Im Codex Aubin, einem aztekischen Dokument, sieht man die Göttin Obsidian Schmetterling (Itzpapalotl) mit einer enthaupteten Gestalt, aus der zwei Schlangen hervorkommen – ein immer wiederkehrendes Motiv in den Opferszenen. In diesen Kodizes sind viele Opfer hervorgehoben, nicht nur durch ihre besonderen Papierornamente, sondern durch ihre nackten Körper, die senkrecht rot gestreift sind. Oft hält der Opfernde verkleinerte Opfer bei den Haaren. Auch Selbstopferung wird in reicher Illustration in den Kodizes gezeigt. Selbstopfer, die nicht zum Tod führten, wenn auch die Ziele ähnlich waren. Außerdem erduldeten Menschen, die derartige selbstzugefügten Folterungen ausübten, heftigere Schmerzen als jene, die getötet wurden. Nicht nur Kodizes, auch frühere Mayareliefs schildern viele solcher Szenen von Selbstopferung. Viele zeigen Menschen, die geflochtene Schnüre durch ihre Zungen ziehen, wohingegen andere, sogar noch häufiger, ekstatische Personen darstellen, die Blut aus dem Penis ziehen. Dieser Fruchtbarkeitsritus war so verehrt, daß der Penisbohrer eine Art Gottheit aus eigenem Recht wurde. Der Mayaforscher David Joralemon von der Yale-Universität bringt viele Illustrationen dieses Instrumentes, seine Spitze war an einem Griff in der Form eines Gottes befestigt, der einen besonderen, aus Knoten und Federn gefertigten Kopfschmuck trägt. (5)

Trotz dieser ausführlich bebilderten Anzeichen von Opferungen sind die Riten fesselnder in den Schriften des Frater Bernardino de Sahagún beschrieben und durch Pater Durán und andere Mönche bestätigt. Wenn spanische Augenzeugenberichte von Opferhandlungen fehlen, so sind uns Sahagúns einheimische, in ihren dramatischen Einzelheiten einzigartige Berichte erhalten geblieben von dem, was die Menschen sahen, die selbst daran teilnahmen. Ihre Worte sind verewigt in der volltönenden, sich wiederholenden bildhaften Sprache des klassischen Nahuatl, wie es von den edlen Azteken gesprochen wurde. Die Sprache ist vorzüglich geeignet, die Symbole ihrer Götter zu beschreiben und ihre Litaneien zu intonieren. Gelegentlich aber ist es schwer, sie in unsere eigene mehr prosaische Ausdrucksweise zu übersetzen.

Diese Zusammenfassung von Mitteilungen über das Alte Mexiko herzustellen, war eine großartige und gewaltige Tat. In Tlatelolco, wo Sahagún lebte, bemühte er sich, alles, was ihm seine Gewährsmänner erzählten, zu prüfen, zu vergleichen und aufzuschreiben, bis ihn seine Kräfte verließen. Wie so viele Völker, die nur zum Teil des Lesens und Schreibens kundig waren (ihre Kodizes bestanden aus Bildern), hatten auch die Azteken ein fabelhaftes Gedächtnis. Die Informanten entstammten meist der alten Elite und mehr als einer mag als junger Mann selbst letzte Hand an die reiche Ausstattung des Opfers gelegt haben: das Ordnen und Befestigen der Quetzalfedern und der Jadearmbänder, das Anbringen der Papierflügel, ja er mag sogar der Stimmung des Opfers, bevor es auf die Pyramide steigen mußte, mit einem lindernden Schluck Auftrieb gegeben haben. Diese wahrhaft intime Kenntnis der Ereignisse der Gläubigen selbst und nicht der von Zuschauern, ist in der Geschichte des Opferns ohne Beispiel.

Es ist ein Wunder, daß Sahagúns Werk erhalten blieb. Seine zwölf Bücher in Nahuatl und Spanisch wurden 1577 nach Spanien geschickt, aber eine derart gründliche Untersuchung über Abgötterei wurde als ungeeignet für eine Veröffentlichung gehalten und verschwand in den Archiven. Eine spanische Fassung kam ans Licht der Öffentlichkeit im Jahr 1829. Der Nahuatltext mit englischer Übersetzung begann erst 1950 zu erscheinen.

Um jeder Zeremonie, von der in Sahagúns Buch berichtet wird, voll gerecht zu werden, wäre ein eigener Band erforderlich. Die Azteken teilten das Jahr in achtzehn Perioden von je zwanzig Tagen mit fünf Schalttagen, letztere galten als ungünstig, während jede Periode durch ein besonderes Fest ausgezeichnet und einem führenden Gott des Pantheons gewidmet war. Ihm wurden Männer und Frauen in angemessener Art geopfert. Sahagún beschreibt die Kleider, die Tänze, die Nahrung, die Anzahl der Getöteten, die Methoden der Opferung und die Beseitigung der Überreste des Opfers, manchmal des ganzen Körpers.

Aus einer derartigen Fülle von Tatsachen kann man nur eine sehr kleine Auswahl treffen und sich auf einige wenige hervorstechende Merkmale des Menschenopfers in Mexiko konzentrieren und – durch Schlußfolgerung – auch auf die Opferhandlungen an anderen Orten, da die Zusammenhänge universell sind.

Es dürfte passend sein, mit dem ersten der achtzehn Monatsfeste zu beginnen, das zu Ehren der Regengötter gefeiert wird. (Die Übersetzung aus der Nahuatlsprache wurde von zwei amerikanischen Fachgelehrten gemacht, sie stammt aus dem Codex Florentine.) Der Text sagt, daß überall bei diesem Fest auf den Gipfeln der Berge, die dem Regengott geweiht sind, Blutopfer dargebracht und Opferfahnen aufgehängt wurden, desgleichen in einer Stadt am Ufer der Lagune, genannt Pantitlan: »Und dort nahmen sie Kinder, bekannt als menschliche Fahnen – jene mit zwei Haarlocken und günstigen Tageszeichen. Sie wurden überall gesucht und gekauft. Es wird gesagt: Diese sind kostbare Blutopfer. (Die Regengötter) empfangen sie mit Freuden, so sind sie zufrieden und ihre Wünsche sind erfüllt.«

Zum Ritual gehörten grüne Stangen, die an allen Tempeln der Stadt als Symbole von Fruchtbarkeit und Regen aufgestellt wurden. Oben hingen weiße Papieropferstreifen, die mit großen und kleinen Tropfen aus flüssigem Gummi betupft waren, auch dies ein Symbol für Regen. Sieben verschiedene Orte sind genannt, wo Kinderopfer stattfanden. Die Opfer, auf die man sich als menschliche Fahnen bezog, wurden mit Papier herausgeputzt. In einem Fall waren sie in schwarz und rot gestreiftes Papier, in anderen Fällen in braunes oder blaues Papier gekleidet. Eines der Kinder war geschmückt mit Streifen von flüssigem Gummi, ein anderes trug ein mit Muschelschalen bedecktes Gewand.

»Alle hatten Stirnbänder mit Büschelchen aus Quetzalfedern. Sie waren mit Halsketten und Armbändern aus Grünstein ausgestattet. Ihre Gesichter waren mit flüssigem Gummi bemalt und mit einer Paste aus Amarantsamen betupft. Alle waren großartig gekleidet, alle waren geschmückt und verziert, alle hatten wertvolle Sachen an sich. Flügel aus Papier hatten sie. Sie wurden in Sänften getragen, die mit Quetzalfedern bedeckt waren, und in diesen trug man die Kinder. Und sie ließen Flötenspiel für sie ertönen, alles trauerte sehr. Die Menschen weinten für sie, die Menschen verloren Tränen über sie.«

»Und wenn die Kinder zu weinen anfingen und ihre Tränen über die Gesichter liefen und sie naß machten, dann wußten die Menschen, es würde wirklich regnen ... So waren die Menschen voller Freude und sie wurden ruhig in ihren Herzen.« (6)

Am Ende des Berichtes über das feierliche Regenfest werden die Vorbereitungen für das Fest des zweiten Monats erwähnt, wo Kriegsgefangene dem Geschundenen Gott geopfert werden:

»Für diese letzte Zeit wurden (die Gefangenen) gesalbt. In dieser letzten Zeit trugen sie ihre rote Kleidung – so daß in dieser sich ihr Schicksal erfüllte, in dieser werden sie getötet, in dieser tun sie ihren letzten Atemzug, in dieser sind sie die geweihten Gestreiften (Opfergefangene sind in den Kodizes mit roten Streifen abgebildet) ... Und auch jene, die Gefangene gemacht hatten, salbten sich rot und bedeckten sich mit Federn, ihre Hände und Füße waren mit weißen Truthahnfedern bedeckt und geschmückt.«

Weitere Rituale folgten, in denen die Fänger Tabak rauchten, mit ihren Opfern tanzten, sie nahmen Haare von ihren Köpfen als Zeichen der Erinnerung und opferten Blut aus ihren Ohren.

Die Schlußszene wird folgendermaßen beschrieben: »Jene, die die Gefangenen töteten, waren die Priester. Jene, die Gefangene gemacht hatten, töteten sie nicht, sie brachten sie nur als Tribut ... Sie führten sie auf den Tempel hinauf. Und wenn einige Gefangene zögerten, in Ohnmacht fielen oder sich auf den Boden warfen, dann zogen sie sie. Und wenn sich einer stark erwies, sich nicht wie eine Frau benahm, sondern mit der Standhaftigkeit eines Mannes ging ... er ging stark im Herzen und war laut im Rufen, nicht um Mut ringend, sondern seine Stadt ehrend und rühmend ... sprach er im Gehen: ›Schon komme ich. Ihr werdet dort in meiner Heimat von mir sprechen.‹ «

Die Gefangenen erstiegen einer nach dem anderen die Treppen zum Tempel des Kriegsgottes. Sechs Priester waren damit beschäftigt, sie über den Opferstein zu legen und festzuhalten. Der Oberpriester schnitt mit einem breiten Opfermesser den Brustkorb auf und riß das Herz heraus. Dies nannten sie »kostbare Kaktusfrucht« und hielten es der Sonne entgegen, die in diesem Zusammenhang »Türkisprinz, der emporfliegende Adler« genannt wurde. Die Herzen warfen sie in die Adlerschale und jene, die starben, nannten sie »Adlermenschen«.

Die Leichen wurden die Tempeltreppen hinabgestürzt und von

den alten Männern zu den Tempeln der verschiedenen Stadtviertel getragen. Hier wurden sie zerteilt und je ein Schenkel für den Herrscher Moctezuma bereitgelegt. »Und was den Fänger betrifft, ihm kleben sie den Flaum von Vögeln an den Kopf und beschenkten ihn. Und er versammelte seine Blutsverwandten um sich ... und veranlaßte sie in sein Haus zu gehen, zu ihm, der den Gefangenen gemacht hat. Und hier kochten sie jedem ein Gericht aus getrocknetem Mais, genannt Tlacatlaolli, und das setzten sie in einer Schüssel vor jeden hin und in jeder war ein Stück vom Fleisch des Gefangenen« (Tlacatlaolli bedeutet wörtlich übersetzt »getrockneter Mais mit Menschenfleisch«).

Als Höhepunkt des zweiten Jahresfestes erfolgte der eigenartigste Ritus von allen, das Gladiatorenopfer. Nach einer feierlichen Prozession versammelten sich die Teilnehmer, in Rangfolge sitzend, um einen kreisförmigen Opferstein. Zu Beginn der Zeremonie wurden Trompeten und große Muschelhörner geblasen. Von den Gefangenen, die daran teilnehmen mußten, wurde einer ergriffen. Erst wurden ihm vier Schluck des geheiligten Pulque gegeben, er trank ihn aus einem langen hohen Kürbis. Dann opferte ein Priester dem Gefangenen zu Ehren eine Wachtel.

»Nachdem dies getan war, ließen sie den Gefangenen auf den runden Opferstein klettern ... dann nahm der Priester das Seil, das am Gürtel des Gefangenen hing und befestigte es in der Mitte des Steines und schlang es um den Leib des Gefangenen. Dann bekam er eine Holzkeule, die anstatt mit Obsidianklingen mit Federn besetzt war. Und der Priester legte vier Holzbälle vor ihn hin, seine Wurfgeschosse, mit denen er sich verteidigen konnte.«

Der erste Gladiator, ein Mitglied des Ordens der Adler- und Jaguarritter, führte einen Tanz auf und betrachtete währenddessen genau sein Opfer. Er suchte nach der Stelle, wo er ihm am leichtesten eine tödliche Wunde beibringen konnte. Tritt der für den Gefangenen höchst unwahrscheinliche Fall ein, daß ihn vier mit Feuersteinwaffen ausgestattete Gegner nicht ermüden können, dann erscheint ein fünfter, der ist linkshändig und konnte ihn am Arm verletzen, mit der er die Keule schwang. Das Blut des Opfers wurde erst der Sonne geweiht und dann benutzt, um die Abbilder vieler Götter zu salben: »Und dann erhält der Krieger das Blut seines Gefangenen. In eine grüne, am Rand mit Federn beklebte Schale schütten es ihm die Opferpriester. Darin befindet sich ein

Saugrohr, das auch mit Federn beklebt ist. Und dann macht sich der Krieger auf den Weg, die Teufel zu speisen. Überall geht er hin, keine Stätte läßt er aus ... auf die Lippen der Steinbilder tropft er das Blut des Gefangenen, mit dem Saugrohr läßt er sie davon kosten. Er geht im festlichen Gewand.«

Die Leichen bringt man in die Häuser der Krieger, dort zieht man ihnen die Haut ab. Der Körper wird aufgeteilt und verzehrt. Aber der Krieger selbst ißt nichts vom Fleisch seines Gefangenen, er sagt: »Soll ich denn mich selber essen?« Denn wenn er ihn auf dem Schlachtfeld gefangennimmt, sagt er die traditionellen Worte: »Das ist mein geliebter Sohn.« Und der Gefangene spricht dann: »Das ist mein geliebter Vater.« Die Haut der Opfer wurde präpariert und zwanzig Tage von verschiedenen Personen getragen. Das Gladiatorenopfer wird mit einem Tanz um den Opferstein beendet, bei dem die Tänzer die Köpfe ihrer Opfer in der Hand halten. Das nannte man den »Tanz mit den Köpfen«.

Das große Opfer des fünften Monats war ganz anders. Es forderte ein einziges Wesen und das zu Ehren eines der zwei bedeutendsten Götter des aztekischen Pantheons, dem »Rauchenden Spiegel«. Der Jugendliche, der ausgewählt war, den Gott zu personifizieren, mußte einen Körper ohne Makel haben. Die Beschreibung dieser Vollkommenheit geht über eine ganze Seite und geht so an: »Er war wie etwas Blankes, gleich einer Tomate oder einem Kiesel, wie aus Holz gehauen. Er hatte kein Kraushaar, sondern gerades, langes Haar, er hatte keine Krätze, keine Pusteln oder Furunkel auf der Stirn, noch hatte er einen großen Kopf.« Schließlich folgt noch die Bedingung für die Hinterbacken, sie durften weder kugelig noch schlaff sein.

Dieses Opfer wurde gekleidet und ernährt wie ein König. »Er wurde als unser Gott anerkannt und behandelt wie ein Herr. Man erbat sich unter Seufzern Gefälligkeiten. Das einfache Volk verbeugte sich in Verehrung vor ihm und küßte den Boden.«

»Er mußte sogar auf seine Figur achten. Sah man, daß er durch das luxuriöse Leben dicker wurde, gab man ihm Salzwasser zu trinken, dadurch bekam er ein festes Fleisch. Sogar Moctezuma, der Herrscher, gewährte ihm besondere Stunden: »Dabei wurde der Jüngling von Moctezuma schön geschmückt und mit vielerlei Gewand bekleidet, denn wahrlich, er betrachtete ihn als seinen verehrten Gott.«

Ein ganzes Jahr lang war er, der den Gott personifizierte, bekränzt mit süß duftenden Blumen und herausgeputzt mit den schönsten Juwelen und goldenen Armbändern und mit goldenen Glöckchen an seinen Beinen. Zwanzig Tage bevor er im Namen des Gottes geopfert wurde, führte man ihm die vier schönsten Mädchen zu, die wie Göttinnen gekleidet waren. Die letzten vier Tage seines Lebens verbrachte er mit Tanzen und Feiern an vier bestimmten Orten am Ufer der Lagune (die Zahl vier war für die Azteken besonders heilig).

»Nachdem sie gesungen und getanzt hatten, bestieg er ein Kanu. Die Frauen begleiteten ihn, sie trösteten ihn und hielten ihn bei guter Stimmung. Dann kam das Kanu an, es landete am Ufer, dann wurde es an Land gezogen, die Stelle heißt Acaquilapan oder Caualtepec. Hier war es, wo der Jüngling verlassen wurde, dort wo ein kleiner Tempel steht, genannt Tlacochcalco, dort stieg er allein hinauf, aus freiem Willen, dorthin, wo er sterben mußte. Nach der ersten Stufe zerbrach er seine Flöte und seine Pfeife.«

»Und wenn er alle Tempelstufen emporgegangen war und den Gipfel erreicht hatte, stürzten sich alle Priester auf ihn und warfen ihn mit dem Rücken auf den Opferstein. Einer schnitt seine Brust auf, riß das Herz heraus und hob es opfernd der Sonne entgegen.« Sahagún gibt eine Zusammenfassung von der Haltung der Azteken dem Schicksal des Opfers gegenüber: »Und das ist die Bedeutung unseres Lebens auf Erden. Denn der, der Freude hat, der Reichtümer besitzt, der die Freundlichkeit unseres Herrn sucht und begehrt, seine Güte – sein Reichtum und Wohlstand – enden im großen Jammer. Denn es ist gesagt: Keiner endet hier auf Erden in Glück, Reichtum und Vermögen.«

Zu Ehren des Feuergottes, im zehnten Monat, wurden Gefangene in ein großes Feuer geworfen und herausgeholt, bevor sie tot waren. Dann wurden ihre Herzen in der gewohnten Art herausgerissen. In diesem Fall ist die spanische Fassung von Sahagúns Text unheimlicher als das Original im Nahuatl (die beiden Texte sind in vielen Einzelheiten unterschiedlich). »Dann ergriffen sie die Gefangenen, banden die Hände hinter ihrem Rücken und banden auch ihre Füße. Die Priester hoben sie auf ihre Schultern und trugen sie auf den Tempel hinauf. Dort oben war auf einem großen Holzstoß ein Feuer entzündet. Oben angekommen warfen die Priester die Gefangenen ins Feuer. Und als sie das taten, erhob sich eine große Aschenwolke und jedes Opfer machte da, wo es hinfiel, ein großes Loch im Feuer, denn es war alles glühende Asche. Und da im Feuer begannen die unglücklichen Gefangenen zu rülpsen und zu erbrechen, ihre Körper fingen an zu prasseln wie beim Rösten eines Tieres und Blasen stiegen auf an allen Teilen ihres Körpers.« Anschließend wurden sie herausgezogen und auf die übliche Art geopfert. Die Körper warf man hinunter zu Füßen der Statue des Feuergottes. (7) Pater Durán begleitet seinen Bericht mit einer Illustration des Schauspiels.

Das Fest des elften Monats feierte man zu Ehren der Göttin Toci. Bei dieser Gelegenheit wurde eine Sklavin ausgewählt, als Göttin zu sterben. Sie sagten es ihr vorher nicht, daß sie getötet werden sollte. Nach kunstvollen Zeremonien und Tänzen umringten sie sie während des Tanzes und schlugen ihr plötzlich den Kopf ab.

Diese wenigen Fälle mögen dem Leser eine Ahnung von Sahagúns Text vermitteln. Einige Riten zogen sich so lange hin, daß sie alle zwanzig Tage des Monats beanspruchten. Und bei allen diesen Zeremonien wurde keine Bekleidung getragen, kein Kopfputz aufgesetzt, kein Tanz aufgeführt, kein Mahl eingenommen und kaum eine Geste gemacht, die nicht genau die Symbole der entsprechenden Gottheit wiedergegeben hätten. Sei es der Gott des Regens, der Sonne, des Maises, der Fruchtbarkeit oder des Feuers. Zu jedem Gott gehörte eine bestimmte Farbe wie zum Beispiel Grün zum Maisgott oder Türkisblau zu jenem von Wasser und Regen. Der Regengott war sehr genau mit der Farbe, seine Opfer, jung oder alt, mußten von Kopf bis Fuß blau gekleidet sein, oder, wenn nackt, blau bemalt. Einige wurden ertränkt, die Herzen anderer legte man in blaue Schalen und warf sie dann in die Gewässer der Lagune. Dort wurden sie in ein Kanu gelegt, dessen Ruder auch blau gestrichen waren.

Papierschmuck – in einem besonderen Muster für jedes Fest – war ein wichtiger Teil in der Bekleidung der Opfer. Selbst im neuzeitlichen Mexiko werden weit und breit immer noch Papierdekorationen aller Art zum Schmuck von Straßen und Kirchen benützt. Sahagún beschreibt genau, wie die Gefangenen vor dem Tod mit den entsprechenden Sinnbildern bekränzt wurden. Im vierzehnten Monat zum Beispiel wurden den Gefangenen Papierfahnen vorausgetragen, wenn sie die Stufen zum Tempel hinaufstiegen, wo ihr Ende sie erwartete. Opfer, die zu Ehren des Gottes des geheiligten Getränkes Pulque getötet wurden, trugen eine Art Papierschweif von mehreren Metern Länge. Kinder, die als Opfer für den Regengott auf die Berge getragen wurden, sind in den Kodizes auch mit Papiergirlanden geschmückt zu sehen. Dieser von den Opfern getragene Papierschmuck wurde als Relikt sorgfältig gehütet.

Fast alle Monatsfestlichkeiten bringen Menschenopfer mit sich, jedoch in Sahagúns Bericht über den vierten und neunten Monat ereignet sich nichts dergleichen. Im neunten Monat opferte man Truthähne und Hunde, aber keine Menschen. Das könnte eine Erinnerungslücke auf seiten von Sahagúns Gewährsmann sein, denn für den vierten Monat beschreibt Pater Durán ein Fest, bei dem Kinder unter zwölf Jahren geopfert werden. Sie wurden durch längeres Fasten bei Wasser und Brot dafür vorbereitet. Erst am Vorabend ihres Todes gab man den Kindern alles, was sie nur irgendwie zu sich nehmen konnten. (8)

Sahagún vermittelt den Eindruck, daß im allgemeinen die Anzahl der Opfer bei den verschiedenen Gelegenheiten nicht groß war. Einige forderten ein einzelnes Opfer, das als Verkörperung eines Gottes oder einer Göttin allein leiden mußte. Die Opfer wählte man aus allen Klassen: Kriegsgefangene, Kinder und Sklaven. Meist kaufte man die Kinder für diesen Zweck von ihren Eltern.

Die Vorstellung wurzelte tief, daß die Gefangenen, sei es einer oder mehrere, zu Göttern wurden, für die sie starben. Im Zeremoniell des fünften Monats war die zentrale Gestalt die Verkörperung des Gottes »Rauchender Spiegel«. Das Opfer wurde lange Zeit vor seinem Tod gefeiert, seine vier »Frauen« stellten führende Göttinnen vor.

Es war nicht das einzige Opfer, das diese dramatische und einsame Qual erdulden mußte. Bei verschiedenen anderen Zeremonien wurde ein Einzelopfer erst gefeiert und starb dann als Gott. Sahagún berichtet von einem, der als aztekischer Stammesgott getötet wurde, als Kolibri des Südens (Huizilipochtli), während Pater Durán den Tod eines ähnlichen Opfers zu Ehren der Grünfederschlange (Quetzalcoatl) beschreibt. Vierzig Tage lang war der ausgewählte Jugendliche die Grünfederschlange. Um eine etwaige unziemliche Flucht vor seinem Schicksal zu verhindern, wurde er nachts in einem Käfig gehalten. Er war genau wie der Gott gekleidet und trug auch die Schnabelmaske, wie es in zahllosen Kodex-Illustrationen zu sehen ist. Die alten Männer im Tempel verehrten das Opfer und nannten es »Eure Majestät«. War die Zeit seines Todes gekommen, dann wurde er mit einer ausgiebigen Portion Pulque aufgemuntert, denn es galt als furchterregendes Vorzeichen, wenn das Opfer niedergeschlagen erschien.

Neben den lebenden Götzenbildern herrschte der sonderbare Brauch, Statuen aus einem Samenteig oder aus Holz herzustellen, die den Gottheiten ähnlich waren. Bisweilen wurden diese Idole zur gleichen Zeit wie das menschliche Opfer symbolisch »getötet« oder zerstört. Sowohl die menschliche Leiche wie das Teigidol wurden dann von den Festteilnehmern gegessen. Im anderen Fall verzehrte man die dem Gott geheiligten Speisen nach der Opferung. Beim achten Monatsfest zum Beispiel enthauptete man eine Frau, deren Gesicht rot und gelb bemalt war, den symbolischen Farben der Maisgöttin Xilonen. Die Anwesenden aßen dann die ersten Kolben des grünen Maises, was vor diesem Tag verboten war.

Beim siebzehnten Monatsfest fertigte man eine Holzstatue an, die den Feuergott darstellte. Eine wunderschöne Mosaikmaske bedeckte den oberen Teil des Gesichtes, eine zweite Maske aus schwarzem Stein stellten den Bart des Gottes dar (alte Götter wie der Feuergott wurden immer mit Bart dargestellt). Auf dem Kopf der Statue saß eine Krone aus roten Federn, die von einer großen Quetzalfeder überragt war. Derart ausgestattet, saß die Statue auf einem Thron und opferte Nahrung in Form von Maismehl. Anschließend an diese Rituale wurden dem Gott vor seinem hölzernen Ebenbild Menschen geopfert. Diese waren ähnlich gekleidet und man behandelte sie als Abbilder des Gottes. Bei anderen Gelegenheiten fertigte man eine Statue des Kriegsgottes aus einer Paste aus eßbarem Samen. Erst wurden Wachteln und dann Menschen getötet und schließlich töteten sie das Idol selbst mit einem Schlag in die Brust, als wollten sie das Herz herausreißen, die Brocken der Paste wurden zum Verzehr verteilt. Bruder Juan de Torquemada, von dem dieser Bericht stammt, unterließ es zu sagen, was mit den Körpern von Menschen und Wachteln geschah. (9)

Spanische Berichte über aztekische Opferhandlungen, die von Konquistadoren stammen, betonen das Opfern menschlicher

Herzen, die dem Sonnengestirn dargebracht werden. In vielen Fällen war das jedoch eine allzu große Vereinfachung, da einheimische Darstellungen oft von Fruchtbarkeitsriten sprechen. Die monatlichen Opferungen sind mehr dazu gedacht, gute Ernten zu bekommen, als die Sonne in ihrem Umlauf zu halten. Sonnenverehrung und Regengottrituale sind jedoch verwandte Motive, da beide Elemente zusammen den Mais zur Reife bringen. Es ist auch sicher kein Zufall, daß Sonnen- und Regengott gemeinsam die oberste Plattform des Großen Tempels einnehmen. Von den achtzehn Festen sind drei den Regengöttern gewidmet (oder den Bergen, wo man ihren Aufenthalt vermutete), eines dem Wasser ganz allgemein und zwei dem Mais oder den Maisgottheiten. Sechs sind nicht Göttern, sondern Göttinnen geweiht und betreffen in der einen oder anderen Form die Fruchtbarkeit. Im Gegensatz dazu müssen sich zwei Hauptgottheiten des Pantheons, der Herr der Nacht, bekannt als Rauchender Spiegel, und der Kriegs- oder Sonnengott mit dem Namen Kolibri des Südens mit je einem Fest zu ihren Ehren begnügen. Das spiegelt nicht nur das dringende Bedürfnis nach Dingen wie Regen und Mais wider, es läßt auch vermuten, daß diese Zeremonien ein hohes Alter haben und gestaltet wurden, um die alten und traditionellen Götter aus vor-aztekischen Zeiten zu ehren – ein weiterer Hinweis, daß die Annahme, die Azteken, diese Nachzügler, hätten diese Riten erfunden, reiner Phantasie entspringt.

Die übliche Art der Tötung war es, das Herz aus dem auf dem Opferstein ausgestreckten Opfer herauszuschneiden. Vier Priester hielten seine Arme und Beine, während ein fünfter seinen Brustkorb aufschlitzte und das Herz herausriß – ein Vorgang, der einmal in einer Touristenbroschüre beschönigend als »Herzresektion« beschrieben wurde, der Verfasser zog es vor, die Schattenseiten vergangener Pracht herunterzuspielen. Einige Opfer, wie die des sechsten Festes, wurden ertränkt, jene, die für das neunte Fest ausgewählt waren, verbrannt, während man das Hauptopfer des elften Monats jäh und unvermutet enthauptete. Auffallend war, daß es verlängerte Qual nicht gab. Ein besonders grausames Schicksal jedoch wartete auf bestimmte Gefangene, die man ins Feuer warf und lebend wieder herauszog, um ihre Herzen herauszuschneiden. Sahagún erwähnt zweimal, daß Opfer ohnmächtig wurden. Beim siebten Monatsfest wurden einige geknebelt, daß sie nicht schreien konnten. Das waren jedoch Ausnahmen, denn zur rechtmäßigen Verehrung des Gottes gehörte es, daß sein lebendes Ebenbild in Würde starb.

Als wesentlicher Teil dieser Opferungen bewahrten die Menschen die Reste des Opfers als geheiligte Relikte wie zum Beispiel die Haare und die Knochen und all seinen Putz. Die Haut des Gladiatorenopfers lieh der Krieger an seine Freunde aus, die sie für eine Zeit als besonderes Zeichen von Würde trugen, der Krieger selbst behielt die Knochen. Ein männlicher Priester pflegte die Haut der Frau, die als Göttin Toci getötet wurde, anzuziehen.

Die Köpfe vor allem waren verehrte Trophäen und endeten immer am Schädelgerüst. Dieser Kult verstärkt den Eindruck, daß diese aztekischen Opferhandlungen von jenen frühen Menschen stammen, die menschliche Köpfe bei sich trugen. Aus der Zeit vor 1000 n. Chr. wurden keine Schädelgerüste gefunden. Wenn sich auch das Ritual wandelte, das Prinzip blieb bestehen – die Verehrung des menschlichen Schädels –, ein Kult, der von den Kriegern der Gladiatorenopfer ausgeübt wurde. Sie tanzten um den Opferstein herum und hielten den Schädel ihres Gefangenen empor, erst dann wurde der Kopf auf das Schädelgerüst aufgesteckt. Sahagún verzeichnet in seiner Beschreibung der aztekischen Hauptstadt vier von diesen, eines war Teil der Örtlichkeit der heutigen Kathedrale.

DAS ZAHLENSPIEL

Der Krieg im Alten Mexiko fand seine Berechtigung durch den Hunger der Götter nach Gefangenen, die auf ihren Altären getötet werden mußten. Keine weiblichen Gefangenen wurden geopfert und so mußten die Göttinnen sich mit Sklaven begnügen. Es wurde eine Strategie entwickelt, die eine größtmögliche Beute an Gefangenen sicherstellte, sowohl als Opfer zu Ehren der Götter, die über die achtzehn monatlichen Festlichkeiten herrschten wie auch als Vorrat für weitere Riten. Diese zukünftigen Opfer wurden in den verschiedenen Stadtvierteln bereitgehalten, doch nicht zwangsläufig »gemästet«, wie spanische Berichte behaupten.

Im Gegensatz zu Sahagún widmet Pater Durán einen seiner beiden Bände der Geschichte der frühesten Zeit, die bald nach dem Werk eines anderen Chronisten aus dem 16. Jahrhundert,

Alvarado Tezozómoc, einem Prinz aus königlichem Blut, herauskam. Ihr Stil ist monoton, aber die Erzählung, wenn auch weitschweifig, gibt eine lebendige Darstellung der Ereignisse jeder einzelnen Regierungszeit. Diese Geschichten berichten endlos von Eroberungskämpfen mit Scharen von Gefangenen. Zweifellos wurden bei den monatlichen Zeremonien nicht alle Gefangenen getötet wie Sahagún behauptet. Offensichtlich hing die Anzahl der dabei Getöteten davon ab, wie viele gerade verfügbar waren, Sahagún zum Beispiel äußert sich recht unbestimmt darüber, wie viele Opfer beim zweiten monatlichen Fest zu Ehren des Geschundenen Gottes ihr Leben lassen mußten. Doch Pater Durán berichtet, daß bei einer Gelegenheit Horden von Gefangenen von der Karibischen Küste in der Hauptstadt ankamen – für diese Zeremonie genau zur richtigen Zeit.

Auch über die anderen monatlichen Feste sind die Berichte verschieden. Sahagún schreibt, daß im elften Monat gewöhnlich vier Gefangene für die Göttin Toci geopfert wurden. Pater Durán jedoch behauptet, daß in der Regierungszeit des unglücklichen Moctezuma II., die 1501 begann, unzählige tlaxcalanische Gefangene bei dieser Zeremonie zu Ehren der Göttin Toci verbrannt wurden. Wahrscheinlich war bei dieser Gelegenheit die offizielle Quote für das Ereignis bei weitem überschritten, einfach weil so viele bevorzugte Opfer zur Hand waren (man dachte, die Götter würden Menschen von nahegelegenen Orten jenen aus fernen Ländern mit fremden Sprachen vorziehen).

Obwohl diese aztekischen Historiker beständig über die Erbeutung von Gefangenen schreiben, erfahren wir nicht immer, was mit ihnen geschah. Tezozómoc zum Beispiel spricht von einer großen Menge, die 1451 n. Chr. an der Golfküste gefangen wurde. Sie mußten in Reihen abmarschieren, ihre Hände gebunden und die Hälse an Holzjochen aneinandergeklammert. Bei der Ankunft in der Stadt wurden sie mit großen Ehren begrüßt und gut behandelt. Wir können jedoch nur vermuten, was sie für ein Ende nahmen.

Möglicherweise wurden im Verlauf der achtzehn monatlichen Feste mehr Opfer getötet als Sahagún andeutet. Es waren jedoch auch für einmalige Ereignisse große Mengen erforderlich. Wahrscheinlich war es mehr für diese als für die regelmäßigen Feste, daß man Gefangene auf Vorrat hielt. Die Bestände wurden manchmal durch Geschenke von Gefangenen vermehrt. Von Durán hören wir, daß Moctezuma Gefangene von der Nachbarstadt Tlatelolco zum Geschenk erhielt, auch daß er eine gewisse Reserve von Gefangenen für unvorhergesehene Fälle bereithielt wie etwa für den Tod eines Adligen oder für ein wichtiges Fest in einem benachbarten Ort. Mit anderen Worten, die Azteken machten bei anderen Gefangene, waren aber auch bereit, sich bei Nachbarn und Vasallen mit einem Nachschub von Opfern gefällig zu erweisen.

Außer der immerwährenden und mit Opfern begleiteten Beschwörung für gute Ernten, konnten bedeutende Persönlichkeiten ohne angemessenes Gefolge nicht in die nächste Welt entlassen werden. Die Berichte beschreiben auf dramatische Weise die Totenfeiern für Ahuizotl, den größten Eroberer und Opferer aller. Zweihundert Sklaven aus seiner Hofhaltung begleiteten ihn ins Jenseits. Sie waren schön angezogen und jeder trug als Proviant für die Reise einen kleinen Freßkorb mit sich. Der reichgeschmückte Körper des Herrschers wurde, begleitet von ernsten Gesängen, in einer Sänfte getragen, die Leiche auf einem Scheiterhaufen verbrannt und dann die Sklaven einer nach dem anderen geopfert. Erst riß man ihnen auf die übliche Art die Herzen aus dem Brustkorb, dann warf man die Körper in die Flammen. Ahuizotls Asche begrub man neben dem berühmten aztekischen Kalenderstein, eine »Adlerschale« zur Aufnahme menschlicher Herzen, der nun im Nationalmuseum in der Stadt Mexiko ausgestellt ist. (10) Keiner der Berichte bringt übrigens einen Hinweis, daß Witwen der aztekischen Herrscher getötet wurden.

Der Beginn einer Herrschaft wie ihr Ende war eine blutrünstige Affäre, auch die Krönung selbst forderte viele Opfer. Als der letzte Herrscher Moctezuma II. den Thron bestieg, wurden während der vierzehntägigen Festlichkeiten zahllose Gefangene geopfert. Um diese zur Verfügung zu haben, verlangte es der Brauch, daß jeder Herrscher vor seiner Thronbesteigung einen besonderen Feldzug unternahm, nur um Gefangene zu bekommen. Ahuizotl im besonderen zog weit und breit umher, um für die Massenvernichtung zur feierlichen Einweihung seiner Regierung einen großen Fang zu tun.

Aztekische Chronisten beziehen sich beständig auf einen rituellen Kampf, genannt der »Blumenkrieg« (Xochingaoyotl), der kein Eroberungskrieg war, sondern eine Art Waffengang, den man über diplomatische Kanäle mit unabhängigen Nachbarn wie Tlaxcala vereinbarte. Dabei marschierten die gegnerischen Armeen zu einem vereinbarten Treffpunkt und kehrten nach einem Scheinkampf mit einem netten Rudel Gefangener zurück. Damit wurde der Appetit der Götter befriedigt. Geschichten über derartige Schaukämpfe lesen sich gut, mögen jedoch in bezug auf die Azteken ziemlich übertrieben sein. Sie waren eingefleischte Eroberer und Gefangene zu erbeuten, war nicht ihr einziger Kriegszweck. Sie zogen aus, um riesige Gebiete zu gewinnen, die gewaltige Tributzahlungen einbrachten. Wenn das winzige Tlaxcala nie erobert wurde – das ein treuer Verbündeter Cortés' werden sollte –, dann lag das nicht etwa daran, daß die Azteken das nicht wollten. Feldzüge gegen diesen Gegner waren keine bloßen Blumenkriege. Es gibt genug Geschichten über Moctezuma, der bittere Tränen der Wut vergoß, weil seine Armee einen derart kleinen Gegner nicht bezwingen konnte.

Gleichwohl neigte die aztekische Kriegsmaschinerie mehr dazu, Feinde zu fangen, als sie zu töten. In der militärischen Hierarchie waren Ansehen und Rang tatsächlich von der Zahl der erbeuteten Gefangenen abhängig. Ein Mann, der keine Gefangene machte, wurde nicht geehrt, selbst wenn er ein Prinz war. Diese fixe Idee trug zum Teil dazu bei, daß die Azteken auf freiem Feld gegen eine kleine Gruppe von Spaniern so schmählich versagten. Die Spanier waren darauf aus, mit ihren Schwertern zu töten, während die aztekischen Waffen fast nur dazu taugten, zu verwunden.

Die größte schriftlich belegte Opferhandlung aller Zeiten veranstaltete man zur Einweihung des Großen Tempels in der Regierungszeit Ahuizotls im Jahr 1487. Der Kaiser ging mit seinen beiden verbündeten Herrschern, seinen führenden Beamten und einer Masse von Priestern voran. Diese wie die Opfer waren wie Götter gekleidet. Die Gefangenen waren dem Brauch gemäß bemalt und mit Federn beklebt. Sie bildeten endlose Reihen, die über die großen Dämme bis in die Stadt reichten. Eine riesige Menge schaute zu. Dem Volk der benachbarten Städte war unter Androhung der Todesstrafe befohlen worden, in die Hauptstadt zu kommen. Es gab keine Ausnahmen, kein Mann, keine Frau und kein Kind durften sich zu Hause sehen lassen. Die Opferhandlung dauerte vier volle Tage. Wenn Ahuizotl und seine fürstlichen Kollegen vom Aufschneiden der Brust der Opfer müde waren, übernahmen es an ihrer Stelle die Priester.

Der Überlieferung zufolge sollen es 80 400 Opfer gewesen sein, eine von verschiedenen Quellen angegebene Zahl. Derartige Myriaden zu töten, in einer Stadt von etwa 200 000 Menschen und ihre Körper zu beseitigen, ist unmöglich. Wir wollen annehmen, daß in jeder Minute ein Gefangener getötet wurde (das heißt, jeder der vier Opferer vom Dienst tötete einen Gefangenen alle vier Minuten) und daß das Unternehmen Tag und Nacht ohne Unterbrechung weiter ging, und läßt man dann sogar diese unwahrscheinlichen Voraussetzungen gelten, dann hätte es nicht vier, sondern ungefähr sechsundfünfzig Tage (80 400 Minuten) gedauert, um diese Schlächterei zu bewältigen. Selbst das Töten von 20 000 Gefangenen, eine in anderen Berichten angegebene Zahl, würde fast vierzehn Tage dauern. Als reine Zahlenspielerei: das Töten von 80 000 wäre gleichbedeutend mit einem Mord von fast fünf Millionen Menschen in der Stadt Mexiko von heute.

Die Zahl 80 400 ist an sich merkwürdig. Die Azteken zählten in Einheiten von zwanzig. In den Kodizes bedeutet ein Fähnchen (Pantli) zwanzig, dies immer wiederholt gelangt man zur nächsten Einheit, zu 400 (20 × 20), genannt ein Tzontli, symbolisiert durch ein Tannenbäumchen. Die größte Einheit, das Xiquipilli oder 8000 (20 × 20 × 20) wurde durch ein Täschchen mit Kakaobohnen dargestellt, was auch oft als eine Art Währung benutzt wurde. Nun wären 80 400 10 Xiquipillis und ein einzelnes Tzontli, an sich schon eine ungereimte Zahl für etwas, das eindeutig geschätzt und nicht gezählt wurde. Es erscheint denkbar, daß irgendein Kopist den ursprünglichen Text mißdeutete – vielleicht absichtlich – und vielleicht war die echte Zahl 10 Tzontlis (oder Tannenbäumchen), plus ein Pantli, macht insgesamt 4020 Opfer – eine annehmbarere, wenn auch immer noch phantastische Zahl für die Einweihung eines einzigen Gebäudes.

Angenommen, der Zeitraum von vier Tagen für die Dauer der Riten ist richtig, dann würde die Zahl von 4000 immer noch das Töten von 42 Gefangenen pro Stunde für einen Tempel zur Folge haben, wenn das Gemetzel rund um die Uhr ging. Dann wären das 84 in der Stunde, wenn es auf die Tagesstunden beschränkt war, was eher wahrscheinlich ist, wenn die versammelten Zuschauer die Darbietung voll genießen sollten. Solche Zahlen stimmen eher mit der genauen Anzahl überein, die für Dahome erhältlich ist, berücksichtigt man die viel kleinere afrikanische Stadt.

Die spanischen Schätzungen sind für ihre Unzuverlässigkeit nur zu bekannt. Sie übertreiben ziemlich sicher die Größe der einheimischen Armeen, die sie bekämpften. Cortés zum Beispiel nannte in seinem Brief an Kaiser Karl V. für die Streitmacht Tlaxcalas, auf die er gestoßen war, die unsinnige Zahl von 140 000 Mann. Später verbündeten sich die Tlaxcalaner mit Cortés. Für die Stadt Tlaxcala macht er sachlichere Angaben und schätzt die Gesamtbevölkerung auf 45 000. Als glühende Katholiken übertrieben die Spanier die Schrecken der aztekischen Religion und betonten besonders die Zahl der Opfer. Bernal Díaz, einer der Soldaten von Cortés, schrieb im Alter von über siebzig Jahren die Geschichte seiner Erlebnisse. Sein Werk, reich an Einzelheiten und lebendig in seiner bildhaften Sprache fesselt den Durchschnittsleser und belehrt den Spezialisten. Jedoch sollten einige seiner Zahlenangaben mit größter Vorsicht behandelt werden, insbesondere wenn es um die einheimische Religion geht. Seine Feststellung, daß auf dem Schädelgerüst von Xocotlan, einem ziemlich kleinen Ort auf dem Weg zur Hauptstadt, 100 000 Köpfe aufgesteckt waren, ist ganz sicher zu bezweifeln. Andrés de Tapia, ein weiterer aus der erlesenen Schar der Konquistadoren, der persönliche Erinnerungen hinterließ, schreibt über das Schädelgerüst in Tenochtitlan: »Die Holzpfosten stehen in einem Abstand von etwas weniger als einem Meter nebeneinander und sind von oben bis unten mit Querstangen verbunden. An jeder Querstange waren fünf an den Schläfen durchbohrte Schädel aufgespießt.« Der Verfasser (Tapia) und ein gewisser Gonzalo de Umbria zählten die Querstangen und multiplizierten sie von Pfosten zu Pfosten mal fünf und kamen auf 136 000 Schädel. Nimmt man eine Zahl von weniger als fünf Schädel pro Meter an und legt alle Querstangen von einem Ende zum andern aneinander, dann hätte das eine Strecke von dreißig Metern ergeben.

Schädel sind dauerhafte Gegenstände. Selbst wenn man diese Zahl für richtig hält, dann könnte sie sich seit 1428, dem Beginn des aztekischen Reiches, um etwa 1500 Trophäen pro Jahr vermehrt haben. Es wird nur von einem Fall berichtet, wo alte Schädel verbrannt wurden, um für neue Platz zu machen. Man sollte nicht vergessen – wie schon erwähnt –, daß Archäologen bei Ausgrabungen in Tlatelolco, Tenochtitlans Schwesterstadt, 170 Schädel und nicht 136 000 fanden. Die Schädel waren zum Aufreihen an Stangen an den Schläfen entsprechend durchbohrt.

Cortés schrieb auch an Karl V., daß es bei den Maya auf der Halbinsel Yucatan, wo er zum erstenmal mexikanischen Boden betrat, kaum einen Tempel gab, wo nicht jedes Jahr fünfzig Menschen geopfert wurden. Für das wichtigste Heiligtum einer Durchschnittsstadt ist diese Zahl annehmbar. Bernal Díaz jedoch behauptet, daß in Cempoala, nördlich des heutigen Veracruz, wo die Spanier Gäste und Verbündete des berühmten »Fetten Fürsten« waren, täglich vier bis fünf Menschen geopfert wurden, das heißt etwa 1500 im Jahr. Für einen Ort, dessen Bevölkerungszahl nicht größer als 15 000 bis 20 000 gewesen sein kann, klingen 1500 Opfer im Jahr ziemlich unglaubwürdig.

Zu dieser Zeit war Cempoala nicht unabhängig, sondern Moctezuma tributpflichtig. Dieser hatte dem »Fetten Fürsten« die Juwelen entwenden lassen, ein Verlust, die der Fürst Cortés gegenüber bitterlich beklagte. Als Untertan des aztekischen Reiches hatte er keine Möglichkeit, seine Nachbarn zu bekämpfen und konnte somit auch keine Gefangenen für seine Altäre beibringen. Hätte er seine eigenen Sklaven in diesem Umfang geopfert, dann wäre sein Vorrat bald erschöpft gewesen. In höchster Verzweiflung freie Bürger zu opfern, hätte ihn bald in die gleiche äußerst peinliche Lage gebracht wie jenen sagenhaften bereits erwähnten Häuptling, der alle seine Untertanen aufgegessen hatte und schließlich nur noch sich selbst verzehren konnte.

Bernal Díaz berichtet auch, daß Moctezuma II. täglich »viele Knaben« opferte, um von den Göttern zu erfahren, was mit der Invasion zu tun sei. Diese Bemerkung deutet den Gebrauch des Opfers für Weissagungen an, wie es im alten Rom als Teil des Mithraskultes praktiziert wurde. Diese Art Opfer in Mexiko wird aber von anderen Verfassern nicht erwähnt. »Viele Knaben« ist eine weitere ungenaue und wahrscheinlich übertriebene Redewendung, wenn sie auch ein Körnchen Wahrheit enthalten mag. Mexiko machte in einer anderen Regel keine Ausnahme: Schon das Auftauchen von Europäern, die zuerst als schwimmende Häuser auf dem Meer erspäht wurden und dann für Zentauren gehalten wurden, die an der Küste entlang jagten (Pferd und Reiter hielt man für ein Wesen), hatte eine höchst üble Vorbedeutung. So wie in Afrika das bloße Erscheinen eines weißen Missionars ein Menschenopfer verlangt haben mag, so war in Mexiko der Schrecken durch eine ganze Schar von weißen Spaniern, die wie der Kriegsgott mit seiner Feuerschlange Donner hervorbringen konnten, ein zusätzliches Motiv für ein Opfer. Es war weiser, jeden Mann, jede Frau und jedes Kind ein für alle Mal auf den Altären zu opfern, als für alle Zeit von den Göttern aufgegeben zu werden. Soweit es die Berichte der Konquistadoren betrifft, muß man immer an die Schwierigkeiten der Verständigung denken, da diese nicht wie die Mönche der Sprache der Einheimischen mächtig waren. In Cempoala zum Beispiel mußten die Worte Cortés' und seinen Männern erst durch Jerónimo de Aguilar, der als Gefangener in Yucatan lebte, von der spanischen in die Mayasprache übertragen werden. Dann übersetzte die berühmte Doña Marina aus der Mayasprache ins Nahuatl und schließlich der Dolmetscher des »Fetten Fürsten« in dessen Totonakensprache.

Die spanischen Berichte sind von jenen der Einheimischen recht verschieden. Die Spanier reden dauernd von der Mißhandlung aztekischer Gefangener, während letztere beteuern, daß die Gefangenen, sobald sie in der Hauptstadt waren, gefeiert und bewirtet wurden. Bekannt als »Söhne der Sonne« galten die Gefangenen bereits als gottgeweiht. Alvarado Tezozómoc erzählt wie der erste Moctezuma (1440–1468) selbst die Söhne der Sonne von der Golfküste begrüßte, tröstete und befahl, sie mit Liebe zu behandeln und mit Nahrung zu versorgen. (11)

Das gefühlvolle Verwandtschaftsverhältnis zwischen Krieger und Gefangenem ist ein seltsames Merkmal, obschon nicht auf Mexiko beschränkt. Der Akt der Gefangennahme war entscheidend. Von diesem Augenblick an waren die Würfel gefallen, selbst der Gefangene nahm seine Rolle auf sich und sah sich als etwas Besonderes, von Gott Erwähltes. Seine Opferung war dann nur der Höhepunkt einer unausweichlichen Folge von Ereignissen, die bereits bei seiner Gefangennahme in Bewegung gekommen war.

Diese Selbstaufgabe des Opfers ist für unsere heutige Ansicht schwer zu begreifen. Die für das Jenseits versprochene Anerkennung hat jedoch viel dazu beigetragen, den Schrecken eines gewaltsamen Todes auf dem Altar zu mildern. Für die Azteken teilten Krieger, die im Kampf getötet oder geopfert wurden, das gleiche bevorzugte Leben nach dem Tode. Sie kamen ins Haus der Sonne, wo sie sich dem Sonnengott zum ersten Teil seiner täglichen Reise von Osten nach Westen anschlossen. Auf dem halben Weg ihrer Reise wurde die Sonne von jener anderen begünstigten Gruppe begrüßt, den Frauen, die im Kindbett gestorben waren – bei der Ankunft von Zuwachs für Krieger oder Opfer ihrer Armeen. Auch die Opfer des Regengottes waren für ein besonderes Paradies bestimmt, das sie mit jenen teilten, die ertrunken, durch Wassersucht oder an Geschlechtskrankheit gestorben waren. Im Gegensatz dazu sahen Menschen, die weder auf dem Schlachtfeld noch auf dem Altar umgekommen waren, einer trostlosen Zukunft entgegen. Sie wurden der Neunten Unterwelt übergeben und im eisernen Gewahrsam des als Skelett dargestellten Gottes der Unterwelt gehalten.

MISSDEUTUNGEN UND KANNIBALISMUS

Spanische und einheimische Berichte sagen übereinstimmend, daß bei den verschiedenen Opferformen Teile des Körpers des Opfers gegessen wurden. Bernal Díaz sah in der Nähe des Großen Tempels in Tlatelolco viele mit Wasser gefüllte Kessel, wie sie auch in Kodex-Illustrationen zu sehen sind, in denen menschliche Körper gekocht wurden. Sahagún spricht zwar in seinem Bericht über das Fest des zweiten Monats vom Verzehr des Opfers, aber er sagt nicht, was in den meisten anderen Fällen mit den verbliebenen Körpern geschah. Manchmal *vermutet* er nur, daß sie gegessen wurden. Beim Fest des dritten Monats bekleideten sich die Festteilnehmer mit der Haut des Opfers und es ist nicht wahrscheinlich, daß die geschundenen Körper lediglich begraben oder verbrannt wurden.

Mehr Kenntnis über die kannibalistische Seite der mexikanischen Opferungen bekommt man durch Sahagún aus seinem neunten Buch, das den Großkaufleuten gewidmet ist. Diese spielten in der aztekischen Gesellschaft eine führende Rolle. Ihre Feste endeten, wie der spanische Mönch berichtet, mit dem Essen menschlicher Körper.

Aufgrund ihres Reichtums wurden die Handelsleute oft von der aztekischen Bürgerschaft beneidet. Als eine Art Rückversicherung pflegten sie einen Teil ihres Wohlstandes mit der Finanzierung verschwenderischer Feste zu Ehren des Herrschers und der Kriegerkaste auszugeben. Gleich anderen aztekischen Festlichkeiten hatten sie ein rituelles Zeremoniell, dessen zentrales Motiv die Opferung von Sklaven bildete. Diese mußten auf dem Sklavenmarkt von Azcapotzalco gekauft werden, damals eine Stadt für sich, heute ein eintöniger Vorort der Stadt Mexiko. Die Sklavenhändler unterließen nichts, um Kundschaft anzulocken. Ihre menschliche Handelsware war reich geschmückt, mußte tanzen, an Blumen riechen und sogar Tabak rauchen. Die Kandidaten, Musterexemplare an körperlicher Schönheit, waren sorgfältig ausgewählt.

Vor dem Fest wurden die Sklaven vom Gastgeber zurechtgemacht. Die vorgeschriebene Bekleidung war kunstvoll gearbeitet und teuer: »Erst schmückte er (der Kaufmann) seine frisch gebadeten Sklaven. Er gab ihnen, wie es sich ziemte, Schulterdecke, Lendenschurz, Rock und Hemd mit einer Bordüre am Rand. Dazu Ohrpflöcke aus Leder mit Gehänge oder lange gebogene Lippenpflöcke. Geklopftes, mit feinen zugespitzten Quetzalfedern gesäumtes Papier, das mit roter Schnur gebunden war, für die Ohren. An ihre Fußgelenke legte er Rasseln an. Die Kanten eines Bandes aus Ozelotfell waren mit Muscheln besetzt. An jedes Fußgelenk band er sie an. Er befestigte schimmernde Haarsträhnen an ihren Schläfen, die waren schön verziert in abwechselnden Streifen von Türkis und Gold, rötlichen Korallenmuscheln und schwarzen Obsidiansteinen. An den Enden der Streifen hingen ein paar Haare, darum nannten sie es ›schimmernde Haarsträhnen‹«.

»Dann rief er die Sklaven zusammen. Der Kaufmann ließ sie weiterhin tanzen. Von nun an behielten sie immer die Blumenketten, die Girlanden aus Blumen, die Schilde aus Blumen, die Tabakspfeifen. Jeden Tag schmückte der Kaufmann sie mit Blumen. Sie taten nichts weiter, als an ihren Blumen zu riechen und aus den Tabakspfeifen zu rauchen.« (12) Aber das war überhaupt nicht alles. Vor den versammelten Gästen wurden die Sklaven mit einer Devise aus Türkis und Federn gekrönt. Über ihren prächtigen Festgewändern trugen sie Federjacken, die mit einem Schädelmuster über einem Feld mit Menschenknochen dekoriert waren. Farbenfrohe Papierflügel waren an ihren Schultern befestigt. Die

Sklaven wurden nur »Die Gebadeten« genannt, so betonte man die Tatsache, daß sie durch rituelles Baden gereinigt waren. In Mexiko war das überdies ein Akt der Sühne, ein Abwaschen von Sünden. Auch Gefangene badete man gelegentlich vor ihrem Opfertod.

Die Zeremonien dauerten unermeßlich lange und erst am vierten Tag fand die Opferhandlung statt. Mit einem berauschenden Schluck versorgt, wurden die Sklaven zum Tempel des Großen Sonnen- und Kriegsgottes der Azteken geführt, wo weitere lange Riten sie erwarteten. Es überrascht kaum, daß sie unterdessen bestimmt den Tod ersehnten. »Und die zeremoniell gebadeten Sklaven, sie schliefen die ganze Nacht nicht. Als der Tag anbrach, gab man ihnen zu essen. Sie konnten nichts mehr essen, wie nachdrücklich man sie auch dazu aufforderte. Sie waren in großer Seelenqual. Sie freuten sich nur noch auf ihren Tod.« Nach einem weiteren von Festlichkeiten angefüllten Tag wurden die Sklaven von einem Priester, gekleidet wie der Gott, auf der obersten Tempelterrasse abgeliefert. Viele Schaulustige waren gekommen. Ein mit Ozelot- und Wolffellen bedeckter Sessel war dem Herrscher Moctezuma vorbehalten.

Zum Abschluß folgte ein Mahl, bei dem die Körper der Opfer verzehrt wurden. Wie beim Fest des zweiten Monats war das Rezept einfach. Das Fleisch wurde mit getrennt gekochtem Mais serviert: »Sie kochten ihn (den Sklaven) in einem Topf. Gesondert davon kochten sie die Maiskörner. Auf diesen servierten sie sein Fleisch. Sie legten wenig Fleisch dazu und keine Paprika, sie streuten nur Salz darüber. Wirklich aß die ganze Verwandtschaft (des Gastgebers) davon.« Die reichhaltige Ausstattung der Opfer wurde als Erbstück bis zum Tod des Kaufmannes aufbewahrt und dann verbrannt.

Die Frage, welche Teile des menschlichen Körpers bei dieser oder jener Gelegenheit verzehrt wurden, kann nicht beantwortet werden. Allgemein nimmt man an, daß nur Arme und Beine gegessen wurden. Diese Vermutung ist jedoch auf Angaben von Bernal Díaz zurückzuführen, die er wiederholt gemacht hat. Er hat jedoch niemals an rituellen Festessen teilgenommen und hielt sich an das, was er hörte, und das war möglicherweise »frisiert«. Er behauptete auch, daß die Rümpfe nicht gegessen, sondern den wilden Tieren in Moctezumas Tierpark vorgeworfen wurden.

Diese Erklärung, selten wenn überhaupt jemals in Frage gestellt, ist jedoch sehr unwahrscheinlich. Die Berichte sagen übereinstimmend, das jeweilige Opfer *wurde* zum Gott, dem man es darbrachte. Unreinen Tieren diese vergöttlichten Überreste vorzuwerfen, wäre um nichts weniger frevelhaft, als die geheiligten Reste der Hostie den Katzen der Nachbarschaft zu geben. Wenn außerdem die Opfer tatsächlich so zahlreich waren, dann hätten sich die Tierparkbewohner bis zum Platzen vollfressen müssen. Und ganz abgesehen von den Einwendungen religiöser Art wird damit keine Erklärung gegeben, was mit den Rümpfen in Tausenden von Zeremonialzentren in der Provinz geschah, wo der Herrscher keine Menagerie besaß.

Wenn man sich im gewissen Maß nach den Bräuchen anderer Länder richten will, dann pflegte der rituelle Verzehr nicht auf die Extremitäten des Körpers beschränkt zu sein. Immer waren es die lebenswichtigen Organe, Leber und Eingeweide, Herz und Hirn, die vor allem geheiligt waren, denn in ihnen wohnte die Seele des Opfers. In Mexiko gehörten die Herzen der Sonne, aber es ist kaum wahrscheinlich, daß die anderen lebenswichtigen Organe wie Abfall behandelt wurden und zur Fütterung von Tieren Verwendung fanden.

Ohne Rücksicht auf die einzelnen Bissen, das Essen von Menschenfleisch war Teil eines reichhaltigen Rituals. Nicht ein einheimischer Text läßt vermuten, daß die Menschen einfach ihre Bäuche mit einer nach ihrer Ansicht schmackhaften Nahrung füllten. Und doch ist es genau das, was Marvin Harris in seinem 1977 erschienenen Buch »Kannibalen und Könige« zu verstehen gibt. Ein den Azteken gewidmetes Kapitel trägt den Titel »Das Kannibalen-Königreich«. Er verweist mit Recht auf die Maßlosigkeit der aztekischen Opfer und zitiert viel aus Berichten spanischer Autoren. Er führt Beispiele an wie Tapias fragwürdige Beschreibung des riesigen Schädelgerüstes. Als Antwort auf die Frage nach der zugrundeliegenden Ursache dieser Opferungen schreibt Harris über die »geniale Entdeckung« Michael Harners, der mit größter Intelligenz und Kühnheit dem Thema nachgeht und der »allein die Anerkennung verdient, das Rätsel der aztekischen Opferhandlungen gelöst zu haben«.

Michael Harner, ein Anthropologe, dessen Arbeiten über die Kopfjägerei treibenden Jivaro und andere südamerikanischen

Stämme großen Respekt verdienen, hat eine verblüffende Auffassung vom Opfer im Alten Mexiko. Im Februar 1977 hat er darüber im »American Ethnologist« geschrieben. Seine Ansicht verursachte ein derartiges Aufsehen, daß die New York Times am 19. Februar gleichen Jahres einen Artikel unter der Überschrift »Aztekische Opfer dem Hunger, nicht nur der Religion zugeschrieben« veröffentlichte. Wütend sandten einige Gelehrte ein Telegramm an die New York Times, das unter der Überschrift erschien: »Azteken-Sachverständige bestreiten als lächerlich die Beschuldigung des Professors, sie hätten Tatsachen über Umfang des Kannibalismus zurückgehalten.«

Harners Ansichten gefielen Harris, aber sie lösten überhaupt keine Rätsel und waren nichts anderes als seine persönlichen Gedanken zu einem schwierigen Problem. Diese Gedanken stützen sich auf ziemlich alltägliche Auszüge aus Schriften von Konquistadoren, die in Dutzenden von Kommentaren über das Mexiko des 16. Jahrhunderts zitiert wurden und weit davon entfernt sind, eine »geniale Entdeckung« zu sein. Eine Absicht, Tatsachen zurückzuhalten, gibt es nicht. Sehagún, unter anderen, äußert sich ausführlich über aztekische Gebräuche. Archäologische Beweise dafür gibt es nicht, wenn Knochen beim Tod des Kriegers oder Sklavenbesitzers verbrannt wurden. Präaztekische Anzeichen von Opferungen, aber nicht von Kannibalismus, sind auf vielen Stelen eingemeißelt. Zur Abrundung seines Standpunktes bringt Harner Unterlagen – einer Art, die einleuchtend aber unbewiesen sind – über einen Mangel an genügend tierischem Eiweiß, um ohne Menschenfleisch eine ausgewogene Ernährung zu schaffen. Daher wurde Menschenfleisch, nach Harner, ein Grundnahrungsmittel und eine lebenswichtige Ergänzung zu einer ziemlich fleisch- und fettlosen Kost.

Trotz seiner anderen Behauptungen läßt Harner abweichend davon gelten, daß das Essen von Menschenfleisch dem Adel vorbehalten war und zitiert sogar in diesem Sinn Sahagún und andere. Aber sonderbarerweise bleibt er dabei, daß die tatsächliche Gründung des aztekischen Staates – bedingt durch die völlige Unterwerfung der Massen – auf den geringen Hoffnungen beruhte, die dem nach Eiweiß ausgehungerten Volk auf einen dürftigen Anteil aus sonst hauptsächlich von der Elite verpraßtem Menschenfleisch geboten wurde. »Mit der Aussicht auf eine Belohnung in Form von Menschenfleisch, der Zuteilung von Rechten und einer Erhöhung des Ranges, wurden die unteren Klassen ermutigt, sich im Krieg einzusetzen. So war es den aztekischen Herrschern möglich, den Großteil ihrer Bevölkerung – die Armen – zu veranlassen, zum Unterhalt des Staates und der oberen Klassen durch die Teilnahme an Angriffskriegen beizutragen. Es lag im Interesse der herrschenden Klasse und des Staates, den Bürgern das Essen von Menschenfleisch zu verbieten, gerade weil sie die Gruppe waren, die dessen besonders bedurften. Durch diese Anordnung und durch den Kriegsdienst eine Möglichkeit, Fleisch zu bekommen, hatten die Azteken sich eines angriffslustigen Kriegsapparates versichert.« (13)

Diese Behauptung beruht auf verschiedenen Trugschlüssen. Keine Quelle sagt ein Wort über Massenverteilung von Fleisch. Sahagún betont nachdrücklich, daß das Fleisch der Gefangenen der Verwandtschaft des Kriegers vorbehalten war. Nimmt man an, daß die unterernährten Gemeinfreien, die den Großteil der aztekischen Truppen bildeten, sich angespornt fühlten, ihre eigenen Gefangenen zu machen, um deren Fleisch unter die eigene Verwandtschaft und Freundschaft verteilen zu können, so kann man darin einen gewissen Sinn in Harners Theorien finden. Aber aus allen Berichten weiß man, daß die Armee eine festgefügte Hierarchie war, Krieger wurden nach der Anzahl der Gefangenen, die sie gemacht hatten, eingestuft. Ein Adliger, der keinen Opfergefangenen vorweisen konnte, wurde verachtet. Solche Berichte lassen erkennen, daß das Erbeuten von Gefangenen streng geregelt war. Den Offizieren wurde der Ruhm zuteil, der ihrem Rang entsprach. Die gemeinen Soldaten betätigten sich als reine Hilfstruppen und nur bei ganz seltenen Gelegenheiten wurden sie auf dem Schlachtfeld befördert, vermutlich, wenn sie ihrerseits einen Feind gefangen hatten.

Krieg war der Sport der Fürsten und der Preis, in Form von Gefangenen, kam ihnen zu, nicht dem Volk. Nachdem der Krieger einen aus seiner Beute nicht essen konnte und ein gemeiner Soldat hatte einen Gefangenen gemacht, dann wäre seine Sehnsucht nach Fleisch unerfüllt geblieben. Eine Regel wie diese hätte nicht durchgesetzt werden können, wenn mehr als eine Handvoll von Opfern durch die nach Eiweiß ausgehungerten Gemeinfreien gefangen worden wäre.

Henry Nicholson von der Universität in Kalifornien, eine führende Autorität auf dem Gebiet der aztekischen Religion, antwortete Harner in einem Artikel, der im April 1977 in »Natural History« erschien. Sein Hauptargument ist es, daß Harner viel zu bereitwillig die Berichte der Konquistadoren für bare Münze nimmt, da diese keine unparteiischen Zeugen waren und über aztekische Religion so gut wie nichts wußten. Nicholson betont zu Recht, daß Harner seiner Theorie den Boden entzieht, wenn er zugibt, daß es dem Volk für gewöhnlich verboten war, Menschenfleisch zu essen. Daß auf diesen Grundsatz gern verzichtet wurde, um die Bürger zu unermüdlichem Kampf für ihre Herren anzuspornen, hält Nicholson für nicht überzeugend. Es läßt außerdem erkennen, daß das Alte Mexiko nicht so bar jeglichen tierischen Eiweißes war wie Harner glaubhaft machen möchte.

Nimmt man Harners Ansichten und die anderer als bare Münze, dann – und das übersehen diese Autoren oft – wird die aztekische Begründung sinnlos, denn sie widerspricht sich. Angenommen sie trieben ihr Volk mit der Verlockung einiger Bissen Gefangenenfleisches in Eroberungskriege, dann konnten solche Kriege letzten Endes nur dazu dienen, den Vorrat eben dieser Lockspeise zu erschöpfen. Ein einmal erobertes Gebiet würde keine weiteren Opfergefangenen liefern, es sei denn, die Unterjochten rebellierten, was sich manchmal ereignete. Eine unterworfene Provinz brachte kein einziges Opfer, statt dessen aber eine Fülle von Tributen. Die von den verschiedenen Regionen eingenommenen Mengen sind im Codex Mendoza im einzelnen aufgeführt. Entfernte Länder bezahlten ihre Tribute in Form exotischen, aber tragbaren Zierates wie zum Beispiel 800 Handvoll gelber Papageienfedern aus der weit entfernten Provinz Soconusco an der guatemaltekischen Grenze. Jene in der Nähe, darunter auch kürzlich eroberte Gebiete, erzeugten große Mengen von Mais und Bohnen.

Dementsprechend lieferten ihre Eroberungen den eiweißhungrigen Plebejern einen vermehrten Vorrat an stärkehaltiger Hauptnahrung und verminderten die Möglichkeiten, Menschenfleisch zu essen, das von unterworfenen Völkern nicht mehr zu haben war. Dreißig Jahre vor der spanischen Eroberung hatten die aztekischen Armeen alles besiegt und unterwarfen dann Soconusco. Sicherlich ist ein stärkerer Anreiz als ein größeres Stück Menschenfleisch vonnöten, um Menschen veranlassen zu können, 1250 Kilometer über unwegsame Berge zu marschieren.

Die Vermutung, daß viele genießbare Gefangene durch zeremonielle Kämpfe gegen das nahegelegene Tlaxcala und seine Nachbarn, die teils durch Zufall, teils absichtlich unabhängig geblieben waren, trägt zur Streitfrage wenig bei. Teilnahme an derartigen »Turnieren«, wenn es so war, erforderte weniger Anreiz und konnte nur begrenzte Mengen menschlichen Fleisches bringen. Der Adel hätte damit noble Gelage halten können. Wäre jedoch Menschenfleisch aus Tlaxcala in einem Verhältnis von, sagen wir, einer Portion pro Woche an alle aztekischen Männer verteilt worden, dann wäre die ganze Bevölkerung von Tlaxcala, Männer, Frauen und Kinder in einigen Monaten verzehrt gewesen.

Die Azteken kurzerhand als »Königreich der Kannibalen« zu betrachten, zeigt eine betrübliche Mißachtung ihrer Opferriten, die vielschichtigeren Zielen dienten. Wenn es der Hauptzweck war, lediglich einen lebenden Bestand an Menschenfleisch in die Hauptstadt zu bringen, um ihn dort abzuschlachten, so hätten sicher billigere und weniger zeitraubende Methoden gefunden werden können, als das ganze verschwenderische und endlose Zeremoniell. Wie es der Anthropologe Marshall Sahlins in der »New York Book Review« vom 23. 11. 1978 darlegt, vermittelt Sahagúns Bericht über das Fest der Kaufleute ganz eindeutig, daß die Azteken nicht im Opfergewerbe waren, um sich ein feines Leben zu machen, und die Schlußfolgerung, das ganze System wäre eine Methode gewesen, um etwas Fleisch zu bekommen, verlange schon einen heroischen Akt von Nützlichkeitswahn.

Weder Harner noch Harris machen ihre Sache durch ungenaue oder fragwürdige Feststellungen überzeugender. Harris zum Beispiel begeht einen groben Schnitzer, wenn er den Codex Dresdensis als »Dokument aus dem 16. Jahrhundert« beschreibt, der in Nahuatl geschrieben ist, der Sprache der Azteken. Man vermutet, daß der Dresden-Kodex auf etwa 1200 n. Chr. zu datieren ist und geschrieben ist er in Maya-Hieroglyphen. Jeder Studierende des präkolumbischen Mexiko lernt in der allerersten Zeit, daß von drei erhalten gebliebenen Maya-Dokumenten, der Dresden-Kodex der wichtigste ist. Harner, der wohl solche groben Fehler vermeidet, schreibt, um seine Theorie zu vertreten, daß möglicherweise »einige (Gefangene) auf dem Schlachtfeld geopfert und gegessen worden sind«. Diese Behauptung steht nicht nur im völligen Widerspruch mit allen erhalten gebliebenen Berichten, sondern auch mit dem wahren Geist des aztekischen Opfers, das vom langatmigen Ritual untrennbar ist. Er wiederholt sogar Bernal Díaz' unglaubhafte Erklärung, daß der Rumpf des Opfers im fürstlichen Tierpark verwertet wurde. Das aber ist ein weiterer sich selbst widersprechender Gedanke. Wenn es das Ziel war, eiweißhungrige Plebejer zufriedenzustellen, warum wirft man dann einen Teil des Eiweißvorrates den wilden Tieren des Herrschers vor? Harners Bemerkungen über das Verzehren von Gefangenen an Ort und Stelle paßt auf Neuseeland, wo die Maori tatsächlich Menschenfleisch als Zugabe zur Kriegsverpflegung nützten.

ÜBERALL AUF DER WELT

Wie wir gesehen haben, unterscheiden sich die mexikanischen Götter in der Wahl ihrer Opfer kaum von jenen anderer Völker: Sklaven, männliche und weibliche, Kinder und vor allem Kriegsgefangene. Menschen, die keine Rechte hatten. In wenigen Teilen der Welt finden wir andere Arten von Opfer, ausgenommen vielleicht die Witwen, die Rechte und Besitz hatten, aber von einer Art, die oft von anderen begehrt war. Jene anderen Opferkandidaten, die Verbrecher, treten in Mexiko auch weniger in Erscheinung. Wurden Ehebrecher zu Tode gesteinigt, so war das kein wirklich religiöser Ritus. Obwohl das Opfer in Mexiko so viele überall auf der Welt bekannten Züge aufweist, selbst solche aus dem Alten Testament, fehlt die Vorstellung, daß das Opfer in einem gewissen Sinn ein »Sünder« sein mußte oder »sündig gemacht« wurde, um die allgemeine Schuldenlast zu erleichtern. Eine Forderung jedoch, die aus dem Alten Testament bekannt ist, war sehr verbreitet, das Opfer mußte ohne Makel sein.

Außerdem war, wie bereits erklärt, der Endzweck, dem das Opfer diente, nicht sehr verschieden von dem, was anderswo üblich war. So gab es zum Beispiel die Bereitstellung des Gefolges für das Jenseits oder die Bauopfer. Der Zwang, Menschen zu opfern, um gute Ernten sicherzustellen, ist in Mexiko besonders dringend.

Den Kornriten der Alten Welt entsprechen die vielen Opferhandlungen für die Götter der geheiligten Pflanze, dem Mais, und für die Götter des Regens und des Wassers, ohne die kein Mais reifen kann.

Ein weiteres Grundthema ist der Fortbestand des Kosmos mit einer nahezu verzweifelten Sorge um die Erhaltung der Fünften Sonne. Ihr werden die in der Adlerschale gesammelten Menschenherzen dargebracht. Die Mexikaner vergaßen nie die Legende von der Fünften Sonne, die die letzte sein würde. Sie besagt auch, daß diese Sonne die wieder zum Leben erweckte Gestalt eines Gottes war, der auf der Großen Pyramide von Teotihuacan den Feuertod gestorben war. Die gegenwärtige Welt war aus Opfern geboren und dieser Werdegang mußte am Leben gehalten werden, er durfte nicht sterben.

In den Jahrhunderten seit der spanischen Eroberung ist das Menschenopfer in Mexiko zu einer Mythologie eigener Art angewachsen, als etwas, das in den Annalen menschlicher Grausamkeit einmalig ist. Zieht man alle hochfliegenden Phantasien ab, dann bleibt von der Einmaligkeit wenig übrig. Man kann die mexikanischen Opferhandlungen mit ihren Schädelgerüsten in der letzten geschichtlichen Phase und den Kopftrophäen bei voraztekischer Skulptur auf den weltweiten Kult mit dem menschlichen Kopf zurückführen. Ob in Indien, Afrika, Hawaii oder Borneo, bisweilen trug man die Schädel als Trophäen, und zu anderer Zeit steckte man sie auf Gerüste oder Stangen, oder man verwendete sie als Schmuck an Tempelmauern, und manchmal stapelte man sie lediglich vor Sakralbauten auf. Und genau so wie die allgemeinen Absichten auf allen Teilen des Globus in monotoner Regelmäßigkeit wiederkehren, so wiederholen sich auch die Einzelheiten: die Mexikaner legten gleich den Dajak großen Wert auf das Baden der Sklaven vor der Opferung. Selbst das eigenartige Gladiatorenopfer findet Entsprechendes unter den Tsimschian Alaskas oder den Tupinamba Brasiliens. Für zwei ausgewählte Gruppen waren genau wie in Mexiko besondere Ehren bereitgestellt, für die Opfergefangenen und für die im Kindbett verstorbenen Frauen. So kamen auch auf den polynesischen Marquesasinseln genau die beiden gleichen Gruppen in einen ihnen vorbehaltenen Himmel.

Hinsichtlich der bloßen Zahl Erschlagener standen die Mexikaner an der Spitze, teilten aber auch Unterschiedliches mit anderen. Für Dahome gaben Europäer genaue Schätzungen. Man wird sich erinnern, daß es in einem Durchschnittsjahr in Agbome 500 Menschen das Leben kostete, was sich beim Tod eines Königs auf 1000 erhöhte – und das in einer Stadt mit einer Bevölkerung von knapp 20 000 – oder weniger als ein Zehntel der aztekischen Hauptstadt. Wollten sich die Azteken mit den Leuten von Dahome hinsichtlich der Ritualopfer pro Kopf der Bevölkerung messen, dann hätten die Azteken in einem gewöhnlichen Jahr ungefähr 5000 Menschen opfern müssen, was sich unter besonderen Umständen wie der Weihe eines Haupttempels oder beim Tod eines Herrschers auf 10 000 erhöht hätte. Sahagún erwähnt keine derartigen Zahlen, aber eine Summe von 5000 oder sogar 10 000 ist zumindest einleuchtend. Ich persönlich habe Zweifel an der Richtigkeit der Berechnung, aber die Wahrheit kann nicht mehr in Erfahrung gebracht werden. Fidschianer und Maori könnten auch einen Platz in der ersten Liga beanspruchen, wenn etwas Wahres ist an den Berichten über Kannibalen-Festessen von zwei- bis dreihundert Opfern – die jedenfalls sind leichter zu zählen als 80 000. Die Pro-Kopf-Rate von Opfern wäre hier genauso hoch, denn hier haben wir es nur mit Dörfern zu tun.

Man kann daher die Azteken in ihrer Motivierung, selbst mit der reinen Berechnung der Opferhandlungen nicht als Sonderfall ansehen. Was sie von anderen unterscheidet ist das System, mit dem sie ihre Taten aufzeichneten. Die aztekische Literatur über ihre Opferhandlungen ist einzigartig, sei es in der Darstellung in den Kodizes, in mündlicher Überlieferung der Einheimischen, in Augenzeugenberichten aus der Zeit nach der spanischen Eroberung oder in den Berichten der Konquistadoren. In den meisten Teilen der Alten Welt, in denen ein teilweiser, aber nicht gänzlicher Verzicht auf das Menschenopfer von den Ägyptern, Griechen und anderen befolgt wurde, breitete sich vielleicht das Gefühl aus, daß der Brauch, wie geheiligt er auch war, nicht gerade offen in den heiligen Schriften zu rühmen sei. Im alten Sumer schweigen die Texte über diese Angelegenheit.

Eine allerdings nicht uneingeschränkte Ausnahme bei dieser Zurückhaltung findet man in allen Jahrhunderten in Indien. Zwei Episoden der Rigweda, die etwa 1500 v. Chr. geschrieben wurden, berichten von einem Gott, der entweder Subjekt oder Objekt einer Handlung menschlicher Opferung war. Wie wir gehört haben, erwähnen auch die Purañas, die aus den frühen Jahrhunderten unserer Zeitrechnung stammen, sehr oft das Menschenopfer. Auch volkstümliche Balladen des 11. und 12. Jahrhunderts wie die Gopi Tschandra preisen es.

In der Literatur der Wikinger wird das Thema ebenso erwähnt wie in den bereits zitierten Versen der Edda, die mit den Worten enden: »Verwundet mit einem Schwert, für Odin verblutend.«

Die Musen der Dajak intonieren die Vorzüge der Kopfjagd:

»Wenn ich auf dem Kriegspfad war
Niemals kehrte ich erfolglos zurück
Immer brachte ich einen Korb voller Köpfe.«

Diese Verse stammen aus dem Hengap, dem Gesang der Seedajak, der in einer besonders poetischen Form ihrer Sprache geschrieben ist. Die Priester, die Oro auf Tahiti Opfer brachten, hatten auch einen rituellen Sing-Sang: »Esse nun von deinem langbeinigen Fisch, Oro-mata-oa, oh, mein König«.

Jedoch sogar die indische Literatur, ganz abgesehen von irgendeiner anderen, verschweigt dieses Thema, wohingegen die aztekischen Texte die Rolle des Menschenopfers ganz besonders rühmen. Kaum ein Blatt der religiösen Kodizes ist ohne abgeschlagene Köpfe, Schädel, skelettartigen Gestalten und Opfermessern, wenn nicht sogar Körpern, aus denen das »schöne Blut« (Chalchinheztli) der Götteropfer, oder sogar der Götter selbst, herausspritzt.

Dieses Opfer der mexikanischen Götter erinnert an Myrcea Eliades Gedanken über den urzeitlichen Akt der Kommunion, wobei der Gott nach der ersten Gewalttat sterben mußte, damit die Welt gerettet werden und der Pflanzenzyklus bewahrt bleibe. In Teilen Afrikas mußte bis in die jetzige Zeit der König als Stellvertreter des Gottes sterben, nachdem er eine vorher bestimmte Anzahl von Jahren regiert hatte, oder wenn seine Kraft nachzulassen begann. Viele halblegendäre Könige in Mexiko sollen nur für eine Umlaufzeit des heiligen Kalenders regiert haben.

Die Azteken entnahmen ihre Anregung der Legende jenes großen Stammvaters ihrer eigenen Dynastie, des Priesterfürsten von Tula Topiltzin Quetzalcoatl, der seinen Namen von dem Gott »Grünfederschlange« erhielt. Er erkannte, daß sein Gesicht zerfurcht und verwelkt war, als er sich im Spiegel eines rivalisierenden Magiers sah. Bestürzt trank er fünf Schluck Pulque. Später floh er beschämt über seine Trunkenheit, aus der Stadt. Er war gekleidet als Gott des Morgensterns, wurde ein Raub der Flammen und erhob sich zum Himmel als Planet Venus. Mit anderen Worten, der König von Tula, als Stellvertreter seines Gottes, wird selbst zum Opfer. Der Gott des Morgensterns, der einfach die Grünfederschlange in einer anderen Erscheinungsform ist, wird in Kodizes unverändert mit einem Körper abgebildet, der nach Art der Ritualopfer mit senkrechten roten Streifen bemalt ist.

Bestimmt traten zur Zeit der spanischen Eroberung und wahrscheinlich auch 400 Jahre früher während Tulas großer Zeit Kriegsgefangene an die Stelle des Herrschers. Die Legende wird sich wohl auf frühere Zeiten beziehen, als der persönliche Tod des Gottkönigs möglicherweise die Grundlage der Opferung in Mexiko bildete. Genauso wurde nicht nur in Afrika verfahren, sondern auch zur Zeit der wirklichen Geburt der ägyptischen Zivilisation, als Osiris, der Gottkönig, getötet und zerstückelt wurde.

1977 fand man in der Stadt Mexiko in der Nähe des Großen Tempels einen riesigen runden Stein. Auf ihm ist die Schwester des großen Sonnen- und Kriegsgottes Huitzilopochtli eingemeißelt. Ihr Körper ist gleich dem des Osiris zerstückelt, auch ist ganz deutlich zu sehen, daß sie geopfert wurde. Schriftlich niedergelegte Legenden sprechen auch von ihrer Enthauptung.

In Mexiko überlebte der Brauch, wobei das einzelne, speziell wegen seines vollkommenen Körpers ausgewählte Opfer zum Gott wird, wie der Gott gekleidet ist und vier Göttinnen »heiratet«. Dieser Ritus, der jährlich für verschiedene führende Gottheiten wiederholt wird – ist die edelste Art von Menschenopfer. In einer Handlung aus Liebe, nicht aus Haß, stirbt der eine, und durch sein einsames Martyrium rettet er für einige Zeit die vielen anderen vor dem Zorn Gottes. Diese Erlöser auf Zeit gehören voll zur Tradition des Osiris, Attis und Adonis des Nahen Ostens der Alten Zeit, eine Tradition, die auch im christlichen Drama ihren Platz hat.

Das Töten von vielen könnte man als eine spätere Entwertung dieser Einzelopferungen ansehen. Diese sind den älteren Formen mexikanischer Religion ebenbürtig und lassen sich auf die Olmeken, über 2000 Jahre früher, zurückführen, denn wir wissen nichts von Menschenopfern unter den Olmeken und frühen Maya. Aztekische Eroberer brachten eine Unzahl von Gefangenen als Opfer für die Götter in ihrem Troß mit sich. Eroberung in einem derart beispiellosen Ausmaß führte zu einer üblen Eskalation und erreichte in den Jahren vor der spanischen Eroberung den Höhepunkt.

Es mag heutzutage zeitgemäß sein, über diese Massenopferungen in Form von Kalorienaufnahme, Produktionsmethoden oder sogar von Klassenkampf zu sprechen. Eine einfachere Art, die Eskalation der Opferungen in aztekischer Zeit zu erklären, liegt im erhöhten Maß von Kämpfen und Eroberungen, vergleicht man es mit früheren mexikanischen »Reichen«. Die eiserne Regel, daß Gefangene geopfert werden sollen, stammt wahrscheinlich aus viel früherer Zeit, als die Zahl der Betroffenen noch klein war. Die Tradition aber veränderte sich niemals. Während Cortés' Abwesenheit hatte Pedro Alvarado die Verantwortung in der Hauptstadt. Seine Ungeschicklichkeit führte zu einem Blutbad unter den Azteken. Zwei Azteken, die lebend in Gefangenschaft gerieten, lehnten Alvarados Angebot, sie freizulassen, empört ab und verlangten, geopfert zu werden.

Für alle, die über das Opfer im Zusammenhang mit materiellen Umständen schreiben, mag der stagnierende Stand der Technologie bei den Azteken eine überzeugendere Begründung sein. Auch war ihre Wirtschaft nicht geeignet, eine schwierig zu behandelnde Flut von Gefangenen aufzunehmen, weder als Nahrung noch als produktive Arbeitskräfte.

Was auch immer die Motive waren, weder kann ein derartiges Gemetzel religiös entschuldigt noch wirtschaftlich begründet werden. Was man als mildernde Umstände anführen könnte, ist, daß man nicht lange suchen muß, um Parallelen zu finden. Claude Lévi-Strauss hat die Azteken und ihre Sitten »diese offene Wunde in der Flanke des Amerikanismus« genannt. Mit dieser Aussage geht der große französische Anthropologe etwas zu weit. Durch seine Studien über die Indianer Südamerikas und der nordwestlichen Küste Kanadas ist er über die in diesen Regionen begangenen Barbareien so gut unterrichtet wie irgendeiner. Gar nicht zu reden von Folterungen, die die Irokesen anwandten. Wenn die Azteken verurteilt werden, dann weil sie eine viel höhere kulturelle Stufe erreicht hatten als ihre nördlichen Nachbarn. Aber weit entfernt, das Ausmaß der Menschenopfer zu vermindern, erhöhten sie es. Diese Neigung steht im Gegensatz zu vielen

Völkern der Alten Welt, die den Blutzoll verringerten, als sie zivilisierter wurden. Eine Ausnahme dazu könnte man in Indien finden, wo zur Aztekenzeit das Sati an Schwung zunahm, oder in Europa, wo damals die Inquisition blühte.

KAPITEL IX

LIEBE–HASS–BEZIEHUNGEN

DER FLAMMENDE SCHEITERHAUFEN

Am Abend des 11. April 1649 war Unruhe in der Stadt Mexiko. Mit Spannung erwarteten die Einwohner die große Ketzerverbrennung auf der Plaza del Volador, nicht weit von jenem Ort, wo einst die Große Pyramide stand. Dies sollte die prunkvollste Zeremonie ihrer Art werden, die je in Neuspanien abgehalten wurde. Zehntausend Personen waren in die Hauptstadt gebracht worden, um die Menschenmassen zu vermehren, die sich insgesamt auf fünfzigtausend Seelen beliefen.

Für die Verurteilten war eine Spezialkonstruktion errichtet worden. Sie hatte einen breiten Unterbau mit zehn übereinanderliegenden, sich verjüngenden Reihen, die man über fünfundvierzig Zentimeter hohe Stufen erreichte. Eine Prozession, angeführt von den Opfern, setzte sich bei Morgengrauen in Bewegung. Man hatte den Gefangenen ein zusätzliches Essen verabreicht, um sie für die lange Qual, die ihnen bevorstand, zu stärken. Von Übeltätern, die geringere Strafen zu erwarten hatten, wurden Abbilder mitgetragen. Die Ausstattung der Priester wie der Teilnehmer war nach strengem Brauch vorgeschrieben. Das Ganze könnte vermuten lassen, daß sich die Opferzeremonien unter den Spaniern kaum geändert haben. Die riesige Menge, die von überall hereingekommen war, die Abbilder, die Prozession der Missetäter, das farbenfrohe Ritual, die symbolische Kleidung und das pyramidenförmige Podium wären für jeden aztekischen Gott eine passende Huldigung gewesen. Sogar die Predigten erinnerten an die von den Azteken an ihre Opfer gerichteten Ansprachen.

Bestimmte Unterschiede sind jedoch nicht zu übersehen. Spanische Zeremonien waren langweiliger. Die Musik war traurig und das Tanzen wurde durch Predigten ersetzt. Diese Langeweile wurde durch die vermehrten Qualen der Gefangenen auf dem Scheiterhaufen wettgemacht. Außerdem konnten die Priester der alten Götter trotz aller Ausstattung kaum mit der prächtigen Aufmachung des apostolischen Inquisitors konkurrieren. Dieser bildete das Ende der Prozession, er war begleitet von Don Juan de Mañozca, Mitglied des Rates Seiner Katholischen Majestät König Philip IV. und Generalvisitator des Heiligen Offiziums der Inquisition in Neuspanien. Und schließlich wurden die Opfer nicht länger mehr dem Kriegsgott dargebracht, sondern dem Friedensfürst.

Nach der Schilderung der aztekischen Riten und vor der Beschreibung des Menschenopfers unter den vielen Steinzeit-Indianern, die den Rest Amerikas bewohnten, müssen auch die Riten ihrer mit Feuerwaffen ausgerüsteten europäischen Eroberer berücksichtigt werden. Bei dieser Beschäftigung zeigt sich bald sehr deutlich, daß letztere, obwohl selbstgerechter, durchaus nicht freundlicher zu ihren Mitmenschen waren als die Azteken, ganz abgesehen von den nordamerikanischen Irokesen oder den Tupinamba Brasiliens.

Von der Geschichte werden die Spanier in dieser Hinsicht ziemlich ungerecht behandelt. Es besteht nämlich allgemein die Annahme, daß die Spanier die grausame Form des in Europa verbreiteten Vergeltungsopfers eingeführt haben. Das Heilige Offizium wurde so untrennbar mit Spanien in Verbindung gebracht, daß wir immer geneigt sind, von der *Spanischen* Inquisition zu sprechen, als ob es keine andere gegeben hätte. In Wirklichkeit jedoch entstand die Inquisition Jahrhunderte bevor Spanien ein Staat wurde.

Während des frühen Mittelalters trat zumindest in Europa das Menschenopfer weniger in Erscheinung, obschon sich viele Formen von Grausamkeit entwickelt hatten. Zu dieser Zeit lebten Juden und Christen friedlich nebeneinander. Um 1100 n. Chr. jedoch begann diese Toleranz zu schwinden und allmählich wurden alle Ketzer von der Kirche als Diener des Satans betrachtet. Das gleiche Schicksal widerfuhr den Juden, die planmäßig vom 12. bis zum 18. Jahrhundert von der Inquisition verfolgt wurden.

Man verklagte sie solch fingierter Verbrechen wie etwa des Ritualmordes an christlichen Kindern, der Entheiligung der Hostie für die Messe und sogar der Vergiftung der Stadtmauern.

Das menschliche Verlangen nach Sakralopfern und Märtyrern, das sich in römischer Zeit vor der Christianisierung des Imperiums wieder einmal erhoben hatte, wurde durch die Lehren Jesu gedämpft, aber nicht gestillt. Die Herausforderung, die derartigen Trieben neuen Aufschwung gab, kam zunächst nicht von den Juden, sondern von Ketzern, bekannt als Katharer. Sie bildeten eine weitaus größere Bedrohung für die bestehende Religion als frühere Sekten. Sie verherrlichten nicht nur das Zölibat, sondern bekämpften sogar die Ehe und das Gebären von Kindern. Ihre Lehren, die von den Kreuzfahrern aus dem Nahen Osten mitgebracht wurden, hatten viel Gemeinsames mit der persischen Religion des Zarathustra. Sie betrachteten das Leben als nicht endenden Kampf zwischen den Mächten des Guten und des Bösen.

In Deutschland wurde im Jahr 1231 die Inquisition eingeführt, um vor allem dieser Gefahr zu begegnen. Jedoch hatten die Katharer ein Jahr später ihre Herrschaft auf andere Länder ausgedehnt. Bis zu dieser Zeit hatten sie sich am Rhein festgesetzt wie auch in Norditalien und überall in Frankreich. Für die katholische Kirche war es eine unumstößliche Pflicht, Anspruch auf das Leben dieser Dissidenten zu erheben. Glaube war eine Gabe Gottes und der Schlüssel zum Himmelreich. Ein einziger Ketzer, der nicht verfolgt wurde, konnte das gesamte Gefüge der Kirche gefährden und nicht nur das Leben, sondern das ewige Leben nach dem Tod aller ihrer Mitglieder beeinträchtigen. Da das Verbrennen der Ketzer religiösen Zwecken diente und von sorgfältig ausgearbeiteten Riten begleitet war, ist es als Menschenopfer in des Wortes voller Bedeutung anzusehen.

Die Vorstellung, daß das Verbrennen eine Strafe war, hatte auf den Sachverhalt keinen Einfluß. Wie wir gesehen haben, machten die Römer neben anderen oft keinen Unterschied zwischen Sakralopfern und Verbrechern.

Als Höhepunkt im Kampf gegen die Katharer wurde eine große Armee gegen sie ausgeschickt. Die Streitkräfte der Andersdenkenden wurden bei Sirmione in der Nähe von Verona vernichtet. Dort hatte ein katharischer Bischof regiert. Anschließend wurden am 13. Februar 1278 nicht weniger als zweihundert Häretiker in der römischen Arena zu Verona vor einer riesigen Menge verbrannt – wahrscheinlich die verwerflichste aller Zeremonien, die nach dem Aufstieg der Spanischen Inquisition stattfand. (1)

Doch war das nicht das Ende des Kampfes gegen die Ketzer. Zu Albi, einem führenden Zentrum der Sekte (die auch als Albigenser bekannt waren), starben sechs führende Bürger ohne Verurteilung. Sie waren zwischen einem bis elf Jahren in Haft und oft in schrecklichen, dunklen Zellen. Daraufhin befahl Papst Klemens V. die sofortige Verurteilung aller anderen gefangengehaltenen Verdächtigen. Obwohl der Papst zweimal sein Gebot wiederholte, wurde dies von der Inquisition mißachtet, so mächtig war sie geworden. Im Jahr 1319 holte man schließlich Guillem Calverie und Issarn Colli aus ihren Kerkern, in welchen sie fast zwanzig Jahre eingeschlossen waren. Umgehend widerriefen sie die Geständnisse, die durch Folterungen erpreßt worden waren. Dieses bereitete den Weg zum Schlußakt ihres furchtbaren Todes auf dem Scheiterhaufen. (2)

Unter den Barbaren, den Vätern der neuzeitlichen Nationen Europas, die auf den Zusammenbruch Roms folgten, waren Folterungen mit Ausnahme bei den Westgoten unbekannt. Aber im Jahr 1252 berechtigte die Bulle Ad Extirpar Papst Innozenz II. zum Gebrauch der Folter durch die Inquisition, um Geständnisse herauszuholen, wenn nötig durch Folterungen, die sich über Jahre hinziehen konnten. Zunächst mußten Menschen, die gegen die Regeln der Kirche verstießen, Gefängnisstrafen oder Bußen hinnehmen. Das Verbrennen auf dem Scheiterhaufen war gewöhnlich für jene vorbehalten, die auf ihre früheren Irrwege zurückgekehrt waren. Die Inquisitoren verfolgten die Ketzer sogar über das Grab hinaus und ließen oft die Überreste der Toten wieder ausgraben und überhäuften ihre Gebeine mit Schmach und Schande. Von den 636 Verhandlungen, die der berühmte französische Inquisitor Bernard Gui durchführte, waren 88 posthum.

Die Spanische Inquisition, 1480 von König Ferdinand und Königin Isabella eingeführt, war bald zu einem Staat im Staat geworden. Die Inquisitoren wurden von der Krone, nicht wie an anderen Orten vom Papst ernannt. Das Eigentum der verurteilten Herätiker bekam der Staat, nicht wie zum Beispiel in Italien die Kirche.

Kein Spanier, auch keiner aus vornehmem Geschlecht, war

fortan vor dem forschenden Auge des Heiligen Offiziums sicher, insbesondere wenn er Verbindungen mit den Juden hatte. Der Erzbischof Hernando de Talavera von Granada hatte, wie viele hohe Würdenträger, jüdisches Blut in seinen Adern. Er wurde vom Inquisitor Lucero, den es nach dessen Eigentum gelüstete, angeklagt, in einer riesigen Verschwörung verwickelt zu sein, die zum Ziel hatte, das Christentum durch die jüdische Religion zu ersetzen. Von den Verschwörern nahm man an, daß sie des Nachts auf dämonischen Ziegenböcken reiten. Nicht nur wurde Talavera selbst verurteilt, Lucero ließ sogar in einer einzigen Zeremonie 107 Opfer verbrennen, die lediglich beschuldigt wurden, Talaveras Predigten beigewohnt zu haben. (3)

Da es der Hauptzweck der Folter war, Geständnisse zu erpressen, hatte sie für die Inquisition eine tiefere Bedeutung als etwa für die Irokesen und die Qualen der Opfer waren unendlich viel länger. Die Verfahren konnten Jahre dauern und die Anklagen beruhten oft auf geringfügigen Ursachen. 1568 zum Beispiel folterte die Inquisition von Toledo eine Frau, die geheimer Neigungen zur jüdischen Religion angeklagt war und das nur, weil sie kein Schweinefleisch essen wollte. Der amerikanische Gelehrte Henry Charles Lea füllt viele kleingedruckte Seiten mit Zitaten aus dem Originalbericht über diesen Fall. Trotz ihres heftigen Flehens um Gnade und ihrer Bitten um den Tod – alles minuziös vom anwesenden Schreiber aufgezeichnet – wiederholte der Inquisitor nur immer wieder: »Sag die Wahrheit.«

John A. O'Brien bringt in seiner Studie über die Inquisition schauerliche Einzelheiten von ihren Methoden: »Wenn die Inquisitoren schneller vorankommen wollten, machten sie die Haft besonders streng. Ketten und Hunger in einem stickigen Loch brachten die Geständnisse schnell von den widerstrebenden Lippen. Die Gerüchte darüber und ärgere Folterungen waren so weit verbreitet, daß eine amtliche Untersuchung des Gefängnisses von Carcassonne durchgeführt wurde. Man entdeckte nicht nur einen erbärmlichen Mangel an Betten und Nahrung, sondern auch die Geräte der Folterkammer: Die Folterbank, brennende Kohlen und den Flaschenzug.«

»Die Folterbank war ein dreieckiger Rahmen, auf den der Gefangene gelegt und so festgebunden wurde, daß er sich nicht rühren konnte. An Armen und Beinen waren Stricke befestigt, die mit einer Winde verbunden waren. Drehte man an dieser, dann wurden die Hand- und Fußgelenke ausgerenkt.« (4)

Auch Feuer wurde benutzt, um Schuldgeständnisse zu erpressen. Nachdem ein schönes, flammendes Feuer entfacht war, legte man den Gefangenen auf den Boden, seine gefesselten Füße am Feuer. Sie wurden mit Fett oder Schmalz eingerieben, was das Anbrennen erleichterte. Von Zeit zu Zeit stellte der Folterknecht einen kleinen Paravent zwischen Füße und Kohlenpfanne, damit der Inquisitor seine Vernehmung wieder aufnehmen konnte. Papst Johannes XII. bezieht sich in einem Brief vom 28. Juli 1319 auf diese Folterart, die einer Frau von der Inquisition von Toulouse auferlegt wurde.

Der Flaschenzug oder die senkrechte Folter erregte ähnliche Schrecken. Die Hände des Gefangenen band man hinter seinem Rücken zusammen. Dann wurde er mit einer Rolle oder Winde auf die Höhe eines Galgens hinaufgezogen oder zur Decke der Folterkammer. Mit einem plötzlichen Ruck ließ man ihn dann fast bis zum Boden fallen. Diese Tortur wurde mehrere Male wiederholt. Manchmal wurden Gewichte an den Füßen des Opfers befestigt, um den Schock und den stechenden Schmerz seines Falles zu steigern.

Das Gefängnis in Carcassonne mit seinen Türmen und seinen schmalen Zellen ist noch so wie es war, als dort der Ketzerei angeklagte Personen von der Inquisition eingesperrt waren. Tausende besuchen dieses Museum jedes Jahr, um die Folterkammer und deren großes Sortiment an Instrumenten zu besichtigen.

Diese bewährten Methoden bereicherten die Spanier nur durch einige Verfeinerungen wie die Toca oder Wasserfolter. Das Opfer wurde liegend auf die Folterbank gefesselt, sein Mund mit Gewalt geöffnet und eine Toca, ein Leinentuch ihm in die Kehle geschoben, um dann langsam Wasser aus einem Krug hineinzugießen. Die Schwere der Tortur hing von der Anzahl der Krüge ab, das heißt von den Wassermengen, die hineingezwungen wurden.

Als Höhepunkt dieser Folterungen kam das Autodafé. Dies wurde nicht wie die monatlichen Feste der Azteken in bestimmten Abständen abgehalten, sondern nur wenn es genug Opfer gab, um dem Ereignis gerecht zu werden. Wie aus vielen Gemälden und Stichen ersichtlich, zogen sie ungeheure Mengen von Menschen an, was nur mit der Volksmasse vergleichbar ist, die eine ganze

Nacht am Tyburn, der alten Hinrichtungsstätte in London, ausharrte, um die öffentlichen Hinrichtungen durch den Strang gut sehen zu können.

War der Vorrat an Gefangenen groß genug, dann wurde das Datum für das nächste Autodafé festgesetzt. Einen Kalendermonat zuvor zog eine Prozession von Familiares und Notarios, den Inquisitionsbeamten, durch die Straßen, um den Zeitpunkt zu verkünden. Zimmerleute und Maurer wurden mit dem Aufstellen der nötigen Gerüste und Tribünen sowie der Anfertigung der erforderlichen Dekorationen beauftragt. Am Vorabend der Zeremonie fand eine besondere Prozession statt, die sogenannte »Prozession vom Grünen Kreuz«, bei der die Familiares das Kreuz des Heiligen Offiziums zum Schauplatz der Veranstaltung trugen. Einige Angeklagte wurden lediglich mit der Kirche »versöhnt« und man legte ihnen passende Bußen auf, oder andere weniger drastische Strafen. Dazu gehörte ein lebenslängliches Verbot, seidene Kleider, Perlen und andere Juwelen zu tragen. Die aufsehenerregenden Zeremonien umfaßten jedoch eine Anzahl rückfällig gewordener Ketzer, die in einem Schlußakt verbrannt wurden.

Konnten sich die Spanier auch mit der reinen Zahl der Verbrennungen von zweihundert Menschen in Verona nicht messen, mit ihrem Sinn für das Theatralische übertrafen sie alle anderen. Wir haben einen Augenzeugenbericht vom großen Autodafé vom 30. Juni 1680 auf der Plaza Mayor in Madrid, das in Anwesenheit des Königs und seines Hofstaates stattfand. Sogar das riesige Gemälde dieses Schauplatzes, das erhalten blieb, wird der Prachtentfaltung des Verfahrens kaum gerecht, das sich gleichsam zwischen den Ruinen der Macht Spaniens abspielte, zu einer Zeit allgemeinen Elends:

»Ein Gerüst, 150 Meter lang, war auf dem Platz errichtet, und zwar bis zur gleichen Höhe mit dem als Sitzplatz für den König vorgesehenen Balkon. Zur Rechten dieses Balkons war am Ende des Gerüstes ein Halbrund errichtet, zu dem fünfundzwanzig oder dreißig Stufen hinaufführten. Dieses Halbrund war bestimmt für die Räte der Inquisition und die übrigen Räte Spaniens. Oberhalb der Stufen stand unter einem Baldachin das Rednerpult des Großinquisitors, und zwar viel höher als der Balkon des Königs. Zur Linken von Gerüst und Balkon war ein zweites Halbrund von gleicher Größe, in dem die Verbrecher standen.«

Die Zeremonie eröffnete eine Prozession, angeführt von hundert Kohlenhändlern. Dieser Ehrenplatz gebührte ihnen, denn sie waren die Lieferanten des Holzes, mit dem die Verbrecher verbrannt wurden. Den Kohlenhändlern folgten die Dominikaner, denen ein weißes Kreuz vorangetragen wurde. Dann folgte ein schwarzverhängtes grünes Kreuz, das mehreren Granden und Familiares der Inquisition vorangetragen wurde. Nachdem die Prozession den Platz erreicht hatte, wurde das grüne Kreuz auf dem Gerüst befestigt. Die Mönche verbrachten die Nacht auf dem Platz und sangen Psalmen. Von Tagesanbruch bis sechs Uhr morgens wurden am Altar Messen gelesen. Eine Stunde danach erschien der König und die Königin, die Königinmutter und alle Damen von Rang und nahmen auf dem Balkon Platz.

Um acht Uhr begann die Prozession auf gleiche Art wie tags zuvor mit der Gruppe der Kohlenhändler, die sich zur Linken des königlichen Balkons aufstellten, seine Wächter zur Rechten. (Die übrigen Plätze auf den Balkonen und Gerüsten wurden von den Gesandten, dem Hochadel und dem Landadel eingenommen.) Dann kamen dreißig Männer, die aus Pappe hergestellte lebensgroße Figuren trugen. Einige von ihnen stellten die im Gefängnis verstorbenen Personen dar, deren Knochen wurden in Kästen mitgetragen, die ringsum mit Flammen bemalt waren. Die übrigen Figuren stellten diejenigen dar, die den Händen der Inquisition entkommen und fortan geächtet waren. Diese Figuren stellte man an einem Ende des Amphitheaters auf.«

»Nach diesen kamen zwölf Männer und Frauen mit Stricken um den Hälsen und Fackeln in den Händen. Sie trugen 90 Zentimeter hohe Mützen aus Pappe, auf denen ihre Verbrechen aufgezeichnet oder in verschiedener Art dargestellt waren. Ihnen folgten fünfzig andere, die auch Fackeln in den Händen hielten und als Kleidung einen gelben Sanbenito, einen Kittel ohne Ärmel trugen, auf dessen Vorder- und Rückseite große Andreaskreuze in roter Farbe gemalt waren. Diese Personen waren Verbrecher, die nach ihrer ersten Gefangenschaft ihre Verbrechen bereut hatten. Diese sind gewöhnlich entweder zu einigen Jahren Kerker oder zum Tragen des Sanbenito verurteilt. Dies wurde als die größte Schande betrachtet, die eine Familie treffen kann. Jeder Verbrecher wurde von zwei Familiares der Inquisition geführt.«

»Als nächste kamen weitere zwanzig Verbrecher beiderlei Geschlechts, die dreimal in ihre früheren Abirrungen zurückgefallen waren und deshalb zum Feuertod verurteilt wurden. Jene, die gewisse Zeichen von Reue erkennen ließen, sollten vor dem Verbrennen erwürgt werden, die übrigen, die hartnäckig auf ihren Irrtümern beharrten, mußten lebend verbrannt werden. Diese trugen leinene, mit Teufeln und Flammen bemalte Sanbenitos und Kappen gleicher Art. Fünf oder sechs von ihnen, die hartnäckigsten von allen, hatten Knebel im Mund, was sie an gotteslästerlichen Äußerungen hinderte. Die zum Sterben Verurteilten waren außer den Familiares von vier oder fünf Mönchen umgeben, welche sie unterwegs auf den Tod vorbereiteten.«

Diese Opfer – oder Verbrecher wie sie im Bericht genannt werden – schritten unter dem königlichen Balkon vorbei und wurden im Halbrund zur Linken aufgestellt, sie waren umgeben von einer Gruppe vornehmer Inquisitionsbeamten. Der letzte, der seinen Platz einnahm, war der Großinquisitor, in purpurfarbenes Gewand gekleidet und begleitet vom Vorsitzenden des Rates von Kastilien. Dann begann eine feierliche Messe.

»Etwa um 12 Uhr wurde mit der Verlesung der Strafen für die verurteilten Verbrecher begonnen. Die Strafen der im Gefängnis Verstorbenen sowie die der Geächteten kamen zuerst. Ihre Abbilder aus Pappe wurden auf ein kleines Gerüst hinaufgetragen und dort in kleine, für diesen Zweck angefertigte Käfige gestellt. Dann ging es weiter mit dem Verlesen der Strafen jedes einzelnen Gefangenen, die daraufhin einer nach dem anderen in besagte Käfige gestellt wurden. So konnten sie von allen Anwesenden gesehen werden. Die ganze Zeremonie dauerte bis neun Uhr abends. Nach Beendigung einer weiteren Messe entfernte sich der König. Die zum Feuertod verurteilten Gefangenen wurden dem weltlichen Gericht überantwortet, auf Esel gesetzt, durch das Foncaral genannte Tor gebracht und um Mitternacht in dessen Nähe hingerichtet.« (5)

Eine Statistik über die Anzahl der Getöteten ist fast so unzuverlässig wie die der Azteken. Die Zahl war ohne Frage hoch, selbst wenn man Hunderttausende von Opfern der großen Hexenjagd ausnimmt, die ihren Höhepunkt im 16. und 17. Jahrhundert erreichte. Ich werde später darauf zurückkommen. Henry Charles Lea befaßte sich mit Berichten aus Städten und Provinzen in Spanien und ging zurück bis in die Zeit nach Einführung der Inquisition im Jahr 1480. Er kam auf einen jährlichen Durchschnitt von 130 Brandopfern oder insgesamt 150, bezieht man das ganze Spanien mit ein. In späteren Jahren jedoch, zur Zeit als die Spanier die unumstrittenen Herren der Neuen Welt waren, war die Zahl viel höher, wenn auch die Menge der in Mexiko und Südamerika Getöteten selbst nicht sehr groß war. Der König von Spanien, der anerkanntermaßen einen bei weitem größeren Bereich beherrschte, konnte wahrscheinlich eine jährliche Opferzahl aufweisen, die mit der des Königs von Dahome vergleichbar war und sich auf etwa hundert Seelen belief. In der Neuen Welt kamen sonderbare Abweichungen vom spanischen Schema auf. Die mexikanische Inquisition ließ 1664 einen Bußfertigen mit Honig einschmieren, mit Federn bedecken und vier Stunden lang während eines Autodafés in der Sonne stehen.

Die in Peru angewandten Folterungen einschließlich aller durchschnittlichen Methoden sind naturgetreu im Inquisitions-Museum in Lima zu sehen. In einer Gruppe erscheint das ausgestreckte Opfer der Toca, dazu der Folterknecht, der Wasser durch das Tuch in die Kehle des Opfers gießt. Man sieht den arroganten Inquisitor und einen über den Leidgeprüften gebeugten Schreiber, eifrig darauf bedacht, jedes Wort zu vermerken. Die winzigen aus dem Fels herausgeschlagenen Zellen oder Käfige, in denen die Opfer für Jahre gehalten wurden, hat man ausgegraben und sie in den ursprünglichen Zustand versetzt. Zur Erhöhung der Wirkung enthält jede Zelle eine abgezehrte Wachsfigur.

Auch die öffentlichen Verlautbarungen zur Ankündigung eines Autodafés sind ausgestellt. Bei jenem, das am 15. November 1573 stattfand, sollte nur der letzte der sechs aufgeführten Missetäter, Mateo Salada, lebendig verbrannt werden. Die übrigen jedoch kamen nicht leicht davon: Der erste auf der Liste, Joan Bautista, erhielt 200 Peitschenhiebe auf öffentlicher Straße, außerdem war er zu lebenslänglichem Gefängnis verurteilt sowie auf ewig zum Rudern auf einer Galeere (der Vermerk fügt hinzu »ohne Bezahlung«). Er mußte auch für den Rest seiner Tage einen Sanbenito tragen.

Jedoch Grausamkeit zu Mitmenschen war weder ein katholisches noch ein spanisches Monopol! Es wäre ein Irrtum anzunehmen, daß die Protestanten dieser Zeit besser waren. Martin Luther war dafür, alle Hexen auf dem Scheiterhaufen enden zu lassen. John Calvin hatte keine Bedenken, seinen theologischen Gegner Michael Servetus verbrennen zu lassen. England hielt sich in der Verfolgung von Ketzern wenig zurück. König Heinrich VIII., der Begründer der englischen Staatskirche, bestimmte als Strafe für einen Giftmörder den Tod im kochenden Wasser, obwohl der Giftmord anerkanntermaßen ein weltliches und kein religiöses Vergehen war. Diese Strafe wurde 1531 an einem Mann namens Richard Rose durchgeführt, und zwar genau zur Zeit des Bruchs des Königs mit Rom. Heinrich VIII. hatte eine besondere Begabung, sich das Beste aus beiden Welten zu beschaffen. Er ließ weiterhin radikale Protestanten verbrennen und zur gleichen Zeit die katholischen Gegner seiner religiösen Reform hängen oder köpfen – auf diese Weise bestrafte er beide Seiten der religiösen Auseinandersetzung. Seine Tochter Maria, »die Blutige«, kehrte die Entwicklung um und ließ im Wetteifer mit den Spaniern in vier Jahren 300 Protestanten verbrennen. In der Regierungszeit der Königin Elisabeth starben im Jahr durchschnittlich vier Katholiken für ihren Glauben, sie wurden nicht verbrannt, sondern als Verräter und Verschwörer gehängt.

EINE IMPORTIERTE TECHNIK

Gewisse Stämme der nordamerikanischen Indianer und ihre christlichen Invasoren, ob katholisch oder protestantisch, übertrafen sich gegenseitig in grausamer Behandlung ihrer Opfer. Ihre kultischen Riten wie auch die vieler südamerikanischer Völker haben oft eine auffallende Ähnlichkeit mit jenen der Alten Welt. Waren auch die rituellen Waffen verschieden, so war das lediglich die Auswirkung unterschiedlicher Stufen der Technik. Wenn zum Beispiel in Afrika im 18. Jahrhundert ein Schwert zur Verfügung war, so diente demselben Zweck ein Obsidianmesser in Mexiko und im südamerikanischen Dschungel eine Holzkeule. Außerdem gab es wenig Unterschiede in den zu erzielenden Zwecken. Wie in der Alten Welt war der Kannibalismus weit verbreitet, aber nicht überall anzutreffen. Der eigentliche Name Kannibale stammt von den Kariben, die Columbus als erster traf. Er war, wie Cook in Neuseeland, entsetzt, in verlassenen Dörfern die Reste von Insulanerfestlichkeiten mit Menschenfleisch zu finden.

Mit Ausnahme einiger weniger Zeugnisse von Wikingern fehlt der Beweis, daß Reisende aus der Alten Welt Amerika vor Columbus erreichten. Entsprechungen zwischen den beiden Hemisphären lassen sich durch die breite Bering-Landbrücke eher erklären. Diese verbindet das nordöstliche Asien mit dem nordwestlichen Amerika und liegt erst seit etwa 12 000 v. Chr. unter dem Meeresspiegel. (6) Den Kult mit dem menschlichen Kopf gab es lange bevor Amerika von Asien getrennt wurde. Diese und andere ursprüngliche Formen der Religion waren somit gemeinsames Erbe von Jägergruppen, die in die Neue Welt hinüberwechselten und jene anderen, die in Asien blieben. Folglich hatten Bräuche, die sich in Eurasien und Amerika übereinstimmend entwickelten, die gleichen Wurzeln.

Es wäre sinnlos, eine Aufstellung ritueller Tötungen in Amerika zu wiederholen, die sich an bereits beschriebenen Orten auf gleiche Art darstellten. Deshalb möchte ich mich in diesem Kapitel darauf beschränken, jene Völker der Neuen Welt zu beschreiben, deren Riten besondere oder ungewöhnliche Gedanken haben.

Denn Unterschiede sind vorhanden. In bestimmten Gebieten zum Beispiel war es eine stillschweigende Übereinkunft, daß das Opfer sowohl Freund wie Feind, gut wie böse zu sein hatte. Das kam auf dem amerikanischen Kontinent unverhüllt zum Ausdruck. In Südamerika und bis zu einem gewissen Grad auch in Nordamerika folgten einige Stämme dem sonderbaren Brauch, das zukünftige Opfer erst einmal zu adoptieren, so wurde eine merkwürdige Liebe-Haß-Beziehung zwischen dem Opferer und dem Sündenbock geschaffen. Der Kandidat war kein Fremder mehr und wurde, bevor man ihn opferte, erst ein Stammesmitglied, manchmal opferte man ihn erst Jahre später.

Wie wir bereits bei den Azteken feststellten, wurde in der Neuen Welt gesteigerter Wert darauf gelegt, daß sich das Opfer aktiv an jenen Riten beteilige, die schließlich seinen Tod herbeiführten. Als Teil der Schau erwartete man von ihm Tanzen und Singen in einer Art wilder Verzückung.

Ein weiterer hervorstechender Zug der Opferhandlung unter nordamerikanischen Indianern war der Gebrauch der Folter. Die Qualen waren so groß und die Methoden so verschiedenartig wie jene der Spanischen Inquisition. Es wurde oft behauptet, daß einige dieser Methoden durch europäische Invasoren angeregt wurden. Nicht nur erinnern gewisse Riten in der Mississippi-Region der Vereinigten Staaten an jene des Alten Mexiko. Nach der Eroberung Mexikos und nachdem die spanischen Missionare weiter nach Norden vorgedrungen waren, erwiesen sich die Einheimischen als eifrige Schüler der christlichen Lehre wie auch der christlichen Methoden, Feinde zu foltern. Als die Indianer von Huale, Georgia, sich 1597 gegen die spanische Mission erhoben, wurde ein Priester gefangen und als Sklave gehalten. Als erzieherische Maßnahme banden sie ihn bei einer bestimmten Gelegenheit an einen Pfahl und legten einen Stoß Holz unter ihn, um ein Autodafé anzudeuten. Jedoch im Gegensatz zum unbeugsamen Inquisitor in Spanien ließen sie ihn dann wieder frei.

Erste spanische Reisende in den südlichen Staaten von Nordamerika erwähnen selten indianische Folterungen. Berichte darüber stammen aus späterer Zeit und dann von Engländern und Franzosen. Sollte also bei den Indianern rituelles Foltern vor einem Kontakt mit Europäern bestanden haben, dann muß man vermuten, daß diese Kontakte neue Methoden anregten, auch daß das Verbrennen bei lebendem Leib Teil einer importierten Technik war.

Im frühen 18. Jahrhundert waren sowohl die vom Norden kommenden Engländer wie die Spanier, die aus dem Süden kamen, am Savannah in Feindseligkeiten mit den Yamassee-Indianern verwickelt. Diese lebten nördlich des Flusses, überfielen spanisch besetztes Land am gegenüberliegenden Ufer und schleppten Spanier als Gefangene in ihre Siedlungen. Diese Spanier mußten barbarische Folterungen über sich ergehen lassen, die zum Teil bei anderen nordamerikanischen Indianern unbekannt waren. Bei einigen der Gefangenen schnitten sie langsam Stück für Stück mit Messern und Tomahawks ab. Andere gruben sie bis zum Hals ein, stellten sich in einiger Entfernung auf und zielten mit Pfeilen auf ihre Köpfe. Eine weitere Spielart war es, Gefangene an einen Baum zu binden. Dann durchbohrten sie die besonders zarten Teile ihrer Körper, die nackt waren, mit zugespitzten brennenden Holzstöcken. Dies, die qualvollste aller Folterarten, war auch die häufigste. (7)

Die Spanier, durch solche Greueltaten nicht abgeschreckt, verbanden sich 1715 mit den Yamassee, um die Engländer zu vertreiben. Dann wurden auch einige englische Gefangene gefoltert. Unter diesen war John Cochran, seine Frau und vier Kinder sowie eine weitere Anzahl Frauen und Kinder, alle fanden ein grausames Ende.

Dem Anthropologen Nathaniel Knowles sind wir für Einzelheiten der rituellen Folterungen und Tötungen der nordamerikanischen Indianer zu großem Dank verpflichtet. Sein Bericht über dieses ziemlich unbekannte Thema ist klar und unheimlich zugleich. Knowles zitiert einen Augenzeugenbericht aus dem Jahr 1721 über die Rahmentortur, die bei den Natchez am unteren Mississippi ausgeübt wurde: »Wenn es aber ein Mann ist, den sie zu einem Gefangenen gemacht haben, dann ist die Freude allgemein und ihr Stolz ist groß. Wenn sie bei der Rückkehr in der Nähe ihres Volkes sind, stoßen sie den Kriegsruf aus und wiederholen ihn dreimal. Auch wenn die Krieger müde sind, gehen sie sofort auf die Suche nach drei Pfählen, die sie für die Konstruktion des verhängnisvollen Gerätes brauchen, ich meine den Rahmen, auf dem sie den Feind, den sie gefangen haben, zu Tode bringen.«

»Von den drei Pfählen, die etwa je drei Meter lang sind, werden zwei in den Boden geschlagen. Der dritte wird halbiert und quer über die beiden Pfähle angebracht, die bereits im Boden stecken. Der eine Teil des halbierten Pfahles kreuzt die im Boden stehenden etwa sechzig Zentimeter über der Erde und der andere hundertfünfzig über dem ersteren. Diese Pfähle werden sehr fest zusammengebunden und bilden in der Tat einen Rahmen. Und davon haben die Franzosen den Namen gebildet. Die Einheimischen binden das Opfer an den Fuß des Rahmens. Derart gebunden, singt er das Sterbelied bis er skalpiert wird. Anschließend haben die Krieger die Erlaubnis, zu essen. Das Opfer, wenn es das wünscht, kann seine letzte Mahlzeit einnehmen.«

»Wenn die Krieger ihre Mahlzeit beendet haben, gehen sie an den Platz, wo das Opfer an den Rahmen gebunden ist. Sie drehen seinen Körper herum, damit alle ihn sehen können. Derjenige, der ihn gefangen hat, versetzt ihm mit seiner Holzkeule einen Schlag unterhalb des Hinterkopfes, dabei stößt er den Kriegsruf aus. Dann löst er die Kopfhaut auf die möglichst beste Art, ohne sie zu zerreißen.«

»Nach der Abnahme des Skalps binden sie eine Schnur an jedes Handgelenk des Opfers und werfen die Schnurenden über den Querbalken. Viele nehmen die Enden und ziehen das Opfer hinauf, während andere ihn hinaufheben, bis seine Füße auf dem Querstück darunter stehen. Die Füße binden sie an die Ecken des Quadrats. Dasselbe machen sie mit seinen Händen an den oberen Ecken des Quadrats. In dieser Stellung hängt der Körper frei und ganz nackt und die vier Gliedmaßen bilden ein Andreaskreuz.«

»Sobald sie beginnen den Skalp des Opfers abzulösen, geht die Jugend auf Suche nach Rohr, sie machen Bündel in der ganzen Länge des Rohrs daraus und binden es an vielen Stellen.«

»Derjenige, der den Gefangenen gemacht hat, nimmt ein einzelnes Rohr, entzündet es, wählt eine Stelle am Körper des Opfers und brennt sie. Aber besonders widmet er sich dem Anbrennen des Armes, mit dem sich das Opfer am besten verteidigt hat. Ein anderer kommt und versengt eine andere Stelle. Jene, die ihre Pfeifen mit trockenem und brennendem Tabak gefüllt haben, brennen ihn an den Füßen an. Andere erhitzen einen Nagel rotglühend und stechen damit in seine Füße. Alle, einer nach dem anderen, üben Rache an dem Opfer, so gut sie können, der sich, solange noch Leben in ihm ist, mit dem Singen des Sterbeliedes beschäftigt, das, wenn man genau hinhört, aus schmerzlichem Schreien und Stöhnen besteht. Gewohnheit entscheidet und regiert alles.«

»Einige wurden beobachtet, die sangen und litten ununterbrochen drei Tage und drei Nächte lang, niemand gab ihnen ein Glas Wasser, um den Durst zu löschen. Es ist auch keinem erlaubt, ihnen Wasser zu geben, auch wenn die Opfer darum bitten sollten, was sie niemals tun, denn ohne Zweifel wissen sie, daß die Herzen ihrer Peiniger unerbittlich sind.« (8)

Manchmal wurden auch Europäer so behandelt. Das widerfuhr 1729 und 1730 zwei Franzosen. Die französische Verwaltung zeigte sich erkenntlich und erwiderte die Höflichkeit. Gouverneur Perier berichtete, daß er nach dem Natchez-Aufstand vier Männer und zwei Frauen verbrennen ließ. Die Tschikasa vom Mississippi trieben es noch ärger. Als die Franzosen sie 1736 bekämpften, banden sie sechsundzwanzig französische Soldaten und sieben Offiziere an die Pfosten und verbrannten sie langsam bei schwachem Feuer.

Schreckliche Berichte haben sich von den Riten der Tscherokesen erhalten. Gleichwohl waren die Irokesen, Huronen und benachbarten Stämme des Nordens von allen die perfektesten Folterer. Mary Jamison wurde von den Irokesen adoptiert und erzählt recht fesselnd, wie die Shawnee von Kentucky 1759 einen weißen Gefangenen folterten. Sie brachten ihm zahllose kleine Schnitte bei und peitschten ihn mit kleinen Ruten. Mary Jamison zählt sogar die verschiedenen Techniken auf. Darunter waren das »Auflegen von heißem Metall auf verschiedene Stellen des Körpers, Brandwunden anbringen und glühende Kohlen auflegen«. Auf die skalpierten Köpfe legte sie heißen Sand und glühende Asche, sie hängten heiße Beile um den Hals, zupften Haare und Bärte aus, sie entzündeten um den Körper geschlungene Schnüre, verstümmelten Ohren, Nasen, Lippen, Augen, Zungen und verschiedene Körperteile, versengten verstümmelte Teile des Körpers, rissen Nägel aus, drehten Finger ab, trieben Spieße in Fingerstumpen, zerrten Sehnen aus den Armen. 1782 wurde von den Shawnee langsam ein britischer Offizier namens Crawford geröstet, unterdessen häuften die Squaws glühende Kohlen auf seinen Körper.

Während die südlichen Stämme den Rahmen benutzten, war es weiter nördlich üblich, ein Gerüst oder eine Plattform aufzubauen, auf dem der Gefangene sein grausames Ende fand. Berichte über rituelle Folterungen umfassen über zwei Jahrhunderte. Französische Entdecker und Missionare trafen erstmals in den frühen Jahren des 17. Jahrhunderts auf die Algonkin und Irokesen des St.-Lawrence-Flußgebietes. Die Jesuitenerzählungen geben einen lebendigen Bericht von ihren Grausamkeiten und machen es deutlich, daß jeder Kontakt mit ihnen die Gefahr des Todes durch Folterung mit sich brachte. Einzelheiten wechselten von Gruppe zu Gruppe. Der von Knowles zitierte Tatsachenbericht von Pater Le Jeune über die Behandlung eines Irokesen durch die Huronindianer im Jahr 1637 ist typisch, aber auch qualvoll. Jedoch gingen derartige Methoden unvermindert weiter bis zu der Zeit, als die Macht der Föderation der »Fünf Nationen« nachließ. Noch 1838 rösteten die Pawnee von Nebraska ein fünfzehn Jahre altes Mädchen über einem langsam brennenden Feuer und töteten es dann mit Pfeilen.

Pater Le Jeune berichtet: »Inzwischen wurden wir durch die rasch niedergehende Sonne daran erinnert, uns an den Platz zu begeben, wo die grauenhafte Tragödie stattfinden sollte ... Gegen 8 Uhr abends wurden an der Hütte entlang elf Feuer entzündet, etwa auf Armeslänge voneinander entfernt. Die Leute versammelten sich unverzüglich. Die alten Männer nahmen auf einer Plattform Platz, die sich auf beiden Seiten über die ganze Länge der Hütte erstreckte. Die jungen Männer waren unterhalb. Es waren ihrer aber so viele, daß sie sich übereinander zusammendrängten. So war neben den Feuern kaum ein Durchgang. Freudenrufe ertönten auf allen Seiten. Jeder versah sich entweder mit einem brennenden Holzspan oder mit einem Rindenstück, um dem Opfer Brandwunden beizubringen. Bevor der Gefangene gebracht wurde, ermunterte der Häuptling alle, ihre Pflicht zu tun. Er führte ihnen die Bedeutung dieser Handlung vor Augen, die von der Sonne und dem Kriegsgott beobachtet würde. Er bestimmte, daß zuerst nur die Beine des Gefangenen angebrannt werden sollten, damit er bis Tagesanbruch durchhalte. Auch sollten sie sich in dieser Nacht nicht in den Wäldern belustigen . . .«

»Danach griff sich jeder ein brennendes Stück Holz oder Rinde und er (der Gefangene) fing an, rund um das Feuer zu gehen, vielmehr zu rennen. Alle bemühten sich, ihm beim Vorbeikommen Brandwunden beizubringen. Währenddessen schrie er wie eine verlorene Seele und die ganze Menge ahmte ihn nach, oder vielmehr übertönte ihn mit schrecklichem Gebrüll.«

»Man mußte dabeisein, um ein wahrhaftiges Bild der Hölle sehen zu können. Die ganze Hütte schien unter Feuer zu stehen. Die Flammen und der dichte Qualm, der davon ausging, diese Barbaren, die sich übereinander drängten, in den höchsten Tönen heulend, mit flammenden Holzspänen in den Händen, mit vor Wut und Raserei blitzenden Augen – erschienen sie wie Dämonen, die diesem armen Kerl keine Atempause gönnten. Oft hielten sie ihn am anderen Ende der Hütte auf, nahmen seine Hände und brachen ihm die Knochen mit nackter Gewalt. Andere durchbohrten seine Ohren mit Stöckchen und ließen sie drin, andere banden seine Handgelenke mit Schnüren grob zusammen und zogen an beiden Enden mit aller Kraft. Wenn er die Runde machte und zum Atemholen stehenblieb, mußte er das auf heißer Asche und brennenden Kohlen tun. Gott aber erlaubte es, daß ihm bei der siebten Runde um die Hütte die Kraft verließ. Nachdem er kurze Zeit auf den glühenden Kohlen gelegen hatte, zwangen sie ihn aufzustehen, aber er bewegte sich nicht. Und nachdem einer dieser Mörder ihm eine Brandwunde an seinen Lenden beigebracht hatte, wurde das Opfer von einem Krampf geschüttelt . . .«

»Alle waren nun darauf versessen, das Opfer wiederzubeleben und gaben ihm Wasser zu trinken. Als er das getan hatte, wurde er gezwungen mit brechender und sterbender Stimme zu singen. Und wieder begann seine Qual.«

»Sie mußten nicht streiten, wer sengen sollte – jeder kam an die Reihe. So hatten sie Zeit, sich neue Kniffe auszudenken, um ihn das Feuer noch heftiger fühlen zu lassen. Sie verbrannten ihn kaum an anderen Stellen als den Beinen. Diese aber versetzten sie in einen erbärmlichen Zustand, das Fleisch war in Fetzen. Einige legten brennendes Holz darauf und zogen es nicht zurück, bis er laut aufschrie. Sobald er aufhörte zu brüllen, fingen sie wieder an, ihn zu brennen und wiederholten es sieben- oder achtmal. Oft bliesen sie das Feuer wieder an und hielten es dicht ans Fleisch. Andere banden Schnüre rund um seinen Körper und entzündeten sie, das brannte ihn langsam an und verursachte ihm starke Schmerzen. Keiner hielt sich zurück und alle versuchten, sich gegenseitig an Grausamkeit zu übertreffen.«

»Sobald der Tag anbrach, entzündeten sie ein Feuer außerhalb des Dorfes, um die Ausschreitungen ihrer Schandtaten unter der Sonne zur Schau zu stellen. Das Opfer wurde dorthin geführt . . . Zwei ergriffen ihn und ließen ihn auf ein Gerüst steigen, das etwa zwei Meter hoch war. Drei oder vier der Unmenschen folgten ihm. Sie banden ihn an einen darüberstehenden Baum, aber so, daß er sich frei herumdrehen konnte. Nun begannen sie, ihn unbarmherziger als zuvor zu verbrennen und ließen keinen Teil seines Körpers aus. Wenn einer dieser Mörder anfing, ihn zu brennen und ihn bedrängte, dann fiel das Opfer bei dem Versuch, ihm zu entkommen, in die Hände eines anderen, der ihn nicht besser empfing.«

»Von Zeit zu Zeit erhielten sie neue brennende Holzspäne, die sie dem Opfer flammend durch seine Kehle bis weit hinunterstießen. Sie verbrannten seine Augen. Sie legten rotglühende Streitäxte auf seine Schultern, einige hängten sie um seinen Hals, die sie einmal auf seinen Rücken, einmal auf seine Brust legten, je nach der Stellung, mit der er versuchte, das Gewicht der Last zu vermeiden. Wollte er sich setzen oder niederhocken, dann warf einer ein brennendes Stück Holz unter die Plattform, was ihn bald wieder aufstehen ließ ... So quälten sie ihn von allen Seiten, bis er schließlich atemlos war. Um sein Herz zu stärken, gossen sie Wasser in seinen Mund und die Anführer riefen ihm zu, er solle Atem holen. Aber er blieb still, fast bewegungslos, sein Mund offen. Daraufhin, aus Angst er könnte anders als durch das Messer sterben, schnitt einer ihm einen Fuß ab, ein anderer eine Hand und fast gleichzeitig trennte ein dritter den Kopf von den Schultern und warf ihn in die Menge.« (9)

Nicht jeden Gefangenen traf das gleiche Schicksal. Einige hatten mehr Glück, anstatt gefoltert zu werden, wurden sie mit großzügiger Zuneigung behandelt und vom Stamm adoptiert. Die Frauen hatten ein größeres Mitspracherecht beim Schicksal des Gefangenen; der Tauglichste hatte die beste Möglichkeit, aufgenommen zu werden. Für eine Witwe war es nicht ungewöhnlich, ihren verlorenen Mann auf diese Weise zu ersetzen. Jedoch, auch wenn er in den Stamm aufgenommen war, seines Lebens war er nicht sicher. Ein Irokesen-Häuptling adoptierte vierzig Gefangene, ließ sie aber später verbrennen. Sogar jene, die von Witwen als Ehemann gewählt waren, gerieten in die Gefahr gefoltert zu werden, wenn sie sich als unbefriedigende Bettgenossen erwiesen.

Obgleich viele Berichte über Sitten nordamerikanischer Indianer von Geistlichen stammen, unterscheiden sie sich beträchtlich von den Darstellungen Sahagúns und anderer Spanier über das Alte Mexiko. Während Sahagún jede Seite der einheimischen Religion erforschte, erzählen Jesuiten und andere, die die nordamerikanischen Stämme beschreiben, viel über die Behandlung der Opfer, aber sehr wenig über die religiösen Glaubensvorstellungen, die derartige Behandlung veranlaßten. Augenzeugenberichte sind so zahlreich, daß ganz allgemein ihre Glaubwürdigkeit kaum bezweifelt werden kann. Sie lassen jedoch oft durchblicken, daß die indianische Grausamkeit aus reiner Freude am menschlichen Leiden entstand, oder aus bloßer Gier nach Menschenfleisch. Trotzdem sich in diesen Berichten zahllose Einzelheiten finden, übergehen sie die Tatsache, daß diese Handlungen, wenn auch barbarisch, im wesentlichen religiöser Natur waren.

Le Jeune zum Beispiel betont ausdrücklich, daß die Huronen die Behandlung ihrer Opfer mit einer Zurschaustellung von Freundlichkeit begannen. Der Gefangene mußte endlose Tänze auf dem Rückmarsch nach der Gefangennahme aufführen und er mußte in jedem Dorf am Wege singen. Selbst das Essen von Fleisch war streng rituell und das Herz, kurz vor dem Tod herausgerissen, wurde oft den jungen Männern des Stammes gegeben. Bei den Irokesen wurden dem Kriegsgott Frauen geopfert. Sie machten sogar ein Festmahl mit Bärenfleisch für diese Gottheit, dies galt als Buße, wenn menschliche Opfer nicht vorhanden waren. Pater Le Jeune beobachtete, daß vor der Opferung eines Gefangenen der Irokesen dem Volk vom Häuptling gesagt wurde, daß der Sonnengott und der Kriegsgott anwesend seien, um die Durchführung zu beobachten. Träume spielten in der Religion der Irokesen eine wichtige Rolle. Die Missionare des 17. Jahrhunderts berichteten von vielen Träumen im Zusammenhang mit Folterung. Ein Mann, der geträumt hatte, daß er von einem Feind gefoltert wurde, bestand darauf, daß seine Freunde ihn anbinden sollten und anderntags Teile seines Fleisches anbrennen mußten. Er glaubte, daß dadurch die Götter ihn vor echter Gefangenschaft und Folterung bewahren würden.

Die Behandlung des Skalps war besonders in den südöstlichen Vereinigten Staaten stark rituell. Hier wurde das Opfer zeremoniell skalpiert, bevor ihm andere Qualen zuteil wurden. Die Hasirai, die am Missouri lebten, hingen die Skalpe erst an die Bäume und besangen sie, danach legten sie sie in die Asche des ständigen Feuers, das im Tempel unterhalten wurde und legten Lebensmittelopfer dazu. Die Pawnee gebrauchten Skalpe als zeremonielle Opfer an die Götter. Unter den Natchez trugen alle Frauen beim Tanzen Skalpe und lobpreisten die Sonne für den Sieg. Im allgemeinen betrachtet man im Südosten die Skalpe als Opfergaben. Wie in Mexiko sammelte man Schädel und legte sie vor die Tempel. Ob im Durchbohren von Köpfen der Opfer oder dem Brennen ihrer Körper, die Völker der Mississippiregion nutzten die importierten Techniken der Spanier wie der Azteken.

HAP, HAP, HAP

Die Stämme an der nordwestlichen Küste Kanadas übten Formen rituellen Kannibalismus aus, die so ausgefallen waren, daß sie mit bloßer Wiederholung von Bräuchen der Alten Welt nichts mehr zu tun haben. Wie das westafrikanische Brauchtum basierten sie auf Geheimgesellschaften.

Von diesen nordwestlichen Stämmen sind die Kwakiutl wohl am besten dokumentarisch nachgewiesen. Ihr oberster Gott trug den achtunggebietenden Namen Batschbakualanutschsiwa (der Kannibale am Nordrand der Welt). Er war eine fanatische Kannibalenart des Sterbenden Gottes, dessen unförmiger Körper überall mit klaffenden Wunden bedeckt war. Nach einer Legende ist dieser riesige Menschenfresser in einer Grube lebend geröstet worden, die von seinen Brüdern in seinem eigenen Haus ausgegraben wurde. Als er zurückkam, warteten seine Brüder und beobachteten ihn, wie er im Raum herumschlich und brüllten »Hap! Hap! Hap!«, seinen Kannibalenruf. Schließlich kam er an den Rand der Grube, die sie im Boden ausgehoben hatten. Der älteste, der auf diese Gelegenheit gewartet hatte, riß die Bretter weg, die über der Öffnung lagen und Batschbakualanutschsiwa fiel hinunter und landete auf rotglühenden Steinen. Schnell füllten die Brüder das Loch mit weiteren Steinen. Des Gottes Fleisch zischte bei der Berührung mit den rotglühenden Steinen und bald starb er. (10)

Dieser Menschenfresserheld war der oberste Schutzherr einer Hamatsa genannten Sekte, die eine Art Elite konzessionierter Menschenfresser bildete. Ein Jugendlicher, der diesem Klub beitreten wollte, mußte mindestens drei Monate in einsamer Zurückgezogenheit im Wald leben und den Geist des Gottes aufzunehmen versuchen. Bevor er als Vollmitglied der Sekte in das Dorf zurückkehrte, mußte er für die Veteranen der Hamatsa ein besonderes Mahl aus Menschenfleisch bereiten. Zu diesem Zweck nützte er die sonderbare Sitte der Baumbestattung. Für diese Spezialverpflegung suchte er eine passende in einem Baum hängende Leiche. Nach strengem Ritual wurde der Körper erst geräuchert und dann in Gesellschaft der anderen Hamatsa gegessen. Nach einem wilden Tanz rund um den Körper, wählte jeder in strikter Stammeshierarchie seine Portion aus. Der Novize mußte jeden Bissen seiner Zuteilung ohne zu kauen ganz schlucken und mit einem Schluck Salzwasser hinunterspülen. Das führte unweigerlich zum Erbrechen und es war wichtig, daß alle Bissen, die genau gezählt waren, wieder hochkamen. Stimmte das nicht überein, dann untersuchte man seine Exkremente sehr sorgfältig, denn nichts von der Mahlzeit durfte in seinem Körper zurückbleiben.

Strenggenommen war diese Initiationsfeier der Hamatsa nicht

mit einer echten Opferhandlung verbunden. Ungeachtet des exzentrischen Rituals, wurde das Fleisch nicht von einem zu diesem Zweck getöteten Opfer gegessen, sondern von jemand, der schon gestorben war. Das war jedoch nur der Anfang der Laufbahn eines Mitgliedes der Hamatsa, er mußte oft die Riten des Großen Gottes wiederholen. Beginnend mit seiner Einführung war er dem Gott geweiht und verpflichtet, Menschenfleisch zu essen, das gewöhnlich nicht von Toten, sondern von lebenden Opfern stammte. In der beschriebenen Weise verzehrt, kann das Mahl kaum erfreulich gewesen sein. Statt dessen war es ein äußeres Zeichen, daß er nicht länger ein gewöhnlicher Sterblicher war, er hatte sich mit dem Gott identifiziert.

Um den ständigen Anspruch, andere Menschen zu essen, zu befriedigen, tötete man Sklaven wie Gefangene. Waren solche nicht zur Verfügung, dann bissen sie sich einen Brocken aus dem Fleisch ihrer eigenen Stammesangehörigen. Es stand ihnen frei, jeden anzunagen, den sie packen konnten. Ein ehemaliger Hamatsa, der am Ende des 19. Jahrhunderts noch lebte, sagte, es sei ein allgemeiner Brauch gewesen, nach einem Bissen Menschenfleisch aus einem lebenden Körper heißes Wasser zu schlucken. Man glaubte, daß dies eine Entzündung der Wunde verursachen würde, die durch die Zähne entstanden war. (11)

DER GÖTTLICHE INKA

Beschäftigt man sich mit Südamerika, dann gebührt Peru, als der einzigen Hochkultur dieses Kontinents, der Ehrenplatz. Das Menschenopfer hat bereits in der Vorinkazeit eine lange Geschichte. Die Inka hatten zur Zeit der spanischen Eroberung viele Formen von Opferhandlungen, im besonderen solche von Kindern. Derartige Tötungen werden oft übersehen, da sie so viel weniger aufsehenerregend sind als jene der Azteken.

Die alten Peruaner hatten keine Schrift und hinterließen keine Kodizes, die Zeugnis ihres Glaubens und ihrer rituellen Handlungen ablegen könnten. Die spanischen Chronisten jedoch vermittelten uns durch umfangreiche Berichte das, was sie sahen. Wie in Mexiko bezogen sie sich mehr auf die Äußerungen der Religion als auf deren inneres Wesen. Da außerdem die Spanier danach trachteten, die alten Götter zu zerstören, wurden diese Bräuche aufgegeben. So beschreiben die Chronisten die Lage von 1532. Es war das Jahr, in dem sich das Inkareich an 150 Konquistadoren auslieferte.

Trotzdem blieben genug Beweise aus der Vorinkazeit erhalten. Die alten Peruaner erfreuten sich einer langen Tradition hervorragender Weberei und Keramikherstellung. Die Kunst aus der Zeit vor dem Inkareich schildert manchmal auch Opferhandlungen. Außerdem wimmelt es von abgeschlagenen Köpfen und Gliedmaßen und ihre Bedeutung ist unmißverständlich. Wenn das Opfer in Peru eine einzigartige Seite hat, so entstammt das nicht so sehr den Riten selbst, als vielmehr der Offenheit, mit der sie über eine lange Zeit in kultivierten Kunstformen abgebildet – oder angedeutet sind.

Einige der frühesten Unterlagen kommen aus der Nachbarschaft von Casma, das etwas über dreihundert Kilometer nordwestlich von Lima liegt. Der Tempel von Serro Sechin, der auf nahezu 2000 v. Chr. datiert werden kann, hat eine Anzahl von Steinstelen. Auf einigen sind menschliche Gestalten abgebildet, offensichtlich tot, da ihre Augen geschlossen sind. Aber es wurden auch viele Tafeln gefunden, die abgeschlagene Köpfe zeigen. Andere Reliefs lassen vom Körper abgetrennte Gliedmaßen erkennen. Überdies scheinen bestimmte lebensgroße Gestalten Menschen wiederzugeben, die verstümmelt wurden.

Von Sechin verlagert sich der Schauplatz nach Paracas an der Küste des Pazifik, südlich von Lima, wo etwa 700 bis 200 v. Chr. eine große Kultur florierte. Hier wurden eine bedeutende Zahl von Bestattungen gefunden, die frühe Ursprünge einer oft von den Chronisten des 16. Jahrhunderts erwähnten Sitte vermuten lassen – das Begraben von Lebenden mit den Toten. Einige dieser Gräber von Paracas, aus tiefen Schächten mit flaschenförmigen Steinkammern geformt, enthielten dreißig oder vierzig Personen, meist Frauen und Kinder. Nach Julio Tello, dem großen peruanischen Archäologen, der die ersten Gräber in Paracas freilegte, waren dies Menschen aus verschiedenen sozialen Gruppen, einige waren mit reichen Umhängen bekleidet, andere – vermutlich Bedienstete – nur mit groben Baumwolldecken. In Keramikurnen fand man Kinderkörper.

In einem anderen Teil von Paracas, bekannt als Nekropole, fand man viele Hunderte von Mumienbündel, meist ältere Männer, eingewickelt in die wahrscheinlich schönsten Textilien, die jemals von Menschen hergestellt wurden. Durch das sehr trockene Klima – es regnet in dieser Wüste nur einmal in fünfundzwanzig Jahren – haben sich diese vorzüglich erhalten. Diese Totentücher, einige sind im Archäologischen Museum von Lima zu sehen, tragen eine Unmenge verwickelter Muster. Immer wieder erscheint ein fremdartiges Motiv, dem die Gelehrten den prosaischen Namen »Formelles fliegendes augenartiges Wesen« gaben. Es tritt so allgemein überall auf, daß man ihm die Bedeutung einer Art Totenstatussymboles gegeben hat.

In den größeren Bündeln ist etwa auf einem Drittel der gesamten verzierten Textilien dieses augenartige Wesen abgebildet, eine unheimliche wie auch blutdürstige Figur. Sie hat ein breites lüsternes Maul, hält in einer Hand einen Trophäenkopf, ein Messer in der anderen und aus ihrem Körper wuchern flatternde Bänder oder Anhängsel. Das Motiv findet sich auch auf der Keramik.

Das augenartige Wesen hält nicht als einzige Gestalt abgetrennte Köpfe in der Hand. Sogar mythische Kondorvögel und gefiederte Mörderwale tragen ähnliche Trophäen. Die Künstler von Paracas zeigen oft eine Leiche oder einen Kopf ganz nah am Maul eines dieser Monster, als würden sie gerade gefressen. Wie die amerikanischen Archäologen Edward und Jane Powell Dwyer ausführen, wird die fleischverzehrende Bedeutung dieser Symbole nicht bezweifelt und der Sinn des augenartigen Wesens selbst, so geschätzt von der Elite, war eindeutig auf das Menschenopfer gerichtet. (12)

Die Mochicakultur, die in den ersten sieben Jahrhunderten der christlichen Zeitrechnung an der Nordküste Perus florierte, ist berühmt für ihre begabten Keramiker. Diese Mochicagefäße, von denen unendlich viele erhalten blieben, sind so naturgetreu, daß sie ein Schrifttum in Ton darstellen. Sie sind reich an beschreibenden Einzelheiten von Tempeln, Häusern, Tieren, Booten, Bekleidung der Menschen und sogar ihrer Gebrechlichkeiten. Sie erzählen uns auch viel über die Götter und schildern Menschenopfer mit einer unter den Töpfern der Alten Welt seltenen Freiheit. Ein Gefäß im Völkerkundemuseum in Berlin trägt zum Beispiel die Abbildung eines Mannes, der über einen Felsen geschleudert wird, ein anderes zeigt den Opossumgott mit einem Messer bei der Enthauptung eines Opfers.

In einem Artikel vermittelt Dr. Elisabeth Benson vom Dumbarton Oaks Center für Präkolumbische Studien lebendige Zeichnungen des Mochicaopfers. (13) Auf einem bemalten Gefäß im Art Institute von Chicago ist die Mittelfigur von amputierten Armen und Beinen umgeben. Die Figur wird von zwei Frauen fortgezerrt und das Schicksal des Opfers ist eindeutig. Ein Gefäß im Museum für Völkerkunde in München zeigt zwei gebundene nackte Gestalten, die enthauptet werden. Elisabeth Benson vermutet, daß viele Szenen auf Gefäßen der Mochicakultur, die oft gefällig als »Mutter und Kind« beschrieben werden, tatsächlich eine Priesterin darstellen, die ihr Opfer wegträgt (letztere sind allgemein kleiner dargestellt als ihre Opferer). Die fraglichen »Kinder« haben oft die Haare in der Art der Opfer oder Kriegsgefangenen geschnitten. Ein weiterer kunstvoller Topf zeigt eine ganze Reihe von Opferhandlungen auf verschiedenen Stufen mit Kopftrophäen an allen Extremitäten und einer Gestalt, die von Ungeheuern enthauptet wird.

Dr. Christopher B. Donnan, auch eine führende Autorität in Sachen Mochicakultur und Direktor des Kulturhistorischen Museums der Universität von Kalifornien in Los Angeles, erzählte mir, daß er es für sehr wahrscheinlich hält, daß die Menschen dieser Kultur sich bekriegten, nicht um Eroberungen zu machen, sondern einfach um Gefangene zu bekommen, die sie opfern konnten.

Die Menschen von Mochica erfanden noch eine andere Folter, wahrscheinlich auch für Gefangene, die anderswo ähnlich kaum zu finden ist. Auf Gefäßen der Mochicakultur finden sich skelettartige Gestalten und Köpfe in großer Zahl, die im allgemeinen verstorbene Ahnen darstellen sollen. Dr. Alan Sawyer von der Universität von Britisch-Kolumbien referierte im August 1979 auf dem XLIII. Amerikanistenkongreß über die Tatsache, daß die Wangen der sogenannten Totenköpfe fleischig sind, obgleich Augen, Nase und Mund an Totenschädel erinnern, sie tragen ausnahmslos vom Ohr zum Mund eine Zickzacklinie.

Er bewies sehr überzeugend, daß diese überhaupt keine toten Menschen seien, sondern Opfer, von deren Gesichter die Haut abgezogen wurde, die Augen liegen in den Höhlen, die Nasen sind abgeschnitten bis auf die Knochen. Genug Haut wurde auf dem Unterkiefer zurückgelassen – angedeutet durch die Zickzacklinie –, was ihnen das Essen ermöglichte (und vermutlich das Schreien während der Zeremonie).

Von Sawyer befragte Ärzte bestätigten, daß ein Mensch unter derartigen Bedingungen zumindest überleben konnte. Er würde aber aufgrund von Schwierigkeiten beim Essen und einem Mangel an Speichelflüssigkeit beträchtlich an Gewicht verlieren. Wenn ein Mensch der Lippen beraubt ist, wachsen eine Art Pseudolippen und die Menschen könnten eine Reihe von Jahren leben, hätten aber eine abgezehrte, sogar skelettartige Erscheinung.

Diese geschundenen Gestalten, von denen einige Frauen sind, werden oft von Geiern begleitet, und gelegentlich werden von ihnen die Augen und Genitalien der Opfer angegriffen. Oft sind sie in erotischen Szenen abgebildet und die Ärzte bestätigten, daß Kinder gezeugt werden konnten. Eines dieser skelettartigen Wesen trägt ein Kind, vermutlich sein eigenes, das es dem Gott opfert.

Sawyer hält es für möglich, daß diese geheiligte Wesen waren, die die Nachwelt unter den Lebenden verkörperten. Sie waren gewissermaßen in der anderen Welt gewesen und zurückgekommen. Als solche gehörten sie gleich den blinden Trommlern zu einer späteren Zeit Perus, zum Bereich des Übernatürlichen.

Wenden wir uns von diesen früheren Kulturen deren Erben zu, den siegreichen Inka, so finden wir Augenzeugenberichte von Opferszenen. Zeugnisse in Texten wie auch der Archäologie betonen die uranfängliche Rolle der Bestattungsriten und der Ahnenverehrung, die sich auch durch die ganze Geschichte des alten Peru zieht. Dieser Kult unter den Inka ist unübersehbar und gelangte bei ihnen zu hoher Wirksamkeit. Die Mumienbündel der verstorbenen Herrscher (die auch den Namen »Inka« führten) hatten ihre eigene Hofhaltung und Besitz, sie erhielten sogar Tribute.

Nachdem bei den Inka Opferhandlungen ein Vorrecht der Herrschenden war, forderten Nachfolge und Tod des Herrschers die meisten Opfer, viele von diesen waren Kinder im Alter von vier bis zehn Jahren. Da es keine Schrift gab, mußten sich die Chronisten auf die mündlichen Berichte der Eingeborenen verlassen. Diese beziehen sich in der Hauptsache auf Ereignisse innerhalb der menschlichen Erinnerung, und ihre Schätzungen hinsichtlich der Opfer sind sehr verschieden. Eine anscheinend vorsichtig geschätzte Zahl haben wir von Pater Joseph de Acosta. Er stellt fest, daß beim Tod des Inka Huayna Capac, nur sehr wenige Jahre vor der spanischen Eroberung, ihm tausend menschliche Opfer ins Jenseits folgten. Wenn ein Herrscher starb, so schreibt Acosta, dann töteten sie zusammen mit seinen Lieblingsfrauen und Konkubinen die Diener und Hofbeamten und die Kinder. Garcilasco de la Vega, selbst ein Inkasprößling aus der fürstlichen Linie, der seine Geschichte ein Jahrhundert nach der spanischen Eroberung schrieb, scheint bisweilen seine Vorfahren vom Makel der Opferhandlungen befreien zu wollen. Trotzdem gibt er aber zu, daß Frauen und Lieblingsdiener lebendig mit dem toten Inka beigesetzt wurden, beteuert jedoch, um abzuschwächen, daß dies freiwillig geschehen sei.

Verschiedene andere Chronisten gehen viel weiter und behaupten, daß viertausend Menschen beim Leichenbegängnis von Huayna Capac ihr Leben verloren. Dies war die einzige fürstliche Beisetzung, an die sich zu dieser Zeit noch lebende Menschen erinnerten. Pedro Cieza de Leon gibt die gleiche Zahl an, aber in einem anderen Zusammenhang beteuert er, daß die Geschichten von zweitausend Kindern, die an einem einzigen Festtag getötet wurden, spanische Erfindungen seien. Er stellt auch seine eigene Angabe für die Beisetzung des Herrschers in Frage.

Es wurden ebenso Menschen getötet, wenn irgendeine gehobene Persönlichkeit starb oder vom Tod bedroht war. Als einem bedeutenden Adligen von einem Wahrsager der Tod vorausgesagt wurde, ließ jener sofort seinen Sohn als Ersatz der Sonne opfern. Unter den vielen Ausreden, die man für Opferung gebrauchte, stand Krankheit in vorderster Reihe. Diese hielt man für eine Folge begangener Sünden. Wenn Adlige krank wurden, war ein Opfer als Lösegeld für die Götter erforderlich, was aus einem Text des Chronisten Antonio de Herrera ersichtlich ist: »Wenn eine Person von Ansehen krank war und der Priester sagte, er müsse sterben, dann opferten sie den Sohn mit dem Wunsch, das Idol möge mit ihm zufrieden sein und nicht das Leben des Vaters hinwegnehmen.«

DIE NACHBARN DER INKA

In Kolumbien, jenseits der nördlichen Grenze des Inkareiches, fanden die Spanier ziemlich ähnliche Bräuche. Pedro Cieza de Leon war nicht wie die meisten Chronisten ein Pater. Er war Soldat und Teilnehmer an der Unterdrückung des großen Inkaaufstandes durch die Spanier achtzehn Jahre nach der Eroberung. Zuvor hatte er in Panama und Kolumbien gelebt. Er war nach Peru gekommen, um sich mit den Streitkräften gegen die Rebellen zu vereinigen. Cieza war ein scharfsinniger Beobachter, und er beschreibt eine Reise durch Kolumbien und Ecuador mit allen Einzelheiten. In allen Orten, die er besuchte, fand er die Sitte der Lebendbestattung der Witwen mit den toten Ehemännern. Ein Brauch, der in dieser Region fast zur fixen Idee geworden zu sein scheint. Im ersten Teil seiner Reise besuchte er Cartagena, einen Hafen an der karibischen Küste Kolumbiens. Zwei Jahre vor seiner Ankunft war ein Häuptling, genannt Alaya, gestorben, der ein großes Reich regiert hatte. Die Menschen erzählten ihm von den Feierlichkeiten, denen sie beigewohnt hatten und bei denen die Mehrzahl der Frauen und Diener lebend in das Grab des Herrschers geworfen wurde. Diese Sitte fand Cieza nicht nur in der Nähe der heutigen Städte Medellin und Cali, sondern auch in Guayaquil an der Küste Ecuadors. Cieza entdeckte, daß der Brauch auch in Peru verbreitet war, sei es an der südlichen Küste oder in Cajamarca im Inneren, jenem Ort, wo der Eroberer Pizarro den letzten Inkaherrscher Atahualpa traf und später tötete.

Die Cauca, die im fruchtbaren Tal des auch heute noch Cauca genannten Flusses lebten, übertrafen hinsichtlich der reinen Zahl der Geopferten und Verzehrten alle anderen Stämme Kolumbiens. Bei der Beschreibung ihrer Religion führt der hervorragende deutsche Anthropologe Hermann Trimborn eine Reihe schriftlicher Quellen an. Die Bräuche der Cauca ähneln in so vieler Hinsicht jenen anderer Länder, daß die Einzelheiten reichlich eintönig wirken und bestätigen, daß dies über die ganze Welt verbreitete Riten sind. Darin unterscheiden sie sich von den Jivaro und ihren Schrumpfköpfen im benachbarten Ecuador, deren bei weitem ungewöhnlichere Bräuche im folgenden Kapitel unter den Beispielen der Menschenopfer erscheinen, die sich bis in die jetzige Zeit erhalten haben.

Es wurden in Kolumbien nicht nur genau die gleichen Menschen, Sklaven und Gefangenen geopfert wie anderswo, sondern sie taten es auch mit den gleichen Methoden wie zum Beispiel das Herausschneiden der Herzen, öfter jedoch wurden die Opfer mit einer Keule erschlagen. Die Cauca und ihre Nachbarn hatten eine Leidenschaft für abgetrennte Köpfe und waren sicher gierige Kannibalen, auch wenn man Ciezas Angabe nur teilweise Glauben schenken kann. Er schreibt, daß im Kalenderjahr 1538 allein in der Provinz Popayan im südlichen Kolumbien 50000 Menschen verzehrt wurden. Vielleicht befindet sich Cieza auf festerem Boden, wenn er erzählt, daß einer der Stämme im Caucatal, die Paucara, jede Woche auf einer Plattform außerhalb ihres Haupttempels zwei Menschen opferten. Als Trophäen behielten die Cauca nicht nur die Köpfe, sondern zur Bereicherung auch die ausgestopften Körper ihrer Widersacher. Ein Brauch, den man auch bei den Inka antrifft, die aus der Haut ihrer Feinde Trommeln herstellten.

Für Cieza und andere Schriftsteller des 16. Jahrhunderts waren das Menschenopfer und der Kannibalismus im Caucatal ohne Zweifel ritueller Natur. Stämme der Medellin-Region aßen ihre Sklaven nicht, sondern verbrannten sie vor der Statue ihres Schöpfergottes Dobeiba. Die Chibcha in Panama haben einen bekannten Brauch abgewandelt, starb ein Häuptling, dann wurde sein Körper am Feuer getrocknet und in einer Hängematte neben dem Grab aufgehängt. Gaspar de Espinosa, der von Trimborn zitiert wird, wohnte den Trauerfeierlichkeiten eines Häuptlings bei, der auf diese Weise mumifiziert, mit Juwelen geschmückt und in eine Hängematte gelegt wurde. Seine Frau und seine Diener mußten ihm in die nächste Welt folgen. Einige nahmen aus eigenem Antrieb Gift, andere mußte man dazu zwingen, bevor man sie in das Grab warf. (14)

SEINE FEINDE LIEBEN

Die Tupinamba bewohnten einen riesigen Bereich an der Küste Brasiliens, der sich vom heutigen Rio de Janeiro nach Norden bis zur Mündung des Amazonas erstreckt. Als Teil einer noch größeren Sprachfamilie, bekannt unter dem Namen Tupi, waren die Tupinamba bemerkenswert für ihre eigenartigen Opferformen, von denen genügend Berichte erhalten blieben. Anders als die jüngeren Berichte, sagen wir etwa über die Irokesen oder die Kwakiutl, beziehen sich diese Aufzeichnungen hauptsächlich auf das 16. Jahrhundert. In dieser Zeit bemühten sich kleine portugiesische Gruppen, die endlose brasilianische Küste zu unterwerfen. Die blutige Geschichte hat John Heming in seinem Buch »Red Gold« sehr gut erzählt.

Zum erstenmal landeten die Portugiesen im Jahr 1500 n. Chr. und 1511 hatten sie erste Beziehungen mit bestimmten Tupinamba aufgenommen, andere Gruppen bekämpften sie noch 1618 im nördlichen Brasilien. Diese Eroberer konnten nicht wie die Spanier in Mexiko und Peru einen Blitzkrieg veranstalten. Brasilien hatte keinen allesbeherrschenden Monarchen, dessen Gefangennahme, gleich dem König auf dem Schachbrett, ausschlaggebend gewesen wäre. Statt dessen führte die Niederwerfung eines Stammes lediglich zu einem Zusammenstoß mit dem nächsten in der Reihe. Folglich gab es lange Zeit immer wieder Berührungen mit amerikanischen Indianergruppen, die noch nicht ihrer alten Lebensweise entrissen waren. Von ihren Sitten wurde nicht nur durch die Portugiesen gewissenhaft berichtet, sondern auch von einer Reihe von Besuchern aus anderen Ländern. Einige von ihnen bekamen einen einzigartigen Einblick in die Gebräuche der Tupinamba, da sie erst gefangen und dann zu einer sich lange hinziehenden Rolle des zukünftigen Opfers verurteilt wurden.

Ungewöhnlich unter den Opfern war der deutsche Schütze Hans Staden, der 1552 in der Nähe des Hafens Santos aufgegriffen wurde. Zuerst mußte er sich dem Ritual unterziehen, das ihm als zukünftigen Menschenopfer auferlegt wurde. Es gelang ihm nur durch vorgetäuschte Zahnschmerzen den Klauen des Todes zu entrinnen. Das verhinderte ihn am Essen und machte ihn zu dürr, um für den Kochtopf irgendeinen Wert zu haben. Anschließend machte er einige kühne Vorhersagen und gewann dadurch den Status eines Stammesorakels und war fortan zu kostbar, um getötet zu werden.

Andere Berichte dieser Art stammen von zwei Engländern. Anthony Knivet wurde ein Sklave der Tupinamba, einige Male gelang es ihm, in letzter Minute der rituellen Hinrichtung zu entkommen. Er wurde dann Militärberater und erfand neue und gerissene Strategien zur Gefangennahme von Feinden. Peter Carder verstand es, sich einzuschmeicheln, indem er ihren Waffenbestand verbesserte.

Die ausführlichsten Berichte stammen jedoch von französischen Geistlichen, die von früher Zeit an in Brasilien tätig waren. Der Franziskaner André Thevet insbesondere machte eine bedeutende Studie über indianische Religionen, die so oft von anderen Augenzeugen unbeachtet blieb. Kapuziner wie Yves d'Evreux und Claude d'Abeville schrieben auch ausführlich über die brasilianischen Indianer. Die Bekehrungen zum Christentum waren nicht ohne Gefahren: 1556 strandete das Schiff des ersten Bischofs von Brasilien Pero Fernandes Sardinha vor der Küste. Der Bischof, zwei Kanonen und zwei ehrenwerte Oberinnen wurden zusammen mit einhundert Weißen geraubt, geopfert und verzehrt.

Trotz dieser Fehltritte erlangte der brasilianische Eingeborene einen besonderen Nimbus als Vorbild des edlen Wilden, lange bevor man je von Tahitiern gehört hatte. Die Reiche der Azteken und Inka, die wie aus einem Guß waren, haben ihre Eroberer sowohl beeindruckt als auch abgestoßen. Aber die mehr zersplitterten und leichtlebigen Stämme Brasiliens erweckten eine ganz und gar andere Vorstellung, die der Dichter Pierre Ronsard in einigen Zeilen zum Ausdruck bringt:

»Lebe, glückliches Volk, ohne Kummer und ohne Sorgen. Lebe fröhlich; auch ich möchte gerne so leben.«

Der große Essayist Michel Montaigne sprach mit drei Tupinamba, die er 1562 in Frankreich traf. In seinem Essay »Kannibalen« benützte er die Tugenden der Tupinamba, um die französische Gesellschaft zu kritisieren. Damit wurde der Kult mit den Tupinamba und ihren Nachbarn zur Mode, insbesondere in Frankreich. Im Jahr 1550 wurde zu Ehren des Besuches König Heinrichs II. und der Königin Katharina von Medici bei Rouen ein Tableau aufgebaut, eine Wiese bei der Seine wurde mit Affen und Papageien exotisch ausstaffiert, um den brasilianischen Dschungel vorzutäuschen. Dreihundert Menschen nahmen daran teil, sie waren völlig nackt, gebräunt und struppig. Fünfzig von diesen waren echte brasilianische Indianer, die für diesen Zweck herübergebracht worden waren, die übrigen waren französische Matrosen. (15)

Seit der Mensch der Renaissance von den Tropen hörte, war er von dem Drang beseelt, sein sorgenvolles Dasein gegen ein unbekümmertes Leben an einem palmenbewachsenen Strand, zusammen mit freundlichen und schlichten Eingeborenen zu tauschen. Diese Illusion lebt heute noch. Und doch, auch wenn diese Vorstellung von arglosen Menschen, die auch frei von Habgier und Geiz waren, niemals mehr als der Traum eines Erwachsenen war, am Anfang mag er ein Körnchen Wahrheit enthalten haben.

Der Gegensatz zwischen den habgierigen Europäern und den gelassenen Eingeborenen war echt, ob es nun in Brasilien war oder später etwa in Tahiti oder Bali. Ein anderer französischer Geistlicher, Jean de Lery, machte die Angelegenheit klar, wenn er von einem älteren Tupinamba erzählt, der sich erkundigt hatte, was aus dem Reichtum beim Tod eines bekannten französischen Handelsmannes würde. De Lery antwortete, er sei für die Kinder. Der Indianer meinte, nun wisse er, daß die Franzosen große Verrückte sind. Sie überqueren das Meer und erdulden große Strapazen wie sie sagen und sie arbeiten schwer, um Reichtümer für ihre Kinder anzusammeln, oder für jene, die sie überleben. Genügt ihnen das Land nicht, das sie ernährt? Wir haben Väter, Mütter und Kinder, die wir lieben. Aber wir sind auch sicher, daß nach unserem Tod das Land, das uns ernährte, auch sie versorgen wird. Deshalb gönnen wir uns Ruhe, ohne uns Sorgen zu machen.«

Aber leider! Bei all diesen rein theoretischen Erwägungen über den edlen Wilden, taucht, noch undeutlich, ein unausweichliches Hindernis auf, das Montaigne bereits spürte. In seinem berühmten Essay erzählt er, daß er mit einem Tupinambaprinzen gesprochen habe und ihn gefragt hat, welche Vorteile er von seinem Rang habe. Der Prinz erwiderte: »Als erster in den Kampf marschieren.« Er gab sich auch keine Mühe, zu verheimlichen, daß die Lieblingsbeschäftigung der harmlosen Wilden der Krieg war, der das ganz besondere Ziel hatte, Gefangene lebendig nach Haus zu bringen, um sie später opfern und aufessen zu können.

Dieser offensichtliche Makel trübte das Bild der Einheimischen so sehr, daß schließlich eine heftige Gegenwirkung einsetzte. Der brasilianische Indianer wurde von seinem Postament heruntergezerrt und als der minderwertigste aller Menschen gebrandmarkt. Die Portugiesen griffen das einheimische Laster auf und benützten es als Vorwand für ihre Politik der Sklaverei, die zur Ausrottung führte. Sie nützten die indianische Opfersucht, zum Beispiel entführten sie bisweilen einen Häuptling auf eines ihrer Schiffe. Nachdem sie ihn seines ganzen Reichtums beraubt hatten, übergaben sie ihn an eine feindliche Gruppe zur Opferung und zum Verzehr. Das Ergebnis war natürlich, daß die Feindschaft zwischen dem Stamm des Häuptlings und seinen Mördern heftiger wurde und zu weiteren Kämpfen und mehr Gefangenen führte. Genau das war es, was die Portugiesen wollten, denn ihnen gab es das Recht, sich solcher Gefangener zu bemächtigen und sie zu Sklaven zu machen, die sie für ihre Zuckerplantagen dringend benötigten. Der Vorgang hieß höflicherweise »Loskaufen«, da dies den Kolonisten nach dem Gesetz erlaubt war, oder mit anderen Worten, Gefangene, die von anderen Stämmen gegessen werden sollten, zu beschlagnahmen. Selbst den Christen war es nicht unbekannt, zeremoniell auf indianische Art zu töten und den Namen des Opfers anzunehmen. Damit gaben sie den Einheimischen ein Beispiel, leisteten ihren Stammeskämpfen Vorschub und vermehrten ihren Bestand an Sklaven.

Die umfassenden europäischen Berichte gehören zu einer anderen Gruppe wie jene über die Azteken und Inka, sie fußen mehr darauf, was die Spanier von ihren Informanten erfuhren, als auf dem, was sie selber sahen. Im Gegensatz zu den kultivierten Azteken waren die Tupinamba Stammesmenschen mit einer einfachen Ordnung. Sie bearbeiteten wohl den Boden und bauten als Hauptnahrungsmittel vor allem Maniak an. Und obwohl sie so weit voneinander entfernt lebten, haben ihre Opferformen eine merkwürdige Ähnlichkeit. Tupinamba und Azteken waren im Krieg darauf bedacht, den Feind zu fangen, nicht ihn zu töten. Beide hatten bei der Gefangennahme ein genaues Ritual. Beide verhätschelten zukünftige Opfer mit einer Zurschaustellung äußerer Zuneigung, beide übten eine Art Gladiatorenopfer aus, in welchem man dem durch einen Strick gebundenen Opfer scheinbar eine Möglichkeit gab, sich mit Scheinwaffen zu verteidigen. Gefangene der Tupinamba wurden gleich jenen der Azteken darauf vorbereitet, dem Krieger, der sie erbeutet hatte, zu dienen und freiwillig zu sterben. Es kann von Fällen berichtet werden, wo Stammesmitglieder, die gefangen wurden, den rituellen Tod einer Befreiung durch die Portugiesen vorzogen.

Wenn ein Tupinambakrieger einen Gefangenen nahm, legte er erst die Hand auf dessen Schulter und sagte: »Ich mache Dich zu meinem Sklaven.« Von diesem Tag an diente der Gefangene treulich seinem neuen Herrn. Dieses Ritual der Gefangennahme hatte einen tiefen Einfluß. Pater Yves d'Evreux erkundigte sich bei einem Tupinamba, warum er ihm nicht dienen wolle. Der Indianer erwiderte, weil er ihn nicht im Krieg gefangen hatte und seine Hand auf die vorgeschriebene Art auf seine Schulter legte. (16)

Stadens Bericht über seine eigene Gefangennahme zeigt, daß es nicht immer so glatt ging. Manchmal gab es eine Art Auseinandersetzung, wer der wirkliche Fänger sei: »Sie begannen wegen mir zu streiten. Einer sagte, er sei der erste gewesen, der seine Hand auf mich legte, aber auch ein anderer meinte, er sei es gewesen, der mich gefangen habe. Sie kamen aus verschiedenen Dörfern und waren über die Aussicht, ohne Gefangenen zurückzukehren, sehr unglücklich. Deswegen gerieten sie in Streit. Schließlich sprach der Häuptling, der mein Besitzer werden wollte und gab Anordnung, mich lebend in sein Haus zu bringen. Seine Frauen sollten mich sehen und sich an mir erfreuen. Dann würden sie mich auf die Art, die sie Caviva Pipig nennen, töten, das heißt, sie bereiten ein berauschendes Getränk, versammeln sich zu einem Fest, um mich alle miteinander aufzuessen. Die anderen waren einverstanden und sie schlangen vier Seile um meinen Hals.« (17)

Nach dieser anfänglichen Nervenprobe machten die Krieger auf ihrem Weg nach Haus in jedem Dorf einen triumphalen Einzug, um ihre neuen Sklaven vorzuführen. Staden erzählt, wie er zusammen mit anderen Gefangenen in ein Dorf gebracht wurde, das auf dem Weg lag, wie er rasselschwingend tanzen mußte. Bevor sie heimatliches Gebiet betraten, mußten die Augenbrauen und der Vorderteil des Kopfes geschoren werden. Der ganze Körper der Gefangenen wurde mit Harz oder Honig eingeschmiert und mit Federn oder Daunen beklebt.

Der nächste Schritt war sehr bedeutungsvoll. Die Gefangenen wurden von ihren neuen Herren an das Grab der Verwandtschaft gebracht, wo sie an der Zeremonie einer weihevollen, nochmaligen Zuneigung teilnahmen, als sollten sie zu Ehren der Ahnen dort getötet werden. Jedoch weit entfernt, das zukünftige Opfer blieb noch für einige Jahre nach seiner Gefangennahme am Leben. Während dieser Zeit wurde er teils mit Liebe, teils mit Verachtung behandelt.

Staden bleibt der ideale Zeuge für die erste Zeit der Laufbahn eines Opfers. Allerdings hatte er das Glück, den Rest des Verfahrens vermeiden und am Leben bleiben zu können, um seine Geschichte zu erzählen. Im heimatlichen Dorf wurde er mit genau jenen Tänzen und Gesängen begrüßt, die bei seiner noch weit entfernten Opferung ausgeführt würden. Eine Liebe-Haß-Beziehung war von Anfang an ersichtlich. Die Leute griffen ihn mit Stöcken an und sagten: »Mit diesem Schlag räche ich meinen Freund, der durch Deine Leute getötet wurde.« Anschließend durfte er in einer Hängematte ausruhen, dann wurde er mit noch mehr Tanzen vor den Häuptling gezerrt.

Der Fänger hatte die geheiligte Pflicht, für seinen Sklaven zu sorgen. Bevor er ihn hungern ließ, würde er eher seine eigene Verpflegung kürzen. Als adoptiertes Stammesmitglied wurde der Gefangene einige Tage nach seiner Ankunft verheiratet, oft mit der Tochter seines Fängers, oder mit einer seiner Nebenfrauen. Bei den Irokesen wurden Gefangene mit Frauen verheiratet, die ihren Mann im Kampf verloren hatten. Er durfte auch mit unverheirateten Mädchen des Dorfes Beziehungen haben. Die Aufgabe der Ehefrau war es, das spätere Opfer, mit dem sie verheiratet war, zu verwöhnen. Er sollte sich ganz wie zu Hause fühlen. Er hatte eine fast völlige Bewegungsfreiheit, er konnte sogar sein eigenes Stück Land bebauen, er durfte jagen und fischen.

Das zukünftige Opfer verlor jedoch niemals ganz seine andere Stellung als Feind. Alle Kinder, die von ihm auf die Welt kamen, wurden bei der Geburt oder einige Jahre später getötet. Manchmal wurden sie am Leben gehalten, um dann am gleichen Tag wie ihr Vater geopfert zu werden.

Das adoptierte Opfer wurde umsorgt, aber auch mit Kränkungen überhäuft. Er sollte niemals seinen zweifachen Rang vergessen. Festen mußte er gefiedert beiwohnen wie es sich für einen Gefangenen schickt. Wenn er, mit Federn bedeckt, durch das Dorf ging, warfen die Leute Papageienfedern nach ihm, eine Erinnerung daran, daß er für den Tod bestimmt war. Manchmal wurde er gebunden zu einer Zeremonie gebracht und damit noch tiefer gedemütigt.

Die Dauer dieser besonderen Form einer Gefangenschaft war sehr verschieden. Alte Männer wurden bald getötet. Die Jungen hingegen durften mindestens einige, in bestimmten Fällen sogar zwölf bis fünfzehn Jahre weiterleben. Yves d'Evreux schreibt von einem Jungen, der als Kind gefangen wurde und unter den Dorfbewohnern zum Mann heranwuchs, die bereits seine Mutter aufgegessen hatten. Das Wissen um sein Schicksal änderte nichts an der echten Liebe, die er für seine angenommenen Verwandten empfand.

War einmal der Tag für das letzte Ritual von den Ältesten bestimmt worden, dann begannen fieberhafte Vorbereitungen. Boten mit Einladungen wurden in die nächsten Dörfer geschickt. Eine ganz besondere Aufgabe, die den bewährten Kriegern vorbehalten war, war die Herstellung einer zehn Meter langen Schnur, mit der der Gefangene für die Opferung gebunden wurde. Eine neue Keule wurde hergestellt, um damit am Tag, bevor der Mann sterben sollte, seinen Schädel zu zerschlagen. Die Keule war mit Bändern und Baumwollkugeln geschmückt.

Die Zeremonien erinnerten in ihrer Länge und Umständlichkeit an jene der Azteken. Nach Thevets Augenzeugenbericht wurde am ersten Tag wieder die Vorderseite des Kopfes geschoren und sein Körper schwarz bemalt, wieder wurde er gefedert. Nach diesen Formalitäten begab sich der Gefangene in einer eigenen Hütte zur Ruhe, wo er aber wenig Schlaf haben konnte, da alte, auch schwarz bemalte Frauen, ihm zur Seite ihre Hängematten aufhingen und die ganze Nacht hindurch rituelle Gesänge von sich gaben. Es folgten zwei weitere Tage mit Singen und Tanzen. Das merkwürdigste Ritual aber blieb dem vierten Tag vorbehalten.

Zuerst wurde das Opfer im nahen Fluß gewaschen, auf dem Weg zurück fand ein Scheinkampf statt. Entweder wurde er gezwungen, entlang einer Fährte zu rennen, als wolle er fliehen, um dann von einem Krieger erneut gefangen zu werden. Andererseits wurde er einfach von einem einzigen Gegner bekämpft, während andere bereit standen, ihn mit dem Zeremonienstrick zu binden, wenn er zusammenbrach. Gelang es dem ersten Angreifer nicht, das Opfer zu überwältigen, kam ein anderer und nahm seinen Platz ein.

Am fünften Tag wurde der Gefangene auf den Platz der Hinrichtung geführt. Hier nahm man die Schnur von seinem Hals und legte sie um seine Hüften. Arme und Beine blieben frei. Vor ihn hin legte man hartschalige Früchte von der Größe eines Apfels und einige Kieselsteine. Als eine Art symbolische Rache warf er diese auf die Zuschauer. Im Verlauf dieser »Rache« arbeitete er sich nahezu in Raserei, bis er schließlich Erde auf die Leute warf, wenn seine Wurfgeschosse aufgebraucht waren.

In der Zwischenzeit entzündeten die alten Frauen ein Feuer, in welchem der Körper des Gefangenen geröstet werden sollte. Der Totschläger, mit prächtigen Federn geschmückt, nahm die Keule aus den Händen der alten Weiber, näherte sich dem Opfer und sprach ihn folgendermaßen an: »Du bist nicht von diesem Volk, wer sind unsere Feinde? Hast Du nicht selbst unsere Verwandten und Freunde getötet und gegessen?« Der Gefangene antwortete: »Ja, ich bin sehr stark und ich habe einige getötet und gegessen. Ich bin mutig gewesen und habe dein Volk angegriffen, von denen ich so oft gegessen habe.«

Der Totschläger versuchte, das Opfer mit einem einzigen Hieb zu töten, den dieser, so gut er konnte, abwehrte, er durfte sich mit seiner eigenen Keule verteidigen. Sobald das Opfer tot war, ermunterte man die Kinder, sich mit seinem Blut einzureiben. Manchmal wurden sie sogar aufgefordert, mit ihren Händen in seinen Bauch zu langen, in den ein Loch gemacht worden war, und die Eingeweide herauszuziehen. Der Körper wurde dann geröstet und an alle Anwesenden verteilt.

Zunge und Hirn gab man den jungen Männern, die Alten hingegen nahmen die Haut vom Schädel und andere Teile des Körpers. Die Frauen bekamen die Sexualorgane als Fruchtbarkeitssymbole. Zugunsten jener, für die kein Fleisch übrigblieb, wurde aus Knochen, Händen und Füßen eine Suppe gekocht, von der alle einen Anteil haben konnten.

René Girard führt in seinem Buch »La Violence et le Sacré« die Tupinambariten als Beispiel an, um eine seiner grundlegenden Themen zu vertreten – das Element des Widerspruchs im Menschenopfer. Enge Bindungen vereinigen den Opferer mit dem Opfer, beide werden sowohl Freunde als auch Feinde und beide müssen gut und böse sein. (18)

Die Zwangslage des Gefangenen führt Girard zu einem anderen Grundsatz zurück: das Opfer stellt die Übereinstimmung der Gemeinschaft wieder her, die sich in der Person des Sündenbocks konzentriert. Dieser spielt die Rolle des mystischen Helden, der am Beginn der Zeit starb. Die Tupinamba besaßen ihren kulturellen Helden, der ihre Rasse begründete und der für alle Zeit die Riten bestimmte, die sie zu wahren hatten. Die Tatsache, daß er verbrannt und nicht gegessen wurde, ist von geringerer Bedeutung. Opfer, die man vor dem Altar verbrannte wie zum Beispiel im Alten Testament, wurden vom Gott symbolisch »verzehrt«. Girard betont, daß das Opfer der Tupinamba sowohl verflucht als auch geschätzt werden mußte. Das kannibalistische Ende reflektiert lediglich das ursprüngliche Ereignis, wie es seit unvordenklichen Zeiten weitergereicht wurde. Er zitiert Mircea Eliade, der in dem Buch »The Sacred and the Profane« nachdrücklich betont, daß zuerst das Opfer kam und daß die Menschenfresserei hauptsächlich ein zusätzlicher Ritus war. Mit anderen Worten, es ging nicht darum, einen Mann zu töten, um ihn essen zu können, sondern man aß ihn, da er geopfert worden war.

Bei den Tupinamba überlebte der Gedanke, daß das Opfer zuerst zu einem Mitglied der Gruppe gemacht werden mußte, bevor man ihn rituell tötete und aufaß. Jedoch mußte das Opfer immer von einem feindlichen Stamm sein. Anfangs ist auch er ein Fremder für die Gruppe, er kommt von außen und nur mit der Zeit kann er ein Mitglied werden. Die Adoption ist einfach eine Vorbereitung auf seinen Tod als allgemeiner Sündenbock – ein Begriff, der für Stammesdenken grundlegend ist. Als Feind wird er erst adoptiert und dann rituell getötet. Erst wird er mit Beleidigungen beladen und dann wird er durch Heirat ein Verwandter, mit Liebe gepflegt, für die er sich voll erkenntlich zeigt.

Der Wechsel zwischen Verwöhnung und Brutalität, was das Schicksal der Opfer war, ob bei den Irokesen oder den Tupinamba, ist ein Merkmal, das man eher in der Neuen Welt findet. Trotzdem entspricht es umgekehrt einem anderen von Girards Beispielen – dem afrikanischen Herrscher, der auch gut und böse ist. Geehrt als König in einem Augenblick, im nächsten wird er gezwungen zu sündigen und durch rituellen Hohn wird er ein Außenseiter. Dann muß er mit seinen Untergebenen einen Scheinkampf führen. Unter den Tupinamba erzeugte Haß Liebe, in Afrika hingegen kehrte sich Liebe zeitweilig in Haß.

KAPITEL X

NEUZEITLICHE VORKOMMNISSE

Das Menschenopfer im herkömmlichen Sinn wird sicher vergehen, da sich Formen der westlichen Kultur in jedem Winkel des Globus breitmachen. Wüstenstreifen und tropische Riffe werden selbständige Staaten und ihre Häuptlinge Premierminister oder Präsidenten. Als Mitglieder der Vereinten Nationen unterschreiben sie Deklarationen über Menschenrechte. Wenn sie weiterhin Menschen töten, dann sind die Methoden heimlicher und die Vorwände mehr politischer als ritueller Natur. Die Launen der örtlichen Götter weichen jenen der internationalen Bankiers – wunderliche neue Gottheiten, deren Litaneien von Abstraktionen wimmeln wie Infrastruktur –, die aber die dringenderen Bedürfnisse nicht berücksichtigen, die da sind Insignien für Kopfjäger und Schneidewerkzeuge für Kannibalen.

Obwohl zum Aussterben verurteilt, werden bestimmte Formen ritueller Opferung nur langsam aufgegeben. Unter den Bergstämmen Indiens ging die Kopfjagd bis in die vierziger Jahre dieses Jahrhunderts weiter. Im Basutoland wurden 1959 zur Herstellung magischer Medizin Menschen getötet. 1954 suchten die Asmat in Neuguinea immer noch nach neuen Schädeln für die Initiation ihrer Jugend. Außer diesen Fällen – von denen bereits gesprochen wurde – sollen andere Bräuche erwähnt werden, die sich bis in die späten sechziger Jahre erhalten haben. Seit dieser Zeit jedoch sind die meisten verschwunden, da sich die letzten auf keiner Landkarte verzeichneten Regionen dem modernen Staat mit seinem Apparat von Polizei, Armee, Lehrern und Amtsärzten fügen.

SCHRUMPFKÖPFE

Die Jivaro von Ecuador, jenseits der hochaufragenden Anden abgeschlossen in ihrer eigenen Welt, waren eine der letzten Gruppen, die unter Regierungsaufsicht kamen. Sie sind berühmt für ihre Schrumpfköpfe, die sie noch 1969 herstellten.

Die Jivaro waren nicht nur wegen der Bearbeitung des menschlichen Kopfes bemerkenswert, sondern auch durch die Überzeugung, die diesen Brauch veranlaßte. Das Erbeuten von Köpfen zum Zweck des Schrumpfens war nicht ohne weiteres das Recht jeden Kriegers, sondern das eifersüchtig gehütete Vorrecht eines exklusiven Klüngels von Mördern. Diese Männer waren unter dem Namen Kakaram bekannt, was soviel heißt wie »Der Mächtige«. Um als Kakaram eingestuft zu werden, mußte ein Mann einige Personen töten. Mit zunehmendem Ansehen erlangte er das Recht, einen besonderen Kopfschmuck und eine Ausstattung aus Federn zu tragen. War er sehr berühmt, dann kamen sogar seine Feinde und baten um Hilfe bei der Erbeutung eines Kopfes. Derartige Einladungen waren verbindlich, denn eine Weigerung wurde als Zeichen von Schwäche gewertet.

Michael Harner, dessen umstrittene Ansicht über die Azteken bereits erwähnt wurde, studierte die Jivaro sehr gründlich. Er betont die Schlüsselrolle der halluzinogenen Drogen in ihrer Religion. Ihr Gebrauch fußt auf der Vorstellung, daß der Mensch unsichtbaren Kräften unterliegt, die nur mit Hilfe solcher Narkotika gesehen und beschworen werden können. Innerhalb weniger Tage nach der Geburt wird einem Säugling eine Droge gegeben, um ihm zum Eintritt in die »wirkliche« Welt zu verhelfen. Ältere Kinder müssen stärkere Halluzinogene nehmen, wenn sie sich schlecht aufführen. (1) Viele dieser Drogen werden aus dem Stechapfel und verwandten Pflanzen hergestellt. Man nimmt große Portionen, um einen Zustand der Erregung zu erzeugen, der zum Delirium und zu Halluzinationen führt. Zur Erzielung dieser Wirkungen machen sich die Jivaro auch Einspritzungen mit dem rohen Saft der Stengel des Stechapfels.

Drogen halfen nicht nur die Geister zu beschwören, sondern spielten auch eine führende Rolle auf der Suche nach Arutam, einer Sonderart der Seele, die im Zusammenhang stand mit Mord und Schrumpfköpfen. Eine Person wird nicht mit einer Arutamseele geboren, sie muß auf vielfache Weise erworben werden. Knaben können damit im Alter von sechs Jahren beginnen, sobald sie von ihren Vätern in einen abgelegenen Wald geführt wurden, um an einer heiligen Quelle zu fasten. Ist diese langwierige Aufgabe beendet, dann wird jener im Besitz einer Arutamseele von einem unbezwingbaren Drang zum Töten erfaßt. Bis vor kurzem hätte er sich dann einer Kopfjagdexpedition angeschlossen, begleitet von seinem Vater, wenn er noch jung war. Ein Merkmal dieses merkwürdigen Kultes war es, daß ein Krieger während des Tötens seine Arutamseele verlor und dann im Verlauf der folgenden Monate eine andere erwerben mußte. Wiederholtes Morden führte deshalb zu einer Art in Zahlung gegebener Seelen.

Eine unmittelbare Begründung für die Schrumpfköpfe stammt jedoch nicht von der Arutamseele, sondern von einer zweiten dieser Art, der Muisak, die nur von jemand erworben werden konnte, der bereits eine Arutam besaß. Der einzige Zweck der Muisak ist es, den Tod ihres Besitzers zu rächen. Diese rächende Seele wird nur Muisak genannt, so lange sie noch im Körper ist, von hier aus ist es ihr möglich, hervorzubrechen und die Form eines Rachedämons anzunehmen. Aber nach traditionellen Vorstellungen war die Muisak gezwungen, in eine Kopftrophäe einzugehen, wenn der Schädel vorschriftsmäßig geschrumpft war (einen solchen Schädel nannte man Tsantsa). Aus dieser Trophäe konnte sie nicht entkommen. Deshalb wurde bei einer Kopfjagd der Tsantsa so schnell wie möglich, sogar noch vor der Heimkehr, präpariert. Außerdem rieb man die Haut mit Holzkohle ein, damit die Muisak nicht »herausschauen« konnte. Das Haar eines Tsantsa wurde als lebenswichtig angesehen. In Museen überall auf der Welt sind einige dieser Haare zusammen mit Locken aufbewahrt.

Gewöhnlich waren die Köpfe der Weißen von geringem Reiz, da die Jivaro den Verdacht hegten, daß diese überhaupt weder eine Muisak- noch eine Arutamseele besäßen. Vom Hängekletterer, dem Faultier, vermutete man als einziger nichtmenschlicher Kreatur, daß es eine derartige Seele besäße, da es sich so langsam bewegte. Es mußte daher sehr alt sein und in so einem langen Leben eine Arutam erworben haben. Folglich wurden auch Faultierköpfe geschrumpft.

Die Kopfjagdexpeditionen glichen jenen anderer Völker. Lange Zeremonien gingen der Unternehmung voraus und dem Wea oder Zeremonienmeister mußte eine besondere neue Hütte gegeben werden, deren Bau einige Monate beanspruchte. Im allgemeinen fing man auf diesen Kriegszügen nicht etwa ganze Dörfer, sondern beschränkte den Überfall auf das Haus eines einzelnen Opfers, die Köpfe aller Bewohner dieses Hauses wurden ohne Rücksicht auf Alter oder Geschlecht erbeutet.

Gewöhnlich spricht man von Schrumpfköpfen, was aber wirklich eingetrocknet wurde, war die Haut. Diese löste man vom Schädel ab. Das Fleisch wurde abgekratzt, die Haut zusammengenäht und in klarem Wasser gekocht. Dies verminderte den Umfang auf die Hälfte. Die Haut wurde weiter zum Schrumpfen gebracht, indem man heiße Steine hineinfüllte und herumrollte. War die Haut schon zu klein geworden, um Kieselsteine aufzunehmen, wurde heißer Sand genommen und damit die Größe nochmals reduziert.

Mit drei großen Festen wurde das Präparieren eines Tsantsa gefeiert. An fünf Tagen wurden sie in einem monatlichen Abstand abgehalten und alle benachbarten Dorfbewohner waren eingeladen. In einem rituellen Tanz hielt der Mann, der den Kopf erbeutet hatte, diesen hoch empor, während zwei weibliche Verwandte sich an ihm festhielten. Auf diese Weise, so dachte man, würden die Kräfte der Muisak in ihre Körper eingehen. Die Muisak selbst verblieb, nach einer Vorstellung, im Schrumpfkopf bis zum Ende des letzten Festes. Dann schickte der Feiernde sie zurück zu ihren eigenen Leuten mit folgenden Worten:

»Nun, nun, geh zurück in Dein Haus, wo Du lebtest,
Deine Frau ist dort und ruft Dich aus Deinem Haus.
Du bist zu uns gekommen, um uns glücklich zu machen.
Endlich sind wir fertig.
So geh nun zurück.«

In den letzten Jahrzehnten wurde der Schrumpfkopf im allgemeinen vom Kopfjäger an eine der Mischlingsgemeinden am westlichen Rand der Stammesländer verkauft, obwohl das unter ecuadorianischem Gesetz verboten war.

Harner schreibt von einem wiederholten Besuch im Jivaro-Territorium im Jahr 1969. Bis dahin war das Jagen und Schrumpfen von Köpfen weitgehend verschwunden, aber nicht ganz und gar beendet. Das Gebiet wurde seitdem durch einen Behelfslandeplatz, der von Missionaren benützt wird, erschlossen und hat einen Militärstützpunkt mit Luftversorgung. Überdies liegt es in einem Bereich mit Erdölvorkommen, was auch dazu geholfen haben mag, dem altehrwürdigen Brauch ein Ende zu setzen. Die Tradition der Schrumpfköpfe der Jivaro, die sich so lange erhalten hat, gehört fraglos zu unserer Begriffsbestimmung des Menschenopfers – sowohl aufgrund des religiösen Beweggrundes als auch wegen seines Rituals. Daß das Opfer zuvor getötet wurde, beeinträchtigt den Sachverhalt kaum. Die Dajak erbeuteten ihre Köpfe auf dem Schlachtfeld und sogar die Tahitier töteten ihre Opfer vor dem Beginn der Zeremonien. Jeoch wurde, wie bei so vielen Relikten des Menschenopfers in neuer Zeit, wenn die Außenwelt einzudringen begann, das Töten, bevor es schließlich endete, mehr und mehr verheimlicht. Manchmal machten die Kakaram sogar Gebrauch von einer Schrotflinte, um ein Opfer zu bekommen, oder sie vergifteten es. Heute schrumpfen sie lediglich Affenköpfe für den Verkauf an Touristen.

RELIKTE IN NEUGUINEA

In Neuguinea waren die Asmat nicht das einzige Volk, das noch in den Jahren nach 1950 rituellen Kannibalismus vollzog. Einige andere taten es noch wesentlich länger. Der schwedische Anthropologe Fredrik Barth veröffentlichte 1975 ein Buch über die Baktaman von Neuguinea, ein Volk von 183 Personen, die ein Gebiet in einem gebirgigen Regenwald etwa in der Mitte der Insel bewohnen. 1950 führten die Baktaman mit einer benachbarten Gruppe Krieg. Beim ersten Angriff töteten sie fünf ihrer Feinde und aßen sie auf. 1964 jedoch rückte eine australische Polizeistreife in das Murraytal ein und seitdem haben die Kämpfe mehr oder weniger aufgehört. Als die Baktaman 1968 eine Initiationsfeier abhielten und dazu einige Nachbarn einluden, lehnten diese ab; da sie fürchteten, ihre Gastgeber könnten auf den am Ort so beliebten Trick zurückgreifen und das Bankett in ein Kannibalen-Festessen verwandeln und dazu alle Gäste töten und aufessen. Barth betont die Opfernatur des Kannibalismus bei den Baktaman, die menschliche Opfer als Gaben ihrer Ahnen betrachteten, die ihnen in Antwort auf ihre Gebete gewährt wurden. Im Kriegstempel, bekannt unter dem Namen Yolam, fand bis vor kurzem ein Ritual statt, in welchem nur die Auserwählten, der siebte Grad, unter den

Initiierten teilnehmen durften. Man war der Meinung, daß die Ahnen am nachfolgenden Fest teilnehmen, bei dem eine Schweinskeule und ein entsprechendes Stück Menschenfleisch auf den geheiligten Kochsteinen gedämpft wurden. Während der Mahlzeit deklamierte man Dankgebete und dem heiligen Feuer wurden Fleischstückchen geopfert. (2)

Der amerikanische Anthropologe Robert Glasse berichtet 1967 von einem seltsamen Phänomen im östlichen Hochland von Neuguinea. In diesem Gebiet kommt eine Nervenkrankheit vor, genannt Kuru. Sie ist in keinem anderen Teil der Welt außerhalb dieser isolierten Gebirgsgegend bekannt und befällt etwa 35 000 Menschen. Nach Jahrzehnten intensiven Studiums sind Ärzte und Genetiker zu der Überzeugung gekommen, daß die Krankheit höchstwahrscheinlich durch den Verzehr von menschlichem Hirn verursacht ist. (3)

Kuru fordert immer noch einen jährlichen Tribut von hundert Leben. Die Patienten werden allmählich gelähmt, im Endstadium wälzen sie sich herum und ersticken. Frauen und Kinder sind besonders anfällig. Zwischen 1957 und 1964 starben 1416 Menschen an Kuru, meist wurden diese Opfer aufgegessen. Manchmal begrub man diese Körper einige Tage lang, um ihnen mehr Hautgout zu geben und weil man die Maden als eine besondere Delikatesse schätzte. Der hohe Prozentsatz an weiblichen Erkrankten mag an dem Sonderrecht der Frauen am Gehirn des Verstorbenen liegen. In einem Teil des Gebietes wurde das Gehirn eines Mannes von seiner Schwester gegessen und in einem anderen von der Frau des Sohnes, seiner Schwester und den Tanten mütterlicherseits. Seit 1960, als der Kannibalismus mehr oder weniger ein Ende hatte, ist eine bemerkenswerte Abnahme im Auftreten der Kurukrankheit zu verzeichnen. Es wird nun mit Schimpansen experimentiert, die mit Gehirnsubstanz verstorbener Menschen injiziert werden, die an Kuru erkrankt waren. Die Methode, die Affen direkt mit Gehirnsubstanz verstorbener Tiere zu füttern, versagte, da die Schimpansen, im Gegensatz zu den Menschen, sich weigerten, das Gehirn ihrer eigenen Brüder zu fressen.

Im südwestlichen Teil der Insel scheinen Kopfjagd und Kannibalismus etwas früher zu Ende gegangen zu sein, die Erinnerung daran lebte allerdings weiter. Der schwedische Naturforscher Sten Bergman besuchte 1957/58 das Dorf Atsj. Hier traf er Ojepietsj, den Chef des größten Junggesellenheimes, der sich großen Ruhmes als Kopfjäger erfreute. Ojepietsj hatte immer noch achtzehn Menschenschädel an einer zerschlissenen Schnur in seinem Haus hängen. Diese waren jedoch die Siegestrophäen vergangener Triumphe, denn seit 1957 stand das Dorf unter Aufsicht der holländischen Regierung und Kopfjagd wurde mit drei Jahren Gefängnis bestraft. Ein anderer berühmter Kopfjäger mit dem Namen Pinim gab zu, daß es sich nun leichter leben ließe, da die Kopfjagd der Vergangenheit angehöre. Jedermann, einschließlich der Jäger selbst, könnten des Nachts unbesorgt schlafen. (4)

Noch ist Neuguinea nicht ganz erforscht, und man kann deshalb nicht mit Sicherheit sagen, ob der Kannibalismus nicht doch noch existiert. Der britische Anthropologe Paul Sillitoe aus Cambridge benützt die Gegenwartsform, wenn er im Jahr 1978 von örtlich auftretenden Fehden unter den Stämmen im Inneren des Landes schreibt. Diese Studie basiert auf den Ergebnissen eines Computers, der mit Einzelheiten über kämpferische Streitigkeiten unter siebenundzwanzig dieser Stämme gefüttert wurde. Die meisten der letzteren leben in dem nun unabhängigen östlichen Neuguinea. Er erwähnt die große Verbreitung des Kannibalismus, als einem Teil der kriegerischen Tradition, sagt aber nicht, wieweit, wenn überhaupt, die Ausübung noch fortgeführt wird.

Ganz gewiß scheint die Kopfjagd in Neuguinea einen gewissen Respekt zu fordern, und das sogar an Orten, wo es diesen Brauch gar nicht mehr gibt. Am 24. März 1977 wurde Königin Elisabeth II., wie die London Times berichtet, ein Kopfjägerandenken mit den dazugehörigen Köpfen überreicht, als sie im Sport-Stadium von Port Moresby einem »Willkommen der Bevölkerung« beiwohnte. Dieses Andenken, ein Ariba, oder Schädelgerüst, stammt vermutlich aus den ersten Jahren dieses Jahrhunderts und kam von der Goaribari-Insel, dem einzigen Ort, von dem bekannt wurde, daß Missionare den Kannibalen zum Opfer fielen. 1901 wurde der Geistliche James Chalmers, sein Hilfsprediger und elf junge Papua-Konvertiten erschlagen. Das Schädelgerüst der Königin, das etwa einen Meter hoch ist, hat die Form einer hockenden menschlichen Gestalt. An die Arme sind zwei gelbliche Menschenschädel gebunden wie auch der ausgestopfte Kopf eines Nashornvogels und verschiedene Schnäbel. Das Ariba wurde dem Britischen Museum gestiftet.

ANDERE FÄLLE

Die Jahre nach 1970 waren für Kopfjäger schwer, sowohl in Neuguinea wie an anderen Orten. Michelle Zimbalist Rosaldo berichtet, daß unter den Ingoloten, einer Gruppe von 3500 Bauern im Hügelgebiet des nördlichen Luzon, die Kopfjagd zwar abnahm, aber 1969 immer noch lebhaft betrieben wurde. Ihres Wissens jedoch fand die letzte Enthauptung kurz vor der Proklamation des Kriegsrechtes auf den Philippinen im Jahr 1972 statt. Die Anthropologin beteuert, daß das Töten rein ritueller Natur und nicht durch Politik beeinflußt war. Auf Befragung begründen die Ingoloten die Kopfjagd nicht mit Politik oder Eigentum, sondern mit dem Wunsch von Menschen, die aufgrund einer Beleidigung, eines Kummers oder eines Gefühls jugendlicher Unzulänglichkeit eine »Belastung« fühlten, die sie von ihren »Herzen« abwerfen wollten. Das Abtrennen eines menschlichen Kopfes – ohne Rücksicht auf gesellschaftliche Herkunft oder Stellung des Opfers – und ihn direkt auf den Boden zu werfen, soll »trübe und verwirrte« Gedanken »aufheitern«, die Totschläger (und durch Feiern die gesamte Gemeinschaft) mit neuer Energie und Lebenskraft versehen und (durch aufgestachelten Neid) andere Männer ermutigen zu töten. (5)

Tötung einer ganz anderen Art scheint sich immer noch auf den Philippinen abzuspielen. Wenn auch ein Ritual fehlt, so ist doch so etwas wie eine Religion dabei, da diese Tötungen kultischen Gruppen zugeschrieben werden. Nach dem Manila Bulletin Today vom 16. August 1979 war Edgar Arguelles im Alter von zwanzig Jahren einer von vier Augenzeugen bei dem Mord an vier Menschen in South Cotabato auf der Insel Mindanao. Bevor er der Gruppe entfliehen konnte, wurde er gezwungen, vom Fleisch der Erschlagenen zu essen. Er erzählte, daß die Kultmitglieder das Menschenfleisch im allgemeinen mit Nudeln kochen. Einmal erbrach er sich, weil »er es nicht zu sich nehmen konnte«.

Obwohl sie keine Kopfjäger waren, wurde doch der Kopf eines Opfers, Antonio Dayin, zum Polizeihauptquartier der nahegelegenen Stadt Santos gebracht. Ein weiteres Opfer, Pepito Guymon, war Prediger des Christlichen Missionsbundes. Ein anderer Augenzeuge berichtete, er habe gesehen, wie ein Mann namens Aguil erschlagen wurde, um den Geburtstag der Frau des Kultführers zu feiern. Dem Gemeindepfarrer von Santos gelang es sogar, die Angelegenheit dem Stellvertretenden Verteidigungsminister der Philippinen zur Kenntnis zu bringen.

Venezuela ist ein anderes ziemlich hochentwickeltes Land, wo es noch Stammesfehden in entlegenen Gebieten gibt. Im Dschungel des Amazonas, an der Grenze zwischen Venezuela und Brasilien, stehen die Yanomani-Gruppen ständig im Krieg miteinander, und auch der Kindesmord floriert noch, allerdings ist dieser schwerlich ritueller Art. (6) Eine andere Gruppe im venezolanischen Dschungel, die Warao, töten ihre Kinder anscheinend nicht, aber die Kindersterblichkeit ist sehr hoch und beträgt oft bis zu fünfzig Prozent. Eine Warao-Gruppe, die von dem Anthropologen Johannes Wilbert von der Universität Kalifornien in einer Abhandlung aus dem Jahr 1975 erwähnt wird, bestand aus 87 Kindern. 85 waren gestorben, davon 22 an der Ruhr und 21 an Hoa, was so viel heißt wie »Der magische Pfeil des dunklen Schamanen«, während 12 dem Hebu erlagen, oder dem »Geist der Krankheit«. Eine Art religiöser Kannibalismus ist damit verknüpft, da die Menschen glaubten, daß diese drei Kindergruppen durch die Götter der vier Himmelsrichtungen getötet wurden, die dann ihre Körper aßen und ihr Blut tranken. Beim Verschlingen hatten die Götter auch ihre Seelen zerstört. (7)

Ein ritueller, aber schlecht begründeter Mord fand im Mai 1977 in Brasilien statt. An der Ipitanga-Küste, nahe der Stadt San Salvador (Bahia), wurde José Mauricio Carvalho, Pastor einer Sekte mit dem Namen »Universal Assembly of Saints« eingesperrt und angeklagt, acht Kinder im Alter von sieben Monaten bis zu acht Jahren ertränkt zu haben, indem er sie während einer Zeremonie von einem Felsen ins Meer stürzte. Der »Prophet« der Sekte erklärte, daß diese Opfer »zu Ehren Gottes« dargebracht wurden. Eine Frau, die drei Kinder verloren hatte, sagte bei einem Interview auch, daß dies der »Wille Gottes« sei. Die Kinder wurden bei Anwesenheit der fanatischen Anhänger eines nach dem anderen ins Meer geworfen. Bevor die einzelnen Kinder von den Wellen verschlungen waren, fand eine Zeremonie statt, bei welcher ein anderes kleines Mädchen, bis zum Nabel im Sand vergraben, im Meerwasser gebadet wurde. Niemand aus der Gruppe bereute, was geschehen war. Sie waren alle überzeugt, den Befehlen Gottes gehorcht zu haben. (8)

Die bisher erwähnten Fälle stehen im Zusammenhang mit den gebräuchlichen Formen des Opfers, da sie auf religiöser Grundlage beruhten. Vor kurzem jedoch haben andere Tötungen stattgefunden, auch mit bestimmten Ritualen verbunden. Da aber ihre Motive mehr politischer Art waren, fallen sie kaum in unsere Begriffsbestimmung. In den frühen fünfziger Jahren war für diese Richtung die Mau-Mau-Bewegung in Kenia typisch. Den menschlichen Leoparden der Sierra Leone nicht unähnlich, waren die Mau-Mau eine Geheimgesellschaft. Die Neulinge waren einem ausgeklügelten Eidesverfahren unterworfen, bei dem keine Frauen und Kinder anwesend waren. Die Bewegung gründete sich auf dem unerschütterlichen Glauben an Ngai, den Stammesgott der Kikuju, dessen Verehrung nachgelassen hatte, aber nun wieder auflebte. Wie bei anderen Gesellschaften dieser Art gab es für die Eingeweihten sieben Grade, jeder mit seinem besonderen Eid. Der offizielle Bericht an den britischen Kolonialminister besagt, daß der Eidvollstrecker beim vierten Eid (für den vierten Grad) seine Hand siebenmal über dem Kopf des »Opfers« hin- und herbewegte. Die Augen eines menschlichen Kopfes wurden dann siebenmal angestochen und die Finger des Eigentümers des Kopfes siebenmal vor- und zurückgebogen. Beim fünften Grad wurde siebenmal in das Gehirn eines toten Afrikaners hineingebissen und dann gegessen, und beim siebten Grad geschah das gleiche mit dem Gehirn eines toten Europäers. Ein Zitat aus dem Bericht sagt weiter: »Die Gruppe, die den Eid abnimmt, muß einen Mann und einen Knaben töten. Der Kopf des Mannes wird benützt und dessen Blut mit dem des Eidnehmers vermischt. Dann werden das Hirn des Knaben und des Mannes und etwas vom Mugerebaum verschiedene Male zusammen gegessen. Der Eidnehmer schwört, niemals den Verbleib von Waffen und Munition zu verraten. Das Herz des Kindes wird dann aus dem Körper geschnitten und siebenmal mit einem scharfen Nagel angestochen.« (9)

Während die Ziele der Mau-Mau – die Vernichtung oder Vertreibung des weißen Mannes – damit höchst politisch waren, ihre Methoden jedenfalls waren mit unbekannten Riten verknüpft.

Gewalt von seiten der Hindukaste gegen die achtzig Millionen Unberührbare in Indien besteht noch heute. Sie ist vornehmlich auf religiöse Motive zurückzuführen. Obwohl Mahatma Gandhi die Unberührbaren »Kinder Gottes« nannte, blieb ihr Schicksal hart. Von der London Times wird am 12. August 1977 ein Vorfall berichtet, bei dem etwa fünfzig bewaffnete Männer das Dorf Belichi in Bihar angriffen. Nachdem ein Unberührbarer auf den Stufen seines Hauses erschossen worden war, trieben sie sieben andere zusammen und banden sie »als Beispiel« an einen flammenden Stapel aus Holz und Kuhdung. Die Staatsregierung von Bihar beteuerte, daß die Motive unpolitischer Art waren. Der London Observer berichtete am 14. August 1977, daß im Parlament ein Bündel blutbefleckter Kleider auf den indischen Innenminister Charan Singh geschleudert wurde, um die Zwangslage der Haridschans, der untersten der Kaste der Unberührbaren, zu dramatisieren. Ein Mitglied der oppositionellen Kongreßpartei hatte die Kleider geworfen. Die Partei behauptete, sie gehöre zu den Haridschans aus Singhs eigenem Staat Uttar Pradesh.

An sich ist das Sati eine Angelegenheit der Vergangenheit. Aber alte Neigungen sterben nicht aus und so ist auch das Verbrennen der Witwen im Indien von heute noch nicht ausgestorben. Unter der Überschrift »Verbrenne sie und versuch es noch einmal« berichtete der London Economist am 14. Juli 1979:

»Im Norden Indiens werden von Ehemännern und angeheirateten Verwandten Bräute durch Verbrennen ermordet. Sie sind empört, wenn nach ihrer Meinung die Mitgift des Mädchens ungenügend ist. Den Polizisten, die Erkundigungen einziehen, wird gesagt, die Kleider der Ehefrau hätten ›beim Kochen Feuer gefangen‹. Es ist buchstäblich unmöglich, einen Mord aufzudekken, es sei denn, es passiert der seltene Fall, daß die Frau noch im Sterben eine Aussage machen kann. Die Mörder, meist Angehörige einer achtbaren Mittelklasse, inserieren um eine andere Braut und hoffen mit dem nächsten Mal auf eine einträglichere Mitgift.«

Zugegeben, das Motiv ist mehr Habgier als Religion. Doch ist der Brauch der Mitgift tief im Sozialsystem verwurzelt und ein Teil der Ordnung der Hindukaste. Wie in den Tagen des Sati ist es für eine Familie noch immer eine Schande, unverheiratete Töchter zu haben. Die Familien sehen sich dem Ruin gegenüber, wenn sie nach Ehemännern für sie Ausschau halten müssen.

Viel zähes Feilschen über die Menge an Bargeld, Schmuck und dauerhaften Konsumgütern ist damit verbunden, die ein Vater als

Preis hingeben muß, wenn jemand seine Tochter heiratet. Wenn nach Ansicht der angeheirateten Verwandtschaft die Mitgift nicht genügt, kann das Leben der Braut zur Hölle werden. Sie kann geschlagen, aus dem Haus gejagt oder sogar verbrannt werden. Aus Polizeiberichten ist ersichtlich, daß 1978 zweihundert Frauen in Flammen umkamen, angeblich während des Kochens. In den ersten fünf Monaten des Jahres 1979 wurden weitere sechsundachtzig Fälle gemeldet. Es wird nur etwas unternommen, wenn die Verwandten des Mädchens sich auf der Polizeistation zusammenrotten. Der Economist bringt eine Photographie von einem dieser zornigen Familienproteste.

DIE WESTLICHE WELT

Bis jetzt angeführte Beispiele von ausgeführten oder fast ausgeführten Opferhandlungen in der Neuzeit sind nicht europäischen Ursprungs. Jedoch haben von den verschiedenen Formen der Gewaltanwendung, die im 20. Jahrhundert den Nerv unserer eigenen Kultur gepeinigt haben, zumindest verschiedene den Aspekt einer Opferhandlung. Von diesen sind einige, die aus dem Ersten und Zweiten Weltkrieg und aus den jüngsten Jahrzehnten stammen, erwähnenswert.

Die Tötungen des 20. Jahrhunderts sind aus der ungebrochenen Tradition mörderischer Intoleranz abzuleiten, die unsere Gegenwart mit der Vergangenheit verbindet. Die im vorhergehenden Kapitel erwähnten Verbrennungen von Katholiken und Protestanten waren nicht die letzten rituellen Morde in Europa. Obwohl die Spanische Inquisition etwa um 1300 begann, sich mit Hexen zu befassen, kam die Jagd nur langsam in Gang und erreichte ihren Höhepunkt erst im 16. und 17. Jahrundert, zu einer Zeit, als andere Verbrennungen weniger häufig waren. Die Inquisitoren widmeten sich vor allem dem angeblichen Kannibalismus der Hexen, der auch ungetaufte Säuglinge betraf. Den Hexen wurde der Glaube zugeschrieben, daß Kinder, die auf diese Art verzehrt wurden, vom Reich Gottes ausgeschlossen waren. Deshalb war der Verzehr Teil des verzweifelten Vorhabens, den Tag hinauszuschieben, an dem das Jüngste Gericht zum Sturz Satans, des Schirmherren der Hexen, führen würde. Säuglinge wurden nicht aus kulinarischen Gründen bei Schwarzen Messen und dämonischen Festen gegessen: Salz war bei der Zubereitung verboten. Menschen, die erzwungene Geständnisse ablegten, hätten sich wahrscheinlich über die wenig schmackhafte Verpflegung dieser eingebildeten Festlichkeit beschwert.

Hexen haben in der westlichen Welt eine lange Geschichte. Die Römer sprachen von Wesen, die des Nachts kreischend herumfliegen und von menschlichem Fleisch und Blut lebten. Sie nannten sie »strix«, schreiende Eulen, ein Wort aus dem Griechischen. In der Literatur des 1. und 2. Jahrhunderts n. Chr. gibt es viele Hinweise auf Hexen. Es wurde kein Versuch unternommen, diese Windgeister zu fangen und zu bestrafen, da sie als reine Erfindung der Phantasie galten.

Nach dem Fall von Rom jedoch begann das Christentum eine andere Einstellung anzunehmen und die Menschen fingen wirklich an, an das Vorhandensein von Hexen zu glauben. Zunächst bekamen diese lediglich eine Geldstrafe, aber sie wurden nicht verbrannt. Das Salische Gesetz der Franken bestrafte jede Hexe, die für schuldig befunden wurde, jemand gegessen zu haben mit einer schweren Geldbuße von 200 Solidi (oder Schilling).

Als die Inquisition im Jahr 1231 n. Chr. eingeführt wurde, waren nicht die Hexen, sondern Ketzer und Juden das Hauptziel. Erst etwa um 1600 n. Chr. wurden die Hexen als Gruppe mit der Verkörperung des Unheimlichen belastet und zum obersten Ziel der Verfolgung. Danach gab es in der Jagd nach ihnen kein Halten mehr. Man glaubte, sie könnten sich vor fast allen grausamen Folterungen mit Hilfe eines Pulvers schützen, das sie aus ihrem erstgeborenen und im Ofen gerösteten Kind herstellten. (10)

Wie bei anderen Massenvernichtungen versuchte man die Anzahl der Opfer der Hexenjagd des 16. und 17. Jahrhunderts in Europa festzustellen. Gesamtschätzungen, die gemacht wurden, schwanken zwischen 200000 und einer Million und sagen deshalb wenig. Wie unscharf das Bild auch ist, wir haben eine genaue Statistik der Hexenverbrennung für begrenzte Gebiete in Europa, sie sind in Norman Cohns »Europe's Inner Demons« nachzulesen. Um ein Beispiel einer genauen Anzahl von geopferten Menschen zu haben, muß man nicht nach dem Tenochtitlan der Azteken schauen, oder nach Dahome, sondern unter allen Ländern ausgerechnet nach der Schweiz.

In einem einzigen Kanton, in Waadt, verhandelte man zwischen 1591 und 1618 3371 Personen, und alle, ohne Ausnahme, mußten sterben. Für das halbe Jahrhundert von 1611 bis 1660 allein beträgt die Zahl 2500. (11) Dr. H. C. Erik Midlefort machte eine ausführliche Studie über die Aufzeichnungen aus Südwestdeutschland, aus der man weitere Tatsachen ersehen kann. In der kleinen Stadt Wiesensteig wurden zum Beispiel in einem einzigen Jahr (1562) 63 Frauen verbrannt. In dem kleinen abgeschiedenen Obermarchtal mit einer Bevölkerung von einigen 700 armen Bauern wurden in drei Jahren zwischen 1586 und 1588 43 Frauen und 11 Männer verbrannt, oder fast sieben Prozent der Gesamtbevölkerung. 1631 verbrannte man in weniger als neun Monaten aus einer Bevölkerung von 650 Seelen 50 Personen in der kleinen Stadt Oppenau in Württemberg. (12)

DAS BEDÜRFNIS NACH SÜNDENBÖCKEN

Im weitesten Sinne könnte man außer den Hexen auch die Millionen, die im 16. und 17. Jahrhundert in den religiösen Kriegen zwischen Katholiken und Protestanten zugrunde gingen, als religiöse Opfer betrachten. Nach diesen beschämenden Auseinandersetzungen entwickelte sich beginnend mit dem späten 17. Jahrhundert und im 18. Jahrhundert ein höherer Grad an Toleranz innerhalb der christlichen Gemeinde. Jedoch das Bedürfnis nach öffentlicher Gewalt gegen Sündenböcke der einen oder anderen Art blieb bestehen. Wenn eine Form verschwand, nahm eine andere ihren Platz ein. (13)

Um jeglichen Gedanken zu verhindern, daß den Katholiken mehr Schuld zu geben sei als den Protestanten, oder daß etwa das 19. Jahrhundert besser ist als seine Vorläufer, muß man nur die Aufzeichnungen über öffentliche Hinrichtungen in England bedenken, die unvermindert bis weit hinein in die Regierungszeit der Königin Victoria weitergingen. Alfred Marks schätzt in seinem Buch über Tyburn, der ehemaligen Richtstätte in London, daß zwischen der ersten Hinrichtung dort im Jahr 1177 und 1783, als Hinrichtungen durch den Strang in das Newgate-Gefängnis verlegt wurden, etwa 50000 Menschen starben. Dieser Wechsel der Hinrichtungsstätte war nicht allen Seiten willkommen. Wie Dr. Samuel Johnson vermerkt: »Hinrichtungen sollen Zuschauer anziehen. Tun sie das nicht, dann entsprechen sie nicht ihrem

Zweck. Die alte Methode war für alle Teile die zufriedenstellendste. Das Publikum war erfreut durch die Prozession, der Verbrecher durch sie gestärkt. Warum wird das alles abgeschafft?«

Zwar kann man englische Hinrichtungen begreiflicherweise nicht als wahre Opfer einordnen, dennoch waren Religion wie auch Ritual zugegen. Riesige Menschenmengen kamen zusammen, um die feierliche Prozession zu beobachten. Die Verbrecher machten auf ihrem Weg nach Tyburn vor den Stufen der Begräbniskirche halt und wurden vom öffentlichen Ausrufer ermahnt, der mit den Worten endete: »Christus habe Erbarmen mit Dir.« Trotz der Einwände des großen Doktors bedeutete die Verlegung der Richtstätte nach Newgate keineswegs ein Ende der Hinrichtungen als volkstümliches Schauspiel. Am 13. November 1840 besuchte Charles Dickens die öffentliche Exekution von Frederick George Manning und seiner Frau Marie für den Mord am Geliebten der Frau. Anschließend äußerte er sich in einem Brief an die Times recht bissig über die Possenspiele des Pöbels. Der Schriftsteller muß eine hübsche Summe bezahlt haben, um zuschauen zu können, denn ein Fenster zu mieten kostete eine oder zwei Guineen. Für Plätze in nächster Nähe des Schauplatzes wurden noch höhere Preise bezahlt. Auf jeden Fall machte Dickens einen guten Gebrauch von seinen nächtlichen Beobachtungen am Galgen, denn er verewigte Mrs. Manning in seinem Roman Bleakhaus als französisches Mädchen Hortense. Diese öffentlichen Hinrichtungen durch den Strang wurden noch zwei weitere Jahrzehnte nach Dickens' Protest durchgeführt. Die letzte Hinrichtung vor dem Newgate-Gefängnis fand am 26. Mai 1868 statt. Am 27. Mai schrieb die Times von der »riesigen Ansammlung von Zuschauern«, die sich schon in der Nacht zuvor eingefunden hatte, um gute Plätze zu bekommen. Es ertönten schrille Pfeifkonzerte, Sprechchöre und sogar hymnische Spottgesänge. Gegen 2 Uhr morgens, als die Wirtshäuser zumachten, ließ die Fröhlichkeit der Menge nach. Früh am Morgen wurde die Ankunft des Galgens mit donnerartigem Beifall begrüßt. Bis dahin war die Menge zu einer »großen wie Korn im Wind hin und her wogenden Masse angeschwollen.«

EUPHORIE

Die Abschweifung auf eine nichtreligiöse Form der öffentlichen Tötung zeigte, daß der Hunger der Menschen nach der Gelegenheit, einen Menschen sterben zu sehen – trotz der viktorianischen Hochherzigkeit – nur langsam schwand. Wenn es eine Pause zwischen alten und neuzeitlichen Formen von Gewalt gab, war sie bestenfalls kurz.

Denn im ausgehenden 19. und frühen 20. Jahrhundert wurde die Nation in den Rang einer Gottheit erhoben. Dieser neue Gott des Nationalismus sollte in den Massakern des Ersten Weltkrieges eine reiche Ernte an Opfern einbringen. Die führenden Persönlichkeiten Europas stürzten sich mit wenig klaren Zielen in diesen Kampf, aber mit der allgemeinen Überzeugung, daß der Sieg mit geringem Blutvergießen gewonnen werden könnte und daß sie alle zu Weihnachten wieder zu Hause wären. Kaiser Wilhelm II. sprach sogar zu seinen Truppen von einer Rückkehr »bevor die Blätter fallen«. Ein deutscher Offizier ging Anfang August mit der Erwartung an die Front, innerhalb eines Monats im Café de la Paix in Paris frühstücken zu können, wohingegen ein Hauptmann der russisch-kaiserlichen Garde den Privatarzt des Zaren fragte, ob er seine Paradeuniform für den triumphalen Einzug in Berlin einpacken solle. Die Engländer, die zwei Jahre benötigten, um ein paar tausend Burenfarmer zu schlagen, hofften, der Krieg wäre vor dem Ende der Schußzeit für Fasane vorbei.

In Sicherheit gewiegt durch diese falschen Vorstellungen, gingen die Völker der großen Nationen in euphorischer Stimmung in den Kampf, der einem Opfer gleichkam. Die strittige Frage war überall anders: In Frankreich waren es die verlorenen Provinzen Elsaß-Lothringen. Die Menge weinte und schrie, als der Trauerschleier, mit dem seit 1870 auf dem Place de la Concorde die Statue des Elsaß verhängt war, weggerissen wurde. Die deutsche Nation war von der Aussicht auf neue Triumphe begeistert. In einer Sonderausgabe erklärte eine Zeitung mit der Überschrift »Die Segnungen der Waffen«, daß es eine Freude sei, in diesem großen Augenblick der Geschichte des Reiches zu leben.

Und doch, obwohl die britische Regierung bis zum Rand erbebte, löste das Kommen des Krieges nirgends mehr Feuereifer aus als unter der Gildenjugend.

Nach Viktorias langer Regierungszeit war England zur Muttergöttin geworden, welcher Rupert Brooke Hochachtung bezeugte:

»Und sie, für die wir sterben, sie, die Unsterbliche
Mutter der Menschen,
England.«

Sir Edward Marsh bezeichnete Rupert Brooke als einen Menschen, der näher der Vollkommenheit und Perfektion war, als irgend jemand, den er kannte. Vielleicht war das eine Erinnerung an den Sündenbock des Alten Testamentes, der ohne Makel sein mußte. Brooke verehrte den Krieg als »rein« und »sauber«, im Gegensatz zur übelriechenden Friedenszeit:

»Der Schwimmer kehrt zur Reinheit denn zurück
springt froh aus einer alten kalten Welt.«

Und doch wollte Brooke nicht sterben, obwohl er eine Vorahnung seines Schicksals hatte. In seiner Einstellung dem Krieg und dem Tod gegenüber, war Julian Grenfell sogar ein echteres Beispiel dieser Gildenjugend, für die ein Kampf nicht nur eine reizvolle Alternative zur Fasanenjagd war, sondern auch ein Opfer. In den Jahren vor 1914 gab es eine Idealisierung des Todes, die zu Überzeugungen führte wie zu jener der Dadaisten. War der Tod dem Leben vorzuziehen, dann war es angemessen, nicht nur zu sterben, sondern zu töten. So konnten Julian Grenfell und andere seiner Klasse unerschrocken behaupten, daß sie den Krieg lieben. Am 24. Oktober 1914 schrieb er seiner Mutter von der Front: »Niemals zuvor in meinem Leben war ich in so guter Verfassung, oder je so froh . . . die Männer sind großartig und glücklich wie Schuljungen.« Aber in dem gleichen Brief sagt er auch, daß in einem einzigen Scharmützel die Hälfte dieser »glücklichen Schuljungen« einschließlich seines Feldwebels fielen. Auf diese Mitteilung folgt die Erklärung: »Ich liebe den Krieg.« (14)

Julian kämpfte mit einer Tapferkeit, die von seinem Hauptmann als »unbekümmerter Mut« bezeichnet wurde, der seinen Tod so unausweichlich machte wie den eines Kamikazepiloten. Und er hatte Glück und überlebte bis zur zweiten Ypernschlacht im Mai 1915. Im Monat, bevor er starb, schrieb er das Gedicht »In die Schlacht«, indem sein Sinn für Krieg und Tod fast im Stammesgeist ausgedrückt sind:

»The fighting man shall from the sun
Take warmth, and life from the glowing earth;

Speed with the light-foot wind to run,
And with the trees a newer birth;
And when his fighting shall be done,
Great rest, and fulness after death«.*

Ein anderer Satz in einem von Grenfells Briefen von der Front klingt seltsam opferwillig: »Man liebt seinen Mitmenschen um so mehr, wenn man entschlossen ist, ihn zu töten.« Das Mutter-Element war stets gegenwärtig, und er konnte sogar an seine Mutter schreiben: »Ja, Du bist eine wirkliche große Kriegsmutter.« Und die Mütter der englischen Aristokratie von 1914 genossen diese Rolle. Lady Frances Balfour schrieb: »Es ist etwas überaus Wundervolles in der Mutterschaft von heute. Unsere Kinder wurden uns zu einer Zeit gegeben, da sie bereit sein mußten, den guten Kampf zu kämpfen.« Nach dem Tod von Julian und ihrem anderen Sohn Billy schrieb Lady Desborough an Lady Wemyss, die auch zwei Söhne verloren hatte: »Nachdem diese qualvollen Tage kein Ende nehmen, kann man fast froh sein, daß Ego und Ivo und Julian und Billy im Traum vom Frieden geborgen sind.«

Niemand konnte vorgeben, das abscheuliche Morden sei ein Menschenopfer im strengen Sinn, auch wenn die endlosen Angriffswellen an der Westfront in den folgenden vier Jahren die Sinnlosigkeit eines schrecklichen Rituals hatten. Die ursprüngliche Haltung dem Kampf gegenüber hatte jedoch eine opferwillige Seite. Das dramatisiert sich in Julian Grenfells Einstellung zum Tod bis zu dem Punkt, wo er das Töten selbst und jene, die er tötet, liebt und durch seinen Kult des großen Mutterlandes – verehrt in der Person der menschlichen Kriegsmutter, die sich freute, als sie über ihre verlorenen Söhne weinte.

Der Psychologe Erich Fromm vergleicht in seiner »Anatomie des menschlichen Zerstörungstriebes« die Hinmordung der aristokratischen Jugend Englands und Deutschlands zu Beginn des Ersten Weltkrieges mit dem Kindesopfer an den Gott der nationalen Ehre. Es hätte nach Fromm an der Sache wenig geändert, wenn die Väter ihre Nachkommen selbst getötet hätten, anstatt sie so freudig in den Tod zu schicken. Auf jeden Fall war die Hingabe

* Wörtliche Übersetzung: Der kämpfende Mann soll von der Sonne Wärme / und von der schönen Erde Leben empfangen; / der leichtfüßige Wind soll ihn beflügeln; / und die Bäume sind das Zeichen für Wiedergeburt; / und wenn der Kampf vorüber ist / folgt die große Ruhe, der Frieden nach dem Tode.

an den Abgott des Nationalismus mächtiger als die Liebe zu ihren Kindern.

UND DIESE VERÄNDERUNG

Der Erste Weltkrieg, der, wie Präsident Wilson meinte, der letzte aller Kriege wäre, bahnte den Weg für neue Formen der Gewalt. Von da an war, was Arnold Toynbee »die spätneuzeitliche westliche Ausübung der Toleranz« nennt, unter ständigem Angriff durch die weltlichen Ideologien wie Nationalismus, Faschismus, Kommunismus. (15) In diesen tritt der fanatische Zug deutlich hervor. Ein Geist, der im 17. Jahrhundert zur Ruhe gekommen war, erhob sich wieder im 20. Jahrhundert.

Von diesen Ideologien hat sich der Marxismus als die dauerhafteste erwiesen und hat den ersten Anspruch, als eine Art Religion, einschließlich des Opfers, behandelt zu werden. Mircea Eliade betont, daß Marx eine der großen Mythen der asiatisch-mittelmeerischen Welt übernommen hat – die ausgleichende Rolle des Gerechten (des »Auserwählten«, des »Gesalbten«, des »Unschuldigen« und in unseren Tagen des Proletariats), durch deren Leiden sich das Aussehen der Welt wandeln wird. (16) Die klassenlose Gesellschaft von Marx läßt die Fabel vom Goldenen Zeitalter wieder erstehen, die den Beginn der Zeit kennzeichnete und eines Tages zurückkehren wird. Marx' entscheidender Kampf zwischen dem guten Arbeiter und dem schlechten Bürger erinnert an das apokalyptische Ringen zwischen Christ und Antichrist. Dabei übernimmt Marx die jüdisch-christliche Hoffnung auf ein absolutes Ende der Geschichte für seine eigenen Zwecke.

Die mehr mittelständischen Überzeugungen des Faschismus und Nationalsozialismus konnten nur wenige dieser Ansprüche stellen und sicher gab es nichts Religiöses oder Rituelles im Tod ihrer Millionen von Opfer, sei es auf dem Schlachtfeld oder im Lager. Der Fall Stalin jedoch war anders geartet. Als oberster Machthaber des marxistischen Lagers und Hüter seiner Orthodoxie war er Kaiser und Papst in einer Person. Gewisse Opfer Stalins, jene, die nicht in Gulags, sondern nach Schauprozessen starben, wurden einer besonderen Form von Ritual unterworfen, indem sie sowohl für Sakrileg wie auch für Sabotage verurteilt wurden.

Es ist auch nicht überraschend, daß die Methoden Stalins, des ehemaligen Priesterseminaristen, mit jenen der Inquisition viel gemein hatten. In beiden Fällen war es das Ziel, ein Bekenntnis von jenen herauszupressen, die ein paar Zentimeter vom Weg der bedingungslosen Treue zu Kirche oder Partei abgekommen waren. In beiden Fällen dienten lange Perioden ohne Schlaf, schlechte Ernährung und Verhöre, oft von Folterungen begleitet, dazu, den Widerstand des Gefangenen zu brechen.

Die beliebteste Folterung des russischen N. K. W. D. (Volkskommissariat für Innere Angelegenheiten), bekannt als Schwalbe, könnte direkt von der Inquisition übernommen sein. Hände und Füße des Opfers wurden hinter seinem Rücken gebunden, dann wurde er an einem Seil hochgezogen, das man mit einem plötzlichen Ruck fallen ließ. (17) Anstelle krügeweise Wasser durch ein Tuch in die Kehle zu gießen wie in der spanischen Toca, wurden in Rußland ungeheure Mengen von Tee durch die Kehle des Opfers gezwungen. Auch auf »Konsolidierung« wurde ähnlicher Wert gelegt. Wenn einmal der Angeklagte zusammengebrochen war, wurde er, bevor er sein erzwungenes Bekenntnis aufschrieb, für gewisse Zeit viel besser behandelt. Weder Inquisitoren noch Kommissare waren mit flüchtigen Schuldbekenntnissen, die unter Zwang geäußert wurden, zufrieden. Sie mußten nach einer Beruhigungszeit vom Angeklagten in gelassener Atmosphäre bestätigt und unterschrieben werden.

GÖTTLICHER WIND

Im Zweiten Weltkrieg fanden an der Ostfront die größten Massaker in den Kämpfen zwischen den Kräften des Kommunismus und Faschismus statt. Jedoch war in diesen Auseinandersetzungen, wenn auch unter Mitwirkung von Ideologie, die opferwillige Euphorie von 1914 überhaupt nicht vorhanden. Die einzige große Ausnahme davon waren die japanischen Kamikazeflieger.

Im Kapitel V verwies ich auf den rituellen Selbstmord im Japan der frühen Zeit, der aus der schintoistischen Religion und der Samuraiethik hervorgegangen war und auf zwei Grundsätzen basierte: eine unbedingte Hingabe an den Kaiser und ein strenger Ehrenkodex. Dieser Kodex, bekannt unter dem Namen Buschido (der Weg des Kriegers), verlangte von dem jungen Krieger die Hingabe seines eigenen Lebens.

Mit der Meidschi-Revolution von 1867 begann in Japan eine alles umfassende Verwestlichung. Der Schintoismus jedoch, weit entfernt, auszusterben, erstarkte zu neuem Leben und wurde 1868 vom Kaiser in den Rang der offiziellen Religion Japans erhoben. Dementsprechend übernahm die zu der Zeit neugegründete moderne Armee die Samuraiethik fast unangetastet. Religion und Militarismus blieben im neuen verwestlichten Japan untrennbar. Der Soldat wurde immer noch geschult, dem Tod vollkommen gleichgültig zu begegnen. Sein fanatischer Mut entsprang der Überzeugung, daß er durch seinen Tod für den Kaiser in eine Art Nirwana, oder ein Paradies für Helden gelangen würde. Dort würden sie sich den berühmten Vorfahren des alten Japan anschließen. Der Samuraikodex wurde nicht nur bewahrt, sondern erweitert. Früher das Vorrecht des Adels, wurde er nun von den Mittelklassen angenommen, die das Rückgrat des Offizierkorps der neuen Armee bildeten. Somit diente der Kodex als Grundlage für die Erweiterung des Reiches der Aufgehenden Sonne.

Als einziger Alternative zur Unehre beruht diese strenge Samuraiehtik auf einer langen Tradition, nicht nur des individuellen, sondern auch des Massenselbstmordes. Als zum Beispiel im Jahr 1582 der Schogun Nobunega einer Niederlage gegen Rebellen gegenüberstand, durchschnitt er die Kehle seiner Frau und beging dann Seppuku, den rituellen Selbstmord. Auch die fünfzig Mann seiner Leibgarde töteten sich selbst. Der bemerkenswerteste Fall dieser Art ist der Tod von siebenundvierzig Ronin. Diese Samuraigruppe beging gemeinsam Seppuku, nachdem sie die Ehre ihres Herrn gerächt hatten, eine Szene, die heute oft in einem klassischen Kabukischauspiel wieder aufgeführt wird.

Im Zweiten Weltkrieg ereigneten sich aufgrund dieser Tradition Fälle von Massenselbstmord. Als zum Beispiel am 8. Juli 1944 amerikanische Marineinfanteristen die letzte Schanze der Japaner stürmten, waren sie entsetzt, den Selbstmord von Hunderten von Japanern, Militär und Zivilisten miterleben zu müssen. Einige erschossen sich, andere sprangen über einen Felsen, einige wenige wurden sogar von ihren eigenen Offizieren enthauptet.

Doch die bei weitem aufsehenerregendsten Selbstmorde waren jene des Fliegerkorps, bekannt als Kamikaze. Ihre Geschichte geht zurück auf Oktober 1944, als zwei nicht geplante Selbstmordangriffe gegen U. S.-Kriegsschiffe unternommen wurden. Einer durch Konteradmiral Arimi persönlich, als er ohne Erfolg einen Flugzeugträger im Kampf um Formosa anzugreifen versuchte.

Die erste Kamikazeeinheit, die bald darauf von Vizeadmiral Onishi, dem Marine-Oberbefehlshaber auf der Insel Mindanao, gebildet wurde, war das Kampfgeschwader 201, stationiert in Clark Field. Andere konventionelle Taktiken hatten keinen Erfolg und es blieben ihm nur dreißig kampffähige Jagdflugzeuge, so griff er zu diesem letzten Ausweg, allerdings teilten nicht alle Offiziere seinen Enthusiasmus.

Kamikaze heißt »Göttlicher Wind«. Das Spezialangriffskorps, wie die Kamikaze offiziell hießen, war in vier Gruppen unterteilt, Schikischima (Schöne Insel), Yamato (Japanisches Volk), Asahi (Aufgehende Sonne) und Yamazakura (Wildkirschenblüte). Die Namen entstammen einem traditionellen Gedicht:

»Wenn Du mich fragst, was ist die Seele des Japaners,
Des Volkes von der schönen Insel,
Ich werde Dir sagen, es ist die Wildkirschenblüte,
Die ihren Duft im Licht der Aufgehenden Sonne verbreitet.«

Wenn die Wildkirsche ihren Duft verbreitet hat, fällt sie ohne Bedauern und symbolisiert die Bereitschaft dieser Flieger für ihr Land zu sterben und das, ohne zu zittern. (18)

Trotz dieser erinnerungsträchtigen Titel verlangte die Aufgabe, für Land und Kaiser einen wirkungsvollen Selbstmord zu begehen, viel Verstand und Training. Man erzielte die besten Ergebnisse, indem man über den Ozean gleitet und die Bombe so auslöst, daß sie vom Meeresspiegel abprallt und das Flugdeck des Trägers trifft. Nach viel gefährlicher Übung fand man heraus, daß die Bombe aus einer Höhe von zehn Metern fallen muß und in einer Entfernung von dreihundert Metern vom Ziel. Der Jagdflieger krachte normalerweise 2,4 Sekunden später in das Schiff und die Aussicht zu entkommen war gering.

Für ein derart eindrucksvolles Opfer waren die Ergebnisse oft dürftig, denn eine Bombe konnte Träger und andere große Schiffe nicht zerstören. Am 6. April 1945 beschädigten sechs Kamikazetreffer die USS Newcomb schwer, versenkten sie aber nicht. Alles in allem erhielten achtzehn Schlachtschiffe und elf Träger Treffer durch Kamikaze, aber keines der Schiffe ging verloren. Um dieses Ziel zu erreichen, opferten 1700 Flieger ihr Leben, in der Hauptsache zwischen dem 6. April und 22. Juni 1945.

Diese Selbstmordhandlungen waren unmittelbar durch den Samuraikodex von Buschido veranlaßt, der auf dem Schintoismus beruht. Die Piloten, die besonders willig die neue Taktik übernahmen, waren ohne Ausnahme jene, die tiefe religiöse Überzeugungen hatten. Ihr Sinn für Selbstaufgabe äußert sich in dem Brief von Isao Matsuo an seine Eltern vom Vorabend seines Kamikazeeinsatzes:

»Liebe Eltern:

Bitte gratuliert mir. Man hat mir eine herrliche Gelegenheit gegeben zu sterben. Dies ist mein letzter Tag. Das Geschick unserer Heimat hängt von dem entscheidenden Kampf auf der Südsee ab, wo ich gleich einer Blüte von einem leuchtenden Kirschbaum fallen werde. Ich werde ein Schutzschild sein für Seine Majestät und sterbe in Ehren zusammen mit meinem Staffelführer und anderen Freunden. Ich wünschte, ich könnte siebenmal geboren werden, um jedesmal den Feind zu schlagen.

Wie schätze ich die Gelegenheit, wie ein Mann zu sterben. Ich bin den Eltern von tiefstem Herzen dankbar, die mich mit Gebeten und zärtlicher Liebe aufgezogen haben. Und ich bin auch meinem Staffelführer und den vorgesetzten Offizieren dankbar, die sich um mich gekümmert haben wie um ihren eigenen Sohn und mir ein sorgfältiges Training zukommen ließen.

Vielen Dank, liebe Eltern, für dreiundzwanzig Jahre, in welcher Zeit Ihr für mich gesorgt und meinen Geist beflügelt habt. Ich hoffe, daß meine Tat Euch auf bescheidene Weise entschädigt für das, was Ihr für mich getan habt. Dies ist mein letzter Wunsch und nichts anderes gibt es, was ich begehre.

Ich werde im Geist zurückkehren und freue mich auf Euren Besuch am Yasukuni-Schrein. Bitte sorgt gut für Euch ...

Wir sind sechzehn Krieger, die die Bomber bemannen. Möge unser Tod so plötzlich und rein sein wie zerspringendes Kristall.

Geschrieben in Manila am Vorabend unseres Einsatzes

Isao.

P. S. Wenn wir uns emporschwingen in den Himmel der Südsee, dann ist es unsere glorreiche Mission, zum Schutz seiner Majestät zu sterben. Kirschblüten glänzen, wenn sie sich öffnen und fallen.«

Dieser Brief erinnert fast an jenen von Julian Grenfell an seine

Mutter aus dem Ersten Weltkrieg, aber mit einem Unterschied: Wo Grenfell den Tod umarmt, plant Isao seinen, und sein Selbstmord ist ein Opfer für die alten Götter. Diese Tradition des selbstauferlegten Todes im Krieg überlebte die Kamikaze nicht lange und nur einige höhere Offiziere begingen Selbstmord bei der Kapitulation im gleichen Jahr.

Trotzdem ereignete sich noch 1970 ein seltener, aber dramatischer Fall von Harakiri, als der Romanschriftsteller Yukio Mischima sich selbst tötete. Er und eine kleine Privatarmee überfielen die Selbstverteidigungstruppe in Ichigaya, fesselten den Kommandanten und ließen die sechshundert Mann aufmarschieren. Vor ihnen beging Mischima rituellen Seppuku, stieß sein Schwert in seinen Bauch und zog es quer von einer Seite zur anderen, daraufhin enthauptete einer seiner beiden Begleiter ihn mit einem einzigen Streich. Mischimas Roman »The Runaway Horse« ist als literarische Einübung für Seppuku bemerkenswert. Jedoch, sein Beweggrund – der oft verkündete Wunsch, die alte Ordnung wiederherzustellen – war mehr politisch als religiös.

JIM JONES

An Orten, wo die moderne Welt eingedrungen ist, kann man von fast allen Formen ritueller Gewalt dasselbe sagen. Mit fortschreitender Zeit werden die Motive immer politischer und immer weniger religiös. Überdies besteht heutzutage die Neigung, zwischen Politik und Religion viel schärfer zu unterscheiden als zuvor. Solange der Herrscher göttlich oder halbgöttlich war, war es unmöglich diesen Unterschied zu machen, ein Umstand, der sich bis 1945 in Japan nicht änderte. Jedoch die meisten, wenn auch nicht alle neuzeitlichen Staaten, setzen alles daran, um Religion von Politik zu trennen, viele haben diesen Grundsatz in ihrer Verfassung. Wo das der Fall ist, kann eine politische Handlung keine religiöse sein, wenn in einem solchen Verfahren ein Leben verlorengeht, dann ist das nicht mehr länger ein Menschenopfer.

Die derzeitige Übung, sich auf einem öffentlichen Platz selbst zu verbrennen, hat eine rituelle Seite. Diese Todesart ist nicht gänzlich neu. Schon 1911, als Sati nicht mehr erlaubt war, tränkte eine Hindudame ihre Kleider mit Kerosin, als ihr Ehemann im Sterben lag und verbrannte sich bei lebendigem Leib. Eine buddhistische Tradition, sich selbst zu verbrennen, hat sich gehalten und es ist deshalb nicht überraschend, daß eine Anzahl vietnamesischer Mönche auf diese Weise starben. Sie taten es aus Protest gegen den Krieg und nach dessen Ende gegen die neuen Herrscher.

Aber ob sich ein Mönch in Vietnam verbrennt oder ein Pastor in Ostdeutschland, der Akt richtet sich gegen die jeweilige Regierung und ist deshalb hauptsächlich politischer Natur. Eine religiöse und opferwillige Bedeutung könnte man in dem Selbstmord durch Verbrennen eines Mädchens aus der Schweiz in Manila am 14. Juni 1978 sehen. Ihr Name war Elisabeth Weniger und sie war ein Mitglied der Ananda-Marga-Sekte, von denen acht, wie man weiß, sich selbst getötet haben. Sie hat Flugblätter ausgegeben und erklärt, sie sterbe aus Liebe zur Menschheit. Jedoch auch Politik war damit verknüpft, denn sie protestierte damit auch gegen die Verhaftung ihres Sektenführers in Indien. Solche Arten von Selbstmord wurden inzwischen durch Reverend Jim Jones und seiner Volkstempelsekte in den Schatten gestellt. Von deren Mitgliedern starben über neunhundert am 15. November 1978 in Guyana, nachdem sie eine Mischung von Cool Aid mit Strychnin zu sich genommen hatten. Auf diesem Wege zu sterben, ist nichts Rituelles, die Handlung mag trotzdem als eine Art Opfer bezeichnet werden, wenn sie durch wahre religiöse Motive veranlaßt ist. Aber eine echte Botschaft dieser Art war im Volkstempel nicht vorhanden. Die Bewegung war höchst politisch und solange sie in Kalifornien blieb, war sie auch stark beteiligt an Abstimmungen und Wahlen zur Erweiterung ihres erklärten Zieles sozialer Verbesserung. 1971 wurde Jones Vorsitzender der Kommission der San-Francisco-Wohnungsbehörde und ein wichtiges Mitglied der örtlichen politischen Kreise. Er hatte eine besondere Begabung, Wahlen auszurichten. 1975 warben achthundert Mitglieder der Volkstempelsekte Tag und Nacht für George Moscone, als er zum Bürgermeister für San Francisco gewählt werden sollte.

Aber eine Glaubensrichtung kann nicht auf die Fähigkeit gegründet werden, Wahlen auszurichten und Geldmittel zu beschaffen, auch nicht auf einer fixen Idee mit schwindelhaften und sensationellen Heilungen. Zugegebenermaßen hatte der Volkstempel eine leidlich echte soziale Botschaft, die sich im Kampf gegen Armut, Alkohol und Drogen ausdrückte. Trotzdem scheint Jones mehr mit Charles Manson gemein gehabt zu haben, als mit heutigen religiösen Anführern. Von Manson unterschied er sich anerkanntermaßen dadurch, daß er seinen Anhängern befahl, sich selbst zu töten und nicht, andere zu morden. Beide aber waren überzeugt von einer Massenvernichtung, von der nur ihre eigene Gruppe durch Flucht in den Dschungel oder in die Wüste verschont bliebe. Beide waren besessen von Rassenproblemen, allerdings auf verschiedenen Seiten: Mason war ein Rassenpolitiker, der überzeugt war, daß die Schwarzen die Weißen zerstören würden, während Jones ein fanatischer Antirassist war.

Für seine »Familie« von Anhängern war Manson Jesus selbst. Als er zum ersten Mal ins Gefängnis kam, wurde er eingetragen als »Manson, Charles M., auch bekannt als Jesus Christus, Gott«. Bei seiner Verhandlung erklärten verschiedene Zeugen, sie seien sicher, er sei Jesus. Aber Jones endlose Predigten in Jonestown konzentrierten sich mehr auf ihn selbst als auf Gott und von Jesus wurde zunehmend weniger gesprochen. Zwar wurde er ursprünglich als christlicher Geistlicher geweiht, aber Bemerkungen wie »Ich bin kein Christ, ich bin Universalist«, oder »Ich bin ein Sozialist, der an die absolute Demokratie glaubt« haben wenig mit Christentum zu tun. Wenn überhaupt etwas, so findet man bei Manson mehr Religion einer verstiegenen Art. Er hatte die verrückte Vorstellung, die Beatles seien vier Engel auf der Suche nach Jesus Christus, von dem sie wußten, er sei auf die Erde zurückgekommen, um irgendwo in Kalifornien zu leben.

Sowohl Manson wie Jones hatten eine diabolischen Einfluß auf ihre Herde. Sie gebrauchten bisweilen auch Sex als Mittel, um diese Macht zu erhalten. Unter Mansons hypnotischer Verführung war Sandy Good die Erklärung möglich: »Ich habe schließlich den Punkt erreicht, wo ich meine Eltern töten kann.« Aber auch Jones hypnotisierte seine Anhänger bis zu dem Grad, wo sie bereit waren zu töten, nicht ihre Eltern allerdings, sondern sich selbst und ihre Kinder.

Der Volkstempel-Selbstmord, bei dem das Ritual abwesend und Religion nebelhaft war, ist streng genommen nicht in der Tradition der siebenundvierzig Ronin, oder des bereits beschriebenen indischen Massenselbstmordes, bekannt als Janhar. Der Akt der Selbstvernichtung in Jonestown, der zur Gegenwart gehört, könnte uns jedoch helfen, des Menschen frühere Einwilligung in die Rolle des Opfers zu verstehen. Überlebende Augenzeugen der Massenvernichtung in Jonestown sind sich nicht sicher, wieweit die Menschen *gezwungen* wurden zu sterben. Alle verweisen auf die Anwesenheit von bewaffneten Wachen. Da sie selbst jedoch einen Vorwand fanden, der Wachsamkeit genau dieser Wächter zu entgehen, könnten sie dazu neigen, ihre Rolle zu übertreiben. Als eine Frau, Christine Miller, Jones Forderung, sich alle zu töten, ablehnte, schrie die Menge sie nieder. Wenn jemand nicht gehorchen wollte, dann war das Schlimmste, was die Wachen tun konnten, diese Widerspenstigen zu töten. Der Tod durch eine Kugel war sicher der Einnahme von Strychnin vorzuziehen. Der Eindruck bleibt, daß die große Mehrheit freiwillig starb.

Selbst in der Welt von heute, wo es fast ein Kult an sich ist, die unheilbar Kranken am Leben zu erhalten, können Menschen geistig immer noch so beeinflußt werden, daß sie sich in Massen selbst töten. Das macht es sicher weniger schwierig, die Gleichgültigkeit in den älteren Gesellschaften dem Ritualtod gegenüber zu ergründen, der auf den ersten Blick gegen die menschliche Natur zu sein scheint – sei es die entrückte Miene des dahomischen Opfers wie es Burton beobachtete, oder die unbewegten Züge der Satiwitwe, wenn sie auf den Scheiterhaufen ihres Mannes stieg. Wenn heute ein einziger dämonischer Wille Hunderte in den Selbstmord treiben kann, dann ist es nicht mehr so überraschend, wenn die Menschen in alter Zeit bereit waren, wenn nicht sogar darauf erpicht, auf dem Altar des Gottes getötet zu werden, in einer Zeit, wo das ganze Gefüge der Gesellschaft und das gesamte Gewicht der religiösen Traditionen es von ihnen verlangte.

Diese augenscheinliche Bereitwilligkeit zu sterben, ist das einzige Element von Opferbereitschaft im Massaker von Jonestown, das andererseits weder ein Ritual noch einen religiösen Inhalt hatte. Darin war der Volkstempel nicht einmalig. Andere in den jüngst vergangenen Jahren aufgekommene Sekten haben auch von ihren Mitgliedern verlangt, für die Sache zu sterben. Wie in älteren Gesellschaften bleibt die Bereitschaft, sein eigenes Leben hinzugeben ein mächtiges Band der Einheit.

Und kann man unter den Umständen sicher sein, daß die Menschen in Jonestown mit dem, was sie taten, völlig im Unrecht waren? Sie waren Einzelgänger, schwache Naturen, die nur im Volkstempel eine Art Lebenszweck fanden, ein Gefühl gemeinsamer Artverwandtschaft und vor allem Disziplin. Infolge von Jones' Ausschweifungen, seinen Züchtigungen, seinem Waffenarsenal, seiner persönlichen Drogenabhängigkeit war die Bewegung vermutlich dem Untergang geweiht, auch wenn der Kongreßabgeordnete Ryan nicht erschossen worden wäre. Nimmt man an, diese Menschen wären in die Gesellschaft, der sie entflohen waren, zurückgeworfen worden, anstatt sich selbst zu töten, dann hätten sicher viele ein schlimmeres Ende genommen und wären nicht zusammen, sondern in Einsamkeit gestorben. Für jene, die an Jones glaubten, die von seinem Charisma lebten und sein Joch hinnahmen, war die Aussicht einer Rückkehr in die reale Welt niederschmetternd. Wie es das Time Magazine darstellte, sie waren der Geschichte entflohen, von solch einer Flucht gibt es keine Wiederkehr.

KAPITEL XI

DER DRANG ZU TÖTEN

DER PREIS DER EINHEIT

Zur Zeit der Jahrhundertwende betrachtete man das Menschenopfer oft als unheimliches, aber vorübergehendes Laster, zu dem die Menschen in einem bestimmten Abschnitt ihrer Geschichte verdammt waren, von dem sie sich aber später im Namen des Fortschritts befreiten. Noch 1904 konnte Edward Westermarck in seiner bedeutenden Studie schreiben:

»Wir stellen fest, daß verschiedene Völker, die sich zu gewissen Zeiten der Ausübung des Menschenopfers widmeten, dies später in einer fortgeschritteneren Phase der Zivilisation freiwillig aufgaben ... Mit zunehmender Aufklärung verliert der Mensch den Glauben an diese kindische Ersatzmethode und findet sie deshalb nicht nur nutzlos, sondern unerwünscht. Jede gefühlsmäßige Abneigung der Ausübung des Menschenopfers gegenüber führt im Lauf der Zeit von selbst zu der Überzeugung, daß der Gottheit nicht mehr länger daran liegt, ja ihm abgeneigt ist.« (1)

Der Irrtum bei dieser Überlegung wird von Westermarck selbst aufgedeckt. Um seine Ansicht zu beweisen, führt er den Fall Indien an, wo Brahmanen und Buddhisten im letzten Jahrhundert v. Chr. das Menschenopfer abschafften. Aber er unterläßt es, hinzuzufügen, daß das Menschenopfer durch den Hinduismus, der den Buddhismus ablöste, wiederbelebt wurde und dann in der frühen Zeit der britischen Radschas florierte wie nie zuvor.

Eine andere, derzeit verbreitete Theorie verringert das Opfer, ob von Mensch oder Tier, auf den Stand einer Bestechung der Götter. Diese Auffassung vom menschlichen Opfer als reine

Handelsware, angeboten im Austausch für greifbare Vorteile, übersieht die komplizierten Verkettungen, die das Opfer mit dem Priester verband, der sein Leben nahm, und mit der Gemeinschaft, für die er starb.

Neuere Versuche an übermäßiger Vereinfachung behandeln das Opfer als praktische Waffe zur Führung des Klassenkampfes – eine Geißel, mit der die regierende Klasse die Masse terrorisieren konnte. In Gesellschaften wie der der Azteken Mexikos diente dieselbe Strafe auch als Belohnung, da das gemeine Volk angeblich mit einem Stück Menschenfleisch geködert wurde, die Kriege ihrer Herren auszufechten – ein Gedanke, den ich als falsch ausgewiesen habe.

Beim gegenwärtigen Studium des Menschenopfers wird der Brauch öfter weder als Bestechung der Götter noch als Köder für ihre Anbeter gesehen, sondern als Akt des Verzichtes mit einem Anklang von Hingabe. Durch diese Handlung diente ein einzelnes Opfer, in den Rang einer Gottheit erhoben, dazu, die Kluft zwischen Gott und den Menschen zu überbrücken. Durch den Tod des Opfers wurde der Mensch vorübergehend zum Gott und dieser zum Menschen. Im christlichen Bereich wird der Begriff Pontifex, angewandt für den Nachfolger Christi auf dem Thron des heiligen Petrus, vom lateinischen Pons, »Brücke«, abgeleitet.

Das Opfer schafft im höchsten Augenblick seiner Seelenangst eine Einheit zwischen dem Menschen und seinem Gott. Sein Tod ist nicht mehr länger eine Bestechung, sondern ein Ritus tiefer Eindringlichkeit, der die Gemeinde erneut vereint und das Gleichgewicht wiederherstellt. Die Handlung hätte keinen Sinn, wenn nicht alle Anwesenden der Überzeugung waren, daß es sowohl notwendig wie auch richtig war.

Der Ritus hätte auch keinen Zweck, wäre er schmerzlos. Der Preis der Erlösung, vorübergehend oder ewig, muß hoch sein, denn im Bemühen des Menschen, über sich selbst hinauszuwachsen, kann nur das Blut des Leidenden das Verbindungsglied schmieden, das ihn an Gott kettet – den Gott, den er in seiner eigenen Vorstellung geschaffen hat. Die Verwandlung des Menschen zum Gott durch die Vermittlung eines anderen Menschen wurde zu allen Zeiten von allen Völkern und ihren vielen Religionen erstrebt.

Eine Opferhandlung bringt nicht nur Einheit, sondern Läuterung und Erneuerung. Diese Erneuerung wird oft durch rituelles Baden oder durch die Taufe symbolisiert. Denn die Auferstehung hat ihre Wurzeln im Unreinen, sie ist aus Sünde geboren, die abgewaschen werden muß. Für ein Volk ohne Schuldgefühl und ohne Kenntnis der Sünde wäre die Zeremonie bedeutungslos. In seiner höheren Form ist das Opfer deshalb ein Mittel der Erlösung von Sünde durch Absolution und »Wiedergeburt«. Ob in den Initiationsriten der australischen Ureinwohner oder in den griechischen Eleusinischen Mysterien, die Menschen wurden »wiedergeboren«.

Die christliche Taufe ist nur eine Form dieser Reinigung und Wiedergeburt. In Indien wurde die Satiwitwe rituell gewaschen. In Afrika mußte der König zuerst symbolisch sündigen und wurde dann wieder unschuldig gemacht. Durch Opferung an Oro begehrte das Volk auf Tahiti Wiedergutmachung der Sünden. Das griechische Pharmakon nahm die Last und Schuld der Stadt auf sich. Der japanische Samurai begeht Seppuku, um Fehler, die die Gemeinschaft entehrten, wiedergutzumachen.

Deshalb mußte das Opfer als Brücke zwischen Gott und dem gefallenen Menschen die Eigenschaften beider besitzen und mußte rein wie auch unrein sein. Der Sündenbock muß in der einen oder anderen Form die Rolle des Erlösers und Übeltäters in sich vereinigen, wenn er die Last menschlicher Sünde auf sich nimmt.

Das Opfer muß geliebt, aber auch im gewissen Sinn gehaßt werden. Dieses Paradox steht an erster Stelle bei den Tupinamba Brasiliens. Sie konnten einen Gefangenen nicht opfern, ohne ihn vorher als Feind beschimpft zu haben, um ihn dann wieder wie ein Pflegekind zu hätscheln. Um getötet zu werden, mußte er sowohl geliebt wie gehaßt werden – genau wie die Dajak von Borneo den fügsamen Sklaven nur töten konnten, wenn er hassenswert war. Zuerst wurde er verflucht und dann tausendfach mit Schnitten getötet. Bei den Irokesen wurden einige Gefangene ohne weitere Umstände gefoltert, andere hingegen wurden geschätzt bis zum Ende ihrer Tage.

DER VERLAUF DES WANDELS

Wie wir auch bemerkten, änderten sich im Verlauf der Jahrhunderte viele Formen ritueller Tötung – wie altehrwürdig sie auch gewesen sein mögen. Die am besten dokumentierten Veränderungen sind jene, von denen nach der ersten Berührung mit Europäern berichtet wurde. Unter diesem unheilvollen Einfluß erwarben die Häuptlinge tödlichere Waffen und größeren Ehrgeiz und der Schwung der Opferhandlungen beschleunigte sich sogar. Wenn schon die Missionare nicht selbst als Opfer dienten, so wurde doch ihre Ankunft oft als schlechtes Omen begrüßt, dem nur ein Opferfest gerecht werden konnte.

Amerikanische Indianer scheinen die Verbrennungen der Inquisition nachgeahmt zu haben und die Afrikaner verlegten sich aus Ehrerbietung ihren neuen Herren gegenüber auf die Baumkreuzigung. In der Südsee schnellte die Nachfrage nach Köpfen in die Höhe, allerdings nicht länger zum religiösen Gebrauch, sondern als Sammelobjekt. Die Jagd nach ihnen vermehrte sich dementsprechend. Jedoch, diese gleichen Europäer machten, trotz ihrer Grausamkeiten, ein Ende mit den rituellen Tötungen unter ihren einheimischen Untertanen. Allerdings taten sie das mehr mit Gewalt als durch Überredung. In einer endgültigen Untersuchung stellte sich heraus, daß das Verbot der Opferhandlungen nach der europäischen Eroberung durchgreifende Veränderungen veranlaßt hat.

Der Kult mit dem Kopf forderte bis vor etwa 10 000 Jahren nur gelegentlich rituelle Opfer, deren Überreste in Monte Circeo und an anderen Orten gefunden wurden. Als aber einmal das Häuptlingstum, unter einem einzigen Herrscher, den Platz der klassenlosen Nomadentruppe einnahm, folgten die Stammesfehden und damit die Notwendigkeit menschliche Köpfe zu beschaffen. Angeheizt durch die Kopfjagden gewann der Schädelkult neuen Schwung. Möglicherweise lag der eigentliche Ursprung der Stammesfehden nicht im Bedürfnis zu strafen oder zu rauben, sondern im Bedarf nach Gefangenen zum Opfern.

Während der Kult mit dem Kopf sich bis zum heutigen Tag erhalten hat, folgten nach der Einführung der Landwirtschaft und nach dem Aufkommen der ersten Zivilisation neue Opferformen. Menschen, die früher kleinen Jägergruppen angehörten oder unter örtlichen Häuptlingen lebten, wurden nun Untertanen großer Könige und Herrscher. Diese betrachtete man oft als lebende Götter, Abkömmlinge des Schöpfers, der als legendärer Held auf Erden lebte und den Stamm ins Leben rief.

Die Geschichte dieser Schöpferhelden endete oft in einer uranfänglichen Tat der Gewalt, die wiederum die – weit verbreitete, aber nicht allgemeine – Übung verursachte, den König selbst zu töten. Nach einer festgesetzten Zeit mußte er, als Abkomme des Gottes, der einst geopfert wurde, sterben. Somit waren diese neuen und geänderten Formen des Opfers eine Wiederinkraftsetzung, ein Zurückgehen zum Beginn der Zeit und zu dem, was die Götter damals taten. Ihre Riten, die ihren Höhepunkt in der Wiedergeburt oder der Wiederauferstehung fanden, waren auch oft verknüpft mit dem Verspeisen des Gottes, in der Person seines Opfers und Stellvertreters.

Der Mythos vom sterbenden Gott wurde so die Grundlage des Menschenopfers. Der Gedanke jedoch, daß der als göttlich betrachtete König selbst ein gewaltsames Ende finden sollte, wurde an den meisten Orten aufgegeben. Die Herrscher waren mit Vergnügen bereit, das Vorrecht, für den gemeinsamen Gott zu sterben, anderen zu übertragen.

Ob der König oder einer seiner Untertanen starb, der Gedanke der Wiederinkraftsetzung ist lebenswichtig. Der religiöse Mensch ist fasziniert von der Vorstellung der ewigen Wiederkehr. Was sich einmal ereignete, muß sich beständig wiederholen, um die Lebenden zu erhalten und für die Toten zu sorgen. In Ägypten konnten nur Menschen, deren Begräbnisriten genau jenen des legendären Osiris glichen, auf ein Leben nach dem Tode hoffen.

Für Frazer war der Tod eines Gottkönigs oder seines Stellvertreters ein Fruchtbarkeitsritus. Ließ des Königs Kraft nach, mußte er sterben, denn sein Volk wußte, daß sonst die Ernten nicht reifen und das Vieh nicht gedeihen konnte.

Als aber einmal nicht mehr der König das Opfer war, verliert diese Bestimmung an Kraft. Denn es ergeben sich weitere Änderungen, da diese frühen Kulturen nicht auf Fruchtbarkeitsopferungen beruhten. Die Bestattung einer großen Zahl von Gefolgsleuten in der Königsnekropole von Ur mit einem König, der eines natürlichen Todes gestorben war, diente dazu, seine Person zu ehren und für sein Wohlbehagen im Jenseits zu sorgen. An vielen Orten war auch das Töten von Männern, Frauen und Kindern häufig, um den Herrscher bei guter Gesundheit zu erhalten und seinen Tod zu verhindern, wenn er krank wurde. Desgleichen gaben allgemeine Bestattungen von oft noch lebenden Menschen bei der Einweihung von Tempeln, Palästen und sogar Brücken diesen Konstruktionen zusätzlich Schutz. Alle diese Riten hatten keinen unmittelbaren Bezug zu den Ernten. Allerdings dienten andere diesem Ziel, wie das Vergraben von Opferfleisch auf den Feldern, das Ertränken der Opfer in Flüssen (um die Wasserversorgung zu sichern) wie auch die jahreszeitlichen Opferungen beim Säen und Reifen.

Wenn das Opfer nicht länger mehr den Tod des Königs erforderte, so war es doch oft auf seine Person konzentriert. In Indien und Mexiko waren einige Tötungen unmittelbar vom Herrscher veranlaßt, während viele es nicht waren. Im größeren Teil Afrikas jedoch wie auch auf den Inseln des Pazifik war das Opfern das Vorrecht des Königs, bestimmt, sein und seiner Familie Wohlbefinden zu sichern und damit das der Gemeinschaft.

An jenen Orten, wo Könige und Kaiser den Platz der Stammeshäuptlinge einnahmen, waren Kriegsgefangene weiterhin die Hauptopfer. Als aber die Kriege zunahmen, vermehrte sich auch der Bestand an Gefangenen. Diese wurden von den Azteken immer geopfert. Im alten Ägypten und in Mesopotamien hingegen war dies weniger der Fall.

Der Krieg im großen Maßstab bereitete jedoch den Weg zu einer unheilvollen Entwicklung: dem Kult des Menschenopfers. Ein Opfer genügte nicht länger mehr, um die Götter zu besänftigen, und viele mußten sofort sterben. Massenopferungen nahmen verschiedene Formen an. Es war undenkbar, daß ein großer Herrscher die nächste Welt ohne großes Gefolge betrat. Das umfaßte sowohl Kriegsgefangene wie auch Mitglieder seiner eigenen Hofhaltung, sie alle wurden ihm zu Ehren getötet. In den Gräbern von Ur, die von Woolley ausgegraben wurden, waren zahllose Gefolgsleute begraben. Den verstorbenen Königen von Dahome wurden meist Gefangene geopfert, wie es viele europäische Besucher beobachten konnten. Im Alten Mexiko war der Tod eines Herrschers nur einer unter vielen Vorwänden für vielfache Tötungen. Es starben auch Hunderte, wenn nicht Tausende, wenn ein König gekrönt oder ein Tempel geweiht wurde.

Massenopferungen, die in einigen Orten stattfanden, aber nicht in anderen, sind sicher eine Entwertung des edleren und ursprünglichen Rituals, wobei der eine starb, um die vielen zu retten und wieder zu vereinigen. Durch eine erschreckende Entartung wurde der Zweck, bisher durch den Tod eines Menschen, nun nur durch eine Massenschlächterei erzielt.

Andererseits erscheint der Kannibalismus, obwohl er unsere Gefühle verletzt, weniger als Entwertung, denn als eine Abwandlung des Opfergedankens, der seit ältester Zeit ausgeführt wurde. Anthropophagie – das Essen eines menschlichen Körpers – ist eine logische, wenn auch nicht unveränderliche Folge der Theophagie – das Essen der Gottheit. Wo das Opfer gegessen wird, muß der Brauch stets wiederholt werden, als regelmäßige Erneuerung dessen, was der Gott selbst erlitt. In der christlichen Religion ist dieses Erfordernis durch die tägliche Feier der Messe dargestellt, wenn auch nicht eigentlich symbolisiert.

Ich habe immer betont, wird der Kannibalismus als reine Schlemmerei betrachtet, dann mißachtet man die gesamte Grundlage menschlicher Religion und Gebräuche. Das Essen von Menschen war immer von Zeremonien begleitet, als eine ursprüngliche, an den Beginn der Zeit erinnernde Handlung. Ob bei den Kwakiutl im nordwestlichen Kanada, den Papua in Neuguinea oder den Tupinamba Brasiliens, der Mythos des Kannibalenschöpfers unterliegt immer und unausweichlich dem Zeremoniell.

GRUNDSÄTZE UND URSACHEN

Schreibt man vom Menschenopfer wie es sich überall auf der Welt ereignete, dann erkennt man die Gleichartigkeit der Riten, der Ziele, die erstrebt werden, und der Wahl des Opfers. Es zeigen sich aber zwangsläufig auch Unterschiede, allerdings sind einfache Erklärungen über das Warum schwer zu finden.

Die Ansichten der Anthropologen über die Entstehung und Entwicklung des Menschen gehen auseinander. Eine wichtige Schule verwirft den Zufallsfaktor und sieht allen Wechsel als Folge gegebener Regeln, die sich aus den sachlichen Umständen ergeben.

Aber die Verbreitung der Opferhandlungen in allen Teilen der

Welt zeigt eine Neigung, zufällig zu sein und widersetzt sich einer Deutung auf der Grundlage von Ursache und Wirkung. Bei den Juden zum Beispiel hörte das Menschenopfer auf, während es sich bei den zivilisierten Nationen Südostasiens unvermindert entwickelte. Auf einer niedrigeren Stufe der Kultur opferten die Melanesier voller Eifer ihren Göttern Menschen und aßen sie auf, die Eskimo hingegen taten das nicht, obwohl sie Kinder töteten. Die Ausbreitung des Kannibalismus in Afrika ist ohne Regel und ohne logisches Muster. In Polynesien wechselten die Sitten von einer Insel zur anderen. Bestimmte nicht am Kannibalismus beteiligte Völker lebten fast in Hörweite von Menschenfressern und verkauften ihnen ihre Kriegsgefangenen, da sie selbst vom Menschenfleisch abgestoßen waren.

Gelegentlich wurden die Ereignisse durch die Anwesenheit des weißen Mannes beeinflußt und steigerten das Tempo des Opferns. Aber große Verschiedenheiten zwischen einem Ort und dem nächsten waren nicht allein auf die Anwesenheit von Europäern zurückzuführen. Die britische Wirkung auf die indische Religion zum Beispiel war zunächst gering und das Sati blühte, bis die öffentliche Meinung in England die Regierung in Kalkutta zu handeln zwang. Man kann Sati auch nicht als bloßes Instrument in den Händen der Erben betrachten, die allzu eifrig nach dem Vermögen des Verstorbenen trachteten, selbst wenn sie bei diesem Verfahren ihre eigenen Mütter verbrennen mußten. Söhne waren und bleiben immer bereit, ihre Erbschaft anzutreten. Dieser Faktor kann jedoch nicht erklären, warum in einigen Teilen der Welt die Witwen verbrannt oder gehängt werden, während sie in anderen verehrt werden. Es ist zum Beispiel schwer, eine logische Erklärung für die bei den Inka weitverbreitete Sitte zu finden, die Witwen mit ihren Männern zu begraben und dies bei den wahren Opferfanatikern, den Azteken, nicht der Fall war. Für diese Verschiedenheit ist kein sachlicher Grund zu finden.

Wenn aber das Opfer in Form und Methode von Ort zu Ort verschieden war, so gab es auch Unterschiede in der Intensität. Für ein Volk war es überaus wichtig und für ein anderes nebensächlich. Im allgemeinen waren Opferhandlungen unter religiösen Fanatikern wie in Indien und Mexiko bis zu einem viel größeren Maß als unter den mehr pragmatischen Chinesen.

In einigen Orten verschwand das Opfer vor langer Zeit fast

ganz, während es in anderen bis in jüngste Zeit florierte. Es kann nur der Versuch einer Erklärung angeboten werden: Das Bedürfnis, Blut auf dem Altar zu vergießen, mäßigte sich, wenn ein Volk eine ethische Einstellung angenommen hat und damit menschliches Verhalten für wichtiger hielt als bizarre Riten zu Ehren eines mitleidlosen Pantheons. Ein derart moralischer Grundsatz gab dem einzelnen eine achtunggebietende Stellung, er wurde nicht länger als bewegliches, willkürlich entbehrliches Eigentum betrachtet – zur Beschwichtigung der Götter und zur Erleichterung des Gewissens ihrer Anbeter.

Die alten Griechen könnte man als Beispiel anführen: Nach dem freiwilligen Opfertod des Sokrates, des ersten der großen Philosophen, suchte die Elite Trost mehr in dem, was allgemein die griechische Ethik genannt wird, als bei den alten Göttern, deren Legenden angefüllt sind von blutrünstigen Geschichten. Diese griechische Ethik mäßigte den Willen zum Opfern, wie wir gesehen haben, beendete ihn aber nicht, da die alten Götter immer noch gelegentlich ein menschliches Opfer forderten.

Bei den Hebräern des Alten Testamentes nahm das Opfern zunächst zu, als die Anbetung Jahwes unter kanaanitischen Einfluß kam. Es setzte aber eine starke Gegenwirkung ein. Israel wurde unter dem Einfluß seiner großen Propheten von einem Monotheismus erfaßt, der fast so sehr Ethik wie Moral war und dem Verhalten hier auf Erden mehr Beachtung schenkte als dem Leben nach dem Tod. Diese religiösen Lehrer verlangten, die Menschen sollten auf dem Weg des Herrn wandeln, der nicht durch materielle Opfer, sondern durch moralische Rechtschaffenheit gekennzeichnet war. Als Folge nahmen Menschen- und selbst Tieropfer ab und verschwanden dann.

Opferungen von Menschen verringerten sich auch, wenn ein einzelner Erlöser, die Güte an sich, den Platz teilnahmsloser Gottheiten einnahm, die manchmal gut und manchmal böse waren. Bei den Christen wurde der Tod des Erlösers als einmaliges Ereignis angesehen, das zumindest theoretisch den Menschen von der Notwendigkeit zu töten befreite. Jedoch wie vielversprechend auch immer die erste Wirkung ist, eine Erlöserreligion nährt in sich den Keim neuer Grausamkeiten. Wenn einmal die Religion volle Anerkennung gefunden hat, werden Andersdenkende – selbst jene, die an einer einzigen Silbe in der Litanei herumnörgeln – zu Feinden des Erlösers. Sie müssen wie Stammesgegner in Afrika und Ozeanien bis zu ihrem Tod gejagt werden. Jede Nachsicht gilt in diesen Reihen als Verrat am Erlöser oder Propheten. Moslems mußten Ungläubige, Christen, Juden und Häretiker in Zeremonien töten, die oft an heidnische Rituale erinnerten.

Wenn aber menschliche Ethik und ein göttlicher Lehrer einen hemmenden Einfluß haben können, so führt das letzten Endes dazu, sich abzunutzen, wenn der Drang zu töten sich wieder geltend macht. Davon ist das Christentum nicht das einzige Beispiel. Der Buddhismus, die freundlichste und am wenigsten grausame aller Religionen, wurde in Indien gegründet. Als sein Aufstieg das tatsächliche Ende der Opferhandlungen bedeutete, wurde der Buddhismus aus seiner Heimat verwiesen, und anschließend lebte das Opfern sofort wieder auf. Somit ist selbst die am meisten verallgemeinernde Regel oder Richtlinie nur zum Teil gültig und die ungleichmäßige Verteilung des Opfergedankens gibt jenen Schriftstellern wenig Rückhalt, die die Geschichte auf eine Sammlung von Regeln beschränken wollen.

ARDREY UND ANDERE

Das Menschenopfer ist somit ein grundlegender Tatbestand, versucht man zu verstehen, wie alte Gesellschaften funktionieren. Es erhellt aber auch eine bedrückende Frage der Gegenwart: das Problem der Gewalt. Anthropologen und Soziologen sind darüber ganz geteilter Meinung. Eine Richtung behauptet, daß der Mensch seit der Zeit, als der primitive Australopithekus in Afrika die ersten Waffen herstellte, ein unverbesserlicher Mörder war. Im Gegensatz zu den Tieren erbeutete er seine eigene Spezies. Derartige Theorien verfügen über eine große Gefolgschaft, vielleicht weil viele Menschen nach einer Erklärung für die »Brutalität« des Menschen suchen, die ihr eigenes Verhalten und das anderer rechtfertigen könnte.

Die Ansicht vom Menschen als Mörder wurde erstmalig in den frühen Jahren nach 1950 von dem südafrikanischen Professor für Anatomie Raymond Dart vorgelegt und seitdem von einer Anzahl von Autoren populär gemacht, unter denen die bekanntesten Konrad Lorenz, Desmond Morris und Robert Ardrey sind. Andere Schriftsteller wie Ashley Montague sind gegenteiliger Meinung und ebenso unerbittlich überzeugt, daß die Gewalt nicht unser unausweichliches Erbe ist und daß einige, aber nicht alle Menschen so geartet sind, daß sie im Verlauf ihrer Erziehung brutal werden. Die beiden gegenteiligen Ansichten, daß die menschliche Aggression einerseits angeboren ist und sie andererseits meist angelernt ist, gehen auf die eigentlichen Wurzeln der mißlichen Lage des modernen Menschen zurück, seiner Unfähigkeit, mit seinen Nachbarn in Frieden zu leben.

Desmond Morris vergleicht in seinem »Human Zoo« unser Verhalten mit dem von Mäusen und anderen Nagetieren, die nur ihre eigene Art auffressen, wenn sie in strenger Gefangenschaft gehalten werden. Aufgrund seiner beengten Umwelt in den großen Städten und als Gefangener seiner eigenen Wünsche, benimmt sich der Mensch, so die Beweisführung, gleich den eingesperrten Mäusen und nicht wie wilde Tiere, die nur andere Spezies erbeuten.

Doch nach der gleichen These zeigt der Mensch von heute lediglich die berüchtigteren Eigenschaften seines fernen und primitiven Vorfahren, ein Gedanke, der auf Freuds Ansicht beruht, daß wir immer noch von den gleichen Instinkten wie unsere frühesten Ahnen getrieben werden. Der primitive Mensch, dessen Angriffslust wir vermutlich erbten, lebte nicht in großen Städten und seine Bedürfnisse waren einfach. Das gilt nicht nur für die frühen Jäger, sondern auch für ihre Stammesnachfolger. Die Maori Neuseelands waren eingefleischte Krieger und Kannibalen, ihre Lebensbedingungen jedoch alles andere als beengt, nicht zu reden von jenen der australischen Ureinwohner, die sich auch von Zeit zu Zeit selbst aufaßen.

Unsere Untersuchung des Menschenopfers hat gezeigt, daß der Mensch nicht wirklich den Menschen erbeutet, wie ein Löwe eine Antilope jagt, einfach um Futter zu bekommen. In der Regel bekämpften sich die Stämme nicht aus Lust am Töten oder um ihren Hunger nach dem Fleisch des Feindes zu befriedigen. Im Gegenteil, begann ein Krieg, dann nicht aus dem Drang, im Kampf zu töten, sondern um lebende Gefangene als Opfer auf den Altar zu bekommen. Wo Gefangene gegessen wurden – ein Brauch, der weniger verbreitet war als Morris und andere behaupten –, da wurde das fast beständig zu Ehren der Götter getan und nicht, um den Vorrat an tierischem Eiweiß zu vermehren.

Wenn der Homo sapiens im Grunde gewalttätig ist, entsprechend den Krokodilen und jenen Insekten, die ihre eigene Art angreifen, dann deshalb, weil der Mensch durch den Glauben so viel höher aufgestiegen ist als die Tiere. Im Gegensatz zu diesen ist er sich seines eigenen Schicksals bewußt. Die Religion, die Krieg und Opfer erzeugt, bietet sowohl eine Erlösung vom Tod im Jenseits als auch in diesem Leben einen Mechanismus zur Steuerung jener Bedürfnisse, die von seinem Geist geschaffen wurden, die aber im Tierreich nicht vorhanden sind: die Ernten zur Reife bringen, Gebäude zu erhalten und die Person des Häuptlings zu ehren. Um diese Ziele zu erreichen, wurden Kriege geführt und Gefangene geopfert.

Im Gegensatz zu den Tieren entwickelte der Mensch sowohl Waffen, mit denen er seine Mitmenschen tötet, wie auch die Überzeugungen – wie falsch sie auch sind –, die diese Gewalttätigkeit förderten. Die Ausübung des so weit verbreiteten Menschenopfers unterstützt in der Tat die von Dart und anderen vorgebrachte Ansicht, daß der Mensch zumindest ein potentieller Mörder ist. Aber sie verneint den Gedankengang hinter dem Gesichtspunkt, denn sie weist darauf hin, daß der Drang zu töten nicht von einem angeborenen Fluch herrührt, von einer unnatürlichen oder zu schnellen Entwicklung des Gehirns. Paradoxerweise entstammt das eher der Bemühung, dem Bösen mit Hilfe eines religiösen Glaubens zu entfliehen. Durch das Greifen nach etwas Höherem als er selbst es ist, wurde der Mensch zum Töten getrieben, um seine Idole mit dem höchsten aller Preise, einem Menschenleben versöhnlich zu stimmen.

Robert Ardrey beschreibt in seinem Buch »Adam und sein Revier« (Territorial Imperative) den Menschen nicht länger als schlechter als die Tiere, sondern stellt ihn widerwillig auf dieselbe Stufe. Der Mensch wird den Säugetieren, Vögeln und selbst den Fischen als sehr ähnlich geschildert, die alle davon besessen sind, ein bestimmtes Territorium zu gewinnen und zu erhalten. In seinen Schriften über Aggression widerlegt Erich Fromm diese These und Ashley Montague legt eine ungeheure Liste von Tieren vor, die nicht die geringste Neigung zu diesen territorialen Zwangshandlungen haben. Unter diesen sind die andern Mitglieder der Riesenfamilie, zu der wir gehören: die Schimpansen, die Orang-Utans und die Gorillas. (2)

Aber was auch immer die Wahrheit von Ardreys Theorie vom Tierreich sein mag, es wäre gerechter im Fall von Stammesangehörigen von einer religiösen und nicht von territorialer Besessenheit zu sprechen. Ich habe bereits aufgezeigt, daß Eroberung nicht das Hauptmotiv der endlosen Kriege des Menschen war. Das ist immer an den Stammesfehden ersichtlich, die unter den Yanomani und Warao im venezolanischen Dschungel und den abgelegenen Teilen Neuguineas toben. Der Anthropologe Paul Sillitoe von Cambridge stellt diesen Punkt in seiner computerisierten Studie über die heutigen Kämpfe in den Hochländern von Neuguinea klar heraus. In dieser Untersuchung stellt er die Frage: »Warum all dieses Kämpfen?« Für Sillitoe bilden die Bestrebungen eines Häuptlings die Hauptgründe. Zweitrangige Ursachen sind unter anderem »Wiedergutmachung, Rache, wirtschaftliche Vorteile und religiöse Erfordernisse«. (3)

Während Stammesgemeinschaften andere Motive hatten, machte erst der Aufstieg von Staaten und Weltreichen das Territorium zur Hauptursache von Krieg und Mord. Wenn deshalb die weitverbreitete Ausübung des Menschenopfers der Bestätigung dient, daß der Mensch im Grunde gewalttätig ist, dann dient sie auch zur Verneinung, daß diese Gewalt zuerst dem Verlangen nach Eroberung und Beherrschung entsprang.

Es hilft auch dazu, eine Variante von Ardreys Thema zurückzuweisen, der Harner-Harris-Vorstellung, daß der Mensch wegen seines dringenden Bedarfs an tierischem Protein auf den Krieg zurückgreift, und Gefangene macht, um sie verzehren zu können.

Harris stellt das Argument auf den Kopf, wenn er es dazu benützt, die ständigen Kriege der Yanomani zu erklären, die keine Kannibalen sind und vom Anthropologen Paul Shagnon der Pennsylvania-Staatsuniversität als mit Eiweiß wohl versorgt ausgewiesen wurden.

Autoren, die über Eiweißmangel schreiben, neigen dazu, ihre Erörterung auf den amerikanischen Kontinent zu beschränken. Aber ihre Vorstellungen werden durch die Vorgänge im westafrikanischen Dahome leichter widerlegt. Jahrhundertelang waren seine Herrscher weitgehend am Sklavenhandel beteiligt. Mit Waffen, die von den Sklavenhändlern geliefert wurden, eroberten sie den Hafen Wydah an der Küste, der dann zu einem der wohlhabendsten aller Sklavenumschlagplätze wurde. Die Dahomeer waren in Westindien als gefügige Sklaven geschätzt. Viele Haitier zum Beispiel führen ihre Herkunft auf die Region Dahome zurück, von woher der Voodoo-Kult stammt.

Wie wir gesehen haben, opferte der König von Dahome jährlich Hunderte von Menschen, um seine Vorgänger auf dem Thron zu ehren. Aber diese feierlichen – wenn auch grausamen – Riten zu Ehren der Götter und Ahnen des Königs beraubten ihn eines Teiles seiner jährlichen Einkünfte, die aus der Menschenware bestanden. Mit dieser trieb er einen schwunghaften Handel, der für sein Wohlergehen und seinen Reichtum wichtig war.

Wenn dieser Handel weder Eiweiß noch andere Nahrung abwarf, so versorgte er den König mit einem reichlichen Bestand an Feuerwaffen und Rum, woran er weit mehr interessiert war. Nachdem die Herrscher, nicht jedoch ihre bescheideneren Untertanen, jedes Problem zu ihrem eigenen Vorteil entscheiden konnten, wäre es zutreffender, nicht von Eiweißmangel, sondern vom königlichen Durst nach alkoholischen Getränken als der Ursache von Gewalttätigkeit zu sprechen. Alkohol war das am meisten verlangte europäische Produkt, das die Herrscher, sei es in Westafrika oder in Hawaii in erstaunlichen Mengen konsumierten.

EINE RÜCKKEHR IN DIE VERGANGENHEIT?

Was auch immer die Wurzeln der Neigung des Menschen, seine eigene Art zu töten, sein mögen, der Trieb hat in unserem Jahrhundert nicht nachgelassen.

Nicht nur ist der Tribut an Opfern größer als je zuvor, die jetzigen Despoten, etwa in Kambodscha oder Uganda, sind obendrein noch niederträchtiger und massakrieren nicht die auswärtigen Gegner wie in früherer Zeit, sondern Hunderttausende, wenn nicht Millionen ihres eigenen Volkes.

Die derzeitige Einstellung zum Tod ist zwiespältig. Einerseits kämpfen unsere Ärzte, das Leben und damit die Qualen der chronisch Kranken zu verlängern und sei es nur um Tage. Andererseits nehmen wir Berichte von Massenmord mit nichts als einem resignierten Achselzucken hin, vorausgesetzt, sie ereignen sich weit genug entfernt von unserer eigenen Türe. Dieses Verhalten mag zum Teil auf die Neuinszenierung des Todes zurückzuführen sein, der wir täglich ausgesetzt sind. Im Prinzip ist es das gleiche, ob eine Mutter ihre Kinder zu einem Massenopfer in der Aztekenhauptstadt führte oder ob Eltern der heutigen Zeit ihre Kinder vor den Fernseher setzen, um endlose Serien von Schießereien anzuschauen. Nur Umfang und Häufigkeit sind verschieden. Es wurde errechnet, daß ein Kind in den Vereinigten Staaten, bevor es erwachsen ist, im Durchschnitt am Fernseher 36 000 gespielte Todesfälle miterlebt. Für den Nervenkitzel, zu beobachten wie andere getötet werden, wird heute gesorgt wie nie zuvor. Für das Kind ist die Unterscheidung zwischen vorgetäuschtem und wirklichem Tod wie zwischen Tomatenketchup und echtem Blut schwierig.

Angesichts der Massenbrutalität unserer Zeit, der wirklichen wie der gespielten, möchte man fragen, ob statt dessen der Mensch nicht gut daran täte, zum rituellen Töten der Vergangenheit zurückzukehren. Wenn alles gesagt und getan ist, wenn das Bedürfnis nach einem Sündenbock besteht, kann man dem nicht mit weniger Blutvergießen mittels einer ernsten Zeremonie entgegenkommen, in welcher ein gleichmütiges Opfer auf dem Altar des Gottes sein Ende findet und mit Würde für das allgemeine Wohl stirbt? Wenn die Gewalt endemisch ist, dann ist das Sakralopfer zumindest eine maßvollere Form. Selbst beim schlimmsten, die Massenopferungen, vermindert das schwerfällige Ritual das Ausmaß der Schlächterei.

Der Wert aber dieser würdevollen Zeremonien entstammt dem Wissen, das vom Opfer und dem Opferer gleichermaßen geteilt wird, daß sie bestimmte Ergebnisse erzielen. Der rituelle Tod verliert jeden Zweck, wenn er nicht länger auf dieser Gewißheit beruht. In jedem Menschenopfer liegt ein tiefverwurzelter Glaube an das Jenseits, das dem Leben hier auf Erden nicht unähnlich ist. Selbst wenn Opfer nicht mit dem klaren Ziel getötet wurden, ihrem Herrn in der nächsten Welt zu dienen, so zweifelten sie doch niemals an den zukünftigen Segnungen, die für sie bereit waren.

Eine derartige Haltung brachte eine ersichtliche Bereitschaft zu sterben hervor, was zunächst rätselhafter erscheint, als die Neigung zu töten: die mit Juwelen geschmückten Gefolgsleute, die mit den Königen von Ur begraben wurden, hatten den Vorzug, ihrem Herrn von da an zu dienen. Die Hindu-Satifrau vereinigte sich mit ihrem Mann im Paradies, während eine andere die Thug erwartete, die ihr Leben der Göttin Kali weihten. Der aztekische Gefangene begleitete die Sonne auf ihrem täglichen Lauf. Tod war somit nur ein Abschnitt auf dem Weg zur Erneuerung des Lebens. In diesem Jahrhundert wurde den Kamikazepiloten und selbst den Jüngern von Jim Jones ein Leben nach dem Tod als Folge des Selbstmordes versprochen.

In fast allen Kulturen, außer unserer eigenen, gehörten die Lebenden und die Toten zu einer Gemeinschaft. Der Tod bedeutete nicht die Trennung von seinen Lieben. Erst in der Welt von heute wurde der Tod entmythologisiert. Er wurde vom Leben getrennt. Es ist ein gesonderter Zustand, oder eine Art Ghetto und wir bemühen uns heftig, den Sterbenden davor zu bewahren, die große Brücke zu überqueren.

Wenn einmal die Menschen den Glauben teilen, daß dieses Leben das ein und alles ihres Daseins ist, muß, ungeachtet ob andere Formen des Tötens seinen Platz einnehmen, rituelles Opfern nachlassen. In dieser Hinsicht unterscheiden sich moderne Ideologien völlig von den alten Religionen. Wie schwer erfaßbar auch ihre neuen Versprechungen vom Paradies sein mögen, die Pforten müssen in dieser Welt, nicht in der nächsten gesucht werden. Wenn auch neuzeitliche Dogmen ihre Opfer fordern, sie sterben ohne Hoffnung und ihr Ende ist kein Opfer.

Trotzdem, wenn das rituelle Opfer tot ist, das individuelle Martyrium ist es nicht. Das ehemalige Opfer nahm die Sünden der anderen auf sich und ihre gesamte Einsamkeit. Der jetzige Mensch, jenseits von Religion und Opfer, leidet allein. Früher gehörte er zu einer festgefügten Gesellschaft, verbunden durch gemeinsame Rituale, die manchmal mit Opfern verknüpft waren. Da aber nichts ihren Platz übernommen hat, sind wir nun alle in einem gewissen Sinne Opfer und leben in geistiger Leere, in der jeder seine private Schuldenlast trägt.

Diese Zersplitterung der Gesellschaft, deren Mitglieder nicht mehr ein wirkliches Ganzes bilden, sondern eine unendliche Zahl einzelner Teilchen, ist naturwidrig. Vom Universum weiß man jetzt, daß es einen Zusammenhalt besitzt, selbst wenn die gewaltigen Entfernungen seiner Myriaden von Bestandteilen sich unserem Verständnis entziehen. Andererseits enthalten unsere Körper Trillionen von winzigen Teilchen. Aber auch diese bilden ein Ganzes und leben nicht als getrennte Existenzen wie Haushaltungen in einem modernen Vorort.

Die Notwendigkeit zwingt den Menschen, ein Gefühl für diesen Zusammenhalt zurückzugewinnen, der nicht nur in den traditionellen Gesellschaften vorhanden war, sondern im Weltall und in seinem eigenen Körper gegenwärtig ist. Religiöse Rituale, die Opfer mit einschließen, wirkten als einigende Kraft. Das eigentliche Wort »Religion« wird aus dem lateinischen »religare« abgeleitet und heißt »zusammenbinden«.

Und doch, wenn das Opfer nicht länger mehr als Band der Übereinstimmung dient, dann bedeutet das sicher nicht, daß Menschen oder Familien isoliert leben können. Das Bedürfnis drängt nach anderen Bindegliedern, um die verschiedenen Menschen »zusammenzubinden«. Traditionelle Gesellschaften befriedigten nicht nur materielle, sondern auch geistige Bedürfnisse. Diesen kann nicht länger mehr mit einer Verehrung der Nation begegnet werden, die nicht auf der Einheit der Menschheit basiert, sondern auf gegensätzlichen Grundsätzen regionaler Selbstsucht.

Die Geschichte des Menschenopfers – gelegentlich nobel, gelegentlich erniedrigend – ist Teil des menschlichen Strebens, den Fesseln des isolierten Einzelwesens zu entkommen und in Harmonie mit dem Kosmos zu leben. Riten mögen vergehen und der Glaube mag wechseln, aber der Mensch kann nicht von seinem Bemühen ablassen, wenn sein Leiden zwar nicht enden, so doch erleichtert und wenn sein Verlangen, obwohl nicht gestillt, so doch von Hoffnung getragen werden soll.

QUELLENVERZEICHNIS

EINFÜHRUNG

1 Evans Pritchard, S. 202–03
2 Robertson Smith, S. 361
3 Gusdorf, S. 76–77
4 Westermarck, S. 464
5 Ibid. S. 464
6 Ibid. S. 462
7 Ibid. S. 466
8 Lévi-Strauss, S. 296–97
9 Gusdorf, S. 75–81
10 Ibid. S. 69
11 Girard, S. 23
12 Eliade, *The Sacred and The Profane,* S. 100

KAPITEL I

1 Woolley, S. 70–71
2 Ibid. S. 69
3 James, *The Ancient Gods,* S. 56
4 Budge, S. 199
5 Ibid. S. 204
6 Ibid. S. 208
7 Ibid. S. 216
8 Pfeiffer, S. 215
9 Budge, S. 175
10 Kramer, S. 118
11 Groot, Bd. 2, S. 722
12 Ibid. S. 725
13 Ibid. S. 731

KAPITEL II

1 Branston, S. 115
2 Strackerjan, S. 127
3 MacCulloch, S. 147
4 Piggott, S. 117
5 *Encylopedia of Religion and Ethics,* Bd. 2, S. 11
6 Ibid. S. 12
7 Branston, S. 149
8 Westermarck, S. 435
9 *Encylopedia of Religion and Ethics,* Bd. 6, S. 861
10 Westermarck, S. 439
11 *National Geographic* magazine, Bd. 153, Nr. 2
12 *Encyclopedia of Religion and Ethics,* Bd. 6, S. 848

KAPITEL III

1 Josua 6:26
2 James, *The Origins of Sacrifice,* S. 258
3 Genesis 22:17
4 Jesaias 30:33
5 Toynbee, S. 38
6 Jeremias 6:31
7 James, *The Origins of Sacrifice,* S. 266
8 Frankfurt, S. 33
9 Hick, S. 113
10 Ibid. S. 100–101
11 Eliade, *Rites and Symbols of Initiation,* S. 11
12 Kramer, S. 132
13 Girard, S. 150–55
14 Toynbee, S. 294

KAPITEL IV

1 Westermarck, S. 464
2 Ibid. S. 437
3 *Encyclopedia of Religion and Ethics,* Bd. 6, S. 850
4 Ibid. S. 850
5 Westermarck, S. 458
6 Panigrahi, S. 15
7 Frazer, S. 503–07
8 Ibid. S. 505
9 Hodson, S. 136
10 Fuerer-Haimendorf, S. 23
11 Mitra Chandra, *Note on Another Instance . . .*
12 Zimmer, S. 212

13 Woodruff, Bd. 1, S. 262
14 Wightman, S. 20–21
15 Bruce, S. 51–54
16 Ibid. S. 108
17 Kincaird, S. 41
18 Toynbee, S. 24
19 Schweizer, S. 189
20 Zimmer, S. 172
21 Hick, S. 183

KAPITEL V

1 Thakur, *The History of Suicide . . .*, S. 80
2 Thakur, *Self-Immolation in India,* S. 128
3 Ibid. S. 120
4 Ibid. S. 139
5 Ibid. S. 140
6 Thakur, *The History of Suicide . . .*, S. 95
7 Mukhopadhyay, S. 99
8 Mair, S. 72–73
9 Ellis, A. B., S. 124–27
10 Groot, Bd. 2, S. 726
11 Ibid. S. 736
12 Ibid. S. 748–49
13 Thakur, *Self-Immolation in India,* S. 127
14 Mukhopadhyay, S. 102
15 Zakiuddin, S. 154
16 Ibid. S. 159
17 Mukhopadhyay, S. 102
18 Ibid. S. 105–07
19 Woodruff, Bd. 1, S. 256
20 *Encyclopedia of Religion and Ethics,* Bd. 6, S. 843
21 Satow, S. 345–46
22 Alvarez, S. 53
23 Ibid. S. 65

KAPITEL VI

1 Her Majesty's Stationery Office, *Report of the Secretary . . .*, S. 11–12
2 Tannahil, S. 72–73
3 Beatty, passim
4 Ibid. S. 11
5 Ibid. S. 26
6 Ibid. S. 45–55
7 Parrinder, *African Traditional Religion,* S. 88–89

8 Frobenius, S. 134–39
9 Ellis, A. B., S. 123
10 Ibid. S. 126
11 Burton, S. 237
12 Ibid. S. 223
13 Frazer, Bd. 3, S. 138–40
14 Herskovitz, S. 53
15 Meek, S. 54–55
16 Bentley, Bd. 2, S. 210–14
17 Ibid.
18 Spiel, S. 56
19 Schweinfurt, Bd. 2, S. 93–94
20 Tannahil, S. 149–50
21 Hecquard
22 Parrinder, *African Traditional Religion,* S. 63
23 Budge, S. 177

KAPITEL VII

1 Brooke, S. 203–07
2 Ling-Roth, S. 142–43
3 Bock, S. 218
4 Schaerer, *Die Bedeutung . . .*, S. 3
5 Ling-Roth, S. 164
6 Schaerer, *Das Menschenopfer . . .*, S. 558
7 Schaerer, *Die Bedeutung . . .*, S. 12
8 Zegwaard, S. 1032–33
9 Seligman, S. 550
10 Schoch, S. 37
11 Ibid. S. 45–46
12 Parkinson, S. 31–45
13 Oliver, Bd. 1, S. 117
14 Oliver, Bd. 2, S. 909–11
15 Schoch, S. 20
16 Ellis, W., S. 297
17 Oliver, Bd. 2, S. 953
18 Tregear, S. 337
19 Vayda, S. 96–97
20 Murray, S. 232

KAPITEL VIII

1 Moser
2 Díaz del Castillo, S. 369
3 Lines
4 Piña Chan

5 Joralemon
6 Sahagún, *Florentine Codex,* Bd. 2, S. 42–44
7 Sahagún, *Historia General . . .,* Bd. 1, S. 188
8 Durán, Bd. 1, S. 248
9 Torquemada, Bd. 2, S. 73
10 Durán, Bd. 2, S. 394
11 Tezozómoc, S. 112
12 Sahagún, *Florentine Codex,* Bd. 9, Kap. 13
13 Harner, *The Ecological Basis . . .*

KAPITEL IX

1 O'Brien, S. 69
2 Ibid. S. 43–44
3 Ibid. S. 105
4 Ibid. S. 44
5 Kamen, S. 190–92
6 Davies, Kap. 2
7 Knowles, S. 167
8 Ibid. S. 171
9 Ibid. S. 181–84
10 Driver, S. 377
11 Hogg, S. 58
12 Goddard, passim
13 Dwyer, passim
14 Benson, passim
15 Trimborn, *Die Religionen des Alten Amerika*
16 Hemming, S. 16
17 Métraux, S. 45
18 Ibid. S. 45

KAPITEL X

1 Harner, *The Jivaro,* S. 134–35
2 Barth, S. 152
3 Glasse, S. 749
4 Bergman, S. 35–37
5 Rosaldo, S. 168
6 Lizot, *Population,* S. 504
7 Wilbert, S. 181
8 *Excelsior,* Mexiko City, 5th May 1977
9 Her Majesty's Stationary Office, *Report to the Secretary of State,* S. 7
10 Tannahil, S. 97–100
11 Bader, S. 184–85
12 Midelfort, S. 184
13 Marks, S. 3

14 Mosley, S. 238–39
15 Toynbee, S. 251
16 Eliade, *The Sacred,* S. 206
17 Conquest, S. 159
18 Nagatsuka, S. 144

KAPITEL XI

1 Westermarck, S. 468
2 Sillitoe, S. 253
3 Montague, S. 237

BIBLIOGRAPHIE

Alvarez, A., *The Savage God: A Study of Suicide* (London: Weidenfeld & Nicolson, 1971).
Anderson, R., *The Hawaiian Islands* (Boston: Gould & Linden, 1865).
Anesaki, Paul, *Masaharu: The History of Japanese Religion* (London: Kegan Paul, 1930).
Ardrey, Robert, *The Territorial Imperative: A Personal Enquiry into the Animal Origins of Property and Nations* (New York: Atheneum, 1966; Wien: Adam und Revier, 1968).
Arens, William, *The Man-eating Myth: Anthropology and Anthropophagy* (New York: O. U. P., 1979).
Bader, Guido, *Die Hexenprocesse in der Schweiz* (Affolter a. A., 1945).
Balandier, Georges, *The Kingdom of the Congo from the Sixteenth to the Eighteenth Century* (London: Allen & Unwin, 1968).
Ballantyne, R. M., *The Cannibal Islands, or Captain Cook's Adventures in the South Seas* (London: James Misbet & Co., 1888).
Barth, Fredrik, *Ritual and Knowledge among the Baktaman of New Guinea* (Newhaven: Yale University Press, 1975).
Baudrillard, Jean, *L'Echange Symbolique et la Mort* (Paris: Editions Gallimard, 1976).
Beatty, K. J., *Human Leopards* (London: Hugh Rees, 1915).
Benson, Elisabeth, *Death-Associated Figures on Mochica Pottery,* in *Death and the After-life in Pre-Columbian America* (Washington, D. C.: Dumbarton Oaks Research Library, 1975).
Bentley, W. Holman, *Pioneering on the Congo,* 2 Bde. (London: The Religious Tract Society, 1900).
Bergman, Sten, *My Father is a Cannibal* (in *The Explorer's Journal,* Band XLI, Nr. 2, 1963).
Boas, Franz, *The Social Organization and Secret Societies of the Kwakiutl* (Washington: Report of the U. S. National Museum, 1895).
Bock, Carl, *The Headhunters of Borneo* (London: Samson Low, 1882).
Brain, Robert, *The Last Primitive People* (New York: Crown, 1976).
Brandon, S. G. E., *Religion in Ancient History* (London: Allen & Unwin, 1969).

– (Hrsg.) *The Saviour God* (Manchester: Manchester University Press, 1963).
Branston, Brian, *Gods of the North* (London: Thames & Hudson, 1955).
Brooke, Rajah Sir James, *Narrative of Events in Borneo and Celibu* (Journal, Hrsg. Rodney Mundy; London: John Murray, 1848).
Brinkley, F., *Japan: Its History, Arts and Literature* (London: T. C. Jack, 1903).
Brown, G., *Melanesians and Polynesians* (London: Macmillan, 1910).
Browne, Courtney, *The Last Banzai* (New York: Holt, Rinehart & Winston, 1967).
Bruce, George, *The Stranglers. The Cult of Thuggee and its Overthrow in British India* (London: Longman, 1968).
Budge, Sir Wallis, *Osiris and the Egyptian Resurrection* (London: The Medici Society, 1911).
Buijtenhuijis, Robert, *Le Mouvement »Mau Mau«* (Paris und Den Haag: Mounton, 1971).
Burton, Sir Richard, *A Mission to Gelele, King of Dahome* (London: Routledge & Kegan Paul, 1966).
Chakvarati, Chintaharam, *Kali Worship in Bengal* (in Adyar Library Bulletin, Bd. XII, S. 296–303, 1957).
– *The Hindu Rituals* (in Bulletin of the Ramakrishna Mission, Bd. VIII, S. 212–17, 1957).
Charlevoix, Pierre Francois Xavier de, *Journal of a Voyage to North America* (Chicago: The Custom Club, 1923).
Cohn, Norman, *Europe's Inner Demons* (Sussex University Press, 1975).
Clark, Graham, *World Prehistory* (Cambridge University Press, 1969).
Coles, J. M. and Higgs, E. S., *The Archaeology of Early Man* (London: Faber & Faber, 1969).
Conquest, Robert, *The Great Terror* (New York: Macmillan, 1968).
Cook, Captain James, *Captain Cook's Journal during his First Voyage Round the World, made in H. H. Bark Endeavour 1768–71,* Hrsg. W. J. L. Wharton (London: E. Stock, 1893).
– *The Journals of Captain James Cook on his Voyages of Discovery,* Hrsg. J. C. Beaglehole. 4 Bde. (Cambridge University Press, 1955–57).
Cook, S., *Human Sacrifice and Warfare as Factors in the Demography of Pre-Colonial Mexico* (Human Diology, Bd. XVIII, 1946).
Crawfurd, J., *Cannibalism in Relation to Ethnology* (Transactions of the Ethnological Society of London, Bd. IV, 1866).
Dalzel, Archibald, *The History of Dahomey* (London: T. Spilsbury & Son, 1793).
Davies, Nigel, *Voyagers to the New World, Fact and Fantasy* (London: Macmillan, 1978; New York: Morrow, 1979).
Detzner, H., *Moeurs et Coutumes des Papous* (Paris: Payot, 1935).
Devore, Irvine, *siehe* Lee, Richard.
Diaz del Castillo, Bernal, *The Bernal Diaz Chronicles,* übers. u. herausgeg. von Albert Idell (New York: Doubleday, 1956).

Douglas, Mary, *Witchcraft Confessions and Accusations* (London: Tavistock Publications, 1970).
Driver, Harold E., *The Indians of North America* (University of Chicago Press, 1971).
Durán, Fray Diego, *Historia de Las Indias de Nueva España e Islas de la Tierra Firme,* 2 Bde. (Mexico City: Porrua, 1967).
Dussaud, René, *Les Sacrifices Humains chez les Cananéens* (Paris: Leroux, 1918).
Dwyer, Jane Powell und Edward B., *The Paracas Cemeteries: Mortuary Patterns in Pre-Columbian America* in *Death and the Afterlife in Pre-Columbian America* (Washington, D.C.: Dunbarton Oaks Research Library, 1975).
Eichhorn, Werner von, *Die Religionen Chinas* (Stuttgart: Verlag W. Kohlhammer, 1973).
Eliade, Mircea, *Rites and Symbols of Initiation. The Mysteries of Birth and Rebirth* (New York: Harper Torchbooks, 1958).
– *Geschichte der religiösen Ideen* (Freiburg: Herder, 1978).
Ellis, A. B., *The Ewe-speaking Peoples of the Slave Coast of West Africa* (London: Chapman & Hall, 1890).
Ellis, William, *Narrative of a Tour through Hawaii* (London: Fisher, Son & Jackson, 1826).
– *Polynesian Researches* (London: Fisher, Son & Jackson, 1829).
Encyclopedia of Religion and Ethics, Hrsg. James Hastings, 13 Bde. (New York: Scribners, 1951).
Evans Pritchard, E., *Nuer Religion* (Oxford: Clarendon Press, 1956).
Firth, Raymond, *Offering and Sacrifice. Problems of Organization* (London: Journal of the Royal Anthropological Institute, Bd. XCIII, 1963).
Florentine Codex, *siehe* Sahagún.
Flornoy, Bertrand, *Haut-Amazone* (Paris: Plon, 1939).
Fornander, Abraham, *An Account of the Polynesian Race. Its Origins and Migrations,* 3 Bde. (London: Kegan Paul, Trench and Trübner, 1890).
Frobenius, Leo, *Erithräa. Länder und Zeiten des Heiligen Königsmordes* (Berlin: Atlantisverlag, 1930).
Frankfurt, Henry, *Kingship and the Gods* (University of Chicago Press, 1948).
Frazer, Sir James G., *The Golden Bough* (gekürzte Fassung; London: Macmillan, 1922).
Fuchs, Stephen, *The Aboriginal Tribes of India* (Macmillan India, 1973).
Fuerer-Haimendorf, Professor C. von, *Beliefs Concerning Human Sacrifice among the Hill Reddis* (in *Man in India,* Bd. XXIV, S. 14–41).
Gait, E. A., *Human Sacrifices in Ancient Assam* (Calcutta: *Journal of the Asiatic Society of Bengal,* Bd. LXVII, Teil 3, 1898).
Garcilasco de la Vega, Inca, *Historia General del Peru,* 3 Bde. (Lima: Editorial Universo, 1970).
Girard, René, *La Violence et le Sacré* (Paris: Grasset, 1972).

Glasse, Robert, *Cannibalism in the Kuru Region of New Guinea* (Bd. XXIX, Nr. 6, S. 748–54, 1967).
Goddard, Pliny E., *Indians of the Northwest Coast* (New York: American Museum of Natural History, 1924).
Gray, George Buchanan, *Sacrifice in the Old Testament* (Oxford: Clarendon Press, 1925).
Grierson, Sir George Abraham, *Bihar Peasant Life* (London: Trübner & Co., 1885).
Groot, J.J.J.M. de, *The Religious System of Ancient China* (Leyden: E.B. Brill, 1894).
Guiart, Jean, *Histoire de l'Inquisition au Moyen Age* (Paris: Auguste Picard, 1935).
– *Les Religions de l'Océanie* (Paris: Presses Universitaires de France, 1962).
Gusdorf, Georges, *L'Expérience Humaine de Sacrifice* (Paris: Presses Universitaires de France, 1948).
Harner, *The Ecological Basis for Aztec Sacrifice* (*American Ethnologist*, Bd. IV, Nr. 1, 1977).
– *The Jivaro: People of the Sacred Waterfalls* (New York: Doubelday, 1972).
Harris, Marvin, *Cannibals and Kings; The Origins of Cultures* (New York: Random House, 1977).
Hecquard, H., *Reise an die Küste und in das Innere von Westafrika* (Leipzig, 1890).
Helfrich, Klaus, *Menschenopfer und Tötungsrituale im Kult der Maya* (Berlin: Gebr. Mann Verlag, 1973).
Hemming, John, *Red Gold: The Conquest of the Brazilian Indians* (London: Macmillan, 1978).
Herbert, Jean, *Shinto. At the Foundation-head of Japan* (London: Allen & Unwin, 1961).
Hérissée, le A., *L'Ancien Royaume de Dahomey* (Paris: Emile Larose, 1911).
Her Majesty's Stationery Office, *A Report on the Recent Outbreak of Diretlo Murders in Basutoland* (London, 1951).
– *Report to the Secretary of State for the Colonies by the Parliamentary Delegation to Kenya* (London, 1954).
Herrera, Antonio de, *Historia General de los Hechos de los Castellanos,* 10 Bde. (Asunción Paraguay: Editorial Guariana, 1944).
Herskovits, Melville J., *Dahomey: An Ancient West African Kingdom,* 2 Bde. (New York: J.J. Augustin, 1938).
Higgs, *siehe* Coles und Higgs.
Hick, John (Hrsg.), *The Myth of God Incarnate* (London: S.C.M. Press Ltd., 1977).
Hillebrandt, Alfred, *Der Freiwillige Feuertod in Indien und die Soma-Weihe* (München: Die Königliche Bayerische Akademie der Wissenschaft, 1917).

Hirschberg, W., *Religionsethnologie und Ethnohistorische Religionsforschung: eine Gegenüberstellung* (Wien: Institut für Völkerkunde, 1972).
Hodson, T.C., *Headhunting among the Hill Tribes of Assam* (London: *Folklore,* Bd. 20, S. 132–143, 1909).
Hogg, Gary, *Cannibalism and Human Sacrifice* (New York: The Citadel Press, 1966).
Hubert, H. und Mauss, M., *Mélanges d'Histoire des Religions* (Paris: Felix Allan, 1909).
Hunt, George T., *The Wars of the Iroquois* (Madison, Wisconsin, 1940).
Hutton, J.H., *Divided and Decorated Heads as Trophies* (London: *Man,* Bd. 22, Nr. 67, 1922).
– *Headhunters of the North-East Frontier* (London: Journal of the Royal Society of Arts, Bd. 85, 1936).
– *Sacrifice by Hurling from the Roof* (London: *Man,* Bd. 23, Nr. 110, 1923).
– *The Significance of Headhunting in Assam* (London: The Journal of the Royal Anthropological Institute, Bd. 58, S. 399–408, 1928).
James, E.O., *The Ancient Gods* (London: Weidenfeld and Nicolson, 1960).
– *The Origins of Sacrifice* (London: John Murray, 1933).
Joralemon, David, *Ritual Blood Sacrifice among the Ancient Maya* (S. 59–76, Hrsg. Merle Greene Robertson; Robert Louis Stevenson School, Round Pebble Beech, California, 1974).
Kamakau, Samuel Manaiakalani, *Ka Poe Kahika* (The People of Old Honolulu: Bishop Museum Press, 1893).
Kamen, Henry, *The Spanish Inquisition* (New York: New York American Library, 1965).
Kendrick, T.D., *The Druids. A Study in Celtic Prehistory* (London: Methuen, 1927).
Kincaird, Dennis, *British Social Life in India, 1608–1937* (London: Routledge and Kegan Paul, 1973).
Knowles, Nathaniel, *The Torture of Captives by the Indians of North America* (Philadelphia: Proceedings of the American Philosophical Society, Bd. 82, S. 151–225, 1940).
Kramer, S.N., *The Sacred Marriage Rite* (Indiana University Press, 1969).
Lawson, John Cuthbert, *Modern Greek Folklore and Ancient Greek Religion* (Cambridge University Press, 1910).
Leakey, L.S.B., *Defeating Mau Mau* (London: Methuen, 1954).
Lee, Richard B. und Devore, Irvine, (Hrsg.), *Man the Hunter* (Chicago: Aldine Publishing Co., 1968).
Leitzmann, H., *Messe und Herrenmahl* (Bonn, 1926).
Lévi, Sylvan, *La Doctrine du Sacrifice dans les Brahmanas* (Paris: Presses Universitaires de France, 1966).
Lévi-Strauss, Claude, *La Pensée Sauvage* (Paris: Plon, 1962).

Lines, Jorge A., Estatuaria Huetar del Sacrificio Humano (Mexico City: Revista Mexicana de Estudios Antropológicos, Bd. 6, S. 36–50, 1942).
Ling-Roth, Henry, *The Natives of Sarawak and British North Borneo,* 2 Bde. (London: Truslove and Hanson, 1896).
Linton, Ralph, *The Origins of the Skidi Pawnee Sacrifice to the Morning Star* (American Anthropology, Bd. 28, Nr. 3, 1926).
Lizot, Jacques, *Aspects Economiques et Sociaux du Changement Culturel chez les Yanomamis* (Paris: *L'Homme,* Bd. II, S. 2–51, 1971).
Lorenz, Konrad, *Das sogenannte Böse* (Wien: Borotha/Schoeler, 1963).
Luschan, Felix von, *Die Altertümer von Benin* (Berlin und Leipzig: Vereinigung Wissenschaftlicher Verleger, 1919).
MacCulloch, J. A., *The Celtic and Scandinavian Religions* (London: Hutchinson, 1911).
Mair, Lucy, *Witchcraft* (London: World University Library, 1969).
Maringer, Johannes, *Menschenopfer und Bestattungsbrauch Alteuropas* (Freiburg, Schweiz: Paulusdruckerei).
Marks, Alfred, *Tyburn Tree. Its History and Annals* (London: Brown, Langham).
Martin, R., *Über Skelettkult und verwandte Vorstellungen* (Zürich: Mitteilungen der Geographisch-Ethnographischen Gesellschaft, 1923).
Mauss, M., *siehe* Hubert, H.
Meinicke, Karl, *Die Neukaledonier* (Braunschweig: Globus, Bd. 15, 1869).
Meek, C. K., *The Northern Tribes of Nigeria* (Oxford University Press, 1925).
Métraux, Alfred, *Religions et Magies Indiennes d'Amérique du Sud* (Paris: Gallimard, 1967).
Michelsen, Oscar, *Cannibals Won for Christ* (London, 1894).
Midelfort, H. C. E., *Witch Hunting in Southwestern Germany* (Stanford University Press, 1972).
Millot, Bernard, *L'Epopée Kamikaze* (Paris: Robert Laffont, 1970).
Mills, J. P., *A Note on Headhunting among the Mishmis of the Lohit Valley, Assam* (Man in India, Bd. 27, S. 74–75, 1947).
– *The Naga Headhunters of Assam* (Journal of the Royal Central Asian Society, Bd. 6, S. 65–67, 1938).
Mitra Chandra, Sarat, *Further Note on the Custom of offering Human Sacrifice to Water Spirits* (Quarterly Journal of the Mythic Society, Nr. 2, S. 589–594, 1923).
– *Note on another Instance of the Khasi custom of offering Human Sacrifice to the Snake Deity Thlen* (Man in India, Bd. 12, S. 184–87, 1932).
– *Notes on Magic and Human Sacrifice in Mediaeval Northern Bengal* (Journal of the Anthropological Society of Bombay, Bd. 15, S. 548–555, 1932).
– *On a Recent Instance of offering Human Sacrifice to the Snake Deity*

(Journal of the Anthropological Society of Bombay, Bd. 13, S. 192–98, 1924–1928).
Mock, E., *Das Menschenopfer bei den Germanen* (Abhandlungen der Universität Leipzig, Bd. 27, 1909).
Mommert, C., *Menschenopfer bei den Alten Hebräern* (Leipzig, 1906).
Montague, Ashley, *The Nature of Human Aggression* (New York: Oxford University Press, 1976).
Morris, Desmond, *Der Menschen-Zoo* (München: Droemer, 1976).
Moser, C., *Human Decapitation in Ancient Mexico. Studies in Pre-Columbian Art and Archaeology, Nr. 11* (Washington D.C.: Dumbarton Oaks Research Library, 1973).
Mosley, Nicholas, *Julian Grenfell. His Life and the Times of his Death, 1885–1915* (London: Weidenfeld and Nicolson, 1976).
Murray, J. H. P., *Papua or British New Guinea* (London: Routledge and Kegan Paul, 1973).
Mukhopadhyay, Amitabha, *Sati as a Social Institution in Bengal* (Bengal Past and Present, Bd. 76, S. 99–115, 1957).
Munz, Peter, *When the Golden Bough Breaks* (London: Routledge and Kegan Paul, 1973).
Nagatsuka, Ryuji, *I was a Kamikaze. The Knights of the Divine Wind* (London: Abelard Shuman, 1973).
Nathan, John, *Mishima, a Biography* (Boston-Toronto: Little Brown Co., 1974).
Nevermann, Hans, *Götter der Südsee; die Religion der Polynesier* (Stuttgart: W. Spemann Verlag, 1947).
Nock, A. D., *Essays on Religion in the Ancient World,* 2 Bde. (Oxford: Clarendon Press, 1972).
Nordmann, Paul I., *Contribution à l'etude de l'infanticide à Tahiti* (Paris: Bulletin de la Societé des Etudes Océaniennes, Bd. 6, Nr. 9, 1943).
Noury, C., *Chants Marquisiens pendant les Sacrifices Humains* (Paris: Bulletin de la Societé des Etudes Océaniennes, Bd. 3, Nr. 3, 1928).
O'Brien, John A., *The Inquisition* (New York: Macmillan, 1973).
Oliver, Douglas L., *Ancient Tahitian Society,* 3 Bde. (University Press of Hawaii, 1974).
Panigrahi, Lalita, *British Social Policy and Female Infanticide in India* (New Delhi: Munshiram, 1976).
Parkinson, Sydney, *A Journal of a Voyage to the South Seas on His Majesty's Ship the Endeavour* (London: C. Dilley, 1784).
Parrinder, E. G., *An African Saviour God* (in *The Saviour God,* Ed Brandon, S. G. E., Manchester University Press, 1963).
– *African Traditional Religion* (London: Hutchinson, 1954).
Parry, Leonard Arthur, *The History of Torture in England* (London: Patterson Smith, 1975).
Peekel, R. G., *Religion und Zauberei im Mittleren Neu-Mecklenburg* (Münster, 1910).

Pfeiffer, Karlheinz, *Menschenopfer in den Hochkulturen der Welt* (Die Wage, Bd. 10, 1971).
Piggott, Stuart, *The Druids* (London: Thames and Hudson, 1968).
Piña Chan, Ramón, *Exploración del Cenote de Chichén Itzá* (Mexico City: Boletín del Instituto Nacional de Antropología e Historia, Nr. 31, 1968).
Pouillon, Jean, (Hrsg.), *Destins du Cannibalisme* (Paris: Gallimard, 1972).
Preuss, Theodor, *Der Dämonische Ursprung des Griechischen Dramas* (Leipzig: B. G. Toener Verlag, 1906).
Rice, Arthur P., *Cannibalism in Polynesia* (American Antiquarian, Bd. 32, S. 77–84).
Rinde, Peter, *Harakiri. Unterordnung und Auflehnung in Japan* (1965).
Robertson Smith, W., *The Religion of the Semites* (London: A. and C. Black, 1927).
Ronaldo, Michelle Zimbalist, *Skulls and Causality* (in *Man,* Bd. 12, Nr. 1, S. 168–69).
Ruse, W. H. D., *Greek Votive Offerings* (Cambridge University Press, 1902).
Ruder, Alan, *Benin and the Europeans, 1485–1897* (London: Longmans, 1969).
Sabine, Sir Edward, *Narrative of an Expedition to the Polar Sea in the Years 1820, 1821, 1822 and 1823* (London: James Madden, 1840).
Sabourin, Léopold, *Redemption Sacrificielle* (Brüssel: Desclée de Brouwer, 1961).
Sahagún, Fray Bernardino de, *Florentine Codex* (Santa Fé, New Mexico: School of American Research, 1950).
– *Historia General de las Cosas de Nueva España* (Mexico City: Porrua, 1956).
Satow, Sir Edward, *A Diplomat in Japan* (London: Seely Service, 1921).
Schärer, H., *Das Menschenopfer bei den Katinganern* (Batavia: Tijdschrif voor Indische Taaland en Volkenkunde, 1938).
– *Die Bedeutung des Menschenopfers im Dajakischen Totenkult* (Leipzig: Mitteilungsblatt der Gesellschaft für Völkerkunde, 1940).
Schoch, Alfred, *Rituelle Menschentötungen in Polynesien* (Ulm: A. Leufke, 1954).
Schweinfurth, Georg, *The Heart of Africa,* 2 Bde. (London: Sampson Low, 1873).
Schweizer, Albert, *Indian Thought and its Development* (London: A. and C. Black, 1951).
Schwenn, Friedrich, *Die Menschenopfer bei den Griechen und Römern* (Berlin: Töpelmann, 1966).
Seeman, B., *Viti. An account of a Government Mission to the Vitian or Fijian Islands in the Years 1860–1861* (London: Macmillan, 1862).
Seligman, C. G., *The Melanesians of New Guinea* (Cambridge University Press, 1910).

Sillitoe, Paul, *Big men and war in New Guinea* (London: *Man,* Bd. 13, Nr. 2, 1978).
Siméon, Delmas P., *La Réligion ou le Paganisme des Marquisiens* (Paris: Gabriel Beauchesne, 1927).
Speck, Frank G., *The Iroquois. A Study in Cultural Evolution* (Cranbrook Institute of Science Bulletin, Nr. 23, 1945).
Speiser, F., *Südsee – Urwald-Kannibalen* (Leipzig, 1913).
Spiel, Christian, *Menschen essen Menschen* (Frankfurt: Fischer, 1974).
St. Johnston, A., *Camping among Cannibals* (London: Macmillan, 1883).
Stietepcron, Heinrich von, *Suicide as a Religious Institution* (Bharatiya Vidya, Bd. 27, S. 7–24, 1967).
Strack, Hermann, *Das Blut im Glauben und Aberglauben der Menschheit* (München, 1900).
Strackerjan, L., *Aberglaube aus dem Herzogtum Oldenburg* (Oldenburg, 1908).
Talbot, P. Amaury, *Life in Southern Nigeria,* 2 Bde. (London: Macmillan, 1923).
Tannahil, Reay, *Flesh and Blood* (London: Abacus, 1976).
Tezozomoc, Alvarado, *Cronica Mexicana* (Mexico City: Leyenda, 1948).
Thakur, Upendra, *The History of Suicide in India: an Introduction* (Neu Delhi: Munshi Ram Manohar Lal, 1963).
– *Self-Immolation in India (1201–1765 A. D.)* (Journal of the Bihar Research Society, Bd. 52, S. 117–142, 1966).
Torquemada, Fray Juan de, *Monarquía Indiana,* 3 Bde. (Mexico City: Editorial Chávez Hayhoe, 1943–44).
Toynbee, Arnold, *Auf diesen Felsen* (München: Schroll, 1970).
Trimborn, Hermann, *Das alte Amerika* (Stuttgart: Kilpper, 1959).
– *Die Religionen des alten Amerika* (Stuttgart: W. Kohlhammerverlag).
– *Quellen zur Kulturgeschichte des Präkolumbianischen Amerika* (Stuttgart: Strecker, 1936).
– *Señorío y Barbarie en el Valle del Cauca* (Madrid: Instituto Gonzalo Fernández de Oviedo, 1947).
Vayda, A. P., *Maori Warfare* (Wellington, Neuseeland: The Polynesian Society, 1960).
Volhard, Ewald, *Kannibalismus* (Stuttgart: Stricker und Schröder, 1951).
Ward, Herbert, *Five Years with the Congo Cannibals* (London: Chatto and Windus, 1891).
– *A Voice from the Congo* (London: Heinemann, 1910).
Wavrin, Marquis de, *Chez les Indiens de Colombie* (Paris: Plon, 1953).
Westermarck, Edward, *Ursprung und Entwicklung der Moralbegriffe* (Leipzig: 1903).
Westervelt, W. D., *Chief Man-Eater* (Honolulu: Paradise of the Pacific, Bd. 17, Nr. 7, 1904).
Wightman, A. J., *No Friend for Travellers* (London: Robert Hale, 1959).

Wilbert, Johannes, *Eschatology in a Participatory Universe. Destinies of the Soul among the Warao Indians of Venezuela* (In *Death and the Afterlife in Pre-Columbian America,* Hrsg. Elizabeth Benson, Dumbarton Oaks Research Library, 1975).
Williams, F. E., *The Natives of the Purari Delta* (Port Moresby, 1924).
Wirz, Paul, *Der Ersatz für die Kopfjägerei und die Trophäenimitation* (Berlin: Beiträge zur Gesellschafts- und Völkerwissenschaft, Gebr. Mann, 1950).
Wisse, Jacob, *Selbstmord und Todesfurcht bei den Naturvölkern* (Zutphen: W. J. Thieme, 1933).
Wolff, Hans Walter, *Anthropologie des Alten Testaments* (München: C. Kaiser, 1973).
Woodruff, Philip, *The Men who ruled India,* 2 Bde.; Bd. 1: *The Founders* (London: Jonathan Cape, 1953–54).
Woolley, Sir Leonard, *Excavations at Ur* (London: Ernest Benn, 1954).
Zakiuddin, Ahmed, *Sati in Eighteenth-century Bengal* (Journal of the Asiatic Society of Pakistan, Bd. 13, S. 147–164, 1968).
Zegwaard, G. A., *Headhunting Practices of the Asmat of Netherlands New Guinea* (American Anthropologist, Bd. 61, S. 1021–1041, 1959).
Zimmer, Heinrich, *Myths and Symbols in Indian Art and Civilization* (New York: Pantheon Books, 1946).

Personen-, Sach- und Ortsregister